HEDWIG COURTHS-MAHLER

Die Bettelprinzeß
Griseldis
Opfer der Liebe

Hedwig Courths-Mahler

Die Bettelprinzess
Griseldis
Opfer der Liebe

Mit Beiträgen von
Doris Maurer und Alphons Silbermann
sowie zeitgenössischen Bildern
und Dokumenten

Gustav Lübbe Verlag

Der Roman *Die Bettelprinzeß* folgt der Ausgabe
der Lichtenberg Verlag GmbH, München, 1973
Der Roman *Griseldis* folgt der Ausgabe von Friedrich Rothbarth,
Leipzig und Bern, o.J.
Der Roman *Opfer der Liebe* folgt der Ausgabe
von Enßlin & Laiblin, Reutlingen, o.J.
Interpunktion und Orthographie wurden dem heutigen
Sprachgebrauch behutsam angeglichen.

Bildnachweis: © für alle Fotos Siegfried M. Pistorius, Hamburg
Umschlaggestaltung: Barbara Hanke, Berlin
Layout: Friedrich Kohnke, Bergisch Gladbach
Satz: Kremerdruck GmbH, Lindlar
Gesetzt aus der 10 Punkt Stempel Schneidler von Linotype
Druck und Einband: Franz Spiegel Buch GmbH, Ulm

Printed in Germany
ISBN 3-7857-0636-7

Inhalt

DIE BETTELPRINZESS

Es war an einem regnerischen Sommerabend der Vorkriegszeit. Wie in Dunst und Nebel gehüllt lag das Thüringer Land. Von den Bäumen herab tropfte es noch naß und schwer.

Am Eingang des hübschen Dörfchens Bodenhausen, an der großen Fahrstraße, die vom Bahnhof nach dem Schlosse führte, das den gleichen Namen trug, lag der Gasthof des Örtchens. In schwarzen Lettern prangte stolz über der Tür: »Gasthof zur Weißen Taube«. Das konnte man selbst jetzt in der Dämmerung noch erkennen. Das Haus bot einen sauberen, freundlichen Anblick mit seinen weißgestrichenen Wänden und grünen Fensterläden. Es lag inmitten eines großen Gartens. Die eine Hälfte dieses Gartens war mit Tischen und Bänken versehen und zur Aufnahme von Gästen eingerichtet. Die andere Seite jedoch war mit Obstbäumen und Gemüse bepflanzt und stand dem Verkehr nicht offen.

Die »Weiße Taube« gehörte der Witwe des früheren Besitzers, Frau Martha Schulz. Das war eine saubere, behende Frau, die ihrem Anwesen tüchtig vorstand und auf Ordnung und Wohlanständigkeit hielt, wie sie selbst zu sagen pflegte. In den letzten Jahren hatte sie sogar zuweilen Sommergäste im Hause, die es sich ein paar Wochen wohl sein ließen in der schönen, waldreichen Gegend. Und außerdem kamen sonntags wohl auch aus der zwei Stunden entfernten Stadt einige Ausflügler, die in der »Weißen Taube« guten Kaffee und selbstgebackenen Kuchen verzehrten. Bei Frau Martha Schulz war alles gut, frisch und nicht teuer.

Es war einige Zeit, nachdem der letzte Zug Bodenhausen

berührt hatte, als sich dem noch unbeleuchteten Gasthof eine schlanke junge Frau in Trauerkleidern näherte. Sie führte ein etwa fünfjähriges Kind an der Hand. Die Kleine schmiegte sich schlaftrunken an die Mutter.

»Ich bin so müde – so müde, liebe Mutter«, sagte sie schläfrig und gähnte herzhaft. Die schlanke Frau beugte sich liebevoll herab und küßte die Kleine.

»Nur noch ein wenig Geduld, meine kleine Liselotte, gleich wirst du in einem weichen Bettchen liegen und schlafen«, sagte sie mit sanfter Stimme, in der es jedoch wie von unterdrückten Tränen zitterte.

Mutter und Kind betraten nun den noch dunklen Hausflur des Gasthofs. Kein Mensch war zu hören und zu sehen. Um diese Zeit war man in der »Weißen Taube« nicht gewohnt, Gäste zu empfangen.

Trotzdem eilte sofort die Wirtin herbei.

»Wer ist da?« fragte sie, in dem Halbdunkel niemand erkennend.

»Verzeihen Sie, ich wollte nur fragen, ob ich bei Ihnen für einige Wochen ein bescheidenes Zimmer bekommen könnte. Mir wurde gesagt, daß Sie an Sommergäste vermieten«, sagte die Fremde.

Ein wenig mißtrauisch lief die Wirtin tiefer in den Flur hinein und öffnete eine Tür.

Der Schein der Lampe beleuchtete eine blasse, aber schöne junge Frau, deren dunkelblaue Augen wie in tiefem Leid emporsahen. Auf ihren Armen hielt sie ihr jetzt schlafendes Kind.

Frau Martha wurde es ganz seltsam weich ums Herz. Jede Spur von Mißtrauen verflog sofort. Sie fühlte unbewußt, daß sie hier eine Unglückliche vor sich hatte, die wohl Mitleid, aber kein Mißtrauen verdiente.

Tief aufatmend strich sie über ihre weiße Schürze.

»Jawohl, meine Dame, ein Zimmer können Sie bekommen. Es ist noch alles frei in diesem Jahre. Gleich lasse ich

Ihnen das Giebelstübchen richten, wenn es Ihnen gefällt. Ich habe freilich nur ganz schlichte Zimmer zu vermieten. Das Giebelstübchen hat die hübscheste Aussicht und liegt am ruhigsten. Dort hören Sie vom Gasthofsbetrieb gar nichts.«

»Das ist mir lieb. Ich will ein einfaches Zimmer. Nur sauber und ruhig soll es sein.«

»Dann sehen Sie es sich bitte an, meine Dame. Heinrich, bring eine Lampe!«

Die Fremde erhob sich, und der Hausknecht leuchtete.

Kurz entschlossen nahm Frau Martha der Fremden das schlafende Kind ab.

»Die Kleine ist zu schwer für Sie. Ich will sie tragen. Was ist das für ein schönes Kindchen, ein Engel.«

Heinrich nickte, als müsse er das bestätigen.

»Ich hätte das Kind doch vom Bahnhof hierhertragen können«, sagte er ein bißchen unbeholfen.

Die Fremde sah ihn freundlich an.

»Liselotte ist bis hierher gelaufen, nun war sie müde«, sagte sie.

»Ach, Sie hätten den kleinen, molligen Plumpsack auch nicht so weit tragen können, meine Dame. Ist ja ein gutes Stück Weg. Wenn ich gewußt hätte, daß Sie kämen, hätte ich freilich den Heinrich nach der Bahn geschickt. Wie fest die Kleine schläft. – Genügt Ihnen das Zimmer, meine Dame?« fragte die Wirtin.

»O ja, es ist so freundlich und sauber. Wenn es nicht zu teuer ist, möchte ich es wohl mieten«, antwortete die Fremde mit ihrer wohllautenden Stimme.

Sie wurden nun schnell handelseinig, und die Wirtin bettete das schlafende Kind sorgsam und sanft auf den Diwan.

Dann richtete sie selbst schnell das Bett, während Heinrich Wasch- und Trinkwasser herbeiholte.

Kaum eine halbe Stunde war vergangen, da lag die kleine Liselotte ausgekleidet und gewaschen in den weichen Kissen.

Die Fremde ging mit hinunter, um in dem noch völlig leeren Gastzimmer ein einfaches Abendessen zu verzehren. Heinrich wurde inzwischen nach dem Bahnhof geschickt, um das Gepäck abzuholen. Die Wirtin bediente die junge Frau selbst und plauderte freundlich mit ihr.

Sie erfuhr nun, daß sie Frau Maria Hochberg hieß und vor kurzem erst ihren Gatten durch den Tod verloren hatte. Maria Hochberg wollte sich einige Wochen in dem stillen, friedlichen Dörfchen erholen und versuchen, ihr Leid zu verwinden. Sie stand mit ihrem Kind ganz allein im Leben und gestand ganz offen, daß sie nur ein sehr kleines Vermögen besitze. Sobald sie sich erholt und gekräftigt habe, müsse sie für sich und ihr Kind arbeiten, sagte sie. Ihre bisherige Wohnung habe sie aufgegeben und die Möbel verkauft, um einige tausend Mark in den Händen zu haben. Aber sie habe als Mädchen ihr Brot durch allerlei Malereien auf kunstgewerblichen Gegenständen verdient und wolle dies auch in Zukunft tun.

Teilnahmsvoll hatte Frau Martha zugehört. Nun sprach sie der jungen Frau, die so rasch ihr Herz gewonnen hatte, Mut zu.

Maria Hochberg fragte, ob die Wirtin gewillt sei, sie mit ihrem Kinde in volle Verpflegung zu nehmen. Sie verlange nur eine einfache, kräftige Kost und reichlich frische Milch für ihr Kind.

Frau Martha ging gern darauf ein und berechnete einen mäßigen Preis. Darauf bezahlte Frau Maria Hochberg gleich für einen ganzen Monat im voraus. So waren beide Teile zufrieden.

Gleich, nachdem die junge Frau ihr Abendessen verzehrt hatte, ging sie wieder hinauf zu ihrem Kind.

Noch lange saß sie am offenen Fenster des Giebelstübchens, vor dem ein großer Apfelbaum seine Zweige ausstreckte. Träne um Träne rann über ihr blasses, schmerzbewegtes Gesicht.

»Siehst du vom Himmel auf mich und dein Kind herab, mein geliebter Mann? Ach, warum hast du mich allein gelassen? Wie schwer ist das Leben ohne dich. So glücklich war ich an deiner Seite. Aber das Glück war zu groß, ich durfte es nicht behalten. Und nun kann ich es nicht fassen, daß du nie mehr bei mir sein wirst, bei mir und deiner kleinen Liselotte, die du so zärtlich liebtest.« – So hielt die Unglückliche Zwiesprache mit dem geliebten Verstorbenen. – Vom Kirchturm herüber schlug ein dünnes Glöcklein die elfte Stunde. Da erhob sich Maria Hochberg seufzend und begab sich zur Ruhe, nachdem sie am Lager ihres Kindes in die Knie gesunken war und um Kraft gebetet hatte.

Früh am nächsten Morgen war sie schon wieder wach. Sie erhob sich leise, um das Kind nicht zu stören, und kleidete sich an. Dann begann sie behutsam ihre Koffer auszupacken und ihre Sachen in Schrank und Kommode zu ordnen.

Dabei erwachte die kleine Liselotte.

Erstaunt richtete sie sich vom Lager auf und rieb sich den Schlaf aus den Augen. Dann sah sie sich verwundert im Zimmer um.

»Mutter! Ach Mutter, wo sind wir denn? Dies ist doch nicht unser Schlafzimmer zu Hause«, sagte sie mit drolliger Miene und schüttelte die dunklen Locken aus dem schlafgeröteten Gesichtchen.

Maria trat schnell zu ihrem Kinde heran und umschlang es zärtlich mit den Armen.

»Weißt du denn nicht mehr, Liebling, daß wir gestern eine große Reise gemacht haben und nun nicht mehr zu Hause sind?« fragte sie, sich zu einem Lächeln zwingend.

Liselotte schmiegte das rosige Köpfchen an die Mutter und nickte.

»Ja, das weiß ich, wir sind weit mit der Bahn gefahren und wollten in den schönen grünen Wald und auf die Wiesen, wo viele bunte Blumen blühen.«

»Ja, Liselotte, und da sind wir nun.«

»Aber hier ist doch kein Wald und keine Wiese.«

»Oh, du brauchst nur nachher zum Fenster hinauszusehen, dann siehst du den Wald und die Wiesen. Wenn du angekleidet bist und mit Mutter gefrühstückt hast, dann gehen wir auf die Wiese und in den Wald.«

Liselotte klatschte in die Händchen.

»Oh, wie schön! Dann pflücke ich Blumen und winde dir einen Strauß, wie ihn Vater oft gebracht. Werden wir nun endlich hier unsern lieben Vater finden?«

Die arme Mutter schluckte krampfhaft ihre Tränen hinunter. »Ich habe dir doch gesagt, mein Herzkind, unser Vater macht eine weite, weite Reise.«

»Nun, die haben wir doch auch gemacht, da müßte mein lieber Vater doch hier sein.«

»Nein, mein Kind – er ist viel, viel weiter fort. Wir werden ihn lange, lange nicht wiedersehen.«

»Ach, Mutter, nun bist du wieder so traurig. Wie lange Vater auch ausbleibt! Er hat mir doch gesagt, ehe er abreiste, daß er bald wiederkommen würde.«

»Aber er wird wohl länger aufgehalten, als er glaubte.«

Liselotte ahnte nicht, daß es von der Reise, die ihr Vater angetreten hatte, keine Rückkehr mehr gab. Sie wußte auch nicht, wie ihre kindlichen Worte der Mutter das Herz zerrissen. Der Vater hatte zu ihr gesagt, als er Abschied nahm, um eine notwendige Reise zu unternehmen:

»Ich komme bald wieder, Maus, sei hübsch artig und lieb.«

Nun, sie war artig gewesen und hielt sich an das Versprechen des Vaters. Daß er bald darauf, fern von Weib und Kind, den Tod gefunden, hatte man Liselotte nicht gesagt. Sie hätte es auch nicht verstanden.

Maria hielt nur mühsam ihre Tränen zurück. Sie sprach schnell von etwas anderem, um das Kind abzulenken. »Nun komm, Maus, jetzt wollen wir dich schnell waschen und ein Kleidchen anziehen. Hast du nicht Hunger?«

»Ja, sehr. Bekomme ich Milch und Brötchen?«

»Gewiß, sobald du fertig bist. So, Schuhe und Strümpfchen hast du schon an.«

Liselotte sprang von ihrem Bettchen herab.

Jetzt erblickte sie den Apfelbaum am Fenster. Jubelnd streckte sie die Händchen danach aus.

»Schau, Mutter, wie schön, da wächst uns ein Baum in das Zimmer!«

»Ja, Liselotte, ein Apfelbaum.«

»Ein Apfelbaum? Ach, was sind da für winzige Äpfel dran – und so viele, viele!«

Liselotte kletterte schnell auf den Sessel am Fenster und sah hinaus in den schönen großen Obstgarten mit den weiten Rasenplätzen. Gleich hinter dem Garten begann der Wald, und auf der anderen Seite sah man die roten Ziegeldächer des Dörfchens liegen.

»Ach, Mutter, Mutter, schau doch – der schöne große Garten. Und da ist auch eine grüne Laube! Dürfen wir da hineingehen?«

»Ich will unsere Wirtin fragen. Aber nun komm, daß du fertig wirst. Wir wollen hinaus in die warme Sonne!«

Frau Martha Schulz empfing sie am Fuße der Treppe im Hausflur, und aus einer Tür lugte der flachsblonde Kopf Heinrichs.

Die Wirtin erkundigte sich freundlich, wie ihre Gäste geschlafen hatten, und plauderte lebhaft mit der kleinen Liselotte.

Maria Hochberg fragte die Wirtin, ob sie wohl mit ihrem Kinde in den Garten gehen könne.

»Aber ja, Frau Hochberg, ich habe schon in der Laube den Frühstückstisch decken lassen. Sie können alle Mahlzeiten dort einnehmen, da sind Sie ganz ungestört.«

Das war Maria Hochberg sehr angenehm, sie saß viel in der kleinen hübschen Laube. Zuweilen leistete ihr Frau Martha ein Stündchen Gesellschaft und erzählte ihr allerlei aus dem Dorf und aus dem Schlosse. Oder sie saß allein mit einem Buche oder einer Handarbeit. Liselotte spielte dann auf dem großen Rasenplatz und durfte an warmen Tagen zu ihrer Wonne barfuß in dem weichen Rasen laufen.

Die Bewohner der »Weißen Taube« hatten die kleine Liselotte fest ins Herz geschlossen, und die blasse junge Frau dankte mit einem rührenden Lächeln für jede kleine Aufmerksamkeit. Heinrich hätte für dieses Lächeln freudig die schwersten Arbeiten vollbracht.

Sonst lebte Maria ganz still und zurückgezogen.

Die Bauern aus dem Dorfe waren gewohnt, daß sich die Sommerfrischler, die in der »Weißen Taube« wohnten, zuweilen zu ihnen gesellten und ein Späßchen mit ihnen machten. Maria Hochberg aber ging mit gesenktem Kopf an ihnen vorüber und erwiderte nur stumm die Grüße der ihr Begegnenden.

Das mißfiel den Bauern sehr. Sie forschten die Wirtin nach ihrem Gaste aus und erfuhren, daß sie nur eine arme Witwe sei, die darauf angewiesen war, sich ihr Brot zu verdienen, und nur erst Kräfte dazu sammeln wollte. Die Bauern von Bodenhausen waren meist wohlhabende Leute. Der fruchtbare Boden brachte ihnen reiche Ernten. Und sie schlugen protzig auf ihre Taschen, in denen die harten Taler klapperten, und stießen sich an und redeten von unberechtigtem Hochmut, wenn Maria stumm an ihnen vorüberging.

Klein-Liselotte fühlte sich glückselig in Bodenhausen. Der große Obstgarten war ihr Königreich. Er lag längs der Fahrstraße, die durch das Dorf nach dem Schlosse führte. Man konnte durch den weiß und grün gestrichenen Lattenzaun alles sehen, was auf der Dorfstraße geschah.

Am liebsten sah Liselotte den Wagen aus dem Schlosse, der täglich einigemal vorüberfuhr. Manchmal ritt auch der Herr Baron von Bodenhausen mit seiner Gemahlin auf schönen, schlanken Pferden vorbei und zwischen ihnen auf einem hübschen Pony Junker Hans.

Zuweilen saß aber der Junker neben seiner kleinen Schwester, der Baroneß Lori, im Wagen.

Frau Martha hatte erzählt, daß Junker Hans und Baronesse Lori die einzigen Kinder des Barons seien, der in Schloß Bodenhausen wohnte. Der Junker zählte bereits dreizehn Jahre, die kleine Baronesse war, wie Liselotte, fünf Jahre alt.

An einem heißen Sommertag stand Liselotte wieder wartend an der schmalen Pforte am Zaun. Sie war barfuß und hatte gepflanzt und gegraben auf einem kleinen Beet, das ihr Heinrich zurechtgemacht hatte. Ihre Händchen und ihr Schürzchen zeigten die Spuren ihrer Arbeit, und ihre dunklen Locken hingen ein wenig zerzaust um das glühende Gesichtchen.

Sie wußte, daß der Wagen aus dem Schlosse bald kommen mußte, und stand nun sehnsüchtig wartend da.

Endlich kam er heran, und jubelnd winkte Liselotte den beiden Kindern zu, die mit der Erzieherin der kleinen Baronesse im Wagen saßen. Zu Liselottes Freude fuhr dieser heute einmal sehr langsam.

Junker Hans lachte über den drolligen Anblick des kleinen Barfüßchens und nickte ihm mit freundlichem Gesicht zu. Aber seine kleine Schwester, die wie eine kleine Dame im Wagen lehnte, sah hochmütig auf sie herab und sagte entrüstet:

»Pfui, Hans – laß doch das schmutzige Kind!«

Klein-Liselotte verstand diese Worte nicht. Sie lachte und winkte und freute sich, daß der Junker ihr zugenickt hatte. Und als der Wagen verschwunden war, eilte sie zu ihrer Mutter, die in der Laube saß und nähte.

»O Mutter, sie sind wieder vorbeigefahren, das kleine Mädchen und der liebe große Junge. Er hat mir zugenickt und gelacht. Warum fahren sie nur immer vorüber? Sie sollen halten und mit mir spielen. Ich will es so gern.«

Maria nahm ihr Kind auf den Schoß und sagte mit mattem Lächeln:

»Ei, wie werden sie sich über das kleine, schmutzige Barfüßchen gewundert haben! Da, schau die Händchen an! Sie sind voll Erde. Und das Schürzchen so naß und schmutzig. Da spielt niemand mit dir, der sich sauberhält. Komm, mein kleines Barfüßchen, wir müssen dich schnell saubermachen.«

Liselotte sah an sich herab und betrachtete ihre Hände.

»Ja – sie sind sehr schmutzig, aber ich habe doch auch Blümchen gepflanzt in meinem Garten.«

Willig ging sie mit der Mutter ins Haus und ließ sich saubermachen. Dabei plauderte sie immer noch aufgeregt von dem kleinen Mädchen im weißen Kleide und von dem lieben großen Jungen.

Am nächsten Tage dehnte Maria Hochberg ihren Spaziergang im Walde mit Liselotte etwas weiter aus als sonst. Und plötzlich tauchte vor ihnen ein Parkgitter auf, hinter dem sie von fern Schloß Bodenhausen liegen sahen.

Liselotte jauchzte auf und eilte dicht an das Gitter heran.

»O Mutter, sieh doch, da ist ja das kleine Mädchen im weißen Kleid und der liebe große Junge. Ich will mit ihnen spielen!« rief sie der Mutter zu.

Und den beiden Kindern in glühendem Eifer zuwinkend, rief sie froh:

»Da bin ich, laßt mich mit euch spielen!«

Die kleine Baronesse sah mit verächtlicher Miene herüber und wandte sich dann auffällig ab. Junker Hans stand halb lachend, halb verlegen, er wußte nicht, was er tun sollte. Sein gutes Herz sträubte sich, der Kleinen wehe zu tun, und doch sah er ein, daß man ihren Wunsch nicht erfüllen konnte. Während er noch im Kampfe mit sich selber unschlüssig herübersah, streckte Liselotte die Hand mit den Blumen durchs Gitter.

»Liebes kleines Mädchen, da, nimm meine schönen Blumen, ich schenke sie dir!« rief sie mit ihrem lieben, weichen Stimmchen.

Aber Baronesse Lori machte nur eine verächtliche Bewegung und sah so recht hochmütig auf die blonde Frau im schlichten schwarzen Kleide, die nicht einmal einen Hut trug, und auf die bittende Liselotte. Sie hatte von den Dienstboten im Schlosse aufgeschnappt, daß die Fremde, die im Gasthofe zur »Weißen Taube« wohnte, eine arme Witwe sei, die sich aber Gott weiß was einbilde.

Spöttisch maß sie Mutter und Kind und warf hochmütig den Kopf zurück. Sie wollte ihnen schon zeigen, daß sie nichts mit ihnen zu tun haben wollte.

Liselotte konnte nicht verstehen, daß das kleine Mädchen nicht antwortete.

»Nimm du die Blumen, lieber großer Junge«, bat sie ganz verzagt.

Junker Hans vermochte kaum dem flehenden, weichen Stimmchen zu widerstehen. Er war nicht so hochmütig wie sein Schwesterchen. Die Kleine gefiel ihm wohl und tat ihm leid. Sie meinte es gewiß gut. Er gab sich einen Ruck und wollte schon zu Liselotte herangehen, um ihr einige freundliche Worte zu sagen. Da rief Lori mit schriller Stimme verächtlich:

»Laß doch, Hans, geh nicht hin! Das ist ja die Bettelprinzeß!« Junker Hans wurde dunkelrot. Er schämte sich vor der Schwester und sah verlegen zu der blassen blonden Frau hinüber, die herankam, um Liselotte fortzuholen. Etwas in den Augen dieser Frau wollte ihn bannen. Aber nach Jungenart schüttelte er trotzig den fremden Einfluß ab, wandte sich ebenfalls um und lief mit der Schwester tiefer in den Park hinein. Er schämte sich und wollte es sich nicht eingestehen.

Liselotte blickte ganz betrübt zu der Mutter empor, als könne sie das nicht fassen.

»Sie wollen meine Blumen nicht, mögen nicht mit mir spielen, Mutter!« Maria Hochberg nahm ihr Kind empor und herzte und küßte es. In ihren Augen lag ein seltsam herber Ausdruck.

»Meine arme kleine Bettelprinzeß«, flüsterte sie mit wehem Herzen. Dann führte sie ihr Kind davon und suchte es abzulenken von diesem Erlebnis, das sich so tief in die Kinderseele eingeprägt hatte.

Jetzt müssen wir erst etwas erzählen, was sich einige Zeit vor dem Eintreffen der kleinen Liselotte mit ihrer Mutter in der »Weißen Taube« zugetragen hatte.

In einem schönen alten Schlosse, das stolz auf einem hohen, bewaldeten Berge lag, wohnte Graf Armin von Hochberg-Lindeck. So alt und vornehm sein Geschlecht war, so stolz war Graf Armin darauf, und sein höchstes Bestreben war stets gewesen, daß nicht ein leiser Schatten auf seinen Stammbaum fiel.

Er bewohnte jetzt das riesengroße Schloß ganz allein mit seiner Gemahlin, der Gräfin Katharina, und der zahlreichen Dienerschaft. Bis vor sechs Jahren war im Schloß Hochberg immer reges festliches Treiben gewesen. Zahlreiche vornehme Gäste kamen und gingen, und es wurden große Jagden abgehalten und glänzende Feste gefeiert. Hauptsächlich geschah das, wenn der junge Graf Botho, der einzige Sohn des Grafen Armin, zu Hause war.

Der junge Graf Botho war gar nicht nach seinem Vater geraten, sondern nach seiner milden, gütigen Mutter, die alle Menschen gleich gelten ließ, wenn sie nur ein gutes Herz hatten. Das durfte sie aber ihren adelsstolzen Gemahl nicht merken lassen, und sie mußte sich beugen unter seinen herrischen Willen.

Graf Armin wollte seinen Sohn durchaus mit einer ebenso vornehmen, jungen Aristokratin verheiraten, die dieser aber nicht leiden mochte. Trotzdem der Vater allerlei Feste veranstaltete, um Graf Botho mit der jungen Reichsgräfin zusammenzubringen, wich dieser ihr aus, wo und wie er nur konnte. Und eines Tages gestand er seinem Vater, daß sein Herz schon lange einer armen, bürgerlichen Waise gehöre, die er auf einer Reise kennengelernt hatte. Er bat den Vater flehentlich, zu gestatten, daß er sie zu seiner Frau machen dürfe. Einer anderen Frau würde er niemals seine Hand reichen. Graf Armin war außer sich. Er wollte nichts von dieser Heirat hören und verbot seinem Sohn jeden weiteren Verkehr mit dem Mädchen.

Graf Botho war aber auch ein Mann mit festem Willen. Er weigerte sich, dieses Verbot anzuerkennen, und versicherte, daß er nie und nimmer von dem Mädchen lasse, das bereits seine Braut sei.

Es kam zu schlimmen, erregten Szenen zwischen Vater und Sohn. Graf Botho reiste ab, und wider den Willen seines Vaters verheiratete er sich kurz darauf mit der armen Waise. Graf Armin aber sagte sich von Stund an los von seinem Sohne.

Da Graf Armin seine Hand von dem Sohne gezogen hatte, mußte dieser ein sehr bescheidenes Leben führen, da er selbst nur ein geringes Vermögen besaß. Trotzdem lebte er sehr glücklich mit seiner jungen Frau, die ihm bald ein Töchterchen schenkte. Nur eines bedrückte ihn immer wieder – daß sein Vater ihm unversöhnlich grollte. Er hatte gehofft, dieser würde sich der vollendeten Tatsache fügen und ihm eines Tages verzeihen. Aber all sein Bitten blieb wirkungslos. Nur einmal antwortete ihm der Vater auf all seine flehenden Briefe. Es waren nur wenige Worte: »Löse die Bande, die Dich an die Frau fesseln, die Dir nicht ebenbürtig ist, dann will ich Dich wieder als meinen Sohn aufnehmen. Sonst bist Du tot für mich.«

Graf Botho liebte seine Frau aber viel zu sehr, um je in eine Trennung von ihr zu willigen. Und deshalb blieb alles beim alten.

So lagen die Verhältnisse bis wenige Monate vor dem Beginn unserer Geschichte. Nun hatte aber Graf Botho einen guten, ehrlichen Freund, den Baron Rainau, dessen Besitzungen an die des Grafen Armin von Hochberg-Lindeck grenzten. Dieser kannte auch flüchtig die junge Frau desselben, deren Güte und Schönheit ihn verstehen ließ, daß der Freund alles um diese Frau aufgegeben hatte. Baron Rainau war früher viel gereist, hatte sich dann verheiratet und lebte nun auf seinen Gütern. Gar zu gern hätte er dem Freund geholfen, sich mit dem Vater auszusöhnen. Er versuchte alles Mögliche, Graf Armin milder zu stimmen, jedoch ohne Erfolg. Schließlich empfing ihn der alte Herr gar nicht mehr.

Aber Baron Rainau gab die Hoffnung noch nicht auf. Eines Tages schrieb er an den Freund:

»Lieber Botho! Leider kann ich bei Deinem Vater nichts mehr für Dich tun, er nimmt meine Besuche nicht an. Nur Deine Mutter sehe ich zuweilen auf einen Augenblick. Von ihr soll ich Dir sagen, daß sie Dich unentwegt von Herzen liebt und nie die Hoffnung aufgibt, daß Dein Vater eines Tages Erbarmen haben wird. Sie hofft, daß es vielleicht von Nutzen sein könnte, wenn Du plötzlich vor Deinem Vater ständest und ihn um Verzeihung anflehtest. Und so haben wir einen Plan geschmiedet. Komme, sobald es möglich ist, auf einige Zeit nach Rainau als mein Gast. Ich habe ohnedies Sehnsucht nach Dir, und ein frischfröhlicher Pirschgang im Wald wird Dir guttun. Die Hauptsache aber ist, daß Du eine Begegnung mit Deinem Vater herbeiführst. Er geht jetzt stets allein auf die Jagd, höchstens der alte Förster darf ihn begleiten, und der ist Dir treu ergeben und wird von der Bildfläche verschwinden, wenn es not tut. Stehst Du Deinem Vater erst einmal wieder gegenüber, da müßte er doch von Stein sein, wenn er Dir nicht verzeihen würde. Deine verehrungwürdige gute Mutter, die unter der Trennung von Dir sehr leidet, hofft sehnlichst auf Dein Kommen. Also schreib mir, wann ich Dich erwarten darf. Empfehle mich Deiner Frau Gemahlin. Ich hoffe, sie schickt Dich schnell zu mir. Der Tag, an dem Du mit Weib und Kind in Hochberg einziehst, wird ein Glückstag sein für

Deinen Freund Herbert Rainau.«

Graf Botho zeigte den Brief seiner jungen Frau. Diese war in allem Glück doch sehr betrübt, daß sie Schuld trug an dem Zerwürfnis ihres Gatten mit seinem Vater. Sie hatte ihn aber zu sehr geliebt, um von ihm lassen zu können. Nun redete sie ihm dringend zu, die Einladung Baron Rainaus anzunehmen und zu versuchen, den Vater zu versöhnen, damit auch dieser Schatten von ihrem Glück genommen würde. So sagte er zu.

Nach einem zärtlichen, innigen Abschied von Weib und Kind reiste Graf Botho ab.

Es kam dann auch wirklich zu einer Begegnung zwischen Vater und Sohn im Walde. Heimlich war seine Mutter vorher nach Rainau gekommen, um den heißgeliebten Sohn wiederzusehen. Sie vermochte sich nachher kaum von ihm zu trennen. Auf ihren Wunsch gab er ihr eine Photographie seiner Frau und seines Kindes, die er bei sich trug. Ein Bild wollte sie wenigstens von ihrer Enkelin haben. Und als sie das liebe, schöne Antlitz ihrer Schwiegertochter sah, verstand sie den Sohn. Um eine solche Frau konnte ein Mann alles aufgeben.

Gräfin Katharina verriet dann dem Sohn, daß der Vater am nächsten Tage einen Hirsch schießen wollte. Da sollte er versuchen, ihn zu sprechen.

Vater und Sohn trafen am nächsten Tag zusammen. Graf Botho flehte den Vater in herzbewegenden Worten an, ihm zu verzeihen und ihn in Gnaden wieder aufzunehmen. Aber Graf Armin schien wirklich wie von Stein. Er blieb dabei, daß er die unebenbürtige Heirat seines Sohnes nicht anerkenne und daß er dem Sohn nur verzeihen und ihn wieder aufnehmen werde, wenn er sich von der bürgerlichen Frau lossage.

»Du kannst sie ja mit Geld abfinden«, sagte er schroff.

Graf Botho verlor nun seine Ruhe.

»Wie wenig kennst du meine Frau, wenn du meinst, daß sie mit schnödem Geld abzufinden sei. Entweder du heißt sie mit meinem Kinde an meiner Seite willkommen, oder ich muß dem Vaterhaus fernbleiben«, sagte er erregt.

»So bleibe fern – ich habe dich nicht gerufen«, erwiderte Graf Armin hart und wandte sich zum Gehen.

»Vater, ist das dein letztes Wort?« rief ihm der Sohn schmerzlich nach.

»Mein letztes. Ich habe keinen Sohn mehr, wenn er nicht allein zu mir zurückkommt.«

Damit war Graf Armin zwischen den Stämmen verschwunden. Ganz so ruhig und steinern, wie er schien, war er aber doch nicht. Aber er wollte seinen Willen durchsetzen. Niedergeschlagen kehrte Graf Botho nach Rainau zurück.

»Mein Vater ist unerbittlich«, sagte er zu seinem Freund. Dieser suchte ihn zu trösten, so gut es ging.

»Verzage noch nicht. Deine Mutter wird schon deine Sache führen, wenn dein Vater etwas ruhiger geworden ist. Die Zeit wird ihn auch milder stimmen. Wir versuchen es später noch einmal«, sagte er.

Graf Botho wollte sofort wieder abreisen, aber der Freund ließ ihn nicht fort.

»Du bleibst noch einige Tage. Mein Förster hat einen kapitalen Sechzehnender auf dem Rohre. Morgen wollen wir ihm zu Leibe gehen.«

Als Baron Rainau das gesagt hatte, ließ sich eben sein Förster melden und berichtete zornig und aufgeregt, daß die im Forst seit einiger Zeit hausenden Wilderer den Sechzehnender weggeschossen hätten. Der Baron war wütend.

»Jetzt lasse ich mir Tag und Nacht keine Ruhe, bis ich die Kerle ertappt habe. Sie schießen mir frech das beste Wild vor der Nase weg«, sagte er.

Graf Botho erbot sich, den Wilderern ebenfalls mit aufzulauern.

Das geschah dann auch. Die beiden Herren und der Förster bezogen Wachposten im Walde. Es kam zu einem Zusammenstoß mit den Wilddieben. Dieser Zusammenstoß fand an der Grenze zwischen Hochberger und Rainauer Gebiet statt, nicht weit entfernt von Schloß Hochberg. Es gab einen Kampf auf Tod und Leben – und die Kugel eines Wilderers durchbohrte Graf Botho das Herz. Was half es nun, daß sie einen der Wilddiebe gefangen hatten? Es war nicht einmal der, welcher den Schuß auf Graf Botho abgegeben hatte.

Während der Förster den gefangenen Wilddieb davonführte und die anderen entflohen, brachte Baron Rainau, bis ins Innerste erschüttert, die Leiche seines Freundes mit einigen Wildhütern nach Schloß Hochberg.

Es war im Morgengrauen, alles schlief noch im Schloß, man mußte die Bewohner wecken.

Als man den Toten in der großen Schloßhalle niedergelegt hatte, erschien die Gräfin Katharina im Nachtgewand und ganz verstört.

Ohnmächtig brach sie über der Leiche ihres Sohnes zusammen.

Auch Graf Armin kam herbei. Seine hohe Gestalt schwankte, und sein Antlitz glich selbst dem eines Toten – aber er verlor die Haltung nicht vor all den Leuten, die ihn umgaben.

Welchen Kampf er später in der Stille seines Zimmers mit sich ausgefochten hatte, das erfuhr nie ein Mensch.

Gräfin Katharina lag bewußtlos in schwerer Krankheit, als man die Leiche ihres Sohnes in der Gruft der Schloßkapelle beisetzte.

Niemand außer dem Baron Rainau dachte in dieser schrecklichen Zeit an die junge Gräfin Hochberg-Lindeck, die nun Witwe geworden war. Er wäre am liebsten selbst zu ihr geeilt, um ihr das Unglück schonungsvoll zu melden. Aber er konnte nicht abkommen, da die eingetroffenen Gerichtspersonen seine Anwesenheit verlangten. So schrieb er an die junge Gräfin, so schonungsvoll er nur konnte. Gräfin Katharina sei schwer erkrankt und ohne Bewußtsein, und Graf Armin weigere sich selbst an der Bahre seines Sohnes, sie und ihr Kind anzuerkennen. Sie möge ihm mitteilen, was er für sie tun könne.

Erst nach einigen Wochen bekam Baron Rainau auf diesen Brief eine Antwort. Diese lautete:

»Sehr geehrter Herr Baron!

Erst heute bin ich imstande, Ihnen auf Ihren Brief zu antworten und Ihnen für Ihre Güte zu danken. Wenn Sie mir nicht den Tod meines unvergeßlichen, teuren Gatten gemeldet hätten, so hätte ich es wohl erst aus den Zeitungen erfahren. Ich konnte bisher nicht schreiben, weil ich wie von Sinnen war, nicht fähig, einen Gedanken zu fassen. – Sie wissen ja, wie wir einander geliebt haben. – Aber nicht von meinem Leid will ich sprechen – das ist unaussprechlich tief und schwer. Daß Graf Armin auch jetzt noch sich weigert, mein Kind und mich anzuerkennen, nimmt mich nicht wunder. Warum sollte er es auch jetzt noch tun? Wenn er sich nicht aus Liebe zu seinem Sohn entschließen konnte, uns anzuerkennen, so hat er jetzt keine Veranlassung dazu. Wir sind ihm fremde, lästige Menschen, nichts weiter. Mein und meiner Tochter Schicksal wird in Zukunft ganz losgelöst sein von Graf Armin. Es schmerzt mich qualvoll, daß es mir nicht einmal vergönnt ist, am Grabe meines geliebten Mannes zu beten. Aber ich muß es verwinden, Graf Armin würde mich wie eine Bettlerin von der Tür weisen, wenn ich ihn darum bitten wollte. Und so muß ich mich fügen. Ich trage das Bewußtsein in mir, daß die Seele meines geliebten Toten überall bei mir sein wird, daß wir auch über den Tod hinaus unzertrennlich sind.

Ich muß leben – um meines Kindes willen –, wenn es mich auch unsäglich schwer dünkt. Und ich werde leben, werde für mein Kind und mich arbeiten, wie ich es früher nur für mich getan. Deshalb danke ich Ihnen für Ihr freundliches Anerbieten, das, wie ich weiß, aus ehrlichem Herzen kommt. Aber Graf Bothos Frau darf kein Almosen annehmen und ist auch zu stolz, es zu tun. Sorgen Sie sich nicht um uns. Vorläufig besitze ich noch genug, um zu leben. Auch einen Notgroschen werde ich haben. Ich will irgendwo in Stille und Einsamkeit untertauchen und um den Frieden meiner qualzerrissenen Seele ringen. Den Grafentitel werde ich nicht mehr führen, er paßt nicht zu meiner bescheidenen Existenz, und Graf Armin soll nicht zu fürchten brauchen, daß eine Gräfin Hochberg-Lindeck ums Brot arbeiten muß.

Ich danke Ihnen für die treue Freundschaft, die Sie meinem geliebten Gatten allezeit bewiesen haben. Sie sollen sich nicht, wie Sie mir schrieben, einen Vorwurf machen, daß Sie Botho nach Rainau einluden. Wir sind alle hilflose Werkzeuge einer himmlischen Macht, die unsern Weg bestimmt. Und Sie haben es gut gemeint. Dafür danke ich Ihnen herzlich.

Wenn Sie an die Gruft meines geliebten Mannes gehen können, so legen Sie bitte die beiden Rosen, die ich Ihnen gleichzeitig sende, zu seinen Füßen nieder mit einem stillen Gruß von mir und meiner Tochter. Wir haben sie bei einem Gärtner selbst gepflückt und sie an unsere Lippen, an unsere Herzen gedrückt. Sind sie auch welk geworden, bis sie ihr Ziel erreichen – unsere Liebe, die mit ihnen geht, bleibt frisch und stark. Nehmen Sie meinen herzlichsten Dank im voraus und leben Sie wohl für immer.

Ihre Maria Hochberg.«

Bald nachdem Baron Rainau diesen Brief erhalten hatte, konnte er sich für einige Tage losmachen und beeilte sich, Bothos Witwe aufzusuchen. Er hoffte, sie zu bestimmen, Hilfe anzunehmen von ihm oder von Gräfin Katharina, die sicher nach ihrer Genesung wünschen würde, in aller Stille etwas für ihre Schwiegertochter und ihre Enkelin zu tun.

Aber er kam schon zu spät. Die junge Gräfin war mit ihrem Kinde abgereist, niemand wußte wohin. In ihrer Wohnung hielten schon fremde Menschen ihren Einzug. Er konnte nur in Erfahrung bringen, daß sie ihre Möbel an einen Händler verkauft hatte. Baron Rainau kehrte betrübt nach Hause zurück. Er hätte so gern etwas für die junge Gräfin und ihr Kind getan. Aber er konnte auch ihren Stolz verstehen. Er konnte sich jedoch nicht versagen, der Gräfin Katharina später den Brief der jungen Frau zu übergeben.

Vorläufig war die Gräfin allerdings noch schwer krank, sie genas nur sehr langsam. Und ihr schwacher Wille schien durch die Krankheit vollends gebrochen zu sein. Stumm lebte sie neben ihrem Gemahl dahin. Sie fühlte freilich, daß dieser auch innerlich darunter litt, daß er den einzigen Sohn in der Blüte seiner Jahre verloren hatte. Aber er gab die Schuld an allem, was geschehen war, der Frau, die ihm den Sohn abtrünnig gemacht hatte. Wenn dieser nicht gegen seinen Willen diese Ehe geschlossen hätte, dann wäre alles anders gekommen. Davon war er nicht abzubringen.

Sehr betrübt war die Gräfin, als sie nach ihrer Genesung von Baron Rainau erfuhr, daß ihre Schwiegertochter und ihre Enkelin verschwunden seien. So gern hätte sie im stillen etwas für die beiden getan. Ach, wie gern hätte sie sich aufgemacht, um nach ihrem Enkelchen zu suchen. Aber der strenge Wille ihres Gemahls bannte sie an seine Seite. Sie konnte nichts tun als beten, daß Gott das harte Herz ihres Gemahls rühren möge.

Seit mehreren Wochen schon weilte Maria Hochberg mit ihrer kleinen Tochter im Gasthof zur »Weißen Taube« in Bodenhausen. Die Ruhe und Stille tat ihren Nerven wohl, aber das Leid, das in ihrer Seele wohnte, wollte nicht zur Ruhe kommen.

Klein-Liselotte aber fühlte sich von Tag zu Tag wohler und

heimischer in der »Weißen Taube«. Noch immer stand sie täglich am Gartenzaun und wartete auf den Wagen aus dem Schlosse. Glückstrahlend sah sie aus, wenn es ihr gelang, einen verstohlenen Gruß des Junker Hans zu erhaschen. Er winkte ihr auch immer lächelnd zu, wenn er auf seinem Pony vorüberritt. Dann war die hochmütige kleine Schwester nicht dabei, die ihn ausschalt, wenn er freundlich mit der Bettelprinzeß war.

Dieser Name, den Baronesse Lori für Liselotte aufgebracht hatte, war durch die Dienerschaft aus dem Schlosse bald im ganzen Dorf verbreitet.

Maria ahnte nicht, daß die Leute im Schloß und im Dorfe so unzufrieden mit ihr waren. Sie tat niemand etwas zuleide, lebte nur still vor sich hin und wollte nichts als Ruhe.

Dann glaubte sie aber, nun lange genug die Hände in den Schoß gelegt zu haben. Sie schrieb an die große Firma, für die sie früher gearbeitet hatte, ob man ihr wieder Aufträge geben wollte, die sie in Bodenhausen ausführen könnte. Sie bekam sofort zusagenden Bescheid. Die zarten, duftigen Blumenstücke, die sie zu malen verstand, waren sehr beliebt gewesen. Nun hatte Maria eine lange, ernste Unterredung mit der Wirtin. Sie sagte ihr, daß sie gern dauernden Aufenthalt in der »Weißen Taube« nehmen möchte, weil sie sich da nicht um die Wirtschaft zu kümmern brauche und den ganzen Tag ungestört malen könne. Ob ihr unter diesen Umständen Frau Martha Schulz den Preis noch etwas herabsetzen könne. Sie würde gern mit noch einfacherer Kost zufrieden sein.

Die gutmütige Wirtin freute sich, daß Maria mit dem Kinde für immer bleiben wollte. Sie hatte schon mit Schrekken an die Zeit der Trennung gedacht. Und sie wollte sich gewiß nicht an Maria bereichern.

»Meine liebe Frau Hochberg«, sagte sie, mit Herzenstakt vermeidend, Maria zu demütigen, »wenn Sie das ganze Jahr bei mir wohnen wollen, dann kann ich Ihnen natürlich andere Preise machen. Ob das Giebelstübchen leer steht oder ob Sie darin wohnen, ist gleich. Sie machen uns so wenig Arbeit, daß wir Sie kaum merken. Und ich bin froh, daß ich so liebe Gesellschaft im Hause habe. Und wenn Sie gar noch mitessen wollen, was ich für mich und meine Leute koche, dann merken wir Sie kaum. Ich werde Ihnen also dann den Preis um die Hälfte ermäßigen. Ist es so recht?«

Maria wollte das erst nicht annehmen, aber die Wirtin setzte ihr so überzeugend auseinander, daß sie dabei immer noch nicht zu kurz käme, daß Maria sich dankbaren Herzens fügte.

»Sie sind so gut zu mir, liebe Frau Schulz. Ich danke Gott, der mich in meiner Verlassenheit gerade zu Ihnen geführt hat«, sagte sie bewegt.

Maria Hochberg schrieb nun wieder an die Firma und bat um Zusendung von Aufträgen.

Dann ging sie am nächsten Tage zu Pfarrer Helmers, der mit seiner Familie in dem kleinen freundlichen Pfarrhaus neben der Kirche wohnte. Sie hatte den alten Herrn und seine Gattin kennengelernt, als sie sonntags aus der Kirche kam.

Sie bat ihn um eine Unterredung. Er führte sie voll Freundlichkeit in sein Studierzimmer und fragte sie, womit er ihr dienen könne.

Sie teilte ihm mit, daß sie für immer in Bodenhausen ihren Wohnsitz aufschlagen wolle, und bat ihn, ihr kleines Vermögen, das sie als Notpfennig zurücklegen wolle, zu verwahren.

Sie übergab dem Pfarrer zehntausend Mark in Wertpapieren und sagte, daß sie sich die Zinsen vierteljährlich abholen wolle.

Außerdem händigte sie ihm noch einen dicken versiegelten Umschlag aus.

»Er enthält Familienpapiere und dergleichen, Herr Pastor. Ich möchte es auf alle Fälle für meine Tochter sicher verwahrt haben. Erst an ihrem achtzehnten Geburtstag soll er ihr ausgehändigt werden, ich habe das auf dem Umschlag zur Sicherheit vermerkt«, sagte sie.

Der Pfarrer verwahrte alles an sicherer Stelle und stellte Maria eine Bescheinigung darüber aus. Eine Weile sprach er dann der jungen Frau noch Mut und Trost zu und führte sie dann hinüber ins Wohnzimmer zu seiner Frau und seinen Töchtern.

Die baten Maria, ab und zu auf ein Plauderstündchen ins Pfarrhaus zu kommen. Sie merkten sehr wohl, daß sie eine feingebildete Frau vor sich hatten.

Maria dankte, bat aber, sie in nächster Zeit noch zu entschuldigen. Sie sei noch gar nicht fähig, sich wieder im Leben zurechtzufinden. Später wolle sie von der gütigen Erlaubnis gern zuweilen Gebrauch machen.

»Das tun Sie nur, Frau Hochberg, und versuchen Sie ab und zu ein Wort mit unseren Bauern zu reden. Die haben mit ihren dicken Köpfen keine Ahnung von seelischem Einsamkeitsbedürfnis und halten Ihre Zurückhaltung für Hochmut.«

Maria sah ihn so ehrlich erstaunt an, daß er lachen mußte.

»Ja, ja, meine verehrte Frau Hochberg, die Bauern sind Kindsköpfe. Also tun Sie als geistig Überlegene ein übriges, und reden Sie am Sonntag nach der Kirche mit den Bauernfrauen einige Worte. Meine Frau muß es auch tun und wird Ihnen dabei helfen.«

Maria versprach es mit einem matten Lächeln und verabschiedete sich herzlich von den guten Menschen. Als Maria in die »Weiße Taube« zurückkehrte, fand sie Liselotte mit dem langen Heinrich in eifriger Arbeit in dem Garten. Heinrich hatte das Gras gemäht, und Liselotte half es zusammenharken mit einer kleiner Harke, die ihr Heinrich gemacht hatte.

Mit vor Eifer gerötetem Gesicht jubelte sie der Mutter zu: »Wir machen Heu für die Kuh, Mutter. Ach, was haben wir gearbeitet, Heinrich und ich!«

Maria drückte ihr Kind an sich, dann schafften die beiden Erntearbeiter fröhlich weiter.

Maria bekam schon in den nächsten Tagen Aufträge für Malereien und machte sich unverzüglich an die Arbeit. Bei schönem Wetter malte sie in der Laube. Heinrich stand dann oft sprachlos vor Staunen und Bewunderung, wenn die duftigsten Blumen unter Marias Händen entstanden. Und Frau Martha Schulz brachte die schönsten Rosen aus ihrem Garten zum Malen herbei.

In der stetigen Arbeit fand die junge Frau eine wohltätige Ablenkung von ihrem Schmerz.

Auf des Pfarrers Rat hatte Maria schon am nächsten Sonntag nach dem Gottesdienst einige der angesehensten Bäuerinnen freundlich angesprochen. Die Frau Pfarrerin hatte vermittelt. Die Bäuerinnen machten erst seltsame Gesichter, aber als die Frau Pfarrerin dann erklärte, daß Frau Hochberg bis jetzt zu sehr von ihrem Kummer beherrscht gewesen wäre, da schlug die Stimmung plötzlich zu Marias Gunsten um.

So saß Maria wieder eines Tages in der Laube bei ihrer Malerei. Liselotte hatte neben der Laube im Rasen gespielt, hatte ihrer Puppe aus Heu ein Bettchen gemacht und mit ihr wie ein zärtliches Mütterchen geplaudert.

Es war jetzt die Zeit, da der Wagen aus dem Schloß vorüberzukommen pflegte.

Liselotte gebot ihrem Puppenkind, artig zu sein und zu schlafen, Mutter müsse einstweilen eine große Reise machen. Diese große Reise führte die kleine Puppenmutter jedoch nur bis zur schmalen Gartenpforte, wo sie auf den Wagen warten wollte.

Ihre Geduld wurde heute auf eine harte Probe gestellt. Sie konnte von der Zauntür auch gar nicht weit sehen, da die Straße hier eine Biegung machte.

Wenn sie hinüberging auf die andere Straßenseite, dann

konnte sie ein gut Stück weiter sehen, das hatte sie schon ausgeprobt.

So ging sie auch heute über den Fahrweg hinüber, um Ausschau zu halten. Und kaum war sie drüben, da erblickte sie auch schon den Wagen.

Laut aufjauchzend wollte sie schnell wieder an die Zauntür hinüber, um von da Junker Hans zu winken.

Maria blickte von ihrer Arbeit auf, als sie Liselotte jauchzen hörte, und erschrak, als sie das Kind jenseits des Fahrwegs sah, denn sie hörte den Wagen herankommen. Erschrocken sprang sie auf, denn sie sah, daß Liselotte wieder herüberlaufen wollte. In der Eile strauchelte das Kind und fiel mitten auf dem Fahrweg nieder.

Unglücklicherweise hatte der Baron Bodenhausen gerade heute ein paar besonders junge und feurige Pferde zum ersten Male einspannen lassen. Sie rasten im stürmischen Tempo daher.

Wie ein Pfeil schoß Maria, von Entsetzen getrieben, hinüber, um Liselotte aufzuheben.

Schon waren die Pferde dicht herbeigekommen, da gelang es Maria noch, im letzten Augenblick ihr Kind zurückzureißen und beiseite zu schieben. Aber leider fiel sie dabei selbst hin und so unglücklich, daß die aufbäumenden Pferdehufe ihren Kopf trafen.

Im Wagen hatten der Baron, seine Gemahlin und Junker Hans gesessen. Die kleine Baronesse war eines Schnupfens wegen mit der Erzieherin zu Hause geblieben. Erschrocken waren die drei Insassen aus dem Wagen gesprungen. Auch der Kutscher sprang herab, um seine Pferde zu beruhigen, damit nicht noch mehr Schaden angerichtet wurde. Liselotte hatte laut aufgeschrien in höchster Not. Das hatte Heinrich gehört, der hinter dem Hause zu tun hatte. Mit großen Sätzen kam er herbeigeeilt. Hinter ihm erschien die Wirtin. Auch einige andere Leute kamen herbei und scharten sich um die Unfallstelle.

Heinrich beugte sich über die leblose Gestalt der jungen Frau. Wie ein Kind hob er sie auf seinen starken Armen empor, und die hellen Tränen liefen ihm über das blasse Gesicht.

Der Baron rief dem Kutscher zu, sofort den Arzt im Wagen herbeizuholen. Dann folgte er mit seiner Gattin Heinrich und Frau Martha Schulz in die »Weiße Taube«.

In all dem erschreckten Trubel hatte jetzt niemand auf die kleine Liselotte geachtet. Sie stand erschrocken und bitterlich weinend auf der Straße vor der geschlossenen Gasthoftür und rief verzweifelt nach ihrer lieben Mutter.

Da neigte sich Junker Hans zu der trostlosen Kleinen herab. Sein Antlitz war auch leichenblaß, er zitterte selbst vor Schrecken über den furchtbaren Unfall, an dem vor allem die stürmisch dahinrasenden Pferde schuld gewesen waren. Mit bebender Hand streichelte er das dunkle Lockenköpfchen, das sich so weich und seidig anfaßte, und trocknete mit seinem Taschentuch die Tränen der armen Liselotte.

»Arme kleine Bettelprinzeß«, sagte er voll heißen Mitleids. Schluchzend sah sie zu ihm auf, als könne er helfen.

»Ich will zu meiner süßen, armen Mutter, lieber Junge. Die bösen Pferde haben ihr weh getan«, jammerte sie.

Er brachte kein Wort hervor als immer nur: »Arme Kleine!«

Aber er öffnete die schwere Tür und trat mit ihr in den Hausflur. Weiter wagte er sich nicht. Er zog Liselotte zu sich heran und sagte leise: »Bleib nur hier, bis man dich zu deiner Mutter ruft.«

Frau Schulz lief mit einer Schüssel voll Wasser und leinenen Tüchern vorbei, ohne auf Liselotte zu achten. Auch über ihr Gesicht liefen unaufhaltsam die Tränen. Drinnen wusch sie behutsam das blasse Gesicht der Verunglückten und legte nasse Tücher auf das blutende Haupt. Die konnten keinesfalls schaden. Bevor der Arzt nicht da war, konnte man nichts weiter tun. Man wußte ja nicht einmal, ob noch Leben in der jungen Frau war.

Der Baron half ihr selbst dabei. Er machte sich bittere Vorwürfe, daß er die jungen, ungestümen Pferde hatte einspannen lassen.

Die Wirtin erzählte weinend mit leiser Stimme, daß Maria Hochberg ganz allein im Leben stehe mit ihrem Kind und daß sie sich ihren Unterhalt mit Malereien verdient habe. Sie sei eine so liebe, feine Frau, die sicher eine sehr gute Bildung genossen habe.

Zum Glück hatte der Kutscher den Arzt schon unterwegs getroffen. So war dieser bald zur Stelle. Aber sein Gesicht war sehr ernst und bedenklich.

Als er seine Untersuchung beendet hatte, richtete er sich auf.

»Da ist keine Hoffnung mehr! Wohl ist das Leben noch nicht erloschen, aber es wird bald zu Ende sein, die Schädeldecke ist zertrümmert«, sagte er ernst.

Frau Schulz schluchzte laut auf. Es war, als ob dieser Laut Maria Hochberg noch einmal von der Schwelle der Ewigkeit zurückrufe. Auch die Baronin kam erschrocken näher.

Da hob Maria müde und schwer die Lider von den schönen blauen Augen. Ihr Blick irrte umher.

»Mein Kind!« lallte sie.

»Es ist gesund und wohlbehalten«, versicherte der Baron.

Sie sah ihn an mit seltsam flehendem Blick, als wollte sie etwas fragen.

»Mein Kind!« rief sie nochmals.

Heinrich stand an der Tür und wischte sich mit der verkehrten Hand die Tränen aus den Augen. Er verstand den Sehnsuchtsruf der Frau, die er so schrankenlos bewundert und verehrt hatte. Schnell ging er hinaus, um Liselotte zu holen.

»Liselotte wird gleich kommen«, sagte Frau Schulz, sich zu Maria neigend.

Die sah zum Arzt empor.

»Muß ich sterben? Bitte – Wahrheit!«

»Sie sind schwer verletzt, sehr schwer«, antwortete dieser ernst.

Wie in heißer Angst blickte Maria die Menschen an, die ihr Lager umstanden.

»Mein armes Kind!« stöhnte sie.

Der Baron und seine Gattin sahen sich an. Dann beugte sich der Baron herab.

»Sorgen Sie sich nicht – was auch geschehen mag, ich sorge für Ihr Kind. Wenn es schutzlos ist, soll es ins Schloß kommen, ich verspreche Ihnen, daß ich für seine Erziehung sorge. Meine Pferde waren schuld an dem Unglück. Bitte, beruhigen Sie sich Ihres Kindes wegen, es wird nicht verlassen sein.«

Ein überirdisches Lächeln glitt über Marias Antlitz.

»Dank – Pastor Helmers – Papiere«, hauchte sie.

Jetzt kam Heinrich mit Liselotte herein. Er hatte sie dringend ermahnt, nicht zu weinen, weil das Mutter weh tue. Nun schluckte sie tapfer ihre Tränen hinunter und eilte an das Bett.

»Mutter – meine arme, süße Mutter!« Aller Augen füllten sich bei diesem kindlichen Notschrei mit Tränen.

Maria tastete nach dem Haupt ihres Kindes.

»Meine Liselotte – ich gehe nun – zu Vater – sei brav – Gott – segne dich.«

Kaum vernehmbar erklangen diese Worte. Dann ging es wie ein Ruck durch den schlanken Frauenkörper. Er streckte sich langsam aus.

Und die schönen blauen Augen, die der Tod brach, wurden sanft von dem Arzt geschlossen. Maria Hochberg war dem geliebten Gatten in die Ewigkeit gefolgt. Die kleine Liselotte war ein Waise.

Heinrich hob das Kind empor und trug es hinaus. Neben ihm stand Junker Hans in tiefster Ergriffenheit und trocknete immer wieder mit seinem feinen Tuch die Tränen Liselottes. Der vornehme Junker in seinem feinen Anzug und der schlichte Bauernbursche im derben Arbeitskittel vereinten sich zu einem Werke der Barmherzigkeit.

Drinnen im Schlafzimmer der Wirtin lag mit friedlich verklärten Zügen die tote Mutter der kleinen Waise, als sei sie allem Leid, allem Weh entrückt. Frau Martha Schulz ging in den Garten und schnitt Rosen ab. Die streute sie weinend über die tote Frau, die ihr im Herzen so lieb geworden war.

Der Arzt hatte inzwischen in dem leeren Gastzimmer noch eine Unterredung mit dem Baron und seiner Gemahlin. Inzwischen kam Pastor Helmers herbei, der von dem Unglück gehört hatte.

Diesem erklärte Baron Bodenhausen, daß er der Verstorbenen versprochen hatte, Liselottes Erziehung zu übernehmen. Der Pastor teilte ihm mit, daß Frau Hochberg ihm Wertpapiere in Höhe von zehntausend Mark und ein Päckchen Papiere in einem versiegelten Umschlag übergeben, und welche Wünsche sie dabei geäußert habe. Da der Herr Baron doch nun die Vormundschaft über das Kind erhalte, möge er auch die Papiere am nächsten Tage ins Schloß bringen.

Bald darauf kehrte der Baron mit seiner Gemahlin und seinem Sohn ins Schloß zurück. Neben Junker Hans aber saß jetzt die kleine Liselotte, die man gleich mitnehmen wollte, damit sie auf andere Gedanken kam. Darum hatte Junker Hans gebeten, der sich jetzt nicht von der armen Kleinen losreißen konnte.

Frau Martha Schulz tat das Herz weh, als Heinrich Liselotte in den Wagen hob, und der brave Bursche wischte immer wieder verstohlen die Tränen ab. Sie gingen beide ganz niedergeschlagen ins Haus zurück.

Als dann am andern Tag die Leiche aufgebahrt war, plünderte Heinrich den ganzen Garten und schleppte alle Blumen herbei. Frau Schulz wand Kränze daraus, die auf den Sarg gelegt wurden.

Der Wagen des Barons hielt vor der Freitreppe des Schlosses Bodenhausen. Die kleine Baronesse Lori stand am Fenster neben ihrer Erzieherin. Sie sahen den Wagen kommen.

Erstaunt erblickte Lori neben ihrem Bruder die kleine Liselotte auf dem Rücksitz.

»O Fräulein Herter – sehen Sie doch –, was soll denn das heißen? Da sitzt gar die Bettelprinzeß in unserem Wagen! Wie kommt denn die da hinein?« rief sie entrüstet und machte ihr hochmütiges Gesicht.

Fräulein Herter war eine schlanke Dame von etwa dreißig Jahren. Sie hatte glattgescheiteltes, aschblondes Haar und graue Augen, war weder schön noch häßlich und trug ein graues Kleid mit weißem Leinenkragen um den Hals.

Auch sie war sehr erstaunt, das kleine Mädchen, das sie so oft am Zaun der »Weißen Taube« hatte stehen sehen, im Wagen zu erblicken.

»Ich weiß es nicht, Lori. Aber du solltest das Kind nicht immer Bettelprinzeß nennen, es klingt so verächtlich.«

Lori warf den Kopf zurück. »Sie ist eben doch eine Bettelprinzeß, Fräulein Herter.«

»Nein, es ist ein Schimpfwort, und du sollst solche nicht anwenden.«

»Bettelprinzeß ist kein Schimpfwort. Mama hat es auch schon gehört und mir nicht verboten. Sie müssen mir immer alles verbieten, was mir Spaß macht, Fräulein.«

»Ich verstehe nicht, daß es dir Spaß macht, das Kind so zu nennen.«

»Ach, Fräulein, machen Sie doch nicht solch Aufhebens von dem Bettelkind. In unseren Wagen gehört es sicher nicht. Ich verstehe Papa und Mama nicht. Und sehen Sie nur, jetzt hebt mein Bruder es gar aus dem Wagen und führt es ins Haus. Was soll das nur heißen?«

Baronesse Lori war in ihrer ganzen frühreifen Sprechweise schon völlig die große Dame. Jetzt wollte sie hinauslaufen, aber Fräulein Herter hielt sie fest.

»Du sollst doch heute deiner Erkältung wegen im Zimmer bleiben, Lori!«

Widerwillig fügte sie sich, sah aber sehr ungeduldig nach der Tür. Sie öffnete sich endlich. Loris Eltern und Bruder traten ein. Der letztere führte Liselotte an der Hand.

»Mama, was soll denn die Bettelprinzeß hier im Schloß?« fragte Lori entrüstet. Die Baronin strich sich erregt über die Stirn und zerrieb Kölnisches Wasser in den Händen, um sich zu erfrischen. Sie schob Lori achtlos beiseite und wandte sich an Fräulein Herter.

»Es hat ein Unglück gegeben, Fräulein. Sie müssen sich der Kleinen annehmen. Die Mutter des Kindes ist fast unter unseren Wagen gekommen, als sie die Kleine, die gefallen war, aufheben wollte. Dabei haben sie die Pferde schwer am Kopf verletzt, und sie ist gestorben. Die kleine Waise soll nun im Schloß erzogen werden. Sie wissen aber, liebes Fräulein, daß ich zuviel in Anspruch genommen bin. Ich kann mich nicht viel um das Kind kümmern. Und deshalb übergebe ich es Ihnen. Neben Ihrem Zimmer ist ein leeres Kämmerchen, das lassen Sie als Schlafzimmer für die Kleine zurechtmachen, damit sie doch jemand in der Nähe hat. Und dann kann sie mit Lori zusammen lernen und spielen. Das macht Ihnen dann nicht viel Umstände, nicht wahr, liebes Fräulein?«

Lori hörte das alles erstaunt und entrüstet an.

»Wie, Mama? Mit diesem schmutzigen Kind soll ich spielen? Das tue ich nicht, ich mag es nicht, es soll wieder fortgehen.«

Der Baron, der durch den Unfall ebenso aufgeregt worden war wie seine Gemahlin, faßte Lori unsanft an der Schulter.

»Du schweigst jetzt still und fügst dich in das, was Mama anordnet«, sagte er streng.

Lori verzog unartig das Gesicht, und ihre Augen blickten zornig und verächtlich auf Liselotte, die sich ängstlich an die Hand des Junkers klammerte. Aber sie schwieg doch, weil sie merkte, daß die Eltern erregt waren und nicht mit ihnen zu spaßen sei. Daß sie aber mit Liselotte nicht spielen würde, stand in ihrem eigensinnigen Kopfe fest.

Fräulein Herter hatte etwas beklommen den Ausführungen ihrer Herrin gelauscht. Auch sie war nicht erbaut von dem fremden Zuwachs. Sie hatte schon mit der eigenwilligen, verzogenen Lori genug Arbeit und Verdruß, hatte kaum eine freie Stunde für sich. Und nun sollte ihr auch noch die Sorge für das fremde Kind aufgebürdet werden. Sie wagte jedoch nicht zu widersprechen. Die Frau Baronin war eine sehr bestimmte Dame und hielt darauf, daß ihre Befehle erfüllt wurden. So verneigte sich Fräulein Herter und erklärte sich bereit. Mit einem gnädigen Kopfneigen verließ die Baronin mit ihrem Gemahl das Zimmer. Sie glaubte nun das Ihre für Liselotte getan zu haben, indem sie die Sorge für deren Wohl Fräulein Herter aufbürdete. So leicht machen sich die Menschen oft übernommene Pflichten.

Fräulein Herter sah unbehaglich auf ihren neuen Pflegling, der noch von Zeit zu Zeit tief aufschluchzte.

»Was soll ich nun mit ihr tun?« fragte sie halb unwillig, halb mitleidig den Junker.

Dieser strich zum Entsetzen seiner kleinen Schwester fast zärtlich und mitleidig über Liselottes Köpfchen.

»Ich glaube, zuerst muß sie mal gewaschen werden, Fräulein. Sie hat so geweint und sich den Staub im Gesicht herumgewischt. Und dann glaube ich, wird es das beste sein, sie schlafen zu legen. Sie muß todmüde sein von dem vielen Weinen. Seien Sie doch ein bißchen gut zu ihr, Fräulein. Wenn Sie das schreckliche Unglück mit angesehen hätten, würde Ihnen die Kleine gewiß auch sehr leid tun.«

Der Junker wurde ganz blaß in Erinnerung an den furchtbaren Unfall.

Fräulein Herter fühlte sich durch seine Worte fast beschämt. Sie beugte sich zu Liselotte herab.

»Soll ich dich zu Bett bringen, kleine Liselotte, willst du schlafen?« fragte sie.

Diese schluchzte trocken auf, weinen konnte sie schon nicht mehr.

»Ich will zu Mutter – Mutter will ich haben«, jammerte sie.

Fräulein Herter sah hilflos zu dem Junker auf.

»Gehen Sie nur mit ihr, liebes Fräulein, und lassen Sie ihr das Kämmerchen zurechtmachen, während Sie sie waschen und auskleiden. Geh, Liselotte, geh mit dem guten Fräulein Herter, sie wird gut mit dir sein«, sagte er dann.

Liselotte klammerte sich an seine Hand.

»Bleib du bei mir«, flüsterte sie bittend.

Er streichelte sie sanft.

»Wenn du ausgeschlafen hast, spiele ich mit dir. Jetzt mußt du aber artig sein und tun, was ich dir sage.«

Da ging Liselotte folgsam mit Fräulein Herter aus dem Zimmer. Junker Hans trat zu seiner kleinen Schwester.

»Was macht deine Erkältung, Lori?« fragte er und wollte sie mit brüderlicher Zärtlichkeit umfassen. Sie stieß ihn aber heftig von sich.

»Rühr mich nicht an, du hast mit deinen Händen das schmutzige Ding angefaßt!«

Der Junker sah sie groß und vorwurfsvoll an.

»Pfui, Lori, wie herzlos bist du. Hast du denn gar kein Mitleid mit der armen Kleinen?«

Lori blieb in ihrer eigensinnigen Abwehr.

»Sie mag im Dorf bleiben bei den Bauernkindern oder in der ›Weißen Taube‹. Ins Schloß gehört sie nicht, ich mag sie nicht.«

»Du hast doch gehört, daß Papa und Mama anders bestimmt haben. Und die Eltern haben recht getan. Durch unsere Pferde ist Liselottes Mutter getötet worden. Sie wollte das Kind retten und starb selbst.«

»Oh, sie hat gewiß wieder auf dem Weg herumgelungert. Was hat sie immer an unseren Wagen heranzulaufen? Sie ist so aufdringlich, und sicher war sie selber schuld, daß ihre Mutter verunglückt ist.«

»Pfui, Lori, schäme dich.«

»Pfui, Hans, schäme du dich, daß du dich so gemein machst mit einem Bettelkind«, äffte sie ihn nach.

Junker Hans zuckte die Schultern. Er wußte nicht, was er noch zu Liselottes Gunsten sagen sollte. Aus Erfahrung wußte er, daß Lori allen Menschen, die unter ihr standen, mit diesem Hochmut begegnete, der gerade bei einem Kind so häßlich wirkt.

Er gab es also auf, Lori eines Besseren zu belehren, nahm sich aber fest vor, immer gut zu der armen kleinen Liselotte zu sein. Sie tat ihm so sehr leid in ihrer Verlassenheit.

Das Kämmerchen neben Fräulein Herters Zimmer war schnell zurechtgemacht worden.

Als es fertig war, bat sie das Mädchen, für die Kleine ein Glas Milch und Butterbrot zu bringen.

Fräulein Herter wusch nun Liselotte und hüllte sie in ein abgelegtes Nachthemd von Baronesse Lori, denn man hatte Liselottes Sachen noch nicht aus der »Weißen Taube« geschickt.

Als die Milch gebracht wurde, redete das Fräulein Liselotte zu, etwas zu sich zu nehmen. Liselotte wollte sich auch artig dazu zwingen. Aber dabei übermannte sie der Jammer wieder, und sie legte sich in das schmale Bett und barg das Gesicht in den Kissen. Dieses trostlose Weinen rührte Fräulein Herter ungemein. Sie vergaß alle Mißstimmung über der Erkenntnis, was dieser Tag dem armen Kind geraubt hatte. Sie beugte sich herab über das schluchzende Kind und sagte liebevoll:

»Weine doch nicht mehr, mein armes Kind. Du machst dich ganz krank. Deine Mutter ist bei den Engeln im Himmel, und sie wird sehr betrübt sein, wenn sie sieht, daß ihre kleine Liselotte weint.«

Da richtete sich Liselotte empor und sah mit erwachendem Vertrauen in das Gesicht des Fräuleins. Es war nicht schön und fein, wie das ihrer süßen Mutter. Aber die Augen blickten doch sanft und gut und nicht so kalt wie die der Baronin und der kleinen Baronesse.

»Mutter hat gesagt, sie geht zu Vater. Ist sie nun bei ihm?« fragte sie leise.

»Ja, mein Kind, Mutter und Vater sind zusammen im Himmel.«

»Vater macht doch eine große Reise.«

»Ja, ja, bis in den Himmel. Und da ist Mutter nun auch und blickt herab auf ihr kleines Mädchen.«

»Sieht mich Mutter jetzt auch?« forschte Liselotte schluchzend.

»Gewiß, Liselotte.«

»Aber ich sehe sie nicht. Liegt sie nicht mehr in Tante Schulz' Bett?«

»Nein, sie ist weit fort, und du kannst sie nicht sehen. Aber sie ist sehr traurig, wenn du weinst, und du willst doch die arme Mutter nicht betrüben?«

»Nein.«

»Nun, siehst du. Und wenn du nun artig einschläfst, dann kommt sie mit all den lieben Englein zu dir und tröstet dich.«

Liselotte wischte sich die Tränen ab.

»Dann will ich schnell schlafen. Bringt Mutter denn auch Vater mit?«

»Ja, Kind, sie werden immer um dich sein, auch wenn du sie nicht siehst. Nun komm, trink noch ein Schlückchen Milch, sonst grämt sich Mutter, daß du hungrig schlafen gehst.«

Da trank Liselotte gehorsam und ein wenig getröstet die Milch zur Hälfte aus. Dann legte sie sich nieder und schloß die Augen, nachdem sie, wie sie es gewohnt war, ihr Gebet gesagt hatte.

Als die Erzieherin an diesem Abend zur Ruhe ging, da

trieb es sie noch einmal in das Kämmerchen hinüber zu der kleinen Waise. Sie tastete sich leise im Dunkeln nach dem schmalen Bettchen. Lauschend beugte sie sich hinab, um den Atemzügen zu lauschen.

Plötzlich fühlte sie sich von zwei weichen Ärmchen umschlungen. »Süße Mutter, bist du endlich da? Ich habe die Augen ganz fest zugemacht. Das gute Fräulein Herter hat mir gesagt, daß du kommst. Bist du nun ein Engel, süße, liebe Mutter?«

So flüsterte ein leises Stimmchen an ihrem Ohr, und ein weiches, warmes Kinderkörperchen schmiegte sich an sie.

Fräulein Herter war es ganz wunderlich zumute. Sie brachte es nicht über sich, dem armen Kind den frommen Wahn zu rauben. Zärtlich streichelte sie die dunklen Locken – wie nur Mutterhände streicheln – und küßte die weiche Wange des Kindes.

»Schlaf, mein Kind, wenn du sprichst, muß ich fortgehen«, flüsterte sie wie ein Hauch, um sich nicht zu verraten. Da legte sich Liselotte aufatmend zurück und behielt nur die Hand des Fräuleins zwischen den ihren.

Und Fräulein Herter blieb regungslos sitzen, streichelte das Lockenköpfchen und wartete, bis das Kind sanft eingeschlummert war.

So ging das nun viele Tage lang.

Jeden Abend huschte Fräulein Herter noch einmal an das Bettchen Liselottes. Meist schlief das Kind bereits. Aber wenn es einmal wachte, dann wurde es stumm und zärtlich von Fräulein Herter geherzt und geküßt, wie das sonst nur eine Mutter tut.

In Fräulein Herters Herzen hatte sich die kleine Waise schnell ein warmes, sicheres Plätzchen erobert, und auch Junker Hans war stets lieb und gut zu ihr, wenn er einmal Zeit für sie hatte. Um seine Schwester nicht noch mehr gegen Liselotte aufzureizen, erwies er ihr aber nur ganz verstohlen kleine Liebkosungen.

Sonst war aber auch kein Mensch im ganzen Schlosse lieb und gut zu ihr. Der Baron und seine Gemahlin kümmerten sich gar nicht um ihren Schützling. Ihre Zeit war anderweitig in Anspruch genommen. Sie führten ein großes Haus, gaben viele Gesellschaften und lebten ziemlich verschwenderisch. Das Geld flog für äußeren Glanz mit vollen Händen hinaus, und dann fehlte es manchmal am Nötigsten.

Die Mahlzeiten sollte Liselotte vorläufig mit Fräulein Herter zusammen auf deren Zimmer einnehmen, »bis das Kind erst einmal sich gesittet bei Tisch benehmen kann«, sagte die Baronin.

Fräulein Herter hatte schon herausgefunden, daß Liselotte ihre Mahlzeiten viel »gesitteter« einnahm als die kleine Baronesse, die oft recht unartig war. Aber natürlich sagte die Erzieherin das nicht. Aber als die Baronin dann fortfuhr: »Sie sorgen dafür, liebes Fräulein, daß die Kleine sich so benehmen lernt, daß man sie um sich dulden kann«, antwortete das Fräulein höflich: »Frau Baronin verzeihen, aber das Kind ist außerordentlich gut erzogen. Man merkt, daß seine Eltern gebildete Menschen waren.«

Dieser Einwurf störte die Baronin jedoch.

»Mag sein, Fräulein, aber sie wird doch noch manches lernen müssen, vor allem auch den nötigen Ton uns gegenüber. Man muß ihr begreiflich machen, daß allzu große Vertraulichkeit nicht angebracht ist. Sie verstehen mich, Fräulein?«

Fräulein Herter verstand, daß man recht deutlich unterstreichen wollte, daß Liselotte nicht zu der vornehmen Familie des Barons gehöre, sondern daß sie nur das Gnadenbrot im Schlosse aß. Diese Gewißheit nahm Fräulein Herters Herz noch mehr für die Waise ein.

»Ich verstehe, Frau Baronin«, sagte sie, sich verneigend. Ihr Mitleid mit Liselotte wurde nach dieser Unterredung noch viel stärker, und dieses Mitleid vertiefte ihre Liebe zu dem verlassenen Kinde.

Ach, und wie nötig hatte die arme kleine Liselotte jetzt

ein wenig Liebe. Es begann eine schlimme Zeit für sie. Sie, die bisher mit so viel Liebe umgeben worden war, schien allen Bewohnern von Schloß Bodenhausen, mit Ausnahme des Junkers und des Fräuleins, ein Dorn im Auge zu sein. Die Dienstboten, die sehr wohl merkten, wie lästig der Herrschaft im Grunde das fremde Kind war, ließen alle schlechte Laune an Liselotte aus. Der Baron und seine Gemahlin bekümmerten sich nicht um sie, und Baronesse Lori quälte und kränkte sie ohne Unterlaß. Mit gehässigen Worten, mit Stößen und Püffen rächte sie sich an Liselotte dafür, daß sie die Eltern zwangen, mit Liselotte zu lernen und zu spielen.

Wenn sie einmal sah, daß ihr Bruder lieb und freundlich zu Liselotte war, dann war sie doppelt garstig zu ihr und schalt sie: »Abscheuliche Bettelprinzeß.« Wie tat der armen kleinen Waise da manchmal das Herz weh. Liselotte lernte aber bald, ihre Tränen zu unterdrücken und stumm zu leiden, denn sie merkte, daß ihr niemand half gegen die böse Lori. Ihr ganzer Trost war, wenn Junker Hans zuweilen verstohlen ihre Locken streichelte und ihr ein gutes Wort sagte.

»Sei tapfer, kleine Liselotte, weine nicht«, sagte er zu ihr, wenn er merkte, wie böse Lori zu ihr war.

Dann fühlte sich Liselotte wunderbar getröstet, und der ganze Liebesreichtum ihres verlassenen Gemüts gehörte dem Junker.

Sie merkte aber auch bald, daß sich ihr noch ein Herz in Liebe zugewandt hatte – das des guten Fräuleins Herter, wenn diese es auch nicht in Gegenwart der anderen Menschen zeigte, wie lieb sie Liselotte gewonnen hatte. Wenn sie aber allein waren, konnte das Fräulein so liebevoll trösten und beruhigen wie eine Mutter.

»Sei nur nicht traurig, meine kleine Liselotte. Lori meint das gar nicht so schlimm. Man muß sich mancherlei im Leben gefallen lassen, wenn man arm ist. Daran wirst du dich gewöhnen. Aber ich habe dich lieb und Junker Hans auch.

Daran denke, wenn dich Lori kränkt, und schweige still dazu.«

Damit tröstete sie die Kleine und kam zugleich den Befehlen der Baronin nach. Wenn die Herrschaft zuweilen mit Lori ausgefahren war, dann ging auch Fräulein Herter schnell einmal mit Liselotte in die »Weiße Taube«. Da wurde das Kind von »Tante Schulz« und dem »guten Heinrich« voll Liebe aufgenommen.

Als Liselotte erst ein wenig verständiger wurde, führte sie Fräulein Herter auch zuweilen an das Grab ihrer Mutter. Liselotte durfte es mit selbstgepflückten Blumen schmücken und lernte langsam begreifen, was es heißt, wenn ein Mensch »tot« ist.

Aber bis es soweit kam, weinte Liselotte des Abends in ihrem Bettchen noch manche Sehnsuchtstränen, schlang noch manchmal schlaftrunken ihre Arme um das gute Fräulein und nannte sie in zärtlichen Lauten »süße Mutter«.

Da wurde Fräulein Herter immer so weich und warm zumut, als sei Liselotte wirklich ihr eigenes Kind.

Jahre waren vergangen.

Liselotte hatte ihre süße Mutter nicht vergessen, aber sie hatte sich nun schon lange daran gewöhnt, mit allen Sorgen und Kümmernissen ihres kleinen Herzens zu Fräulein Herter zu flüchten, die zum Glück noch immer im Schlosse war.

Liselotte zählte jetzt zehn Jahre. Sie durfte schon lange mit Fräulein Herter mit am Tisch der Herrschaft essen, saß am unteren Ende der Tafel und wußte, daß sie sich sehr still und bescheiden zu verhalten hatte und nur reden durfte, wenn sie gefragt wurde.

Einen großen Schmerz hatte Liselotte gehabt, als Junker Hans von zu Hause fortging. Er war zu einem Gymnasialprofessor in Pension gekommen und besuchte das Gymnasium.

Nur in den Ferien kam er nach Hause. Später sollte er studieren, bis er eines Tages seines Vaters Nachfolger werden würde. Niemand freute sich so sehr, wenn Junker Hans nach Hause kam, als Liselotte. Tagelang vorher lief sie schon mit verklärten Augen umher. Und noch geduldiger als sonst ließ sie sich von Lori quälen und kränken und von den Dienstboten herumstoßen. Heimlich schmückte sie immer sein Zimmer mit Blumen, um ihn zu erfreuen.

Baronesse Lori war mit zehn Jahren durchaus nicht liebenswürdiger geworden als mit fünf. Doch ihre Mutter fand an Lori alles recht und gut, und so konnte Fräulein Herter nicht viel tun, um diese Untugend zu unterdrücken. Beschwerte sie sich je einmal bei der Baronin, dann sagte diese, die selbst sehr stolz war:

»Lassen Sie Lori nur gewähren. Sie hat sehr viel Eigenart, und sie soll sich ja auch bewußt sein, daß sie auf ihren Namen stolz sein kann.«

Lori nahm sich das Recht, Liselotte wie ihre Sklavin zu behandeln. »Heb mir den Ball auf!« – »Geh mir aus dem Wege!« – »Du sollst meine Spielsachen einräumen!« So schwirrten Loris Befehle für Liselotte durcheinander.

Fräulein Herter durfte um Himmels willen nicht merken lassen, daß sie Liselotte liebhatte.

So war die arme Liselotte eine Art Prügelknabe im Schlosse.

Ihre Augen blitzten manchmal wie in heißem Stolze auf, wenn sie so namenlos gedemütigt wurde. Sie war keine knechtische Natur. Das Blut in ihren Adern wehrte sich oft genug gegen die Demütigungen. Dann warf sie das Köpfchen zurück wie in stolzer Abwehr, rasche, zornige Worte wollten über ihre Lippen, und ihre schönen dunklen Augen flammten auf. Aber dann brauchte Fräulein Herter nur verstohlen den Finger zu heben und sie bittend anzusehen, dann bezwang sie sich rasch und ließ gelassen alles über sich ergehen.

Wenn sich Liselotte dann zuweilen bei Fräulein Herter darüber beschwerte, so tröstete das gute Fräulein wieder.

»Unrecht leiden ist besser, als Unrecht tun, mein liebes Kind. Ich weiß, daß du keine Strafe verdient hast, weiß, daß Lori schuldig ist. Gräme dich nicht darum, der liebe Gott sieht in die Herzen der Menschen und weiß, weshalb er dir diese Prüfung auferlegt.«

Es war wieder einmal die Zeit herangekommen, da man Junker Hans in den Ferien erwartete.

Liselotte war glückselig. Ganz früh am Tage seiner Ankunft war sie aufgestanden und mit einem Körbchen am Arm ins Dorf gegangen.

Nur Fräulein Herter wußte, was sie vorhatte.

Zuerst ging sie an das Grab ihrer Mutter, um zu beten. Das tat sie, so oft sie im Schlosse abkommen konnte. Wie immer war das Grab schön gepflegt und geordnet. Das ließen sich Frau Martha Schulz und der lange Heinrich nicht nehmen. Sie schmückten und hielten das Grab, als sei es das eines lieben Angehörigen. Auch Liselotte schmückte es oft mit frischen Wiesenblumen. Meist tat sie das in den frühesten Morgenstunden, wenn Lori noch schlief.

Nachdem Liselotte ihr Gebet verrichtet hatte, nahm sie ihr Körbchen wieder auf und eilte in die »Weiße Taube«. Heinrich stand am Gartenzaun, im Begriff, die Planken neu zu streichen.

»Guten Morgen, lieber Heinrich!« rief ihm Liselotte zu.

Der große starke Mensch richtete sich hastig auf und sah sich mit strahlenden Augen nach ihr um.

»Ei, das Liselottchen! So früh bist du schon wieder auf den Beinen!« rief er vergnügt. – Sie lachte froh über das Wiedersehen mit dem alten guten Freund.

»Wie du siehst, Heinrich. Wo steckt denn Tante Schulz?«

»Drinnen im Gastzimmer, Liselottchen, geh nur zu ihr. Aber hör mal, eh du wieder fortgehst, kommst du noch mal in den Garten. Die Kirschen sind reif, ich will dir gleich ein paar Hände voll pflücken für den Heimweg.«

Sie dankte ihm warm: »Guter, lieber Heinrich!«

Liselotte nickte ihm zu und ging ins Haus. Als sie ins Gastzimmer trat, sah sie Frau Schulz über ihren Rechnungsbüchern sitzen. Die lederne Geldtasche lag neben ihr.

»Guten Morgen, Tante Schulz!«

Frau Schulz sprang sogleich auf.

»Ach, die Liselotte! Guten Morgen, mein liebes Kind, bist du endlich mal wieder da? Wir haben schon alle Tage auf dich gewartet. Machst dich ja so rar?« sagte sie, Liselotte in ihre Arme nehmend.

»Ach, du weißt ja, Tante Schulz, ich kann nicht so oft fort. Nur früh, wenn Lori noch schläft.«

Frau Schulz streichelte ihre Wangen.

»Sie quält dich natürlich immer noch, die stolze Baronesse, nicht wahr?«

Liselottes Augen trübten sich, aber hastig strich sie darüber hin.

»Ich bin es schon gewöhnt, Tante Schulz.«

»Du armes Mäuschen – wenn das deine gute Mutter wüßte!« entfuhr es den Lippen der Wirtin.

»Aber Tante Schulz, Mutter weiß das alles, sie sieht und hört alles, was mit mir geschieht, und hält schützend ihre Hand über mich. Sie schickt mir gute Menschen, wie dich und Heinrich, Fräulein Herter und Junker Hans, damit ich nicht verzage.«

Frau Schulz nickte hastig und gerührt.

»Natürlich, mein Mäuschen, ich meine nur so. Und warte nur, wenn du groß bist, dann wird alles anders. Warst du schon an deiner guten Mutter Grab?«

»Ja, Tante Schulz. Ach, so schön ist 's dort. Die Vergißmeinnicht, die Heinrich ringsum gepflanzt hat, sind aufgeblüht.«

»Oh, wir sorgen schon dafür, daß das Grab immer mit Blumen geschmückt ist. Aber was willst du mit dem Körbchen, Liselotte?«

»Ach, Tante Schulz – ich habe eine große Bitte an dich.«

»Nun, dann heraus damit, Liselotte. Du weißt, wenn ich kann, erfülle ich sie dir gern.«

»Hast du nicht ein paar Rosen für mich, Tante Schulz? Heute kommt Junker Hans nach Hause, und ich möchte ihm ein paar Rosen auf sein Zimmer stellen. Er freut sich sicher darüber. Im Schloßgarten darf ich keine pflücken, das ist verboten, und der Gärtner gibt mir auch keine. Du hast doch so schöne Rosen im Garten.«

Frau Schulz nickte.

»Und ob ich die habe, Mäuschen. Du sollst die schönsten kriegen, die aufgeblüht sind.«

»Ich habe aber nicht viel Zeit, Tante Schulz.«

»Ja, ja, ich weiß schon. Warte nur einen Augenblick, ich will nur meine Bücher wegschließen und meine Tasche umhängen. So – nun komm, ich schneide dir Rosen ab, und Heinrich soll dir schnell noch Kirschen pflücken.«

Liselotte lachte.

»Das tut er schon, Tante Schulz, er hat mich schon gesehen.«

»So? Nun, dann wird er wohl eilig mit seinen langen Beinen auf den Kirschbaum geklettert sein.«

Sie gingen in den Garten, und Liselotte durfte sich selbst die schönsten Rosen aussuchen. Frau Schulz schnitt sie ab und legte sie sorglich zwischen taufrisches Gras in das Körbchen.

»So, Mäuschen, die bleiben frisch, bis du nach Hause kommst«, sagte sie befriedigt.

Nun kam auch Heinrich herbei mit frischgepflückten Kirschen. »So, Liselottchen, da hast du eine tüchtige Menge. Nun laß sie dir gut schmecken, so feine Kirschen gibt's im ganzen Dorfe nicht noch mal«, sagte er und schüttelte die Kirschen sorglich neben die Rosen. Liselotte dankte herzlich für beides, nahm Abschied und eilte ins Schloß zurück. Nicht eine einzige Kirsche aß sie unterwegs. Die wollte sie nachher mit Fräulein Herter teilen, die auch die sauersüßen Kirschen so gern aß.

Sie kam noch früh genug zurück. Lori war noch nicht sichtbar. Schnell stellte sie die Rosen in eine Vase mit frischem Wasser und trug sie in das Zimmer des Junkers. Das lag denen seiner Schwester gegenüber. Da gerade, als sich Liselotte wieder leise aus dem Zimmer schlich, wurde gegenüber die Tür geöffnet, Lori stand vor ihr.

»Was tust du denn da in meines Bruders Zimmer?« fragte diese schroff.

Liselotte war vor Schrecken dunkelrot geworden.

»Ich – ach – ich habe nur – etwas hineingetragen«, stotterte sie.

»Lüge! Du hast drinnen herumgestöbert.«

Lori traute immer anderen Menschen zu, was sie selber zu tun pflegte.

Liselotte hob stolz den Kopf.

»Ich lüge nie, Lori, du weißt es«, sagte sie mit bebender Stimme.

»Schweig! Natürlich lügst du. Jedenfalls hast du nichts in meines Bruders Zimmer zu suchen. Warte nur, ich werde ihm sagen, daß du in seinem Zimmer herumspionierst.«

Liselotte biß sich auf die Lippen. Sie wurde ganz bleich vor Angst, daß Lori ihre Drohungen wahr machen und Junker Hans etwas Schlechtes denken könnte. Sie brachte kein Wort mehr über die Lippen und sah nur ihre Peinigerin mit einem wehen Blick an.

Liselotte trat ins Schulzimmer und legte für sich und Lori die Bücher zurecht. Ein Blick in diese Schulhefte hätte genügt, um festzustellen, daß Lori die bei weitem schlechtere Schülerin war. In ihren Heften sah es betrüblich aus. Wie sauber und ordentlich waren dagegen Liselottes Hefte.

Fräulein Herter stellte Liselotte der Baronesse nicht gern

als Muster hin, um Loris Groll nicht zu verstärken, aber einmal, als sich die Baronin beschwerte, daß Lori so schlechte schriftliche Arbeiten lieferte, sagte sie doch zu dieser:

»Nimm dir doch ein Beispiel an Liselotte, du könntest wirklich sehr viel von ihr lernen.«

Da warf Lori den Kopf zurück.

»Ich bin die Baronesse Bodenhausen und brauche mir kein Beispiel zu nehmen. Ich werde es Mama sagen, daß Sie mir Liselotte immer vorziehen.«

»Das wirst du nicht tun, denn eine Baronesse Bodenhausen darf vor allen Dingen nicht lügen, und wenn du das sagen würdest, wäre es eine Lüge«, antwortete das Fräulein bestimmt.

Liselotte hatte sich, als sie alle Vorbereitungen zum Unterricht getroffen hatte, still hinter ihr Schulpult gesetzt. Es war dasselbe, das früher Junker Hans gehört hatte. Lori trat mit Fräulein Herter zusammen ein.

»Muß denn heute unbedingt Unterricht sein, Fräulein, da doch mein Bruder erwartet wird? Wenn er Ferien hat, kann ich doch auch welche haben«, sagte Lori mißmutig.

»Dann hättest du vorher besser lernen sollen, Lori. Du bist noch so weit zurück, daß ich keine Stunde ausfallen lassen kann.«

Lori zog ein Mäulchen.

»Ach, wenn Mama will, bekomme ich doch frei.«

»Sie will aber zum Glück nicht. Nun setz dich.«

Liselotte vermochte heute nicht so aufmerksam wie sonst zu folgen, sie mußte immer an Junker Hans denken, und daß er nun bald dasein würde. Ob er noch immer lieb und gut zu ihr sein und ob er sich ein wenig über die Rosen freuen würde?

»Liselotte, du bist unaufmerksam«, tadelte Fräulein Herter plötzlich.

Sie tadelte mit Absicht selbst den kleinsten Fehler an Liselotte, damit Lori keine Veranlassung finden sollte, zu sagen, daß sie Liselotte bevorzuge. Liselotte wußte auch, daß ihr liebes gutes Fräulein das nicht schlimm meinte. Aber heute erschrak sie doch. Sie war wirklich sehr unaufmerksam gewesen.

»Verzeihung, Fräulein Herter, ich will besser achtgeben«, sagte sie bittend.

Endlich war die Unterrichtsstunde zu Ende. Und da kam auch schon der Wagen mit Junker Hans vom Bahnhof zurück.

Lori ließ alles stehen und liegen und eilte hinaus, um den Bruder zu begrüßen, den sie wirklich auf ihre Art liebhatte.

Fräulein Herter hatte das Zimmer schon verlassen. Liselotte räumte nun schnell die Bücher fort und ging dann mit klopfendem Herzen hinaus. Oben von der Treppe aus blickte sie in die große Halle hinab und sah, wie Junker Hans von seinen Eltern und Lori begrüßt wurde.

Ihre Augen hingen sehnsüchtig an der schönen schlanken Jünglingsgestalt da unten. Junker Hans zählte jetzt achtzehn Jahre. Er war groß und kräftig gewachsen, zu seinem dunkelbraunen Haar und dem gebräunten Gesicht wirkten die warmen, grauen Augen hell und freundlich.

Als er Eltern und Schwester warm und herzlich begrüßt hatte, sagte er, sich umsehend:

»Wo ist denn Liselotte?«

Am liebsten wäre diese die Treppe hinabgeeilt, um ihn zu begrüßen. Aber sie wagte es nicht. Wußte sie doch, daß es sich für sie nicht schickte, sich in den Familienkreis zu drängen. Aber sie war glücklich, daß Hans nach ihr fragte.

Als die andern die Treppe heraufkamen, floh sie leise in ihr Kämmerchen zurück. Dort saß sie mit klopfendem Herzen und lauschte hinaus. Sie hörte Stimmen in lautem Gespräch, Loris schrille Stimme klang seltsam spitz gegen den warmen dunklen Ton des Junkers, dann wurden Türen geöffnet und geschlossen, und nun war es still.

Liselotte atmete tief auf. Jetzt saßen sie wohl alle zusammen drüben im Zimmer der Frau Baronin und unterhielten sich. Ob Junker Hans sie wohl ein ganz klein wenig vermißte? Endlich hielt sie es in dem engen Kämmerchen nicht mehr aus. Zu Fräulein Herter hinüber durfte sie jetzt nicht, die verbesserte Hefte und wollte nicht gestört sein.

So trat Liselotte wieder auf den langen Gang hinaus.

Und sie hatte Glück. Junker Hans wollte sich eben in sein Zimmer zurückziehen, um sich umzukleiden, und begegnete ihr. Mit seinem guten, freundlichen Lächeln streckte er ihr die Hand entgegen.

»Da bist du ja endlich, Liselotte! Willst du mir denn gar nicht guten Tag sagen?«

Sie faßte aufatmend seine Hand und sah ihn mit leuchtenden Augen an.

»Ach, ich bin so froh, daß du wieder einmal daheim bist, lieber Hans.«

Er lachte gerührt.

»Wirklich? Und doch hast du dich noch gar nicht sehen lassen, um mich zu begrüßen?«

Sie wurde rot.

»Ich stand hier oben an der Treppe und habe dich schon gesehen. Aber ich wagte es nicht, zu dir zu kommen.«

Er streichelte verstehend ihr seidiges Haar.

»Ach so! Arme, kleine Bettelprinzeß, darfst nicht einmal tun, wozu dein Herz dich treibt. Lori hält dich wohl immer noch im Bann? Nun, gräme dich nicht, ich freue mich desto mehr, daß ich dich wiedersehe, wenn es auch ein wenig später geschieht. Bist wahrhaftig schon wieder ein Stück gewachsen, seit ich zuletzt zu Hause war.«

»Du aber auch – du bist so groß wie ein richtiger Herr«, sagte sie.

Wieder lachte er gutmütig.

»Da fehlt noch viel, Liselotte. Aber nun muß ich mich umziehen. Bei Tisch sehen wir uns wieder. Und ich habe dir auch etwas mitgebracht, das lege ich dir in dein Zimmerchen, wenn ich auspacke.«

Sie drückte schmeichelnd seine Hand an ihre heiße Wange.

»Guter, lieber Hans.«

Wieder streichelte er sie lächelnd.

»Liebe kleine Liselotte! Also auf Wiedersehen nachher.«

Er nickte ihr zu und verschwand in seinem Zimmer.

Glückselig ging Liselotte in ihr Kämmerchen zurück. Ihr war zumute, als scheine die Sonne viel heller, seit Hans wieder in Bodenhausen war.

Bei der Mittagstafel, die heute ein festliches Gepräge trug, herrschte eine sehr frohe Stimmung. Die Eltern und Lori freuten sich, daß Hans zu Hause war. Liselotte saß stumm und bescheiden wie immer am unteren Ende der Tafel neben Fräulein Herter. Aber wenn auch selten jemand das Wort an sie richtete, so konnte sie doch Hans wenigstens ansehen und zuweilen einen freundlichen Blick von ihm erhaschen. Kein Wort entging ihr, das er sprach.

Nach Tisch pflegten sich der Baron und seine Gemahlin zu einem Ruhestündchen zurückzuziehen. Fräulein Herter hatte noch zu tun, und so sagte Hans, als sich seine Eltern zurückgezogen hatten, zu ihr:

»Ich werde mit Lori und Liselotte in den Park gehen!«

Lori ärgerte sich, daß Liselotte mitgehen sollte.

»Dich können wir eigentlich gar nicht brauchen«, sagte sie schroff.

Liselotte wollte sich betrübt zurückziehen, aber Hans hielt sie scherzend an ihrem dicken Zopf fest, den er wohlgefällig betrachtete. »Nichts da – hier wird nicht ausgerissen, Liselotte, du kommst mit.«

»Ach, laß sie doch«, schmollte Lori.

Junker Hans zog aber Liselotte an der Hand mit sich fort und übersah Loris Schmollen.

Sie suchten das hübsche, offene Gartenhaus auf im Park, und Lori warf sich dort, noch immer mit trotzigem Gesicht, wie eine große Dame in einen Korbsessel. Ihr Bruder nahm ihr gegenüber Platz und zog Liselotte freundlich an seine Seite.

Dazu machte Lori böse Augen.

»Sei nur nicht so gut zur Bettelprinzeß, sie verdient es nicht«, sagte sie gehässig. Liselotte saß nur schüchtern auf der Ecke ihres Stuhls und sah Lori erschrocken an.

»Warum verdient das Liselotte nicht, Lori?« fragte Hans ruhig.

»Weil sie in deinem Zimmer herumstöbert. Ich habe sie erst heute morgen dabei erwischt.«

Liselotte wurde dunkelrot und preßte die Hände krampfhaft zusammen. Sie war es gewöhnt, von Lori verleumdet zu werden, und verteidigte sich nie gegen solche Angriffe. Aber heute kam es sie besonders hart an zu schweigen, denn um alles in der Welt wollte sie Hans nicht verächtlich erscheinen.

Sie sah mit ihren großen, schönen Augen flehend zu Hans empor. Ihre Lippen preßten sich fest aufeinander, um kein Wort der Verteidigung herauszulassen. Denn, wenn sie sich verteidigte, mußte sie ja auch eingestehen, daß sie Rosen auf sein Zimmer gestellt hatte. Und das wollte sie nicht.

Hans sah Liselotte forschend an.

»Ist das wahr, Liselotte? Warst du in meinem Zimmer?«

»Natürlich war sie drinnen, ich sage dir doch, daß ich sie erwischt habe!« rief Lori schrill dazwischen und sah Liselotte drohend an.

»Ich will es trotzdem von Liselotte selbst hören. Also sprich, Liselotte, warst du in meinem Zimmer?«

»Ja«, antwortete sie leise.

»Und was wolltest du dort?« fragte er weiter.

»Herumkramen und spionieren, ich sage es dir ja!« rief Lori erbost.

»Schweig doch, Lori, ich will von Liselotte selbst die

Wahrheit hören. Hörst du wohl, Liselotte – und die Wahrheit. Ich weiß, du wirst mich nicht belügen.«

Liselotte nahm ihr Herz in beide Hände. Sie schluckte tapfer die Tränen hinunter. Nun mußte sie doch ihr Geheimnis preisgeben. Lügen konnte sie nicht.

»Ich – ich hatte nur einen Strauß Rosen in dein Zimmer gestellt – zum Willkommen«, sagte sie leise.

»Ach – die schönen Rosen auf dem Schreibtisch?«

»Ja.«

»Das lügt sie. Die Rosen wird wohl Mama auf deinen Schreibtisch gestellt haben. Sie darf ja keine Rosen abpflükken, und der Gärtner gibt ihr keine, das weiß ich!« rief Lori gehässig.

»Doch – ich habe die Rosen hingestellt«, beharrte Liselotte.

»Dann hast du sie gestohlen!« schrie Lori heftig.

Liselotte fuhr auf und wurde ganz bleich.

»Ich stehle nicht!« rief sie mit seltsam klingender Stimme, und in ihren Augen flammte ein edler Stolz.

»Pah! Dann kannst du die Rosen auch nicht auf Hans' Zimmer gestellt haben. Das sagst du nur, um dich herauszureden.«

Hans sah in Liselottes bleiches, zuckendes Gesicht. Sie tat ihm schrecklich leid. Er hätte die Sache auf sich beruhen lassen, aber er wollte nicht, daß auf Liselotte ein schlimmer Verdacht ruhen bleibe. »Du wirst es mir sagen, Liselotte, woher du die Rosen hast.«

Liselotte strich sich die Locken aus der Stirn und sah ihn offen und ehrlich an.

»Ich habe sie von Frau Schulz.«

»Aus der ›Weißen Taube‹?«

»Ja.«

»Ha, das ist wieder gelogen! Sie ist ja seit Tagen nicht aus dem Schlosse gekommen, das weiß ich doch«, triumphierte sie.

Sie hoffte, Liselotte zu überführen.

»Schweig doch, Lori, und sprich nicht so häßliche Anschuldigungen aus. Laß Liselotte doch ungehindert sagen, wie sie zu den Rosen kam. Also sprich, Liselotte.«

»Ich bin heute morgen sehr zeitig aufgestanden. Das tue ich oft, um an das Grab meiner Mutter zu gehen. Ich habe Fräulein Herter gestern abend um Erlaubnis gebeten. Auch heute war ich erst am Grabe meiner Mutter, und dann bin ich in die ›Weiße Taube‹ gegangen. Frau Schulz gibt mir manchmal Blumen für meiner Mutter Grab. Und heute bat ich sie um einige Rosen und sagte ihr auch, wozu ich sie haben wollte. Da durfte ich mir die schönsten aussuchen. Ich trug sie in einer Vase auf dein Zimmer. Als ich wieder herauskam, sah mich Lori und schalt, ich hätte in deinem Zimmer gestöbert. Aber das habe ich nicht getan, würde es nie, niemals tun. Ich wollte dir nur eine kleine Freude machen. Bitte, sei nicht böse.«

Er strich ihr, gerührt lächelnd, über das Haar.

»Arme kleine Bettelprinzeß! Um mir eine Freude zu machen, stehst du so früh auf und läufst ins Dorf, und dafür wirst du noch verdächtigt. Wie soll ich dir böse sein? Dann waren sicher auch früher schon immer die Blumen von dir, die ich stets bei meiner Heimkehr auf meinem Schreibtisch fand und die mich so erfreuten?«

Glücklich und froh aufatmend nickte Liselotte.

Hans wandte sich an seine Schwester.

»Nun siehst du wohl ein, daß du Liselotte unrecht getan hast, nicht wahr?«

Lori warf den Kopf zurück.

»Geschieht ihr schon recht. Warum ist sie immer so aufdringlich. Was hat sie dir Blumen auf dein Zimmer zu stellen, das kann ich tun.«

»Aber du hast es nie getan.«

»Weil ich nicht daran gedacht habe. Sie hätte es mir ja sagen können. Aber aufdringlich ist sie immer gewesen. Und überhaupt – du darfst gar nicht leiden, daß sie dich mit ›du‹ und ›Hans‹ anredet. Du bist längst erwachsen. Die Diener und Fräulein Herter dürfen dich auch nicht duzen.«

»Bei Liselotte ist das etwas anderes.«

»Nein, sie ist uns ebenso fremd. Du darfst es nicht leiden.«

»Darüber hast du nicht zu entscheiden, Lori.«

»Aber Mama wird es tun. Du bist viel zu gut und hast gar keinen Stolz. Du bist gegen Untergebene viel zu freundlich. Das ist eines Barons Bodenhausen nicht würdig.« – Hans lachte ärgerlich.

»Nun, dafür hast du Stolz für zehn Mann. Sei so gut und mache kein weiteres Aufheben davon. Ich will, daß mich Liselotte auch in Zukunft wie ihren Pflegebruder betrachtet und ›du‹ und ›Hans‹ zu mir sagt.«

»Oh, du sollst schon sehen, daß es Mama verbieten wird. Ich werde sie jedenfalls darauf aufmerksam machen, daß es unschicklich ist.«

Er erhob sich rasch.

»Schäme dich doch, Lori. Wie kannst du nur so häßlich zu Liselotte sein.«

Er sah dabei so streng und böse aus, daß Lori erschrocken schwieg und sich schmollend in den Sessel zurückwarf. Liselotte saß blaß und zitternd dabei, und die Tränen würgten sie im Halse.

Hans wandte sich ihr voll Mitleid zu.

Es kam nun keine frohe Stimmung mehr auf. Lori schmollte weiter, und Hans sprach mit Liselotte über das, was er im Gymnasium gelernt hatte, und ließ sich auch von ihr über den Unterricht berichten.

»Du mußt nicht mehr leiden, Mama, daß Liselotte Hans ›du‹ nennt«, sagte Lori später zu ihrer Mutter.

Die Baronin fand, daß Lori recht hatte. Das ging nicht mehr an. Und schon an demselben Abend sagte sie bei Tisch kurz und unfreundlich zu Liselotte: »In Zukunft sagst du nicht mehr ›du‹ zu Junker Hans, sondern nennst ihn, wie alle anderen, die nicht zur Familie gehören, ›Sie‹ und ›Junker Hans‹. Das gehört sich so. Fräulein Herter hat wohl vergessen, dich darauf aufmerksam zu machen.«

Fräulein Herter bekam einen roten Kopf und entschuldigte sich, und Liselotte machte mit niedergeschlagenen Augen eine Verbeugung und sagte:

»Sehr wohl, Frau Baronin.«

Wie eine Dienerin wird das arme Ding behandelt, und daran ist nur Lori schuld, dachte Hans und sah vorwurfsvoll zur Schwester hinüber. Die aber warf triumphierend den Kopf zurück.

Als Junker Hans Liselotte nach dem Abendessen allein auf dem Gange traf, sagte er tröstend:

»Das tut nichts, Liselotte, deshalb bleiben wir doch die alten guten Freunde. Und auf deinem Zimmer liegt etwas für dich.«

Sie atmete auf und drückte ihm dankbar und glückstrahlend die Hand.

Als Liselotte in ihr Kämmerchen kam, lag auf ihrem Tisch ein kleines Paket. Darauf stand, von des Junkers Hand geschrieben:

»Für meine kleine Liselotte mitgebracht.«

Mit zitternden Händen packte es Liselotte aus. Das Paket enthielt ein Märchenbuch mit vielen schönen Bildern und eine reizende Schokoladenpackung. Sie drückte beides voll Entzücken an ihr Herz.

»Lieber, lieber Hans, du bist so gut zu deiner armen kleinen Bettelprinzeß«, flüsterte sie, und die hellen Tränen liefen ihr über die Wangen.

Liselotte hörte Fräulein Herter drüben in ihrem Zimmer. Sie nahm ihren Schatz und klopfte an die Verbindungstür. Fräulein Herter hieß sie eintreten.

»Fräuleinchen – mein liebes, gutes Fräuleinchen!« rief Liselotte und warf sich in ihre Arme.

»Hans – ich meine Junker Hans – hat mir gesagt, daß er mein Freund bleibt. Sieh doch nur, was er mir schenkte!«

Wenn sie allein waren, nannte Liselotte ihr geliebtes Fräulein immer ›du‹. Das durfte sonst niemand hören. Glückstrahlend zeigte Liselotte das Märchenbuch und die Schokolade.

»Von der Schokolade mußt du mitessen, liebes Fräulein, sonst schmeckt sie mir nicht«, sagte Liselotte und gab nicht eher Ruhe, bis Fräulein Herter zugelangt hatte.

»Ich habe dir doch schon die Kirschen zur Hälfte aufgegessen«, sagte sie lachend.

Liselotte lachte mit. »Ach, du gibst mir doch auch etwas von allem ab, was du hast.«

Als sie dann zu Bett ging, legte Liselotte das Märchenbuch unter ihr Kopfkissen. Am anderen Morgen traf sie Junker Hans wieder draußen auf dem Gange. Da nahm sie seine Hand und sagte:

»Ach lieber Hans – ach nein – Junker Hans –, das schöne Buch und die herrliche Schokolade! Ich danke Ihnen so sehr und bin so sehr glücklich darüber.«

Er klopfte ein wenig väterlich ihre Wange.

»Wenn es dir nur Freude gemacht hat, Liselotte.«

Schnell, viel zu schnell vergingen die Ferienwochen, die Hans in Bodenhausen zubrachte. Liselotte kam nur selten noch einmal auf kurze Zeit allein mit ihm zusammen. Meist war Lori dabei, die immer wieder versuchte, den Bruder gegen Liselotte einzunehmen.

In der letzten Ferienwoche veranstaltete die Baronin ein großes Gartenfest, zu dem die sämtlichen jungen Leute und Kinder der benachbarten Gutsbesitzer mit eingeladen wurden. Es sollte hauptsächlich ein Fest für die Jugend werden, wobei die älteren Herrschaften mehr Zuschauer sein sollten.

Liselotte durfte nicht an dem Fest mit teilnehmen.

Fräulein Herter mußte im Park bei den Kinderspielen die Aufsicht führen. Da saß nun die arme kleine Liselotte ganz allein in ihrem engen Kämmerchen und sah mit großen, sehnsüchtigen Augen hinunter auf das lebhafte bunte Treiben.

Sie hatte sich ihr neues Märchenbuch herbeigeholt und wollte lesen und gar nicht auf das Fest achten. Aber das Buch sank immer wieder herab, und ihre Augen blickten darüber hinweg und suchten da unten zwischen den festlich gekleideten Menschen ihren lieben Junker Hans.

Einmal sah sie ihn im lustigen, lebhaften Spiel inmitten einer Schar schöngekleideter Mädchen, die alle älter waren als sie, und Lori. Sie drangen neckend auf ihn ein, und er wehrte lachend ab.

Ein wenig hatte Liselotte das Fenster geöffnet. Zuweilen hörte sie ganz deutlich das warme, frohe Lachen des Junkers heraufschallen.

Betrübt saß sie hinter der Gardine. Man durfte sie ja von unten nicht sehen. Ach, wie tat ihr das Herz so weh in ihrer Verlassenheit.

Und nun wurden Erfrischungen und Leckereien herumgereicht.

Junker Hans bediente höflich einige der hübschen jungen Mädchen. Dann sah sie ihn wieder, wie er einer älteren Dame artig ein warmes Tuch um die Schultern legte und ihr ein Fußbänkchen zurechtrückte. Die Dame sagte lächelnd etwas zu ihm. Da verneigte er sich und küßte ihr die Hand. Wie schlank und vornehm seine Erscheinung wirkte.

Als er von der alten Dame zurücktrat, schien es ihr, als blicke er forschend zu ihrem Fenster hinauf.

Da schluchzte sie plötzlich jammervoll auf und barg das Gesicht in den Händen.

So saß sie lange in ihrem Schmerz versunken, bis sich plötzlich leise die Tür öffnete. Erschrocken fuhr sie empor.

Da stand Junker Hans auf der Schwelle und trug einen großen Teller, angefüllt mit lauter guten Sachen und Leckereien, auf den Händen.

»Dacht' ich's doch, arme kleine Bettelprinzeß. Da sitzest du nun ganz verlassen und weinst dir deine armen Augen aus. Sei ruhig, ich bitte dich, ich kann es nicht sehen, wenn du weinst.«

Sie trocknete hastig ihre Tränen und zwang ein Lächeln in ihr Gesicht. »Die dummen Tränen – sie kamen mir gelaufen – ich wollte gar nicht weinen«, stammelte sie.

Er stellte den Teller vor sie hin.

»Da sieh, was ich alles für dich zusammengerafft habe. Ich wollte dir eine kleine Freude machen. Und nun darfst du nicht mehr traurig sein.«

Ihre Augen hingen an seinem Gesicht.

»Sie sind so gut – so gut, Junker Hans!«

»Ach nicht doch, ich kann es nur nicht vertragen, wenn du traurig bist. So – jetzt sperr' dein Schnäbelchen auf, da ist ein leckeres Törtchen. Schmeckt es gut?«

Sie nickte dankbar.

»Sehr gut.«

»So, dann schnabuliere weiter, das ißt du alles auf im Laufe des Nachmittags. Und bei jedem Stück denkst du: Jetzt bin ich vergnügt. So ist's recht, jetzt lachst du schon ein wenig. Versuch's nur einmal recht herzhaft.«

Sie lachte wirklich.

»Siehst du wohl, es geht. Und hier vom Fenster aus siehst du alles ganz schön, auch nachher die Beleuchtung und das Feuerwerk, nicht wahr?«

»Ja, Junker Hans.«

»Hm! Und nun wollen wir noch etwas ausdenken zu deiner Unterhaltung. Paß auf, wo ich bin, wenn du hinunterschaust. Und wenn du siehst, daß ich mein Taschentuch ziehe und mir Luft zuwedle, als sei mir zu heiß, das soll heißen: ›Liselotte, ich denke an dich.‹ Und wenn ich mit der

Hand über die Stirn streiche, das heißt: ›Du darfst nicht traurig sein, Liselotte.‹ Dann fühlst du dich nicht so einsam und verlassen, nicht wahr?«

Sie nickte mit strahlenden Augen.

Da lachte er froh.

»So ist es recht, nun siehst du ganz vergnügt aus. Aber nun muß ich schnell wieder hinunter. Also gib auf meine Zeichen acht.«

Wie aufmerksam verfolgte Liselotte nun erst seine Gestalt in der Menge. Und wieder und wieder sah sie, wie er sich mit dem Taschentuch zufächelte oder über seine Stirn strich. Das wurde nun eine herrliche Unterhaltung für sie, nun hatte auch sie ihr Fest. Das Herz wurde ihr wieder leicht, und die Einsamkeit war ihr nicht mehr fühlbar.

Wenige Tage darauf reiste Junker Hans ab. Liselotte war zumute, als sei nun die warme leuchtende Sonne wieder untergegangen. Und sie weinte sich wieder einige Abende in den Schlaf. Aber dann fiel ihr ein, daß sie Junker Hans versprochen hatte, tapfer zu sein. Da nahm sie sich zusammen und tröstete sich damit, daß er Weihnachten wiederkommen würde.

Wieder waren Jahre verstrichen. Liselotte und Lori waren jetzt im fünfzehnten Lebensjahr, Junker Hans hatte studiert und reiste nun viel.

In Liselottes Leben hatte sich bisher kaum etwas geändert. Noch immer war ihr Lori feindlich gesinnt, ließ sie fast nicht von ihrer Seite und betrachtete sie als tief unter sich stehend.

Dies harte und kummervolle Leben stählte jedoch Liselottes Charakter.

Lori merkte sehr wohl, daß Liselotte schöner und klüger war als sie selbst. Aber gerade das reizte sie immer mehr zu Groll und Zorn gegen sie. Sie redete sich ein, Liselotte sei häßlich und schlecht, damit sie nur einen Grund hatte, sie zu quälen.

Liselotte blieb für ihre Freunde in der »Weißen Taube« nur immer die erste Morgenstunde, solange Lori noch schlief.

Der lange Heinrich war immer noch Hausdiener bei Frau Schulz. Er freute sich mit seiner Herrin, wenn Liselotte zu einem Morgenbesuch kam. Und immer hatte er, gleich seiner Herrin, irgendeine Kleinigkeit für das junge Mädchen bereit, die ihr Freude machte.

Liselotte war nun ein schlankes, großes Mädchen geworden, und trotzdem sie Loris abgelegte Kleider trug, sah sie doch vornehm und schön aus.

Je älter Liselotte wurde, je schwerer war es ihr, Loris Feindseligkeiten geduldig zu ertragen. Sie war nun kein unverständiges Kind mehr, und trotz aller erlittenen Demütigungen hatte sie ein stolzes Herz. Alle Kraft hatte sie nötig, um sich zu beherrschen, wenn Lori sie beleidigte und kränkte.

Schwerer als je litt sie unter dem Spottnamen »Bettelprinzeß«, der ihr noch immer anhaftete.

Wenn Liselotte Fräulein Herter nicht gehabt hätte, die ihr immer wieder Mut und Trost einflößte, sie hätte das Leben in Bodenhausen nicht ertragen.

Seltener kam jetzt Junker Hans nach Hause.

Aber er hatte nicht mehr viel Zeit für sie. Er streichelte sie jetzt auch nicht mehr zärtlich, wie früher so oft. Sie war ja jetzt kein kleines Mädchen mehr. Aber lieb und freundlich war er immer noch zu ihr, neckte sie zuweilen in gutmütiger Art und sagte ihr auch noch hie und da ein gutes, aufmunterndes Wort. Nie kam er heim, ohne ihr irgendein kleines Geschenk mitzubringen. Alle diese Sachen verwahrte Liselotte wie einen köstlichen Schatz, und wenn sie sich einmal recht unglücklich fühlte, flüchtete sie in ihr Kämmerchen und holte ihn hervor. Dann wurde ihr das Herz wieder leicht.

Es war nun an der Zeit, daß Lori und Liselotte konfirmiert

werden sollten. Sie waren beide fast fünfzehn Jahre alt. Zu ihrer Konfirmation sollte Liselotte endlich auch einmal ein neues Kleid bekommen, nicht eines von den abgelegten Gewändern Loris.

Sie sollte natürlich mit Lori an einem Tage in der kleinen hübschen Dorfkirche von Pastor Helmer konfirmiert werden. Und zur Feier der Konfirmation Loris wurde auch Junker Hans auf einige Tage zu Haus erwartet.

Darauf freute sich Liselotte am meisten, wenn auch seine Anwesenheit nicht ihr galt, sondern seiner Schwester.

Als der festliche Tag herangekommen war, erhob sich Liselotte sehr früh am Morgen, als alles im Schlosse noch schlief. Sie ging zuerst an ihrer Mutter Grab und betete gläubigen Herzens um den Segen der toten Eltern.

Dann ging sie in die »Weiße Taube«. Dort wurde sie schon erwartet. Frau Martha Schulz überreichte ihr ein hübsches goldenes Halskettchen als Konfirmationsgeschenk.

»Liebe Tante Schulz, nie werde ich vergessen, wie gut du immer zu mir gewesen bist, und ich will dein Geschenk hoch in Ehren halten«, sagte Liselotte, Frau Martha herzlich umarmend.

Diese streichelte ihre Wangen.

»Mein liebes Kind, gern hätte ich all die Jahre mehr für dich getan. Ich habe ja selbst keine Kinder. Aber ich durfte dem Herrn Baron nicht vorgreifen. Aber das will ich dir heute sagen, ich habe dich herzlich lieb, und was auch kommen mag, bei mir wirst du immer eine Zuflucht finden. Man weiß ja nicht, wie es kommt im Leben. Ich habe da allerlei gehört. Mit dem Herrn Baron soll es nicht gut stehen. Es hat in den letzten Jahren schlechte Ernten gegeben, und im Schlosse wird viel Geld verbraucht. Wer weiß, meine Liselotte, ob die hochmütige Baronesse Lori nicht eines Tages eine viel ärmere Bettelprinzeß wird, als du es je gewesen bist.«

Liselotte erschrak sehr über diese Worte, die Frau Schulz fast gegen ihren Willen herausgefahren waren.

»Liebe Tante Schulz – das wäre ja schrecklich! Ach, es würde mich sehr, sehr unglücklich machen, wenn meine Wohltäter Unglück haben sollten.«

»Na, Kindchen, mit den Wohltaten, die sie dir erwiesen haben, ist es doch nicht so weit her.«

»Doch, Tante Schulz, du vergißt wohl, was sie mir für eine gute Erziehung haben geben lassen. Und überhaupt – alles kommt mir doch von ihnen. Ich wäre undankbar, wollte ich sie nicht meine Wohltäter nennen. O bitte, sage mir, droht ihnen wirklich Gefahr?«

»Ach Gott, Kind, man hört hier im Gasthof so mancherlei. Vielleicht ist es auch nur leeres Gerede. Wie dumm von mir, daß ich dir das Herz damit schwermache. So schlimm wird es ja nicht gleich werden. Ich wollte dir nur sagen, daß du an mir immer einen Halt haben wirst, wenn du einen brauchst.«

»Das wolle Gott verhüten, Tante Schulz. Daran mag ich gar nicht denken.«

»Nun ja, Liselotte, es macht deinem Herzen alle Ehre, daß du dich so um sie sorgst. Am meisten sollte es mir um den Junker leid tun. Wenn er auch, wie ich gehört habe, ein bißchen viel Geld ausgibt – lieber Gott, so junge vornehme Herren wissen das nicht anders, da macht es einer dem andern nach. Und zu Hause hat er das Sparen auch nicht gelernt. Aber sonst ist er doch ein grundguter Herr und immer freundlich zu unsereinem. Aber nun laß dir deinen Ehrentag nicht durch solche trübe Gedanken stören.«

Ehe Liselotte antworten konnte, kam Heinrich herein. Er war in aller Frühe im Walde gewesen und hatte nach den ersten Frühlingsblumen gesucht. Glücklich war er, daß er ein Sträußchen Schneeglöckchen gefunden hatte, um es in das hübsche Kästchen zu legen, das er für Liselotte gearbeitet hatte. Er überreichte es ihr mit strahlendem und doch ein wenig verlegenem Gesicht.

»Siehst du, Liselottchen, ich hab' mir's doch gedacht, daß du heute früh kommen würdest. Und weil ich nur ein armer

Bursche bin und dir nichts Schönes schenken kann, mußt du damit zufrieden sein. Freust dich 'n bißchen darüber?«

»Sehr, lieber guter Heinrich. Wie schön du das Kästchen geschnitzt hast. So viel Mühe hast du dir damit gegeben. Ich danke dir tausendmal. Und die Blumen nehme ich mit in die Kirche und will an dich denken.«

»Wir gehen natürlich alle in die Kirche, wenn du eingesegnet wirst, Liselottchen«, sagte Heinrich.

Sie nickte.

»Ich werde es fühlen, daß ihr lieben guten Menschen bei mir seid. Aber nun muß ich schnell nach Hause, heute stehen sie wohl im Schloß etwas früher auf als sonst. Und Junker Hans ist auch daheim, der ist ein Frühaufsteher.«

Sie verabschiedete sich herzlich mit innigen Dankesworten und ging.

Auf dem Nachhauseweg mußte sie wieder daran denken, was Tante Schulz über die Vermögensverhältnisse in Bodenhausen gesagt hatte. In ihrem Herzen war ein sorgendes, drückendes Gefühl. Sie hatte mit ihren klugen, offenen Augen schon selbst mancherlei bemerkt. Da kamen zuweilen Herren ins Schloß, die recht unfreundliche Gesichter machten und sich gar nicht ehrerbietig gegen den Herrn Baron benahmen. Sie hatten lange Unterredungen mit ihm, und wenn sie dann fortgingen, sah der Baron so düster und sorgenvoll aus und zeigte ein unruhiges, gereiztes Wesen. Ach – wenn Tante Schulz recht hatte, wenn der Herr Baron Sorgen hatte, dann wurde doch auch ihr lieber Junker Hans davon betroffen.

Ganz heiß wurde ihr bei dem Gedanken. Nur Junker Hans durfte kein Ungemach treffen.

»Lieber Vater im Himmel, beschütze und behüte ihn, laß ihm kein Leid geschehen. Nur ihm nicht. Er ist ja so gut und lieb und verdient es, daß du ihn in deinen Schutz nimmst. Auch seine Eltern bewahre vor Leid, lieber Gott, und auch Lori.«

So betete sie inbrünstig.

Als sie den Park betreten hatte, begegnete ihr Junker Hans. Er trug einen flotten Sportanzug mit kurzen Beinkleidern und einer kleidsamen Joppe.

Lachend bot er ihr die Hand.

»Guten Morgen, Liselotte! Schon so früh auf dem Wege?«

Sie sah ihn mit ihren samtbraunen Augen an.

»Ich war am Grabe meiner Mutter und in der ›Weißen Taube‹.«

Er deutete lächelnd auf die Schneeglöckchen, die sie auf das Kästchen gelegt hatte.

»Und hast du schon Blumen gepflückt?«

»Nein, die hat mir Heinrich geschenkt, und dies reizende Kästchen hat er für mich geschnitzt.«

»Ach – der Hausdiener aus der ›Weißen Taube‹, nicht wahr?« – »Ja.«

»Er ist immer noch dein guter Freund?«

»Ja, ein sehr guter, treuer Freund. Und von Frau Schulz bekam ich dies goldene Kettchen. Sehen Sie nur, Junker Hans, ist es nicht lieb? Ach, es gibt so viele gute Menschen, die so lieb zu mir sind.«

Sein lustiges Gesicht wurde ernst.

»Wie bist du bescheiden und anspruchslos. Ich meine, du hättest viel mehr Unbill von den Menschen zu erleiden als Guttaten und Freundlichkeiten.«

Sie schüttelte den Kopf.

»O nein, Junker Hans! Es wäre sehr undankbar von mir, wenn ich das sagen wollte. Alle Menschen können ja nicht gut zu mir sein, nicht wahr? Aber daß es einige gibt, das macht mich so glücklich und dankbar.«

Er sah sie wie in verhaltener Rührung an.

»Nun, ich wette, die kannst du an den Fingern abzählen, die es gut mit dir meinen. Sag mal her, wer dir Gutes getan hat.«

Sie sah strahlend zu ihm auf.

»Sie zuerst, Junker Hans, Sie sind der Liebste und Beste, der mir am meisten Gutes getan hat, dann Fräulein Herter, Frau Schulz, Heinrich – und Herr Baron und Frau Baronin, die mich doch in ihr Haus aufgenommen haben – und –«

Sie schwieg still und dachte nach.

»Ja – und? Nun bist du auch schon zu Ende.«

»Sind das nicht viele?«

»Nun ja – für ein so bescheidenes Gemüt, wie du bist, Liselotte. Wenn dir diese Menschen alle nicht mehr zugute tun als ich und meine Eltern, dann ist es eben nicht viel.«

»O doch – sehr viel, Junker Hans.«

Er sah sie verwundert ob ihrer Genügsamkeit an, und dabei mußte er denken, wie schön und vornehm sie aussah.

»Was bist du für ein großes Mädchen geworden, kleine Liselotte. Und heute sollst du nun konfirmiert werden. Aber – ich will dich nicht mehr aufhalten. Geh schnell ins Schloß zurück. Ich komme gleich nach. Damit man mit dem Frühstück nicht auf dich warten muß, will ich noch ein wenig später kommen als du, damit es heute nicht Schelte gibt für dich.«

Sie eilte davon, und er sah ihr mit einem seltsam nachdenklichen Blick nach.

Nach dem Frühstück wurden die beiden jungen Konfirmandinnen beschenkt. Baronesse Lori erhielt eine Unmenge kostbarer Geschenke. Von allen Seiten waren Blumen und Kostbarkeiten für sie geschickt worden, und Eltern und Bruder bedachten sie auch sehr reichlich.

Liselotte erhielt im Verhältnis zu Lori nur sehr wenig, und doch war ihre Freude größer als die der verwöhnten, anspruchsvollen Baronesse.

Baron und Baronin Bodenhausen schenkten Liselotte eine goldene Armbanduhr. Von Fräulein Herter erhielt sie ein Buch. Junker Hans überreichte ihr einen hübschen goldenen Anhänger, und selbst Lori schenkte ihr einen goldenen Ring mit blauen Steinen, den sie selbst bisher getragen hatte.

Liselotte war überglücklich. So reich war sie noch nie beschenkt worden. Am meisten freute sie sich über das Geschenk von Junker Hans. Sie befestigte es sogleich an dem Halskettchen von Tante Schulz und legte all die schönen Sachen in das von Heinrich geschnitzte Kästchen.

Rührend war ihre Freude und Dankbarkeit.

Als sie dem Baron für die Uhr dankte, fügte sie hinzu:

»Und ich danke Ihnen auch aus tiefstem Herzen, Herr Baron, daß Sie soviel Gutes an mir getan haben.«

Der Baron sah dabei zufällig seinen Sohn an, und er wurde unter dessen ernstem Blick ein wenig rot, vielleicht, weil er fühlte, daß es nicht eben viel war, was er für Liselotte getan hatte.

»Laß gut sein, Kind – es ist gern geschehen. Du bist ja immer artig und folgsam gewesen. Und morgen früh um zehn Uhr kommst du in mein Arbeitszimmer. Ich habe da etwas mit dir zu besprechen.«

Dann war es Zeit, in die Kirche zu gehen.

Pastor Helmers hielt eine sehr schöne Predigt. Er wies darauf hin, daß der liebe Gott sich auch der elternlosen Waisen erbarme und ihnen gute edle Menschen sende, die sich ihrer annehmen.

Nach der kirchlichen Feier fand im Schlosse ein Festmahl statt, an dem außer mehreren Gästen aus der Nachbarschaft auch Pastor Helmers teilnahm. Und trotzdem Gäste anwesend waren, durfte Liselotte heute mit an der Tafel sitzen. Die beiden Konfirmandinnen hatten ihre Plätze rechts und links von Pastor Helmers. Dieser Tag war der glücklichste, den Liselotte je in Schloß Bodenhausen erlebt hatte, und wohl der einzige, an dem ihr von Lori keine Kränkung zugefügt wurde.

Am nächsten Morgen Punkt zehn Uhr trat Liselotte in das Arbeitszimmer des Barons.

Er saß am Schreibtisch, hatte das Haupt, auf dem schon ein leichter, grauer Schimmer lag, auf die Hand gestützt und sah so recht düster und sorgenvoll vor sich hin. Vor ihm lag ein großes Buch aufgeschlagen, in dem er gerechnet hatte. Als Liselotte eintrat, blickte er auf.

»Ach so – du bist es, Liselotte! Nun komm näher, setze dich hier auf den Sessel, ich habe mit dir zu reden.«

Gehorsam, mit klopfendem Herzen, ließ sich Liselotte auf den bezeichneten Sessel neben dem Schreibtisch nieder. Eine Weile zögerte der Baron. Liselotte sah in sein Gesicht, und es fiel ihr zum ersten Male auf, daß Junker Hans seinem Vater sehr ähnlich war. Sie hatte immer viel mehr Zuneigung für den Baron gehabt als für dessen Gemahlin, die ihr stets kalt und stolz begegnete. Der Herr Baron hatte doch öfter ein freundliches Wort für sie gehabt.

Endlich begann der Baron:

»Du bist nun fünfzehn Jahre alt, Liselotte, und gestern durch die Konfirmation in den Bund der erwachsenen Christen aufgenommen worden. Ich glaube auch, daß du ernst und verständig über deine Jahre bist und daß man ein vernünftiges Wort mit dir reden kann. Du weißt, unter welchen Umständen du vor zehn Jahren in mein Haus kamst. Deine Mutter verunglückte, als sie dich retten wollte, durch meine Pferde, und ich versprach ihr auf dem Sterbelager, dich im Schloß aufzunehmen und für deine Erziehung Sorge zu tragen. Du weißt, daß du sonst ganz allein und verlassen im Leben standest, nicht wahr?«

»Ja, Herr Baron – und ich weiß, wieviel Dank ich Ihnen schuldig bin«, sagte Liselotte leise.

»Nun, davon wollen wir jetzt nicht sprechen«, entgegnete der Baron, nicht ohne Güte und Wohlwollen in ihr Gesicht blickend. »Also, meine Frau und ich haben beschlossen, dich mit Lori nach Lausanne in ein Töchterheim zu schicken, damit deine Erziehung vollendet wird. Fräulein Herter wird entlassen und –«

Liselotte zuckte zusammen. Ein heißer Schmerz durchzuckte sie, als sie hörte, daß die treue Freundin ihrer einsamen Jugend Bodenhausen verlassen sollte.

»Fräulein Herter geht fort?« fragte sie bestürzt, alle Zurückhaltung vergessend.

»Ja, sie geht vorläufig zu ihren Verwandten. Hat sie dir das noch nicht gesagt?«

»Nein, Herr Baron.«

Nur mühsam brachte Liselotte diese wenigen Worte hervor.

»Ja, Kind, ich kann doch Fräulein Herter nicht ewig hierbehalten. Die Zeiten sind schlecht – sehr schlecht. Ich habe mit schweren Sorgen zu kämpfen, und wir müssen jetzt sparen, wo wir können. Es wird mir auch nicht leicht, für Lori und dich das ziemlich hohe Pensionsgeld zu zahlen. Für zwei Jahre sollt ihr nach Lausanne gehen. Die Pension von Madame Chevaux ist uns als eine der besten empfohlen worden, sie ist aber auch teuer. Die Hauptsache ist jedoch, daß Lori gut lernt, da sie noch mancherlei nachholen muß. Und du sollst dort deine Erziehung abschließen. Da deine Mutter eine gebildete Frau war, sollst auch du eine gute Erziehung genießen. Ich will halten, was ich versprochen habe. Und deshalb sollst du bis zum Schluß die gleiche Ausbildung erhalten wie meine eigene Tochter. Es ist nun dein eigener Vorteil, wenn du auch in Lausanne, wie bisher, sehr fleißig bist. Fräulein Herter hat mir kürzlich erst gesagt, daß du in allen Fächern viel Besseres leistest als Lori. Das ist sehr gut für dich. Und es wäre schön von dir, wenn du Lori ein wenig anspornen würdest, auch fleißig zu sein. Ich weiß, Lori läßt sich wenig beeinflussen, vor allem von dir nicht. Aber du kannst schon viel durch ein gutes Beispiel wirken. Vor allen Dingen aber bedenke, daß du dir so viele Kenntnisse als möglich aneignen solltest, weil du später dein Brot selbst verdienen mußt. Wenn du aus dem Töchterheim zurückkommst, kann ich nichts mehr für dich tun. Wir werden dir dann noch Aufnahme in Bodenhausen gewähren, bis du eine gute Stellung, vielleicht als Gesellschafterin oder dergleichen, gefunden hast, auch werden wir uns selbst um eine solche Stelle für dich bemühen. Aber um eine solche zu erhalten, ist es notwendig, daß du gute Zeugnisse und Empfehlungen hast. Ist dir das klar?«

Liselotte bezwang sich tapfer. Zu sehr war sie schon gewöhnt, sich zu beherrschen. Mit großen, ernsten Augen sah sie in das sorgenvolle Gesicht des Barons.

»Ja, Herr Baron, ich verstehe das alles und will gewiß alles tun, mir die Zufriedenheit meiner Lehrer und Lehrerinnen zu erwerben. Und ich danke Ihnen sehr, daß Sie mich auch noch in das Töchterheim schicken wollen.«

»Gut, gut, Kind. Ich sehe, du bist ein vernünftiges Mädchen. Nun höre weiter. Deine Mutter hatte vor ihrem Tode bei Pastor Helmers für dich ein Päckchen mit Familienpapieren hinterlegt, das du an deinem achtzehnten Geburtstag erhalten sollst. Dieses versiegelte Päckchen verwahre ich dir weiter, bis du es erhalten sollst. Zugleich hat deine Mutter auch in sicheren Wertpapieren zehntausend Mark für dich hinterlassen. Dies Geld habe ich dir gewissenhaft verwaltet und habe für die Zinsen immer wieder Wertpapiere dazu gekauft, so daß du jetzt ungefähr fünfzehntausend Mark dein nennen kannst. Das ist nicht viel, aber immerhin ein Notpfennig für dich, wenn dir etwas zustoßen sollte. So, das alles wollte ich dir heute sagen. Du weißt nun, wie deine Zukunft sich gestalten wird, und wirst wie ein kluges, tapferes Mädchen selbst daran arbeiten, daß es dir wohl geht. Und nun kannst du gehen, Liselotte. In vierzehn Tagen ungefähr wirst du mit Lori abreisen. Fräulein Herter wird euch dorthin begleiten, ehe sie nach Hause zurückgeht.«

Liselotte erhob sich. Der Baron reichte ihr die Hand, und sie zog sie ehrerbietig an ihre Lippen. Dann ging sie hinaus.

Wie im Traum schritt sie durch den langen Gang nach ihrem Kämmerchen. Als sie eintrat, fand sie Fräulein Herter vor, die auf sie gewartet hatte.

Liselotte fiel ihr aufschluchzend um den Hals.

»Ach Fräulein – Fräulein –, du willst fortgehen von Bodenhausen – von mir –, mein teures liebes Fräulein!« rief sie außer sich.

Auch Fräulein Herter kamen die Tränen.

»Ich will nicht, Kind, aber ich muß. Wenn wir mit all unserer Kraft und allem Können den jungen Menschen den Weg ins Leben gezeigt und sie alles gelehrt haben, was wir selber wissen, dann sind wir überflüssig.«

»Ach, Fräulein – warum hast du mir noch nichts davon gesagt?«

»Erfährst du es heute nicht auch noch früh genug?«

»Und was wird aus dir, liebes, teures Fräulein?«

»Sorge dich nicht um mich. Vorerst gehe ich zu meiner Schwester, die verheiratet ist. Meine Eltern sind ja beide schon lange tot. Ich habe auch noch einige andere Verwandte, die ich besuchen und wiedersehen will. In all den Jahren, da ich in Bodenhausen war, bin ich ja nur vor fünf Jahren ein einziges Mal auf kurze Zeit zu Hause gewesen. Wenn ich dann einige Monate im Kreise meiner Angehörigen verlebt habe, suche ich mir wieder eine andere Stellung, denn ich bin darauf angewiesen, mir mein Brot zu verdienen.«

Liselotte schluchzte fassungslos.

»Und ich werde dich vielleicht nie mehr wiedersehen. Auch dich soll ich nun noch verlieren.«

Fräulein Herter zog sie fest an sich und küßte sie.

»Mach mir das Herz nicht noch schwerer, als es schon ist, meine Liselotte.«

»Wirst du mir wenigstens schreiben, liebes Fräulein?«

»Gewiß, Kind. Wir werden uns fleißig schreiben. Du erzählst mir alles, was du erlebst, und ich berichte dir auch alles. Und vielleicht ist uns doch eines Tages ein Wiedersehen beschert. Das Leben führt uns oft seltsame Wege, und die Welt ist klein.« – Liselotte seufzte.

»Ach, du wirst so weit fort sein von mir.«

»Ob mehr oder weniger entfernt – wenn wir nicht beisammen sein können, ist es gleich, ob hundert oder tausend Meilen zwischen uns liegen. Nun wollen wir aber nicht mehr von der Trennung reden. Noch sind wir vereint und wollen mit jeder Stunde des Beisammenseins geizen. Und von dir wollen wir sprechen. Hat dir der Herr Baron gesagt, daß du mit nach Lausanne sollst?«

Liselotte erzählte Fräulein Herter alles, was ihr der Herr Baron gesagt hatte. Als sie zu Ende war, streichelte das gute Fräulein die traurige Liselotte. »Ja, ja, mein liebes Kind, du wirst also in Zukunft auch bei fremden Leuten dein Brot essen müssen. Nun – du hast hier eine schwere Schule durchgemacht und dich gestählt für den Kampf ums Dasein. Vielleicht findest du später eine gute Stellung. Du wirst vor allen Dingen Loris Quälereien entrückt sein. Verzage nur nicht. Der liebe Gott hält über uns allen seine treue starke Hand. Solange er uns nicht verläßt, sind wir nie ganz allein.«

Ach, die arme Liselotte konnte jetzt gar nicht so fest und mutig in die Zukunft blicken, in die Zukunft, in der sie ihr liebes Fräulein nicht mehr finden würde. Und noch einer würde in dieser Zukunft fehlen – Junker Hans. Das machte ihr das Herz unsagbar schwer.

Junker Hans reiste schon am nächsten Tage wieder ab. Auch er hatte von seinem Vater gehört, was über Liselottes Zukunft beschlossen worden war. Sie tat ihm sehr leid, aber helfen konnte er ihr nicht. Und vorläufig war sie ja noch zwei Jahre gut versorgt.

Als nun die Baronesse hörte, daß Liselotte mit ihr dasselbe Töchterheim besuchen sollte – mehr teilten ihr die Eltern vorläufig nicht mit über das, was über Liselotte beschlossen, da war sie ganz außer sich.

»Wie, Mama, nun soll ich auch noch zusammen mit ihr in ein Töchterheim? O nein, das tue ich nicht. Papa, Mama, das dürft ihr mir nicht zumuten.«

Aber Vater und Mutter waren nicht in der Stimmung, auf Lori zu hören. Sie hatten den Kopf zu voll von anderen Dingen. Es stand wirklich schlecht um Bodenhausen. Wenn der Baron Geld brauchte, erhielt er es nur schwer und gegen sehr hohe Zinsen. Die Schuldenlast vermehrte sich in erschrekkender Weise. Und nun man endlich zu sparen anfangen wollte, ging das nicht so leicht.

So hatten Loris Eltern keine Lust, sich durch ihre Einwände stören zu lassen in dem, was sie beschlossen hatten.

Der Baron bestimmte ziemlich schroff, daß sich Lori zu fügen hätte und daß sie gut daran tue, sich die fleißige Liselotte zum Vorbild zu nehmen.

Solche harten Worte war Lori von ihren Eltern nicht gewöhnt. Und daß man ihr gar Liselotte als Vorbild hinstellte, empörte sie namenlos. Sie mußte freilich schweigen und sich fügen, aber nun ließ sie ihren Groll in verstärktem Maße an Liselotte aus. Diese konnte tun und lassen, was sie wollte, alles wurde von Lori angefeindet.

Liselotte hatte alle Kraft nötig, sich zu beherrschen und bei alledem ruhig zu bleiben.

Lori nahm sich fest vor, Liselotte das Leben in Lausanne nach Kräften zu verleiden. Sie wollte sich schon dafür an Liselotte rächen, daß man sie ihr als Genossin aufgenötigt hatte.

Es wurde nun alles zur Abreise für die beiden jungen Mädchen gerüstet. Die Baronin ließ auch für Liselotte im Hause einige neue Kleider arbeiten, weil sie die abgelegten Stücke Loris unmöglich noch tragen konnte. Natürlich wurde auch Lori neu ausgestattet, wie es einer Baronesse Bodenhausen zukam. Dann wurden die Koffer gepackt, und Ende April ging die Reise los.

Fräulein Herter wurde in Gnaden und mit einem glänzenden Zeugnis entlassen und versprach, die beiden jungen Mädchen sorglich und sicher nach Lausanne zu geleiten und bei Madame Chevaux abzuliefern.

Am letzten Morgen vor ihrer Abreise war Liselotte noch einmal im Gasthof zur »Weißen Taube«, um sich von Tante Schulz und Heinrich zu verabschieden.

»Nun, dann laß dir's gutgehen, Liselottchen. Wenn du wiederkommst, sage ich dann Fräulein Liselotte zu dir, denn du bist doch nun sozusagen eine junge Dame, und ich weiß, was sich schickt.«

So plauderte Heinrich.

Liselotte fühlte aber aus alledem nur die Liebe und Fürsorge heraus und drückte herzlich seine schwielige Hand.

Frau Schulz umarmte sie und gab ihr noch allerlei sorgliche Ermahnungen mit auf den Weg.

Dann saß Liselotte neben Fräulein Herter, der Baronin und Lori gegenüber in demselben Wagen, auf den sie früher immer so sehnsüchtig am Gartenzaun der »Weißen Taube« gewartet hatte. Die Baronin wollte ihrer Tochter das Geleite bis zum Bahnhof geben.

Gleich nachdem der Wagen am Bahnhof anlangte, brauste der Zug heran. Fräulein Herter stieg mit ihren beiden Zöglingen in ein Abteil. Ein Diener hob ihnen das Handgepäck hinein. Das große Gepäck war bereits am Abend vorher aufgegeben worden, damit es pünktlich in Lausanne eintraf.

Liselotte hatte der Baronin die Hand geküßt, und Lori hatte ihre Mutter umarmt und winkte ihr vom Fenster aus zu. Dann setzte sich der Zug auch schon in Bewegung.

Liselotte war sehr traurig zumute. Ihre Augen standen voll Tränen. Sie mußte daran denken, daß dieser Abschied ein Vorspiel war zu dem Abschied auf immer, der ihr in zwei Jahren bevorstand.

Auch Fräulein Herter hatte Tränen in den Augen. Verließ sie doch für immer die Stätte, wo sie in jahrelanger treuer Pflichterfüllung gewirkt und geschafft hatte.

Lori schien ganz unbewegt zu sein. Sie blickte gelangweilt aus dem Fenster und beachtete vorläufig Fräulein Herter und Liselotte gar nicht. Als sie dann aber merkte, daß die beiden sehr wehmütig waren, verlangte sie, unterhalten zu werden, weil sie fühlte, daß ihnen jetzt jede Unterhaltung schwerfiel.

Als Liselotte dann aber, von der Schönheit der Welt entzückt, Fräulein Herter auf dieses und jenes aufmerksam machte, an dem sie vorüberflogen, da behauptete Lori ärgerlich, sie sei müde und wolle Ruhe haben. So quälte sie nach Laune und Willkür ihre Reisegenossen.

Die Dämmerstunde brach eben an, als die drei am Ziel waren. Vom Bahnhof aus fuhren sie gleich nach dem Töchterheim der Madame Chevaux.

Das war ein hübsches, landhausartiges Gebäude inmitten eines ziemlich großen Gartens, in dem schon alles frühlingsmäßig grünte und blühte. Eine stattliche, etwa fünfzigjährige Dame kam ihnen mit schnellen, noch jugendlichen Bewegungen entgegen.

»Madame Chevaux?« fragte Fräulein Herter artig.

Die Dame verneigte sich und sah mit lächelndem Gesicht auf die Ankömmlinge.

»Und ich habe wohl das Vergnügen, Fräulein Herter vor mir zu sehen und meine beiden neuen Zöglinge. Bitte treten Sie ein. Das Gepäck haben Sie wohl am Bahnhof gelassen. Bitte geben Sie mir den Gepäckschein, ich will es sogleich durch den Hausdiener holen lassen. So – bitte –, Gottes Segen zu Ihrem Einzug, meine Damen. Hätte ich gewußt, mit welchem Zug Sie kommen, hätte ich Sie vom Bahnhof abgeholt.«

So plauderte Madame Chevaux freundlich und gewandt in sehr rascher, lebhafter Weise.

Sie führte die beiden jungen Mädchen in das Empfangszimmer. Hier lud sie zum Sitzen ein. Dann sagte sie, sich zu Liselotte wendend:

»Sie sind Baronesse Lori, nicht wahr?«

Madame Chevaux hatte viel Menschenkenntnis. Aber weil Liselotte trotz ihrer schlichten Kleider so unbedingt vornehm aussah, viel vornehmer als Lori, hatte sie sich diesmal getäuscht. Lori bekam vor Ärger einen roten Kopf, und ehe Liselotte antworten konnte, sagte sie stolz:

»Ich bin die Baronesse Bodenhausen.«

Madame Chevaux verlor die sichere Haltung nicht einen Augenblick.

»Ah – dann ist also die junge Dame Fräulein Liselotte Hochberg. Nun gut, meine jungen Damen, ich werde Ihnen dann gleich Tee und einen Imbiß bringen lassen. Sie speisen heute wohl am besten allein mit Fräulein Herter und mir, nachdem Sie den Reisestaub etwas abgeschüttelt haben. Sie werden müde und abgespannt von der Reise sein, und da macht man nicht gern neue Bekanntschaften. Morgen früh mache ich Sie dann mit Ihren Mitschülerinnen und Lehrern bekannt.«

Diese sehr liebenswürdigen Worte klangen zugleich so bestimmt, daß man merkte, Madame Chevaux war gewöhnt, ihrem Willen Geltung zu verschaffen.

Mit einigen entschuldigenden Worten zu Fräulein Herter führte sie die beiden jungen Mädchen gleich selbst in ihr Zimmer.

»Ich habe für Sie beide gemeinsam dieses Zimmer bestimmt, was wohl Ihren Wünschen entspricht«, sagte sie, die Tür öffnend.

Lori warf stolz den Kopf zurück.

»Ich bin gewohnt, meine Zimmer allein zu bewohnen.«

Madame Chevaux lächelte fein und überlegen.

»Ja, ja, Baronesse, man muß hier mancherlei lernen. Es ist in meinem Hause Bestimmung, daß immer zwei Damen ein Zimmer zusammen bewohnen. Und es ist Ihnen doch sicher angenehmer, wenn Sie beide zusammenwohnen, als mit fremden jungen Damen.«

»Ich möchte aber viel lieber mit einer anderen jungen Dame zusammenwohnen«, sagte Lori schroff.

Madame Chevaux sah sie einen Augenblick scharf an.

»Ich bedaure, vorläufig ist nur dies eine Zimmer frei, alle anderen sind bereits doppelt besetzt. Sie müssen also schon mit Fräulein Liselotte zusammenwohnen, Baronesse Lori.«

Das war so bestimmt ausgesprochen, daß es keinen Widerspruch gab.

Die beiden jungen Mädchen traten nun in das für sie bestimmte Zimmer, ein großes, luftiges und sehr freundlich eingerichtetes Gemach, in hellen, duftigen Farben gehalten und nicht ohne Geschmack ausgestattet.

»Sobald Sie sich erfrischt haben, kommen Sie bitte wieder herunter in mein Zimmer, wo ich mit Fräulein Herter auf Sie warten werde«, sagte Madame Chevaux ruhig und schloß die Tür hinter ihnen.

Sie ging zu Fräulein Herter zurück.

»Die kleine Baronesse Lori scheint ein etwas eigenwilliger Charakter zu sein, mein verehrtes Fräulein Herter. Sie verpflichten mich zu großem Dank, wenn Sie mir einige Aufschlüsse geben über die Wesensart der beiden jungen Damen«, bat sie liebenswürdig.

Fräulein Herter gab ihr in kurzen Worten wahrheitsgetreuen Bescheid und gab auch eine Erklärung, in welchem Verhältnis Liselotte zu der Familie des Barons stand. Zum Schluß bat sie Madame Chevaux noch herzlich um ihren Schutz für Liselotte.

Madame Chevaux hörte nachdenklich zu.

»Also so liegen die Verhältnisse. Da wird allerdings die kleine Liselotte Hochberg einen schweren Stand haben. Übrigens ein entzückendes Geschöpf. Wenn ich das geahnt hätte, dann hätte ich die beiden jungen Damen getrennt unterbringen können. Die arme Liselotte Hochberg wird es schwer haben.«

»Deshalb eben möchte ich Ihnen Liselotte besonders ans

Herz legen. Ist sie auch nur ein armes Mädchen, so hat sie doch einen durchaus vornehmen Charakter. Sie ist streng wahrhaftig, außerordentlich klug und begabt und von anspruchsloser Bescheidenheit. Sie wird sehr fleißig sein und sicher Ihre Musterschülerin werden.«

»Nun, das ist viel, sehr viel. Es ist immer gut, wenn man wenigstens eine Schülerin hat, deren Leistungen die anderen zum Nacheifern anspornen. Und ich verspreche Ihnen, verehrtes Fräulein Herter, daß ich für Liselotte tun will, was in meiner Macht steht, zumal sie mir sofort einen sehr günstigen Eindruck gemacht hat.«

»Mehr kann ich ja nicht verlangen, verehrte Madame Chevaux.«

Herzlich dankte Fräulein Herter der Pensionsvorsteherin. Und sie besprachen noch allerlei Einzelheiten. Dann kamen die beiden jungen Mädchen wieder herunter. Sie nahmen mit Fräulein Herter und Madame Chevaux das Abendessen ein, und danach verabschiedete sich das Fräulein von ihren Zöglingen. Sie wollte die Nacht in einem Hotel zubringen und am nächsten Morgen weiterreisen.

Als sie Lori Lebewohl sagte, bat sie dringend:

»Ich hoffe, liebe Lori, daß du meiner Erziehung Ehre machst und deine Fehler, die dir zu Unehre gereichen, ablegst. Du wirst ja nun immer älter und vernünftiger. Heute, da ich zum letzten Male mit dir spreche, möchte ich dir noch einmal ans Herz legen, stets dessen eingedenk zu sein, daß der Mensch nur auf das stolz sein darf, was er selbst leistet, wie er selbst ist. Die Vorrechte der Geburt sind kein Verdienst. Man muß sich diese Vorrechte dadurch erst verdienen, daß man edel und gut ist und eine adelige Gesinnung besitzt. Suche dir diese Vorrechte zu verdienen, dann darfst du den edlen Stolz besitzen, ein guter Mensch zu sein.«

Lori hörte mit höhnischem Gesicht auf diese Worte. Aber sie brachte es wenigstens über sich, Fräulein Herter einige förmliche Dankesworte zum Abschied zu sagen.

Zu Liselotte sagte Fräulein Herter nicht viel. Sie umarmte und küßte sie herzlich und sagte mit verhaltener Stimme:

»Leb wohl, Liselotte – Gottes Segen mit dir auf allen Wegen. Sobald ich zu Hause angelangt bin, schreibe ich dir. Sei tapfer, mein Kind.«

Liselotte biß die Zähne zusammen. Tränen funkelten in ihren Augen. Sie drückte die treue Freundin ihrer einsamen Jugend fest an sich und stammelte leise:

»Dank – heißen Dank für alle Liebe und Güte, du Liebe, Gute. Gott behüte dich.«

Dann riß sich Fräulein Herter schnell los und ging hinaus, um die Tränen nicht sehen zu lassen, die ihr aus den Augen stürzten.

Madame Chevaux kehrte zu den beiden jungen Mädchen zurück. Sie sah, daß Baronesse Lori ganz kalt und ungerührt geblieben war durch den Abschied von ihrer langjährigen Erzieherin. Das war ein schlechtes Zeichen für ihren Charakter.

Liselotte aber saß bleich und mit krampfhaft verschlungenen Händen in ihrem Sessel, es zuckte schmerzlich in dem schönen jungen Gesicht, und sie tat Madame Chevaux sehr leid.

Um sie abzulenken, plauderte sie von allerlei oberflächlichen Sachen. Inzwischen waren die Koffer gebracht worden, und Madame Chevaux klingelte dem Zimmermädchen und fragte, ob im Zimmer der jungen Damen für die Nacht alles in Ordnung sei.

Das hübsche, freundliche Mädchen bejahte und wurde wieder entlassen. Die Vorsteherin brachte die jungen Mädchen nun wieder selbst nach ihrem Zimmer. Sie zeigte ihnen hier, wie und wo sie Wäsche und Kleider, Schuhe, Hüte und andere Sachen unterbringen sollten. Sie riet ihnen, sich heute gleich schlafen zu legen, da sie von der langen Reise ermüdet sein müßten. Auspacken sollten sie erst morgen früh.

»Nun schlafen Sie recht gut, meine jungen Damen. Morgen früh sollen Sie schlafen, so lange Sie wollen. Dann aber wird jeden Morgen um sieben Uhr geweckt. Um acht Uhr wird das Frühstück gemeinsam unten im Speisesaal eingenommen. Morgen werde ich Ihnen das Frühstück ausnahmsweise auf Ihr Zimmer bringen lassen, damit Sie erst ruhig auspacken und Ihre Sachen einräumen können. Bitte klingeln Sie, wenn Sie das Frühstück wünschen. Und sobald Sie dann mit allem fertig sind, lassen Sie es mir durch das Zimmermädchen sagen. Ich werde Sie dann im Schulzimmer mit den anderen Mädchen, den Lehrern und Lehrerinnen bekannt machen. Für heute also nochmals gute Nacht.«

Damit zog sich Madame Chevaux zurück, und die beiden jungen Mädchen waren allein.

Lori machte eine schnippische Geste hinter ihr her.

»Einen Ton hat diese Madame Chevaux an sich! Was fällt ihr ein? Ich lasse mir nicht in dieser Weise befehlen«, sagte sie entrüstet.

Liselotte schwieg. Ihr Herz war viel zu voll und schwer, als daß sie hätte reden mögen.

»So rede doch – bist du von Holz?« fragte Lori ärgerlich. – Nun mußte Liselotte antworten.

»Mir scheint, daß Madame Chevaux eine sehr kluge, tüchtige Dame ist. Sie ist aber trotzdem sehr freundlich. Ein Urteil kann ich mir nach diesem kurzen Beisammensein mit ihr natürlich noch nicht bilden. Es ist aber selbstverständlich, daß wir uns hier ihrem Willen zu fügen haben.«

Lori lachte spöttisch auf.

»Du vielleicht – ich nicht.«

Liselotte schwieg und begann sich langsam auszukleiden. Sorgsam hängte sie ihr Kleid auf.

»Willst du nicht zu Bette gehen, Lori?« fragte sie endlich, da diese ruhig auf dem Diwan liegenblieb.

Lori warf sich ungezogen auf die andere Seite.

»Wer soll mich denn auskleiden?« fragte sie schroff.

»Das wirst du wohl hier selbst tun müssen, da dir die Zofe deiner Mutter nicht zur Verfügung steht«, erwiderte Liselotte.

»Fällt mir nicht ein. Da du nun schon einmal mit in meinem Zimmer schlafen sollst, kannst du mir auch Zofendienste tun. Ich kann nicht allein fertig werden. Zieh mir die Schuhe aus!«

Liselotte wurde bleich. Ihr Stolz empörte sich. Nicht gegen die Zumutung, daß sie Lori behilflich sein sollte. Das hätte sie gern getan. Aber daß sie Lori so verächtlich zur Zofe bestimmte, erschien ihr demütigend.

Aber sie rief sich ins Gedächtnis zurück, was ihr Fräulein Herter so oft gesagt hatte:

»Niemand kann dich erniedrigen als du selbst. Die Demütigungen, die dir ein anderer Mensch zufügt, fallen auf ihn selbst zurück.«

Ohne ein Wort zu erwidern, löste sie Loris Schuhe von den Füßen.

»Ich will dir auch dein Haar einflechten, Lori, da du nicht gewöhnt bist, es selbst zu tun«, sagte sie dann ruhig und kam so einem neuen, kränkenden Befehl zuvor.

Als sie mit Loris Haar fertig war, ordnete Liselotte ihr eigenes für die Nacht.

Lori sah diese Pracht zum erstenmal so aufgelöst. Neiderfüllt sah sie zu Liselotte hinüber und ärgerte sich, daß diese so schönes Haar hatte.

Schnell machte sich nun auch Liselotte fertig.

»Gute Nacht, Lori, schlaf gut«, sagte sie freundlich.

»Gute Nacht«, stieß Lori schroff hervor.

Liselotte konnte lange nicht einschlafen. Zu viel stürmte auf ihre junge Seele ein. Sie wußte, daß sie hier nun vollends allen Feindseligkeiten Loris schutzlos preisgegeben war. Das Herz tat ihr noch weh von dem Abschied von ihrem lieben Fräulein Herter.

Ach, was hätte sie darum gegeben, wenn sie bei ihr hätte

bleiben dürfen. Spät erst schlief sie ein. Loris ruhige Atemzüge klangen schon lange zu ihr herüber.

Als sie am nächsten Morgen erwachte und leise nach der Uhr sah, erschrak sie heftig. Es war schon acht Uhr. Sie stand sonst viel früher auf. Erschrocken richtete sie sich auf und sah nach Lori hinüber. Die schlief noch fest.

Es wird hart für sie sein, wenn sie jeden Morgen um sieben Uhr aufstehen muß, dachte sie, denn Lori war eine Langschläferin.

Ganz leise erhob sie sich von ihrem Lager und trat an das Fenster. Zwischen den zugezogenen Gardinen hindurch schaute sie hinab in den Garten. Da sah sie mehrere junge Mädchen, ungefähr in ihrem Alter, auf den Gartenwegen auf und ab gehen. Sie hatten sich zu zweien untergefaßt und plauderten vergnügt miteinander. Die Sonne schien warm und freundlich auf die schlanken, anmutigen Gestalten herab. Es war ein gar liebliches Bild, das sich Liselottes Blikken bot.

Wie würden sie sie aufnehmen? Madame Chevaux hatte ihnen gestern abend bei Tisch erzählt, daß sie alle nur aus besten Häusern stammten, auch eine junge Amerikanerin sei da.

Ach – die waren vielleicht alle ebenso hochmütig wie Lori und würden nichts von ihr wissen wollen.

Und doch – wie schön müßte es sein, wenn sie wenigstens eine Freundin unter ihnen fand.

Seufzend wandte sich Liselotte wieder ins Zimmer zurück. So leise als möglich kleidete sie sich an, um Lori nicht zu wecken. Als sie fast fertig war, fiel ihr eine Bürste herunter. Darüber wachte Lori endlich auf.

»Was machst du denn für einen Lärm? Dabei kann man doch nicht schlafen«, schalt sie unmutig.

»Du wirst wohl nun aufstehen müssen, Lori, es ist halb neun Uhr.«

»Unsinn, ich schlafe, so lange es mir gefällt.«

»Nun, heute ist uns ja auch keine Zeit bestimmt worden. Aber wir müssen doch unsere Koffer auspacken. Und von morgen an mußt du um sieben aufstehen.«

»Blödsinnige Einrichtung – was soll man so früh auf? Heute bleibe ich jedenfalls noch liegen. Öffne das Fenster ein wenig und packe die Koffer aus. Das kannst du allein tun. Wenn du fertig bist, stehe ich auf, und du kannst mir dann beim Ankleiden helfen.«

Liselotte packte nun schnell die Koffer aus und räumte alles in die Behälter, die Madame Chevaux dafür bestimmt hatte. Lori lag faul im Bett und blinzelte durch die halbgeschlossenen Lider zu Liselotte hinüber. Ihre einzige Betätigung bei dieser Arbeit bestand im Befehlen und Schelten, wenn ihr Liselotte etwas nicht nach Gefallen tat.

Als diese fertig war und die leeren Koffer ordentlich beiseite gestellt hatte, geruhte das Baroneßchen sich zu erheben. Liselotte mußte sie beim Ankleiden bedienen, und kein freundliches Wort lohnte ihre Mühe.

Im stillen sagte sich Lori, daß es doch ganz gut war, daß sie gerade mit Liselotte ein Zimmer teilte. Sonst hätte sie sich wohl oder übel allein behelfen müssen.

Schnell räumte nun Liselotte noch, wie sie gewöhnt war, im Zimmer auf. Und dann fragte sie Lori, ob sie nun nach dem Frühstück klingeln sollte.

Lori gab die Erlaubnis, und Liselotte klingelte.

Das Zimmermädchen erschien, und Liselotte bat freundlich um das Frühstück, das das Mädchen in wenig Minuten brachte.

Als sie fertig waren, klingelte Liselotte wieder und bat, Madame Chevaux zu melden, daß sie bereit seien.

Bald darauf erschien diese bei den jungen Mädchen.

Sie fragte freundlich, wie sie geschlafen hätten, und sah sich angenehm berührt in dem gut aufgeräumten Zimmer um.

»Sie haben wohl noch nicht ausgepackt?« fragte sie.

»Doch, Madame Chevaux, wir sind fertig«, sagte Lori, als hätte sie die Arbeit vollbracht.

Madame Chevaux ließ sich nun Schränke und Schubfächer zeigen, um zu sehen, ob alles ordnungsgemäß und nach Vorschrift untergebracht war.

Sie war sehr zufrieden.

»Das lobe ich mir, meine jungen Damen. Sie haben gestern abend genau auf meine Anweisungen geachtet. Diese Ordnung muß nun auch stets aufrechterhalten bleiben. Jeden Monat wird einmal nachgesehen durch eine von den Lehrerinnen oder mich selbst. Und ich hoffe, ich finde dann in Ihrem Zimmer dieselbe musterhafte Ordnung wie heute. Dann kann ich Sie meinen anderen Schülerinnen als Vorbild hinstellen.«

Lori heimste dieses Lob mit Seelenruhe ein, obwohl sie nicht einen Finger gerührt hatte.

Madame Chevaux fuhr dann fort:

»Nun will ich Sie im Hause herumführen, damit Sie alle Räumlichkeiten kennenlernen. Zuletzt bringe ich Sie dann ins Schulzimmer. Um neun Uhr beginnt jeden Morgen der Unterricht. Der Stundenplan wird Ihnen unten im Schulzimmer übergeben werden. Hier im Zimmer hängt außerdem der Plan für die Hausordnung. Bei den Mahlzeiten und während einiger Unterrichtsstunden wird zur Übung nur Französisch gesprochen, ebenso mit den Dienstboten. Natürlich wird auch Englisch betrieben. Das ist das Wesentliche, was ich Ihnen zu sagen habe. Alles andere findet sich bald. Und nun, Baronesse Lori, Fräulein Liselotte, wollen wir ins Schulzimmer gehen.«

Inzwischen waren die Schülerinnen des Hauses im Schulzimmer. Es waren acht junge Damen, über deren blonde, braune und schwarze Köpfe die Frühlingssonne ihr Licht verstreute.

»Ich weiß es ganz gewiß, sie sind gestern abend angekommen. Mademoiselle Blanchard hat mir heute morgen auch gesagt, daß Madame Chevaux sie uns nachher vorstellen will«, sagte ein hübscher Schwarzkopf mit kurzgeschnittenen krausen Ringellocken. Das war die fünfzehnjährige Lia Frankenberg.

»Neugierig bin ich, ob es angenehmer Zuzug ist. Eigentlich wären wir zu acht schon genug. Es wird ungemütlich, wenn wir zu viele sind«, meinte eine ziemlich unbedeutend aussehende junge Dame, die am größten und stärksten war von allen. Sie hatte schönes blondes Haar und sehr blaßblaue Augen. Sie hieß Melanie Schlieben.

Ein reizendes, lustiges Persönchen mit einem Schelmengrübchen und prachtvollen, lebenssprühenden, übermütigen Augen, Susi von Bredow, lachte sie aus.

»Du bist nur bange, daß der Nachtisch nicht mehr zweimal herumgereicht wird und du zu kurz kommst. Ich finde es gerade hübsch, wenn neue dazukommen. Je mehr wir sind, desto lustiger wird es.«

Alle lachten. Susi war der Wildfang des Töchterheims und stets zu lustigen Streichen aufgelegt. Ihre runden Wangen glichen köstlichen Pfirsichen, ihre Haut war leicht gebräunt und verriet das Landkind. Ihre dunklen Augen waren so schön wie das dicke dunkelbraune Haar, das sich nur widerstrebend in zwei kurze dicke Flechten zwingen ließ.

»Wildfang hat recht. Ich find' es auch netter, wenn wir noch Zuwachs bekommen. Grad fängt es an, ein bisserl langweilig zu werden«, pflichtete Leonie von Pressen gemütlich bei. Man hörte ihrer Aussprache die Österreicherin an. Sie war sehr hübsch, hatte graue, schöne Augen und kastanienbraunes Haar. Ihre Gestalt war schlank und doch rund. Sie wirkte älter, als ihre fünfzehn Jahre zuließen.

Sie und Susi waren entschieden die übermütigsten unter den jungen Mädchen.

»Oh – ich sein jedenfalls sehr übergespannt und neugierig

auf die zwei Neue. Ich mussen sagen, von jedes neue Mensch, wo man kennenlernt, kann man auch lernen dies und das. Und ich will lernen von sie eine – eine –«

»Eine Menge!« halfen die andern der jungen Amerikanerin Winnifred Balfort aus, die das alles in drolligem Kauderwelsch hervorgebracht hatte.

Winnifred Balfort nickte lachend.

«Ja – eine Menge. Ach, ich haben so Not mit das deutsche Sprache, ist viel schwerer als Französisch, trotzdem ich gehabt eine deutsche Mutter. Aber sie ist mir so sehr früh verlorengegangen, und meine Vater spricht nicht viel besser Deutsch als ich.«

»Nun, du wirst es schon noch lernen, hast ja schon große Fortschritte gemacht«, tröstete sie lachend eine sehr kleine, zierliche Blondine, Ursula Trautmannsdorf, die fast einen Kopf kleiner war als die sehr große und schlanke Winnifred Balfort.

Die beiden andern jungen Damen, die sich noch nicht am Gespräch beteiligt hatten, waren Zwillingsschwestern, die einander glichen wie zwei frische Borsdorfer Äpfel. Sie waren rund, mollig und ein wenig träge veranlagt. Sie kleideten sich ganz gleich und hatten dieselben Bewegungen. Sie hießen Annemarie und Marianne mit Vornamen und waren die Töchter des Barons von Schlettau. Der einzige Unterschied an ihnen war, daß Annemaries Haar eine Schattierung rötlicher war als das Mariannes.

Die jungen Mädchen unterhielten sich noch eine Weile sehr lebhaft über die neuen Zöglinge, bis sich die Tür öffnete und Madame Chevaux eintrat mit Baronesse Lori und Liselotte.

Aller Augen wandten sich zu ihnen. Die Vorsteherin nahm das Wort:

»Meine jungen Damen, hier stelle ich Ihnen zwei neue Mitschülerinnen vor. Dies ist Baronesse Lori Bodenhausen und dies ihre Pflegeschwester Liselotte Hochberg.«

Sie fuhr gleich, zu Lori und Liselotte gewendet, fort:

»Und nun will ich Ihnen der Reihe nach die Namen der jungen Damen nennen, die Sie hier vor sich sehen.« Mit einer Handbewegung jedesmal die junge Dame bezeichnend, deren Namen sie nannte, stellte sie vor, mit Leonie von Pressen beginnend und mit Winnifred Balfort schließend. Dann fuhr sie, auf die eintretende Lehrerin deutend, fort:

»Und nun mache ich Sie noch mit Mademoiselle Blanchard bekannt. Liebe Mademoiselle, die französische Stunde fällt heute aus. Wir wollen die jungen Damen jetzt auf ein Stündchen allein lassen, damit sie sich ein wenig näher bekannt machen miteinander. Um elf Uhr wird dann der Unterricht fortgesetzt. Es ist wohl dann Literaturstunde bei Doktor Hohlfeld, nicht wahr?«

»So ist es, Madame Chevaux«, antwortete Mademoiselle Blanchard.

»Schön, an dieser Literaturstunde werden Baronesse Lori und Fräulein Liselotte bereits mit teilnehmen. Also, meine junge Damen – wir lassen Sie eine halbe Stunde mit den neuen Kameradinnen allein.«

Damit zog sich die Vorsteherin mit der Lehrerin zurück. Eine Weile standen sich die jungen Damen steif gegenüber und unterhielten sich förmlich. Aber dann ergriff Susi von Bredow das Wort.

»Ach, Kinder, das ist langweilig. Auf diese Weise vertrödeln wir die kostbare Freistunde. Ich schlage vor, daß wir die beiden Neuen gleich in unsere Gebräuche einweihen.«

»Ja, das wollen wir. Also los, Wildfang, red lustig drauflos, damit wir unseren Spaß haben«, pflichtete Leonie von Pressen eifrig bei.

»Ist es euch andern recht?« fragte Susi lachend.

Alle stimmten ein.

Susi schwang sich mit einem kühnen Satz auf das Lehrerpult.

»Also, ihr lieben Neuen, hört zu, was ich euch im Namen

aller verkünde. Wir nennen uns hier alle ›du‹ – ich frage euch nicht erst, ob euch das angenehm ist, denn das setze ich als selbstverständlich voraus. Außerdem ist es, wenn wir unter uns sind, verpönt, uns bei den richtigen Namen zu nennen. Wir haben alle einen Übernamen. Die will ich euch nennen. Und dann sollt ihr auch gleich mit einem solchen getauft werden, damit ihr euch würdig in unsere Gesellschaft einreiht. Also – mit unserer Leonie fange ich an. Sie ist übrigens ein reizender, lustiger Mensch, der mit über Stock und Stein geht, wenn es sein muß, und niemals Spielverderber ist. Ihr Spitzname ist: Gazelle. So heißt sie wegen ihrer schlanken Anmut. Nun kommt Lia Frankenberg an die Reihe. Wegen ihrer kurzen schwarzen Locken haben wir sie ›Bubi‹ getauft. Melanie Schlieben kann bei ihrer stattlichen Höhe und Breite und bei ihrem blonden Haar nicht anders als ›Germania‹ heißen. Winnifred Balfort heißt ›Dollarprinzeß‹, Ursula Trautmannsdorf nennen wir wegen ihrer Zierlichkeit und ihrer Vorliebe für bunte Farben ›Kolibri‹, und die Zwillinge Annemarie und Marianne Schlettau heißen ›Pitt‹ und ›Fox‹, warum, das wissen sie selbst nicht – wir auch nicht. Nun bleibt nur meine Wenigkeit – mich nennt man mit schöner Einstimmigkeit ›Wildfang‹. Ob ich diesen Namen verdiene, werdet ihr selbst bald herausfinden. So, nun müßt ihr euch diese Namen gut einprägen. Acht Tage geben wir euch Zeit dazu. Wenn ihr nach Ablauf dieser Frist, da wir unter uns sind, einen andern Namen als Anrede gebraucht, müßt ihr jedesmal etwas in die Strafkasse zahlen. Der Inhalt dieser Strafkasse wird jeden Monat in Schokolade angelegt, die wir gemeinsam verzehren. So – ich habe gesprochen. Nun müßt ihr getauft werden.«

Damit sprang Susi von dem Pult herunter.

»Wer schlägt Namen für die Neuen vor?« fragte Melanie Schlieben.

Es schwirrte nun durcheinander, so daß nicht ein Wort zu verstehen war.

Susi gebot mit ihrer kräftigen Stimme Ruhe.

»Kinder, wir sind doch keine Hottentotten! So geht das nicht. Eine muß reden.«

»Dann sprechen du weiter, Wildfang, du hast eine gute Atem!« rief lachend Winnifred Balfort.

Susi ergriff nun wieder das Wort.

»Also gut. Ich schlage für dich, Lori Bodenhausen, den Namen ›Elfe‹ vor, weil du so zart und blond und bleich bist. Ist dir der Name recht?«

»Ja, er gefällt mir«, stimmte die eitle Lori zu.

»Und euch andern auch?« fragte Susi weiter.

»Jawohl, einstimmig angenommen!«

»Gut, also ich taufe dich im Namen aller ›Elfe‹. Aber wie nennen wir nun deine Pflegeschwester?«

Lori richtete sich wie kampfbereit auf, und ihre Augen blickten feindlich auf Liselotte.

»Sie ist gar nicht meine Pflegeschwester. Meine Eltern haben sie nur erziehen lassen, weil ihre Mutter durch unsere Pferde verunglückte. Nun hat sie es gegen meinen Willen durchgesetzt, daß sie mit mir hierhergeschickt wurde.«

Die Gesichter der jungen Mädchen bekamen fast alle einen abweisenden Ausdruck. Erbarmungslos sahen die jungen Augen in das dunkel erglühende Antlitz Liselottes, die mit niedergeschlagenen Augen wie das verkörperte Schuldbewußtsein vor ihnen stand. Daß es nur Scham war, die Scham einer stolzen, reinen Seele, konnten sie nicht wissen. Aber alle waren sofort gegen Liselotte eingenommen.

Wildfangs Gesicht zuckte ein wenig, als behage ihr das alles nicht. Aber sie war doch auch gegen Liselotte eingenommen. »Einen Namen muß sie natürlich auch haben«, sagte sie zögernd.

»Oh, da braucht ihr euch nicht lange zu bemühen. Sie hat ihren Namen schon. In Bodenhausen wird sie überall die Bettelprinzeß genannt. So kann sie hier auch heißen«, sagte Lori hastig.

Wildfang lachte ein wenig.

»Also wird der Name für sie angenommen?«

»Ja, ja«, tönte es von allen Seiten, und Liselotte wurde mit spöttischen und unfreundlichen Blicken betrachtet. Lebhaft wurde nun die Unterhaltung weitergeführt. Nur Liselotte stand abseits, und niemand sprach mit ihr. Wie furchtbar weh war ihr zumute.

Lori verstand es auch in Zukunft, die andern gegen Liselotte einzunehmen. Sie dichtete ihr alle Untugenden an, die sie selbst besaß, und Liselotte war wehrlos ihren Verleumdungen preisgegeben.

Junge Mädchen lassen sich so leicht beeinflussen. Sie wandten sich alle feindlich gegen Liselotte, die sie nach Loris Behauptung für verlogen, anmaßend und klatschsüchtig hielten.

Auch die Lehrer und Lehrerinnen waren zuerst nicht sonderlich mit Liselotte zufrieden. Immer kam sie zu allem zu spät, und niemand ahnte, daß daran nur Lori schuld war, die Liselotte immer für ihre Bedienung bis zuletzt in Anspruch nahm, so daß sie keine Zeit hatte, sich selbst pünktlich fertigzumachen.

Wehrlos stand Liselotte aller Unbill gegenüber. Und war sie mit Lori allein, dann quälte diese sie oft bis zur Unerträglichkeit.

Stumm, mit zusammengepreßten Lippen ertrug Liselotte alles. Sie beklagte sich nie gegen einen Menschen. Und wenn die anderen in den Pausen und in den Erholungsstunden fröhlich miteinander plauderten und lachten, saß Liselotte allein. Sie hatte dann manchmal einen so wehen, unglücklichen Ausdruck in den Augen, daß Susi, der Wildfang, die einige Male solch einen Blick auffing, sich seltsam davon beunruhigt fühlte und über Liselotte nachzudenken begann. Mit der Zeit begannen Lehrer und Lehrerinnen Liselotte Beachtung zu schenken. Sie entpuppte sich bald als die fleißigste und begabteste Schülerin.

Das deutete Lori wieder aus.

»Seht ihr wohl, was sie für eine heimtückische Streberin ist?«

Monate vergingen.

Der einzige Trost für Liselotte bestand in dem Briefwechsel mit Fräulein Herter. Dieser treuen Seele konnte sie ihr ganzes Herz ausschütten, und das gute Fräulein tröstete sie nach Kräften mit herzlichen Liebesworten und dem Hinweis auf die Zukunft, wo sie von Loris Quälereien erlöst sein würde.

Zuweilen bekam Liselotte auch von Frau Martha Schulz einige Zeilen, und auf eine Karte hatte der lange Heinrich einen Gruß gekritzelt.

Zufällig kam Lori diese Karte in die Hand, und höhnisch zeigte sie dieselbe herum und berichtete, daß Liselotte mit einem Hausdiener Grüße tauschte.

Das trug Liselotte wieder allerlei Spott und Hohn ein, und verächtlicher als je rief man sie »Bettelprinzeß«.

Als aber Liselotte meinte, das Leben kaum noch ertragen zu können, trat plötzlich eine Änderung zu ihren Gunsten ein.

Einer der Lehrer war bei den Schülerinnen besonders unbeliebt. Es war aber auch tatsächlich ein wenig angenehmer Herr, der immer verdrießlich, unzufrieden und gallig war und dem so recht niemand etwas zur Zufriedenheit machen konnte.

Gegen diesen Lehrer wendeten sich nun natürlich in schöner Einstimmigkeit allerlei tolle Streiche.

Das eine Mal stand, als er das Schulzimmer betrat, in großen Buchstaben an der Wandtafel: »Nieder mit Dionys, dem Tyrannen!«

Ein andermal hatte man ein Buch, das er immer zu benutzen pflegte, mit der unteren Seite an das Pult festgenagelt, so daß er sich vergeblich bemühte, es emporzuheben. Im höchsten Grade ärgerlich suchte er dann nach den Schuldigen, die jedoch selbstverständlich nicht verraten wurden.

Eines Tages nähte man ihm in der Pause die Ärmel seines Mantels zu, den er im Schulzimmer aufgehängt hatte. Damit noch nicht genug, hatte man einen Bleistift fein geschabt und das Pulver in sein Taschentuch gewickelt, das er im Mantel hatte steckenlassen.

Erwartungsvoll, mit den unschuldigsten Gesichtern saßen die Schülerinnen auf ihren Plätzen, als er eintrat.

Im Laufe der Stunde wurde dem Lehrer heiß, denn es war ein sehr warmer Sommertag. Er suchte sein Taschentuch, fand es nicht in seinem Rock und ging hinüber zu seinem Mantel, um sein Taschentuch zu holen.

Ohne seinen Vortrag zu unterbrechen, nahm er es heraus und wischte ahnungslos über das Gesicht. Das Bleistiftpulver tat seine Wirkung.

Ein verhaltenes Kichern ging durch die Reihen.

»Ich bitte mir Ruhe aus«, donnerte der Lehrer, sein Taschentuch ahnungslos wieder in die Rocktasche steckend. Dabei sah er mit seinem geschwärzten Gesicht so komisch aus, daß nun doch eine gewaltige Lachsalve losbrach.

Nur mit Mühe faßten sich die jungen Damen unter seinen Zornesworten. Endlich war die Stunde zu Ende. Gewohnheitsmäßig nahm der Lehrer seinen Mantel vom Haken und wollte hineinschlüpfen. Da die Ärmel zugenäht waren, ging das nicht. Er quälte sich mit dem Kleidungsstück herum und merkte nun an dem losbrechenden Lachen, daß man ihm wieder einen Schabernack gespielt hatte. Als er die Arme wieder herauszog, sah er auch, daß seine Hände schwarze Streifen hatten. Eine Ahnung beschlich ihn, daß sein Gesicht wohl ähnlich aussehen könne. Mit einem wütenden: »Ihr albernen Gänse, das melde ich Madame Chevaux!« warf er den Mantel über den Arm und stürmte nach dem Zimmer der Pensionsvorsteherin. Das Lachen wollte kein Ende nehmen, trotzdem man die Drohung sehr wohl gehört hatte. Erst als

Madame Chevaux in Begleitung des notdürftig gereinigten Lehrers mit strenger Miene eintrat, verstummte das Lachen.

Eine hochnotpeinliche Untersuchung fand statt. Madame Chevaux hatte volle Genugtuung und strenge Bestrafung der Schuldigen versprochen.

Sie forderte die Schuldigen auf, sich selbst zu melden – aber erfolglos. Niemand bekannte sich zu dem Streich. Man hatte sich strengstes Stillschweigen gelobt, und dies Versprechen zu halten war Ehrensache.

»So meldet ihr Unbeteiligten diejenige, die sich so unerhört gegen den Herrn Doktor vergangen hat«, forderte die Vorsteherin nachdrücklich.

Aber alles blieb still.

»Nun gut – so muß ich Sie alle bestrafen. Die Unschuldigen müssen dann eben mit den Schuldigen leiden. Der Herr Doktor muß volle Genugtuung erhalten. Also, wenn die Schuldige nicht gemeldet wird, erhalten Sie alle zusammen zehn Tage strengen Stubenarrest, verschärft durch tägliche Strafarbeiten, die der Herr Doktor aufgeben wird. Außerdem wird diesen Monat der Theaterbesuch ausfallen.«

Atemloses Schweigen folgte, und die jungen Damen machten lange Gesichter. Am meisten ärgerte sich Lori. Sie hatte nicht Lust, zu büßen. Und stets gewohnt, alle Strafen auf Liselotte abzuwälzen, rief sie mit schriller Stimme: »Liselotte ist es gewesen.«

Sie bedachte nicht, daß sie mit dieser fälschlichen Anschuldigung sich selbst in den Augen der andern als Lügnerin bloßstellte.

Aller Augen wandten sich nach Liselotte. Sie war zusammengezuckt und hatte einen Augenblick den Kopf gehoben, als wolle sie widersprechen. Aber dann senkte sie ihn wieder – und schwieg.

So saß sie da, als habe sie wirklich ein böses Gewissen. Die andern sahen alle wie gelähmt nach ihr hinüber. So hatte Liselotte so oft gesessen, wenn sie von Lori fälschlich angeklagt wurde, und man hatte ihr Schweigen und Erröten stets für Schuldbewußtsein gehalten. Gespannt wartete man, was nun geschehen würde. Liselotte kannte natürlich die Schuldigen ganz genau. Sie würde dieselben doch nun sicher angeben, um sich zu verteidigen.

Madame Chevaux ahnte, daß Lori nicht die Wahrheit sprach. Aber sie wollte dem Lehrer Genugtuung geben. Sie wußte, daß der betroffene Lehrer oft nicht den rechten Ton für die jungen Damen fand und daß diese im Übermut das Attentat angezettelt hatten. So beschloß sie, scheinbar an Liselottes Schuld zu glauben, Liselotte zu bestrafen und dann, wenn sie sich im stillen von ihrer Unschuld überzeugt hatte, einen Ausweg zu finden und Liselotte von dieser Strafe zu entbinden.

So sagte sie ruhig und bestimmt:

»Also Fräulein Liselotte ist die Schuldige? So soll sie auch allein bestraft werden. Fräulein Liselotte, ich fordere Sie auf, den Herrn Doktor sogleich um Verzeihung zu bitten. Und vor Tisch kommen Sie dann in mein Arbeitszimmer, wo ich Ihnen Ihre Strafe zumessen werde.«

Aller Augen richteten sich gespannt auf Liselotte. Jetzt war doch für diese eine Gelegenheit, sich zu rächen. Sie allein hatte sich ja in keiner Weise an dem Streich beteiligt. Aber Liselotte erhob sich mit blassem Gesicht und trat auf den vor Wut und Ärger noch fassungslosen Lehrer zu.

»Ich bitte um Verzeihung, Herr Doktor«, bat sie leise.

Dieser ließ eine geharnischte Strafpredigt auf sie herniederprasseln, die sie still über sich ergehen ließ.

Dann verließ er mit Madame Chevaux das Schulzimmer.

Als sich die Tür hinter der Vorsteherin und dem Lehrer geschlossen hatte, herrschte noch eine Weile atemlose Stille. Dann erhob sich Lori mit eitlem, befriedigtem Lächeln.

»Nun, war das nicht ein großartiger Gedanke von mir? Jetzt sind wir fein heraus.«

Da sprang Susi von Bredow entrüstet auf, sich auf sich selbst besinnend.

»Nein – das ist gemein, da tue ich nicht mit! Ich war nur eine Weile von den Ereignissen wie betäubt. Aber jetzt blicke ich wieder klar. Das lasse ich nicht zu, daß eine andere für mich und uns alle büßen muß. Wenn ich etwas angestellt habe, stehe ich auch selbst dafür ein. Es war nicht recht von dir, Elfe, daß du Bettelprinzeß beschuldigst. Wir alle wissen, daß sie ganz unbeteiligt war. Ich gehe nachher zu Madame Chevaux und bekenne mich schuldig.«

Es entstand eine große Erregung unter den Schülerinnen. Susi aber trat schnell vor Liselotte hin und sagte lebhaft und warmherzig:

»Bettelprinzeß, du bist ein anständiger Mensch. Ich glaube, wir haben dich alle falsch eingeschätzt. Du hattest jetzt eine so feine Gelegenheit, uns hereinzulegen. Wir haben dich oft genug gekränkt, um dir Veranlassung zu geben, dich zu rächen. Aber du hast es nicht getan, hast uns alle beschämt und alles auf dich genommen. Du hast mir heute den Beweis geliefert, daß Elfe dich uns in einem falschen Lichte gezeigt hat. Mir ist schon manchmal eine Ahnung gekommen, daß du besser bist, als wir alle dachten. Wenn Elfe dir unrecht tut – ich will es nicht tun. Ich erkläre hiermit feierlich, daß ich dir alles Unrecht abbitte, was ich dir je angetan habe. Wenn es dir recht ist, wollen wir in Zukunft Freundinnen sein.«

Tief aufatmend, mit flammenden Augen stand Susi neben Liselotte und hielt mit warmem Druck ihre Hand. Liselotte war zumute, als tue sich der Himmel vor ihr auf.

Lori machte ein gehässiges Gesicht und sprach auf die andern ein. Melanie Schlieben zuckte die Achseln:

»Gott, machst du ein Aufheben, Wildfang!« rief sie lässig.

»Ja, ich finde auch«, pflichtete Annemarie von Schlettau

bei. »Da Bettelprinzeß die Strafe auf sich genommen hat, ist doch nicht nötig, daß wir uns alle strafen lassen.«

Die kleine Ursula Trautmannsdorf meinte naiv:

»Wir können ja Bettelprinzeß mit Schokolade dafür abfinden. Elfe hat es doch gut gemeint, daß sie uns die Strafe abwendete.«

»O nein, da bin ich anderer Ansicht«, sagte Susi energisch. »Wenn eine Unschuldige für die Schuldigen büßen soll, so ist das niemals gut gemeint. Wir sind alle recht garstig und häßlich zu Bettelprinzeß gewesen. Ich tue da nicht mehr mit. Bettelprinzeß hat uns, wenn ihr ehrlich prüfen wollt, nie etwas zuleide getan. Sie kann doch nichts dafür, daß sie eine arme Waise ist.«

Da trat Winnifred Balfort zu Liselotte und Susi.

»O nein, dafür können kein Mensch. Ich sein auch ein bürgerliches Mädchen, und mein liebe Vater sein ein ganz armes, englisches Mann gewesen, wie er ist gekommen nach Amerika, und er haben mir oft gesagt: ›Ich habe nicht gehabt mehr als eine Rock, eine Gott, eine Vaterland und ein Schilling, als ich gekommen bin nach Neuyork‹ – so haben meine liebe Vater gesagt. Und ich gehen mit Wildfang zu Madame Chevaux, ich haben auch Bleistifte ge – nun – wie sagt man – geschabt für das Doktor sein Taschentuch.«

Jetzt trat auch Leonie von Pressen heran. Lachend sagte sie:

»Ich hab' den andern Rockärmel zugenäht und hab' meinen Spaß gehabt dabei. Beschämen lasse ich mich auch nicht von Bettelprinzeß. Ich geh' auch mit zu Madame Chevaux. Punktum.«

So geschah es denn auch. Susi, Winnifred und Leonie von Pressen gingen zur Vorsteherin und beichteten rückhaltlos ihre Schuld. In Anbetracht dessen, daß sie sich selbst gemeldet hatten, wurde ihnen eine milde Strafe auferlegt. Sie mußten eine Strafarbeit abschreiben und den Doktor am nächsten Tage um Verzeihung bitten.

Liselottes Stellung im Töchterheim war nun mit einem Schlage völlig verändert. Auch nachdem sich die erregten Gemüter beruhigt hatten, blieb Susi von Bredow Liselottes ehrliche Freundin, die bei allen Gelegenheiten nachdrücklich für sie eintrat. Leonie von Pressen und Winnifred blieben ihr gleichfalls freundlich gesinnt, und je besser sie Liselotte kennenlernten, je lieber wurde sie ihnen.

Lori war wütend, daß sie sich selbst ihr Spiel verdorben hatte.

Aber Liselotte nahm nach wie vor geduldig und fügsam alle Launen und Feindseligkeiten hin, ohne sich zu beklagen. Ihrem Herzen tat jedoch die Freundschaft Susis und der beiden anderen jungen Mädchen sehr wohl. Hauptsächlich Susi wurde ihr mit der Zeit eine treue, zärtliche Freundin.

Wieder waren Monate vergangen. Es war Winter geworden. Öfter wurden jetzt kleine Konzerte von den Lehrern veranstaltet zur musikalischen Übung und Unterhaltung. Zuweilen waren dazu auch Gäste geladen.

Leonie von Pressen spielte sehr schön Violine, Lia Frankenberg leistete im Klavierspiel Bewundernswertes. Die übrigen boten durchweg mittelmäßige Leistungen. Am wenigsten leistete Lori.

Aber die größte musikalische Begabung zeigte sich bei Liselotte. Der Musiklehrer, ein bereits bekannter Komponist, hatte Liselottes herrlichen Mezzosopran entdeckt. Es machte ihm Vergnügen, diese volle, warme und süße Stimme auszubilden, soweit es in seiner Macht stand. Auch ihr Klavierspiel überragte das Mittelmaß.

Wenn Liselotte in den veranstalteten Konzerten einige Lieder sang, dann herrschte atemlose Stille. Selbst die ihr noch immer feindlich gesinnten Mitschülerinnen wurden wider Willen in den Bann der süßen, glockenreinen Stimme gezogen, die aus dem Herzen zu kommen schien und zu Herzen ging.

»Fräulein Liselotte hat ein Vermögen in ihrer Kehle«, sagte der Musiklehrer oft. Und er fragte sie ganz ernsthaft, ob sie sich nicht zur Sängerin ausbilden lassen wolle.

Liselotte schüttelte jedoch heftig abwehrend den Kopf.

»O nein – nicht um alle Schätze der Welt könnte ich vor vielen fremden Menschen singen. Ich bin schon so furchtbar befangen, wenn einige Gäste anwesend sind«, sagte sie hastig.

»Das würde sich mit der Zeit verlieren«, antwortete der Lehrer.

»Nein«, sagte Liselotte bestimmt, »ich weiß ganz gewiß, daß ich nicht zur Sängerin tauge. Vor der Öffentlichkeit singen, das wäre mir gerade, als müßte ich allen Menschen zeigen, was ich im Herzen habe.«

So drang er nicht weiter in sie, suchte aber ihre junge Stimme zu bilden, so gut er es vermochte.

Nun hatte der Musiklehrer ein reizendes Singspiel komponiert. Er bat Madame Chevaux sehr darum, es mit den jungen Mädchen einstudieren zu dürfen, um es dann vor einer kleinen Anzahl auserlesener Gäste aufführen zu lassen. Die jungen Mädchen waren Feuer und Flamme dafür, und die Vorsteherin gab die Erlaubnis.

Das Singspiel sollte noch vor den Weihnachtsferien aufgeführt werden, und Liselotte sollte die Hauptrolle übernehmen.

Sie tat es mit Zittern und Zagen und nur, weil sonst niemand fähig dazu war.

Die Handlung des Singspiels war in die Rokokozeit verlegt. Es war eine Art Schäferspiel. Drei der jungen Damen mußten sich als junge Schäfer verkleiden. Dazu erboten sich Susi von Bredow, Winnifred Balfort und Melanie Schlieben.

Die Kostüme waren alle in zarten, lichten Farben gehalten und sahen, hauptsächlich bei Lampenlicht, reizend aus.

Die Aufführung sollte im Schulzimmer stattfinden, wo eine kleine Bühne aufgebaut wurde.

Endlich kam der große Abend heran. Alles war bereit. Die Hauptprobe in Kostümen war glänzend verlaufen. Alle waren entzückt von Liselottes Gesang und anmutigem Spiel und von der schelmischen Art ihres Partners, den Susi ganz reizend darstellte.

Lori ärgerte sich ungemein über Liselottes Erfolg. Sie wünschte sehnlichst, daß diese bei der Aufführung steckenbleiben oder sonst ein Mißgeschick haben möchte.

Ach, Liselotte hatte furchtbare Angst, daß das geschehen könne. Wenn sie gekonnt hätte, sie hätte noch nach der so gut gelungenen Hauptprobe abgesagt.

Aber der Komponist beschwor sie nur immer wieder, tapfer zu sein und ihm um Himmels willen die Aufführung nicht zu verderben durch ihre Angst.

»Wenn Sie nur wüßten, wie vorzüglich Sie Ihre Rolle beherrschen, Fräulein Liselotte, Sie würden kein bißchen Angst haben«, sagte er.

»Ach, seien Sie nur nicht bange, Herr Musikdirektor, ich will ihr schon Mut machen«, erklärte Susi lachend.

Nun trafen bereits die ersten Gäste ein.

Der Komponist kam noch einmal hinter die Bühne.

»Ach, wenn ich doch nicht solche Angst hätte«, seufzte Liselotte. – »Du wirst natürlich steckenbleiben und alles verderben«, raunte Lori ihr gehässig zu.

Susi, die ganz allerliebst als übermütiger Schäfer aussah, faßte Liselotte lachend um die Mitte, machte einen Kratzfuß und sah ihr schelmisch ins Gesicht.

»Schönste Schäferin, nur Mut, die Sache wird schon schiefgehen.«

»Meine Damen, ich bin untröstlich, wenn es nicht so klappt wie bei der Hauptprobe. Es muß gutgehen«, sagte der Komponist erregt.

Nun klingelte es zum ersten Male. Die Schäferinnen mußten sich im Halbkreis auf der Bühne aufstellen. Rechts und links hinter ihnen, je zwei Schäferinnen zierlich umschlingend, die beiden Schäfer, Winnifred und Melanie. In der Mitte auf einer Rasenbank saß Liselotte und ihr zu Füßen kniete, zierlich ihre Hand küssend, der lustige Schäfer Susi. Zwei andere Schäferinnen hielten eine Girlande hinter diesem Paar hoch empor. Diese beiden wurden von Leonie von Pressen und Annemarie von Schlettau dargestellt.

Der Komponist begann ein reizendes, zartes Vorspiel. Dann begannen alle Schäfer und Schäferinnen einen entzückenden halblauten Chorgesang, der immer lauter anschwoll. Langsam erhob sich während dieses Gesanges der Vorhang, und den Zuschauern bot sich ein reizendes Bild.

Atemlose Stille herrschte im Zuschauerraum. Dem einleitenden Chorgesang folgte ein schelmischer Wettgesang zwischen den Schäfern und Schäferinnen. Schon hier klang Liselottes herrliche Stimme führend hindurch.

Dann hatte Susi eine kleine Solopartie zu singen. Sie bestürmte mit bittenden Worten die schöne Schäferin um ihre Gunst. Es klang wie verhaltenes Lachen aus Susis Stimme, und ihre Augen blickten schelmisch und ermunternd zu Liselotte empor.

Während dann die Begleitung zu einigen Zwischentakten einsetzte, flüsterte Susi Liselotte zu:

»Also jetzt tapfer, Bettelprinzeß. Sperr dein Mäulchen auf und sing, so schön du kannst! Keine Angst, es geht prächtig.«

Nun mußte Liselotte zu ihrem ersten großen Sologesang einsetzen. Einen Augenblick zögerte sie. Der Komponist räusperte sich angstvoll und wiederholte den Takt, und Susi drückte Liselotte ermunternd die Hand.

Diese nahm allen Mut zusammen und setzte ein. Die ersten Töne klangen freilich leise und gepreßt. Aber jetzt sah Liselotte nur in die Augen des Komponisten, die so beschwörend auf ihr ruhten. Da rang sie sich von ihrer Befangenheit los, um sein hübsches Werk nicht zu gefährden. Und von diesem Augenblick an war sie ruhig und sicher. Rein und klar, in bestrickenden Wohllauten kamen die Töne wie Perlen über ihre Lippen.

Wie Nachtigallengesang, dachten die Zuhörer und lauschten atemlos. – Es folgte nun ein schelmischer Zwiegesang zwischen Liselotte und Susi. Sie mußten, während die andern zurückwichen, scheinbar einander suchen und sich entziehen.

Reizend spielte Susi den bittenden Schäfer, und Liselotte brachte die schüchterne, abwehrende Schäferin vorzüglich zur Geltung. Aller Augen folgten wohlgefällig den beiden anmutigen Gestalten.

Nun gruppierten sich die andern wie ein lebender Rahmen um die beiden Hauptdarsteller. In einem Chorgesang flehten sie die Schäferin an, den Schäfer zu erhören, und die beiden andern Schäfer umschlangen übermütig eine Schäferin nach der andern.

Aber Liselotte mußte noch immer abweisend bleiben.

Da sanken die beiden andern Schäfer vor ihr auf die Knie und baten sie, ihren Freund zu erhören.

Die hartherzige Schäferin bekundete endlich ein menschliches Rühren und schenkte dem Unglücklichen ein Lächeln. Wieder begann dieser um ihre Gunst zu werben, und ihr Widerstand erlahmte mehr und mehr, bis sie sich schließlich von ihm küssen ließ.

Ein jubelnder Schlußgesang ertönte, in den der Chor einstimmte. Dann fiel der Vorhang. An Beifall fehlte es nicht. Die Gäste beruhigten sich nicht eher, bis das Singspiel zum Teil noch einmal wiederholt wurde. Man rief nach den Hauptdarstellern und überschüttete Liselotte und Susi mit Beifall.

Susi zog Liselotte lachend auf die Bühne und gab ihr noch einen herzhaften Kuß. Da wollte der Jubel kein Ende nehmen. Der Komponist wurde auf die Bühne gerufen und bekam auch seinen Teil Beifall.

Es gab nur strahlende, frohe Gesichter, außer dem Loris, die Liselotte den Beifall natürlich nicht gönnte.

Nach der Vorstellung gab es für die Beteiligten ein Festmahl, an dem die Schäfer und Schäferinnen in ihren reizenden Kostümen teilnahmen.

So kam fast Mitternacht heran, ehe die jungen Mädchen zu Bett gehen konnten.

Kurz nach der Aufführung schrieb Liselotte folgenden Brief an Fräulein Herter:

»Mein teures, liebes Fräulein! Die Aufführung des Singspiels ist gut gelungen. Ich habe gottlob meine Sache ganz gut gemacht. Im Anfang setzte ich allerdings falsch ein vor Angst, und ohne meine liebe Susi, die mir Mut machte, wäre ich richtig steckengeblieben. Aber so ging es noch gut ab.

Ach, Fräulein, so schön es für mich wäre, recht viel Geld zu verdienen, als Sängerin könnte ich nicht auftreten. Mir tun die Blicke weh, mit denen mich die Menschen ansehen.

Sonst ist hier alles gut. Susi, Winnifred und Leonie sind lieb und gut zu mir, auch Madame Chevaux und die Lehrer und Lehrerinnen. Nur Lori kann ich nie zufriedenstellen, sosehr ich mich auch bemühe. Das bin ich nun schon gewöhnt.

Aber etwas anderes macht mir schwere Sorge. Denke Dir, Tante Schulz schrieb mir, daß es auf Bodenhausen sehr schlecht stehen soll. Die Gläubiger bedrängen den Herrn Baron sehr. Zum Glück konnte ich den Brief vor Lori verbergen und gleich vernichten. Wie sehr würde sie sich sonst um ihre Eltern sorgen.

Nun ist bald Weihnacht, liebes Fräulein. Alle sprechen schon von der Heimreise. Wie schön muß das sein, wenn man einen Vater oder eine Mutter hat, oder gar noch beide Eltern.

Ob wir an Weihnachten nach Bodenhausen reisen, weiß ich nicht. Ich glaube, Lori weiß es längst, aber sie sagt es mir nicht. Vielleicht müssen wir hierbleiben. Die Reise kostet doch viel Geld, wenn wir auch allein reisen könnten. Ich wäre natürlich sehr glücklich, denn Junker Hans ist doch sicher auch daheim.

Ach, liebes gutes Fräulein, manchmal ist mir doch mein dummes Herz so schwer. Und ich sehne mich nach Dir. Mußt Dir schon meine langen Briefe gefallen lassen.

Doch nun will ich für heute schließen, mein teures, gutes Fräulein. Behalt mich lieb, bitte, behalt mich lieb. Ich danke es Dir aus tiefstem Herzen. Mit innigen Grüßen und Küssen

Deine Liselotte.«

Liselotte vermutete recht, wenn sie annahm, daß Lori wisse, ob sie an Weihnachten nach Hause reisen würden. Die Eltern hatten, trotz der schlechten Zeiten, die Erlaubnis für sie beide geschickt. Baron Bodenhausen war von dem Standpunkt ausgegangen, daß ihm das Geld, welches die Reise für die beiden jungen Damen kosten würde, auch nicht helfen konnte. Es ging jetzt so in einem hin.

Lori hatte erst ihren Eltern schreiben wollen, daß Liselotte in Lausanne bleiben könne. Aber da hatte sie gehört, wie Susi zu Liselotte sagte:

»Wenn du nicht nach Bodenhausen gehst, Bettelprinzeß, dann nehme ich dich mit nach Bredow. Meine Eltern haben es schon erlaubt, daß ich dich mitbringe.«

Diese Einladung gönnte ihr Lori natürlich nicht. Und außerdem wollte Lori nicht gern allein reisen. So ließ sie Liselotte aber wenigstens im Zweifel. Erst einige Tage vor der Abreise sagte sie kurz:

»Du mußt unsere Sachen packen, wir reisen nach Bodenhausen.« Damit ging sie schnell aus dem Zimmer.

Liselotte stand einen Augenblick wie gelähmt vor Freude und drückte die Hände ans Herz. Sie konnte nichts anderes denken, als daß ihr ein Wiedersehen mit Junker Hans bevorstand. Und dann machte sie sich mit frohem Eifer daran, die Sachen zusammenzusuchen.

Als Lori später wieder ins Zimmer trat, fragte Liselotte: »Lori, du hast doch wohl die Stickerei noch nicht fertig, die du deiner Mutter auf Weihnachten schenken willst?«

»Nein«, sagte Lori mürrisch.

»Willst du sie nicht fertigmachen? Du hast sonst gar nichts, womit du deiner Mutter eine Freude machen kannst.«

Lori sah noch mürrischer aus. Sie wußte, daß Liselotte für ihre Mutter eine sehr schöne, mühselige Handarbeit angefertigt hatte.

»Ach, es ist noch eine Menge daran zu tun, fast die Hälfte noch. Da werde ich doch nicht fertig«, antwortete sie. – »Zeig mir doch einmal!«

»Da im Schubfach liegt sie.«

Liselotte holte die Stickerei herbei und faltete sie auseinander. Es war eine kleine Decke für einen Ankleidetisch.

»Oh, da ist freilich noch viel zu tun. Aber wenn du dich gleich dahintersetzest und fleißig dran arbeitest, könntest du es schon noch schaffen, da wir die letzten Tage viel freie Zeit haben.«

»So tue du es doch, wenn du meinst, daß es noch zu schaffen ist«, sagte Lori höhnisch.

Liselotte sah auf die Decke herab. Sie traute sich schon zu, die Arbeit noch rechtzeitig zu vollenden. Aber es erschien ihr fast als ein Unrecht, daß sie auch diese Liebesarbeit für Lori vollenden sollte.

»Ich könnte es tun, Lori, aber deine Mutter würde sich doch nicht so freuen, als wenn du es allein gemacht hättest.«

»Sie braucht es ja nicht zu erfahren. Ich bekomme die Decke ganz sicher nicht fertig.«

Liselotte dachte, daß die Frau Baronin sich gewiß betrüben würde, wenn ihr Lori nichts schenke oder nur eine unfertige Arbeit.

Ohne ein Wort zu sagen, setzte sie sich ans Fenster und begann eifrig zu sticken.

Sie saß nun jede freie Minute hinter der Stickerei, bat sogar Madame Chevaux, daß sie am Abend das Licht eine Stunde länger brennen lassen dürfe, weil sie noch eine Weihnachtsarbeit vollenden wolle. Und so gelang es ihr wirklich, die Arbeit noch fertigzumachen.

Nach herzlichem Abschied reisten die jungen Mädchen von Lausanne ab. Madame Chevaux und Mademoiselle Blanchard begleiteten alle zum Bahnhof und sorgten, daß sie gut untergebracht wurden.

Lori, Liselotte, Susi und Ursula fuhren bis Frankfurt in einem Zug und in einem Abteil zusammen. Leonie von Plessen benutzte denselben Zug bis Zürich.

In Frankfurt wurde Susi von ihrem Vater abgeholt und Ursula von einer Tante. Lori und Liselotte fuhren allein weiter bis Erfurt. Dort erwartete sie Baron Bodenhausen. Der Baron begrüßte auch Liselotte sehr herzlich. Sie mußte ihn immerfort ansehen. Er schien ihr in der kurzen Zeit sehr gealtert zu sein, und sein Gesicht war düster und sorgenvoll.

In Bodenhausen wurden sie von der Baronin empfangen. Auch sie erschien Liselotte sehr gedrückt und unfroh. Ihre Tochter begrüßte sie zärtlich, Liselotte nur flüchtig. Aber ihre Augen richteten sich mit seltsamem Staunen auf Liselotte.

Als die beiden Mädchen sich dann vom Reisestaub befreiten und die Baronin mit ihrem Mann allein war, sagte sie sichtlich unangenehm berührt: »Es ist doch sehr gut, daß Liselotte aus dem Hause kommt, wenn sie die Pensionszeit hinter sich hat. Sie entwickelt sich ja zu einer ausgesprochenen Schönheit und würde Lori völlig in den Schatten stellen.« – Zerstreut nickte der Baron. Ihn drückten andere Sorgen.

»Es ist mir auch aufgefallen, daß Liselotte sich außerordentlich zu ihrem Vorteil entwickelt hat.«

»Und sie wird eine große Schönheit werden. Da wir bei unseren mißlichen Verhältnissen darauf angewiesen sind, unsere Kinder gut zu verheiraten, so wäre es von Übel, wenn Lori neben Liselotte auftreten müßte. Diese würde alle Aufmerksamkeit auf sich ziehen.«

Der Baron fuhr sich über die Stirn.

»Nun, bis Lori soweit ist, sich zu verheiraten, hat es noch lange Zeit. Die Hauptsache für uns ist jetzt, daß Hans eine reiche Erbin heimführt und so den völligen Zusammenbruch von Bodenhausen verhindert.«

»Die reichen Erbinnen sind nur leider recht schwach gesät.«

»Leider. Und außerdem ist Hans ein eigenartiger Charakter. Er ist entschieden zu ideal veranlagt und wird sich nicht leicht durch Geld zu einer Heirat bestimmen lassen. Vorläufig hat er ja auch noch keine Ahnung, wie schlimm es um uns steht, wenn ich ihm auch gesagt habe, daß unsere Verhältnisse recht ungünstig sind.«

»So mußt du ihm reinen Wein einschenken, wenn er jetzt nach Hause kommt.«

»Ja, ja, das habe ich mir schon vorgenommen. Es wird sich ja nach dem Fest eine Gelegenheit finden. Aber jetzt still – ich höre die Kinder. Lori braucht vorläufig nichts zu wissen von unserer mißlichen Lage.«

Lori und Liselotte nahmen nun mit dem Baron und seiner Gemahlin das Abendessen ein. Bei dieser Gelegenheit erfuhr Liselotte zu ihrer großen Freude, daß Junker Hans am nächsten Tag eintreffen würde.

Am nächsten Morgen machte sich Liselotte, als Lori noch schlief, gleich auf den Weg, um das Grab ihrer Mutter und ihre guten Freunde in der »Weißen Taube« zu besuchen. Sie bewohnte wieder ihr enges Kämmerchen, das sie schon selbst in Ordnung gebracht hatte. Nun schritt sie mit geröteten Wangen und leuchtenden Augen durch den verschneiten Wald. Ach, wie schön war die Heimat auch im Winterkleid.

Die Heimat?

Ihre Augen trübten sich. Hatte sie denn eine Heimat? War sie nicht wie ein losgelöstes Blatt im Winde, das hin und her getrieben wurde im Leben, ohne einen festen Halt, ohne Stütze?

Sie seufzte leise auf. Aber dann wehrte sie solche traurigen Gedanken ab. Heute wollte sie sich nur freuen, daß sie wieder in Bodenhausen war, das sie so liebte, trotzdem sie hier mehr trübe als frohe Stunden erlebt hatte. Und noch mehr freute sie sich, daß sie Junker Hans wiedersehen würde.

Leichtfüßig eilte sie über den knirschenden Schnee.

Auf dem Friedhof fand sie nur tiefverschneite Gräber. Aber auf dem ihrer Mutter lag ein frischer Kranz von Tannenreisig. Der war sicher von Tante Schulz gebunden und von Heinrich hierhergelegt worden.

Die lieben guten Menschen, dachte Liselotte dankbar und beeilte sich nun, in die »Weiße Taube« zu kommen.

Ehe sie in den Hausflur trat, lugte sie durch das Fenster in das Gastzimmer. Da sah sie Tante Schulz, wie immer schon zum frühesten Morgen blank und sauber, mit einem Staubtuch am Büfett hantieren, und hinter demselben stand der lange Heinrich und spülte Gläser. Sein flachsblonder Haarschopf nickte dabei auf und nieder, und die Hände und Arme waren vom kalten Wasser blaurot angelaufen.

Liselotte lachte leise in sich hinein und huschte in den Hausflur. Schnell öffnete sie die Tür ein wenig und steckte den Kopf hinein.

»Guten Morgen, Tante Schulz, guten Morgen, Heinrich!« rief sie hinein.

Heinrich ließ vor Schreck das Glas in die Waschbütte fallen, das er gerade in der Hand hielt, und rief freudig überrascht: »Das Liselottchen!«

Frau Martha Schulz aber eilte auf Liselotte zu und zog sie herein.

»Wahrhaftig, Liselotte! Kind, mir ist der Schreck in die Glieder gefahren. Nun komm nur herein und laß dich betrachten!«

Heinrich ließ seine Arbeit im Stich und trocknete sich umständlich die Hände.

»Ei – was ist das Liselottchen für eine große Dame geworden!« rief er erregt.

»Ja, Kind, du bist wieder ein ganzes Stück gewachsen. Guter Gott! Wenn dich deine liebe Mutter so sehen könnte.«

Und der guten Frau Martha liefen die hellen Tränen über das Gesicht vor freudiger Rührung.

Heinrich hatte nun seine Hände trocken.

»Na, Fräulein Liselottchen, kriegt denn der Heinrich nun auch eine Hand?«

Liselotte legte ihre beiden schlanken, schönen Hände in die roten, kalten des braven Burschen.

»Alle beide, lieber Heinrich. Aber wenn du mich durchaus Fräulein Liselotte nennen willst, dann muß ich wohl auch Herr Heinrich zu dir sagen.«

»Ach nein, Fräulein Liselottchen, das ist doch ein Unterschied. Frau Schulz sagt doch auch ›du‹ zu mir. Das müssen Sie auch tun.«

»Dann kannst du es auch bei der alten Anrede lassen.«

»Nein, nein, Fräulein Liselottchen, ich weiß, was sich schickt.«

»Nun setz dich nur, Kind«, sagte Frau Schulz, »und erzähle uns, wie es dir geht. Aus deinen Briefen klang es ja immer, als hättest du nur gute Stunden. Aber ich kenne dich – das Schlimme und Traurige verschweigst du. Und wenn die Baronesse Lori bei dir ist, dann fehlt es sicher daran nicht für dich.«

Liselotte atmete tief auf.

»Ach, laß nur, Tante Schulz, du siehst ja, ich stehe heil und gesund vor dir. Und ich habe so liebe Freundinnen in Lausanne gefunden.«

»Nun, das mußt du uns alles ausführlich erzählen.«

»Später, Tante Schulz, sobald ich einmal länger Zeit habe. Heute wollte ich euch nur schnell guten Tag sagen. Ich muß gleich wieder fort.«

Sie plauderte noch ein Weilchen, und dann begleitete sie Frau Schulz hinaus, nachdem sie sich herzlich von Heinrich verabschiedet hatte.

Draußen im Hausflur sagte sie leise: »Tante Schulz, hast du wieder etwas gehört, wie es um den Herrn Baron steht? Er sieht so bedrückt und verstimmt aus. Sicher hat er schwere Sorgen.« – Frau Schulz nickte.

»Es muß sehr schlimm stehen. Die Bauern sprechen hier im Gasthof schon ganz offen über seine Zahlungsschwierigkeiten. Na, nun sorg dich nur nicht, bist ja ohnedies die längste Zeit im Schlosse gewesen.«

Liselotte seufzte verzagt.

»Ach, Tante Schulz, um mich sorge ich mich nicht. Aber du kannst dir doch denken, wie mir das Herz schwer wird, wenn ich bedenke, daß meine Wohltäter in so großer Bedrängnis sind.«

Frau Schulz dachte bei sich: Nun, was haben sie dir groß für Wohltaten erwiesen? Bist mit satt gefüttert worden und hast der Baronesse ihre abgetragenen Kleider auftragen dürfen. Aber sie sprach das nicht aus, wußte sie doch, daß Liselotte so etwas nicht hören mochte. So sagte sie nur seufzend:

»Ja, ja, Kind, ich kann mir wohl denken, wie dein weiches Herzchen darunter leidet. Aber helfen kannst du da auch nichts, und wenn du dich noch so sehr sorgst.«

Liselotte schied mit bedrücktem Herzen. Ach, daß sie hätte helfen können. Wie gern hätte sie es getan. Die schwersten Opfer hätte sie bringen mögen für die Menschen, denen sie dankbar war, vor allen Dingen für Junker Hans.

Ins Schloß zurückgekehrt, nahm sie mit der Familie des

Barons das Frühstück ein. Dann fragte sie die Baronin, ob sie sich nicht irgendwie nützlich machen könnte im Hause.

Die Baronin beauftragte sie, ihr bei dem Aufbau der Bescherung für die Leute zu helfen, die im großen Saal wie alle Jahre stattfinden sollte.

So stand sie nun in dem großen Saal, der sehr wenig geheizt war. Aber sie schaffte so emsig, daß ihr warm wurde bei der Arbeit.

Sie machte alles so zierlich und schön wie möglich. Und dabei dachte sie an ihr liebes Fräulein, mit der sie noch am letzten Weihnachtsfest gemeinsam dies alles besorgt hatte.

Fräulein Herter war jetzt auf einem anderen Landsitz in Stellung. Und sie hatte es nicht sehr gut getroffen. Sie hatte drei wilde und unfolgsame Zöglinge, die ihr das Leben schwermachten. Das hatte sie Liselotte geschrieben.

So sorgte sich Liselotte auch um ihr liebes Fräulein.

Aus diesen Gedanken schreckte sie ein Geräusch auf. Draußen fuhr ein Wagen vor. Sie eilte an das Fenster, und mit klopfendem Herzen sah sie Junker Hans aussteigen. Ihre Augen leuchteten auf. Wie stolz und männlich war seine Erscheinung geworden. Sein Gesicht war gebräunt, aber etwas schmaler als sonst. Und obwohl er Eltern und Schwester lächelnd begrüßte, lag nicht die sonnige Fröhlichkeit auf seinen Zügen, die sonst den ganzen Ausdruck des Gesichts beherrscht hatte.

Ob er weiß, wie schlecht es um Bodenhausen steht, ob er sich Sorgen macht? mußte sie denken.

Wie gern wäre sie hinausgeeilt, um ihn zu begrüßen. Aber sie wagte es nicht. Sie gehörte ja nicht zur Familie. Lori würde sie sicher mit harten Worten in ihre Schranken zurückweisen.

Ob Junker Hans sie vermissen würde? Ob er wieder, wie so oft, fragen würde: »Wo ist Liselotte?«

Sie seufzte tief auf und ging an ihre Arbeit zurück, bis man sie rufen würde.

Aber der Junker hatte den Kopf mit eigenen Angelegenheiten so voll, daß er vorläufig nicht an Liselotte dachte. Erst als er sich dann für die Mittagstafel umgekleidet hatte, fiel es ihm ein, daß er Liselotte noch nicht begrüßt hatte. Deshalb suchte er sie im Saal auf.

Als er eintrat, stand Liselotte gerade auf einer Leiter und befestigte mit hochgehobenen Armen eine Kerze an einem der Tannenbäume. Das helle Sonnenlicht des klaren Wintertages beleuchtete ihre schöne, schlanke Gestalt. Betroffen blieb er einen Augenblick stehen und sah sie an, als traue er seinen Augen nicht.

Sie hatte ihn nicht eintreten hören.

Sich von seinem Staunen erholend, trat der junge Mann näher.

»Grüß Gott, Liselotte!« rief er ihr zu.

Sie erschrak und wäre fast von der Leiter gefallen.

»Nun, nun, Liselotte, habe ich dich so sehr erschreckt, du zitterst ja«, sagte er mit seinem warmen, lieben Lachen.

Sie sprang schnell von der Leiter herab und stand nun vor ihm wie eine Rose, glühend und blühend.

»Ach – ich hatte Sie nicht eintreten hören, Junker Hans, und da bin ich ein wenig erschrocken«, stammelte sie.

Seine Augen konnten sich gar nicht lösen von der lieblichen Erscheinung. Sie schien ihm so schön wie keine der anderen jungen Damen, die er kannte. Das machte auch ihn etwas befangen.

»Nun, eine Hand kannst du mir trotzdem geben, wir haben uns ja noch gar nicht begrüßt«, suchte er zu scherzen.

Sie reichte ihm zaghaft die Hand.

»Grüß Gott daheim, Junker Hans.«

Er lauschte auf den weichen Wohlklang ihrer Stimme.

»Ei, das klingt lieb. Aber sag mir nur, Liselotte, wie hast du es angestellt, daß du so schnell eine richtige junge Dame geworden bist? Das kleine Mädchen ist ganz verschwunden. Und zu der jungen Dame, die hier vor mir steht, muß ich wohl nun eigentlich auch ›Sie‹ sagen.« – Sie schüttelte verlegen den Kopf.

»Ach nein – bitte nicht!« rief sie ganz erschrocken.

Er lachte, ohne sie aus den Augen zu lassen.

»Nun, wahrscheinlich wünscht Mama, daß ich dich so anrede. Dann hilft kein Sträuben. Aber so lange darf ich also noch ›du‹ zu dir sagen?«

Sie errötete von neuem.

»Ach, Junker Hans, Sie treiben Scherz mit mir.«

Er schüttelte den Kopf und trat aufatmend einen Schritt von ihr zurück. Sein Gesicht wurde ernst.

»Nein, nein, zum Scherzen bin ich wahrlich nicht aufgelegt«, sagte er seufzend.

Sie blickte ängstlich und besorgt in sein Gesicht, so voll Liebe und Sorge, daß ihm ganz seltsam warm und weich ums Herz wurde.

»Nun laß dich nicht bei deiner Arbeit stören, Liselotte. Ich wollte dir nur guten Tag sagen. Auf Wiedersehen bei Tisch!« Damit ging er schnell aus dem Saal.

An der Tür wandte er sich noch einmal um, dann schloß er mit einem tiefen Atemzug die Tür.

Liselotte stand eine ganze Weile unbeweglich.

»Er ist nicht froh und glücklich, er hat sicher Kummer und Sorgen. Ach, hilf ihm doch, lieber Vater im Himmel«, betete sie.

Bei Tisch mußte sie ihn immer wieder verstohlen betrachten. Sein schmales, gebräuntes Gesicht war ganz gewiß nicht so heiter und sorglos wie sonst, wenn er auch scherzte und lachte. Und seine Augen flogen immer wieder zu Liselotte hinüber.

Wie Hans vorausgesehen hatte, verlangte seine Mutter, daß er Liselotte mit ›Sie‹ anreden sollte. Liselotte war zumute, als trete damit wieder etwas Fremdes, Kaltes in ihr Leben. Er wurde ganz förmlich und zurückhaltend, wenn er mit ihr sprach. Sie ahnte nicht, daß es ihn große Überwindung kostete, so kühl und steif zu ihr sein zu müssen. Viel lieber wäre er lieb und zärtlich zu ihr gewesen, hätte ihr so gern die weiche Wange, das schöne Haar gestreichelt und ihr liebe Worte gesagt wie früher. Aber er sah ein, daß das nicht mehr sein durfte. Liselotte war kein Kind mehr. Und er wußte, daß seine Eltern von ihm verlangten, daß er sich mit einer reichen jungen Dame vermählen sollte.

Sie hatten ihm schon diese und jene zum Vorschlag gebracht. Aber er hatte keine davon sehr gut leiden mögen und sich nicht entschließen können, nur um Geld zu freien und seine Hand ohne sein Herz zu verschenken.

Dann kam das Weihnachtsfest heran. Und der mächtige Zauber, der über diesem Fest der Liebe schwebt, erhellte all die sorgenvollen Gesichter ein wenig.

Madame Chevaux hatte an die Eltern ihrer Zöglinge geschrieben, um Zeugnis abzulegen über deren Entwicklung in ihrem Haus. Auch Baron Bodenhausen hatte einen ausführlichen Brief erhalten. Dank Liselottes Hilfe war Madame Chevaux auch leidlich mit Loris Fortschritten zufrieden. Aber von Liselottes Fähigkeiten und ihrem Fleiß sprach sie in den lobendsten Worten. Auch teilte sie dem Baron mit, daß der Musiklehrer, der Liselottes Stimme nach Möglichkeit ausgebildet habe, überzeugt sei, daß Liselotte mit ihrer Stimme und ihrer musikalischen Begabung eine berühmte Sängerin werden könne, wenn sie gewissenhaft ausgebildet würde. Sie halte es für ihre Pflicht, dem Herrn Baron das mitzuteilen. Er möge sich doch von Liselotte etwas vorsingen lassen, um sich selbst ein Urteil zu bilden.

Baron Bodenhausen hatte seiner Gattin achselzuckend den Brief gegeben.

»Wer weiß«, sagte er, als sie gelesen hatte, »vielleicht steckt wirklich etwas in Liselotte. Wenn man nicht selbst so schwer zu kämpfen hätte, könnte man ein übriges tun und sie zur Sängerin ausbilden lassen. Das Äußere hätte sie auch dazu.«

Die Baronin seufzte.

»Ich bitte dich, wir müssen jetzt selbst mit jedem Groschen rechnen, und ich meine, wir haben schon genug für das Mädchen getan. Übrigens täuschen sich oft die besten Kenner in solch einer jungen Stimme. Das ist immer eine gewagte Sache. Ich bitte dich, setze ihr keine abenteuerlichen Gedanken in den Kopf.«

»Natürlich nicht. Aber gelegentlich will ich mir doch einmal etwas von ihr vorsingen lassen. Ich habe mich früher nie darum bekümmert, was sie in musikalischer Beziehung leistet. Fräulein Herter ist jedenfalls keine hervorragende Klavierlehrerin gewesen, was man ja auch nicht von ihr verlangen konnte. Lori stümperte wenigstens jämmerlich, wenn sie uns einmal etwas zu Gehör bringen sollte.«

»Lori hat ja wenig Begabung für Musik.«

Der Baron seufzte.

»Sie ist, glaube ich, leider nach keiner Richtung hin sonderlich begabt, während diese kleine Liselotte sich ganz überraschend entwickelt. Also, gelegentlich soll uns Liselotte etwas vorsingen.«

»Gut! Dazu wird sich Gelegenheit bei der Bescherung finden. Ich werde sie ganz unauffällig bitten, bei Beginn derselben ein Weihnachtslied zu singen. So werden wir sie hören, ohne daß sie ahnt, warum sie singen soll.«

»Ja, so wird es gehen«, pflichtete der Baron bei.

Kurz vor der Bescherung sagte die Baronin zu Liselotte:

»Du gehst jetzt gleich mit mir in den Saal und setzest dich an den Flügel. Und sobald ich dann das Klingelzeichen für die Leute gebe, singst du unser altes Weihnachtslied: ›Vom Himmel hoch, da komm ich her‹. Das kannst du doch, nicht wahr? Es ist dann gleich ein wenig feierlicher.«

Liselotte freute sich, daß sie einen Wunsch der Frau Baronin erfüllen konnte.

»Gewiß, Frau Baronin, das kann ich und will es gern tun«, sagte sie ganz unbefangen.

So geschah es auch.

Liselotte half der Baronin erst die Lichter anzünden, und dann setzte sie sich an den Flügel. Zur Feier des Tages trug sie ein schlichtes, aber hübsches weißes Kleid.

Auf das Klingelzeichen der Baronin spielte sie erst ein kurzes Vorspiel, das sich dann in die Klänge des schönen alten Weihnachtsliedes auflöste. Gleich darauf setzte Liselottes Stimme ein. Mit innigem Ausdruck tönte das Lied durch den weiten Raum und füllte ihn mit starkem und doch unsagbar süßem Wohllaut.

Es wurde ganz still im Saal, alle lauschten wie gebannt auf die herrliche junge Stimme.

Selbst Lori und die Baronin, die doch sehr kritisch veranlagt waren, konnten sich ihrem Zauber nicht entziehen. Baron Bodenhausen sah ganz ungläubig nach dem Flügel hinüber und lauschte wie gebannt.

Am meisten aber wirkte der Gesang auf Junker Hans. Mit großen Augen sah er hinüber auf das weißgekleidete Mädchen, das ganz weltentrückt am Flügel saß und sang. Auf dem schönen jungen Antlitz lag ein Ausdruck tiefen Friedens und inniger Andacht. Wie wunderbar griffen ihm die klaren, weichen und doch so starken jugendfrischen Töne ans Herz. Noch nie hatte er Liselotte singen hören. Auch sonst hatte noch niemand im Schlosse ein Lied von ihr gehört, höchstens Lori und Fräulein Herter, wenn sie im Schulzimmer kleine Lieder geübt hatten. Da hatte sich Liselotte aber gar nicht herausgewagt. So überraschte sie ihre Zuhörer mit ihrem Gesang vollständig.

Der Baron neigte sich zu seiner Frau herab und sah sie sonderbar an.

»Schade, daß wir nicht das Geld übrig haben, diese Stimme ausbilden zu lassen. Sie ist schon jetzt wundervoll«, sagte er leise.

Die Baronin nickte, zuckte aber dann die Achseln und flüsterte: »Was nicht geht, das geht nicht.«

Als Liselotte zu Ende war, folgte die Bescherung.

Zuerst kamen die Leute zu ihrem Rechte. Manche davon waren dies Jahr gar nicht so recht zufrieden. Früher hatte man reichere Geschenke bekommen. Man merkte, daß in Bodenhausen schlechte Zeiten waren.

Aber gewohnheitsmäßig bedankten sich alle bei der Herrschaft und verließen dann mit ihren Geschenken den Saal. In einem kleineren Nebenzimmer fand dann die Bescherung für die Familie statt. Auch hier war in diesem Jahr nicht so reichlich aufgebaut wie früher. Lori, die keine Ahnung hatte, wie sehr in Bodenhausen gespart werden mußte, verbarg kaum ihre Unzufriedenheit. Einige ihrer kostspieligen Wünsche waren unerfüllt geblieben. Und doch hatte man gerade sie noch am reichsten beschenkt.

Für Liselotte lagen nur wenige praktische Sachen auf der Tafel. Sie hatte sich bescheiden im Hintergrund gehalten, aber die Baronin rief sie herbei. »Dies gehört dir, Liselotte«, sagte sie etwas freundlicher als sonst.

Liselotte küßte ihr und dem Baron dankbar die Hände. Wie hoch rechnete sie es ihnen an, daß sie trotz der eigenen Sorgen auch an sie gedacht hatten. Sie freute sich herzlich über das hübsche dunkelblaue Jackenkleid, über die zierlichen Schürzen und Taschentücher. Auch ein Paar schöne neue Schuhe standen dabei.

Liselotte dünkte sich so reich beschenkt und wünschte nur, sie hätte ihren Wohltätern alles hundertfach vergelten können.

Junker Hans konnte seinen Blick nicht losreißen von der weißgekleideten Mädchengestalt mit den schweren dunklen Flechten auf dem jungen Haupt. So lieblich und hold sah Liselotte aus, bescheiden und stolz zugleich.

Sie gleicht viel mehr einer richtigen Prinzessin als einer Bettelprinzeß, dachte er bewundernd.

Aber er hielt sich von ihr zurück.

Liselotte merkte nur zu gut, daß Junker Hans sich von ihr fernhielt. Zugleich fühlte sie auch, daß ihn irgend etwas bedrückte. Und es tat ihr so weh, daß sie ihm nicht helfen konnte. Ihm nicht und auch seinen Eltern nicht, die mit stillen, ernsten Gesichtern vor sich hin blickten. Es wollte gar keine frohe Feststimmung aufkommen.

Endlich hob Baron Bodenhausen den Kopf und sagte aufseufzend zu Liselotte:

»Singe uns noch einige Lieder, Liselotte. Laß die Tür zum Saal offen, daß wir dich hören können.«

Liselotte war gleich bereit. Ach, daß es ihr gelänge, ihre Wohltäter ein wenig zu erheitern mit ihrem Gesang.

»Gern, Herr Baron. Soll ich Weihnachtslieder singen?«

»Später – jetzt sing uns erst ein lustiges Lied. Kennst du eins?«

Liselotte dachte nach.

»O ja – ich glaube.«

»Nun, dann singe es.«

Liselotte ging hinüber zu dem Flügel und spielte eine schlichte, heitere Weise. Und dann begann sie zu singen:

»Auf einem grünen Hügel steht der Mai,
Der fröhliche Geselle,
Will halten eine Symphonei
Mit seiner Hofkapelle,
Er schlägt mit Fleiß
Das grüne Reis
Mit Blumen, rosenroten;
Es ist die Flur
Die Partitur,
Die Blumen sind die Noten.«

Das Liedchen hatte mehrere Strophen, in dem in lustiger Weise ein Waldkonzert beschrieben wurde, das der Mai veranstaltet und an dem sich alles, was lebt und webt, beteiligt. Auf allen Gesichtern, außer dem Loris, lag ein Lächeln, als Liselotte damit zu Ende war, und der Baron rief hinüber:

»Weiter, Liselotte!«

Da sang sie ihr großes Solo aus dem Singspiel, das reizende Schäferinnenlied. Und dann noch einige schlichte Liedchen.

Der Baron lauschte sichtlich gefesselt, und Junker Hans saß mit verträumten Augen der offenen Tür zum Saal gegenüber und ließ seinen Blick auf Liselotte ruhen.

Nach einer Weile kam diese herüber.

»Ist es genug, oder soll ich weitersingen?« fragte sie bescheiden.

Der Baron sah sie mit einem warmen, freundlichen Blick an.

»Ich könnte dir noch lange zuhören, Liselotte«, sagte er.

Und Junker Hans dachte dasselbe.

Der Baronin gefiel es aber gar nicht, daß ihr Sohn dem süßen Gesang lauschte.

»Wir wollen zu Tisch gehen. Es ist jetzt vorläufig genug, Liselotte. Aber es war sehr hübsch«, sagte sie rasch. – So ging man zu Tisch.

Am nächsten Tage trat Junker Hans, der eben von einem Waldspaziergang heimgekommen war, in das warme Wohnzimmer. Lori lehnte faul in einem Sessel, und Liselotte saß am Fenster bei einer Näharbeit, die ihr die Baronin aufgegeben hatte.

»Draußen ist eine herrliche Schlittenbahn«, sagte er. »Wie ist es, Lori, wollen wir drei eine Schlittenfahrt machen?«

Lori sah mit halbgeschlossenen Lidern zu ihm hinüber.

»Wer – wir drei?« – »Nun, du, Liselotte und ich.«

»Nein, mit Liselotte mag ich nicht fahren, laß uns allein fahren.«

»Warum nicht mit Liselotte?« fragte er, während seine Stirn sich jäh rötete und seine Augen wie erschrocken in Liselottes erblaßtes Gesicht sahen.

»Weil es mir eben nicht paßt, Seite an Seite mit ihr im offenen Schlitten zu fahren. Was sollen die Leute davon denken?« erwiderte Lori scharf.

»Nun, sie werden sich wenig darüber wundern, daß du mit deiner Pflegeschwester ausfährst.«

Lori richtete sich steif empor.

»Lächerlich – Liselotte ist nicht meine Pflegeschwester. Sie gilt mir nicht dafür.«

Junker Hans fuhr empört auf. Er sah, daß Liselotte eine dunkle, flammende Röte ins Gesicht schoß.

»Lori!« rief er fast drohend.

»Nun, was gibt es?« fragte sie von oben herab.

»Ich verbiete dir, in so geringschätzigen Worten von Liselotte zu reden.«

»Pah – du hast mir gar nichts zu verbieten. Was geht es dich an, wie ich über sie rede und denke? Man kann es ihr nicht genug ins Gedächtnis zurückrufen, daß sie eine Bettelprinzeß ist.«

Junker Hans trat plötzlich mit vor Zorn gerötetem Antlitz dicht vor seine Schwester hin. Er hatte gesehen, daß Liselotte unter Loris Worten zusammenzuckte und wie in heißer Scham die Hand vor das errötende Antlitz hielt.

»Schäme dich, Lori. Hast du noch immer nicht gelernt, wie niedrig es ist, einen wehrlosen Menschen zu demütigen?« sagte er erregt.

Lori lachte schrill auf.

»So ist es recht, stelle diese scheinheilige Heuchlerin über deine eigene Schwester!« rief sie wütend.

Seine Hand umfaßte ihren Arm mit heftigem Druck.

»Du bittest Liselotte auf der Stelle diese ungerechte Beschimpfung ab!« verlangte er drohend.

»Laß mich los, du tust mir weh! Es fällt mir nicht ein, Bettelprinzeß etwas abzubitten. Wie kommst du übrigens dazu, dich zu ihrem Ritter aufzuwerfen? Lächerlich –«

Er ließ mit erblassendem Gesicht ihren Arm frei und trat von ihr zurück.

»Schweig – daß ich mich nicht vergesse«, sagte er mit mühsam erzwungener Haltung.

Lori sprang auf.

»Nun gut, ich schweige! Aber ich gehe sofort zu Mama und werde ihr alles sagen!« rief sie gehässig und eilte aus dem Zimmer.

Hans trat zu der blassen, zitternden Liselotte heran.

»So lassen Sie mich statt meiner Schwester Abbitte tun, Liselotte, für diese kränkenden Worte, die ich mit anhören mußte, ohne Sie wirksam beschützen zu können.«

Sie sah mit brennenden Augen und zuckendem Gesicht zu ihm auf.

»Sie meinen es gut, Junker Hans – und ich danke Ihnen so sehr – ach –, so sehr. Aber bitte – nehmen Sie nie mehr meine Partei gegen Lori. Es reizt sie noch mehr, wenn jemand für mich eintritt.«

Er strich sich über die Stirn.

»Ich hatte gehofft, Lori würde mit der Zeit vernünftig werden. Das scheint nicht der Fall zu sein. Anscheinend macht sie Ihnen auch das Leben in Lausanne zur Pein, nicht wahr?«

Sie strich mit zitternder Hand über die Stirn, um einige lose Löckchen, die sich immer aus ihrem Scheitel stahlen, zurückzustreichen.

»Nein, nein, es ist nicht so schlimm. Bitte, bitte, sagen Sie Lori kein böses Wort darüber.«

Warme, zärtliche Worte drängten sich aus seinem Herzen empor. Er hätte sie so gern liebevoll trösten mögen. Aber er zwang es in sich nieder. Er mußte vernünftig sein und daran denken, daß diese arme Waise ihm nie etwas anderes sein durfte als eine kleine Pflegeschwester. Er mußte daran denken, daß er eine reiche Frau heiraten mußte, die ihm helfen konnte, das drohende Verhängnis von Bodenhausen abzuwenden.

Er atmete tief auf und verließ schnell das Zimmer.

Lori war zu ihrer Mutter geeilt und hatte sich über Hans beklagt, zugleich natürlich einen entstellten Bericht liefernd über das, was geschehen war.

Die Baronin wußte zwar, daß Lori gern ein wenig übertrieb und daß sie sicher auch nicht ohne Schuld war an der Szene. Aber immerhin war sie klug genug, einzusehen, daß Hans mehr Anteil an Liselotte nahm, als nötig war. Sie war sich klar darüber, daß es gut sei, Hans und Liselotte soviel als möglich voneinander fernzuhalten. Da Liselotte bald nach dem Töchterheim zurückkehrte und später so bald als möglich eine Stellung annehmen sollte, war ja die Gefahr nicht groß, daß sie einander noch viel begegnen würden. So nahm die Baronin die ganze Angelegenheit nicht sehr wichtig.

»Ich bitte dich, Lori, laß es gut sein und suche die kurze Zeit noch Frieden zu halten. Du wirst nicht lange mehr gezwungen sein, Liselottes Gesellschaft zu ertragen«, sagte sie.

Lori horchte auf.

»Wie meinst du das, Mama?« fragte sie hastig.

»Nun, das magst du schon jetzt erfahren. Sobald Liselotte mit dir für immer aus dem Töchterheim zurückkehrt, ist unsere Aufgabe erfüllt. Ihre Erziehung ist dann beendet, und wir haben weiter keine Verpflichtung gegen sie. Sie wird dann eine Stellung annehmen müssen, um sich ihr Brot selbst zu verdienen. Das weiß sie auch schon. Also gedulde dich noch ein Weilchen.«

Das klang Lori wie Musik ins Ohr. Nicht nur, daß sie wußte, daß sie bald von Liselottes Gesellschaft befreit sein würde – sie hatte nun auch eine herrliche Gelegenheit, diese wieder in den Augen der Mitschülerinnen herabzusetzen. Wenn sie erzählte, daß Bettelprinzeß eine bezahlte Stellung annehmen mußte, dann würden sich doch die andern verächtlich von ihr wenden. Lori sah es als eine Schmach an, wenn sich jemand sein Brot selbst verdienen mußte.

Wenn Lori geahnt hätte, welch drohende Wolke über ihrem Vaterhause emporstieg, dann wäre ihr wohl der Hochmut ein wenig vergangen. Vielleicht hätte sie dann ein ähnliches Los für sich herankommen sehen, wie es der armen Liselotte beschieden war. Aber sie wußte ja nicht, wie schlimm es um Bodenhausen stand.

So ging sie mit gehässiger Genugtuung ins Wohnzimmer zurück. Sie fand dort Liselotte allein, emsig mit ihrer Näharbeit beschäftigt. Lori trällerte übermütig und schadenfroh mit ihrer schrillen Stimme ein Lied und warf sich wieder faul in den Sessel.

Es war am Tage danach. Liselotte suchte sich im Hause nützlich zu machen, wo sie nur konnte. So hatte ihr heute die Baronin aufgetragen, eine Wäscheliste verschiedene Male abzuschreiben. Sie saß in einem kleinen Raum, in dem die Baronin die Wirtschaftsbücher aufbewahrte, die sie mit der Wirtschafterin zur Abrechnung führte. Dieser Raum befand sich neben dem Arbeitszimmer des Barons. Die Baronin hatte Liselotte Bescheid gesagt und war durch das Arbeitszimmer des Barons hinausgegangen. Die Verbindungstür hatte sie nicht geschlossen, sondern nur den Vorhang vorgezogen.

In ihre Arbeit vertieft, saß Liselotte stumm auf ihrem Platz und ließ die Feder über das Papier gleiten. Sehr hübsch und sauber reihten sich Zahlen und Buchstaben aneinander.

Kaum hatte die Baronin das Zimmer verlassen, als drüben der Baron mit seinem Sohn eintrat. Da sie eben erst der Wirtschafterin und der Baronin draußen begegnet waren, hielten sie den Nebenraum für leer, denn außer diesen beiden Personen hatte niemand sonst darin etwas zu suchen. Und da die beiden Räume nur durch den Vorhang getrennt waren, wurde Liselotte ohne ihren Willen Zeugin der folgenden Unterhaltung: »Also du möchtest mich in einer dringenden Angelegenheit sprechen, Hans?« fragte der Baron.

»Ja, Papa«, antwortete Hans mit einem tiefen Atemzug.

»Dann sprich und sage mir, was du auf dem Herzen hast.«

Wieder atmete der Junker tief auf.

»Lieber Papa, ich wollte erst das Weihnachtsfest vorüberlassen, ehe ich dir mit meinem Anliegen kam. Ich wollte dir die Festtage nicht trüben.«

Der Baron seufzte vernehmlich.

»Das klingt nicht, als hättest du mir etwas Angenehmes zu eröffnen«, sagte er, sich in einen Sessel gleiten lassend.

Der Junker lehnte sich an den Tisch und sah unruhig auf den Vater herab. Sein Gesicht war bleich.

»Leider ist es allerdings nichts Angenehmes, Papa. Du weißt, daß ich in dringender Geldverlegenheit war, und schriebst mir, daß du mir nicht helfen könntest. Ich mußte aber Geld haben und versuchte es zu leihen. Aber nirgends wollte man mir noch Kredit gewähren. Es ist leider nur zu bekannt, wie es um Bodenhausen steht. In meiner Verzweiflung ließ ich mich eines Abends verleiten zu spielen. Du weißt, ich habe sonst nie eine Karte angerührt, ich bin auch gewiß keine Spielernatur. Aber ich wußte mir nicht anders zu helfen und wollte dies Letzte versuchen. Ich setzte den ganzen Rest meiner Barschaft auf eine Karte – und gewann. Nun setzte ich das Doppelte – und gewann wieder. Das wiederholte sich zweimal, dreimal, viermal. Es faßte mich wie ein Schwindel. Kühn setzte ich den ganzen Gewinn auf eine Karte, ich glaubte, das Glück werde mir hold bleiben – und verlor. Statt nun aufzuhören, kam es wie ein Fieber über mich. Ich wollte den Verlust wettmachen. So spielte ich weiter, in einem dumpfen, benommenen Zustand, ohne Besinnung, und verlor und verlor, ohne Unterlaß. Ich weiß nicht, wie weit ich mich verirrte, es war wie ein Rausch. Aus diesem erwachte ich erst, als mir mein Freund die Hand auf den Arm legte und warnend sagte: ›Du bist von Sinnen, Hans, komm zu dir!‹ Da schrak ich auf und sah, was ich getan. Fast zehntausend Mark hatte ich verloren und mich verpflichtet, am zweiten Januar diese zehntausend Mark zu zahlen. Erlaß mir, zu beschreiben, wie mir zumute war. Ich habe schon alles versucht, mir das Geld zu leihen, weil ich weiß, daß du selbst knapp bei Kasse bist. Aber vergeblich! Nun habe ich nur die eine Hoffnung, daß du mir hilfst, Papa – du mußt mir helfen!«

Es klang wie ein Notschrei.

Liselotte saß wie gelähmt. Sie hatte sich erheben und entfernen wollen, als sie hörte, was da drüben verhandelt wurde. Es wurde ihr erschreckend klar, daß man keine Ahnung hatte von ihrer Anwesenheit. Aber aus diesem Raum führte kein anderer Weg, als durch das Zimmer des Barons. Und diesen Weg jetzt noch zu wählen, fehlte es ihr an Kraft und Mut. So saß sie zitternd und gelähmt und mußte belauschen, was nicht für sie bestimmt war und was sie doch so namenlos erregte.

Zitternd harrte sie der Antwort des Barons. Diese rang sich endlich schwer von dessen Lippen.

»Gott sei uns gnädig! Hans – was hast du getan? Du weißt doch, daß ich selbst in arger Bedrängnis bin – ärger, als du denkst. Mir geht das Wasser bald bis an den Hals, und ich sehe keine Rettung. Wo soll ich jetzt zehntausend Mark beschaffen? Ich habe keinen Kredit mehr. Ich kann dir nicht helfen, mein Sohn – es ist ganz ausgeschlossen, ich kann nicht.«

Hans strich sich über die Stirn, auf der kalter Schweiß stand.

»Ist es ganz unmöglich, Papa? Du weißt, was es heißt, auf Ehrenwort solche Summe schulden. Mir bleibt dann nichts – als eine Kugel«, stieß er hervor.

Kaum war das über seine Lippen, da schrie Liselotte vor

Entsetzen laut auf, und gleich darauf stand sie, bleich bis in die Lippen und an allen Gliedern zitternd, auf der Schwelle unter dem Vorhang.

Der Baron sprang auf, die beiden Herren starrten sie fassungslos an.

»Was soll das – wie kommst du hierher?« herrschte sie der Baron streng an.

Sie lehnte sich kraftlos an die Tür und deutete hinter sich.

»Da – ich schrieb da drinnen – für die Frau Baronin –, und ich habe alles gehört, was hier gesprochen wurde. Ach, Herr Baron, Junker Hans darf nicht sterben – er darf nicht. Und es muß ja auch nicht sein, Herr Baron.«

Sie sank in sich zusammen, weil ihr die Knie vor Aufregung versagten, und lag vor dem Baron auf den Knien.

Junker Hans sah mit starren Augen auf sie herab. Das Herz wollte ihm zerspringen, als er das namenlose Bangen in Liselottes Augen sah.

»Steh auf und geh – kümmere dich nicht um das, was hier geschieht«, sagte der Baron streng.

Aber Liselottes Fügsamkeit war hier zu Ende, wo es das Wohl und Wehe des Junkers galt. Sie schüttelte verzweifelt den Kopf.

»Nein – o nein –, schicken Sie mich nicht fort, Herr Baron, bis Sie mir versprochen haben, daß Sie Junker Hans helfen wollen. Er darf nicht sterben, und es muß ja nicht sein, wenn Sie mir nur erlauben wollten, ihm zu helfen.«

Wider Willen ergriffen von ihrer Angst und Not, hob sie der Baron empor.

»Kind, du hast da etwas gehört, was nicht für deine Ohren bestimmt war. Nun sei ein vernünftiges Mädchen und geh. Laß uns allein.«

Sie schluchzte fassungslos auf.

»Lassen Sie mich doch helfen, Herr Baron, ich bitte so sehr darum«, bat sie flehend und sah dem Junker flehend in das blasse, zuckende Gesicht.

»Torheit, Liselotte. Geh! Du kannst nicht helfen.«

»Doch, Herr Baron! Haben Sie denn vergessen, was Sie mir gesagt haben am Tage nach meiner Konfirmation? Sie sagten mir doch, daß ich fünfzehntausend Mark besitze von meiner Mutter her. Bitte geben Sie Junker Hans das Geld. Er kann damit seine Verhältnisse ordnen. Ach, ich bin gar nicht so töricht und unvernünftig, es kann noch alles gutgehen, wenn Sie nur wollen, Herr Baron.«

Unschlüssig sah der Baron in ihr flehendes Gesicht. An dieses Geld, das Liselotte gehörte, hatte er bisher, auch in der ärgsten Bedrängnis, nicht gedacht. Aber jetzt stand seines Sohnes Ehre, sein Leben auf dem Spiel. Und Liselotte bat ihn selbst in rührendster Weise, das Geld anzunehmen. Er machte eine abwehrende Bewegung, als wolle er der Versuchung entgehen. »Kind –, es ist dein Eigentum –, wir dürfen nicht daran rühren«, sagte er leise.

Liselotte richtete sich jäh empor.

»Wollen Sie lieber Ihren Sohn sterben lassen, Herr Baron? Ach nein – nein –, so grausam kann ein Vater nicht sein. Was liegt mir an dem Geld! Sie hätten es längst für meine Erziehung ausgeben können, ohne daß Sie jemand hindern konnte. Dann hätte ich es auch nicht mehr. Sie haben es nicht getan, haben alles für mich getan, ohne an das Geld zu rühren. Und nun ist es ja auch ein großes Glück, daß es noch da ist. Sie müssen es Junker Hans geben, Herr Baron, ich flehe Sie an. So unendlich viel Dank bin ich Ihnen schuldig. Lassen Sie mich doch ein einziges Mal meine Dankbarkeit beweisen. Junker Hans ist immer gut zu mir gewesen. Bitte geben Sie ihm das Geld. Lassen Sie mich doch nicht so lange bitten. Soll er denn sterben um dieses elende Geld, das ich gar nicht haben mag?«

Wider Willen flog ein gerührtes Lächeln um den Mund des Barons, und Junker Hans stand wie gelähmt und sah in das erregte Gesicht des jungen Mädchens, aus dem die Augen so innig flehend blickten.

»Du törichtes kleines Mädchen«, sagte der Baron weich. »Was weißt du von dem Wert des Geldes. Fünfzehntausend Mark sind ein kleines Vermögen für dich, sind ein Notgroschen für deine Zukunft, den du vielleicht einmal sehr nötig brauchst.«

Sie schüttelte heftig den Kopf.

»Was liegt an mir? Gott wird mir schon helfen. Ich will das Geld nicht, ich werde es nicht anrühren. Junker Hans – ach, lieber Junker Hans, sprechen Sie doch, sagen Sie Ihrem Vater, daß er Ihnen das Geld geben soll. Ich hätte ja nie im Leben mehr eine ruhige Stunde, wenn Ihnen ein Leid geschähe.«

Sie schlug die Hände zitternd vor das Antlitz und schluchzte qualvoll auf.

Erschüttert bis in die Tiefe seiner Seele, zog Junker Hans ihr die zitternden Hände vom Gesicht.

»Liselotte – liebe Liselotte –, seien Sie doch ruhig, vergessen Sie, was Sie gehört haben. Begreifen Sie doch, ich kann das Geld nicht von Ihnen nehmen. Es wäre schlecht von mir. Beruhigen Sie sich, ich werde versuchen, mir anders zu helfen.«

Sie sah ihn voll Jammer und Angst an.

»Ach – das sagen Sie nur, um mich jetzt loszuwerden. Aber ich weiß doch, daß dann etwas geschieht – etwas Fürchterliches –, und nur, weil Sie zu stolz sind, von der armen Bettelprinzeß etwas anzunehmen. Sie darf nur immer nehmen und nehmen, niemals geben. Seien Sie doch nicht so hart gegen mich, Sie sind doch sonst immer gut zu mir gewesen. Ich will Ihnen ja das Geld gar nicht schenken, es braucht Sie nicht zu verletzen, es anzunehmen. Nur leihen will ich es Ihnen, wenn Sie nicht anders wollen, bis einmal wieder bessere Zeiten für Sie kommen. Bitte, bitte – nehmen Sie das Geld.«

Beschämt stand der Baron dabei. Er dachte daran, daß die fünfzehntausend Mark es Liselotte möglich machen würden, sich als Sängerin auszubilden. Sosehr es ihn lockte, das

Geld für seinen Sohn anzunehmen, mußte er das jetzt als ehrlicher Mann Liselotte sagen.

»Kind, es könnten lange Jahre vergehen, ehe wir dir das Geld zurückzahlen könnten. Vielleicht wären wir nie dazu imstande. Und Madame Chevaux hat mir geschrieben, daß du eine berühmte Sängerin werden könntest, wenn deine Stimme ausgebildet würde. Ich glaube das selbst, nachdem ich dich singen gehört habe. Dann würdest du das Geld nötig für deine Ausbildung brauchen, denn ich kann leider nichts mehr für dich tun.«

Aber Liselotte wehrte hastig ab.

»O nein – niemals werde ich Sängerin, das könnte ich nicht –, nicht um alle Schätze der Welt. Vor fremden Menschen singen ist mir eine unendliche Pein. Ich will nie Sängerin werden. Mein Brot verdiene ich mir schon. Sie haben mir ja eine so gute Erziehung geben lassen. Nicht wahr, nun nehmen Sie das Geld? Kein Mensch, als wir drei, soll je darum wissen. Und können Sie es mir einst zurückzahlen, so ist es gut. Geht es nicht, ist es auch recht. Bitte, bitte – tun Sie es doch!«

Die beiden Herren sahen sich an. Und dann sagte Hans bittend: »Lieber Papa, ich vereinige meine Bitten mit denen Liselottes. Sie bringt mir in rührender Selbstlosigkeit ein Opfer, und das werde ich ihr nie, niemals vergessen. Mein Leben soll von heute an einen ernsteren Inhalt bekommen. Ich will dies Opfer verdienen.«

Der Baron atmete tief und schwer. Er dachte daran, daß Hans, wenn er eine reiche Heirat machte, das Geld zurückzahlen könne.

»Nun gut, so mag es sein, ich will dir das Geld geben. Zahle deine Ehrenschuld, und mit dem Rest halte gut Haus, da ich dir jetzt so bald nichts geben kann. Ich habe dich zu lieb, als daß ich Liselottes großherziges Anerbieten länger zurückweisen kann. Sie hat uns damit einen großen Dienst geleistet, hat vielleicht dein Leben gerettet. Ich weiß, du wirst diese Stunde nie vergessen, wirst nie wieder leichtsinnig sein.«

»Nein, Papa – mein Wort darauf«, sagte Hans.

Liselotte aber schluchzte auf wie von schlimmer Qual erlöst. Sie ergriff die Hand des Barons und preßte ihre Lippen darauf.

»O Dank – heißen Dank!« sagte sie leise.

Er legte seine Hand gütig auf ihr Haupt.

»Kind, du dankst noch dafür, daß wir ein Opfer von dir annehmen?«

Sie sah glückstrahlend zu ihm auf.

»Es ist kein Opfer, es ist ein großes, großes Glück für mich, daß ich helfen konnte.«

Sie blickte aufatmend in das Gesicht des Junkers. Der konnte sich nicht länger beherrschen, er umfaßte das liebliche, holde Mädchen und küßte es unter den Augen seines Vaters herzlich auf den Mund.

»Ich danke dir, Liselotte – liebe Liselotte!« sagte er innig und sah mit einem seltsamen Blick in ihre Augen.

Sie wurde dunkelrot unter seinem Blick, und dann eilte sie hastig aus dem Zimmer.

Hans sah ihr mit großen Augen nach, und seine Lippen zuckten in tiefer Erregung.

Sein Vater sah ihn besorgt an.

»Hans!«

»Lieber Papa?«

»Jetzt mußt du vernünftig sein, mein Sohn, hörst du? Ich gebe dir das Geld, aber vergiß nicht, wir müssen es Liselotte wiederbeschaffen. Und daß du es nur weißt, lange kann ich Bodenhausen nicht mehr halten. Es steht schlimmer um uns, als du denkst. Der Ruin steht vor der Tür – du allein kannst den Zusammenbruch aufhalten – wenn du eine reiche Frau heiratest. Eine andere Rettung gibt es nicht für uns.«

Hans war zusammengezuckt. Er preßte die Hand auf das Herz, als fühle er dort einen heißen Schmerz. Noch nie war ihm der Gedanke, eine reiche Frau heiraten zu müssen, so unangenehm gewesen wie jetzt. Er wußte jetzt, daß er nie ein anderes Mädchen so liebhaben konnte wie Liselotte. Sie war mit seinem Herzen verwachsen, seit er sie an seiner Hand als weinendes Kind über die Schwelle seines Vaterhauses geführt hatte. Und er wußte, daß sein Herz nie von ihr lassen konnte.

Stumm nahm er das Geld von seinem Vater entgegen, und es schnürte ihm dabei etwas die Brust zusammen.

Während der nächsten Tage ging Liselotte mit verklärtem Gesicht umher. Es konnte sie nichts in der glücklichen Gewißheit stören, daß sie Junker Hans und seinem Vater einen Dienst hatte leisten dürfen. So glücklich machte sie der Gedanke, daß der geliebte Junker einer Gefahr entronnen war, daß Loris Feindseligkeiten ganz wirkungslos an ihr abprallten und ihr nicht einmal wehe taten.

Der Baron begegnete ihr jetzt in einer sehr herzlichen Weise, trotzdem sie sich, wie immer, ganz bescheiden zurückhielt. Jeden Abend forderte er sie auf, wenn sie sich nach dem Abendessen bescheiden in ihr Kämmerchen zurückziehen wollte, noch ein wenig zu bleiben und ein paar Lieder zu singen. Dann saß Junker Hans still in einer Ecke und lauschte der warmen, glockenreinen Mädchenstimme. In seinem Verkehr mit Liselotte hatte der vertraute, warme Ton aus den Kindertagen mit einer scheuen Zurückhaltung gewechselt.

Der Baronin gefiel es wenig, daß ihr Gemahl Liselotte so sehr in den Familienkreis zog, und Lori ärgerte sich sehr darüber. Sie suchte ihre Mutter noch immer gegen Liselotte einzunehmen. Eines Tages sagte die Baronin zu ihrem Gemahl: »Ich finde es nicht richtig, daß du Liselotte so sehr in unseren Familienkreis ziehst. Mir scheint, Hans sieht sie mit ganz besonderen Augen an. Und das Mädchen wird von Tag zu Tag schöner.«

Da antwortete der Baron ruhig und bestimmt:

»Laß das Kind. Es wird nichts schaden, wenn sie uns abends einige Lieder singt. Das lenkt uns ein wenig von unseren Sorgen ab. Und was Hans anbelangt, so mache dir keine Sorgen. Er weiß jetzt, daß er um jeden Preis eine reiche Heirat machen muß. Liselotte wird er nicht mehr oft sehen. Also beunruhige dich nicht.«

Von Liselottes Opfer sprach er nicht. Er wollte seiner Gemahlin die Beschämung ersparen, daß sie der immer so gering geachteten Liselotte vielleicht Ehre und Leben ihres Sohnes zu danken hatte. Auch Lori erfuhr nichts davon, was Liselotte für den Bruder getan hatte. Aber sie beobachtete Hans und Liselotte mit mißtrauischen Augen und machte allerlei Beobachtungen, die sie später als Waffe gegen Liselotte zu gebrauchen gedachte.

So gingen die Tage bis Neujahr schnell vorbei. Am Neujahrstag sollte Hans abreisen. Es kam vorher noch zu einem kurzen Alleinsein zwischen Hans und Liselotte. Und da sagte er in tiefster Bewegung zu ihr:

»Ich will Ihnen jetzt, da wir allein sind, Lebewohl sagen, Liselotte, und Ihnen nochmals von ganzem Herzen danken für das Opfer, das Sie mir gebracht haben. Ich werde es Ihnen nie vergessen.«

Sie sah mit ihren schönen Augen zu ihm auf.

»Ach, ich bin so froh und glücklich, daß ich Ihnen helfen durfte, Junker Hans. Damit haben Sie mich so reich gemacht. Sie ahnen nicht, welch ein Glück es für mich ist zu wissen, daß ich meine Dankesschuld ein wenig abtragen konnte.«

»Sie sind ein edles, großherziges Geschöpf, Liselotte«, sagte er mit verhaltener Bewegung und preßte seine Lippen auf ihre Hand.

Es war das erstemal in ihrem Leben, daß Liselotte die Hand geküßt wurde. Erglühend, mit klopfendem Herzen ließ sie es geschehen und stand verwirrt vor ihm. In demselben Augenblick trat Lori ins Zimmer. Die beiden traten schnell auseinander. Lori maß sie mit mißtrauischen, forschenden Blicken.

»Die Eltern warten draußen in der Halle«, sagte sie zu dem Bruder.

Hans verneigte sich noch einmal vor Liselotte.

»Leben Sie wohl, Liselotte«, sagte er innig.

»Leben Sie wohl, Junker Hans«, antwortete sie leise.

Schnell ging er hinaus.

Lori lachte höhnisch auf.

»Gott, war das ein rührender Abschied! Du kommst dir wohl sehr wichtig vor? Hast meinen Bruder angesehen mit Augen – nun – ich will weiter nichts sagen.«

Damit verließ sie das Zimmer, um sich nun auch selbst von dem Bruder zu verabschieden.

Einige Tage später reisten auch Lori und Liselotte wieder ab nach Lausanne. Der Baron gab ihnen wieder bis Erfurt das Geleit, wo er sie in einem D-Zug unterbringen konnte. Madame Chevaux hatte er Tag und Stunde der Ankunft mitgeteilt, damit diese die jungen Mädchen vom Bahnhof abholen ließe.

Wärmer als sonst verabschiedete er sich von Liselotte. Als sie ihm, wie sonst immer, in kindlicher Dankbarkeit die Hand küssen wollte, wehrte er ab.

»Nicht doch, Kind, das mußt du nicht mehr tun«, sagte er beschämt. »Was sollen die Leute denken, wenn mir eine junge Dame die Hand küßt.« –

In Lausanne erwartete sie Madame Chevaux selbst am Bahnhof. Bis auf Leonie von Pressen waren schon alle Schülerinnen wieder eingetroffen, und auch diese kam einige Stunden später an.

Da gab es nun erst einmal eine Menge zu erzählen und zu berichten. Und man zeigte sich gegenseitig die neuen Weihnachtsgeschenke und ließ sie mit Wonne bewundern.

Winnifred Balfort war von ihrem Vater nach Lausanne begleitet worden, er wollte noch einige Tage dort im Hotel bleiben. Für den nächsten Abend hatte er für alle Mitschülerinnen seiner Tochter sowie für Madame Chevaux und die Lehrer und Lehrerinnen Theaterkarten geschickt. Da wollte er alle die Menschen kennenlernen, mit denen seine zärtlich geliebte Tochter in Berührung kam.

Am Nachmittag dieses Tages saßen die jungen Mädchen allein im Schulzimmer, um für den nächsten Schultag alles wieder vorzubereiten. Nur Liselotte fehlte noch. Da sie nicht nur ihre, sondern auch Loris Sachen oben einzuräumen hatte, war sie noch nicht fertig.

Und nun hielt Lori die Zeit für gekommen, ihre Neuigkeiten, die sich gegen Liselotte richteten, auszukramen. Dabei kam es ihr, wie gewöhnlich, nicht sehr auf einen wahrheitsgetreuen Bericht an.

»Denkt euch nur«, sagte sie eifrig, »meine Eltern werden Bettelprinzeß nicht mehr in Bodenhausen behalten, wenn wir wieder nach Hause kommen. Sie muß in Stellung gehen, als Gesellschafterin oder dergleichen. Meine Eltern mögen sie nicht mehr in Bodenhausen leiden, weil sie meinem Bruder nachstellt und wohl gar hofft, daß er sie heiratet. Aber das gibt es natürlich nicht. Sie fliegt hinaus, sobald ihre Erziehung vollendet ist.« So sagte sie mit großer Befriedigung und in einer wenig vornehmen Art.

Diejenigen Mädchen, die Liselotte nicht leiden mochten, machten große Augen und fanden es richtig, daß die undankbare Bettelprinzeß, die sich auch noch so benahm, »hinausfliegen« sollte.

Leonie von Pressen schüttelte den Kopf.

»Ach geh, Elfe, das will mir nicht in den Kopf. Bettelprinzeß macht mir so gar nicht den Eindruck, als könnte sie irgendeinem Menschen ›nachstellen‹, wie du sagst. Wirst halt wieder ein bisserl zu viel gesehen haben. Sei nicht fad, laß das arme Tschaperl in Ruh«, sagte sie.

Auch Winnifred glaubte Lori nicht. »Wer weiß, ob deine Bruder nicht lieben das Bettelprinzeß. Die Deutschen seien so gefürchtig romantisch, und Bettelprinzeß ist ein so schönes Mädchen – oh, so schön, wie wir alle miteinander nicht. Sie wird nicht haben nötig, eine Mann nachzustellen, aber es werden umgekehrt sein.«

Susi aber sprang auf und sagte mit blitzenden Augen:

»Jetzt will auch ich meine Meinung sagen, Elfe. Ich glaube nicht ein Wort von dem, was du sagst. Du willst nur die arme Bettelprinzeß verleumden und herabsetzen in unsern Augen, wie du es schon immer getan hast, obwohl sie alles tut, um dich zufriedenzustellen. Daß Bettelprinzeß so etwas tut, erkläre ich geradezu für unwahr. Dazu ist sie viel zu zurückhaltend und vornehm. Jawohl – kichert ihr nur, ich wiederhole, Bettelprinzeß ist vornehm im Denken und Handeln, und ihr könntet euch gern ein Beispiel an ihr nehmen. Und undankbar ist sie ganz gewiß auch nicht, im Gegenteil, sie läßt sich all deine Unarten und Bosheiten, meine liebe Elfe, nur so ruhig gefallen, weil sie deinen Eltern und auch deinem Bruder, der immer gütig zu ihr war, so dankbar ist. Das hat sie selbst mir erzählt. Und daß Bettelprinzeß später ihr Brot selbst verdienen muß, darum ist sie sehr zu bedauern. Wir alle wollen dankbar sein gegen das Geschick, daß es uns bessergeht. Ich habe mit meiner Mutter über Bettelprinzeß gesprochen, und die hat mir gesagt, ich solle ihr meine Liebe und Freundschaft bewahren, da ich sie als gut erkannt habe. Und das will ich tun. Bettelprinzeß ist meine beste Freundin, daß ihr es wißt, und ich trete für meine Freunde ein.«

Damit setzte sich Wildfang nachdrücklich wieder auf ihre Bank und sah sich mit kriegerisch blitzenden Augen um.

Lori duckte sich unwillkürlich. Susi sich zur offenen Feindin zu machen, war nicht ratsam. Sie sagte nur gereizt: »Ihr braucht mir ja nicht zu glauben.«

»Nun, wir wollen nicht sein zueinander zornig und uns nicht machen schlimm diesen schönen Tag. Elfe wird sein vernünftig und nichts sagen gegen das arme Bettelprinzeß, was ich haben sehr liebgewinnt. Und nun wollen wir uns freuen für heute abend, wo wir werden gehen in die Theater. Meine liebe Vater wird schenken jede von uns eine Schokoladepackung, so groß und mit besonders feine Schokolade. Er hat mich das versprecht.«

»Hm! Fein, Dollarprinzeß. Übrigens heißt es versprochen«, sagte Lia Frankenberg lachend.

»Danke, Bubi, die deutsche Sprache sein sooo schwer vor mir.«

So wurde das Gespräch in friedliche Bahnen gelenkt, und als gleich darauf Liselotte eintrat und bescheiden und ruhig an ihren Platz ging, um ihre Sachen zu ordnen, da ahnte sie nicht, wie abscheulich sie Lori soeben verleumdet hatte und wie tapfer Susi für sie eingetreten war.

Am Abend gingen alle zusammen ins Theater, es war ein sehr schöner, lustiger Abend. Vor den Plätzen der jungen Mädchen stand für jede eine Schachtel voll Süßigkeiten mit darübergebundenem Blumenstrauß. Winnifreds Vater, ein stattlicher Herr mit einem ausdrucksvollen, angenehmen Gesicht, freute sich sichtlich über all die lachenden jungen Gesichter, und er plauderte in den Pausen mit den jungen Mädchen und auch mit den Lehrern. Er sprach noch viel schlechter Deutsch als seine Tochter, und lachend ließ er sich gefallen, daß ihm die jungen Mädchen aushalfen, wenn er ein Wort nicht finden konnte.

Nach diesem frohen Abend nahm das Leben im Töchterheim wieder seinen geregelten Fortgang. Es wurde ernsthaft gearbeitet.

Liselotte erwarb sich immer mehr Freunde, und Lori wurde immer unbeliebter. Dafür rächte sie sich an Liselotte, wenn sie allein waren. Sonderbarerweise taten Liselotte diese Kränkungen auch nicht mehr so weh wie früher. An Ostern verließen Melanie Schlieben und Ursula Trautmannsdorf das Töchterheim. Dafür kamen zwei neue junge Mädchen. Und im folgenden Herbst verließen auch die Zwillinge, die Baronessen Schlettau, das Haus und wurden durch zwei »Neue« ersetzt.

Das zweite Weihnachtsfest verlebten Liselotte und Lori mit Winnifred im Töchterheim. Sie sollten nur noch bis Ostern bleiben. Für Liselotte und Lori wurde die Reise zu teuer, und Winnifred wurde erst an Ostern von ihrem Vater abgeholt, um erst einmal mit ihm eine Reise durch ganz Europa zu machen.

Von allem, was Liselotte erlebte, berichtete sie treulich ihrem lieben Fräulein Herter – nur von den geopferten fünfzehntausend Mark erwähnte sie kein Wort. Auch Fräulein Herter schrieb nach wie vor liebevolle Briefe an Liselotte und vertraute ihr an, daß sie sich in ihrer neuen Stellung recht unglücklich fühle.

»Aber was will man machen, meine liebe Liselotte, man muß aushalten, damit man sein Brot verdient. Es ist nun einmal nicht anders, und man muß geduldig sein.« So schrieb Fräulein Herter.

Liselotte und Lori verlebten noch ihren siebzehnten Geburtstag in Lausanne. Liselotte sah aus, als sei sie einige Jahre älter. Sie war ein schönes, großes, schlankes Mädchen geworden. Und sie machte in ihrem ganzen Wesen einen gereiften Eindruck. Sie war über ihre Jahre hinaus ernst und klug.

Als sie an Ostern mit Lori das Töchterheim für immer verließ, verabschiedeten sich ihre Lehrer und Madame Chevaux sehr herzlich von ihr. Sie waren überzeugt, nicht so bald wieder eine so vorzügliche Schülerin zu bekommen. Am meisten bedauerte der Musiklehrer ihr Fortgehen, und bis zuletzt suchte er Liselotte zu bestimmen, sich zur Sängerin ausbilden zu lassen. Aber Liselotte schüttelte dazu nur lächelnd den Kopf. Sie dankte ihm aber sehr, daß er sich soviel Mühe mit ihr gegeben hatte.

»Vielleicht ist es mir später in meinen Stellungen doch

sehr von Nutzen, daß ich ein wenig singen und gut Klavier spielen kann«, sagte sie zu ihm.

Mit Liselotte und Lori verließen auch Susi und Winnifred das Töchterheim. Es zogen nun lauter neue Schülerinnen ein. Liselotte und Susi hatten sich treue Freundschaft für das ganze Leben geschworen, und diesen Schwur haben beide getreulich gehalten.

Mit bewegtem Herzen verließ Liselotte das Haus der Madame Chevaux, in dem sie zwei Jahre lang viel Leid, aber auch viel Freude erlebt hatte. Sie stand nun mit bangem Herzen vor einem neuen Lebensabschnitt.

Jetzt muß ich meine lieben Leser bitten, mich noch einmal nach Schloß Hochberg zu begleiten.

All die vergangenen Jahre seit dem Tode seines Sohnes Botho hatte Graf Hochberg-Lindeck mit seiner Gemahlin, der Gräfin Katharina, in strengster Zurückgezogenheit gelebt. Die glänzenden weiten Räume des Schlosses, in denen früher ein so geselliges Treiben geherrscht hatte, standen jahraus, jahrein vereinsamt und leer. Nur selten ließ sich einmal ein Gast in Hochberg blicken. Graf Armin war in sehr menschenfeindlicher Stimmung und wollte am liebsten niemand sehen.

Gräfin Katharina lebte mit wehem Herzen neben ihrem strengen Gemahl dahin, ganz in die Erinnerung an ihren zärtlich geliebten und namenlos betrauerten Sohn versunken. Sie wagte es nicht, ihrem Gemahl einzugestehen, daß sie Sehnsucht hatte nach dem Kinde ihres Sohnes, nach der Enkelin.

Sie hatte dies Kind nie an ihr sehnsüchtiges Herz drücken dürfen, besaß nur das kleine Bildchen, das ihr der Sohn vor seinem Tode geschenkt hatte und das ihre Schwiegertochter darstellte, mit dem Kinde auf dem Schoß.

Ach, wie oft hatte die unglückliche Frau dies Bildchen an die Lippen gedrückt und mit zitternden Händen über das kleine Lockenköpfchen gestreichelt. Sie verbarg dies Bild vor den Augen ihres Gemahls aus Angst, daß er ihr auch dies Andenken noch fortnehmen könnte.

Und sie malte sich von Jahr zu Jahr aus, wie sich ihre kleine Enkelin entwickelt haben würde. Ach, daß sie nicht einmal wußte, wo diese beiden Menschen weilten, die dem geliebten Sohn so teuer gewesen waren. Sie konnte ja, an die Seite ihres herrischen Gatten gefesselt, so gar nichts tun, um sie zu suchen.

Immer hoffte sie, die Witwe ihres Sohnes werde sich melden und ihre Ansprüche geltend machen. Aber nie kam eine Kunde von ihr.

Manchmal hatte sie gewagt, ein zaghaftes Wort an ihren Mann zu richten, ob er nichts für die Witwe und die Tochter seines Sohnes tun wollte. Da wehrte aber der alte Herr schroff und rauh ab.

»Ich weiß nicht, von wem du sprichst. Mein Sohn ist tot, und ich habe nie seine Heirat anerkannt – werde es auch nie tun. Schweig mir von dieser Frau, die uns unsern Sohn genommen hat. Sie ist an allem Unglück schuld, das über uns gekommen ist«, sagte er dann mit düsterer Miene.

Er litt nicht weniger als seine Gemahlin unter dem frühen Tod seines Sohnes, mit dem all sein Stolz begraben ward, mit dem das alte edle Geschlecht der Grafen Hochberg-Lindeck erlosch für alle Zeiten. Aber sein Schmerz machte ihn noch härter als zuvor und tötete jedes weiche Gefühl, das sich etwa noch in seinem Herzen versteckt hatte.

In den ersten Jahren wartete er von Tag zu Tag, daß sich die Witwe seines Sohnes mit Forderungen an ihn wenden würde. Geld hätte er ihr gegeben, aber niemals hätte er sie und ihr Kind anerkannt. Aber die Zeit verging, ohne daß geschehen wäre, worauf er wartete. Kein Lebenszeichen kam von ihr und ihrem Kind. Und ohne daß er es wollte, mußte er sich oft in Gedanken mit diesen beiden Menschen beschäftigen.

Er wußte doch, daß die Witwe seines Sohnes arm war. Sie mußte doch Geld brauchen. Warum verlangte sie es nicht von ihm? War sie etwa zu stolz dazu? Wollte sie etwa gar keine Ansprüche geltend machen?

Diese Fragen erfüllten ihn schließlich mehr und mehr mit Unruhe. Und wenn nur Gräfin Katharina jetzt noch den Mut gehabt hätte, seinen Trotz zu durchdringen, vielleicht hätte er sich dann selbst bereitfinden lassen, nach den Menschen zu forschen, die ihm doch, neben seiner Frau, die nächsten hätten sein sollen.

So vergingen die Jahre, eins ums andere, und Graf Armin verbiß sich gegen sein besseres Gefühl immer mehr in seinen menschenfeindlichen Trotz.

Aber zu der Zeit, da Lori und Liselotte Lausanne verließen, erkrankte Graf Armin schwer. Und bald wußte er, daß seine Tage gezählt waren, daß er sterben mußte. Die Gräfin pflegte ihn treu, und manchmal sah er mit unruhigem Blick in ihr stilles Leidensgesicht. Es kam ihm jetzt erst voll zum Bewußtsein, was er ihr mit seiner Härte angetan hatte.

Eines Abends blickte er lange sinnend vor sich hin.

»Katharina!« rief er plötzlich leise.

Sie beugte sich über ihn. »Was willst du, Armin?«

»Ich will dich fragen, Katharina, ob du mir verzeihen kannst, daß ich so hart war.«

Tränen traten ihr in die Augen.

»Ich weiß, du hast in deiner stolzen Seele selbst zuviel gelitten. Ich verziehe dir gern, wenn ich etwas zu verzeihen hätte. Aber eine heiße Bitte habe ich an dich – verschließe dein Herz nicht länger dem unschuldigen Kind deines Sohnes. Wir sind so allein, Armin, – und könnten doch in diesem Kind einen süßen Trost finden für unsern verlorenen Sohn.«

Diesmal wies sie der Graf nicht schroff zurück. Er seufzte tief auf. Dann sagte er leise:

»Ich weiß, daß ich bald sterben muß, Katharina. Und wenn ich die Augen geschlossen habe, sollst du nicht noch einsamer sein als bisher. Du sehnst dich nach deiner Enkelin, ich weiß es. Und heute, da der Tod schon seine Hand nach mir ausstreckt, will ich dir gestehen, daß ich auch Stunden hatte, wo ich mich nach diesem Kinde sehnte. Aber mein Stolz erstickte diese Sehnsucht immer wieder. In den letzten Nächten sah ich unsern Sohn im Traum. Seine Augen sahen mich vorwurfsvoll und bittend an – wie die deinen so oft. So will ich endlich allen Stolz von mir werfen an der Schwelle der Ewigkeit. Du sollst deinen heißen Wunsch erfüllen. Wenn ich meine Augen geschlossen habe, suche nach dem Kind unseres Sohnes und setze es in all seine Rechte ein. Wir hinterlassen keine andern Erben als dieses Enkelkind – so mag es sein Erbe antreten – mag seinen Einzug halten in Schloß Hochberg. Ich gebe den Widerstand auf.«

Die Gräfin dankte ihm erregt.

Er schüttelte das Haupt.

»Danke mir nicht, ich war hart, sehr hart zu dir – aber ich war es auch gegen mich selbst. Aber nun ist mein Stolz gebrochen, der dich und mich so elend und arm machte. Ich will nun wenigstens mit dem Bewußtsein vor meinen Sohn hintreten, daß ich meinen Groll gegen seine Frau und sein Kind nicht mit ins Grab genommen habe. Hätte ich noch Zeit, ich würde meine Enkelin selbst aufsuchen und heimholen. Aber ich weiß, es geht bald zu Ende mit mir. So suche du gutzumachen, was ich versäumte – und verzeihe mir. Du warst mir immer ein gutes treues Weib, trotzdem ich dich quälte mit meinem Stolz.«

Seit dieser Aussprache wurde Graf Armin ruhiger. Und zwischen ihm und seiner Gemahlin herrschte ein zarter, liebevoller Ton. Die Gräfin brachte ihm das kleine Bild. Lange betrachtete er es. Seine Augen forschten in dem Antlitz der schönen jungen Frau, die sein Sohn so sehr geliebt hatte. Und ihm war, als könnte er es jetzt verstehen, daß er nicht hatte von ihr lassen wollen.

Und dann sah er in das lachende Kindergesicht seiner Enkelin.

»Mir scheint doch, daß sie eine echte Hochberg ist, sie hat die Augen unseres Sohnes und sein dunkles, lockiges Haar«, sagte er.

Das Bild ließ er nicht mehr von sich.

Zwei Tage später starb er, von seiner Gattin schmerzlich beweint.

Wenige Wochen später machte sich die Gräfin Katharina selbst auf den Weg, um Nachforschungen nach ihrer Enkelin und der Witwe ihres Sohnes zu halten. Sie hatte vorher noch eine Unterredung mit Baron Rainau, dem Freund ihres verstorbenen Sohnes. Von ihm ließ sie sich die Adresse Maria Hochbergs geben, bei der er ja damals selbst gewesen war, als er ihr seine Hilfe anbieten wollte.

Die Gräfin wollte dort mit ihren Nachforschungen beginnen und hatte die feste Zuversicht, daß sie die beiden Menschen finden würde.

Von ihrer Sehnsucht getrieben, reiste die Gräfin ab, nur von ihrer treuen, langjährigen Kammerfrau begleitet, auf deren Verschwiegenheit und Ergebenheit sie bestimmt rechnen konnte.

Zuerst reiste sie in die Stadt, wo ihr Sohn mit seiner jungen Frau und seinem Kinde in recht bescheidenen Verhältnissen gelebt hatte.

In dem Haus, wo sich seine Wohnung befunden, war ein Kaufladen, in dem man allerlei Lebensmittel erstehen konnte. Dieser Laden befand sich schon seit zwanzig Jahren darin, wie die Gräfin in Erfahrung gebracht hatte. In diesem Laden erschien Gräfin Katharina eines Tages, während ihre Kammerfrau draußen an dem Wagen wartete.

Der Geschäftsinhaber, ein Mann von ungefähr fünfundvierzig Jahren, war gerade beschäftigt, Mehl in Tüten abzuwiegen. Er fragte eifrig nach dem Begehr der vornehm aussehenden alten Dame. So vornehme Kundinnen sah er nicht alle Tage bei sich.

Die Gräfin fragte höflich, ob es wahr sei, daß er das Geschäft schon seit zwanzig Jahren besitze.

Er wunderte sich ein bißchen über diese Frage, antwortete aber redselig:

Nein, er habe das Geschäft vor reichlich zehn Jahren übernommen, als er eine kleine Erbschaft gemacht habe. Aber er sei vorher schon lange Jahre als Angestellter in dem Laden tätig gewesen. Da fragte die Gräfin weiter, ob er sich nicht erinnere, daß vor ungefähr zwölf oder dreizehn Jahren ein Graf Hochberg mit seiner jungen Frau und einem kleinen Töchterchen in dem Hause im ersten Stock gewohnt habe.

Jawohl, meinte der Kaufmann, darauf könne er sich sogar noch ganz genau besinnen. Der junge Graf sei ein schöner, stattlicher Mann gewesen und die Frau Gräfin ein Engel an Güte und Schönheit. Der Graf sei dann aber, als er verreist gewesen war, verunglückt und die Gräfin habe sich darüber fast selbst zu Tode gegrämt. Er wisse ganz besonders gut Bescheid darüber, denn seine Frau, die damals freilich erst seine Braut gewesen wäre, sei als Dienstmädchen in der jungen gräflichen Familie in Stellung gewesen und habe das ganze Unglück mit durchgemacht.

Gräfin Katharina horchte auf.

»Kann ich vielleicht Ihre Frau einmal sprechen, mein Herr? Ich bin die Mutter des Grafen Hochberg und würde Ihrer Frau sehr dankbar sein, wenn sie mir einige Fragen beantworten könnte«, sagte sie bittend.

Der Kaufmann bat die Gräfin, ihm doch lieber in seine Wohnung zu folgen, da sei sie ungestörter als hier im Laden. Seine Frau befinde sich im Wohnzimmer und werde der Frau Gräfin gern jede Auskunft geben. Sie folgte ihm bereitwillig in das hübsche Wohnzimmer, wo eine sauber gekleidete Frau an der Nähmaschine saß. Sie erhob sich und nötigte die Frau

Gräfin aufs Sofa. Freundlich und bescheiden gab sie über alles, was sie wußte, Bescheid.

Der Herr Graf und die Frau Gräfin hätten sehr glücklich miteinander gelebt, bis der Herr Graf abgereist sei. Als dann die Nachricht von seinem Tod gekommen wäre, da sei die Gräfin selbst wie tot umgefallen und habe einige Zeit krank gelegen und sich nicht fassen können. Nur die kleine Liselotte habe denn endlich mit ihrem Bitten und Weinen die Gräfin wieder zur Besinnung gebracht. Es sei ein ganz furchtbarer Schmerz gewesen. Nur langsam sei die junge Gräfin wieder zu sich gekommen, aber sie sei schrecklich blaß und elend gewesen. Mit starrem Gesicht sei sie umhergegangen, habe nicht geschlafen und nicht gegessen. Und dann habe sie einen Händler kommen lassen und habe alle Möbel verkauft und ihre und der kleinen Liselotte Sachen in Koffer gepackt. Die Wohnung sei gleich wieder vermietet worden. Sie selbst habe die Gräfin entlassen müssen, weil sie wenig Geld besessen habe. Und die Gräfin sei dann mit der kleinen Liselotte abgereist.

Aufmerksam hörte die Gräfin zu. Sie war sehr bewegt. »Und können Sie mir nicht sagen, wohin die Frau Gräfin mit ihrem Töchterchen gereist ist?« fragte sie.

Die Kaufmannsfrau überlegte. »Sie wollte nach Thüringen in ein Dorf, wo viel Wald war. Dort wollte sie sich erst einige Wochen erholen und beruhigen.«

»Können Sie mir das Dorf nennen? Oder wissen Sie vielleicht, wohin sie sich gewandt hat?«

»Nein, ich habe nie mehr etwas von ihr gehört. Und wie das Dorf heißt – nein – darauf kann ich mich jetzt nicht mehr besinnen, obwohl ich die Frau Gräfin zur Bahn brachte und die Fahrkarte löste. Aber – da fällt mir ein – die Hauswirtin hatte ihr das Dorf empfohlen wegen der schönen, ruhigen Lage. Sie war einmal auf einige Zeit dort in Sommerfrische gewesen. Wenn Frau Gräfin einige Minuten warten wollen, will ich gleich zu ihr hinaufspringen und sie fragen.«

»Oh, Sie würden mich sehr zu Dank verpflichten«, sagte die Gräfin erregt.

Die Kaufmannsfrau eilte bereitwillig davon. In wenigen Minuten kam sie wieder.

»Das Dorf heißt Bodenhausen, und die Hauswirtin sagte mir, sie habe der Frau Gräfin dort den Gasthof zur ›Weißen Taube‹ als guten und billigen Sommeraufenthalt empfohlen. Dorthin hat die Frau Gräfin gehen wollen«, sagte sie freundlich.

Gräfin Katharina bedankte sich sehr herzlich für die Auskunft und wurde sehr höflich und diensteifrig von dem Kaufmann und seiner Frau zu dem harrenden Wagen begleitet.

Noch an demselben Tag reiste sie mit ihrer Kammerfrau weiter – nach Bodenhausen, um ihre Nachforschungen fortzusetzen.

Inzwischen waren Liselotte und Lori aus Lausanne nach Hause zurückgekehrt. Zum Osterfest waren sie bereits in Bodenhausen. Junker Hans kam einige Tage auf Urlaub. Er hatte sich noch immer nicht entschließen können, sich um eine reiche Frau zu bewerben, sosehr seine Eltern ihn auch drängten. Er hatte sich sehr verändert. Der sorglose Leichtsinn der Jugend war von ihm gewichen. Er verbrachte seine Tage in Pflichterfüllung und hielt sich von allem zurück, was ihn zu Geldausgaben verleiten konnte.

Mehr als je zuvor hatte er in all der Zeit an Liselotte denken müssen, und als er sie nun wiedersah, erkannte er, daß er Liselotte liebte mit der ganzen Kraft seines Herzens und daß er nie eine andere heiraten würde.

In Liselottes Augen glaubte er zu lesen, daß auch sie ihm von Herzen zugetan sei. Ach, wie glücklich hätte er sein können, wenn er die Hoffnung gehabt hätte, sie eines Tages zu seiner Frau machen zu dürfen. Aber er wußte auch, daß er Liselotte niemals heiraten konnte.

Und so bezwang er sich selbst und ging ihr aus dem Wege, wo er nur konnte. Und Liselotte machte ihm diese Zurückhaltung nicht schwer.

Seinen Eltern entging es nicht, daß Hans Liselotte nicht mehr unbefangen begegnete, und sie sahen ein, wie nötig es war, daß Liselotte aus dem Haus kam. Auch Lori machte ihre Beobachtungen und verhütete mißtrauisch jedes Alleinsein zwischen den beiden.

Als Liselotte in der »Weißen Taube« war, um ihre Freunde zu begrüßen, sagte ihr Frau Schulz, daß den Baron nichts mehr retten könne als eine reiche Heirat seines Sohnes, die er auch um jeden Preis herbeiführen wolle.

Da zuckte Liselotte wie in tiefem Schmerz zusammen und wurde sehr bleich. Frau Schulz sah es wohl und machte ein besorgtes Gesicht. Liselotte nahm sich zwar gleich wieder zusammen und brachte es fertig, ein ruhiges Gesicht zu zeigen. Aber Frau Schulz sah doch, wie bleich sie war und wie trübe die Augen blickten.

Nun vermied Liselotte es noch ängstlicher, mit Junker Hans zusammenzutreffen.

Seine Eltern aber drangen darauf, daß er gleich nach dem Osterfest wieder abreise.

Er wußte, daß er Liselotte wahrscheinlich zum letztenmal sah, denn seine Eltern hatten bereits eine Anzeige in verschiedene Zeitungen rücken lassen, worin sie eine Stellung für Liselotte suchten. Wenn er wieder heimkam, war sie wohl für immer von Bodenhausen fort.

Und Liselotte wußte es auch, daß es ein Abschied für immer war.

»Leben Sie wohl, Liselotte – und alles Glück der Welt in Zukunft auf Ihrem Wege«, sagte er leise.

»Gott behüte Sie, Junker Hans. Und ich danke Ihnen für alles Gute und Liebe, was Sie mir getan haben«, erwiderte sie mit bebender Stimme.

Er lächelte wehmütig.

»Sie haben viel mehr für mich getan, Liselotte. Gott mag geben, daß ich es Ihnen vergelten kann.«

Sie winkte nur matt mit der Hand, als wolle sie davon nichts hören. Und da trat auch schon Lori neben sie und sah sie mit ihren kalten Augen an.

Liselotte lief in ihr Kämmerchen und weinte herzbrechend, es war ihr, als nähme sie Abschied von ihrer Jugend. Aber lange gab sie sich ihrem Schmerz nicht hin. Sie mußte tapfer sein, und sie war es.

Täglich durchsuchte sie die Zeitungen nach einer passenden Stellung, denn sie fühlte, daß die Baronin die Zeit nicht erwarten konnte, wo sie Bodenhausen verließ. Und Lori machte vollends kein Hehl daraus. Auch der Baron suchte sie nicht zu halten.

Sie sah ja auch, daß es jetzt in Bodenhausen sehr knapp zuging, und erkannte die Notwendigkeit, sich auf eigene Füße zu stellen.

So war sie voll Unruhe und Erwartung, was ihr das Leben nun bringen würde. Aber das Herz tat ihr sehr weh bei dem Gedanken, daß sie nun von Bodenhausen für immer fortmußte. Als sie Frau Martha Schulz ihre Sorgen anvertraute, ob sie wohl bald eine Stellung finden würde, sagte diese tröstend:

»Gräme dich doch nicht darum, Liselotte. Wenn sie dich im Schloß nicht mehr haben wollen, kannst du jeden Tag zu mir kommen. Du kannst meinetwegen immer bei mir bleiben, wenn du willst.«

Aber Liselotte schüttelte den Kopf.

»Nein, Tante Schulz, ich bin nun alt genug, um mir selbst mein Brot zu verdienen. Ich will nicht mehr wie bisher das Gnadenbrot essen, auch bei dir nicht, so gut du es meinst. Als Kind mußte ich mich darein fügen, weil ich da nicht für mich selbst sorgen konnte. Aber jetzt soll das anders werden. Ich bin zu stolz, mich auch ferner noch auf andere Leute zu verlassen.«

Und so suchte Liselotte eifrig nach einem Wirkungskreis. Sie war gewillt anzunehmen, was sich ihr bieten würde.

Es war an einem herrlichen Frühlingstage im Mai. Alles grünte und blühte im hellsten Sonnenschein.

Kurz nach Mittag war es. Der lange Heinrich hatte eine Frachtkiste vom Bahnhof abholen sollen und wartete nun gleich noch auf den Schnellzug. Man konnte nicht wissen – bei dem schönen Wetter verirrte sich vielleicht schon ein früher Sommergast in das Dörfchen, den er dann Frau Schulz als Überraschung mitbringen konnte. Heinrichs Hoffnung sollte sich wirklich erfüllen.

Aus einem Abteil der Polsterklasse – Heinrich hatte das ganz deutlich gesehen – stieg eine sehr vornehm aussehende Dame in Trauerkleidern, mit weißem Haar und einem blassen Antlitz. Ein langer Witwenschleier fiel von ihrem Hut herab. In ihrer Begleitung befand sich eine ebenfalls schwarzgekleidete Frau, die nicht ganz so vornehm aussah, die Heinrich aber sicher nicht für eine Dienerin gehalten hätte.

Er stand noch ganz verdutzt und sah mit offenem Munde auf die vornehme Dame. Ob es vielleicht Besuch für die Schloßherrschaft war?

Ehe er sich darüber klarwurde, trat die Dienerin der Gräfin Katharina, denn diese war die vornehme Dame, an Heinrich heran. An seinem Mützenschild stand deutlich: »Weiße Taube«. Das hatte sie gelesen.

»Sie sind wohl der Hausdiener aus dem Gasthof zur ›Weißen Taube‹?« fragte sie.

Heinrich riß die Mütze von seinem blonden Haarschopf und dienerte.

»Jawohl, gnädige Frau, der bin ich.«

»Können Sie mir sagen, ob wir in der ›Weißen Taube‹

einige saubere, freundliche Zimmer bekommen können?« fragte die Kammerfrau weiter.

»Das können Sie gewiß«, erwiderte Heinrich, »bei Frau Schulz ist alles wie aus dem Ei gepellt, meine Dame. Sie werden sicher zufrieden sein.«

Heinrich war stolz auf diese Antwort.

»Können wir einen Wagen haben, der uns bis zum Gasthof fährt?« fragte die Kammerfrau.

»Nein, einen Wagen gibt es hier nicht. Aber es ist nur ein kurzes Ende zu laufen, und die Koffer bringe ich hin, gnädige Frau.«

Die Kammerfrau lächelte.

»Ich bin keine gnädige Frau, sondern nur die Kammerfrau der Gräfin Lindeck, die einige Tage in der ›Weißen Taube‹ wohnen will.«

Gräfin Katharina hatte vorgezogen, sich nur Gräfin Lindeck zu nennen, um sich nicht durch den Namen Hochberg, den wohl ihre Schwiegertochter führte, zu verraten.

Heinrich war nun ganz verwirrt. Er riß seine Augen vor Staunen weit auf.

»Ei! Eine Gräfin hat Frau Schulz noch nicht als Sommergast gehabt, wenn auch sonst schon sehr feine Leute bei uns gewohnt haben«, sagte er naiv. Dann fügte er aber vorsichtshalber hinzu: »Na, Frau Schulz wird die Frau Gräfin schon zufriedenstellen.«

Die Kammerfrau stattete nun der Gräfin Bericht ab und diese erklärte sich bereit, dem Hausdiener in die »Weiße Taube« zu folgen.

Eine halbe Stunde später stand in der »Weißen Taube« alles auf dem Kopf.

Frau Schulz konnte gar nicht schnell genug hin und her fliegen, um für ihren vornehmen Gast alles recht bequem herzurichten.

Die Gräfin fand die Zimmer wohl sehr schlicht und bescheiden, aber sie waren sauber und gut gelüftet. Das war immerhin etwas. Und die Kammerfrau machte es der Herrin gleich etwas behaglicher.

Diese bestellte sich dann frischen Kaffee, den Frau Schulz selbst bereitete und in der Laube auftrug, in der Maria Hochberg so oft mit Liselotte ihre Mahlzeiten eingenommen hatte. Und der Kaffee war wirklich vorzüglich, die Sahne köstlich und der von Frau Schulz selbstgebackene Kuchen durchaus nicht zu verachten. Und alles stand sauber und verlockend auf einem blütenweißen Tischtuch.

Leutselig lobte die Gräfin den Imbiß, und Frau Schulz strahlte vor freudigem Stolz. Die Gräfin ließ sich mit ihr in ein Gespräch ein. Von dem Zweck ihres Hierseins verriet sie noch nichts.

»Sie haben wohl immer viel Sommergäste, Frau Wirtin, weil Bodenhausen so herrlich am Walde liegt?« fragte sie. Frau Schulz strich glättend ihre Schürze.

»So arg ist es nicht damit, Frau Gräfin. Bodenhausen liegt doch ein bißchen abseits. Aber ab und zu kommt doch jemand her, und ich habe fast alle Jahre einige Gäste gehabt.«

»So, so. Natürlich meist Familien mit Kindern, die sich hier erholen wollen, nicht wahr?« fragte die Gräfin sie interessiert weiter.

»Wie es so kommt, Frau Gräfin. Manchmal nur einzelne Herren oder Damen. Einige bleiben nur wenige Tage, andere wochenlang.«

»Da nehmen Sie natürlich einigen Anteil an Ihren Gästen, wenn sie länger verweilen?«

»O ja, das will ich meinen. Manchmal tut es einem dann leid, wenn sie wieder fortgehen. Ich hab' schon einmal eine Dame hier im Haus gehabt mit einem Kind, an die hatte ich mein ganzes Herz gehängt. Na – an dem Kind hängt es noch immer. Das ist eine sehr traurige Geschichte, Frau Gräfin.«

»Oh, die müssen Sie mir erzählen.«

»Gern, wenn es nicht langweilig für Frau Gräfin ist. Das ist wohl so an die zwölf, dreizehn Jahre her. Da kam eines

Abends eine bildschöne junge Frau mit einem Kindchen hier an. Die junge Frau war in Trauer, hatte vor kurzer Zeit ihren Mann verloren, und man sah ihr das Herzeleid aus den Augen schauen. So etwas Schönes und Liebes wie Mutter und Kind können sich Frau Gräfin gar nicht denken. Na – die Liselotte ist ja auch eine richtige Schönheit geworden.«

»Liselotte?« entfuhr es der Gräfin hastig.

Frau Schulz nickte.

»So hieß das Kind, und die Mutter hieß Maria Hochberg, eine feine, stille Frau.«

Und Frau Schulz erzählte nun ausführlich die Geschichte Maria Hochbergs und ihrer Tochter Liselotte. Auch, wie es Liselotte ergangen war seit dem Tode ihrer Mutter.

Die Gräfin lauschte voll Erregung, und ihre Augen wurden feucht. Nur mit Mühe konnte sie sich beherrschen. Nun wußte sie also das Schicksal ihrer Schwiegertochter und ihrer Enkelin. – Frau Schulz konnte gar kein Ende finden zu erzählen, da die Frau Gräfin so großen Anteil an der Geschichte nahm.

So sprach sich Frau Schulz auch alles vom Herzen, was Liselotte betraf. Sie schilderte sie als bildschönes, engelreines und gutes Geschöpf, das in seinem jungen Leben schon soviel Herzeleid erfahren hatte. Daß Liselotte ein schweres Dasein im Schlosse geführt hatte und hauptsächlich von Baronesse Lori weidlich gequält worden sei und daß diese ihr den Namen Bettelprinzeß angehängt hatte – alles erzählte Frau Schulz der atemlos lauschenden alten Dame.

»Und dabei ist doch Liselotte so ein schönes, vornehmes Mädchen, sie könnte eine wirkliche Prinzessin sein. Und Baronesse Lori soll nur zusehen, daß sie nicht selbst eine Bettelprinzeß wird, denn es steht schlecht um die Schloßherrschaft. Und Liselotte soll nun in Stellung gehen, als Gesellschafterin. Sie ist ja so ein kluges Mädchen, hat viel gelernt, spricht Englisch und Französisch und kann wunderschön singen und Klavier spielen. Wenn sie nur bald eine gute Stellung finden würde. Ich nähme sie gern zu mir, aber sie ist in aller Armut so stolz und will sich selbst ihr Brot verdienen. Und sie paßt auch nicht in meinen schlichten Gasthof, das sehe ich wohl ein. Es stehen ja nun in vielen Zeitungen Anzeigen wegen einer Stellung für Liselotte. Im Schlosse ist jetzt jeder Esser zuviel, und sie soll sobald als möglich fort. Auch wegen Junker Hans, denn der soll eine reiche Frau heiraten. Na – und die Liselotte – die ließe sich wohl gleich für den Junker in Stücke hauen. Er ist ja auch so gut zu ihr gewesen.

Ja, ja, Frau Gräfin, das ist eine lange Geschichte und wie ein richtiger Roman, nicht wahr?«

So schloß Frau Schulz ihren Bericht.

Tief erschüttert hatte die Gräfin zugehört. Sie stützte den Kopf in die Hand und beschattete ihre Augen, um ihre Erregung zu verbergen. Und als Frau Schulz davon sprach, daß Liselotte eine Stellung als Gesellschafterin suche, kam ihr blitzartig ein Gedanke.

Sich mühsam fassend, hob sie das Gesicht und sagte, so ruhig sie konnte: »Das war mir alles interessant, Frau Wirtin, und es ist mir lieb, daß Sie mir das alles so ausführlich erzählt haben. Ich habe nämlich die Anzeige in der Zeitung gelesen. Da ich eine junge Gesellschafterin suche, bin ich selbst hierhergekommen, um mir die junge Dame anzusehen. Das ist der Grund, weshalb ich mich hier bei Ihnen einmietete.«

Frau Schulz machte große Augen. »Ach – ich dachte mir doch gleich, daß Frau Gräfin mit einer besonderen Absicht hierhergekommen sind. So vornehme Gäste kehren sonst nicht in der ›Weißen Taube‹ ein. Wenn es Frau Gräfin nur nicht zu gering ist.«

»Darüber machen Sie sich nur keine Sorgen, Frau Wirtin. Also, Sie können mir die junge Dame empfehlen?«

Frau Schulz nickte.

»Das will ich meinen. Frau Gräfin werden schnell selbst herausfinden, was sie für ein Prachtgeschöpf ist. Sie ist freilich noch ein bißchen jung, steht erst im achtzehnten Lebensjahr. Aber sie sieht älter aus und ist auch ernst und reif über ihre Jahre. Ach, es würde mich so sehr freuen, wenn das Kind in gute Hände käme.«

Die Gräfin lächelte ein wenig.

»Seien Sie ganz außer Sorge, Frau Wirtin, bei mir soll es die junge Dame so gut haben, als Sie es nur für sie wünschen können. Und an ihrer Jugend stoße ich mich nicht. Sie wird mir schon gefallen.«

Ach, wie freute sich Frau Schulz über diese Worte.

Die Gräfin fragte nun noch allerlei. Sie wollte sogar wissen, wo das Grab der verunglückten Maria Hochberg sich befand, und Frau Schulz gab auf alles genaue Antwort. Sie wunderte sich weiter gar nicht über das große Interesse, das die Gräfin an den Tag legte. Gab es doch nach ihrer Ansicht so leicht keine spannendere Geschichte als die Maria Hochbergs und ihrer Tochter.

Wenn die gute Frau Schulz erst geahnt hätte, daß diese Geschichte noch viel spannender war, als sie selbst wußte, wie hätte sie dann selbst gestaunt.

Die Gräfin zog sich an diesem Abend zeitig in ihr Zimmer zurück. Die große Erregung und die Freude, ihrer Enkelin so nahe zu sein, hatten sie ganz matt und müde gemacht. Sie fühlte sich heute außerstande, eine Begegnung mit Liselotte zu ertragen. Sie überlegte sich nun in Ruhe einen Plan. Hier schien kein Mensch zu ahnen, daß Liselotte eine Komtesse Hochberg-Lindeck war. So wollte sie es vorläufig auch nicht verraten. Auf jeden Fall wollte sie sich morgen nach Schloß Bodenhausen begeben, unter demselben Vorwand, den sie der Wirtin angegeben hatte. Und auf jeden Fall wollte sie dann Liselotte als Gesellschafterin verpflichten. Was dann weiter wurde, sollte der Augenblick entscheiden.

Viel Ruhe fand die sehnsüchtige Großmutter in dieser Nacht nicht. Erst gegen Morgen schlief sie ein und erwachte dann erst sehr spät.

Nachdem sie ihr Frühstück eingenommen hatte, schrieb sie an Baron Bodenhausen:

»Sehr geehrter Herr Baron! Durch eine Zeitungsanzeige aufmerksam gemacht, bin ich nach Bodenhausen gekommen, da es mir gerade am Wege lag, um die junge Dame, für die Sie eine Stellung als Gesellschafterin suchen, persönlich kennenzulernen. Ich möchte die junge Dame, wenn sie mir gefällt, zu mir nehmen. In der ›Weißen Taube‹ habe ich Wohnung genommen und bitte Sie höflichst, meiner Kammerfrau, der Überbringerin dieses Schreibens, zu sagen, wann ich mir erlauben darf, in Schloß Bodenhausen meinen Besuch zu machen. Ich empfehle mich Ihnen

Hochachtungsvoll
Katharina Gräfin Lindeck.«

Mit diesem Brief schickte sie ihre Kammerfrau nach dem Schloß. Heinrich ging mit, um ihr den Weg zu zeigen. Während der Abwesenheit ihrer Kammerfrau begab sich die Gräfin allein nach dem Friedhof. Dort suchte sie nach dem ihr von Frau Schulz bezeichneten Grab Maria Hochbergs. Sie fand es auch bald. Es war mit Frühlingsblumen liebevoll geschmückt. Ein Gedenkstein lag zu Füßen des Grabes. Darauf stand in schlichten Buchstaben: »Hier ruhet in Gott Frau Maria Hochberg«. Darunter das Datum ihres Todestages.

Tränen stürzten der Gräfin aus den Augen. Sie kniete nieder und strich wie liebkosend über das Grab.

»Armes – armes Kind! Du hast meinen Sohn geliebt um seiner selbst willen, sonst wärst du nicht so bescheiden unter diesem schlichten Namen in diese Einsamkeit gegangen. Und du sollst eine Ruhestatt finden an der Seite des geliebten Gatten. Da ich dich nicht lebend einführen kann in Schloß Hochberg, sollst du eines Tages dort im Tode mit allen Ehren deinen Einzug halten. Und an deinem Kind will ich gutmachen, was ich an dir versäumen mußte.«

So dachte sie tief bewegt und faltete die Hände zum Gebet.

Lange verweilte sie so. Dann ging sie langsam wieder in die »Weiße Taube« zurück.

Bald kam auch die Kammerfrau zurück und brachte ihr ein Antwortschreiben des Barons. Es lautete:

»Hochgeehrte, gnädige Frau Gräfin!

Jederzeit werden wir, meine Gemahlin und ich, bereit sein, Sie in Schloß Bodenhausen zu empfangen. Die junge Dame, Fräulein Liselotte Hochberg, die in meinem Hause erzogen worden ist und für die ich jederzeit einstehen werde, ist bereit, sich Ihnen vorzustellen. Wenn Sie wünschen, schicke ich Ihnen gern einen Wagen nach der ›Weißen Taube‹. Sie brauchen mir nur durch den Hausdiener Bescheid sagen zu lassen, wann er Sie abholen soll.

Ich empfehle mich Ihnen ganz ergebenst

Hochachtungsvoll
Baron Bodenhausen.«

Die Gräfin überlegte. Vor Tisch konnte sie nun nicht mehr gut nach dem Schlosse gehen. So sandte sie den Hausdiener nochmals mit einigen Zeilen dorthin.

»Sehr geehrter Herr Baron!

Da ich eine alte Frau bin und mir nicht viel zumuten darf, nehme ich Ihr freundliches Anerbieten dankbar an und bitte Sie höflichst, mir Ihren Wagen heute nachmittag gegen fünf Uhr zu schicken. Ich hoffe, daß Ihnen dann mein Besuch angenehm ist. Mit einer ergebenen Empfehlung an Ihre Frau Gemahlin,

Ihre ergebene
Gräfin Lindeck.«

In Schloß Bodenhausen hatte die Nachricht der Gräfin Lindeck einige Aufregung hervorgerufen. Der Baron ging sofort zu seiner Gemahlin und übergab ihr das Schreiben. – Sie atmete unwillkürlich auf.

»Es sollte mich wirklich freuen, wenn Liselotte eine Stellung in gutem Hause finden würde. Ich bin überzeugt, daß sie allen Ansprüchen genügen würde. Sie hat entschieden viel gelernt und besitzt zweifellos natürliche Gaben, die sie für den Posten als Gesellschafterin einer vornehmen Dame geeignet erscheinen lassen. Wir wollen aber Liselotte nicht eher etwas sagen, als bis die Gräfin hier ist, damit sie unbefangen bleibt.«

Damit war auch der Baron einverstanden. Als dann das zweite Briefchen der Gräfin kam, gab der Baron Befehl, daß zehn Minuten vor fünf Uhr der Wagen vor der »Weißen Taube« zu halten habe.

Punkt fünf Uhr fuhr dann am Nachmittag der Wagen mit der Gräfin vor dem Portal des Schlosses vor. Die Gräfin wurde in das Empfangszimmer geführt, wo sie der Baron und die Baronin bereits erwarteten. Sie begrüßten die alte Dame sehr zuvorkommend, und diese brachte nochmals ihr Anliegen vor, Fräulein Liselotte Hochberg kennenzulernen.

Alle Kraft hatte die alte Dame nötig, ihre Selbstbeherrschung nicht zu verlieren, als der Baron Befehl gab, Liselotte herbeizurufen. Gleich darauf trat Liselotte ein. Sie trug ein schlichtes weißes Waschkleidchen, sah aber, wie immer, sehr schön und vornehm darin aus.

Als sie nun mitten im Zimmer stand, von hellem Sonnenlicht umflossen, da sah die Gräfin mit unbeschreiblicher Erregung, wie sehr dies junge, holde Wesen ihrem verstorbenen Sohne glich. Wie ein freudiger Schlag ging es durch ihr Herz. Die Erregung machte sie fassungslos. Sie fiel, einer Ohnmacht nahe, in ihren Sessel zurück und konnte im ersten Augenblick kein Wort hervorbringen. Ihr Gesicht überzog sich mit einer fahlen Blässe.

Bestürzt beugten sich Liselotte und die Baronin über die halb bewußtlose alte Dame.

»Kann ich Ihnen helfen?« fragte Liselotte mit ihrer weichen klaren Stimme und mühte sich voll Teilnahme um die Gräfin, ohne zu ahnen, wen sie vor sich hatte.

Die alte Dame faßte sich schnell wieder. Wie holde Musik klang ihr die besorgte Frage Liselottes in den Ohren. Sie richtete sich gleich wieder empor und lächelte. »Es ist nichts – bitte beunruhigen Sie sich nicht –, es geht gleich vorbei. Ich habe zuweilen so kleine Anfälle – gestatten Sie mir nur einen Augenblick, mich zu erholen«, sagte sie.

Liselotte brachte schnell ein Glas Wasser und Kölnisches Wasser herbei, und die Gräfin erholte sich schnell. Sie hatte sich wieder ganz in der Gewalt und blieb ruhig, als Liselotte ihr nun vorgestellt wurde. Dann sagte sie:

»Mein liebes Kind – ich bin gekommen, um Sie kennenzulernen. Ich brauche eine junge Gesellschafterin, ein liebevolles Wesen, das mir immer in meiner Einsamkeit zur Seite steht und immer um mich ist.

Ich habe vor kurzer Zeit meinen Gatten verloren und auch vor Jahren meinen einzigen Sohn dahingeben müssen. Ich muß deshalb jemand um mich haben, mit dem ich mich unterhalten kann. Der Herr Baron und Frau Baronin sagten mir, daß Sie eine Stellung anzunehmen wünschen. Sie gefallen mir, wenn Sie wollen, werden wir sofort einig.«

Liselottes Gesicht hatte sich vor Erregung rot gefärbt. Sie fühlte eine unerklärliche Zuneigung für die freundliche Dame und hätte am liebsten gleich zugegriffen. Aber sie sagte bescheiden:

»Frau Gräfin sind sehr gütig, und es ehrt mich, daß Sie mir soviel Vertrauen erweisen. Aber ich möchte Frau Gräfin doch bitten, mich erst zu prüfen, ob ich auch die nötigen Fähigkeiten besitze.«

Die Gräfin lauschte entzückt der lieben, weichen Stimme und sagte hastig:

»Ja, gewiß, ich werde Sie danach fragen. Indes, die Hauptsache ist, daß Sie mir gefallen, denn Sie müssen viel um mich sein, wie ich schon sagte. Bitte, setzen Sie sich doch zu mir, damit wir noch einiges besprechen können. Sie gestatten doch, Herr Baron, Frau Baronin, daß ich ein kleines Verhör mit der jungen Dame anstelle?«

Der Baron und seine Frau verneigten sich zustimmend.

Dann wandte sich die Gräfin wieder an Liselotte:

»Also, mein liebes Kind, sind Sie ein wenig musikalisch?«

Liselotte verneigte sich.

»Ich spiele ziemlich fertig Klavier und singe ein wenig, Frau Gräfin.«

»Gut, gut. Das ist mir lieb. Und welche Sprachen beherrschen Sie außer Deutsch?«

»Englisch und Französisch, Frau Gräfin.«

»Oh, vorzüglich. Nun, ein wenig vorlesen, mit mir plaudern und ab und zu einen Brief für mich schreiben – das können Sie sicher auch?«

»Ich würde mich bemühen, Frau Gräfin.«

»Schön. Das genügt mir vollkommen. Was beanspruchen Sie für Gehalt?«

»Darüber habe ich noch nicht nachgedacht, das würde ich Frau Gräfin überlassen.«

Die Gräfin lächelte ein wenig.

»So werde ich das der Ordnung halber mit dem Herrn Baron vereinbaren, der doch wohl Ihr Vormund ist.«

Der Baron verneigte sich.

»So ist es, Frau Gräfin, Liselotte ist Waise.«

Die Gräfin besprach nun, ohne den Blick viel von Liselotte zu lassen, alles Nötige mit dem Baron und seiner Gemahlin. Beide waren erstaunt, wie glatt sich das alles abwickelte, und erfreut, daß die Gräfin Liselotte ein sehr hohes Gehalt aussetzte. Dann fuhr die Gräfin fort:

»Als Vormund der jungen Dame wünschen Sie, Herr Baron, natürlich auch Erkundigungen über meine Person und

Verhältnisse einzuziehen, damit Sie auch sicher sind, daß Ihr Mündel in gute Hände kommt. Bitte, wenden Sie sich an meinen Notar, den Justizrat Höffner in Niebur, und an Baron Rainau auf Schloß Rainau, meinen nächsten Nachbarn. Ich werde einige Tage in Bodenhausen bleiben, bis Sie Antwort haben, und hoffe dann, Fräulein Liselotte gleich mit mir nehmen zu können.« Wieder verneigte sich der Baron.

»Wenn ich auch derartige Erkundigungen nicht für nötig halte, Frau Gräfin, so will ich doch als gewissenhafter Vormund nichts versäumen, was meines Amtes ist. Ich werde noch heute der Ordnung halber an die beiden Herren schreiben. Es soll mich natürlich sehr freuen, wenn Liselotte in gute Hände kommt, und Sie werden sicher mit ihr zufrieden sein.«

Wieder huschte ein Lächeln um den Mund der Gräfin.

»Darüber bin ich schon jetzt außer Sorge.«

Nun mischte sich die Baronin in das Gespräch.

»Darf ich Sie bitten, Frau Gräfin, während dieser Tage unser Gast zu sein? Die ›Weiße Taube‹ ist doch kein ganz geeigneter Aufenthalt für eine Dame.«

Die Gräfin überlegte einen Augenblick. Dann sagte sie schnell entschlossen: »Ich nehme Ihr gütiges Anerbieten mit großem Dank an, Frau Baronin. Auf diese Weise lerne ich Fräulein Liselotte gleich noch ein wenig näher kennen, und sie kann sich ein wenig an mich gewöhnen, damit es ihr nicht zu schwer wird, mit mir zu gehen. Es wird ihr ohnedies nicht leichtfallen, Bodenhausen zu verlassen.«

Liselotte ergriff die Hand der Gräfin und führte sie an ihre Lippen. Sie, die keineswegs mit Liebe und Güte verwöhnt war, fühlte, wie ihr Herz sich der alten Dame zuneigte.

»Frau Gräfin sind zu gütig«, sagte sie bewegt.

Von ihrem Gefühl übermannt, streichelte die Gräfin sanft über Liselottes schönes Haar.

»Ich muß mir doch ein wenig Ihr Vertrauen zu gewinnen versuchen, liebes Kind«, sagte sie warm und herzlich.

Die Baronin fand, daß die Gräfin ihrer zukünftigen Gesellschafterin sehr vertraulich entgegenkam. Sehr stolz schien die alte Dame nicht zu sein. Jedenfalls hätte sich die Baronin ganz anders zu einer Gesellschafterin gestellt.

Vielleicht ahnte Gräfin Katharina etwas von dem Gedankengang der Baronin. Sie suchte sich jedenfalls Liselotte gegenüber mehr zu beherrschen, wenigstens solange sie in Bodenhausen weilte. Sie hatte einen Augenblick geschwankt, ob sie sich nicht gleich als Liselottes Großmutter zu erkennen geben sollte. Aber sie hatte den Wunsch unterdrückt. Es war nicht gut, Liselotte gleich mit der ganzen Wahrheit zu überraschen und sie zu erschrecken. So ein junges Gemüt konnte da leicht aus dem Gleichgewicht kommen. Was sollte sie ihr auch sagen, warum sich ihre Großeltern bisher so gar nicht um sie gekümmert hatten? Mußte es nicht schmerzlich auf Liselotte wirken, wenn sie erfuhr, daß man ihr und ihrer verstorbenen Mutter ihr gutes Recht so lange vorenthalten hatte? Nein, es war nicht gut, wenn sie so plötzlich die Wahrheit erfuhr. Ganz langsam sollte sich Liselotte an sie gewöhnen und sich in Schloß Hochberg einleben. Sie sollte die Großmutter erst liebgewinnen, sollte den tiefen Schmerz, den diese ertragen hatte, erst kennen und begreifen lernen, ehe sie erfuhr, wer sie war. Dann konnte sie verstehen, wie es gekommen war, daß sich die Großmutter erst jetzt um sie kümmerte.

Ehe die Gräfin sich ins Schloß begeben hatte, beauftragte sie ihre Kammerfrau, zwei Telegramme zu besorgen. Diese waren an Baron Rainau und Justizrat Höffner gerichtet und enthielten die Mitteilung, daß eine Anfrage über die Gräfin Lindeck einlaufen würde und daß man wahrheitsgetreue Auskunft geben möge, ohne den Doppelnamen zu erwähnen.

Nun sagte sich die Gräfin jedoch, daß sie ganz beiläufig im Gespräch erwähnen müsse, daß sie auf Schloß Hochberg wohne. Zunächst schickte die Baronin einen Diener nach der »Weißen Taube«, der dort Bescheid sagen sollte, daß die Gräfin im Schlosse bleiben würde, und der die Kammerfrau der Gräfin und das Gepäck nach Schloß Bodenhausen beorderte.

Es wurden sofort einige Zimmer für die Gräfin bereitgemacht. Diese bat dringend, keinerlei Umstände zu machen.

Dann nahm man zusammen den Tee ein. Bei dieser Gelegenheit lernte Gräfin Katharina auch Baronesse Lori kennen. Sie machte ihr keinen angenehmen Eindruck. Auch ohne daß Frau Schulz ihr gesagt hätte, daß Lori sehr garstig zu Liselotte war, hätte sie das Wesen Loris nicht angenehm berührt.

Am Teetisch erklärte die Gräfin dann beiläufig:

»Habe ich Ihren Namen richtig verstanden, Fräulein Liselotte – heißen Sie Hochberg?«

Liselotte verneigte sich.

»So ist es, Frau Gräfin.«

Diese lächelte.

»Nun, so werden Sie sich in Ihrem neuen Wirkungskreis hoffentlich um so schneller einleben. Das ist ein hübsches Zusammentreffen. Ich wohne nämlich auf Schloß Hochberg, und wir führen außer dem Namen Lindeck auch noch den Namen der Grafen von Hochberg. Ich will das als ein gutes Zeichen betrachten.«

Danach ging sie schnell auf ein anderes Thema über.

Niemand fiel es ein, über diesen seltsamen Zufall nachzudenken. Man achtete gar nicht weiter darauf. Am wenigsten fiel es Liselotte ein, irgendwelches Gewicht darauf zu legen.

Der Baron schrieb sofort an Baron Rainau und Justizrat Höffner und erhielt von den beiden Herren umgehend die glänzendste Auskunft über die Gräfin Lindeck.

Danach hatte er nicht die geringsten Bedenken mehr, Liselotte mit der Gräfin abreisen zu lassen.

Die Gräfin hatte in den wenigen Tagen reichlich Gelegenheit, Liselotte zu beobachten. Sie ließ sie fast nicht mehr von ihrer Seite. Der Baron und seine Gattin freuten sich, daß Liselotte eine so gute Stellung gefunden hatte. Hauptsächlich war das dem Baron eine große Beruhigung, denn Liselotte war ihm sehr lieb geworden.

Aber Lori ärgerte sich, daß Liselotte es so gut getroffen hatte. Sie hätte ihr eine schlechtere Stellung gewünscht. Ganz wütend war sie, als sie merkte, wie gütig und liebevoll die Gräfin zu Liselotte war. Und sie suchte diese die letzten Tage noch weidlich zu kränken. Gräfin Katharina konnte verschiedentlich beobachten, wie häßlich Lori zu Liselotte war. Einmal hörte sie die Baronesse sagen:

»Du brauchst dir gar nichts darauf einzubilden, daß du nun in Schloß Hochberg wohnen wirst. Bist ja doch dort nichts als Gesellschafterin. Und die Gräfin ist nur so gut mit dir, weil dich meine Eltern empfohlen haben. Glaube nur nicht, daß das so weitergeht.«

Da antwortete Liselotte ruhig:

»Ich weiß, daß ich nur eine Untergebene der Gräfin sein werde. Um so mehr danke ich ihr für ihre Güte. Du wirst dich ja nun nicht lange mehr über mich zu ärgern brauchen, Lori, ich komme dir ja nun aus den Augen – für immer. Aber ich bitte dich so sehr, stelle doch wenigstens die letzten Tage die Feindseligkeit gegen mich ein. Wenn du ehrlich sein willst, mußt du dir sagen, daß ich dir nie, niemals etwas zuleide getan habe, daß ich geduldig allen Groll ertrug, den du über mich ausschüttetest, ohne daß ich dir je Veranlassung dazu gab. Mein einziges Verbrechen ist, daß ich eine Waise, die arme Bettelprinzeß bin. Sei doch nur die letzten Tage gut zu mir. Ich möchte so gern auch an dich mit liebevollem Herzen zurückdenken können. Nur ein einziges Mal gib mir ein gutes Wort.«

Es lag ein so inniges Flehen in Liselottes Stimme, daß die Gräfin, die das vom Nebenzimmer aus mit anhörte, feuchte Augen bekam. Dieses Gespräch zeigte ihr zur Genüge, daß Frau Schulz recht gehabt hatte, als sie ihr sagte, die Baronesse quälte Liselotte und mache ihr das Leben zur Hölle.

Lori blieb auch jetzt kalt und ungerührt. »Ich wünsche gar nicht, daß du meiner mit liebevollem Herzen gedenkst. Ich bin froh, daß du mir aus den Augen kommst. Ich mag dich nun einmal nicht leiden, du bist mir verhaßt gewesen von Anfang an und bleibst es mir bis zum Ende.« Damit verließ sie das Zimmer und warf die Tür heftig ins Schloß. Liselotte sank in einen Sessel, als sie allein war, und preßte aufschluchzend die Hände vor das Gesicht.

Es tat ihr so weh, daß Lori auch jetzt kein gutes Wort für sie hatte. Das Trennungsweh übermannte sie. Ein heftiges Schluchzen schüttelte ihren Körper.

Da hielt es die Gräfin nicht länger drüben im Nebenzimmer. Sie trat über die Schwelle und beugte sich über das weinende Mädchen.

»Nicht weinen, mein liebes Kind! Die junge Baronesse war eben recht böse mit Ihnen. Die Wirtin aus der ›Weißen Taube‹, eine sehr gute Freundin von Ihnen, hat mir schon mancherlei erzählt, was Sie alles an trüben, schweren Stunden in Ihrem jungen Leben ertragen haben, wie man Sie gequält und gedemütigt hat. Seien Sie ruhig, mein Kind. Das soll nun anders werden. Sie sollen in Schloß Hochberg eine freundliche, schöne Heimat finden und alles Böse vergessen, was Ihnen widerfahren ist. Vertrauen Sie mir nur, ich will dafür sorgen, daß Sie keine Tränen mehr weinen sollen – denn – ich habe Sie herzlich liebgewonnen.«

Diese liebevollen Worte erschütterten Liselotte ungemein. Ihr war, als wenn linde Mutterhände sie streichelten. Es erschien ihr wie ein Wunder, daß die Gräfin so zärtlich und gütig zu ihr war, und ihr ganzes junges Herz flog ihr dankbar entgegen. Ergriffen beugte sie sich und küßte die Hände der alten Dame.

»So gütig sind Sie zu mir, Frau Gräfin, so unsagbar gütig – ich weiß nicht, wie ich das verdienen soll – und kann es nur mit schrankenloser Dankbarkeit und Ergebenheit vergelten«, stammelte sie.

»Und mit ein wenig Liebe, Kind. Ich bin eine einsame alte Frau, die ebenso wenig jemand hat, der zu ihr gehört, wie Sie. Ich werde Ihnen für ein wenig Liebe so dankbar sein, wie Sie es sind. Wir wollen uns gegenseitig recht gut verstehen lernen, nicht wahr? Und nun nicht mehr traurig sein. Wenn Ihnen in Zukunft das Herz schwer ist, so kommen Sie damit zu mir – wie zu einer Mutter.«

Das war Liselotte wie ein schöner Traum. Sie konnte es nicht fassen und begreifen, daß sich ihr das gütige Herz der vornehmen alten Dame so voll Liebe und gütigem Verstehen zugewandt hatte.

Wie sehr hatte sie sich gefürchtet vor den fremden Menschen, bei denen sie ihr Brot verdienen sollte. Und nun schickte ihr der Himmel in seiner Vorsorge eine so edle Herrin.

Liselotte mußte nun ihre Sachen packen und zur Abreise rüsten.

Inzwischen hatte die Gräfin noch eine lange Unterredung mit dem Baron. Er erzählte ihr, was sie zum großen Teil schon von Frau Schulz wußte, wie Liselotte in sein Haus gekommen war. Und dann sagte er ihr, daß Liselottes Mutter einen versiegelten Umschlag mit Schriftstücken für ihre Tochter hinterlassen hatte, die er noch in Verwahrung habe.

»Liselotte soll diese Papiere auf Wunsch ihrer Mutter an ihrem achtzehnten Geburtstage erhalten. Es sind wahrscheinlich Familienpapiere. Wir haben den Umschlag, den Wunsch der Toten ehrend, verschlossen gelassen, obwohl man über die Herkunft dieser Frau Maria Hochberg hier nicht genau im klaren war. Liselotte steht jetzt im achtzehnten Lebensjahr. Ihr achtzehnter Geburtstag ist am fünfundzwanzigsten Februar nächsten Jahres. Darf ich Ihnen, Frau Gräfin, die Papiere gleich übergeben und Sie bitten, Liselotte dieselben an ihrem Geburtstag auszuhändigen?«

Damit schloß er seinen Bericht.

Die Gräfin erklärte sich bereit, die Papiere an sich zu nehmen und zu verwahren. Sie ahnte, daß diese Papiere Liselotte aufklären würden über ihren wahren Stand und Namen. – Mit einem seltsamen Gefühl nahm sie den versiegelten Umschlag entgegen.

Liselotte hatte noch Abschied nehmen müssen vom Grabe ihrer Mutter und von Frau Schulz und Heinrich.

Frau Schulz freute sich, daß die Gräfin Liselotte angestellt hatte.

»Sollst sehen, Liselotte, bei der Gräfin wirst du es gut haben. Das ist eine wirklich vornehme und gute Dame. Soviel Menschenkenntnis habe ich. Und vergiß nicht, daß dir die ›Weiße Taube‹ im Falle der Not immer offensteht. Und schreib' uns ab und zu, wie es dir geht«, sagte sie.

Heinrich nahm rührenden Abschied von Liselotte. Er mußte sein Taschentuch benutzen und schluckte krampfhaft, um seine Fassung zu bewahren. Dann kam der Abschied im Schlosse. Mit heißen Tränen sagte Liselotte dem Baron und der Baronin Lebewohl.

Der Baron nahm sie sichtlich bewegt in seine Arme und küßte sie auf die Stirn.

»Leb wohl, Liselotte, und Gottes Segen mit dir«, sagte er. Und leise flüsterte er ihr zu: »Du weißt, Kind, was wir dir schuldig sind, Hans und ich. Wir werden alles daransetzen, dir das Geld zu beschaffen, laß uns nur ein wenig Zeit.«

Liselotte schüttelte den Kopf, als habe das gar keinen Wert für sie.

»Sorgen Sie sich nicht darum, Herr Baron, daran denke ich gar nicht. Und – und bitte – grüßen Sie Junker Hans von mir – noch ein letztes Mal.«

Diese Worte rangen sich, kaum verständlich, von ihren Lippen. Der Baron hatte sie aber doch verstanden.

»Das will ich tun, Liselotte«, sagte er, ihre Hand mit warmem Druck freigebend.

Nun wendete sich Liselotte zur Baronin und küßte ihr die Hand. Auch diese war ein wenig bewegt. Herzlicher als sonst sagte sie ihr Lebewohl und zog sie an sich. Sie merkte jetzt, daß ihr Liselotte in all den Jahren doch ein wenig ans Herz gewachsen war.

»Gott mit dir, Liselotte!« sagte sie herzlich.

Nur Lori verhielt sich bis zuletzt kalt und abweisend. Sie legte nur ihre Fingerspitzen in Liselottes Hand.

Die Gräfin sah sie mit großen, vorwurfsvollen Augen an. Da wandte sich Lori schroff zur Seite.

Noch ein halbersticktes »Lebewohl« drang über Liselottes Lippen, dann eilte sie, sich abwendend, zum Wagen, in dem die Gräfin bereits Platz genommen hatte. Diese zog Liselotte an ihre Seite, während die Kammerfrau auf dem Rücksitz Platz nahm.

Mit umflorten Augen und zuckenden Lippen sah Liselotte nach dem Schloß zurück.

Die Gräfin ließ sie still gewähren.

Als der Wagen an der »Weißen Taube« vorüberfuhr, standen Frau Martha Schulz und Heinrich am Gartenzaun und winkten Liselotte mit feuchten Blicken ein letztes Lebewohl zu.

Sie beugte sich vor und sah zu ihnen hinüber und winkte matt mit der Hand. Ihr war zumut, als risse etwas in ihrem Herzen entzwei, als seien nun alle Bande zersprengt zwischen ihr und der alten Heimat, die sie trotzdem so liebgewonnen hatte. Und aufschluchzend lehnte sie sich im Wagen zurück.

Da faßte die Gräfin tröstend ihre Hand.

»Nicht weinen, liebes Kind, Sie werden alle, die Sie liebhaben, wiedersehen; seien Sie nur getrost.«

Liselotte schluckte tapfer die aufsteigenden Tränen hinab und küßte der Gräfin die Hand.

Wie staunte Liselotte, als sie Schloß Hochberg vor sich liegen sah, hoch oben auf stolzer Höhe, von der es die ganze Gegend beherrschte. Gegen dies stolze, stattliche Gebäude schien Bodenhausen nur wie ein schlichtes Landhaus.

Mit großen Augen beugte sie sich aus dem Wagen, der sie und die Gräfin vom Bahnhof abgeholt hatte. Die Kammerfrau fuhr mit dem Gepäck hinter ihnen her in einem anderen Wagen. Neben dem Kutscher saß ein Diener, beide in vornehmer Dienerkleidung, und der Wagen war viel feiner als der Bodenhausener.

Nun stieg die Fahrstraße bergan. Sie führte zum Schlosse empor. Oben angelangt, fuhr der Wagen durch ein großes Gittertor aus kunstvoll gearbeitetem Schmiedeeisen und einen herrlichen alten Park. Dann ging es über einen weiten Rasenplatz, durch den eine breite Fahrstraße führte. In der Mitte dieses Platzes war ein riesiges Blumenbeet, dessen Mittelpunkt ein rundes steinernes Becken bildete, aus dem ein Springbrunnen einen mächtigen Wasserstrahl emporsandte.

Um dieses Blumenbeet fuhr der Wagen herum, gerade auf das Schloß zu. Eine breite, hohe Freitreppe führte zu dem großen Portal empor.

In den langen Fensterreihen des Schlosses spiegelte sich die Sonne. Der ganze wundervolle Bau bot einen malerischen Anblick.

»Oh, wie schön!« rief Liselotte entzückt und sah ganz andächtig zu dem herrlichen alten Schloß empor.

Mit heimlicher Rührung blickte die Gräfin in das schöne junge Gesicht mit den strahlenden Augen.

»Gefällt Ihnen Schloß Hochberg, Liselotte?« fragte sie lächelnd.

Sie hatte sich schon auf der Reise ausgebeten, die junge Dame einfach beim Vornamen nennen zu dürfen.

»Es ist herrlich – wunderschön, wie ein Märchenschloß«, erwiderte Liselotte ganz verträumt.

Der Wagen fuhr nun die breite Rampe empor, die zu beiden Seiten der Freitreppe bis unter das überdachte Portal führte. Dort hielt er an.

Der Diener sprang vom Wagen herab. Zugleich öffneten zwei andere Diener von innen die hohen schweren Torflügel. Auf der Schwelle erschien der Haushofmeister in Kniehosen und Schnallenschuhen. Auf seinen Arm gestützt, stieg die Gräfin aus dem Wagen. Leichtfüßig sprang Liselotte hinter ihr her. Mit einem festen, warmen Druck ergriff Gräfin Katharina ihre Hand und führte sie so über die Schwelle.

»Gott segne deinen Eingang, mein Kind!« sagte sie dabei tief ergriffen und sehr feierlich.

Liselotte wurde ganz seltsam berührt durch das feierliche Wesen der Gräfin. Das trauliche »du«, das sich jetzt über die Lippen der alten Dame drängte, mutete sie ganz sonderbar an. Am liebsten hätte die Gräfin hinzugefügt: Du betrittst jetzt dein Vaterhaus, deine echte und rechte Heimat. Aber sie sagte sich, daß auf Liselottes junge Seele in den letzten Tagen schon zu viel eingestürmt war. Man mußte sorgsam umgehen mit solch einer jungen Menschenknospe.

Ganz allmählich mußte sie sich in Schloß Hochberg eingewöhnen, sollte erst heimisch werden und an ihre Liebe glauben lernen, ehe sie die Wahrheit erfuhr.

So schritt Liselotte an der Seite ihrer Großmutter ahnungslos über die Schwelle des Schlosses, dessen Herrin sie eines Tages sein würde.

Eine große, weite Halle tat sich vor ihren staunenden Blikken auf. Weiche Teppiche lagen auf dem Steinfußboden. Darauf schritt sie neben der Gräfin, die immer noch ihre Hand hielt, bis zu der breiten Treppe im Hintergrund der Halle.

Auch die Treppe war mit Teppichen belegt. Überall sah man die Zeichen großen Reichtums und eines wahrhaft vornehmen Geschmacks. Durch hohe, mit kostbaren Glasmalereien geschmückte Fenster fiel das Sonnenlicht in warmen bunten Tönen herein. Das Geländer der Treppe war kunstvoll geschnitzt.

Breite, teppichbelegte Gänge führten von der Halle aus durch das Schloß. Auch oben im ersten Stock, wo sie nun anlangten, führten rechts und links die weiten Gänge zu den Zimmern.

»Das ist wie in einem Königsschloß«, sagte Liselotte tief aufatmend. – Die Gräfin lächelte.

»Das Königsschloß im Märchen, in das eine arme Bettelprinzeß ihren Einzug hält, um darin eine warme Heimat zu finden«, sagte sie herzlich.

Liselotte errötete.

»Frau Gräfin, Sie wissen, daß man mir diesen Namen gab?« fragte sie. – Die Gräfin nickte.

»Ja, Kind, ich weiß, daß Ihnen Baronesse Lori diesen Spottnamen gab, er soll Sie nun nicht mehr kränken.«

Liselotte hatte schon so viele Beweise liebevollster Teilnahme von der Gräfin erhalten, daß sie fast aufgehört hatte, sich darüber zu wundern. Es war ihr nur immer wie in einem Traum zumute. Alles erschien ihr so unwirklich, so seltsam.

Die Gräfin wandte sich jetzt zu dem Haushofmeister, der sie begleitete.

»Rößler, führen Sie die junge Dame in ihre Zimmer, die ich brieflich für sie bestellt habe.«

Und zu Liselotte gewandt, fuhr sie fort:

»So, Kind, nun gehen Sie mit Rößler. Erfrischen Sie sich, und halten Sie sich in einer Stunde bereit, den Tee mit mir einzunehmen. Wenn Sie irgendwelche Wünsche haben, brauchen Sie nur zu klingeln.«

Liselotte küßte der Gräfin die Hand, und diese verschwand hinter einer Tür, die Rößler für sie geöffnet hatte und hinter ihr schloß.

Mit einer Verbeugung forderte er dann Liselotte auf, ihm zu folgen.

Er führte sie auf demselben Gang noch ein Stück weiter.

Dann öffnete er auch für sie eine hohe Flügeltür und ließ sie eintreten.

»Haben gnädiges Fräulein noch Befehle?« fragte er devot.

Liselotte mußte ein ganz klein wenig in sich hineinlachen. Was war sie plötzlich für eine wichtige Person, daß dieser vornehme Haushofmeister sich nach ihren Befehlen erkundigte? Sie – und Befehle? In Bodenhausen hatten ihr die Dienstboten schnippische Antworten gegeben, wenn sie nur einmal bescheiden den geringsten Dienst verlangte.

»Nein – ich danke –, ich bedarf Ihrer nicht mehr«, sagte sie, sich zu einer ebenso würdevollen Miene zwingend, wie sie der Haushofmeister zur Schau trug.

Der verneigte sich und schloß die Tür. Da stand sie nun in einem großen, hohen Gemach mit wundervollen alten Möbeln. Liselotte sah sich zaghaft um, als traue sie ihren Augen nicht. Dieser wunderschöne, kostbar ausgestattete Raum konnte doch unmöglich ihr Zimmer sein. Aber da führte eine Tür in ein anderes Zimmer, diese Tür stand offen. Vielleicht lag dort erst ihr Zimmer. Zaghaft ging sie bis zur Tür. Da sah sie in ein entzückendes Schlafgemach hinein, ganz in Weiß und Rosa gehalten, mit rosaseidenen Vorhängen und einem ebensolchen Betthimmel. Die Sitzmöbel aus weißem Holz waren mit rosa Seidendamast überzogen, und der Ankleidetisch war wie ein Traum aus rosa Seide und Spitzen.

Fast ängstlich sah Liselotte diese Pracht an. Gegen diese Gemächer waren die Zimmer, die Baronesse Lori in Bodenhausen bewohnte und die Liselotte immer so bewundert hatte, sehr schlicht und einfach.

Ach, der Haushofmeister hatte sich wohl geirrt und sie in falsche Zimmer geführt.

Ängstlich sah sie sich um. Und da erblickte sie plötzlich in einem hohen Spiegel ihr eigenes Bild. Da stand sie in ihrem blauen Jackenkleidchen und sah sich selbst mit großen Augen an, als wollte sie sich fragen: Was willst du hier?

Seufzend blickte sie in all die rosa Pracht hinein. Auf den Fußspitzen lief sie über den zartgrauen, weichen Teppich mit den rosa Blumen nach einer anderen Tür, die in ein drittes Zimmer führte. Darin standen hohe Wandschränke mit Türen aus Spiegelglas. Ein Diwan und Sessel standen darin und ein Spiegel, der sich auf rollenden Füßen bewegen ließ. Das war sicher der Ankleideraum für eine vornehme Dame.

Nein – hier war sie ganz sicher falsch, davon war Liselotte überzeugt. Schnell schritt sie in das erste Zimmer zurück und wollte gerade an der Tür, durch die sie der Haushofmeister hatte eintreten lassen, klingeln, als es an die Tür klopfte. – Liselotte rief: »Herein!«

Da erschien auf der Schwelle ein hübsches zierliches Mädchen mit einer weißen Schürze über dem knappen schwarzen Kleid und einem sauberen weißen Häubchen auf dem schönen Blondhaar.

»Frau Gräfin lassen fragen, ob gnädiges Fräulein beim Umkleiden meiner Hilfe bedürfen. Das Gepäck wird im Augenblick hiersein«, meldete sie artig.

Liselotte strich sich über die Stirn, als ob sie träume.

»Sind das wirklich meine Zimmer – ist das kein Irrtum?« fragte sie ganz beklommen.

»Gewiß, das sind die Zimmer des gnädigen Fräuleins. Dies ist das Wohnzimmer, hier nebenan das Schlafzimmer und daranstoßend das Ankleidezimmer«, berichtete das Mädchen mit freundlicher Bescheidenheit.

Liselotte holte tief Atem. Aber sie sagte sich, daß sie dem Mädchen gegenüber keine Verwunderung zeigen dürfe.

»Es ist gut, ich danke Ihnen. Beim Umkleiden bedarf ich keiner Hilfe«, antwortete sie.

»Aber gnädiges Fräulein gestatten, daß ich beim Auspakken helfe.«

»Danke. Auch das werde ich allein besorgen. Bemühen Sie sich nicht.«

Das Mädchen sagte aber beharrlich:

»Frau Gräfin wünschen aber, daß ich die Sachen des gnädigen Fräuleins auspacke und einräume.«

»Dann tun Sie also, was Frau Gräfin befohlen haben«, sagte sie nach kurzem Zögern.

Das Gepäck wurde nun gebracht. Das Mädchen ließ es nach dem Ankleideraum schaffen.

Während es auspackte, kleidete sich Liselotte schnell um, wusch sich Gesicht und Hände und zog einen schlichten Rock und eine weiße Bluse an. Viel Auswahl an Kleidungsstücken besaß sie nicht.

Sie bürstete auch ihr Haar und ordnete es wieder in der zwanglos anmutigen Art, wie sie es jetzt immer trug. Und als sie dann fertig war, sah sie trotz des einfachen Anzuges schön und vornehm aus.

Das hübsche blonde Mädchen hatte inzwischen lautlos die Koffer ausgepackt und alle Sachen eingeräumt. Sie fragte nun bescheiden, ob das gnädige Fräulein noch Befehle habe. Liselotte verneinte und dankte freundlich. Da verließ das Mädchen die Zimmer.

Nun war Liselotte allein und ging in ihrem neuen Reich von einem Möbelstück zum andern und betrachtete alles mit staunenden Augen. Zuweilen schüttelte sie den Kopf, als begreife sie das alles nicht. Daß man sonst nicht eben viele Umstände mit einer Gesellschafterin machte, wußte sie nur zu gut. Sie hatte sich das ganz anders gedacht. Und voll Spannung wartete sie nun auf die weitere Entwicklung der Dinge.

Nach Ablauf von einer Stunde wurde sie von einem Diener abgeholt. Liselotte meinte, daß sie sich allein in dem großen Schlosse hätte verlaufen müssen. Endlich ließ sie der Diener in ein helles, mittelgroßes Gemach eintreten, das in altenglischem Stil eingerichtet war. Es hatte einen Erkerausbau, in dem ein einladend gedeckter Tisch stand, mit reichem Silbergerät und feinem Porzellan.

Hier trat ihr bereits die Gräfin Katharina lächelnd entgegen. Ein Diener rollte den Teewagen herbei.

Die Gräfin entließ ihn dann mit einer Handbewegung. Er verschwand sofort lautlos. »So, Kind, nun sind wir ungestört. Jetzt sollen mich Ihre jungen Hände ein wenig verwöhnen und bedienen. Das wird mir guttun. Bitte, füllen Sie meine Tasse, und dann bedienen Sie sich selbst.« – Liselotte tat das in ihrer anmutigen, geschickten Art. Wohlgefällig sah ihr die Gräfin zu.

»Ach, wie wird es mir guttun, Sie um mich zu haben, Liselotte. Es ist so furchtbar trostlos und einsam, wenn man in einem so großen Hause so allein ist«, sagte sie mit einem Seufzer der Erleichterung.

»Das kann ich Frau Gräfin nachfühlen. Wenn ich nur imstande sein werde, Frau Gräfin genügend zu unterhalten«, erwiderte Liselotte zaghaft.

Die Gräfin lächelte.

»Ich bin ganz sicher, daß Sie dazu imstande sind, Liselotte. Ich habe auf der Reise schon bemerkt, daß Sie sehr hübsch plaudern können. Nun sagen Sie mir erst einmal, wie Ihnen Ihre Zimmer gefallen.«

Liselotte sah ganz verwirrt aus.

»Ach – ich wollte gar nicht glauben, daß sie wirklich für mich bestimmt waren. Ich dachte an einen Irrtum. Frau Gräfin verwöhnen mich zu sehr. Ich habe in Bodenhausen ein ganz schlichtes, schmales Kämmerchen bewohnt, mit einem einzigen Fenster und den notwendigsten Möbeln.«

»Nun, Sie werden sich daran gewöhnen, liebes Kind. In Schloß Hochberg stehen zahlreiche Zimmer leer. Ich bin froh, daß einige davon bewohnt sind. Es stehen Ihnen natürlich auch sonst alle Zimmer im Schlosse zur Verfügung, außer den Gemächern, die ich persönlich benutze. Sie können sich ungehindert im ganzen Schlosse bewegen, wie es Ihnen beliebt. Und ich habe die Absicht, Sie zu verwöhnen, damit es Ihnen recht gut in Hochberg gefällt und Sie sich nie mehr fortsehnen – denn ich habe Sie sehr liebgewonnen, Liselotte.«

Das junge Mädchen küßte ihr die Hand und sah sie dankbar an.

»Wenn ich nur wüßte, wie ich soviel Güte verdiene.«

Die Gräfin atmete tief auf und streichelte ihre Hand.

»Nehmen Sie an, liebes Kind, daß mich Ihr Anblick an einen heißgeliebten, längst verlorenen Angehörigen erinnert. Sie werden es dann verständlich finden, daß Ihnen mein Herz gleich entgegenflog.«

»Aber dankbar darf ich doch sein, Frau Gräfin?« fragte Liselotte mit einem reizenden Lächeln. Die Gräfin streichelte ihre Wange.

»Versuchen Sie lieber, mich ein wenig liebzugewinnen, das ist mir mehr wert als alle Dankbarkeit. Wir wollen nicht wie fremde Menschen miteinander leben, sondern in inniger Gemeinschaft. Sie sollen mir ein liebes Töchterchen ersetzen. Wollen Sie das?«

Liselottes Augen wurden feucht.

»Ach, liebe, teure Frau Gräfin – ob ich will – ich kann ja gar nicht anders, als Ihnen mein ganzes Herz entgegenbringen. So viel Güte und Liebe kann man nur mit Liebe erwidern.«

Verstohlen wischte die Gräfin mit ihrem feinen Spitzentuch über die Augen und zwang sich, um ihre Rührung zu verbergen, zu einem Scherz.

»Das ganze Herz? Ei, Kind, da versprechen Sie wohl zuviel. Auf Ihr Herz wird doch wohl noch manch anderer Anspruch erheben?«

Liselotte wurde rot. Aber dann sagte sie mit bebender Stimme:

»Ich bin jetzt so völlig von meinem alten Leben losgelöst. Und den Menschen, die mir lieb geworden sind, darf nur noch mein liebevolles Erinnern gehören. Wenn Frau Gräfin gestatten wollen, Sie liebzuhaben, so ist das für mich ein großes Geschenk.«

»Nun – ich gestatte es Ihnen. Mir gegenüber brauchen Sie

sich keine Schranken aufzuerlegen. Ich werde Ihnen für jeden Liebesbeweis sehr dankbar sein, liebes Kind.«

Liselotte konnte sich nun wenigstens erklären, warum die Gräfin so gut zu ihr war und sie gleich so liebgewonnen hatte. Sie sah vielleicht einer geliebten Angehörigen der Gräfin ähnlich, die diese durch den Tod verloren hatte. Das betrachtete Liselotte als ein großes Glück. Und ihr Herz verlangte wirklich danach, der gütigen Herrin etwas zuliebe zu tun. Sie fühlte sich zu ihr hingezogen in dankbarer Liebe und Verehrung und ahnte nicht, daß es die Stimme des Blutes war, die in ihrem Herzen sprach.

Nach einer Weile sagte die Gräfin dann: »Ich sandte Ihnen vorhin Betty, die Ihnen beim Umkleiden und Auspacken helfen sollte. Bitte, betrachten Sie Betty als Ihre persönliche Bedienung. Sie soll Ihnen beim Ankleiden helfen, Sie frisieren und Ihnen sonst zur Hand gehen.«

Liselotte strich sich über die Stirn, als sei ihr zu heiß.

»Oh, Frau Gräfin, ich bin gewöhnt, mich selbst zu bedienen und mir in allen Dingen ganz allein zu helfen. Das möchte ich auch jetzt tun. Was soll aus mir werden, wenn ich mich hier so verwöhnen lasse? Wenn Frau Gräfin meiner eines Tages nicht mehr bedürfen, dann wird mich das Leben wieder viel härter anfassen, und ich darf es mir nicht so bequem machen.«

Gräfin Katharina verbarg ihre Bewegung unter einem Lächeln.

»Denken Sie schon daran, mich zu verlassen? Sie sind doch kaum erst in Hochberg angelangt«, sagte sie scherzend.

Liselotte schüttelte den Kopf.

»Ich werde mich ganz sicher nicht von Hochberg fortsehnen, aber Frau Gräfin können mich doch eines Tages entlassen.«

»Daran werde ich niemals denken. Mein Wort darauf, Kind, Sie sollen bei mir bleiben, solange Sie mich nicht verlassen wollen. Und nun erfüllen Sie meinen Wunsch. Ich möchte, daß Sie hier ganz als Dame auftreten sollen. Die Dienerschaft hat Weisung, jeden Ihrer Befehle zu erfüllen. Und Betty ist zu Ihrer persönlichen Bedienung bestimmt. Außerdem – es ist unbedingt erforderlich, daß Sie eine andere Ausstattung bekommen, Sie sehen zwar in Ihrem einfachen Kleidchen sehr lieb aus, aber ich sehe gern gutgekleidete Menschen um mich. Natürlich bestreite ich diese neue Ausstattung, von Ihrem Gehalt können Sie das selbst nicht tun. Meine Kammerfrau wird Ihnen später Maß nehmen und dann alles Erforderliche für Sie bestellen. Ich will Sie immer recht geschmackvoll gekleidet sehen.«

Liselotte atmete tief und schwer.

»Mein Gott, mir ist zumute, als erlebe ich ein Märchen.«

Die Gräfin lächelte gerührt.

»Nun, es soll ein schönes Märchen werden, ein Märchen, das Wirklichkeit wird. Dafür lassen Sie mich sorgen, Kind. Es macht mir Freude, wie die gute Fee für das arme kleine Aschenbrödel zu sorgen.«

Und es erschien Liselotte alles, was sie in Schloß Hochberg erlebte, wie ein wirkliches Märchen, in dem die Herrin die Rolle der Fee übernommen hatte.

Die Kammerfrau der Gräfin hatte Liselotte Maß genommen und eine Menge schöner Sachen bestellt.

Nach kurzer Zeit kamen allerlei Sendungen von großen Modewarengeschäften mit herrlichen Kleidern, Mänteln und Hüten für Liselotte. Auch feine Schuhe, Wäsche, Handschuhe und Schirme, überhaupt alles, was eine vornehme Dame braucht.

Liselotte mußte sich von Betty all die schönen Sachen anprobieren lassen und sich der Gräfin darin vorstellen. Ach, was war da aus der armen kleinen Bettelprinzeß für eine feine junge Dame geworden! Die Augen der Gräfin Katharina leuchteten auf in zärtlichem Stolz, wenn sie auf ihrem schönen liebreizenden Enkelkind ruhten.

Und Liselotte staunte sich selbst an. Mit sicherer Anmut

bewegte sie sich in den kostbaren Kleidern, als habe sie nie andere getragen.

Wenn sie in ihren neuen schönen Kleidern in ihrem hübschen Ankleidezimmer vor dem Spiegel stand, dann mußte sie daran denken, wie mühsam ihr das gute Fräulein Herter früher Loris abgelegte Kleider zurechtgemacht hatte.

Sie wurde tatsächlich in Schloß Hochberg wie eine Prinzessin gehalten und hatte nichts anderes zu tun, als die Gräfin zu unterhalten, ihr vorzusingen oder vorzulesen, mit ihr zu plaudern und sich hübsch ankleiden zu lassen. Die Dienerschaft begegnete ihr auf Befehl der Gräfin sehr ehrerbietig, und diese selbst überhäufte sie mit Liebesbeweisen. Aber Liselotte blieb immer schlicht und bescheiden in ihrem Wesen. Je länger sie aber in Hochberg weilte, desto offener und ungezwungener zeigte sie auch der Gräfin ihre Liebe und Zuneigung.

Und Gräfin Katharina war darüber sehr glücklich.

Eines Tages, Liselotte weilte noch nicht lange in Schloß Hochberg, hatte Gräfin Katharina Besuch erhalten. Baron Rainau, der Freund ihres verstorbenen Sohnes, ließ sich melden.

Sie empfing ihn herzlich.

»Mein lieber Baron, wenn Sie nicht heute gekommen wären, hätte ich Sie aufgesucht«, sagte sie lebhaft.

Er küßte ihr ehrerbietig die Hand.

»Ich bin nur gekommen, Frau Gräfin, um zu hören, ob Ihre Nachforschungen nach Ihrer Schwiegertochter und Enkelin Erfolg hatten. Da ich einige Wochen mit meiner Frau verreist war, konnte ich mich nicht eher bei Ihnen einfinden.«

Die Gräfin atmete tief auf.

»Ja, mein lieber Baron, ich fand schneller, als ich zu hoffen wagte, die Spuren der Verschwundenen. Und meine Enkelin befindet sich schon seit Wochen in Hochberg, ich habe sie gleich mitgebracht.«

Sie erzählte dem aufmerksam Lauschenden alles, was sie in Erfahrung gebracht hatte über das Schicksal Liselottes und ihrer Mutter. Als sie mit ihrem Bericht zu Ende war, sagte der Baron lebhaft:

»So darf ich doch die junge Komtesse Hochberg kennenlernen, verehrteste Frau Gräfin?«

Die Gräfin neigte das Haupt.

»Ja, lieber Baron, das sollen Sie. Aber erst hören Sie mich an. Liselotte weiß noch nicht, daß sie eine Komtesse Hochberg ist. Ihre Mutter hatte sich in Bodenhausen nur schlicht Maria Hochberg genannt. Sie hat Liselotte jedoch Papiere hinterlassen, die diese erst an ihrem achtzehnten Geburtstage erhalten soll. So habe ich beschlossen, Liselotte bis dahin im unklaren zu lassen.«

»Und warum wollen Sie das tun, verehrteste Gräfin?« – Sie seufzte auf.

»Das Kind hat eine schwere Jugend hinter sich, lieber Baron, und ich mache mir schwere Vorwürfe, daß ich nicht eher den Mut hatte, gegen meines Gatten Willen meiner Enkelin ihr Recht zu verschaffen. Wie sollte ich Liselotte das alles erklären, ohne in ihren Augen als eine lieblose Großmutter dazustehen? Sie hätte vielleicht ihr Herz vor mir verschlossen. Und deshalb wollte ich Zeit gewinnen. Sie soll mich schon liebgewinnen und kennenlernen, ehe sie weiß, wer ich für sie bin. Und nach und nach will ich ihr alles erklären. Vorläufig lebt sie hier als meine Gesellschafterin Liselotte Hochberg, und ich bin schon auf dem besten Wege, mir ihre Liebe zu gewinnen. Man darf das Kind auch nicht so plötzlich vor solch eine Veränderung stellen. Und deshalb habe ich mir die Frist bis zu ihrem Geburtstag gesteckt. Dann soll sie alles wissen, bis dahin habe ich sie genügend vorbereitet. Sie müssen nun auch vorsichtig sein und nichts verraten, lieber Baron.«

»Darauf können Sie sich verlassen, verehrteste Gräfin«, antwortete der Baron.

Die Gräfin klingelte nun und befahl dem eintretenden Diener, Fräulein Liselotte zu rufen.

Sie erschien sofort. Baron Rainau sah überrascht und bewundernd auf die liebreizende junge Dame. Sie trug ein duftiges weißes Kleid, das sich weich um ihre schöne, schlanke Gestalt schmiegte.

Das ist eine echte Gräfin Hochberg, dachte der Baron. Auch ihm fiel sofort Liselottes Ähnlichkeit mit ihrem verstorbenen Vater auf.

»Liebes Kind, Baron Rainau, ein treuer Freund unseres Hauses, wünscht meine junge Gesellschafterin kennenzulernen. – Das ist Liselotte Hochberg, lieber Baron«, sagte die Gräfin gütig.

Liselotte verneigte sich anmutig vor dem Baron. Und sie wunderte sich, wie artig und zuvorkommend der Baron sie begrüßte und wie liebenswürdig er mit ihr plauderte.

Ach, es war überhaupt alles so wunderbar, was sie erlebte in Schloß Hochberg. – Als der Baron fortgegangen war, sagte Liselotte zur Gräfin:

»Soll ich Frau Gräfin noch Gesellschaft leisten oder mich wieder zurückziehen?«

Die Gräfin legte den Arm um ihre Schulter. »Was wäre Ihnen lieber, Liselotte?« fragte sie lächelnd.

Liselotte sah mit ihren schönen, ehrlichen Augen offen in die der Gräfin.

»Ich möchte am liebsten immer um meine gütige Herrin sein.«

Da küßte sie die Gräfin auf die Stirn.

»Liebes, liebes Kind – wie mich das freut. Also bleiben Sie und singen Sie mir einige Ihrer hübschen Lieder. Haben Sie sich schon neue Noten kommen lassen?«

»Ja, Frau Gräfin, und es sind sehr schöne Lieder dabei.«

»Nun – so will ich hören, kleine Nachtigall.«

Und Liselotte sang die schönsten Weisen. – Am Abend desselben Tages, als Liselotte sich in ihre Zimmer zurückgezogen hatte, schrieb sie an Fräulein Herter:

»Mein liebes, teures Fräulein! Zuweilen muß ich mich jetzt tüchtig in die Ohren zwicken, damit ich weiß, daß ich nicht träume. Ich bin noch immer nicht dazu gekommen, Dir einen längeren Brief zu schreiben. Aber heute soll es sein. Ich habe Dir so viel Neues und Schönes zu berichten.

Also daß ich jetzt Gesellschafterin bei der Gräfin Hochberg-Lindeck bin, habe ich Dir schon mitgeteilt. Nun sollst Du auch Einzelheiten erfahren. Denke Dir nur, ich bekomme ein höheres Gehalt, als Du damals in Bodenhausen erhieltest, fast doppelt soviel. Und fast alles kann ich sparen, ich brauche gar nichts davon auszugeben. Wie eine Prinzessin werde ich hier gehalten, und Du kannst Dir gar nicht ausdenken, wie ich verwöhnt werde. Mir wird manchmal ganz bange vor dem Glück, das ich mit meiner Stellung gefunden habe, denn ich denke mir immer, es kann nicht von Dauer sein. Schloß Hochberg ist ein riesengroßes, wundervolles Bauwerk. Und all die Zimmer und Säle sind sehr schön und kostbar ausgestattet. Meine gütige Herrin, die ich von Herzen liebe und verehre, muß eine furchtbar reiche Frau sein. Geld scheint hier überhaupt keine Rolle zu spielen.

Das Grafengeschlecht, dem meine Herrin angehört, soll sehr alt sein. Eine lange Reihe von Gemälden hängt in dem großen Ahnensaal. Menschen aus längst vergangenen Jahrhunderten sind da abgebildet, in oft ganz drolligen Kostümen aus allen Stilepochen. Wenn ich sehr übermütig bin – ja, Fräuleinchen, das kommt jetzt zuweilen vor –, dann stelle ich mich den Grafen und Gräfinnen vor, deren Namen ich zufällig trage, mache ihnen eine Verbeugung und sage: ›Ich heiße auch Hochberg, meine hochgeehrten Herrschaften, aber ich bin nur eine arme Bettelprinzeß und keine stolze Gräfin.‹

Unter diesen Bildern habe ich auch meinen besonderen Liebling. Das ist der verstorbene Sohn meiner gütigen Herrin, Graf Botho von Hochberg-Lindeck. Er muß sehr jung gestorben sein und war sicher ein bildschöner Mensch. Und er hat gute, liebe Augen, die mich immer ganz freundlich ansehen, als wollten sie sagen: ›Ich freue mich, daß du hier bist, kleine dumme Bettelprinzeß.‹ Ach, Fräulein! – Ja, mir ist der Abschied von Bodenhausen furchtbar schwer geworden. Ich darf gar nicht daran denken, dann kommen mir gleich die Tränen, und das Herz tut mir so weh.

Aber ich will tapfer und dankbar sein, daß ich solch eine gute Stellung gefunden habe. Es hätte auch anders kommen können. Von einem andern Bild im Ahnensaal muß ich Dir noch erzählen. Das stellt Graf Armin dar, den verstorbenen Gemahl meiner Herrin. Er ist erst im März dieses Jahres gestorben und muß ein sehr stolzer und strenger Herr gewesen sein. Seine Augen blicken fast finster, und doch sind es die schönen dunklen Augen seines Sohnes. Vater und Sohn sehen sich sehr ähnlich, aber der Gesichtsausdruck ist sehr verschieden. Da muß ich an Junker Hans denken. Er sah seinem Vater auch sehr ähnlich und – aber nein, ich will ja nicht mehr daran denken.

Ich will Dir nur noch erzählen, daß es in Bodenhausen furchtbar schlecht stehen soll, und ich sorge mich schrecklich um meine Wohltäter, am meisten um Junker Hans. Ach, das ist eine schlimme Sorge für mich. Ich sitze jetzt hier in Wohlleben, trage die herrlichsten Kleider, die mir meine gütige Herrin schenkt, und die Menschen, die mir soviel Gutes getan haben, wissen vor Sorgen nicht aus und ein. Wie schwer ist doch das Leben! Und ich habe oft eine so unsinnige Sehnsucht nach Bodenhausen, daß ich alles stehen- und liegenlassen könnte und davonlaufen möchte bis nach Bodenhausen. Ob ich wohl noch einmal im Leben Junker Hans sehen werde?

Auch um Dich habe ich Sorge, liebe Gute, weil Du es so

schlecht in Deiner Stellung getroffen hast. Sind Deine Zöglinge immer noch so unartig und schlimm zu Dir? Hättest Du es nur so gut wie ich. Denke Dir nur, drei wunderschöne große Zimmer habe ich für mich allein im Gebrauch. Die Fenster meiner Zimmer liegen nach dem Park hinaus. Der ist noch viel, viel schöner als der in Bodenhausen und liegt so still und abgeschlossen da – wie ein Zauberreich.

Die Zimmer meiner Herrin liegen gleich neben den meinen. Ich muß fast den ganzen Tag um sie sein, und das ist mir lieb – sie ist eine so gute Dame, der ich alles zuliebe tun möchte. Nur wenn die Gräfin nach Tisch ruht, streife ich allein im Park umher und träume von Bodenhausen. Bei schlechtem Wetter bleibe ich im Schloß – da gibt es so viel Schönes und Bemerkenswertes zu sehen.

Meine Herrin hört mich gern singen. Darüber bin ich froh, denn ich singe sehr gern, wenn es nicht vor vielen Zuhörern sein muß.

Was könnte ich Dir nur noch erzählen? Ach ja – die Dienerschaft hier! Du kannst Dir nicht denken, wie aufmerksam ich hier bedient werde. Wenn ich etwas fallen lasse, kommt ein Diener herbeigestürzt, um es aufzuheben. Will ich eine Tür öffnen, ist schon ein Diener zur Hand, ich darf beinahe nichts selbst tun als essen und schlafen. Sogar eine eigene Zofe habe ich, die mich frisieren und ankleiden muß. Das Stillhalten fällt mir oft schwerer, als wenn ich alles selbst mache. Aber meine Herrin will es so, ich soll doch ganz Dame sein. Und wenn einmal etwas zu meiner Kleidung fehlt, meldet es Betty, meine Zofe, schnell der Kammerfrau der Gräfin, und gleich wird es bestellt. Du würdest Deine arme kleine Bettelprinzeß, die immer Loris abgetragene Kleider tragen mußte, gar nicht wiedererkennen. Ich komme mir selber oft so fremd vor und mache eine höfliche Verbeugung vor meinem eigenen Spiegelbild. Ob ich doch vielleicht verzaubert und in ein Märchenschloß geraten bin?

Von meiner Freundin Susi von Bredow bekomme ich oft

liebe Briefe. Das Gut ihrer Eltern liegt gar nicht weit von Hochberg entfernt, und sie hofft, daß wir uns einmal wiedersehen können. Das wäre natürlich sehr schön. Susi hatte ich am liebsten von allen Mädchen.

Nun will ich aber meinen langen Brief schließen, denn es ist sehr spät geworden, und gleich schlägt die Geisterstunde. Ich will nun in mein schönes rosa Himmelbett schlüpfen – es ist fast so groß wie meine ganze Kammer in Bodenhausen, und ich kann mich darin kreuz und quer legen. Nun gute Nacht, liebe Gute, und schreibe bald wieder

Deiner dankbaren Liselotte.«

Wochen und Monate waren vergangen. Liselotte war schon ganz heimisch im Schlosse geworden. Sie hatte sich so an das neue Leben gewöhnt, als sei es nie anders gewesen. Ein inniges Verhältnis herrschte zwischen ihr und Gräfin Katharina.

Eines Tages stand Liselotte, wie schon oft, im Ahnensaal des Schlosses und schaute in Gedanken versunken zu dem Bildnis des Grafen Botho empor. Es war ein regnerischer Tag, und da die Gräfin sich zur Mittagsruhe zurückgezogen hatte, vertrieb sich Liselotte die Zeit damit, die Gemälde zu betrachten. Über das Anschauen des Bildes hatte sie vergessen, auf die Zeit zu achten. Sie sah auch nicht, daß Gräfin Katharina eintrat und sie voll Rührung vor dem Bilde ihres Vaters stehen sah. Erst als die Gräfin herbeikam, sah sich Liselotte nach ihr um.

»Oh – Frau Gräfin haben wohl schon auf mich gewartet?« fragte sie, erschrocken nach ihrer Uhr sehend.

Die Gräfin schüttelte den Kopf und legte ihren Arm um Liselottes Schultern. »Nein, nein, es ist noch Zeit. Sie betrachten sich wohl die Ahnenbilder, Liselotte?«

»Ja, Frau Gräfin, das tue ich oft. Hauptsächlich dieses Bild zieht mich immer wieder hierher. Es ist so lebendig – mir ist oft, als rede es mit mir.«

Die Augen der Gräfin wurden feucht und sahen empor in das lebensvolle Gesicht ihres Sohnes.

»Also dies Bild spricht zu Ihnen, Liselotte? Es ist das Bild meines Sohnes, meines so früh verlorenen und schmerzlich beweinten einzigen Kindes.«

»Er ist so früh gestorben – so jung«, sagte Liselotte leise.

»Ja, kaum fünfunddreißig Jahre ist er alt geworden. Ruchlose Wilderer haben ihn mir getötet.«

Es lag ein so tiefer Schmerz in den Worten der Gräfin, daß Liselotte ihre Hand unwillkürlich wie tröstend streichelte und auch feuchte Augen bekam.

»Oh, wie furchtbar muß das für Sie gewesen sein!«

Die Gräfin zog Liselotte auf eine gepolsterte Bank, die dem Bilde gegenüber unter dem Fenster stand.

»Ja, meine liebe Liselotte – um so furchtbarer, als mir das Leben meinen Sohn schon seit Jahren genommen hatte. Ich will Ihnen das einmal erzählen, gerade hier, unter seinem Bilde. Wollen Sie die Geschichte hören?« – »Gern, wenn ich sie hören darf.«

Gräfin Katharina erzählte nun, wie es gekommen war, daß Graf Botho von seinem Vater verstoßen worden war, und wie sie selbst so unsagbar darunter gelitten hatte. So wenig als möglich suchte sie dabei ihren Gemahl anzuklagen, sie suchte Liselotte begreiflich zu machen, daß er nicht anders hatte handeln können nach seiner Wesensart und daß er selbst am meisten darunter gelitten hatte.

»Vielleicht«, schloß sie ihren Bericht, »wäre es damals doch noch zu einer Versöhnung zwischen Vater und Sohn gekommen. Aber da brachten sie uns den Sohn, tödlich getroffen von der Kugel eines Wilderers, heim, und mein Gemahl verhärtete sich in seinem Schmerz noch mehr gegen die Witwe seines Sohnes und erlaubte auch mir nicht, ihr näherzutreten.«

Daß ihr Sohn eine Tochter hinterlassen hatte, verriet die Gräfin nicht.

Liselotte hatte atemlos gelauscht. Ihr junges Herz war voll Mitleid und Teilnahme.

»Ach, wie schrecklich müssen Sie gelitten haben, Frau Gräfin«, sagte sie mit bebender Stimme.

Die Gräfin seufzte. »Ja, Kind, in solch schweren Stunden hadert man mit Gott und den Menschen. Da bricht man zusammen in bitterer Not.«

»Und darf ich wissen, was aus der Witwe des Grafen Botho geworden ist?« fragte Liselotte, in das schöne Gesicht des jungen Offiziers emporblickend.

Die Gräfin strich sich über die Augen. »Mein Gemahl wollte in seiner Bitterkeit nichts von ihr hören und hat sie nicht anerkannt. Auch ich durfte mich nicht um sie kümmern, so gern ich es getan hätte. Baron Rainau, der Freund meines Sohnes, wollte sich ihrer annehmen, als ich nach dem Tode meines Sohnes noch krank darniederlag. Da war sie aber aus ihrer Wohnung verschwunden, niemand wußte, wohin. Erst auf seinem Krankenbett gab mein Gemahl seinen Groll gegen sie auf und gestattete mir, an der Ärmsten alles gutzumachen. Ich sollte sie nach Schloß Hochberg rufen, sie in ihr Recht einsetzen – aber da war es zu spät. Als ich ihren Aufenthalt ermittelt hatte, erfuhr ich, daß sie längst meinem Sohn in den Tod gefolgt war. Und ich hatte nichts davon gewußt.«

Keine Ahnung kam Liselotte, daß sie soeben die Geschichte ihrer Eltern gehört hatte. Aber ihre junge Seele war voll Mitleid. Wie sehr mußte Graf Botho das arme Bürgermädchen geliebt haben, daß er sie, allem zum Trotz, zu seiner Frau gemacht hatte. Und so bald hatte der Tod dieses Band gelöst. Auch mit Gräfin Katharina fühlte sie tiefes Mitleid.

»Und nun sind Sie so ganz allein zurückgeblieben auf der Welt, haben keinen lieben Menschen behalten«, sagte sie, der Gräfin die Hand küssend. Diese zog Liselotte an sich und küßte ihre Stirn. Sie sah dabei zum Bild ihres Sohnes empor.

Ein Sonnenstrahl teilte draußen die Regenwolken und huschte über das Bild wie ein Lächeln.

»Jetzt habe ich ja meine kleine Liselotte, die wie ein warmer Sonnenstrahl meine Einsamkeit erhellt. Ach, Kind, liebes Kind – wenn Sie wüßten, wie viel Sie mir geworden sind. Nicht wahr, Sie haben mich auch ein wenig liebgewonnen?«

»Ja, Frau Gräfin – sehr lieb. Das ist gekommen, ohne daß ich etwas dazu tun konnte. Ich hätte Sie lieben müssen, auch wenn Sie es mir nicht gestattet hätten.«

Hastig wischte die Gräfin die Tränen aus ihren Augen.

»Um so besser, liebes Kind. Und nun kommen Sie noch ein Stündchen hinaus in den Park. Die Sonne bricht durch die Wolken, und Sie waren heute noch nicht im Freien.«

Sich auf Liselottes Arm stützend, schritt die Gräfin mit ihr hinaus. Der Park hatte schon viel entlaubte Bäume, und in großen Haufen waren die welken Blätter, die abgefallen waren, zusammengefegt worden.

»Bald wird der Winter seinen Einzug halten, Liselotte. Dann wird es noch stiller und einsamer in Schloß Hochberg. Aber nächstes Jahr, wenn die Trauerzeit vorüber ist, dann wollen wir uns hier nicht mehr so allein einspinnen, dann sollen wieder fröhliche Menschen in Hochberg ein und aus gehen«, sagte die Gräfin.

Liselotte sehnte sich aber gar nicht nach Verkehr. Sie fand es so schön und friedlich hier und hatte niemals Langeweile. Sie freute sich zwar, wenn Baron Rainau mit seiner Gemahlin zu Besuch kam, denn diese beiden Menschen waren sehr lieb und gut mit ihr. Sie hatten auch einige Male ihren Sohn mitgebracht, einen lustigen Studenten, der ungefähr in Liselottes Alter war und voll Übermut mit ihr gescherzt hatte. Wenn dieser wieder Urlaub hatte und mit nach Hochberg kam, wollte sie sich freuen. Aber sonst verlangte sie nicht nach fremden Menschen.

Das sagte sie aber nicht. Sie ahnte ja nicht, daß die Gräfin nur ihretwegen wieder ein regeres Leben in Schloß Hochberg einführen wollte. –

So vergingen die Tage, und der Winter zog ins Land. Wenn der Schnee sich ringsum über Berg und Tal legte, hatte man ein wundervolles Bild vor sich. Durch die entlaubten Bäume des Parkes konnte man jetzt viel weiter sehen als im Sommer.

Liselotte bekam ab und zu Briefe von ihren Lieben. Fräulein Herter schrieb regelmäßig, auch Frau Schulz schwang sich zuweilen zu einem ausführlichen Brief auf. Ab und zu sandte auch Baron Bodenhausen ein kurzes Schreiben, in dem er sich nach Liselottes Ergehen erkundigte. Liselotte freute sich immer sehr über diese Zeichen des Gedenkens. Susi von Bredow schrieb auch oft ihre lustigen Briefe, und auch von Winnifred Balfort war schon zweimal ein Lebenszeichen eingetroffen. Über all diese Nachrichten sprach sie offen mit Gräfin Katharina, die an allem regen Anteil nahm.

Am meisten freute sich Liselotte jedoch, wenn zuweilen eine Ansichtskarte von Junker Hans kam. Darauf stand immer nur: »Herzliche Grüße sendet Ihnen, liebe Liselotte, Ihr Hans Bodenhausen.«

Aber wenn Gräfin Katharina ihr dann eine solche Karte aus der Posttasche reichte, dann flog immer eine jähe Röte über ihr Antlitz. Und Gräfin Katharina beobachtete sie dann und machte sich über dieses Erröten ihre besonderen Gedanken.

Wenn sie dem Baron und der Baronin Bodenhausen über ihr Ergehen berichtete, bat sie stets, daß sie einen Gruß an Junker Hans und Baronesse Lori bestellen möchten.

Lori ließ nie etwas von sich hören, aber das hatte Liselotte auch nicht anders erwartet.

Gräfin Katharina verstand es, sich Liselottes Liebe und Vertrauen mehr und mehr zu erringen. Es lag eine so echt mütterliche Liebe und Güte in ihrem Wesen, daß Liselotte sich oft schon hätte in ihre Arme werfen mögen. Sie wagte es nur nicht. Aber sonst zeigte sie ihr offen ihre Liebe und

Verehrung. Ihr war, als könnte sie dieser gütigen Frau ihre geheimsten Gedanken und Wünsche anvertrauen wie einer Mutter.

Sie mußte der Gräfin auch immer wieder alle Einzelheiten aus ihrem Leben erzählen, und noch nie hatte sich Liselotte so rückhaltlos über alles ausgesprochen, was sie erlebt und erduldet hatte, als zu Gräfin Katharina. Nie wurde diese müde zuzuhören. Ganz ausführlich mußte Liselotte werden. Von ihrer frühesten Kindheit an war der Gräfin jede Kleinigkeit wichtig. Auch alle Erlebnisse aus dem Töchterheim mußte sie berichten. Die Szene, wo Susi von Bredow zum ersten Male so ernstlich für Liselotte eingetreten war und sich als ihre Freundin erklärt hatte, mußte Liselotte immer wieder schildern.

Und einmal sagte die Gräfin ganz böse:

»Dieser Baronesse Lori möchte ich wohl einmal einen gründlichen Denkzettel geben dafür, daß sie so garstig zu Ihnen war, mein armes, liebes Kind.«

Aber Liselotte fand dann noch immer entschuldigende Worte für Lori. Sie vergaß nie, daß diese die Tochter ihrer Wohltäter und die Schwester von Junker Hans war.

Dieser wurde der Gräfin von Liselotte natürlich in den leuchtendsten Farben geschildert. Als sie erzählte, wie Junker Hans ihr damals zum Gartenfest einen Teller voll Süßigkeiten gebracht und mit ihr die Zeichensprache verabredet hatte, da bekam die Gräfin feuchte Augen. Und sie nahm sich vor, allen Menschen, die Liselotte Gutes erwiesen hatten, ihre Dankbarkeit zu beweisen.

Von einem sprach aber Liselotte auch der Gräfin Katharina nicht – von jener Szene im Arbeitszimmer des Barons, wo sie Junker Hans das Geld gegeben hatte. Das blieb ihr Geheimnis.

Schneller als man dachte, verging die Zeit bis zu Liselottes achtzehntem Geburtstage.

Am Morgen desselben kam Liselotte wie sonst zum Frühstück herunter. Sie fand heute die Gräfin schon ihrer wartend da.

Erschrocken eilte Liselotte zum Frühstückstisch, um sie zu bedienen. »Ich bitte sehr um Entschuldigung, Frau Gräfin, daß ich zu spät komme«, sagte sie bittend.

Gräfin Katharina sah sehr blaß und erregt aus, suchte aber ruhig zu scheinen. »Sie kommen nicht zu spät, mein liebes Kind. Ich hatte nur eine unruhige Nacht und kam früher als sonst herunter.« Während sie von Liselotte liebevoll bedient wurde, sah die Gräfin mit einem seltsamen Blick zu ihr auf.

»Kind – warum haben Sie heute nicht ein Festkleid angelegt?« fragte sie.

Liselotte sah sie erstaunt an.

»Ein Festkleid, Frau Gräfin?«

»Nun ja – heute ist doch ein Festtag für Sie. Den achtzehnten Geburtstag sieht man doch als ein wichtiges und freudiges Ereignis an, nicht wahr?«

Liselotte lächelte errötend.

»Ach – Frau Gräfin wissen?«

»Ja, Liselotte – ich habe mir den fünfundzwanzigsten Februar sehr genau gemerkt. Baron Bodenhausen hat mir damals, als ich Sie entführte, ein Päckchen mit Schriftstücken für Sie gegeben. Die hat Ihre Mutter mit der Bestimmung hinterlassen, daß sie Ihnen zu Ihrem achtzehnten Geburtstag ausgeliefert werden. Nun frühstücken Sie nur erst. Und dann müssen Sie ein weißes Festgewand anlegen. Ich möchte Sie heute in Weiß und festlich geschmückt sehen. Dann kommen Sie zu mir in meinen kleinen Salon. Dort sollen Sie die Papiere erhalten. Ich möchte, daß Sie sie in meiner Gegenwart lesen. Es sind auch schon Briefe und kleine Sendungen für Sie angekommen. Erst müssen Sie aber ordentlich frühstücken.« Liselotte lächelte.

»Ach, Frau Gräfin – so viel Umstände sind nie mit meinem Geburtstage gemacht worden«, sagte sie, war aber doch ein wenig erregt.

Sie war ja so gespannt, ob auch von Junker Hans ein Lebenszeichen gekommen war. Und daß sie von ihrer lieben Mutter ein Vermächtnis erhalten sollte, regte sie auch ein wenig auf, wenn sie auch keine Ahnung hatte, wie sehr dieses Vermächtnis ihr ganzes Leben ändern sollte.

Sehr wichtig war ihr heute das Frühstück nicht, und die Gräfin brachte auch kaum einige Bissen hinunter.

Gleich nach dem Frühstück eilte Liselotte auf ihr Zimmer. Da hatte ihr Betty auf Befehl der Gräfin schon eines ihrer schönsten Kleider aus weißer Seide und Spitzen zurechtgelegt und half der jungen Dame geschickt und schnell hinein.

Als Liselotte fertig war, brachte ihr Betty auch noch zwei wunderschöne Rosen, die aus dem Gewächshaus herübergeschickt worden waren. Die Rosen befestigte ihr Betty am Gürtel. »So, nun sehen gnädiges Fräulein ganz festlich aus, wie Frau Gräfin wünschten«, sagte sie, Liselotte befriedigt betrachtend.

Diese seufzte beklommen auf.

»Ach, Betty – mir ist heute so ganz sonderbar zumute«, sagte sie leise und verzagt.

Betty lachte.

»Wenn gnädiges Fräulein nun erst die vielen schönen Geschenke sehen, die Frau Gräfin für Sie aufgebaut haben, dann werden sich gnädiges Fräulein schon freuen«, sagte sie schelmisch.

Liselotte begab sich nun zur Gräfin.

Gräfin Katharina saß in einem hohen Sessel am Kamin. Sie deutete wortlos auf einen Sessel, der neben ihr stand. Dort mußte sich Liselotte niederlassen. Zwischen ihnen stand ein kleines Tischchen. Darauf lag der versiegelte dicke Umschlag mit den Papieren, die Maria Hochberg ihrer Tochter hinterlassen hatte.

Die Gräfin faßte Liselottes Hand.

»Mein liebes Kind, jetzt müssen Sie recht tapfer sein und ruhig bleiben. Ich glaube, Sie werden aus diesen Papieren etwas erfahren, was Sie ein wenig beunruhigen wird. Nun bitte – lesen Sie – ich werde ganz still warten, bis Sie zu Ende sind.«

Beklommen und ein wenig verzagt faßte Liselotte nach dem Päckchen. Sie sah in das blasse, zuckende Gesicht der Gräfin und wunderte sich, daß deren Hände so zitterten.

Befangen und zögernd löste sie das Siegel und öffnete den Umschlag. Er enthielt mehrere Papiere und ein Bild.

Nach diesem Bild faßte Liselotte zuerst. Aber kaum hatte sie einen Blick darauf geworfen, da stieß sie einen leisen Schrei aus.

»Mein Gott – das ist doch – aber nein – das kann ja nicht sein – wie käme meine Mutter zu dem Bilde des Grafen Botho?« stammelte sie fassungslos.

Die Gräfin nahm ihr das Bild aus der Hand. Sie konnte nicht sprechen, deutete nur stumm auf die Papiere.

In höchster Aufregung sah Liselotte diese Papiere durch. Ihr Herz klopfte zum Zerspringen. Es waren der Trauschein ihrer Eltern und noch allerlei auf ihre Herkunft bezügliche Papiere. Dabei lag ein Brief ihrer Mutter an sie selbst. Den las sie mit einem seltsamen Gefühl. Er lautete:

»Mein heißgeliebtes Kind! Wenn Dir diese Papiere einst an Deinem achtzehnten Geburtstag von fremder Hand gegeben werden, dann ist Deine Mutter schon Deinem teuren unvergeßlichen Vater in den Tod gefolgt. Mich hat nach seinem Tode nichts mehr am Leben gehalten als die Sorge um Dich, mein Liebling. Aber mein Herz ist gebrochen an dem Tage, da ich die Kunde erhielt vom Tode Deines Vaters, der von Wilderern erschossen worden ist. Und ich glaube, meine Kraft reicht nicht mehr weit.

Wer Dein Vater war, das erfährst Du aus den beiliegenden Papieren. Ich habe nach seinem Tod den Titel abgelegt, zu dem mich die Heirat mit Deinem Vater berechtigte. Seine Eltern haben mich nicht als die Gattin ihres Sohnes anerkannt, gegen ihren Willen vermählten wir uns, weil wir nicht voneinander lassen konnten. Ich zürne seinen Eltern darum nicht, daß sie nichts von mir wissen wollten. Dein Vater wollte versuchen, sie mit uns zu versöhnen – da traf ihn die Kugel eines Wilddiebs.

Was Dir nun das Leben auch bringen wird, mein geliebtes Kind, bleibe immer dessen eingedenk, daß Du die Tochter Deines edlen Vaters bist. Bleibe immer gut und brav. Ob Du jemals durch diese Papiere ein Anrecht geltend machen willst an Deine Großeltern, das überlasse ich Dir. Ich mag nichts von ihnen annehmen und habe mich in die Einsamkeit zurückgezogen, damit ich ihnen ganz aus den Augen komme. Dein Stolz und Dein Herz werden Dir den rechten Weg zeigen. Auf jeden Fall hast Du das Recht, Dich eine Gräfin Hochberg zu nennen, und dies Recht beweisen die beiliegenden Papiere, bei denen Du auch eine ausführliche Aufzeichnung über das Leben und Schicksal Deiner Eltern finden wirst.

Was auch kommen mag, mein geliebtes Kind, der Segen Deiner Eltern begleitet Dich auf allen Wegen. Vielleicht ist es Dir einst vergönnt, auch am Grabe Deines Vaters zu beten, was mir zu meinem tiefsten Herzeleid versagt blieb. Er ist in der Gruft seiner Vorfahren auf Schloß Hochberg beerdigt worden. Stehst Du an seinem Grabe, dann gedenke auch meiner. Behüt Dich Gott, meine Liselotte.

In treuer Liebe
Deine Mutter, Maria Gräfin Hochberg.«

Liselotte sah auf dies Schreiben herab wie gelähmt. Die widerstreitendsten Empfindungen stürmten auf sie ein. Mit einem unbeschreiblich hilflosen Blick sah sie auf in das Gesicht der Gräfin Katharina. Sie gedachte dessen, was diese ihr erzählt hatte von ihrem Sohn. Und plötzlich war ihr klar, warum die Gräfin so unermeßlich gut und liebevoll zu ihr gewesen war.

Sie blickte mit großen, bangen Augen in das zuckende

Gesicht der alten Dame. Diese breitete in stummem Sehnen die Arme aus, ihrem Enkelkind entgegen. Da erhob sich Liselotte taumelnd und brach vor der Gräfin in die Knie.

»Großmutter – liebe Großmutter – nicht wahr – du bist meine liebe, liebe Großmutter?« stammelte sie fassungslos und barg schluchzend ihr Antlitz in dem Schoß der alten Dame.

Innig umfaßte die Gräfin das schluchzende Mädchen. Lange hielten sie einander fest umschlungen, küßten sich und sahen sich in die Augen.

Immer wieder mußte Liselotte fragen: »Ist es nur wahr, bist du meine Großmutter und war Graf Botho mein lieber Vater?«

Die Gräfin nickte und strich ihr zärtlich beruhigend das Haar. Und dann sagte sie, sich fassend:

»Ja, mein herzliebes Kind. Gleich nach dem Tod deines Großvaters machte ich mich auf, dich und deine Mutter zu suchen. Ich fand leider nur dich, deiner armen Mutter Grab war alles, was ich noch von ihr gefunden habe. Dich wollte ich nicht gleich mit der ganzen Wahrheit erschrecken, wollte mir erst deine Liebe gewinnen. Als ich von Frau Schulz hörte, daß du in Stellung gehen solltest, faßte ich den Plan, dich vorläufig als meine Gesellschafterin mit mir zu nehmen. Ach, mein herzliebes Kind, wie glücklich bin ich, daß ich dich nun in meinen Armen halten darf. So sehnsüchtig habe ich darauf gewartet. Nun bist du keine arme Bettelprinzeß mehr, sondern die reiche Komtesse Hochberg-Lindeck, meine einzige Erbin. Noch heute werde ich dich den Beamten und Dienern unseres Hauses als meine Enkelin und künftige Herrin von Hochberg vorstellen. Nur meine Kammerfrau wußte, wer du bist, und auch Baron Rainau und seine Familie. Ach, Liselotte, daß ich dich nun endlich an meinem Herzen halten kann! Sag, hast du deine Großmutter lieb?«

Liselotte nickte unter Tränen und schmiegte sich in ihre Arme.

»Ach, so sehr, so sehr! Wie oft habe ich mir gewünscht, dich zu umarmen und zu küssen. Ich wagte es nur nicht. So lieb habe ich dich gewonnen. Wie eine liebe Mutter schienst du mir oft. Und ich konnte und konnte nicht begreifen, warum du so einzig gut zu mir warst.«

»Aber nun begreifst du es, nicht wahr?«

»Ja, nun ist mir alles klar. Und nun laß uns zusammen zu dem Bilde meines Vaters gehen. Weiß ich doch nun, was mich immer zu ihm hinzog.

Ach – wenn doch das mein armes Mütterchen noch erlebt hätte! Nun schläft sie so weit von uns entfernt auf dem Bodenhausener Friedhof.«

»Nicht lange mehr, mein Kind. Als ich an ihrem Grab betete, habe ich mir gelobt, daß sie wenigstens im Tode ihren Einzug halten soll in Schloß Hochberg. Sie soll an der Seite deines Vaters ihren Ruheplatz finden. Im Frühjahr lassen wir ihre sterblichen Überreste nach hier überführen.«

Hand in Hand traten Großmutter und Enkelin vor das Bild des Grafen Botho. Und dann führte die Gräfin Liselotte vor das Bild des Grafen Armin.

»Da bringe ich dir deine Enkelin, Armin. Hättest du sie doch an dein Herz drücken können, ehe du starbst!« sagte sie leise.

Und zu Liselotte gewendet fuhr sie fort: »Zürne deinem Großvater nicht, mein liebes Kind, daß er so hart und stolz war, er hat selbst darunter gelitten.«

Liselotte nahm die beiden Rosen aus ihrem Gürtel. Die eine befestigte sie am Bilde des Grafen Armin.

»Ich zürne ihm gewiß nicht, sondern beklage ihn von Herzen. Diese Rose soll nicht die letzte sein, die ich seinem Gedenken weihe. Und diese andere bekommt mein lieber Vater.« Sie befestigte die andere Rose am Bild ihres Vaters. –

Inzwischen hatten sich auf Befehl der Gräfin in der großen Halle die Beamten und Diener versammelt. Liselotte an der Hand führend, trat die Gräfin in ihre Mitte.

»Ich stelle Ihnen allen hier meine Enkelin, die Tochter meines Sohnes, des Grafen Botho, und seiner Gemahlin, der Gräfin Maria, vor. Die Komtesse Liselotte Hochberg-Lindeck wird die künftige Herrin von Hochberg sein. Sie wissen jetzt, weshalb ich von Ihnen allen wünschte, daß ihre Wünsche und Befehle zu beachten waren wie meine eigenen.«

Ein Raunen und Murmeln ging durch die Versammlung. Erstaunte Augen sahen von allen Seiten auf die weißgekleidete Mädchengestalt an der Seite der Gräfin Katharina.

Der Verwalter der gräflichen Güter faßte sich zuerst und trat hervor.

»Ein Hoch der Komtesse Liselotte Hochberg-Lindeck und unserer jetzigen gütigen Herrin, der Gräfin Katharina von Hochberg-Lindeck!« So rief er laut, und ein schallendes Hoch durchbrauste die Halle.

Liselotte erbebte und schmiegte sich an die Seite der Großmutter.

»Herr Verwalter, die Leute sollen heute alle einen Festtag haben zur Feier des achtzehnten Geburtstages meiner Enkelin. Bitte, veranlassen Sie mit dem Haushofmeister Rößler alles Weitere«, sagte die Gräfin laut und klar.

Wieder tönte ein lauter Hochruf durch die Halle.

Die Gräfin neigte lächelnd das Haupt. Auch Liselotte dankte nun freundlich und ein wenig zaghaft.

Dann zogen sich die beiden Damen zurück.

»Und nun sollst du endlich zu deinem Gabentisch kommen, mein liebes Kind«, sagte die Gräfin und führte Liselotte in ein schönes großes Zimmer. Da stand in der Mitte eine große Tafel. In deren Mitte brannten um einen Blumenkorb achtzehn Kerzen, und ringsum war an Gaben aufgebaut, was Liebe nur ersinnen und Reichtum gewähren kann.

Liselotte stand wie benommen vor all der Pracht. Sie gedachte der Geburtstage in Bodenhausen. Da hatte kaum jemand darauf geachtet. Nur Fräulein Herter, Tante Schulz und der lange Heinrich hatten sie mit Blumen und Kleinigkeiten erfreut. Freilich – Junker Hans hatte diesen Geburtstag nie vergessen. Irgendeine kleine Überraschung hatte er immer für sie gehabt.

Sie atmete tief auf. Und zwischen all den reichen Gaben suchten ihre Augen zuerst nach einem Lebenszeichen von Junker Hans. Und da sah sie auch schon ein flaches Päckchen vor sich liegen, dessen Adresse von seiner Hand geschrieben war. Danach faßte sie zuerst.

»Von Junker Hans!« rief sie, lieblich erglühend.

Gräfin Katharina sah das Erglühen und das Aufleuchten in Liselottes Augen. »Nun, mein Herzenskind – jetzt verlangt dich wohl danach, das Päckchen zu öffnen? Und du verlangst sicher auch danach, all diese Briefe zu lesen. Da ist einer von Baron Bodenhausen, einer von deinem lieben Fräulein und einer von deiner Freundin Susi. Und dies ist, scheint mir, die Handschrift deiner prächtigen Tante Schulz. Du siehst, alle haben an dich gedacht.«

Liselotte strich sich das Haar aus der heißen Stirn.

»Ach, was werden sie nur alle sagen, mein liebes Großmütterlein, wenn sie hören, was mit der armen Bettelprinzeß geschehen ist.«

Die Gräfin ließ sich lächelnd in einen Sessel nieder.

»Das werden wir sehen. Jetzt will ich hier ganz still sitzen und dich nicht stören, bis du deine Briefe alle gelesen hast. Nur ansehen will ich dich und mich an deinem Anblick freuen.«

Liselotte küßte sie innig. Dann öffnete sie das Päckchen von Junker Hans zuerst. Es enthielt ein Kästchen aus Pappe, mit roten Rosen gefüllt, die in feuchtes Moos gepackt waren. Dabei lag ein Brief, den Liselotte mit bebenden Fingern öffnete und entfaltete. Er lautete:

»Meine liebe Liselotte! Gestatten Sie mir, daß ich Ihnen zu Ihrem achtzehnten Geburtstage die herzlichsten, innigsten Glückwünsche sende – und einige Rosen aus dem Bodenhausener Gewächshause. Es werden wohl die letzten sein, die ich hier pflückte, liebe Liselotte, denn Bodenhausen wird uns nicht lange mehr gehören. Darüber will ich Ihnen aber nichts schreiben, ich weiß, daß es Sie betrüben würde. Nur sagen will ich Ihnen, daß es nun wohl noch lange dauern wird, bis ich meine Schuld bei Ihnen abtragen kann.

Ich sollte eine reiche Erbin heiraten, Liselotte, und mein Vater hatte schon alles in die Wege geleitet. Aber so gern ich ihm und mir Bodenhausen erhalten hätte – um diesen Preis konnte ich es nicht tun. Ich kann keine Frau heiraten, die ich nicht liebe. Und daß mein Herz Ihnen gehört, Liselotte, das wissen Sie, nicht wahr, wissen es so sicher, als ich weiß, daß Ihr Herz mir gehört. Lassen Sie mich das heute ein einziges Mal aussprechen. Ich weiß, daß ich für jetzt keine Hoffnung daran knüpfen darf. Dieser Brief soll ein Abschied sein, vielleicht für immer. Ich werde in nächster Zeit ins Ausland gehen, wenn erst alles vorüber ist. Ich bin jetzt nur noch in Bodenhausen, um meinen Eltern soviel als möglich beizustehen. Mein Vater weiß, daß ich Sie liebe, Liselotte, ich habe es ihm gesagt, daß ich deshalb nie eine andere Frau nehmen kann. Er zürnte mir nicht, weil er mich versteht.

Ob es mir gelingen wird, mir ein bescheidenes Dasein zu gründen, wird die Zeit erst zeigen. Aber sollte es mir glücken, Liselotte, sollte ich so weit kommen, daß ich einer Frau an meiner Seite ein sicheres, wenn auch einfaches Los bieten könnte – dann will ich Sie fragen, Liselotte, ob Sie diese Frau sein wollen. Sie sind ja so bescheiden in Ihren Ansprüchen an das Leben, und wir würden auch in schlichten Verhältnissen glücklich sein, nicht wahr?

Aber bis dahin vergehen wohl Jahre. Ich kann nicht abreisen, ohne Ihnen gesagt zu haben, wie es in mir aussieht. Werden Sie mir eine Zeile schreiben, ob Sie mich liebbehalten und auf mich warten wollen? Darf ich Ihnen zuweilen schreiben über mein Ergehen? Mein Vater ist sehr elend, daß er Bodenhausen aufgeben muß, und meine Mutter nicht minder. Lori ist ganz außer sich und fassungslos, sie hat erst jetzt erfahren, wie es um uns steht, und sie macht mir heftige Vorwürfe, daß ich mich nicht geopfert habe. Aber ich konnte nicht, Liselotte, lieber arbeite ich im Schweiß meines Angesichts um mein täglich Brot. – Ich konnte Sie nicht vergessen, liebe, teure Liselotte.

Leben Sie wohl und senden Sie eine Zeile

Ihrem Sie herzlich liebenden
Hans Bodenhausen.«

Liselotte war in einen Sessel gesunken und drückte den Brief an ihr Herz, während Tränen über ihr Antlitz rannen. Glück und Schmerz stritten in ihrem Herzen um die Oberhand.

»Ach, Großmutter – liebe Großmutter!« rief sie erschüttert. Die Gräfin erhob sich schnell und beugte sich besorgt über sie.

»Was ist dir, mein Kind? Vertraue mir! Kann ich dir helfen?«

Liselotte reichte ihr schluchzend den Brief. »Da – lies selbst, liebe Großmutter, vor dir will ich kein Geheimnis haben. Du sollst wissen, was mich glücklich und unglücklich zugleich macht. Ach, Großmutter, ich liebe ihn ja so sehr – und nun ist er so unglücklich. Ach, wenn ich ihm doch helfen könnte.«

Gräfin Katharina zog Liselottes Köpfchen an sich und streichelte es, während sie den Brief las. Wie tiefe Rührung und Bewegung zuckte es in ihrem Gesicht. Die schlichten Worte des Junkers verrieten ihr, wie treu und selbstlos er Liselotte liebte.

Als sie zu Ende war, lächelte sie.

»Nur ruhig, mein Herzenskind, nur ruhig! Da sehe ich noch keine Ursache zum Verzagen. Junker Hans ist ein Ehrenmann, und er ist wohl wert, daß ihm meine Liselotte ihr Herz geschenkt hat. Und bedenke doch nur, daß du jetzt nicht mehr die arme Bettelprinzeß bist, sondern eine sehr,

sehr reiche Erbin. Es wird dir gar nicht schwerfallen, deinem geliebten Junker zu helfen und seinen Eltern auch.«

Liselotte hob die Augen zu ihr empor. Wie bange Hoffnung leuchtete es aus ihrem Blick.

»Er soll nicht ins Ausland gehen, liebste Großmutter!« flehte sie.

Lächelnd schüttelte die Gräfin den Kopf. »Nein, nein, wir lassen ihn gar nicht erst fort. So tüchtige Männer können wir in unserem deutschen Vaterland sehr gut brauchen. Vertraue mir nur, mein Herzenskind. Ich will doch meine Liselotte glücklich sehen. Und da sie es nur sein kann, wenn Junker Hans ihr dabei hilft und selbst glücklich ist, so muß ich mir wohl etwas ausdenken, wie ich euch beide glücklich machen kann. Laß mich das in Ruhe bedenken. Lies du inzwischen deine anderen Briefe. Aber halt – erst wollen wir eine Vase bringen lassen, damit du deine schönen Rosen in Wasser stellen kannst.«

Sie klingelte und gab Befehl, eine mit Wasser gefüllte Vase zu bringen. Da hinein stellte Liselotte die Rosen, die sie erst schmeichelnd an ihre Lippen drückte.

Ihre Tränen waren versiegt. Sie vertraute den Worten der Großmutter. Es mußte ja noch alles gut werden.

Während die Gräfin sich wieder in ihren Sessel niederließ und nachdenklich vor sich hinsah, las Liselotte ihre anderen Briefe. Der von Frau Schulz hatte folgenden Inhalt:

»Meine liebe Liselotte! Zu Deinem Geburtstag wünsche ich Dir alles Gute und Schöne, was Du Dir nur selbst wünschen könntest. Auch von Heinrich soll ich Dir tausend Glückwünsche bestellen – unter tausend tut er's nicht. Er ist gerade beim Gläserspülen und ruft es mir herüber, damit ich's ja nicht vergesse.

Ich freue mich so sehr, daß es Dir so gutgeht bei Deiner Frau Gräfin. Gott segne sie dafür, daß sie so gut zu Dir ist. In Bodenhausen, meine liebe Liselotte, ist es nun leider zum

Krach gekommen, das wird Dein weiches Herz sehr betrüben. Heute in acht Tagen kommt es zur Versteigerung. Die Gläubiger wollen Bodenhausen verkaufen, damit sie zu ihrem Geld kommen. Für den Herrn Baron wird wohl kein Pfennig bleiben, die Gläubiger sagen, sie wollen froh sein, wenn der Kaufpreis ihre Forderungen so leidlich deckt. Ja, ja, meine liebe Liselotte, das ist nun sehr schlimm für die Familie des Barons. Junker Hans ist jetzt in Bodenhausen. Er hat eine reiche Erbin heiraten sollen, die er aber nicht mag. So lange hatten die Gläubiger noch gehofft, daß sich das alles durch die reiche Heirat des Junkers einrichten könne. Aber nun haben sie die Geduld verloren. Der Junker will ins Ausland. Na, er ist ja ein junger, gesunder Mensch und nicht auf den Kopf gefallen. Und sehr vernünftig und tüchtig ist er auch geworden, er wird sich schon durchbeißen. Aber wie es nun mit dem Baron und den beiden Damen wird, die nicht gewohnt sind, ein Staubtuch mit den feinen Händen anzufassen, das weiß Gott. Der Baronesse Lori geschieht ja recht, ich weiß, daß Du das nicht hören willst, aber es ist doch so, sie hat es um Dich verdient, daß sie nun selber eine richtige Bettelprinzeß geworden ist. Aber ihre Eltern tun mir doch leid. Der Baron ist ein redlicher Mann, und was die Baronin ist, na, ein bißchen sehr stolz und hoffärtig war sie ja auch, aber doch eine gerechte Frau. Schlecht ist sie nicht, nur sehr leichtsinnig gewirtschaftet hat sie. Aber darüber will ich nicht richten und Dir das Herz noch schwerer machen.

Sei nur froh, daß du jetzt in so guter Stellung bist, Liselotte. Und bestelle der Frau Gräfin einen untertänigen Gruß, und ich bin noch ganz stolz, daß mal eine richtige Gräfin in meiner ›Weißen Taube‹ gewohnt hat, wenn auch nur eine Nacht. Heinrich ist seitdem ganz rappelig geworden, er behauptet, bei Frau Schulz in der ›Weißen Taube‹ könnte auch der feinste, vornehmste Gast wohnen, wenn's darauf ankäme. Ganz breitspurig steht er sonntags vor dem Tore und erzählt den Gästen von der Frau Gräfin. Und auf Deine Bekanntschaft ist er nun noch stolzer, seit Du in einem Grafenschloß lebst.

Aber nun will ich schließen, so einen langen Brief hab' ich wohl mein Lebtag noch nicht geschrieben. Leb wohl, meine liebe Liselotte, und vergiß uns nicht.

Deine alte Tante Schulz.«

Liselotte reichte auch diesen Brief der Gräfin hinüber.

»Ach, liebste Großmutter, in acht Tagen soll Bodenhausen schon unter den Hammer kommen. Und sicher bleibt Junker Hans dann nicht länger in Deutschland, wenn du doch helfen könntest«, sagte sie leise.

Die Gräfin zog sie an sich.

»Sei ganz unbesorgt, mein Kind, ich weiß schon, was ich tue. Überlasse alles mir, hörst du. Ich verspreche dir, daß alles gut wird. Du mußt aber auch ganz froh und heiter sein. Und versprich mir, daß du nichts nach Bodenhausen berichten willst, was du heute erfahren hast. Ich will mir eine kleine Überraschung vorbehalten. Schreibe nur an den Junker Hans, daß du seinen Brief erhalten hast samt seinen schönen Rosen – und was dir sonst dein Herz eingibt. Versprich ihm, daß du warten willst auf ihn, bis er dich heimführen kann. Aber verrate mit keinem Wort, daß du jetzt eine reiche Erbin und die Komtesse Hochberg bist. Willst du mir das versprechen?«

Liselotte umarmte sie innig.

»Alles verspreche ich dir, wenn du ihm nur hilfst und ihn nicht fortgehen läßt.«

»Das soll gewiß alles nach deinem Wunsch geschehen. Vertraue mir. Ich habe jetzt die Lebensaufgabe, zu deinem Glück beizutragen, was ich kann. Und ich bin auch Baron Bodenhausen viel Dank schuldig. Er hat dir all die Jahre eine Heimat gegeben und dir eine Erziehung angedeihen lassen, daß ich stolz sein kann auf meine Enkelin. Ohne sein Eingreifen in dein Schicksal hätte ich dich vielleicht auch als ungebildetes Dorfkind wiederfinden können, und das wäre mir sehr schmerzlich gewesen. Jetzt bietet sich mir eine Gelegenheit, meinen Dank abzutragen, und es soll geschehen, verlaß dich darauf.«

Baron Rainau und seine Gemahlin kamen heute auch nach Hochberg, um Liselotte zum Geburtstag zu beglückwünschen und sie endlich als Komtesse Hochberg zu begrüßen. Die Herrschaften blieben zu Tisch. Es gab heute eine besonders festlich geschmückte Tafel mit dem schweren alten Familiensilber.

Bei Tisch brachte Baron Rainau einen Trinkspruch aus auf das Wohl der jungen Komtesse, der Tochter seines unvergeßlichen Freundes.

Nach Tisch ging Liselotte mit der Baronin in das Zimmer, wo ihre Geschenke aufgebaut waren, um sie ihr zu zeigen. Die Gräfin blieb inzwischen mit Baron Rainau allein in ihrem traulichen kleinen Salon, in dem sie sich gern aufhielt.

»Lieber Baron«, sagte sie, »ich habe heute wieder einmal eine große Bitte an Sie.«

»Die ich selbstverständlich erfüllen werde, wenn es in meiner Macht steht«, erwiderte er herzlich.

Sie reichte ihm die Hand.

»Ich weiß, Sie sind uns ein treuer Freund. Nun hören Sie mich an. Sie wissen, unter welchen Verhältnissen meine Enkelin aufgewachsen ist. Und nun will ich Ihnen auch ein zartes Geheimnis verraten. Liselotte und der junge Baron Bodenhausen lieben sich, trotzdem bisher alles gegen eine Verbindung der beiden jungen Menschen sprach. Jetzt ist das anders. Ich möchte Liselotte glücklich sehen und habe nichts gegen eine Verbindung einzuwenden, trotzdem Bodenhausen stark verschuldet ist und in den nächsten Tagen unter den Hammer kommen wird. Ich bin dem Baron viel Dank schuldig und habe beschlossen, Bodenhausen für meine Enkelin zu kaufen. Aber ich möchte vorläufig ein Geheimnis daraus machen. Es soll in Bodenhausen niemand wissen, wer der Käufer ist. Das habe ich mir als Überraschung vorbehalten. Und deshalb brauche ich eine Mittelsperson. Meinen Notar möchte ich mit dem Kaufe nicht betrauen, weil sein Name dem Baron bekannt ist, da er bei ihm über mich Erkundigungen einholte. Deshalb bitte ich Sie, Ihren Geschäftsführer mit dem Ankauf von Bodenhausen zu beauftragen. Er kann ja wissen, daß es in meinem Auftrag geschieht, soll aber unter keiner Bedingung den Namen des Käufers nennen. Es muß schnell geschehen, denn Bodenhausen kommt schon in den nächsten Tagen unter den Hammer. Wollen Sie die Güte haben, in dieser Angelegenheit mit dem Geschäftsführer zu verhandeln?«

»Aber das bedarf doch keines Wortes, verehrteste Frau Gräfin. Ich werde gleich heute noch meinem Geschäftsführer telephonieren, damit er mich morgen früh aufsucht und ich ihm die nötigen Anweisungen geben kann.«

Die Gräfin nickte zustimmend.

»Oh, sehr gut, lieber Baron. Aber ich habe noch allerlei Bestimmungen zu treffen. Auf jeden Fall will ich verhindern, daß der Baron mit seiner Familie Bodenhausen verläßt, und außerdem möchte ich der Baronesse, die so häßlich zu meiner Enkelin war, einen kleinen Denkzettel geben. Wie ich mir das alles gedacht habe, werde ich heute nicht mit Ihnen besprechen können. Am besten ist es wohl, ich komme morgen früh nach Rainau und wohne Ihrer Besprechung mit Ihrem Geschäftsführer bei. Da kann ich ihm selber noch meine Wünsche äußern. Liselotte soll erst davon erfahren, wenn der Kauf abgeschlossen ist.«

»Ich verstehe, verehrteste Frau Gräfin, und ich werde Sie morgen vormittag in Rainau erwarten.«

Jetzt kamen Liselotte und die Baronin zurück, und die Angelegenheit wurde nicht mehr erwähnt.

Am nächsten Tage fuhr die Gräfin nach Rainau, um alles Nötige mit dem Baron und seinem Geschäftsführer, dem Notar Doktor Heller, zu besprechen.

In der großen Halle von Schloß Bodenhausen war eine Menge von Menschen versammelt. Heute sollte die Versteigerung von Bodenhausen stattfinden. Da waren allerlei fremde Gestalten aufgetaucht, die aus den verschiedenartigsten Gründen der Versteigerung beiwohnen wollten. Viele kamen nur aus Neugier.

Der Baron und seine Familie saßen mit blassen Gesichtern und in bedrückter Stimmung im Wohnzimmer. Bleich und verfallen, um Jahre gealtert, saß der Baron am Fenster und ließ seine Augen mit mattem Blick hinaus schweifen. Ihm gegenüber hatte Junker Hans Platz genommen. Er trug einen schlichten Joppenanzug mit Reitstiefeln, denn er war eben erst von einem Ritt heimgekehrt. Auch sein Antlitz war bleich, und er sah bedrückt auf die leise vor sich hin weinende Mutter.

Auf seinem Herzen trug er einen lieben Brief von Liselotte. Er enthielt so viele gute, tröstende Worte und die feste Zuversicht, daß trotz der schlimmen Tage, die ihm und seinen Lieben nun bevorstünden, doch noch alles gut werden würde. Zum Schluß hatte sie geschrieben:

»Ich danke Ihnen so sehr, so aus tiefstem Herzen, daß Sie mir geschrieben haben, wie lieb ich Ihnen bin. Es macht mich unsagbar glücklich. Mein Herz gehört meinem lieben Junker Hans schon, seit ich ihm als kleines Barfüßchen über den Weg lief, wenn es auch damals eine kindliche, unverstandene Neigung war. Sie ist mit mir gewachsen und füllt nun mein ganzes Herz. Ich werde in Treue warten, bis Sie mich eines Tages an Ihre Seite rufen. Dieser Tag wird der glücklichste meines Lebens sein. Weiter will ich Ihnen heute nichts sagen, als ein Behüt Gott auf allen Wegen. In Liebe und Treue

Ihre Liselotte Hochberg.«

Dieser Brief hatte Junker Hans mit neuer Kraft erfüllt. Er wollte nun mutig tragen, was kommen mußte. Wenn nur die

Mutter nicht so trostlos weinen wollte. Es tat ihm so furchtbar weh, daß er ihr nicht helfen konnte.

Lori saß auch mit blassem, verweintem Gesicht in einem Sessel und starrte vor sich hin. Sie konnte noch gar nicht fassen, daß sie verarmt waren, daß ihnen Bodenhausen genommen werden sollte. Was sollte nun aus ihnen werden? Wenn von draußen das Geräusch der fremden Menge hereindrang, preßte sie wie entsetzt die Hände an die Ohren.

Sie fürchtete sich namenlos vor der Armut, und ihr hochmütiges Herz litt unsäglich unter dem Bewußtsein der Verarmung. Es dünkte sie eine Schmach, arm zu sein. Und sie war so grenzenlos verwöhnt und konnte sich nicht denken, daß es ihr nun am Nötigsten fehlen würde. So saßen sie alle in dumpfer Bedrückung und harrten der Dinge, die da kommen sollten.

Wieder drang lauter Lärm von draußen herein. Die Gläubiger und Makler stritten rücksichtslos miteinander und liefen im ganzen Schlosse umher, als habe der Baron schon kein Recht mehr daran.

Viele Kauflustige hatten sich nicht eingefunden, denn die Zeiten waren schlecht und Bargeld stand hoch im Werte. Die Gläubiger waren besorgt, ob wohl bei der Versteigerung genug herauskam, damit ihre Ansprüche befriedigt würden. Niemand dachte daran, was aus dem Baron und seiner Familie würde. Einige Nachbarn hielten sich still im Hintergrund. Sie waren gekommen, um dem Baron ein teilnehmendes Wort zu sagen und zugleich ihre Neugier zu befriedigen.

Wieder hielt sich Lori wie außer sich die Ohren zu.

»Diese Menschen! Sie tun, als wären sie schon die Herren von Bodenhausen!« rief sie erregt und verächtlich.

Ihr Vater sah sie mit kummervollen Augen an.

»Das sind sie auch, Lori. Du mußt dich an den Gedanken gewöhnen, daß uns hier kein Stein mehr gehört«, sagte er dumpf.

Sie riß zornig an ihrem Taschentuch.

»Oh, an all dem Elend ist nur die abscheuliche Bettelprinzeß schuld!« rief sie gehässig. »Hättet ihr sie doch nie in euer Haus aufgenommen.«

Junker Hans zuckte zusammen und wandte sich nach ihr um, als wollte er etwas sagen. Aber sein Vater kam ihm zuvor. »Was sind das für törichte Worte, Lori? Was kann Liselotte dafür, daß wir verarmt sind?«

Lori ballte die Hände.

»Nun, Mama hat mir doch gesagt, wenn sie Hans nicht den Kopf verdreht hätte, dann hätte er sich mit der reichen Erbin verheiratet, und wir hätten nicht fortgehen müssen von Bodenhausen.« Wieder wollte Junker Hans sprechen, aber sein Vater winkte ihm zu.

»Laß sein, Hans! Ich werde Lori die rechte Antwort geben. Also höre zu, meine Tochter. Nur in meiner Angst, weil ich keinen anderen Ausweg sah, riet ich Hans dazu – sich zu verkaufen. Er wollte es tun, um uns zu retten, aber er war ein zu ehrlicher Mensch, um es zu können. Du hast kein Recht, ihm deshalb einen Vorwurf zu machen. Und noch weniger Recht hast du, Liselotte einen solchen zu machen. Sie ist ein edles, braves Mädchen, von dem du, mein Kind, recht viel hättest lernen können. Du hast es immer vorgezogen, verächtlich auf Liselotte herabzublicken, und möchtest ihr nun, wie immer, alle Schuld aufbürden. Gehe in dich, und denke lieber daran, daß du jetzt nicht mehr bist als sie.« – Lori fing wieder an zu weinen.

»So ist's recht, Papa, zanke du nun auch noch mit mir wegen diesem undankbaren Geschöpf, das euch alle Wohltaten so schlecht belohnt hat.«

Der Baron erhob sich und trat vor seine Tochter hin.

»Diesen Wahn, den dir dein Hochmut eingibt, laß nur fallen, Lori. Es ist dir vielleicht gut, wenn er dir endlich genommen wird. Und Mama kann das jetzt auch mit anhören. Was wir an Liselotte getan haben, ist wenig genug gewesen. Wir haben kaum etwas von ihrem Aufenthalt gemerkt. Sie trug deine abgelegten Kleider und aß sich an unserem Tisch mit satt. Fräulein Herter hat sie mit dir zusammen unterrichtet, ohne daß wir dafür einen Pfennig mehr ausgegeben hätten, und sie schlief in einem Kämmerchen, das sonst leergestanden hätte. Das einzige Mal, da wir eine größere Ausgabe für sie hatten, war, als sie mit dir nach Lausanne ging. Dafür aber – merke auf – schulden wir ihr fünfzehntausend Mark, ihr mütterliches Erbe, das sie mir großherzig zur Verfügung stellte, als Ehre und Leben deines Bruders eines Tages bedroht waren. Und wir werden ihr dies Geld vielleicht nie wieder zurückzahlen können. Damit rechnet sie auch gar nicht. Ganz selbstverständlich hat sie ihren Notgroschen geopfert und sich noch glücklich gepriesen, daß wir das Geld annahmen. Und klaglos und geduldig ließ sie sich von dir mit Geringschätzung auch dann noch Bettelprinzeß nennen und verriet keinem Menschen, was sie für uns getan hat. Seit jenem Tage habe ich Liselotte liebgewonnen und hochschätzen gelernt, und ich kann deinen Bruder nur zu gut verstehen, daß er Liselotte liebt, die in ihrer sanften Bescheidenheit so hoch über manch anderer Frau steht. Du kannst dir ruhig an ihr ein Beispiel nehmen. Frage dich, ob du im gleichen Falle auch so edel gehandelt hättest. Und nun will ich nie wieder von dir ein verächtliches Wort über Liselotte hören, merke dir das. Suche dich lieber so tapfer in dein Schicksal zu fügen, wie sie es stets getan hat. Wir haben es jetzt alle zusammen sehr nötig, tapfer zu sein. Sei deiner armen Mutter eine liebevolle Stütze, und mache deinem Bruder das Herz nicht noch schwerer, als es schon ist, durch deine übel angebrachten Vorwürfe.«

Lori hörte erst mit Staunen und dann mit Erschrecken auf die ernsten Worte des Vaters. So hatte er noch nie zu ihr gesprochen. Und was er von Liselotte sagte, war ihr ganz unfaßbar. So sehr war sie immer von dem Gedanken durchdrungen gewesen, daß Liselotte ihnen Dank schuldig war. Und nun sollte es plötzlich umgekehrt sein. Das wollte ihr nicht in den Kopf, und ihr Groll auf Liselotte ließ sich nicht so leicht vertreiben. Sie duckte sich wohl unter den Worten des Vaters, aber zu überzeugen war sie nicht. Mit verkniffenem Gesicht saß sie da.

Auf die Baronin hatten die Worte ihres Mannes viel mehr gewirkt. Aber sie war jetzt zu sehr in ihre Sorgen vertieft, als daß sie hätte davon sprechen mögen.

Draußen war inzwischen eine gewisse Stille eingetreten. Sie lauschten hinaus und sahen sich an. Dann hörte man eine laute, einzelne Männerstimme reden. Darauf einige andere nacheinander und durcheinander. Das dauerte eine ganze Weile.

Und dann hörte man nach einer kurzen Stille das dumpfe Aufschlagen eines Hammers.

Der Baron zuckte zusammen, und Hans trat schnell neben ihn, legte seine Hand auf seinen Arm und sagte beruhigend: »Vater – lieber Vater!«

Der sah zu ihm auf, und seine Augen waren feucht.

»Jetzt ist Bodenhausen einem Käufer zugesprochen worden – wir sind heimatlos. Ich war ein schlechter Wirtschafter, habe zu sehr aus dem vollen gelebt und nicht ans Sparen gedacht, als es noch Zeit war. Nun ist dein Erbe verlorengegangen.«

Auch die Baronin war zusammengezuckt. In ihrem Antlitz wechselten Röte und Blässe. Aber plötzlich erhob sie sich wie in einem festen Entschluß und trat ebenfalls zu ihrem Gatten. Sie nahm seine Hand.

»Mache dir nicht allein Vorwürfe – ich habe auch das meine getan, unsere Verhältnisse herabzubringen. Aber diese letzten Jahre waren eine harte Schule für mich. Und nun will ich auch in Armut und Not zu dir stehen. Laß uns zusammen tragen, was nun kommen wird. Unsere Ehre wenigstens haben wir gerettet«, sagte sie leise, aber fest.

Da sprang der Baron wie neubelebt auf und zog sie in seine Arme.

»Hab Dank für dieses Wort, es hat mir gutgetan in dieser schweren Stunde und gibt mir neuen Mut. Ich will arbeiten für Weib und Kind, Gott wird uns nicht verlassen.«

Gefaßt sahen sie nun dem Kommenden entgegen. Nur Lori trotzte und haderte noch mit dem Geschick und wollte sich nicht in das Unvermeidliche fügen.

Draußen lärmte es wieder durcheinander. Wirr und laut klangen verschiedene Stimmen zusammen. Aber endlich wurde es stiller. Dann fuhren verschiedene Wagen davon. – Und dann ließ sich dem Baron der Notar Heller melden.

Der Baron ließ ihn ins Wohnzimmer bitten.

Doktor Heller trat ein, ein schlanker, grauköpfiger Herr mit klugem Gesicht und scharfen Zügen. Eine goldene Brille saß auf seiner Nase. Er verneigte sich zuerst artig gegen die Damen und dann gegen die Herren. Zu dem Baron gewendet, sagte er höflich:

»Herr Baron, ich wollte Ihnen melden, daß ich Bodenhausen im Auftrag eines Klienten erworben habe. Es ist mir soeben in der Versteigerung zugesprochen worden.«

Der Baron verneigte sich gefaßt.

»Sie wollen uns wohl nun zugleich mitteilen, Herr Doktor, daß wir nun Bodenhausen unverzüglich zu räumen haben?«

Der Notar schüttelte lächelnd den Kopf.

»O nein, damit hätte ich mich wohl kaum so sehr beeilt. Im Gegenteil – ich hoffe Ihnen einen Vorschlag machen zu können im Namen meines Klienten, der vorläufig ungenannt bleiben will, der Ihnen aber vielleicht nicht ganz unangenehm sein wird.«

Der Baron deutete auf einen Sessel.

»Bitte, nehmen Sie doch Platz, Herr Doktor, und lassen Sie hören, was Sie mir zu sagen haben.«

Der Notar ließ sich nieder und sah die vier Menschen der Reihe nach mit seinen klugen Augen an.

Dann sagte er verbindlich:

»Mein Klient ist durch anderweitige Verpflichtungen verhindert, Bodenhausen selbst zu bewirtschaften. Es liegt ihm viel daran, einen tüchtigen Verwalter dafür zu finden. Er glaubt, annehmen zu können, daß Sie, Herr Baron, der Sie hier mit allen Verhältnissen vertraut sind und Grund und Boden, Land und Leute genau kennen, der beste Verwalter für Bodenhausen sein würden, wenn Sie es über sich gewinnen könnten, als solcher in Bodenhausen zu bleiben. Mein Klient hat sich durch mich über alle Verhältnisse hier unterrichten lassen, und ich habe ihm einige Hoffnung gemacht, daß Sie sich dazu verstehen würden. Ich bin im Fall Ihrer Zusage ermächtigt, alles Weitere mit Ihnen zu vereinbaren. Wir könnten sogleich einen Vertrag auf Jahre hinaus abschließen und ein entsprechendes Gehalt festsetzen. Also bitte – wollen Sie mir sagen, ob Sie Lust hätten, auf das Anerbieten einzugehen.«

Alle hatten mit Spannung seinen Worten gelauscht. Der Baron sah seine Gattin und seinen Sohn an, und ein tiefer, zitternder Atemzug hob seine Brust. Ihm war, als würde eine furchtbare Last von ihm genommen.

»Fragen Sie einen Ertrinkenden, ob er nach dem rettenden Tau greifen will, Herr Doktor? Wie einem solchen ist mir dieser Tage zumute gewesen. Ich stehe vor dem Nichts. So können Sie wohl ermessen, mit welchen Gefühlen ich Ihrem Anerbieten gegenüberstehe. Wenn Ihr Herr Klient das Vertrauen in mich setzen will, mir dies Amt zu übertragen, so nehme ich dies Anerbieten dankbar an. Und weiß Gott – ich will alles tun, Ihren Klienten zufriedenzustellen.«

So sagte er bewegt.

Der Notar verneigte sich.

»Schön, Herr Baron. Wir werden die Förmlichkeiten nachher erledigen. Jetzt habe ich noch einen anderen Vorschlag. Meinem Klienten ist Ihr Herr Sohn als ein außerordentlich ehrenwerter und tüchtiger Herr geschildert worden. Er weiß, daß er beabsichtigt, ins Ausland zu gehen. Mein Klient ist der Ansicht, daß wir auch in Deutschland tüchtige Männer sehr gut gebrauchen können. Wenn Ihr Herr Sohn sich entschließen könnte, ebenfalls in Bodenhausen zu bleiben und sich unter Ihrer Leitung auszubilden, so daß er später, wenn Sie einmal nicht mehr tatkräftig genug sind, Ihr Amt einnehmen könnte, so würde mein Klient auch Ihrem Herrn Sohn ein entsprechendes Gehalt aussetzen lassen. Und so wende ich mich an den jungen Herrn Baron mit der Frage, ob auch er in Bodenhausen bleiben will.«

Junker Hans trat mit blassem, erregtem Gesicht einen Schritt vor und sah von dem Notar auf seinen Vater und dann wieder auf den Notar.

»Ihr Herr Klient muß ein sehr edler und uns sehr freundlich gesinnter Herr sein, Herr Doktor. Wer so mit allen Fasern an der Heimat hängt und sie so schweren Herzens aufgibt wie ich, der läßt sich zu gern halten. Ich hoffe und wünsche nur, mich dieser Güte und dieses Vertrauens wert zeigen zu dürfen.«

Wieder neigte der Notar das Haupt.

»Davon ist mein Klient überzeugt, Herr Baron. Und nun weiter. Mein Klient weiß, daß auch eine erwachsene Tochter im Hause ist, und nimmt als selbstverständlich an, daß auch diese das Ihre tun will, um die Verhältnisse aufzubessern. Er will auch für die Baronesse ein kleines Gehalt aussetzen. Dieselbe muß dann natürlich sich im Haushalt fleißig betätigen und sich als eine Art Wirtschafterin hier in Bodenhausen nützlich machen. Es soll ihr ein bestimmter Pflichtenkreis angewiesen werden, damit an ihrer Stelle eine Dienerin überflüssig wird.«

Dies hatte der Notar halb zu Lori, halb zu ihren Eltern gesagt. Die Baronesse bekam einen roten Kopf und fuhr entrüstet auf:

»Mein Herr, ich glaube, Sie vergessen, daß ich eine Baronesse Bodenhausen und nicht eine Angestellte bin«, sagte sie schroff.

Der Baron sah seine Tochter streng an.

»Du vergißt, Lori, daß du nicht mehr die Tochter des Herrn von Bodenhausen bist, sondern die eines angestellten Beamten. Es ist ganz selbstverständlich, daß du jetzt ebenfalls deinen Pflichtenkreis auszufüllen hast. Das Leben einer großen Dame kannst du jetzt nicht mehr führen. Deine Mutter wird und muß sich darein fügen, die Frau eines Beamten zu sein, die selbst mit Hand anlegen muß, wo es nötig ist. So mußt du dich auch fügen. Das hätte ich jetzt als selbstverständlich von dir verlangt. Herr Doktor, ich nehme auch für meine Tochter das Anerbieten Ihres Herrn Klienten an. Sein großherziges Vertrauen hat uns vor einer schlimmen, sorgenvollen Zukunft bewahrt, und wir fügen uns dankbar und bedingungslos seinen Wünschen.«

Doktor Heller sah ein klein wenig spöttisch in das entrüstete Gesicht der Baronesse.

»Ich habe allerdings den Befehl, nur dann den Vertrag mit Ihnen abzuschließen, wenn die Bedingungen, die mein Klient stellt, restlos erfüllt werden. Baronesse werden sich also fügen müssen.«

»Sie wird es tun, Herr Doktor, dafür werde ich sorgen«, erwiderte der Baron bestimmt.

»Schön, Herr Baron. So können wir denn den Vertrag aufsetzen. Jetzt möchte ich Sie bitten, mich durch das Haus zu führen und mir sämtliche Räume zu zeigen. Mein Klient wird sich zuweilen vorübergehend in Bodenhausen aufhalten, und ich habe Vollmacht, einige Räume, die mir passend erscheinen, für ihn zu belegen. Im großen ganzen werden Sie wohl Ihre Wohnräume im Schloß behalten können, doch muß ich mir einige mir notwendig scheinende Änderungen vorbehalten, in die Sie sich ebenfalls bedingungslos fügen müßten.«

»Selbstverständlich, Herr Doktor. Wenn Sie wünschen, können wir sogleich das Haus besichtigen.«

»Ich bitte darum. Vielleicht schließen sich die Damen und

der junge Baron an, damit ich meine Wünsche Ihnen allen zugleich bekanntgeben kann.«

Das geschah. Lori folgte allerdings mit einem halb trotzigen, halb entsetzten Gesicht. Vor ihren Augen stand ein Schreckgespenst – sie sah sich im Geiste schon mit Staubtuch und Kochlöffel, zur Dienerin erniedrigt, hantieren. Und ihre Eltern standen ihr zu ihrer Entrüstung nicht bei, sondern schienen das selbstverständlich zu finden. Oh, wie sah es schlimm aus in dem hochmütigen Sinn Loris.

Aber ihre Eltern und Junker Hans folgten dem Doktor mit dankbaren, von schwerer Sorge befreiten Herzen.

Es ging nun durch das ganze Haus, von Zimmer zu Zimmer. Der Baron nannte jedesmal die bisherige Bestimmung des Raumes.

Bei den meisten Räumen sagte der Notar nach kurzer Prüfung:

»Das kann auch in Zukunft bleiben wie bisher.«

So behielten der Baron, die Baronin und Junker Hans ihre Zimmer für ihren Gebrauch. Nun kam man an die Zimmer der Baronesse.

Hier zögerte Doktor Heller länger als zuvor. Dann sagte er ruhig:

»Diese Zimmer wünsche ich für den neuen Besitzer von Bodenhausen. Sie müssen stets für ihn bereit sein.«

Wieder fuhr Lori empört auf.

»Aber das sind doch meine Zimmer, Herr Doktor. Wo soll ich denn wohnen?«

Der Notar sah sie mit scharfen Blicken an.

»Das werde ich bestimmen, wenn ich einen Raum finde, der sich für Sie eignet, Baronesse«, sagte er kurz, fast schroff.

Weiter ging es durch das Haus.

»Dies ist das Zimmer, in dem die ehemalige Erzieherin meiner Tochter wohnte«, erklärte der Baron vor einer Tür. Und die nächste öffnend, fügte er hinzu: »Und in diesem kleinen Zimmer wohnte eine Pflegetochter von uns, ein angenommenes Kind. Sie ist jetzt nicht mehr im Hause. Auch dies Zimmerchen ist jetzt unbenutzt.«

Doktor Heller trat auf die Schwelle des schmalen Raumes.

»Ah – da ist ja also gleich ein passendes Zimmer für die Baronesse. Sie werden also das Zimmer Ihrer Pflegeschwester bewohnen, Baronesse«, sagte er kurz und bestimmt. – Lori wurde leichenblaß.

»In dieser elenden Kammer soll ich hausen?« stieß sie außer sich hervor. Mit einem unbeschreiblichen Lächeln sah sie Doktor Heller an.

»Warum nicht, Baronesse? Wenn Ihre Pflegeschwester darin wohnte, paßt es doch sehr nett für Sie. Ich bitte, uns nicht unnötig aufzuhalten.«

Lori wollte sich auflehnen, aber ihre Mutter faßte sie am Arm und sah sie warnend an. Sie fand, gleich ihrem Gatten, daß Doktor Heller Lori sehr ungleich ihnen gegenüber bedachte, aber sie nahmen an, daß Loris aufsässiges Wesen ihn gereizt hatte. Sie hatte es sich sicher selbst zuzuschreiben, daß er so streng mit ihr verfuhr. Die Baronin war viel zu glücklich, daß sie vor Not geschützt in Bodenhausen bleiben konnte, als daß sie sich zum Vorteil ihrer Tochter gegen Doktor Heller aufgelehnt hätte. Lori mußte sich eben fügen, und schließlich brauchte sie ja das kleine Zimmer nur als Schlafraum zu benutzen. Sonst standen ihr ja die anderen Zimmer noch als Aufenthalt offen.

Daß es sich nur um einen wohlverdienten Denkzettel für Lori handelte, der Doktor Heller von seinem Klienten vorgeschrieben war, ahnte niemand.

So mußte sich also Lori fügen, in die Kammer Liselottes überzusiedeln, das demütigte die hochmütige Baronesse natürlich sehr.

Im weiteren Verlauf der Verhandlungen zeigte sich Doktor Heller um so liebenswürdiger und entgegenkommender. Nur gegen die Baronesse behielt er einen schroffen Ton bei.

Zu des Barons heimlicher Freude und Genugtuung wurde ihm ein sehr anständiges Gehalt ausgesetzt. Auch Junker Hans wurde ein Gehalt zugesichert, das seine Erwartungen weit übertraf. Lori erhielt nur ein geringes Gehalt. Sie hätte es am liebsten zurückgewiesen, denn es erschien ihr schmachvoll, dadurch in eine dienende Abhängigkeit zu geraten. Sie fand es richtiger, sich von ihrem Vater erhalten zu lassen, als selbst etwas zu tun und zu verdienen. Aber sie wagte nicht mehr zu widersprechen. Doktor Hellers scharfe, spöttische Blicke jagten ihr Furcht ein. Sie wünschte sehnlichst, daß er wieder fort wäre. Keine Spur von Dankbarkeit war in ihrer Seele, daß sie mit den Eltern nicht heimatlos geworden war.

Doktor Heller blieb aber noch zwei Tage in Bodenhausen, um alles mit dem Baron und seinem Sohn zu besprechen. Es gab auch noch allerlei Beratungen zur Abwicklung der Geschäfte. Ehe er abreiste, teilte er dem Baron mit, daß sein Klient nach einigen Wochen, etwa um die Osterzeit, nach Bodenhausen kommen würde, um seinen neuen Besitz zu besichtigen und um vielleicht noch einige persönliche Wünsche vorzubringen. Der Baron versicherte, alles zum Empfang würdig vorzubereiten.

Lori war schweren Herzens und unter Tränen und Seufzen in Liselottes enge Kammer übergesiedelt. Die Baronin hatte wohl Mitleid mit ihr, konnte ihr jedoch nicht helfen. Sie versprach Lori jedoch, bei dem neuen Besitzer ein gutes Wort für sie einzulegen, wenn er an Ostern kam, daß er ihr wenigstens noch das Zimmer von Fräulein Herter zu der engen Kammer gab.

Aber Lori war untröstlich. Sie schämte sich vor der Dienerschaft, die ihre Sachen mit schadenfrohen Gesichtern in die enge Kammer brachte.

Es begann überhaupt eine schlimme Zeit für das hochmütige Mädchen. Sie mußte wirklich arbeiten, bekam ihren bestimmten Wirkungskreis, und Vater und Mutter hielten streng darauf, daß sie ihn auch ausfüllte. Die Eltern hatten in der letzten schweren Zeit eingesehen, daß Lori faul und untüchtig war und daß es nur von Nutzen für sie sein konnte, wenn sie den Segen der Arbeit an sich selbst erkennen lernte.

So konnte man die hochmütige Baronesse jetzt jeden Tag, mit einer Schürze über dem Hauskleid, bei der Arbeit sehen. Sie verrichtete aber alles mit mürrischem Gesicht und mit Seufzen und Wehklagen. Und so blieb der Segen für sie aus. Mit Murren und Klagen an eine Arbeit zu gehen macht sie zur Strafe und zur Qual.

Sich zu widersetzen, wagte Lori aber nicht. Der Vater verlangte streng von ihr, daß sie ihre Pflicht erfüllte. »Wenn du das nicht tun willst, so mußt du aus dem Hause gehen und dir dein Brot bei fremden Leuten verdienen«, sagte er zu ihr.

Das wäre Lori natürlich noch viel härter angekommen, und so fügte sie sich, wenn auch mit Widerwillen, in ihr Schicksal. Der Baron und seine Frau fanden sich überraschend schnell und leicht in die veränderten Verhältnisse. Gar zu sehr empfanden sie es nicht, daß sie jetzt in abhängiger Stellung waren, blieben sie doch in der alten Heimat, in der alten Umgebung. Und der Baron arbeitete jetzt mit Lust und Liebe, nun er der furchtbaren Geldsorgen ledig war. Die Baronin hatte sich sehr zu ihrem Vorteil geändert. Sie gab sich redlich Mühe, ihren Mann zu unterstützen und eine praktische, vernünftige Hausfrau zu werden. Sie griff selber tapfer mit zu und merkte zu ihrem eigenen Erstaunen, daß ihr das sehr gut bekam und daß sie sich zufriedener fühlte als seit langer Zeit. Es herrschte jetzt auch ein viel harmonischeres, innigeres Verhältnis zwischen ihr und ihrem Gatten.

Am glücklichsten war Junker Hans über das alles. Mit einer Freudigkeit ohnegleichen ging er an seine Arbeit und schaffte fleißig von früh bis spät, um seinen Vater möglichst zu entlasten.

Gleich in den ersten Tagen schrieb er an Liselotte:

»Meine liebe, teure Liselotte! Ein gütiges Geschick hat uns alle vor dem Ärgsten bewahrt. Bodenhausen ist an einen neuen Besitzer verkauft worden, der uns aber nicht aus der geliebten Heimat trieb, sondern uns allen unter günstigen Bedingungen das Bleiben gestattete. Ich bin so unsagbar glücklich, daß meine Eltern nicht heimatlos geworden sind. Näheres schreibe ich Dir – nicht wahr, Liselotte, ich darf Dich wieder mit dem trauten Du anreden –, wenn ich mehr Zeit habe. Heute will ich Dir nur sagen, daß auch ich in Bodenhausen angestellt bin. Und wenn es auch noch lange dauert, bis ich imstande sein werde, Dich als meine liebe Frau heimzuführen, so haben wir doch die Hoffnung, daß es eines Tages geschehen wird. Wir sind noch jung und können warten. Und ich werde sehr fleißig sein, um mich emporzuarbeiten. Ich danke Dir sehr für Deine lieben, lieben Worte. Dein Brief soll mir ein Talisman sein. Seit ich ihn besitze, ist das Unglück von mir gewichen.

Wirst Du mir zuweilen wieder schreiben? Ach, wenn uns doch erst einmal ein Wiedersehen beschieden wäre. Ich habe so große Sehnsucht nach Dir. Aber darauf muß ich wohl noch lange warten.

Meine Eltern lassen Dich herzlich grüßen. Sie sind ausgesöhnt mit ihrem Schicksal und werden Dich, wenn die Zeit gekommen ist, als ihre liebe Tochter aufnehmen. Du bist ihnen viel lieber geworden, als Du wohl denkst. Mama weiß jetzt, was Du für mich getan hast, und sie dankt es Dir, daß Du ihren Sohn vor dem Verderben bewahrtest.

Damit will ich heute schließen. Gott behüte Dich, meine herzliebe Liselotte.

Dein treuer Hans.«

Als Liselotte diesen Brief erhielt, wußte sie bereits von ihrer Großmutter, daß sie nun die Besitzerin von Bodenhausen war. »Das ist noch ein nachträgliches Geburtstagsgeschenk für dich, mein Herzkind«, hatte die alte Dame lächelnd gesagt. »Das Schicksal des Barons von Bodenhausen und seiner Familie liegt nun in deinen Händen. Sie sind jetzt bei dir in Lohn und Brot. Du sollst nun ganz frei über Bodenhausen verfügen.«

Ach, wie seltsam war Liselotte bei alledem zumute. Wenn sie frühmorgens aufwachte, mußte sie sich immer wieder erst besinnen, ob sie es nicht nur geträumt hatte, daß sie eine Komtesse Hochberg war.

Die Großmutter hatte ihr auch erzählt, wie sie Lori gestraft hatte.

Ein klein wenig mußte Liselotte doch lächeln, wenn sie sich ausmalte, wie Lori sich bei der Arbeit anstellen würde und wie sie sich in dem engen Kämmerchen ausnahm. Aber dann überwog doch schnell das Mitleid jede andere Empfindung.

»Ach, Großmutter, das wird Lori furchtbar hart ankommen. Nicht wahr, so streng willst du sie nicht auf die Dauer bestrafen, das soll nur eine kleine Strafe sein. Du erläßt sie ihr bald, ja?« sagte sie bittend.

Die Gräfin lächelte in ihr liebes, schönes Gesicht.

»Ei, hast du gar keine Freude daran, daß du der bösen Lori nun Gleiches mit Gleichem vergelten und sie für ihren Hochmut bestrafen kannst?«

Liselotte schüttelte den Kopf.

»Nein, liebe Großmutter. Sie tut mir leid. Ihr wird ganz schrecklich zumute sein in ihrem stolzen Sinn.«

Da küßte Gräfin Katharina ihre Enkelin sehr zärtlich.

»Du liebes, gutes Kind! Also du sollst Lori selbst von ihrer Strafe erlösen, wenn wir nach Bodenhausen reisen. Sobald wärmeres Wetter wird – ich denke, in den Ostertagen –, reisen wir. Ich freue mich schon auf die Überraschung, wenn ich die arme Bettelprinzeß als meine Enkelin und Herrin von Bodenhausen vorstellen kann. Was meinst du wohl, was dein Hans für ein Gesicht dazu macht?«

Ein sonniges Lächeln flog über Liselottes Gesicht.

»Er wird es nicht glauben wollen, daß ich eine Komtesse Hochberg bin.«

Die Gräfin lachte.

»Und am Ende mag er dich nun gar nicht mehr zur Frau, weil du eine reiche Erbin bist. Er hat sich doch so lange dagegen gewehrt, eine solche zu heiraten.«

Liselotte preßte ihre Wange an den Arm der Großmutter.

»Ach, liebstes Großmütterchen, mich will er schon haben. Wir haben uns doch so lieb. Und ob reich oder arm, Komteß oder Bettelprinzeß, unsere Herzen gehören doch zusammen für alle Zeiten«, sagte sie innig.

»Dazu gebe Gott seinen Segen, mein Herzkind. Ich möchte mich noch ein Weilchen an deinem Glücke freuen.«

Liselotte sah zu ihr auf.

»Großmütterlein, du hast mir schon soviel zuliebe getan – und noch immer habe ich einen Wunsch, einen großen Wunsch auf dem Herzen.«

»Nun, dann schnell heraus damit. Du glaubst nicht, was es mir für Freude macht, dir deine Wünsche zu erfüllen.«

Liselotte atmete tief auf.

»Ach, liebe, gute Großmutter – mein armes Fräulein – es geht ihr so schlecht in ihrer Stellung. Und ich bin ihr doch so viel Dank schuldig. Ich möchte so gern etwas für sie tun. Geht das nicht an?«

Die Gräfin streichelte lächelnd ihre Wange. »Hab' ich mir nicht gedacht, daß so etwas herauskomme? Für dich selbst hast du keine Wünsche, immer nur für andere. Ich wette, du möchtest auch dem guten langen Heinrich mit dem Flachskopf etwas Gutes tun und sicher auch der Tante Schulz ein recht schönes Geschenk mitnehmen, wenn wir nach Bodenhausen reisen.«

Liselotte lachte.

»Wie du mich kennst, Großmütterlein. All meine Gedanken kannst du erraten.«

»Das ist nicht schwer, mein Herzkind. Also was meinst du

dazu, wenn wir Fräulein Herter einladen, für immer nach Schloß Hochberg zu kommen? Wenn meine Liselotte erst hier mit ihrem Junker Hans herrscht, dann habe ich doch manchmal Langeweile. Ihr junges Volk fliegt dann zuweilen in die Welt hinaus, und ich kann nicht mehr mitfliegen. Dann könnte mir dein Fräulein wohl eine gute Gesellschafterin sein. Und wir könnten ihr dann das Leben angenehm und sorgenlos gestalten und eine große Dankesschuld abtragen. Wie gefällt dir das?«

Jubelnd umarmte Liselotte die Großmutter.

»Ach, himmlisch, himmlisch ist der Gedanke, Großmütterlein. Die Liebe, Gute, wie wird mein armes Fräulein sich freuen. Gleich nachher, wenn du deine Mittagsruhe hältst, schreibe ich ihr das.«

Die Gräfin nickte lachend.

»Ja, ja, das tue nur. Und für deinen Freund Heinrich darfst du dir auch etwas ausdenken. Auch, wie wir Frau Schulz eine Freude machen können. Und die lustige Susi von Bredow ladest du dir zum Sommer auf einige Wochen nach Hochberg ein. Ich bin doch begierig, was der Wildfang hier für lustige Streiche anstellen wird. Bist du nun zufrieden?«

Ach, Liselotte erdrückte die Großmutter fast vor Wonne. Sie mußte sich lachend wehren.

»Bringe mich nur nicht gleich um vor Freude, du Unband. Ich will doch noch einige Jahre am Leben bleiben, hab' ich doch soviel nachzuholen«, sagte sie und küßte Liselotte innig.

Von ganzem Herzen glücklich, setzte sich Liselotte nach Tisch an ihren Schreibtisch, um an Fräulein Herter zu schreiben. Der Brief lautete:

»Mein liebes, teures Fräulein! Wenn ich Dir alles erzählen wollte, was in der letzten Zeit mit mir geschehen ist, so müßte ich ein ganzes Buch schreiben. Ich hoffe jedoch, Dir bald alles persönlich erzählen zu können. Ach, Du Liebe –

ich bin nun doch in ein Märchenschloß geraten, und ein Wunder ist geschehen. Denke Dir, Deine arme kleine Bettelprinzeß ist eine richtige vornehme Gräfin Hochberg-Lindeck geworden. Meine gütige Herrin ist in Wirklichkeit meine Großmutter, und Graf Botho, von dessen Bild ich Dir schrieb, war mein Vater. Denke nicht, daß ich im Traume rede, es ist wirklich so. Das alles hat sich an meinem achtzehnten Geburtstag herausgestellt. Mein goldiges Großmütterlein – ach, Du Liebe, wie herrlich ist es, ein Großmütterlein zu haben – hat es aber schon vorher gewußt und hat mich deshalb hier wie eine Prinzessin gehalten.

Ach, Fräulein – und nun kommt etwas ganz Wunderschönes. Du sollst so schnell als möglich nach Schloß Hochberg kommen, auf Lebenszeit. Mein Großmütterlein ist Dir so dankbar, daß Du mich so gut erzogen hast, und ich – ach, wie dankbar ich Dir bin, weißt Du selbst. Ich will Dich nun bei mir haben, und Du sollst Großmutter an meiner Stelle Gesellschaft leisten, wenn – ach – da muß ich Dir nun noch etwas Wunderschönes melden. Halte Dich aber fest, hörst Du! Also – Deine Liselotte wird eines Tages die glückselige Frau ihres geliebten Junker Hans. Da steht es, und mir klingt es selbst wie ein Märchen, ist aber pure Wahrheit. Ach – ich habe Dir soviel zu erzählen, schreiben kann ich das nicht alles.

Nun kündige ganz schnell Deine Stellung, damit Du Dich nicht mehr über Deine schlimmen Zöglinge ärgern mußt. Großmutter schreibt Dir heute noch selbst, damit Du nicht denkst, ich sei von Sinnen. Packe schnell Deine Sachen, meine liebe Gute, und eile, so schnell Du kannst, zu Deiner überglücklichen

Liselotte
Komtesse Hochberg-Lindeck.
Jawohl, so heiße ich.«

Das Osterfest war herbeigekommen. In Schloß Bodenhausen erwartete man den neuen Besitzer, der seine Ankunft für das Osterfest angemeldet hatte. Doktor Heller hatte geschrieben, daß er selbst seinen Klienten nach Bodenhausen begleiten würde. Baron Bodenhausen hatte aus seinem dankbaren Herzen heraus einen festlichen Empfang für den neuen Herrn vorbereitet.

So froh und glücklich fühlte er sich jetzt in Bodenhausen in der sicheren Stellung, die ihn und seine Familie vor Not schützte.

Mit großem Eifer hatte er samt seinem Sohn sein neues Amt ausgefüllt. Es war jetzt ein anderes Leben wie früher. Die verschwenderischen Angewohnheiten mußten abgelegt und über jede Ausgabe genau Buch geführt werden. Aber das hatte man schon in den letzten Zeiten gelernt. Man konnte jetzt sparsam sein. Und im Vergleich zu den schweren Jahren war das Leben doch jetzt sorgloser und glücklicher. In treuer Gemeinschaft schritt die Baronin an der Seite ihres Gatten, und jetzt merkte sie erst, wieviel im Haushalt gespart und erhalten werden konnte, wenn man sich selbst um alles kümmerte. Die überflüssige Dienerschaft war schon lange entlassen worden, nur das nötigste Personal war geblieben. Die Baronin bemerkte zu ihrem eigenen Erstaunen, daß man auch ohne großen Aufwand glücklich und zufrieden sein konnte. Und sie war jetzt viel liebenswürdiger und liebenswerter als zuvor.

Sie fühlten sich alle in den neuen Verhältnissen glücklich – nur Lori nicht. Diese murrte noch immer gegen das Schicksal und konnte sich nicht damit aussöhnen, daß sie jetzt den ganzen Tag arbeiten mußte. Sie seufzte, wenn sie Staub wischte und wenn sie schadhafte Wäsche ausbessern mußte. Sehr gut machte sie überhaupt keine Arbeit. Die schlichten Kleider, die sie mit einer Schürze darüber tragen mußte, waren ihr verhaßt, und daß sie in der engen Kammer hausen mußte, war ihr ein Greuel.

Vater und Mutter hielten aber streng darauf, daß sie ihren Pflichtenkreis ausfüllte. Sie durfte nie mehr faul und müßig herumsitzen.

So spürte Lori den Segen der Arbeit nicht. Sie schämte sich ihrer, und das ist das Törichtste, was ein Mensch tun kann. Jede Arbeit, die man freudig verrichtet, adelt den Menschen, mag es auch die niedrigste Beschäftigung sein. Nur wer verdrossen an die Arbeit geht, macht sich zum Sklaven.

Am meisten ärgerte sich Lori darüber, daß es Liselotte jetzt als Gesellschafterin der Gräfin Hochberg viel besser ging als ihr. Und daß die Eltern oft so gut und warm mit Hans über Liselotte sprachen, erboste sie ungemein. Der Gedanke, daß Liselotte eines Tages die Frau ihres Bruders werden könnte, war ihr verhaßt.

So fühlte sich die stolze Lori jetzt recht wenig wohl in ihrer Haut.

Und nun sollte heute der neue Besitzer von Bodenhausen ankommen. Da standen ihr am Ende neue Demütigungen bevor, denn auch der unausstehliche Doktor Heller, der sie immer so spöttisch ansah und so schroff mit ihr redete, würde mitkommen.

Zur bestimmten Zeit wurde der Wagen zum Bahnhof geschickt, um den neuen Herrn und Doktor Heller abzuholen. Inzwischen nahm das Personal Aufstellung am Eingang des Schlosses. Der Baron stellte sich mit seiner Familie am Portal auf. Lori hatte auf besonderen Wunsch ihrer Eltern auch heute eine hausfrauliche Schürze umbinden müssen, damit der neue Herr sah, daß sie sich wirklich im Haushalt betätigte.

Lori entrüstete sich natürlich darüber. »Wie eine Dienerin muß ich den neuen Herrn empfangen«, stieß sie hervor.

»Wir sind hier auch nichts anderes mehr als Angestellte«, sagte der Vater streng. »Du kannst dich leider noch immer nicht an den Gedanken gewöhnen, daß wir nicht mehr die Herren von Bodenhausen sind, sondern nur Angestellte.«

Ach, Lori konnte und konnte ihren hochmütigen Sinn nicht beugen und litt sehr unter der Demütigung, die ihr das Schicksal auferlegt hatte. Aber nie kam ihr der Gedanke, daß sie das um Liselotte verdient hatte. Es war, nach ihrer Meinung, doch ein großer Unterschied zwischen einem Bürgermädchen und einer Baronesse. Sie glaubte ein Anrecht zu haben, daß das Schicksal mit ihr behutsamer umging, weil sie Baronesse war.

Etwas aufgeregt waren der Baron und seine Gattin doch. Auch Junker Hans war nicht ohne Unruhe. Würde der neue Besitzer mit ihnen zufrieden sein?

Endlich rollte der Wagen herbei. Er war geschlossen, wie es Doktor Heller ausdrücklich bestimmt hatte.

Der Kutscher saß mit einem eigentümlichen Gesicht auf dem Bock. Er wußte ja bereits, wer im Wagen saß, und hatte die Überraschung schon hinter sich. Aber niemand achtete jetzt auf den Kutscher, aller Augen waren erwartungsvoll nach dem Wagenschlag gerichtet.

Der Baron eilte selbst herbei, um ihn zu öffnen.

Zuerst stieg Doktor Heller aus und begrüßte den Baron freundlich mit einem Handschlag. Dann sagte er lächelnd: »So, Herr Baron, hier bringe ich Ihnen den neuen Besitzer von Bodenhausen.«

Damit half er der Gräfin Katharina aus dem Wagen.

Betroffen sahen aller Augen auf die alte Dame.

»Frau Gräfin Lindeck! Sie, verehrte, gnädige Frau Gräfin, sind die neue Herrin von Bodenhausen?« stammelte der Baron fassungslos.

Die Gräfin lächelte.

»Nein, mein lieber Herr Baron, nicht ich bin die Herrin von Bodenhausen, sondern meine Enkelin, die Komtesse Hochberg-Lindeck, für die ich es gekauft habe. Bitte, helfen Sie der Komtesse aus dem Wagen.«

Damit trat sie zur Seite. Aller Augen richteten sich nun nochmals auf die Wagentür. Der Baron trat heran. Eine schmale, fein behandschuhte Damenhand streckte sich ihm entgegen. Der Baron faßte danach und sah auf. Seine Augen weiteten sich in maßlosem Staunen. War das nicht Liselotte? Aber nein, diese vornehme junge Dame konnte doch nicht Liselotte sein.

Ehe er sich darüber noch recht klar wurde, fiel Liselotte ohne alle Umstände dem Baron um den Hals. Dabei lachte und weinte sie in einem Atem. Alle standen stumm und starr und sahen auf die junge Dame.

»Die Bettelprinzeß!«

So lief es durch die Reihe der Angestellten. Liselotte kümmerte sich nicht darum. Nachdem sie den fassungslosen Baron begrüßt hatte, umarmte sie lachend und weinend die Baronin, die sich das alles auch nicht erklären konnte.

Gräfin Katharina ließ sich von Baron Bodenhausen in das Haus führen.

Doktor Heller folgte mit den anderen, nur die Dienerschaft blieb draußen.

Hier sagte die Gräfin erklärend:

»Liselotte ist die Tochter meines Sohnes, dessen Verheiratung mit einem bürgerlichen Mädchen mein Gemahl nicht anerkennen wollte. Ich wußte schon damals, als ich Liselotte mit mir nahm, daß sie meine Enkelin war. Sie selbst weiß es erst seit ihrem achtzehnten Geburtstag aus den Papieren, die ihre Mutter hinterlassen hat.«

Hans stand wie gelähmt von fern. Seine Augen starrten auf Liselotte wie auf ein holdes Wunder. Und nun sie die Baronin aus ihren Armen ließ, wandte sie sich nach ihm um. Die beiden jungen Augenpaare strahlten ineinander in höchster Glückseligkeit. Unwillkürlich breitete Hans sehnsüchtig seine Arme nach Liselotte aus. Da flog sie an seine Brust, und er umfaßte sie innig.

»Liselotte, meine teure, liebe Liselotte!« rief er fassungslos.

Unter Tränen lächelnd sah sie zu ihm auf.

»Ach Hans, lieber Hans – nun mußt du dennoch eine reiche Erbin heiraten. Nun bin ich nicht mehr die arme kleine Bettelprinzeß.«

Gerührt betrachtete die Gräfin die beiden glücklichen jungen Menschen.

»Mein lieber Hans – Sie gestatten, daß ich Sie von heute an auch so nenne –, es ist wohl das beste, Sie gehen mit Liselotte ein wenig in den Park hinaus und lassen sich alles von ihr erzählen. Ich werde inzwischen alles Weitere mit Ihren Eltern besprechen.«

Hans küßte der Gräfin die Hand und stammelte in seiner Aufregung einige unzusammenhängende Worte. Die Gräfin schob ihn lächelnd zu Liselotte hin. Und Arm in Arm ging das junge Paar hinaus in den lachenden, sonnigen Frühlingstag. Stumm, mit seltsam bewegten Gesichtern folgten der Baron und die Baronin der Gräfin in ein Zimmer. Mit unbeschreiblichen Gefühlen ging Lori, die wie versteinert gestanden hatte, hinter ihnen her.

Doktor Heller zog sich zartfühlend zurück und sorgte, daß sich die versammelte Dienerschaft zerstreute. Die meisten von ihnen machten auch recht seltsame Gesichter, als sie nun merkten, daß die ehemals so verachtete und herumgestoßene Bettelprinzeß die neue Herrin von Bodenhausen und eine Grafentochter war.

Drin nahm die Gräfin Lori und ihren Eltern gegenüber Platz. Sie erzählte, wie es gekommen war, daß ihre Schwiegertochter sich mit ihrem Kind unter bürgerlichem Namen nach Bodenhausen zurückgezogen und in so bescheidenen Verhältnissen gelebt hatte. Dann berichtete sie, weshalb sie selbst nach Bodenhausen gekommen war und Liselotte mit sich genommen hatte. Und dann schilderte sie Liselottes Geburtstag in allen Einzelheiten. Auch ihren Schmerz, als sie erfuhr, daß ihre Pflegeeltern, denen sie soviel Dank schuldig war, in großer Not waren und daß ihr geliebter Junker Hans ins Ausland gehen wollte.

»Ob ich wollte oder nicht«, schloß die Gräfin lächelnd, »ich mußte helfen, wollte ich meine kleine Liselotte wieder froh machen. Und so ließ ich Bodenhausen für sie kaufen. Da aus ihr und Ihrem Sohne ein hoffentlich recht glückliches Paar werden wird, bleibt also nun Bodenhausen doch im Besitz Ihrer Familie, lieber Herr Baron. Ich wollte nun auch meinen Spaß dabei haben und Sie alle mit der Tatsache überraschen, daß Liselotte meine Enkelin und zugleich die neue Herrin von Bodenhausen ist. Diese Überraschung ist mir wohl gelungen?«

Der Baron und seine Gattin hatten sich in tiefster Bewegung bei den Händen gefaßt und nickten.

»Allerdings – ich bin nie in meinem Leben so fassungslos gewesen als in dem Augenblick, als ich der Komtesse Hochberg aus dem Wagen helfen wollte und mir Liselotte lachend und weinend um den Hals fiel«, sagte der Baron.

»Ja, es ist eine wunderbare Fügung des Himmels«, pflichtete die Baronin sehr bewegt bei.

»Nun, ich denke also, weder Sie noch ich werden Einwendungen machen, wenn uns Hans nachher Liselotte als seine Braut zuführt. Für mich gibt es nur noch einen Lebenszweck – das Glück meiner Enkelin nach Kräften zu fördern. Liselotte ist nach meinem Tode die Erbin eines großen Vermögens und die Herrin der Grafschaft Hochberg und unserer Nebengüter. Sie sehen, Herr Baron, Frau Baronin, soweit es Äußerlichkeiten betrifft, ist das Glück unseres jungen Paares fest gegründet. Und was die innere Glückseligkeit betrifft, dafür können wir die jungen Leute selbst sorgen lassen. Ihre Liebe hat sich in den schwersten Proben siegreich bewährt. Ich lege freudig die Hand meiner Enkelin in die Ihres Sohnes. Die Hochzeit können wir wohl getrost noch ein Jahr verschieben. Liselotte ist ja noch sehr jung. Nach der Hochzeit möchte ich das junge Paar gern in Hochberg haben, für den Rest meines Lebens möchte ich mich nicht mehr von meiner Enkelin trennen. Bis zur Hochzeit halten wir einen regen

Verkehr zwischen Hochberg und Bodenhausen aufrecht. Ihr Sohn kann noch ein Jahr in Ihrer Schule fleißig lernen, denn er wird einst als Herr über unsere Güter einen großen Besitz verwalten müssen, und dazu gehören mancherlei Kenntnisse. Ich bin Ihnen auch so großen Dank schuldig, daß Sie meiner Enkelin eine so vorzügliche Erziehung angedeihen ließen.«

Der Baron und seine Gemahlin hatten wie im Traume zugehört.

»Daran haben wir weniger Verdienst, als Sie annehmen, Frau Gräfin«, wehrte der Baron bescheiden ab.

»Und doch danke ich es nur Ihnen, daß ich Liselotte nicht als ein kleines, unwissendes Bauernmädchen wiederfand. Sie ist gottlob in einer Umgebung aufgewachsen, die es ihr jetzt ohne Schwierigkeiten möglich macht, als vornehme Dame aufzutreten. Und nun will ich gleich noch über Ihre Zukunft mit Ihnen reden. Sie, Herr Baron, sollen mit Ihrer Frau Gemahlin bis an Ihr Lebensende in Bodenhausen bleiben und in Vertretung Ihres Sohnes die Herrschaft übernehmen. Ich ließ Ihnen nur den Verwalterposten anbieten, um Sie bis zu unserer Ankunft in Bodenhausen festzuhalten. Ich hatte ja auch meiner Liselotte fest versprochen, daß ich Junker Hans nicht gehen lassen würde.«

Der Baron und seine Gattin dankten der Gräfin tief bewegt für ihre Güte. Sie sahen nun das Leben wieder sonnig und hell vor sich liegen und hatten doch in harter Schule gelernt, daß der wahre Wert des Lebens nicht in äußerlichem Glanz und eitlen Vergnügungen liegt, sondern im Bewußtsein treuer Pflichterfüllung. Dankbaren Herzens erkannten sie, daß ihnen all das Glück, das ihnen nun widerfuhr, die arme kleine Bettelprinzeß ins Haus gebracht hatte mit ihrem liebevollen, goldtreuen Gemüt.

Und Baronesse Lori?

Die hatte all die Worte der Gräfin Katharina ebenfalls vernommen und saß nun ganz benommen und niedergedrückt, wie ein Häuflein Unglück, in ihrem Sessel. Sie wagte gar nicht aufzusehen in das Gesicht der Gräfin und wartete auf ein Strafgericht. Wußte sie doch nun sehr wohl, warum sie in Liselottes Kämmerchen und zu Staubtuch und Kochlöffel verdammt worden war. Aber wer hätte auch denken können, daß das barfüßige Bettelkind eine Gräfin Hochberg war?

Aber dies alles war nun selbst für ihr hochmütig stolzes Wesen eine tiefe Demütigung, und zum ersten Male in ihrem Leben schämte sich Baronesse Lori so recht eindringlich und inbrünstig und machte sich selbst bittere Vorwürfe über ihr liebloses, gehässiges Benehmen Liselotte gegenüber. Diese würde ihr ja nie, niemals verzeihen, was sie ihr all die Jahre angetan hatte, und würde nun Gleiches mit Gleichem vergelten und sie demütigen, wo sie nur konnte. Mit ihrer Verbannung in die enge Kammer hatte wohl Liselotte nur den Anfang gemacht. Nun würde es noch viel ärger kommen – und das hatte sie um Liselotte verdient.

Der Baronesse war sehr schlimm zumute. Ängstlich blickte sie nun auch in das Antlitz der Gräfin.

Diese wandte sich ihr mit einem ernsten Blick zu.

»Sie müssen nicht denken, Baronesse Lori, daß es Liselottes Wunsch gewesen ist, Sie in ihr Kämmerchen zu verbannen und niedere Arbeit von Ihnen zu verlangen. Diese kleine Strafe ließ ich Ihnen von Doktor Heller auferlegen. Ich war hier in Bodenhausen selbst eines Tages Zeuge, als Sie Liselotte sehr feindlich und lieblos demütigten. Ich wollte Ihnen zeigen, wie weh es tut, wenn man gekränkt und gedemütigt wird. Nicht Liselotte hat Sie angeklagt. Dazu ist sie zu großherzig. Ich will es nun auch in Liselottes Hand legen, darüber zu bestimmen, ob Sie auch in Zukunft in dem engen Kämmerchen wohnen sollen oder ob Sie Ihre Zimmer wieder beziehen dürfen. Herr Baron, Frau Baronin, Sie verzeihen mir meinen Eingriff in Ihre erzieherischen Rechte. Aber diese kleine Genugtuung glaubte ich meiner Enkelin schuldig zu sein.«

Lori war dunkelrot geworden und in sich zusammengesunken wie eine reumütige Sünderin. Ihre Eltern sahen sie ernst an.

»Es war eine gute Lehre für Lori, Frau Gräfin«, sagte der Baron.

In diesem Augenblick kamen Junker Hans und Liselotte Hand in Hand aus dem Park zurück. Ihre Gesichter strahlten im sonnigsten Glück. Sie traten vor die Gräfin.

»Verehrteste, gnädigste Frau Gräfin, bewegten Herzens bitte ich Sie um die Hand Ihrer Enkelin, der Komtesse Liselotte. Ich habe sie von ganzem Herzen lieb und hätte sie auch zum Weibe begehrt, wenn sie die arme kleine Bettelprinzeß geblieben wäre, die ich ebenso herzlich liebte wie jetzt die Komtesse Hochberg.«

Die Gräfin zog den Kopf des jungen Mannes zu sich herab und küßte ihn auf die Stirn.

»Lieber Hans, Liselotte hat mir schon versichert, daß sie nie einen andern Mann lieben und keinem ihre Hand reichen will als Ihnen. Und ich finde, daß ihr beide eine gute Wahl getroffen habt. Ich gebe euch meinen Segen, meine lieben Kinder, werdet glücklich miteinander. Und nun geht zu euren Eltern, und laßt euch segnen.«

Das junge Paar dankte ihr herzlich, und Hans führte dann Liselotte seinen Eltern zu.

Liselotte brauchte nichts zu sagen. Die Eltern küßten sie herzlich und nannten sie ihre liebe Tochter.

»Du bist unsere liebe kleine Wohltäterin geworden, mein liebes Kind. Laß dir von Herzen dafür danken«, sagte die Baronin mit tränenden Augen.

Liselotte sah nun auch zu Lori hinüber, die sehr bedrückt und unglücklich in ihrem Sessel saß. Rasch und lebhaft ging Liselotte auf sie zu und reichte ihr warmherzig die Hand.

»Liebe Lori, wollen wir alles Vergangene vergessen sein lassen? Sei mir eine liebe Schwester, wie auch ich es dir allezeit sein will.« – Da schluchzte Lori laut auf.

»Ich bin nicht wert, daß du so gut zu mir bist, Liselotte«, sagte sie in ehrlicher Zerknirschung.

Liselotte umarmte und küßte sie herzlich.

»Du wirst nun lieb und gut zu mir sein, liebe Lori, dann ist alles gut. Noch heute beziehst du wieder deine alten Zimmer, aus denen dich mein liebes Großmütterlein vertrieben hat. Solange wir in Bodenhausen bleiben, bewohne ich wieder mein liebes Kämmerchen. Das lasse ich mir nicht nehmen. Und Großmutter wohnt in den Gastzimmern, die sie schon das erste Mal hier bewohnt hat. Und ihr alle müßt dann für einige Zeit mit nach Hochberg kommen. Ihr müßt doch das neue Heim der Bettelprinzeß kennenlernen. Dort werdet ihr dann auch eine alte Bekannte finden. Fräulein Herter kommt in nächster Zeit für immer nach Hochberg.«

Hans sah mit leuchtenden Augen zu seiner jungen Braut hinüber. Was war sie für ein liebes, herrliches Geschöpf, so voll echter Güte und wahrer Vornehmheit des Herzens. Er trat auf sie zu und küßte andächtig ihre Hände. – Sie sah errötend zu ihm auf.

»Nun habe ich eine Bitte an dich, lieber Hans.«

»Sprich, Liselotte. Ich werde glücklich sein, sie dir erfüllen zu können«, sagte er innig.

»Du sollst gleich nach Tisch mit mir in die ›Weiße Taube‹ gehen. Ich will dich meiner guten alten Tante Schulz und meinem Freunde Heinrich als meinen Bräutigam vorstellen.«

Er lachte fröhlich.

»Das will ich gern tun, und ich bin sehr gespannt auf ihre Überraschung.«

Auch Liselotte lachte.

»Sie standen beide am Zaun, als wir vorüberfuhren, und guckten sich die Augen aus nach dem neuen Herrn von Bodenhausen. Ich habe ihnen geschrieben, es sei ein sehr guter Bekannter von mir. Damit sie mich nicht erkennen sollten, habe ich mich weit zurückgelehnt.«

Lori hörte das mit an, ohne die Nase zu rümpfen darüber,

daß Liselotte ihren Verlobten einem Hausdiener vorstellen wollte. Sie war noch sehr kleinlaut.

Man ging nun zu Tisch. Das Festmahl, das man dem neuen Herrn von Bodenhausen hatte geben wollen, wurde nun ein Verlobungsmahl. Und bei Tisch saß Baronesse Lori neben Doktor Heller, der auch mit daran teilnahm, und bemerkte, daß der alte kluge Herr auch sehr liebenswürdig sein konnte.

Während die älteren Herrschaften nach Tisch ein ruhiges Plauderstündchen hielten und Lori mit dankbarem Herzen ihr altes Reich wieder bezog, schritten Hans und Liselotte Arm in Arm ins Dorf.

Erst hielten sie kurze Rast am Grabe von Liselottes Mutter, und Liselotte erzählte Hans, daß die sterblichen Überreste ihrer Mutter schon in den nächsten Wochen nach Schloß Hochberg überführt und dort feierlich beigesetzt werden sollten in der Familiengruft.

Dann ging das junge Paar in die »Weiße Taube«.

Da gab es natürlich ein großes Staunen. Frau Schulz weinte ein bißchen vor Freude und Rührung, und Heinrich wußte vor freudiger Verlegenheit gar nicht, wie er sich zu der vornehmen Komtesse stellen sollte. Ganz ehrfurchtsvoll nahm er ihr zartes Händchen in seine biedere Rechte und stammelte einen etwas verworrenen Glückwunsch.

Und dann fragte ihn Liselotte, ob er nicht einen recht großen Wunsch hätte, den sie ihm erfüllen könnte. Ob er vielleicht eine gute Anstellung in Bodenhausen oder Hochberg haben wolle.

Er schüttelte verlegen den Kopf.

»Nein, nein, Komtesse Liselotte, das geht nicht, ich muß bei Frau Schulz bleiben; es wäre sehr undankbar von mir, wenn ich sie verlassen wollte, sie braucht mich doch.«

Frau Schulz klopfte ihm auf die Schulter.

»Bist ein guter Mensch, Heinrich. Aber dir, meine liebe Liselotte, will ich was sagen, wie du dem Heinrich etwas Gutes tun kannst. Er möchte heiraten, die Trine Grützner, die er schon lange liebhat. Aber es reicht noch nicht dazu, sie sind beide arm. Ich möchte mich gern bald zur Ruhe setzen und würde Heinrich die ›Weiße Taube‹ in Pacht geben. Ich ziehe dann auf Lebenszeit ins Giebelstübchen. Wenn du also ein gutes Werk an Heinrich tun willst, Liselotte, dann verhilf ihm und seiner Braut zu einer Aussteuer, daß sie heiraten können.« – Liselotte nickte vergnügt.

»Ich will es Großmutter sagen, sie wird dir sicher helfen, Heinrich«, sagte sie.

Der Bursche wurde noch verlegener.

»Ach, Komtesse, wie komme ich denn dazu? Nein, nein, wenn Sie nur immer freundlich an den Heinrich denken, dann bin ich sehr zufrieden«, sagte er bescheiden.

Aber Liselotte vergaß in ihrem Glücke niemand, der ihr einmal Gutes getan hatte, und bat ihre Großmutter, etwas für Heinrich zu tun. Diese sorgte dann auch in weitgehendster Weise für die Aussteuer, und Heinrich konnte bald heiraten. Für Tante Schulz aber hatte Liselotte ein schönes Schmuckstück mitgebracht.

Ach, wie war sie glücklich, daß sie Freude bereiten konnte.

Es wurden nun Verlobungsanzeigen gedruckt, und eine derselben schickte Liselotte an Susi von Bredow.

Unter den beiden Namen: »Baron Hans von Bodenhausen – Komtesse Liselotte von Hochberg-Lindeck« schrieb Liselotte:

»Die Komtesse Liselotte ist niemand anders als Deine treue Freundin

Bettelprinzeß.

Brief folgt mit Erklärung.«

Ein Jahr später wurde Liselottes Hochzeit in Schloß Hochberg mit allem Glanz gefeiert. Susi von Bredow, Baronesse Lori – die sich sehr zu ihrem Vorteil verändert hatte – und noch einige andere junge Damen waren ihre Brautjungfern.

Liselotte hatte längst gelernt, sich in der großen Gesellschaft zu bewegen, wie es einer Gräfin Hochberg zukam. Stolz und demütig zugleich schritt sie an der Seite ihres stattlichen Verlobten zum Altar, und niemals hatte es ein glücklicheres Brautpaar gegeben als Hans von Bodenhausen und seine innig geliebte kleine Bettelprinzeß.

GRISELDIS

Ein Sturm, der den Regen schräg durch die Lüfte trieb und klatschend niederprasseln ließ, machte den Aufenthalt im Freien nicht angenehm. Dieser Ansicht war auch der Kraftwagenlenker, der ein elegantes Gefährt durch den ächzenden Wald lenkte, in dem der Sturmwind ein wahres Höllenkonzert veranstaltete. Der Kraftwagen kam gar nicht schnell vorwärts auf dem vom Regen aufgewühlten Boden. Hier und da lag ein vom Sturm geknickter Baumstamm über dem Weg.

Neben dem Fahrer saß ein Diener, und dieser mußte wiederholt absteigen, um die Hindernisse fortzuräumen. Einmal mußte auch der Fahrer seinen Platz verlassen, um einen schweren Baumstamm beiseite zu schieben, den der Diener nicht allein bewältigen konnte. »Es ist, als wären heute alle Teufel los«, sagte er ärgerlich.

»Das reine Höllenwetter«, erwiderte der Diener.

An dem Fenster des indessen stillstehenden Kraftwagens erschien ein blasses Männerantlitz, aus dem die Augen düster herausschauten. Dann war es wieder verschwunden. Der Insasse des Wagens hatte sich anscheinend wieder teilnahmslos in die Kissen zurückgelehnt. Langsam ging es dann weiter, als der Weg wieder frei war. Und bald darauf fuhr der Wagen aus dem Walde heraus und einen allmählich ansteigenden Berg hinan.

Dort oben lag das Schloß Treuenfels.

Wie ein Märchenschloß lag es auf der Kuppe des Berges, als sei kein Leben in seinen gewaltigen Mauern. Man konnte es, zumal in diesem Sturmwetter, sehr wohl für eine Drachenburg halten, in der eine verwunschene Prinzessin in Gefangenschaft gehalten und von einem Drachen bewacht wurde.

Als das Gefährt das Bergplateau erreicht hatte, ließ der Fahrer einige Male laut die Hupe ertönen, gerade in eine Pause hinein, die der Sturmwind in seinem wilden Konzert machte. Und auf dieses Zeichen hin wurde es plötzlich in dem stillen Schloß lebendig. Die großen elektrischen Bogenlampen vor dem Tor flammten auf und warfen über die große Freitreppe und den freien Platz davor helles Licht. Die hohen Flügel des Tores sprangen auf und gestatteten einen Einblick in die große Schloßhalle, die nun ebenfalls hell erleuchtet war. Auch ein Teil der Fenster im Schloß wurde hell, und man sah die Schatten von geschäftigen Menschen daran vorüberhuschen. Aber alles geschah seltsam lautlos. In der Halle standen die Beamten und Diener des gräflichen Hauses, um ihren heimkehrenden Herrn zu erwarten. Sie trugen festliche Kleider, aber in ihren blassen, betretenen Gesichtern lag keine freudige Erwartung. Scheu blickten aller Augen nach dem geöffneten Tor. Und hinten an der Treppe, die breit und wuchtig gebaut war und nach den oberen Stockwerken führte, stand Mademoiselle Perdunoir mit weit aufgerissenen Augen und einem schier entsetzten Ausdruck in dem hübschen, etwas spöttischen Gesicht. »Mademoiselle« war die Gouvernante der kleinen Komtesse Gilda, des einzigen Kindes des Grafen Harro Treuenfels.

Dieser war langsam aus dem Automobil gestiegen, mit den müden Bewegungen eines alten Mannes. Trotzdem hatte er kaum die Mitte der Dreißig erreicht. Er stieg die Freitreppe empor und trat in die hellerleuchtete Halle.

Sonst, wenn er nach längerer Abwesenheit nach Hause gekommen war, hatten ihm seine Leute zugejubelt und ihn mit freudigen Gesichtern begrüßt. Heute blieb alles stumm. Sein Antlitz wurde noch einen Schein bleicher, als er seine Leute mit bestürzten Gesichtern dastehen sah. Der herbe Leidenszug um seinen Mund, der von schweren Seelenkämpfen zeugte, vertiefte sich noch, und die Augen blickten gequält und düster mit einem starren Blick geradeaus.

Ein leises Murmeln der Leute, das wohl einen Gruß bedeuten sollte, schlug an sein Ohr. Es war, als sei da eine Trauerversammlung zusammengekommen. Nur scheu blickten sie alle in das versteinerte Gesicht ihres Herrn, das sie so ganz anders gekannt hatten, so leuchtend und lebensfroh, und das sie geliebt hatten – geliebt und verehrt.

Aber nun war alles, alles anders geworden – seit das Furchtbare in Schloß Treuenfels geschehen war.

Ihr Herr stand nicht mehr vor ihnen, wie sie ihn zu sehen gewohnt waren, stolz und aufrecht, eine imponierende, kraftvolle Persönlichkeit. Es war, als sei seine hohe Gestalt niedergebeugt worden von einem schweren Schicksal – oder von schwerer Schuld.

Niemand wagte zu entscheiden, ob Schuld oder Verhängnis das stolze Haupt gebeugt hatte. Hatten doch nicht einmal seine Richter Licht in die geheimnisvolle Begebenheit bringen können, die aus Schloß Treuenfels ein Trauerhaus gemacht hatte. Graf Harro war soeben aus dem Untersuchungsgefängnis entlassen worden, in dem er lange Wochen zugebracht hatte. Wohl war er nach der Verhandlung freigesprochen worden – aber nur aus Mangel an Beweisen. Seine Schuld konnte so wenig klar bewiesen werden wie seine Unschuld.

Aus Mangel an Beweisen!

War das wirklich ein Freispruch?

Erst hatte er jede Schuld stolz und heftig geleugnet, hatte mit zornigen Augen seine Ankläger angesehen und für seine Worte blinden Glauben verlangt, als sein gutes Recht. Aber während der nervenzermarternden Untersuchung, die einen Beweis nach dem anderen für seine Schuld erbringen wollte, nach der Folter der endlosen Verhöre war er immer matter und stumpfsinniger geworden. Er konnte nicht begreifen, daß man seinen Worten nicht glaubte, und sah doch selbst entsetzt, daß immer neue Verdachtsmomente gegen ihn zu zeugen schienen.

Welche furchtbaren Tage hatte er verlebt, bis er lernte, sich in das Unvermeidliche zu fügen!

Aus Mangel an Beweisen! Dieser fürchterliche Urteilsspruch klang ihm immerfort in den Ohren. Jeder, der ihm fortan gegenüberstand, durfte denken: Du wirst wohl doch schuldig sein, und nur ein Glücksumstand hat dich vor dem Henker gerettet.

Und diese Gewißheit lastete wie ein Alp auf ihm. Und all seine Leute, die ihn doch so gern schuldlos gesehen hätten, wagten nicht an seine Unschuld zu glauben. Sie fanden zwar mancherlei Entschuldigungen für die Tat, deren er angeklagt war, aber niemand konnte beweisen: Er ist unschuldig.

Graf Harro war angeklagt worden des Mordes an seiner jungen Gemahlin, der Gräfin Alice.

Wenige Augen hatten der schönen, aber launischen und oft sehr boshaften Gräfin nachgeweint. Sie war eine jener verzogenen, eigensinnigen Frauen, die für sich den Wahlspruch in Anspruch nahmen: »Erlaubt ist, was gefällt«, und die ihren Mitmenschen nur so weit Daseinsberechtigung zuerkannten, als sie angenehm waren und ihren Launen Vorschub leisteten.

Sie war sehr wohl dazu geschaffen, ihren Mann an den Rand der Verzweiflung zu bringen. Er hatte neben dieser Frau die Hölle auf Erden gehabt, und ihre nächste Umgebung war der Ansicht gewesen, daß sie ihr tragisches Ende verdient hatte.

Sie verstand es, Männerherzen zu bezaubern, denn sie war schön und voll Anmut.

Graf Harro hatte während seiner Ehe mit ihr vergeblich versucht, sie zu ändern, zu bessern, aber es war alles vergeblich gewesen. Sagte er etwas, das ihr nicht gefiel, so hielt sie sich die Ohren zu, stampfte mit den Füßen auf oder warf mit zorniger Gebärde gar irgendeinen Gegenstand nach ihm, wie sie sich auch ihren Untergebenen gegenüber nicht selten zu Tätlichkeiten hinreißen ließ. Es schien ihr förmlich Bedürfnis zu sein, ihren Mann zu ärgern und zu quälen, und mehr aus diesem Grund als aus wirklichem Bedürfnis verstrickte sie sich in allerlei Koketterien und lachte häßlich auf, wenn er es ihr untersagte. Es war zwischen den Eheleuten deshalb zu vielen Szenen gekommen, und Gräfin Alice ging immer als Siegerin aus solchen Situationen hervor, denn meist ergriff ihr Gemahl schließlich vor ihrer Heftigkeit die Flucht.

Im Sommer lebte das gräfliche Paar auf dem Schlosse, im Winter ging es nach der Residenz, um Gesellschaften und Hoffestlichkeiten mitzumachen.

Die jungen Gatten wohnten dann im Palais Treuenfels, das schon seit Jahrhunderten, gleich Schloß und Grafschaft Treuenfels, dem Geschlecht gehörte. Und hier veranstaltete die Gräfin glänzende Feste. Sie gab den Ton an in der Gesellschaft, ließ sich umschwärmen und den Hof machen und zeigte sich in der Gesellschaft nur in blendender Laune. Sobald sie aber mit ihrem Gatten und ihren Dienstboten allein war, kamen tausend Teufelchen zum Vorschein.

Sie, die stets mit ihrer Nervosität kokettierte und mit dieser alles durchsetzen wollte, schien Nerven von Stahl und Eisen zu haben, solange sie ein Vergnügen vor sich hatte, um nachher alles mit ihrer »Nervosität« zu tyrannisieren.

Gräfin Alice stammte selbst aus einem sehr reichen Grafengeschlechte, und ihr Gemahl gehörte zu den begütertsten Edelleuten des Herzogtums. Er hatte nichts dagegen, wenn seine Gemahlin das Geld mit vollen Händen ausstreute, wenn er auch nicht billigte, daß es oft in sinnloser Weise geschah. Sein Charakter war zu gediegen, als daß er daran hätte Gefallen finden können. Er konnte nicht verstehen, daß sie einer flüchtigen Laune Unsummen opferte. Aber nie machte er ihr darüber einen Vorwurf. Niemand hätte überhaupt sagen können, daß er seiner Frau irgendeinen Zwang auferlegte. Aber ihre koketten Manöver untersagte er ihr als einer

Gräfin Treuenfels unwürdig. Sie verhöhnte ihn jedoch nur und tat, was sie wollte.

So war es auch im letzten Winter wieder gewesen. Aber diesmal überschritt sie die Grenzen, die ihr Gemahl in seiner Langmut ihr ziemlich weit gesteckt hatte. Ein junger ausländischer Prinz, der am herzoglichen Hofe weilte, hatte sich in die schöne Gräfin Alice verliebt, und es reizte sie, ihn zu begünstigen und ihm mehr Freiheiten zu gestatten als ihren übrigen Verehrern. Ihr Herz blieb auch hier frei, es schmeichelte nur ihrer Eitelkeit, den Prinzen an ihren Triumphwagen zu spannen. Sie kam ihm entgegen – über die erlaubte Grenze hinaus.

Und eines Abends, als Graf Harro aus einer Herrengesellschaft zeitiger nach Hause kam, als man erwartete, fand er seine Gattin in einer sehr zärtlichen Stellung mit dem jungen Prinzen.

In seinem gerechten Zorn machte er dem Prinzen gegenüber von seinem Hausrecht energisch Gebrauch – man wollte wissen, daß er ihn mit einer Reitpeitsche ins Gesicht geschlagen hatte, um den ihm angetanen Schimpf zu vergelten.

Jedenfalls hörte die Dienerschaft eine erregte Szene zwischen dem gräflichen Paar, und Graf Harro hatte in seinem Zorn fürchterliche Drohungen hervorgestoßen. Er zwang seine Gemahlin, noch an demselben Abend mit ihm nach Schloß Treuenfels zurückzukehren.

Die Dienerschaft hatte entsetzt in Graf Harros zorniges Gesicht gesehen. So kannte man ihn nicht. Er war sonst immer beherrscht und ruhig. Aber an jenem Abend war er wie außer sich gewesen, und einige der Diener hatten ganz deutlich gehört, daß er seiner Gemahlin zugerufen hatte: »Lieber töte ich dich und mich, als daß ich zusehe, wie du meinen Namen mit Schmach bedeckst.« Und die Gräfin mußte diesmal doch wohl Angst bekommen haben, denn sie war ganz still und fügte sich willenlos in die Abreise.

So kehrte das gräfliche Paar ganz unerwartet an jenem Abend nach Treuenfels zurück. Dort war die kleine Komtesse Gilda mit ihrer Schweizer Gouvernante und ihrer Wärterin zurückgeblieben, denn die Gräfin liebte es nicht, sich durch Mutterpflichten in ihrem Vergnügen stören zu lassen. Außerdem weilte im Schloß Treuenfels noch die Komtesse Beate von Treuenfels, eine Verwandte des Grafen Harro. Diese zählte dreißig Jahre und entstammte einer verarmten Seitenlinie des Geschlechtes. Graf Harro hatte sie mitleidig in seinem Hause aufgenommen und ihr eine Heimat geboten. Sie hatte sich des Hauswesens in Schloß Treuenfels angenommen, was Gräfin Alice sehr angenehm war. Diese ließ auch ihr Töchterchen immer unter Komteß Beates Obhut, wenn sie zu Hofe ging. Dafür quälte sie aber die arme Verwandte mit ihren Launen wie ihre übrige Umgebung und ließ es sie wenig taktvoll fühlen, daß sie nur geduldet war und das Gnadenbrot aß.

Als nun an jenem Winterabend das gräfliche Paar so unerwartet im Automobil aus der Residenz zurückkam, wußte Komteß Beate sofort, daß es wieder einen Sturm zwischen den Eheleuten gegeben hatte. Es kam auch nochmals zu einer heftigen Szene zwischen Graf Harro und seiner Gemahlin. Und die Dienerschaft hatte gehört, daß der Graf, als er die Zimmer seiner Gemahlin verlassen hatte, ausrief:

»Das muß ein Ende haben – und müßte es ein Ende mit Schrecken sein!«

Danach war die Gräfin allein geblieben, niemand war mehr in ihrem Zimmer gewesen als die Zofe der Gräfin, die dann bis zum Morgen im Vorzimmer blieb und vergeblich wartete, daß ihre Herrin ihr die Erlaubnis gab, zur Ruhe zu gehen.

Und am nächsten Morgen fand man die Gräfin Alice tot auf ihrem Lager. Die Untersuchung ergab, daß sie vergiftet war.

Gräfin Alice trank jeden Abend, wenn sie sich zur Ruhe

legte, ein Glas schweren Weines, weil sie glaubte, anders nicht einschlafen zu können. Auch an jenem Abend war das geschehen. Die Zofe hatte das Glas gefüllt, ehe sie ihre Herrin verließ, und dieses auf das Nachtschränkchen neben dem Bett der Gräfin gestellt, damit es für sie bereitstehe.

In der Flasche, aus der die Zofe den Wein gegossen hatte, war nur noch ein kleiner Rest übriggeblieben, und diesen Rest hatte die Zofe in die Küche hinuntergeschickt. Dort war er später von der Untersuchungskommission beschlagnahmt worden, und die Untersuchung hatte ergeben, daß in diesem Rest Wein kein Gift enthalten war.

Aber in dem fast geleerten Weinglas neben dem Lager der Gräfin hatte man das Vorhandensein eines exotischen Giftes festgestellt. Zwar hatte Graf Harro, als man ihn an das Lager seiner Gemahlin rief, in der Erregung das Weinglas umgestoßen, so daß der Rest aus dem Glase herausfloß, aber man hatte diesen Rest doch noch untersuchen können.

Und bei der Untersuchung hatte man den Grafen beschuldigt, das Weinglas mit Absicht umgestoßen zu haben, um die Spuren seines Verbrechens zu verwischen. Denn er war des Giftmordes an seiner Gemahlin beschuldigt worden. Das exotische Gift, dessen Spuren man in dem Weinglas fand, stammte aus dem Besitz des Grafen. Er hatte es von einer Reise nach Indien mitgebracht und hielt es stets in einem Geheimfach seines Schreibtisches unter Verschluß. Niemand als er wußte, wo sich dieses Geheimfach befand und wie es zu öffnen war, und er mußte der Wahrheit gemäß aussagen, daß er niemand von diesem Gifte abgegeben habe. Das Gift befand sich in einem kostbaren, in Gold gefaßten und mit Edelsteinen besetzten Kristallfläschchen.

Graf Harro mußte zugeben, daß dieses, als er es erwarb, bis oben hin mit dem Gifte angefüllt war. Wenige Wochen vor dem Tode seiner Gemahlin hatte er es einigen Personen gezeigt, und zwar seiner Gattin, seinem Freunde, Baron Fritz Dalheim, und seiner Base, Komteß Beate.

Baron Dalheim hatte vor Gericht bezeugen müssen, daß an jenem Tage das Fläschchen noch ganz gefüllt gewesen war, während die Komtesse, als Verwandte des Grafen, jede Zeugenaussage verweigert hatte.

Als man das Fläschchen beschlagnahmte, war es etwa nur noch zu zwei Dritteln gefüllt, und es war zweifellos, daß jemand davon genommen hatte. Da nun niemand existierte, der das Geheimfach kannte, da Graf Harro zugeben mußte, daß er das Fläschchen nie in andere Hände gegeben habe, und da er am Abend vorher von seiner Gattin schwer gereizt worden war und allerlei Drohungen ausgestoßen hatte, waren genug Momente vorhanden, um ihn anzuklagen.

So hätte sich die Kette der Beweise gegen den Grafen mühelos schließen lassen, wenn nicht ein Umstand zu seinen Gunsten gesprochen hätte. Die Zofe der Gräfin sagte unter Eid aus, daß sie den Wein erst in das Glas gefüllt habe, nachdem Graf Harro seine Gattin bereits verlassen hatte. Und sie behauptete, der Graf sei nicht noch einmal zurückgekehrt, es sei auch sonst niemand mehr in den Zimmern der Gräfin gewesen, denn sie habe die ganze Nacht noch im Vorzimmer gesessen, und einen anderen Eingang als durch dieses Vorzimmer hatten die Gemächer der Gräfin nicht. Aber die Richter zweifelten doch, ob die Zofe nicht ein wenig geschlafen hatte. Dann konnte der Graf wohl unbemerkt nochmals zurückgekehrt sein. Auf Grund dieser Aussage konnte er jedoch nicht als überführt angesehen werden, und da er nach wie vor seine Unschuld beteuerte, war eine Verurteilung ausgeschlossen.

So wurde er aus Mangel an Beweisen freigesprochen.

Immerhin, so sagte der Verteidiger, sei es doch möglich, daß die Gräfin Selbstmord verübt und sich den Zugang zu dem Geheimfach auf irgendeine Weise, ohne Wissen ihres Gemahls, verschafft habe.

Aber niemand in der Gesellschaft glaubte an einen Selbstmord der schönen und »liebenswürdigen« Gräfin Alice, trotzdem mancherlei in der Verhandlung zutage gekommen war, was auf ihre »Liebenswürdigkeit« ein seltsames Licht warf.

So bildeten sich in der Gesellschaft zwei Parteien. Die eine sprach zugunsten des Grafen, dem sie keinen Mord zutraute, die andere nahm die Möglichkeit seiner Schuld an. Aber auch diese zweite Partei fand eine Entschuldigung für die schlimme Tat. Die Gräfin hatte ihrem Gemahl Veranlassung gegeben, sie zu strafen, weil sie seinen Namen durch das Verhältnis mit dem Prinzen befleckt hatte.

Trotzdem war Graf Harro Treuenfels jetzt für die Gesellschaft ein toter Mann. Er durfte für diese nicht mehr existieren. Und das wußte er ganz genau.

Diese Gewißheit trieb ihn nach seiner Haftentlassung aus dem Untersuchungsgefängnis nach Treuenfels. Er sehnte sich nach der Einsamkeit seines Schlosses und nach seiner zärtlich geliebten kleinen Tochter, die er in all der Zeit nicht mehr wiedergesehen hatte.

Und nun stand er unter seinen Untergebenen – ein Gezeichneter, ein Verfemter –, ein Ehrloser in den Augen der Welt. Er sah, daß auch seine Leute nicht an seine Unschuld glaubten, und das krampfte ihm das Herz zusammen.

Er biß sich fast die Lippen blutig, während er ihnen gegenüberstand. Ohne ein Wort zu sprechen, grüßte er kurz und ging durch die Reihen hindurch nach der Treppe im Hintergrund der Halle.

Bleich und düster war sein Antlitz, und in seinen Augen lag ein Ausdruck namenloser Pein. An der Treppe stand noch immer Mademoiselle Perdunoir, die Gouvernante seiner Tochter, und sah ihn mit entsetzten Augen an. Und als er nun mit seinem düster brennenden Blick auf sie zukam, wich sie aufkreischend vor ihm zurück und barg sich hinter dem wuchtigen geschnitzten Treppenpfeiler. Graf Harro zuckte zusammen. Er verhielt seinen Schritt.

»Mademoiselle!«

Sie lugte ängstlich hinter der Säule hervor. »Herr Graf wünschen?«

»Sie verlassen morgen früh Schloß Treuenfels, Mademoiselle. Ich will meiner Tochter eine deutsche Erzieherin geben«, sagte er kalt und rauh.

Da kam Mademoiselle hinter dem Pfeiler hervor.

»Oh, ich gehen von selbst – ich bleiben nicht in diese Haus, wo eine solche schlimme Tat geschehen«, erwiderte sie höhnisch.

Er starrte sie finster an. »Schweigen Sie! Lassen Sie sich morgen früh auf dem Rentamt Ihr Gehalt auszahlen.«

Nach diesen Worten wandte er sich an den Rendanten, der hinter ihm stand. »Herr Rendant, Mademoiselle bekommt ein Vierteljahrsgehalt und Verpflegungsgeld für diese Zeit.«

Der Rendant verneigte sich. »Sehr wohl, Herr Graf.«

Und nun richtete sich der Graf straff empor und wandte sich zurück an seine Leute. Mit erhobener, fester Stimme sagte er ruhig: »Ich halte niemand in meinen Diensten. Wer Schloß Treuenfels verlassen will, soll es ungehindert tun, auch wenn ihn noch ein Vertrag bindet. Ich löse hiermit alle Verträge und gestatte jedem, sofort zu gehen. Wer nicht bleiben will, erhält ein Vierteljahrsgehalt auf dem Rentamt.«

Damit wandte er sich wieder der Treppe zu und wollte hinaufsteigen. Da kam plötzlich etwas Weißes die Treppe herabgeflogen. Es war die kleine Komtesse Gilda, ein reizendes fünfjähriges Kind mit blonden Locken, tiefblauen Augen und einer zarten Apfelblütenfarbe. Sie war barfuß und in ein langes weißes Nachtkleid gehüllt. Eilig lief sie die Treppe herab und streckte sehnsüchtig die Arme aus.

»Papa! Mein lieber, guter Papa!«

Er fing sie in seinen Armen auf und drückte sie fest an sich. Aus seiner Brust kam es wie ein Stöhnen.

»Meine kleine Gilda – mein liebes Kind«, sagte er mit rührender Zärtlichkeit und stieg mit ihr die Treppe empor.

Oben stand die Wärterin der Komtesse. »Herr Graf verzeihen – ich konnte die Komtesse nicht halten.«

Der Graf winkte ab. »Bist du Henriette entwischt, meine kleine Gilda?« fragte er zärtlich. Und ein warmes Glücksgefühl stieg in ihm auf, als sich das rosige Körperchen an ihn schmiegte. Beglückt fühlte er, daß sich zwischen seine Tochter und ihn nichts trennend drängen konnte. Hier schlug ihm unverändert ein Herz in Liebe und Vertrauen entgegen.

»Ach, Henriette wollte mich im Bett festhalten, ich sollte schlafen und nicht auf dich warten. Aber Beate hat mir doch gesagt, daß du heute abend kommst, und da habe ich die Augen weit aufgemacht, damit ich nicht einschlief. Hab' dich doch so lange nicht gesehen, mein lieber Papa, warst so lange auf Reisen. Ich bettelte bei Beate, sie sollte mich auflassen, bis du kämst, aber sie ließ mich doch ins Bett stecken. Und Henriette wollte mich halten. Aber als ich deine Stimme hörte, da bin ich eins, zwei, drei aus dem Bettchen und die Treppe hinab. Und nun hab' ich dich.«

So plauderte das liebe Stimmchen des Kindes.

Er strich zärtlich über das blonde Köpfchen.

»Mein kleiner Sonnenschein«, flüsterte er halb erstickt und barg sein Antlitz in den weißen Falten des Nachtgewandes seiner Tochter.

Er trug sie in ihr Schlafzimmer zurück und legte sie in ihr Bett. Sorglich deckte er sie zu und richtete sich auf. Und da sah die kleine Komtesse, daß der Vater Tränen in den Augen hatte.

Mit einem Ruck setzte sie sich auf. Ganz blaß und betroffen sah sie ihn an. Das hatte sie noch nie gesehen.

»Papa – lieber Papa – du weinst!« rief sie erschrocken.

Er kniete an ihrem Lager nieder und umschlang sie mit beiden Armen, als könne sie ihm entrissen werden.

»Es ist nichts, mein Kind – nur ein paar Tränen.«

»Warum weinst du, Papa? Bist du böse, daß ich dir aus dem Bettchen entgegenlief?«

Er streichelte sie mit zitternden Händen.

»Nein, o nein. Ich weine vor Freude, daß du es tatest, weil du Sehnsucht nach mir hattest.«

Gilda nickte aufatmend und legte ihre Wange an die seine.

»Große, große Sehnsucht hatte ich nach dir. Als du mit den fremden Herren fortreistest, da habe ich so lange weinen müssen. Und keiner war da, der mich tröstete. Mademoiselle sprach so dummes Zeug. Sie sagte, sie wüßte nicht, ob du jemals wiederkämst. Und Beate hat so große, finstere Augen gemacht und hat sich die Ohren zugehalten, wenn ich weinte. Henriette aber hat selber mitgeweint. Die konnte mich auch nicht trösten. Und Mama – ach – du weißt doch, daß sie drüben in der Gruft schläft und nie mehr aufwacht. Sie kann nun nicht mehr zanken und ist nicht mehr nervös. Mademoiselle sagte aber, Mama kann keine Ruhe finden. Da hat sie aber Beate tüchtig gescholten und hat gesagt, das ist Unsinn. Weißt du, Papa, nach Mama habe ich kein bißchen Sehnsucht gehabt. Aber nach dir – oh, davon hat es mir hier ganz weh getan.«

Sie zeigte auf ihr Herz, und ihre Augen sahen ihn an, wie Kinder blicken, die überwach sind.

»Mein süßes Kleines – so weh hat es getan, dein armes Herzchen?«

Sie nickte. »Ja, sehr weh. Aber als Beate heute sagte: ›Papa kommt heute abend heim‹, da hat mein Herz gehüpft vor Freude – fühle nur – jetzt hüpft es wieder. Das macht, weil ich so froh bin, daß ich dich wiederhabe. Und nun gehst du nicht wieder fort.«

»Nein, mein Kind, nie mehr.«

»Wie – gehst du auch nicht mehr zu Hofe? Oder nimmst du mich dann mit nach dem Palais Treuenfels, wohin mich Mama nie mitnehmen wollte?«

Er sah über ihr Köpfchen hinweg. Zum ersten Male erwog er, daß das Unglück, das ihn betroffen hatte, auch Schatten auf das Schicksal seiner Tochter werfen würde. Es würde ihr anhängen, daß sie die Tochter eines Mannes war, dem man nur aus Mangel an Beweisen seine Freiheit wiedergegeben hatte. So, wie er trotzdem in den Augen der Welt als Gattenmörder galt, so würde man in seiner Tochter das Kind eines Mörders sehen – wenn es ihm nicht gelang, Licht in die geheimnisvolle Angelegenheit zu bringen.

Und wie sollte er ergründen, was aller Scharfsinn seiner Richter nicht hatte ergründen können?

»Nein, ich bleibe immer hier bei dir und gehe nie mehr zu Hofe, mein armes Kleines«, sagte er gequält.

Gilda schmiegte sich an ihn. »Warum sagst du armes Kleines zu mir? Alle sagen das jetzt immer zu mir. Und du nun auch? Ich weiß schon, warum es alle zu mir sagen. Mademoiselle hat es mir gesagt. Weil Mama tot ist, und weil etwas Schreckliches passiert ist, wovon Mademoiselle aber nicht sprechen darf. Beate hat es ihr verboten. Was ist es nur, das Schreckliche, Papa? Willst du es mir nicht sagen?«

Graf Harro erhob sich müde, wie gebrochen. »Das ist törichtes Geschwätz von Mademoiselle, Gilda, darauf mußt du nicht hören. Das Schreckliche ist, daß Mama tot ist, sonst nichts weiter.«

Gilda nahm seine Hand und schmiegte ihre Wange daran.

»Ach, wenn ich dich nur habe, mein lieber Papa, dann ist alles gut, und dann bin ich auch nicht mehr ein armes Kleines. Das will ich nicht hören, da muß ich weinen«, sagte sie leise, nun doch ein wenig schläfrig.

Er legte sie in ihre Kissen zurück und deckte sie sorglich zu.

»Nun schlaf, mein Liebling.«

»Ja, Papa! Hörst du den tollen Sturm? Wie bin ich froh, daß du zu Hause bist. Morgen früh darf ich doch mit dir frühstücken?«

»Ja, das darfst du. Gute Nacht, mein Kind.«

»Gute Nacht, Papa. Und alle Englein mögen dich behüten«, sagte Gilda ihr frommes Sprüchlein.

Wenige Minuten später war sie fest entschlummert.

Mit einem tiefen Seufzer entfernte sich der Graf, nachdem er die Wärterin auf ihren Posten gerufen hatte. Er suchte seine Gemächer auf. Sein Kammerdiener, der schon bei seinem Vater in Diensten gestanden hatte, erwartete ihn hier.

Graf Harro sah ihn scharf und fest an.

»Grollmann – ich sah dich nicht unten in der Halle.«

Grollmann hielt seinen Blick ruhig aus.

»Ich wollte den Herrn Grafen hier oben erwarten.«

»Nun, so hast du nicht gehört, was ich unten zu den anderen sagte. So will ich es dir wiederholen: Wer mir nicht mehr dienen will, kann gehen.«

Der alte Diener, der sich trotz seiner fünfzig Jahre straff und aufrecht hielt wie ein Junger, sah mit feuchten Augen in sein blasses Gesicht. »Das werden der Herr Graf doch nicht von Grollmann glauben? Ich diene meinem Herrn Grafen, bis er mich selber gehen heißt. Ich weiß, daß der Herr Graf jetzt treue Diener braucht. Und wehe, wenn in meiner Gegenwart jemand ein böses Wort über meinen Herrn sagt – der soll meine Fäuste spüren.«

Ein schwaches Lächeln flog über Graf Harros Gesicht.

»So willst du für mich eintreten, Grollmann?«

»Das ist selbstverständlich, Herr Graf.«

Mit brennenden Augen sah der Herr seinen Diener an. »Glaubst du denn an meine Unschuld, Grollmann?«

Offen sah dieser zu ihm auf. »Wie an meine eigene. Man könnte ja keinem Menschen trauen, wenn mein Herr Graf imstande sein sollte, so ein Verbrechen zu begehen.«

Da reichte Graf Harro seinem Diener die Hand. »Ich danke dir, Grollmann! Du wirst wohl so ziemlich der einzige sein, der an mich glaubt.«

»O nein, Herr Graf. Auch Komteß Beate glaubt an die Unschuld des Herrn Grafen. Sie hat es mir selbst gesagt. Und sie hat hier gut für Ordnung und Ruhe gesorgt in der Abwesenheit des Herrn Grafen, obwohl sie ganz krank und elend war von all den Aufregungen und so schreckhaft, daß es einen erbarmen konnte. Sie hat den Leuten auch streng verboten, über die ganze Angelegenheit im Schlosse zu sprechen, damit unser Komteßchen nicht durch ein ungutes Wort erschreckt würde.«

Während Grollmann das sagte, half er seinem Herrn beim Umkleiden.

»Wo ist Komteß Beate? Ich sah sie noch nicht«, erwiderte dieser.

»Komteß will im Speisezimmer auf den Herrn Grafen warten. Sie wollte nicht unten zwischen den Leuten stehen und wird wohl den Herrn Grafen zuerst allein begrüßen wollen.«

»Es ist gut, Grollmann.«

Weiter sprach Graf Harro nichts mit seinem Kammerdiener.

Dieser betrachtete ihn mit bekümmerten Augen. Wie schmal und blaß das Antlitz seines jungen Herrn in der langen Untersuchungshaft geworden war. Und die Augen blickten aus dem blassen Gesicht, daß es einem wehe tat.

Wenn das der hochselige Herr Vater noch erlebt hätte. Früher, vor seiner Verheiratung, war Graf Harro immer so vergnügt und übermütig gewesen, und mit seinen Eltern lebte er in herzlichster Eintracht. Dann war erst der alte Herr Graf gestorben, und ein Jahr darauf hatte Graf Harro die Gräfin Alice heimgeführt. Mit der war der Unfriede ins Schloß gezogen. Wenn auch Graf Harro die Gräfin Alice aus Liebe geheiratet hatte, so dauerte doch sein Glück kaum vier Wochen.

Und die hochselige Frau Mutter, ach, was hatte die für sorgenvolle Augen dazu gemacht. Sie war im Herzeleid und in großer Sorge um ihren Sohn ihrem Gatten bald ins Grab gefolgt. Aber selbst am Todestage seiner Mutter hatte Gräfin Alice keine Ruhe gegeben.

Den ersten Anlaß zu ehelichen Streitigkeiten hatte der Umstand gegeben, daß die junge Gräfin sich Mutter fühlte und keine Festlichkeiten besuchen konnte. Es hatte deswegen schreckliche Szenen gegeben. Graf Harro war die Güte und Nachsicht selbst gewesen. Er hatte geglaubt, das hänge alles nur mit dem Zustand seiner Frau zusammen und sie müsse geschont werden. Er hoffte, daß alles wieder gut würde, wenn erst das Kindchen da wäre.

Und in dieser gütigen Nachsicht hatte er alles verdorben. Die eigensinnige Frau nahm ihm das Heft aus der Hand, und er verlor alle Macht über sie.

Nach der Geburt der kleinen Komtesse wurde es noch schlimmer. Das Kind war der Gräfin nur eine Last. Sie weigerte sich, irgendwelche Pflichten zu übernehmen. Tagelang sah sie überhaupt nicht nach dem Kinde und überließ es der Amme, dann der Bonne und schließlich der französischen Gouvernante. Denn eine französische mußte es sein. Ihre Tochter sollte »französischen Schick« bekommen, wie sie sagte. Da hatte es auch Kämpfe gegeben. Graf Harro wünschte eine deutsche Erzieherin für seine Tochter, wenn die Mutter nicht selbst die Erziehung übernehmen wollte. Und das wollte die Gräfin ganz sicher nicht. Sie lachte spöttisch auf, als ihr der Graf das sagte, und setzte mit ihren Szenen die französische Gouvernante durch.

Und Mademoiselle Perdunoir kam und fand Gnade vor den Augen der Gräfin, wenn sie auch sonst niemand im Hause leiden mochte. Auch dem Grafen war sie widerwärtig, und er beschäftigte sich viel selbst mit der kleinen Komtesse.

Dann saß Mademoiselle Perdunoir im Wohnzimmer der Gräfin und erzählte dieser pikante Pariser Histörchen aus der Gesellschaft. Sie machte sich über die Ehemänner lustig, die ihre Frauen betrogen, und mit ihrem leichtfertigen, frivolen Geplauder amüsierte sie die Gräfin, so daß diese Mademoiselles Zeit mehr für sich in Anspruch nahm als für ihr Kind. Und das war noch das einzig Gute dabei, denn eine gute Erzieherin war Mademoiselle ganz gewiß nicht. Graf Harro mußte da sehr streng beaufsichtigen und behielt seine Tochter soviel wie möglich in seiner Nähe. So war zwischen Vater und Tochter ein viel zärtlicheres und innigeres Verhältnis entstanden als zwischen Mutter und Kind.

Einen geregelten Haushalt hätte es in Schloß und Palais Treuenfels auch nicht gegeben, wenn es auf Gräfin Alice angekommen wäre. Sie kümmerte sich nur um ihr Vergnügen, ihre Toiletten und ihre Verehrer. Zum Glück war gutgeschultes Personal im Hause. Und bald nach dem Tode von Harros Mutter kam Komteß Beate nach Treuenfels und nahm sich des Hauswesens an.

Sehr entzückt war Gräfin Alice nicht gewesen, als sie in Komteß Beate eine neue Hausgenossin bekam. Ihr stilles, herbverschlossenes Wesen langweilte und reizte die Gräfin, und sie war nicht die Natur, auf eine arme Verwandte taktvoll Rücksicht zu nehmen. Sie quälte die Komtesse ebenso, wie sie ihren Mann und die Dienstboten quälte, und ließ ihren Launen die Zügel schießen.

Komteß Beate schwieg zu alledem, aber zuweilen sah sie der Gräfin mit einem Blick nach, der verriet, daß sie der Gräfin so wenig zugetan war wie diese ihr.

Vielleicht war niemand im Schlosse weniger schmerzlich berührt vom Tode der Gräfin Alice als Komteß Beate, obwohl sie sofort Trauerkleider angelegt hatte.

Als Graf Harro sich umgekleidet hatte, ging er hinab in das Speisezimmer. Bei seinem Eintritt wandte sich eine hohe, junonische Frauengestalt in schwarzen Kleidern nach ihm um. Sie hatte am Fenster gestanden und mit starren Augen in das tobende Unwetter hinausgesehen.

Es war Komteß Beate.

Ihr Antlitz war bleich bis in die Lippen. Es war nicht unschön, aber ihre Züge hatten etwas Hartes, fast Männliches durch die große, kühn vorspringende Nase und den herb geschlossenen Mund. Zu dem tiefschwarzen Haar paßten die schwarzen Augen, die sich jetzt mit einem brennenden Blick auf Graf Harro richteten. Diese Augen standen durch ihr glühendes Leben in einem seltsamen Gegensatz zu dem sonst ziemlich unbewegten Gesicht. Sie verrieten, daß viel ungebändigte Leidenschaft in der Seele dieses Mädchens wohnte.

Komtesse Beate zählte reichlich dreißig Jahre, und da sie arm war, hatte nie ein Mann sie zur Frau begehrt. Bei aller Leidenschaftlichkeit ihrer Natur war sie zu stolz, sich etwas zu vergeben, und bis sie in das Haus ihres Vetters kam, hatte sie auch noch nie für einen Mann mehr empfunden als ein vorübergehendes Wohlgefallen. Aber als sie Graf Harro wiedersah – sie hatte ihn nur einmal im Hause ihrer Eltern gesehen, als sie kaum konfirmiert war –, flammte etwas in ihr auf, was ihre ganze Seele in Aufruhr brachte.

Es nutzte nichts, daß sie sich sagte, er sei der Gatte einer anderen. Nur immer tiefer brannte sich diese Liebe in ihre einsame Seele. Sie sagte sich sehr wohl, daß niemand etwas von ihren Gefühlen ahnen dürfe, am wenigsten Graf Harro selbst. Und so verschloß sie ihr Empfinden tief in ihr Herz und verbrannte so gewissermaßen nach innen, weil sie die Flammen nicht herauslassen konnte und durfte.

Wäre Graf Harro glücklich verheiratet gewesen, hätte sie es wohl auf die Dauer nicht mit ansehen können. Aber so sah sie, daß sich die Eheleute mehr und mehr auseinanderlebten, und versuchte, Graf Harro etwas zu sein. Sie zeigte ihm, daß er Teilnahme und Verständnis bei ihr finden würde. Aber er suchte beides nicht bei ihr und kam ihr nicht entgegen, da sie ihm nicht einmal sonderlich sympathisch war.

Komtesse Beate aber betete ihn heimlich an und haßte seine Frau, die ihn quälte. Sie haßte sie, weil sie alles besaß, was sie selbst zu besitzen begehrte, haßte sie, weil sie sie in wenig taktvoller Weise fühlen ließ, daß sie nur geduldet war, und weil sie blond und schön war und Graf Harro sie geliebt hatte und wohl noch liebte. Aber nie verriet sie etwas von ihrem Haß und ihrer Liebe. Sie hatte eine große Herrschaft über sich selbst und zeigte nichts als eine demütige Dankbarkeit.

Was sie Graf Harro an den Augen absehen konnte, tat sie, und wenn er sich einmal mit seinem guten Lächeln teilnahmsvoll nach ihrem Ergehen erkundigte und eine Weile mit ihr plauderte, tat ihr Herz schwere, dumpfe Schläge, und sie hätte vor ihm niedersinken und um seine Liebe betteln mögen. Aber äußerlich verriet nichts ihr Empfinden. Nur ihre Augen senkte sie dann, damit sie nicht zu Verrätern würden.

Und nun war Gräfin Alice tot – gleichviel, auf welche Art es geschehen war. Graf Harro war frei, und trotzdem man ihn nicht hatte schuldig sprechen können, war er dennoch als verfemter Mann nach Hause zurückgekehrt.

Sie wußte, daß er von seinen Standesgenossen gemieden werden würde. Aus Mangel an Beweisen – das war nicht viel besser als ein »schuldig«.

Er würde nun allein und einsam auf Treuenfels leben müssen, würde niemand haben, an den er sich halten konnte. Nur sie allein würde ihm treu zur Seite stehen. Jetzt stand er nicht mehr so himmelhoch und unerreichbar über ihr. Der stolze Mann war gedemütigt, und sein Reichtum half ihm nichts.

Wenn sie jetzt klug vorging, trieb ihn vielleicht die Einsamkeit seines Herzens an ihre Seite – in ihre Arme.

Nun stand sie ihm Auge in Auge gegenüber, und einen Moment fühlte sie den Boden unter ihren Füßen wanken, als sie in sein bleiches, schmalgewordenes Antlitz sah. Ihr sehr kleiner Mund, der im Widerspruch stand zu ihrer großen Nase, zuckte leise, aber sonst hatte sie sich in der Gewalt.

Graf Harro sah die Komtesse betroffen an. Es fiel ihm auf, wie sehr sich diese in der Zeit seiner Abwesenheit verändert hatte. Sie sah aus, als sei sie schwer krank gewesen.

»Guten Abend, Beate! Grollmann sagte mir, daß ich dich hier finden würde. Ich glaubte schon, du habest Treuenfels verlassen, um nicht mit einem Verfemten unter einem Dache leben zu müssen.«

Sie trat an die gedeckte Tafel heran, auf der zwei Gedecke lagen. Diese stand nun zwischen ihnen. »Wie konntest du das denken? Sollte ich deine Güte, mit der du mir in deinem Hause eine Heimat botest, mit so schreiendem Undank lohnen?«

Er lächelte bitter. »Ach darum? Dankbarkeit hielt dich hier fest? Nun, deshalb sollst du nicht an dieses Haus des Schreckens gefesselt sein. Ich entbinde dich feierlichst jeder Pflicht der Dankbarkeit und werde gern in andrer Weise für dich sorgen, wenn du Treuenfels lieber verlassen willst. Ich kann und will dich nicht hier festhalten. Du weißt doch, daß ich nur aus Mangel an Beweisen freigesprochen bin.«

Sie war noch einen Schein bleicher geworden.

»Ja, ich weiß es, Harro.«

»Nun gut, so triff deine Wahl. Ich will dir nicht meine Hand reichen. Vielleicht schauderst du davor zurück.«

Da kam sie rasch um den Tisch herum und reichte ihm die Hand.

»Ich glaube an dich, Harro! Und wenn die ganze Welt wider dich wäre, ich würde unentwegt an deiner Seite stehen. Selbst wenn du verurteilt wärest – ja – wenn du selbst es gesagt hättest, du seist schuldig, ich hätte es nicht geglaubt.«

Er sank aufseufzend in einen Sessel und stützte das Haupt in die Hand.

»Ich danke dir für diesen Glauben, Beate, und wenn du in Zukunft wirklich dein Leben mit mir teilen willst, so will ich dir herzlich dankbar sein. Aber du mußt dir klarmachen, daß du jetzt hier mit mir wie in der Verbannung leben mußt. Ich bin als ein verbitterter, bedrückter Mensch heimgekehrt. Was ich in diesen Monaten erlebt und erlitten habe, kannst du nicht ermessen – das kann mir kein Mensch nachfühlen. Und mit gebundenen Händen dabeistehen müssen, nichts – nichts tun können, als stillhalten – das ist Qual ohnegleichen für einen Mann wie ich. Viel lieber hätte ich mir eine Kugel durch den Kopf geschossen. Aber ich dachte an mein Kind – und dann – der heiße Wunsch, das Geheimnis aufzuklären, das über dem Tode meiner Frau liegt, hätte mich auch nicht sterben lassen.«

Komteß Beate war gleichfalls in einen Sessel am Tisch gesunken. »Wenn es aufzuklären wäre, hätten es wohl die Herren vom Gericht getan«, sagte sie tonlos.

Er atmete tief auf. »Trotzdem – ich muß versuchen, die Wahrheit zu ergründen. Keinen anderen Wunsch und Lebenszweck habe ich mehr als diesen.«

Beate sah ihn seltsam an. »Und das Kind?« sagte sie leise.

Er strich sich über die Stirn. »Ja, du hast recht, Beate. Für sie muß ich in erster Linie leben. Sie braucht mich. Ihr Schicksal ist mit dem meinen innig verbunden. Und ich muß sie so erziehen, daß sie stark genug wird zu ertragen, daß sie die Tochter eines Mannes ist, dessen Schmach auch ihr junges Haupt treffen wird, wenn sie einst ins Leben hinaustritt. Übrigens – das erste, was ich tat, als ich heute abend zurückkehrte, war, daß ich Mademoiselle Perdunoir entließ. Ich will Gilda jetzt eine deutsche Erzieherin geben.«

Beate hob das Haupt. »Ich kann deinen Schritt nur billigen. Sie ist eine leichtfertige Törin, und ich habe ihr in deiner Abwesenheit sehr auf die Finger sehen müssen.«

Er sah in ihr blasses Gesicht. »Du hattest in dieser Zeit das schwere Amt, in Treuenfels auf Ordnung zu halten. War es dir zuviel? Du siehst sehr leidend aus, Beate. Ich erschrak, als ich dich wiedersah. Bist du krank gewesen?«

Ein schnelles Rot stieg in ihr Gesicht. »Nein, nein – das nicht. Aber – du kannst dir denken, daß ich mich namenlos um dich bangte. Da war jeder neue Tag mit einer neuen Qual erfüllt. Aber was liegt an mir! Ich werde mich nun schnell wieder erholen.«

Er reichte ihr über den Tisch die Hand. »Ich danke dir für deine Teilnahme, Beate. Das habe ich gar nicht gewußt, daß du so innigen Anteil an meinem Geschick nahmst. Es beschämt mich fast – denn ich habe wenig genug an dich gedacht.«

»Das ist ja so verständlich. Du hattest andere Dinge im Kopfe.«

»Allerdings – und keine erfreulichen. Ich möchte wohl von dir wissen, Beate, was du dir für Gedanken gemacht hast über den Vorgang beim Tode meiner Frau. Hast du dir denselben zu erklären versucht?«

Die Komtesse sah wie versteinert aus. »Allerdings, Harro. Das kannst du dir wohl denken«, sagte sie heiser.

»Und bist du zu einem Resultat gekommen?«

Die Komtesse richtete sich straff auf. »Es ist meine feste Überzeugung, daß Alice sich selbst den Tod gegeben hat.«

»Aber warum sollte sie das getan haben?«

Sie zögerte. Dann sagte sie rasch: »Alice war eine launenhafte und unberechenbare Frau. Unbedingt war sie nervös überreizt, denn sie benahm sich oft ganz unsinnig. Solche Personen verlieren oft in der Erregung jeden klaren Gedanken. Sicher war sie an jenem Abend nicht zurechnungsfähig. Sie wußte, daß sie etwas getan hatte, was du ihr nicht verzeihen konntest. Sie war von dir überführt worden, und du warst zum ersten Male hart und zornig – mit vollstem Rechte – zu diesem verwöhnten Geschöpf gewesen. Da faßte sie wohl im eigensinnigen Trotz, der mit Beschämung gepaart war, spielerisch den Gedanken, zu sterben. Vielleicht auch wollte sie dir nur einen Schrecken einjagen, vielleicht glaubte sie nicht recht an die Wirkung des Giftes. Du erinnerst dich doch, daß sie diese Wirkung spöttisch anzweifelte, als du uns das Gift zeigtest, und daß sie es Zuckerwasser nannte. Vielleicht hatte sie die Meinung, es würde sie nur ein wenig betäuben, und stellte sich das ganz romantisch vor.«

Er hatte aufmerksam zugehört. »Wie du das ausführst, sieht es bei Alices Charakter gar nicht unwahrscheinlich aus. Aber – du vergißt eins. Wie kam sie in den Besitz des Giftes?«

»Nun – sie entwendete es dir.«

»Aber sie wußte doch nicht, wo es sich befand.«

Die Komtesse zuckte die Achseln. »Kann sie dich nicht belauscht haben, als du einmal das Geheimfach deines Schreibtisches öffnetest? Daß du es darin verwahrtest, wußte sie doch.«

Er richtete sich auf. »Das wäre eine Möglichkeit. Aber ich kann mir nicht denken, daß sie das getan hat.«

»Warum nicht? Frauen sind immer neugierig, und es ist doch ein sehr reizvoller Gedanke, Gift zu besitzen – ich meine natürlich für einen so bizarren Charakter, wie es Alice war.«

Graf Harro strich sich über die Stirn.

»Hätte ich euch doch das Fläschchen nie gezeigt.«

Komteß Beates Augen brannten. »Ja – das wäre wohl besser gewesen«, sagte sie mit rauher Stimme.

Er seufzte. »Wenn es wirklich so war, habe ich natürlich keine Aussicht, meine Unschuld jemals zu beweisen. Die Toten schweigen. Aber – lassen wir heute abend das Thema. Ich wollte dir noch dafür danken, daß du so umsichtig dafür gesorgt hast, daß Gilda nichts von all diesen schlimmen Dingen erfuhr. Sie glaubt, ich sei verreist gewesen, und Grollmann sagte mir, du habest streng verboten, vor dem Kinde über diese Angelegenheit zu reden.«

Komteß Beate hob mühsam die schweren Lider und sah ihn an. »Ich glaubte in deinem Sinne zu handeln. Gilda durfte nicht durch törichtes Gerede erschreckt werden.«

»Das war sehr umsichtig von dir. Ich werde dir sehr dankbar sein, wenn du mich in diesem Punkte auch ferner unterstützen willst. Eines Tages muß ja meine Tochter freilich alles erfahren, was geschehen ist. Aber sie soll es nur von mir selbst hören, daß ihr Vater auf der Anklagebank saß und nur aus Mangel an Beweisen freigesprochen wurde. Als ob das ein Freispruch wäre!«

Die letzten Worte brachen wie ein Schrei aus seiner Brust.

Die Komtesse zuckte zusammen. Ihr Mund bebte wie im heftigen Schmerz, und sie atmete tief und schwer.

»Denke nicht mehr daran, Harro – suche zu vergessen, was die törichten Menschen da draußen dir getan haben. Hier in Treuenfels ist Ruhe und Frieden, hier kannst du unbehelligt leben. Und mich wirst du immer und unentwegt an deiner Seite finden. Jedem, der es hören will, werde ich deine Unschuld verkünden. Und wehe, wenn ich einen von den Leuten dabei treffe, daß er über dies schlimme Ereignis spricht. Verlaß dich ganz auf mich. Ich helfe dir mit all meinen Kräften.«

Wieder reichte er ihr über den Tisch die Hand. »Liebe, treue Beate, wie herzlich danke ich dir. Und, nicht wahr, solange ich keine Erzieherin für Gilda habe, nimmst du dich ihrer ein wenig an. Ich werde sie ja möglichst viel um mich haben, aber so ein Kind braucht weibliche Pflege und Fürsorge. Ich kann ihr nicht alles sein und geben.«

»Du kannst dich ganz auf mich verlassen, Harro. Ich werde wie eine treue Mutter für dein Kind sorgen. Aber nun will ich erst einmal das Essen auftragen lassen. Du wirst hungrig sein.« Sie klingelte, und als ein Diener erschien, befahl sie ihm, die Speisen zu servieren.

Als der Diener dann mit dem Tablett eintrat und die Tür nicht gleich wieder schließen konnte, drang der Sturmwind heulend ins Zimmer, als habe er nur darauf gewartet. Ein Fenster, das wohl nicht fest verschlossen war, sprang auf, und die Enden des Tafeltuchs wurden aufgebläht, so daß sie über dem Tisch zusammenschlugen. Das eine Ende schlug klatschend in Komteß Beates Gesicht.

Sie stieß einen leisen Schreckensruf aus. Graf Harro sprang auf und schloß das Fenster, an dem die Gardinen emporgewirbelt worden waren.

Und draußen heulte und krachte es, als sei die wilde Jagd in den Lüften. Und doch kündete dieser Sturm nur den nahen Frühling.

»Du hast dich erschreckt, Beate«, sagte Graf Harro, an den Tisch zurückkehrend, nachdem er das Fenster geschlossen hatte.

Sie zwang ein Lächeln in ihr Gesicht. »Ich kann den Sturmwind so wenig vertragen, er macht mich nervös«, sagte sie leise.

Fast schweigend nahmen beide das Mahl ein, und als es beendet war, erhob sich Graf Harro.

»Verzeihe, daß ich so schweigsam war, Beate, aber ich habe in diesen Wochen in der Untersuchungshaft fast das Sprechen verlernt. Und meine Gedanken kreisen unablässig um den einen Punkt: Wie starb Alice, und durch wessen Schuld? – Gute Nacht, Beate – ich möchte mich zurückziehen. Und habe nochmals Dank für deine Treue und deinen Glauben an mich.«

Damit verneigte er sich und verließ das Zimmer.

Sie starrte ihm nach mit brennenden Augen. Eine lange Weile saß sie wie ein Steinbild, in dem nur die Augen lebten. Sie starrte auf einen Punkt, als sähe sie da etwas Furchtbares, Quälendes. Und dann stieß sie plötzlich beide Hände in die Luft, als wehre sie etwas von sich ab.

In demselben Moment heulte der Sturm wieder auf, und es brauste durch die Lüfte wie ein Hexensabbat. Es pfiff durch die Kamine und durch die Fensternischen, und die Tür sprang auf, wie von unsichtbaren Händen geöffnet.

Komteß Beate erhob sich und sah sich mit blassem, verstörtem Gesicht um. Der Diener erschien und schloß leise die Tür.

Sie faßte sich schnell und biß die Zähne zusammen.

»Räumen Sie den Tisch ab, Heinrich, und dann sehen Sie Fenster und Türen noch einmal gut nach. Das ist ja ein gräßliches Unwetter.«

»Ja, gnädigste Komteß, so einen Sturm habe ich noch nicht erlebt. Man könnte sich fürchten.«

Komteß Beate lachte hart und trocken auf. »Wenn man

eine Memme ist, Heinrich, ja. Sonst nicht.« Damit ging sie hoch aufgerichtet hinaus.

Der Diener sah ihr achselzuckend nach. Sehr beliebt war die Komtesse bei der Dienerschaft nicht.

Er tat, was ihm die Komtesse geheißen hatte, drehte das elektrische Licht aus und ging dann hinunter in das Kellergeschoß des Schlosses. Im Zimmer neben der Küche saß heute abend die Dienerschaft eng beieinander. Die Köchin hatte nochmals heißen Tee aufgebrüht und einen guten Schuß Rum hineingeschüttet. Dazu stiftete sie kleine Kuchen.

Irgendwie mußte man doch die Rückkehr des Herrn Grafen feiern, wenn auch keine Veranlassung zu einer lauten Feier vorlag. Man tat sich gütlich und sagte sich, daß es sich doch in Treuenfels recht behaglich leben ließ. Sollte man da so töricht sein, seinen guten, sicheren Posten aufzugeben?

Wenn der Graf wirklich schuldig war und ein böses Gewissen haben mußte, was ging das seine Diener an. Sie hatten es gut hier im Schloß – gut – viel besser als ihr Herr, der oben in seinen Zimmern ruhelos auf und ab lief.

Graf Harro hatte, nachdem er sich von Komteß Beate verabschiedet, nochmals das Schlafzimmer seines Töchterchens betreten. Sie schlief ganz fest und ruhig, trotz des heulenden Sturmes. Still setzte er sich an ihr Bettchen, nachdem er stumm die Wärterin hinausgewiesen hatte, und sah bei dem schwachen, flackernden Schein des Nachtlichtes auf das reizende blonde Kinderköpfchen herab.

Zum ersten Male seit langen Monaten war wieder ein Gefühl stillen Friedens in seiner Brust. Zum ersten Male vergaß er auf kurze Zeit, was ihn bedrückte und quälte.

Endlich erhob er sich und rief die Wärterin auf ihren Posten zurück. Dann ging er in seine Zimmer hinüber.

Langsam schritt er durch seine Räume, zwischen denen

alle Türen weit aufstanden. Er atmete tief auf. Es tat doch wohl, wieder ein freier Mann zu sein.

Morgen früh wollte er hinaus in den Wald – in seinen Wald. Dort wollte er sich die Lungen reinbaden von der dumpfen Gefängnisluft. Es schien ihm eine Ewigkeit her zu sein, seit er das nicht mehr hatte tun dürfen. Bis er müde war, ging er auf und nieder.

Dann trat er in sein Arbeitszimmer, an seinen Schreibtisch heran. Er sah darauf nieder. Da stand eine Photographie seiner Frau. Er hob das Bild empor und betrachtete es lange und sah hernieder auf dieses lächelnde, kapriziöse Frauengesicht, aus dem die Augen so klar und hell herausschauten, daß man nicht tausend Teufelchen dahinter vermuten konnte.

»Hast du es selbst getan, Alice? Warst du schuldiger noch, als ich ahnte, und sprachst du dir selbst das Urteil? Oder war es so, wie Beate vermutet, triebst du nur ein gefährliches Spiel, ohne an den vollen Ernst zu glauben? Wie aber kamst du in den Besitz des Giftes?«

So fragte er das Bild. Aber es gab keine Antwort.

Er stellte es wieder hin und beugte sich dann über den Schreibtisch, um das Geheimfach zu öffnen.

Dann sah er nach der Tür. Konnte jemand, wie Beate von der Gräfin angenommen hatte, ihn belauscht haben, wenn er das Geheimfach öffnete? Ja – von der Tür aus konnte man das sehen. Aber wenn jemand an der Tür gestanden und ihn belauscht hätte, dann hätte er diesen Jemand doch erblicken müssen.

Scharf abwägend sah er zur Tür. Und dann schüttelte er den Kopf. Aber da stutzte er plötzlich – da drüben im Nebenzimmer stand doch auch ein Mensch und schüttelte den Kopf. Er sah genauer hin und richtete sich betroffen auf. Das war ja sein Spiegelbild. Richtig – da drüben im Nebenzimmer im Spiegel, da war er zu sehen. Und in diesem Spiegel mußte sich sein Schreibtisch abspiegeln.

Schnell schritt er hinüber und schaute von drüben in den Spiegel. Richtig, von hier aus konnte man den ganzen Schreibtisch übersehen, er spiegelte sich wider. Und wenn hier im Nebenzimmer jemand gestanden und ihn belauscht hatte, dann hatte dieser auch das Geheimnis des Schreibtisches erspähen können.

Langsam und nachdenklich über diese zufällige Entdekkung ging er an seinen Schreibtisch zurück. Natürlich war ihm das Geheimfach jetzt wertlos geworden, denn er hatte es den Herren vom Gericht zeigen müssen. Man hatte das kostbare Fläschchen mit dem Gift herausgenommen und es zu den Akten gelegt. Das Gift hatte man dem Chemiker zur Verfügung gestellt. Aber das Fläschchen hatte man ihm leer heute wieder zurückgegeben, weil es sehr kostbar war. Er legte es jetzt wieder in das Geheimfach. Mochte es da liegenbleiben. Er betrachtete erst einen Moment die kostbare, künstlerisch schöne Fassung. Sie hatte ihn entzückt vom ersten Moment an, da er dieses Fläschchen gesehen hatte. Wegen dieser Fassung hatte er es gekauft, und das Gift hatte er gewissermaßen nur als Kuriosität darin gelassen.

Nun war es leer. Nach Aussagen des Gerichtschemikers hätte der Inhalt genügt, ein Dutzend Menschen umzubringen. Einige Tropfen davon waren ausreichend, um den Tod eines Menschen herbeizuführen.

War Alice wirklich hinter sein Geheimnis gekommen, hatte sie ihn durch den Spiegel belauscht und sich dann, vielleicht in spielerischer Laune, etwas von dem Gift angeeignet?

Aber wie mußte sie es dann aufbewahrt haben? Man hatte in ihrem Schlafzimmer kein Fläschchen, keinen Behälter gefunden, aus dem das Gift in das Weinglas hätte gelangen können.

Ob die Herren vom Gericht auch gründlich genug nach einem solchen Behälter geforscht hatten? Wie, wenn er einen solchen noch irgendwo in den Sachen seiner Frau auffand? Dann hätte er doch einen Beweis dafür, daß seine Gattin durch Selbstmord geendet hatte.

Er sann und sann.

Auch jenen Tag rief er sich ins Gedächtnis zurück, an dem er seiner Frau, seinem Freunde, Baron Dalheim, und Beate das Fläschchen gezeigt hatte. Er hatte vorher von Indien erzählt und dabei das Fläschchen erwähnt. Da wollten die drei Zuhörer es sehen. Er war in sein Zimmer gegangen und hatte es geholt.

Alle waren davon entzückt gewesen, und seine Frau hatte ihn gebeten, das Fläschchen zu entleeren und es ihr zu schenken. Aber er hatte es ihr abgeschlagen, hatte ihr gesagt, er sei zu besorgt. Spuren des Giftes könnten auch an der Fassung haften, und es könne ein Unheil entstehen, wenn es jemand anfasse, der eine Verletzung am Finger habe.

Baron Dalheim hatte gelacht. »Es ist sicher nichts weiter darin als Zuckerwasser mit etwas Opium. Der Verkäufer hat dir das Fläschchen interessant machen wollen.«

Seine Gattin hatte dieselbe Meinung vertreten. Nur Beate war still gewesen. Sie hatte einmal mit angesehen, wie er einen alten kranken Jagdhund mit zwei Tropfen des Giftes getötet hatte.

Deutlich erinnerte sich Graf Harro jenes Abends. Sie hatten alle drüben im Salon seiner Frau gesessen. Und gleich nachdem er das Fläschchen herumgezeigt hatte, war er wieder in sein Arbeitszimmer gegangen, um es fortzuschließen.

Und als er zurückkam, saß Alice übellaunig, weil ihr Wunsch versagt war, in einem Sessel, und Baron Dalheim empfahl sich. Beate aber war nicht mehr dagewesen, sie war häuslichen Geschäften nachgegangen.

Als Dalheim fort war, hatte ihm Alice eine Szene gemacht wegen des verweigerten Fläschchens. Wie gut, daß er trotzdem fest geblieben war. Hätte er es ihr ausgeliefert, hätte er jetzt denken müssen, es seien Giftspuren darin geblieben, die den Tod seiner Frau verursacht hatten. So brauchte er sich wenigstens nicht einmal den Vorwurf der Fahrlässigkeit zu machen.

Wieder sah er auf das Bild hernieder. So jung und so schön hatte sie sterben müssen. Ihr Tod hatte allen Zorn und Groll in seiner Seele ausgelöscht. Er wollte vergessen, wie sehr sie ihn gekränkt und beleidigt, vergessen, daß sie seine Ehre mit Füßen getreten hatte. Sie hatte gebüßt und mochte in Frieden schlafen.

Er konnte fast nicht mehr zweifeln, daß sie aus einem ihm unbekannten Grunde Selbstmord verübt hatte. Und wenn, dann kam seine Unschuld nie ans Licht. Seine Unschuld konnte höchstens bewiesen werden, wenn ein anderer Mensch den Mord begangen hätte, und wenn dieser andere überführt werden konnte. Sonst blieb er gebrandmarkt bis an sein Ende.

Er barg den Kopf in die Hände und stöhnte tief auf.

Aber dann richtete er sich jäh auf. Vielleicht fand er doch in den Zimmern seiner Frau irgendeinen Anhalt, einen Beweis eines Selbstmordes. Er wollte jedenfalls alles durchsuchen, jedes Fältchen, jeden Winkel. Seine Augen würden schärfer blicken als die der Herren vom Gericht, denn diese suchten nur die Spuren eines Mörders – er aber würde Spuren seiner Unschuld suchen. Ohne zu zögern, gleich heute abend noch, wollte er beginnen. Denn Schlaf fand er doch nicht diese Nacht. Die Unruhe im Herzen und der Sturm draußen im Freien scheuchten sicher den Schlaf von seinen Lidern.

Schnell ging er hinaus.

Aber die Zimmer seiner Gemahlin waren verschlossen.

Da kehrte er in seine Gemächer zurück und klingelte seinem Diener. »Grollmann, geh zu Komteß Beate. Ich lasse bitten um die Schlüssel zu den Zimmern meiner Frau«, sagte er.

Grollmann ging zu Komteß Beate. Sie hatte sich auch schon in ihre Zimmer im zweiten Stock zurückgezogen, war aber noch nicht zur Ruhe gegangen.

Als ihr Grollmann ausgerichtet hatte, was ihm sein Herr aufgetragen, zuckte sie leise zusammen. »Wie? Die Schlüssel zu den Zimmern der Gräfin?« fragte sie mit heiserer Stimme.

»Ja, gnädigste Komteß«, erwiderte Grollmann.

»Was will der Herr Graf damit?« stieß sie hastig hervor.

»Ich weiß es nicht. Vermutlich will der Herr Graf die Zimmer betreten.«

Die Komtesse faßte sich. Sie zwang sogar ein Lächeln in ihr Gesicht. »Nun – warum soll er es schließlich nicht tun, Grollmann. Warten Sie einen Augenblick, ich gebe Ihnen die Schlüssel.«

Grollmann wartete. »Der Herr Graf kann die Zimmer ruhig betreten, er braucht sich nicht zu scheuen«, sagte er überzeugt.

Die Komtesse nickte, während sie zu ihrem Schlüsselkorb ging, der auf dem Nähtisch am Fenster stand. »Da haben Sie recht, Grollmann. Hier sind die Schlüssel.«

»Danke, Komteß.«

»Aber hören Sie, Grollmann, falls der Herr Graf heute abend noch in die Zimmer gehen will, bitten Sie ihn doch, er möge darauf achten, daß Fenster und Türen gut verschlossen sind. Bei dem Sturmwind könnten sie aufspringen und – die Dienstboten sind so schreckhaft – man muß sie nicht ängstlich machen.«

»Sehr wohl, gnädige Komteß, ich will es ausrichten. Komteß denken an alles.« Grollmann verneigte sich und ging.

Die Komtesse schloß hinter ihm die Tür, schob den Riegel vor und drehte den Schlüssel herum. Und dann stand sie und lauschte hinaus.

Grollmann hatte seinem Herrn die Schlüssel gebracht, und dieser ging nun abermals hinüber nach den Zimmern seiner Frau und öffnete sie.

Langsam ging er durch die großen Räume. Es war eine ganze Zimmerflucht, und eines dieser Zimmer war immer kostbarer eingerichtet als das andre. Es waren die einzigen Zimmer im ganzen Schloß, die nach modernem Geschmack und mit neuen Möbeln ausgestattet waren.

Gräfin Alice hatte unbarmherzig die schönen und kostbaren alten Möbel, die früher in diesen Zimmern, vielleicht schon seit Jahrhunderten, auf ihrem angestammten Platz ausgehalten hatten, ausräumen lassen. Die standen nun drüben in dem wenig bewohnten Ostflügel. Dafür hatte sie ganz moderne Einrichtungen für ihre Zimmer ausgesucht und hatte ihren kapriziösen Geschmack walten lassen. An einen bestimmten Stil hatte sie sich nicht gebunden.

Ein leiser Duft erfüllte die Luft in diesen Räumen, das Parfüm, das die Gräfin geliebt hatte und das ihrer Person anhing wie ein charakteristisches Merkmal.

Graf Harro wandelte durch all die reizenden Räume, und ihm war, als müsse aus irgendeinem der molligen Schmollwinkel die helle, meist etwas scharfe und schrille Stimme seiner Gattin heraustönen. Ihr Geist lebte noch in diesen Räumen, die in dem Zustand belassen worden waren wie zu ihren Lebzeiten. Sie schienen noch von ihrem Wesen erfüllt.

Endlich kam Graf Harro auch in das Schlafgemach, in dem Gräfin Alice gestorben war. Es war das letzte der Zimmerflucht. Da stand das spitzenüberrieselte, mit seidenen Kissen und Decken gefüllte Bett, in dem man sie tot aufgefunden hatte.

Graf Harro trat an das Bett heran und ließ seine Augen darüber hinschweifen. Im Geiste sah er seine junge Frau hier liegen, wie an jenem entsetzlichen Morgen, als man ihn zu ihr rief. Ganz weiß hatte das schöne Gesicht ausgesehen, und die Lippen hatten einen leisen bläulichen Schein gehabt – das sichere Merkmal für das exotische Gift, das sie getötet hatte. Und die Augenlider waren fast durchsichtig gewesen und hatten die blauen Augensterne durchschimmern lassen.

»Wie bist du gestorben, Alice? Kann mir dein verklärter Geist nicht helfen, das Geheimnis zu ergründen? Hilf mir doch! Nicht meinetwegen bitte ich darum, aber unseres Kindes wegen. Hilf mir, die Wahrheit ans Licht zu bringen, damit diese Schmach von dem Vater deines Kindes genommen wird.«

So sagte er laut, als liege sie vor ihm und müsse ihn hören. Und der Sturmwind rüttelte wieder an Fenster und Türen, als wolle jemand herein. Er seufzte auf und sah sich im Zimmer um. Die Wand zeigte zu zwei Drittel Höhe eine kostbare Holzvertäfelung, die mit Intarsien von wunderbarer Feinheit verziert war. In das warmbraune Holz waren Muster von Ebenholz, Perlmutter und Elfenbein eingearbeitet. Wundervoll stimmte das zu dem Holzton, der abwechselnd heller und dunkler und in verschiedener Faserung verarbeitet war. In regelmäßigen, etwa ein Meter breiten Abständen waren geschnitzte Pilaster angebracht, die ein breit ausladendes Paneel stützten.

Zu dieser wohl schon sehr alten, aber wunderbar erhaltenen Holzvertäfelung wollten die hellen, modernen Schlafzimmermöbel gar nicht passen, und deshalb hatte Gräfin Alice die Wand oberhalb der Vertäfelung und die Decke zeltartig mit lichtblauer Seide bespannen lassen, um eine duftigere und lichtere Wirkung zu erzielen. Die Holzvertäfelung brachte eine zu ernste Note in dies Schlafzimmer einer verwöhnten Frau. Graf Harro war an solche Widersprüche in der Umgebung seiner Frau gewöhnt gewesen. Es fiel ihm auch jetzt kaum noch auf. Nur darüber mußte er nachdenken, warum aus diesem Zimmer keine Verbindungstür nach dem runden Turm führte.

Schloß Treuenfels hatte zwei viereckige Türme an den Flanken des großen Mittelbaues, die zu dem Stil und der Architektur paßten, und einen runden Turm, der am Ende des Westflügels lag und eigentlich gar nicht zu dem Ganzen passen wollte.

Und das Schlafzimmer der Gräfin grenzte an diesen runden Turm. Sicher hatte man aus diesem Zimmer keine Tür in den runden Turm führen lassen, um die kostbare Holzvertäfelung nicht zu unterbrechen.

Es war das erstemal, daß er darüber nachdachte. Lange beschäftigte ihn das auch heute nicht. Er wandte sich um und ging wieder zurück, bis in das Zimmer, wo der Schreibtisch der Gräfin Alice stand.

An diesen Schreibtisch trat er heran. An dem Schlüsselbund, das ihm Grollmann von Komteß Beate geholt hatte, befand sich auch der Schreibtischschlüssel. Er ließ sich in dem Sessel vor dem Schreibtisch nieder und öffnete ihn. Bedächtig und sorgsam untersuchte er den Inhalt des Schreibtisches bis auf das letzte Blättchen Papier. Er fand eine Anzahl Briefe, große Mengen elegantes Briefpapier, allerlei Notizen und auch ein Tagebuch. Daß seine Gattin ein solches geführt hatte, ahnte er nicht. Hastig öffnete er es, hoffend, daß ihm vielleicht das Tagebuch einen Aufschluß geben könne. Er schlug die letzte beschriebene Seite auf und las das Datum über der letzten Aufzeichnung. Da machte er ein sehr enttäuschtes Gesicht.

Diese Aufzeichnung stammte noch aus der Mädchenzeit seiner Gattin, sie war am Vorabend ihrer Hochzeit geschrieben.

Unwillkürlich las er die letzten Worte:

»Und morgen geht es mit vollen Segeln in die Ehe, von morgen an werde ich gottlob nicht mehr tausend Rücksichten nehmen müssen auf das, was sich schickt. Jetzt soll ein freies, amüsantes Leben beginnen.«

Damit schloß das Tagebuch. Er schlug es zu und legte es beiseite. Weiter wollte er nicht in die Geheimnisse ihrer Mädchenzeit eindringen. Aufschluß über ihren Tod gab ihm das Buch sicher nicht, da sie es in der Ehe nicht weitergeführt hatte. Und er hatte das Gefühl, als sei es besser, wenn es vernichtet wurde. Für seine Tochter wollte er das Buch nicht verwahren. Sie sollte ein gutes Andenken an ihre Mutter behalten, soweit es in seinen Kräften stand.

Auch die meisten Briefe legte er zu dem Buch. Das alles wollte er ungelesen verbrennen. Wozu sollte er sie durchsehen? Nur die Daten überflog er an all diesen Briefen, ehe er sie zur Vernichtung beiseite legte, und nur wenige Schreiben aus der letzten Zeit vor ihrem Tode sah er durch in der Hoffnung, irgendeinen Anhalt oder Hinweis zu finden.

Aber alles war vergeblich.

Auch kein Fläschchen fand sich, in dem sie vielleicht das tötende Gift aufbewahrt hatte.

So war all sein Suchen umsonst. Er erhob sich endlich. Mitternacht war längst vorüber, alles im Schloß war still. Er trug die Briefe und das Tagebuch hinüber in sein Arbeitszimmer und verbrannte alles im Kamin. Lustig flammte es auf und verbrannte zu Asche.

Dann ging Graf Harro nochmals leise zu seinem Töchterchen hinüber. Es schlief ruhig und sanft, und auch die Wärterin war in ihrem bequemen Lehnstuhl eingenickt. Sie hörte ihn nicht.

Leise ging er wieder hinaus und suchte nun auch sein Lager auf. Draußen war es still geworden.

Als er am Morgen aufwachte, schien die Sonne hell und klar. Er öffnete das Fenster. Die Luft war kühl, vielleicht nicht weit vom Gefrierpunkt entfernt, wie es im März noch häufig der Fall zu sein pflegt, aber von köstlicher Frische und Reinheit.

Tief atmete er sie ein, und dann kleidete er sich mit Grollmanns Hilfe schnell an. Er war gerade fertig, als ein paar Kinderfäustchen an seine Tür klopften. »Papa – lieber Papa!« tönte ein weiches, zärtliches Stimmchen.

Er öffnete schnell. Draußen stand ein kleines, weißgekleidetes Mädchen und lachte zu ihm empor. Er nahm es auf seine Arme und drückte es an sich, so sehr er konnte, ohne ihm wehe zu tun.

»Mein Sonnenschein – schon wach?« fragte er zärtlich.

Die kleine Komtesse umschlang ihn zärtlich. »Schon lange, Papa. Ich habe schon gebadet und bin ganz fertig. Henriette mußte sehr schnell machen. Ich will doch mit dir frühstücken.«

Wie erquickt sah er in das liebe Gesichtchen. »Richtig! Da trifft es sich gut, daß ich auch fertig bin. Nun wollen wir sehen, ob uns Beate schon das Frühstück hat anrichten lassen.«

Gilda nickte vergnügt. »Ist schon alles bereit; Beate war in meinem Zimmer und hat es mir gesagt. Nun komm schnell. Oh – ist das schön, wenn du zu Hause bist!«

Vater und Tochter gingen nun Hand in Hand hinunter ins Frühstückszimmer. Da war der Tisch einladend gedeckt, sogar Blumen hatte Komteß Beate aufgestellt.

Sie erwartete Vater und Tochter schon. Graf Harro vergaß ein Weilchen unter dem Geplauder seines Töchterchens, was ihn drückte. Er lachte sogar einige Male herzlich über eine drollige Äußerung. Freilich wurde er immer wieder ernst.

»Ist es wahr, Papa, daß Mademoiselle abgereist ist? Henriette hat es mir gesagt«, fragte Gilda nach einer Weile.

»Ja, Gilda, sie ist fort. Tut es dir leid?«

Gilda schüttelte das Köpfchen. »Nein, gar nicht – ich darf ja mit dir spazierengehen, du hast es mir versprochen.«

»Das halte ich auch«, erwiderte der Vater.

Er hatte eigentlich allein in den Wald gehen wollen, um sich einmal tüchtig auszulaufen und um die Sturmschäden zu besichtigen.

Aber Gilda hatte so süß gebettelt, sie mitzunehmen, daß er nicht widerstehen konnte. Schließlich konnte er später einen weiten Ritt unternehmen, wenn er erst mit seinem Verwalter und seinem Rendanten konferiert hatte. Es gab da viel Geschäftliches zu besprechen.

Vegnügt plaudernd hüpfte Gilda später neben dem Vater

her. Sie war glückselig, daß sie ihn wieder hatte und daß sie nicht mit Beate zu Hause bleiben mußte.

Im Wald sah es böse aus. Der Sturmwind hatte arg gehaust. Graf Harro ging mit Gilda, so weit ihre Kräfte reichten. Er hatte ein Auto nachkommen lassen, um mit ihr zurückfahren zu können, wenn sie müde wurde.

Es kam wieder ein friedliches Gefühl über ihn, als er mit seinem Töchterchen durch den sonnenhellen Märzmorgen schritt. Ringsum sah man die Spuren der Verwüstung, die der Sturm in der Nacht angerichtet hatte, und jetzt war alles wieder ruhig und still.

»Auf Sturm und Regen folgt Sonnenschein.« So sagte er leise vor sich hin, wie zu seinem eignen Trost. Aber dann zuckte es doch wieder herb und schmerzlich um seinen Mund, dessen ausdrucksvolle Linien kein Bart verdeckte, und seine tiefliegenden grauen Augen sahen düster vor sich hin.

Klein-Gilda fühlte sich heute restlos glücklich. Sie zwitscherte wie ein munteres Schwälbchen neben ihm her und machte ihn auf tausend köstliche Dinge aufmerksam, die er sonst übersehen hätte. Da huschte ein Reh über den Weg, dort lief ein Käferlein und hier sproßte ein schüchternes grünes Keimchen aus der Erde. Das lenkte ihn wohltätig von seinen trüben Gedanken ab. Gilda paßte auch gut auf, daß er nicht zerstreut war und richtige Antworten auf ihre Fragen gab.

So kamen Vater und Tochter ein gutes Stück vorwärts. Es begegnete ihnen niemand als ein paar Waldarbeiter, die den Grafen scheu grüßten und an ihm vorüberhasteten.

Aber als sie dann an einem Kreuzweg ankamen, sahen sie einen Reiter herankommen.

Graf Harro blieb wie festgewurzelt stehen und sah ihm entgegen. Er erkannte seinen Freund, Baron Dalheim, der in seinem Prozeß gegen ihn hatte zeugen müssen. Denn Beate hatte ihre Zeugenschaft versagt, und so wußte nur noch der

Baron, daß er das Gift besessen hatte. Mit starren Augen sah Graf Harro dem Freunde entgegen. Was würde dieser tun? Würde er ihm die Hand reichen oder nicht?

Diese brennende Frage lag in seinen Augen.

Baron Dalheim hatte Vater und Tochter auch erblickt. Ein helles Rot flog über sein hübsches, offenes Gesicht.

Es zuckte unruhig in seinen Zügen, und seine Augen blickten einen Moment unschlüssig. Aber dann wandte er plötzlich seinen Blick seitwärts und gab sich den Anschein, als habe er Vater und Tochter nicht bemerkt. Mit einem leichten Zügelruck lenkte er sein Pferd quer in den Wald hinein und ritt schnell davon.

Graf Harro wurde totenbleich. Er wußte sehr wohl, daß ihn Baron Dalheim absichtlich geschnitten hatte. Und er mußte das wehrlos über sich ergehen lassen, durfte ihm nicht nacheilen und Rechenschaft fordern. Jeder seiner Standesgenossen durfte ihm ungestraft so nichtachtend begegnen. Und wenn Fritz Dalheim das also tat, dann würden es die anderen sicher auch tun.

Das war nun sein bester Freund und nächster Nachbar.

Er stand reglos und starrte ihm nach.

»Verfemt – geächtet!« stieß er zwischen den Zähnen hervor und rang mit dem tiefen Schmerz in seinem Inneren.

»Wie sagst du, Papa?« fragte das Plappermäulchen an seiner Seite.

Er riß sich los von seinen düsteren Gedanken und richtete sich straff auf. Das durfte nicht sein, daß er sich durch derartige Begegnungen aus der Fassung bringen ließ. Damit mußte er sich abfinden. Es würde noch mancher scheu an ihm vorüberstreifen und ihn nicht sehen wollen. Konnte er es ihnen verdenken? Es wußte ja niemand genau, ob nicht dennoch Blut an seinen Händen klebte.

Und er mußte noch manche Bitterkeit hinunterschlukken. Auf dem Rückweg ging er mit Gilda durch das Dorf. Da standen die Leute und starrten ihn an wie ein wildes Tier.

Oder sie liefen davon und versteckten sich in ihren Häusern hinter den Fenstern, um ihm neugierig nachzustarren. Einer der Bauern, mit dem er verschiedene Male wegen Wilddiebereien hätte kurzen Prozeß machen können und den er, seiner Familie wegen, noch immer mit einer ernsten Vermahnung hatte laufen lassen, stand breitbeinig, die Hände in seinen Taschen, vor seinem Hause. Er hielt eine kurze Tabakspfeife zwischen den Zähnen und glotzte dem Grafen mit frechen Augen ins Gesicht. Dann nahm er die Pfeife aus dem Mund und spie aus.

Das konnte Zufall oder Absicht sein. Graf Harro hielt es für Absicht, und der ohnmächtige Grimm über den Frechling machte sein Antlitz bleich wie das eines Sterbenden.

»Ja ja, unsereinen wird es zum Verbrechen angerechnet, wenn man aus Versehen einen Hasen schießt. Da soll man gleich eingesperrt werden. Aber die hohen Herren laufen frei herum, wenn sie auch einen Mord auf dem Gewissen haben. Die kleinen Sünder hängt man, und die großen läßt man laufen«, sagte der Bauer zu seiner Frau, die aus dem Hause trat. Graf Harro konnte das zum Glück nicht verstehen, aber er sah es dem Bauern an, daß er eine hämische Bemerkung über ihn machte. Und er mußte das still geschehen lassen. Wie demütigend das für den stolzen Mann war.

Gleich hinter dem Dorfe bestieg er mit Gilda das Auto und fuhr nach Hause zurück.

Er wußte jetzt, wie es war, Spießruten zu laufen.

Er fand auf seinem Schreibtisch die eingelaufene Post, die Komteß Beate für ihn hingelegt hatte. Es waren meist unpersönliche, geschäftliche Schreiben. Nur ein langes, schmales Kuvert war dazwischen, das eine persönliche Note trug und ihn interessierte. Er wog es unschlüssig in der Hand. Das Kuvert trug oben in der linken Ecke einen feinen, schlichten Aufdruck: »Stift St. Marien, Thüringen.« Und die Handschrift kannte er auch. Das war ein Brief von der Oberin des altadligen Damenstiftes St. Marien, der Gräfin Salitz-Halm, einer entfernten Verwandten seiner verstorbenen Mutter, die mit dieser bis zu ihrem Ende in inniger Freundschaft verbunden gewesen war.

Die Gräfin Salitz-Halm war jedes Jahr einige Wochen zu Besuch seiner Mutter in Treuenfels gewesen, wenn sie sich von ihren Pflichten als Oberin des Stiftes hatte freimachen können. Und Graf Harro hatte in ihr eine Frau von feinem Geist und großer Herzensgüte verehrt. Er wußte, ihr Wahlspruch war: »Alles verstehen heißt alles verzeihen.«

Seit seiner Mutter Tode hatte er sie nicht wiedergesehen. Sie nahm seine Einladungen nicht an, und er wußte, daß sie es Alices wegen nicht getan hatte, deren Wesen ihr unsympathisch gewesen war. Zuweilen, bei festlichen Anlässen, wechselte er kurze Briefchen mit ihr, und da sie Gildas Patin war, erkundigte sie sich zuweilen nach dem Ergehen des Kindes. Seit das Unglück über ihn hereingebrochen war, hatte er nichts mehr von ihr gehört.

Und nun hielt er ein Schreiben von ihr in der Hand. Was mochte sie von ihm wollen? Ehe er es öffnete, vergegenwärtigte er sich das Bild der gütigen, feingeistigen Frau. Er sah sie ganz deutlich vor sich. Sie hatte seiner Mutter so ähnlich gesehen mit ihrem vollen, schönen weißen Haar, das sich von ihren schwarzen Seidenkleidern wirkungsvoll abhob. Auch die lebhaften dunklen Augen hatten einen Gegensatz zu dem weißen Haar gebildet, genau wie bei seiner Mutter.

Er faltete das Schreiben auseinander und las:

»Mein lieber, lieber Harro! Heute will ich an Dich ein Recht geltend machen – das Recht der besten und treuesten Freundin Deiner Mutter. Sie kann heute nicht bei Dir stehen mit ihrem Trost und ihrer Liebe – und mit ihrem Glauben an Dich. Und ich denke mir, daß Du es gerade in diesen schweren Tagen doppelt nötig brauchen würdest. Laß mich nun an Deiner lieben, teuren Mutter Stelle zu Dir sprechen, mein lieber Harro.

Ich habe von allem gehört, was in den letzten Wochen über Dich gekommen ist, und es hat mich geschmerzt, daß ich Dir nicht helfen konnte. Heute vernahm ich nun, daß man Dich freigesprochen hat – freigesprochen aus Mangel an Beweisen.

Was das für einen Mann, wie Du bist, bedeutet, weiß ich. Ich fühle, daß das an Dir fressen und zehren muß. Und deshalb drängt es mich, Dir an Deiner guten Mutter Statt ein gutes Wort zu sagen.

Verzweifle nicht, mein lieber Harro. Wer Dich kennt, wie ich Dich kenne, der wird nicht einen Moment an Dir zweifeln, wie ich es nicht getan habe. Ich weiß, daß Du schuldlos bist, weiß, daß Du eines feigen Meuchelmordes unfähig bist.

Laß Dich nicht niederdrücken dadurch, daß noch kein Licht in diese so schreckliche Begebenheit kam. Gottes Mühlen mahlen langsam, aber sicher. Er wird alles zu einem guten Ende führen und Deine Unschuld an den Tag bringen. Vertraue auf ihn. Laß Dich nicht verbittern, mein lieber Harro, und hebe stolz Dein Haupt im Bewußtsein Deiner Unschuld. Ich weiß, daß Du reinen Herzens bist, daß Du solch eine grausige Schuld nicht auf Deine Seele geladen hast.

Leider kann ich nicht vor aller Welt für Dich eintreten, denn ich lebe hier in meinem Stift sehr weltabgeschieden und still. Aber Du sollst wenigstens wissen, daß hier ein altes, treues Herz mit innigen Wünschen für Dein und Deines Kindes Wohl schlägt und unerschütterlich an Dich glaubt. Und wenn Du meiner bedarfst, dann rufe mich, und ich eile zu Dir. Kann ich sonst etwas für Dich tun, laß es mich wissen. Ich bin immer bereit, Dir mit allen Kräften zu helfen. Und wenn Du rückhaltlos jemand Dein Herz ausschütten willst, so schreibe an mich. Ich werde mich immer freuen, von Dir zu hören.

Heute weiß ich Dir nichts mehr zu sagen. Der Brief soll so schnell wie möglich an Dich abgehen, weil ich weiß, daß Du eines Trostes bedarfst.

Gott behüte Dich und mein kleines Patchen Gilda, der ich segnend die Hand auf das blonde Haupt lege.

Kopf hoch, mein lieber Harro, wappne Dich mit dem Stolz der Unschuld und vertraue auf Gott und Dein gutes Recht. Er wird alles wohl machen, des bin ich gewiß. Du gehst jetzt durch eine schwere Prüfungszeit, aber Du wirst sie überstehen und sie hoffentlich bald hinter Dir haben.

Laß von Dir hören!

Deine getreue Mutter Anna,
Oberin des Stiftes St. Marien.«

Graf Harro sah auf den Brief herab, und seine Augen hatten einen feuchten Schein. Wie wohl taten ihm diese vertrauenden, überzeugten Worte, nachdem ihn sein Freund Dalheim so deutlich geschnitten hatte. Sah er doch zu seiner Erleichterung, daß nicht alle Menschen an ihm zweifelten. Die Worte der gütigen Frau drangen zu seinem Herzen, als seien es die guten Worte einer Mutter. Er hätte ihr dankbar die Hände küssen mögen, und es drängte ihn, den Brief sogleich zu beantworten.

Dabei fiel ihm ein, daß ihm vielleicht die Oberin eine Erzieherin für seine Tochter empfehlen und beschaffen könne. Durch ihre Stiftsdamen stand sie sicher mit vielen Familien in Verbindung, und sie konnte ihm vielleicht eine passende junge Dame empfehlen. So beantwortete er den Brief auf der Stelle, der alten Dame darin sein ganzes gequältes Herz ausschüttend und ihr darin gleichzeitig seine Wünsche auseinandersetzend bezüglich dessen, was ihm für das Wohl seines Töchterchens notwendig und nützlich schien.

Im adligen Damenstift St. Marien war an demselben Morgen, da man die Gräfin Alice Treuenfels tot in ihrem Bett aufgefunden hatte, eine außergewöhnliche Unruhe und Aufregung. Die Frau Oberin, Gräfin Salitz-Halm, von ihren Stiftsdamen Mutter Anna genannt, hatte beim gemeinsamen Frühstück im Speisesaal, der früher das Refektorium der Mönche war, als St. Marien noch ein Kloster war, ein Schreiben vorgelesen. Dieses Schreiben stammte von einer der Stiftsdamen, die momentan nicht im Stifte weilte, von der Freiin Agnes von Ronach.

Die Stiftsdamen von St. Marien waren nur gezwungen, jedes Jahr mindestens zwei Monate im Stift zu leben, wenn sie ihrer Stiftsstelle nicht verlustig gehen wollten. In der übrigen Zeit konnten sie sich aufhalten, wo sie wollten. Die Freiin Agnes von Ronach lebte schon seit Jahren in St. Marien, ohne das Stift länger als acht Tage zur Weihnachtszeit zu verlassen. Weihnachten verlebte sie stets bei ihrem verwitweten Bruder, dem verabschiedeten Major von Ronach, der mit seinem einzigen Töchterchen in einer kleinen Stadt von seiner bescheidenen Pension lebte.

Dieses Jahr war Fräulein von Ronach zeitiger als sonst abgereist. Ihre Nichte Griseldis hatte ihr geschrieben und sie gebeten, sofort zu kommen, weil ihr Vater bedenklich erkrankt sei und sie zu sehen wünsche. Fräulein von Ronach war auch sofort diesem Rufe gefolgt, und drei Tage später meldete sie der Frau Oberin und ihren Stiftsschwestern den Tod ihres einzigen Bruders. Außer ihrer Nichte Griseldis besaß sie nun keine Verwandten mehr.

Und nun war heute morgen folgendes Schreiben von ihr eingetroffen.

»Hochverehrte, geliebte Mutter Anna!

Ehe ich nach St. Marien zurückkehre, was noch vor Weihnachten geschehen soll, möchte ich Ihnen eine große, innige Bitte ans Herz legen. Mein Bruder, dessen Ableben ich Ihnen meldete, hat keinerlei Vermögen hinterlassen, und seine Pension, von der er mit seiner Tochter lebte, erlischt nun mit seinem Tode.

Meine Nichte Griseldis ist augenblicklich in einer sehr schlimmen Lage. Sie hat zwar dadurch ein wenig zum Lebensunterhalt beigetragen, daß sie hier in einigen Familien die Kinder unterrichtete, denn sie hat das Lehrerinnenexamen gemacht. Aber davon allein kann sie nicht leben. Die Rücksicht auf ihren kranken Vater hat bisher verboten, eine feste Stellung anzunehmen. Jetzt will sie das natürlich tun. Aber so schnell findet sich nichts für sie.

Der Hauswirt meines Bruders hat eingewilligt, daß meine Nichte die Wohnung schon am ersten Januar aufgibt, da er sie anderweitig vermieten kann. Wir wollen nun den geringen Nachlaß meines Bruders verkaufen, damit meine Nichte wenigstens einen Notpfennig hat.

Dadurch ist das Kind zwar die Sorge um die Wohnung los, ist aber zugleich vom ersten Januar ab völlig heimatlos, bis sie eine Stellung gefunden hat. Griseldis ist nun freilich einer von den glücklichen, beneidenswerten Menschen, die sich durch keinen Schicksalsschlag zu Boden werfen lassen, wenn sie auch die Trauer um ihren Vater ihrer Spannkraft ein wenig beraubt hat.

In meiner Sorge um das Kind habe ich nun an unsere allzeit gütige und hilfsbereite Mutter Anna gedacht und trage mein schweres Herz zu ihr. Wollen Sie meine herzliche Bitte hören, liebe, verehrte Mutter?

Ich möchte Sie bitten, mir zu gestatten, daß ich meine Nichte für einige Wochen mit nach St. Marien bringe, sobald wir alles hier geordnet haben, also um die Weihnachtszeit. Griseldis kann in meinem Zimmer auf dem Diwan schlafen. Sie würde keinerlei Umstände verursachen und sich gewiß gern nützlich machen, denn sie ist in allen Dingen geschickt und anstellig und scheut keine Arbeit.

Ich weiß nun wohl, daß wir Stiftsdamen keine langen Besuche empfangen dürfen, weiß, daß nach der Hausregel keine einen Besuch länger als auf drei Tage bei sich aufnehmen darf. Aber für jedes Gesetz gibt es eine Umgehung, eine

Hintertür, und durch eine solche möchte ich meine Nichte für einige Wochen in St. Marien einschmuggeln.

Ich sehe im Geiste, wie Mutter Anna den Finger hebt und tadelnd sagt: Aber, liebste Ronach, was denken Sie, das geht doch nicht. Zugleich sehe ich aber auch in den gütigen Augen der Mutter Anna den immer bereiten Wunsch zu helfen.

Und so appelliere ich kühn und zuversichtlich an Ihr gutes Herz und an die gütige Beihilfe all meiner lieben Stiftsschwestern, denen ich meine Bitte ans Herz legen möchte.

Geht es nicht an, daß meine Nichte Griseldis reihum alle Stiftsdamen besucht? Jede derselben müßte ihr ein Anrecht geben, drei Tage ihr Gast zu sein. Natürlich bleibt ihr Lager in meinem Zimmer aufgeschlagen, damit sie niemand lästig wird. Sie ist ja ein bescheidenes, liebes Ding, und ich habe sie lieb, Mutter Anna, und möchte sie nicht jetzt ihrem Schicksal überlassen. Sie wird ja bald eine Stellung finden, denn sie eignet sich zu allem, zur Gesellschafterin, zur Reisebegleiterin, zur Pflegerin oder zur Erzieherin. Nur über die stellenlose Zeit möchte ich ihr forthelfen. Und nur in der Sorge um sie bin ich auf den kühnen Ausweg gekommen, den ich nun Ihrer Güte unterbreite.

Ich bitte um möglichst baldige Nachricht. Und wie sie auch ausfallen möge, ich weiß, daß Mutter Anna das Ihre tun wird, um einem sorgenbelasteten Menschen nach besten Kräften zu helfen.«

Als die Frau Oberin diesen Brief vorgelesen hatte, erhob sich unter den achtundzwanzig Stiftsdamen ein aufgeregtes Hin und Her, ein Staunen, Lachen und Bedenken, ein jubelndes Zustimmen und ein bedächtiges Abwehren. So leicht war es nicht, diesen aufgeregten Schwarm zu besänftigen, und die Oberin ließ ihrer kleinen Herde erst einmal völlig freien Lauf, bis sie sich über diesen Brief Luft gemacht hatte. Sie hörte nur Bruchstücke aus der Unterhaltung.

»Das geht doch nicht!«

»Wie denkt sich das die gute Ronach?«

»Es ist unglaublich.«

»Wenn wir nun alle unsere Verwandten so einladen wollten, dann würde das Stift das reine Gasthaus.«

»Du bist zu bedenklich; man muß der guten Ronach helfen.«

»Jawohl, das ist Menschenpflicht.«

»Ich bin dafür, wir hören Mutter Anna.«

»Ja, sie wird das Richtige treffen.«

»Mutter Anna – Mutter Anna, was sagen Sie dazu?« So klang es durcheinander.

Aller Augen richteten sich auf die Gräfin, und es trat plötzlich eine große Stille ein. Diese saß ruhig da, ein feines, gütiges Lächeln um den Mund.

Nun richtete sie sich auf.

»Ja, meine Damen, ich allein habe darüber nicht zu entscheiden. Nur möchte ich einiges bemerken. Unsere liebe Ronach ist uns allen immer gern gefällig gewesen, wo sie nur konnte. Manche Nacht hat sie für uns gewacht. Auch für mich. Ich habe es ihr noch nicht danken können. Hat sie uns dagegen je in Anspruch genommen? Nein – wir haben ihr noch nichts zuliebe tun können. Und wie ich sie kenne, hat sie sich erst hundertmal bedacht, ob sie uns mit dieser Bitte kam. Sie muß gar keinen anderen Ausweg gewußt haben. Wenn man nun bedenkt, daß da ein elternloses, junges Geschöpf, die einzige Verwandte unserer lieben Stiftsschwester, in harter Bedrängnis ist und wir ihr mit gutem Willen leicht helfen können – nun, meine Damen, wer von Ihnen tut es da nicht gern? Ich als Frau Domina des Stifts habe das Anrecht, mir einen Besuch, sofern er weiblichen Geschlechts ist, auf vierzehn Tage einzuladen. Ich werde also gern die Gelegenheit ergreifen, der guten Ronach auch einmal einen Gefallen zu tun, und werde ihre Nichte auf vierzehn Tage zu mir einladen. Und Sie, meine Damen?«

Da gab es wieder ein Durcheinander. Mutter Anna kannte

ihre Schutzbefohlenen und hatte ihre Worte gut gewählt. Da blieb nicht eine verstockt.

Und als sich die Wogen der Erregung geglättet hatten, erklärten sich alle Stiftsdamen bereit, die junge Freiin Griseldis auf drei Tage einzuladen.

Die Frau Domina rechnete lächelnd aus: Achtundzwanzig mal drei Tage, das sind vierundachtzig Tage. Dazu vierzehn Tage für sie, waren achtundneunzig Tage, und drei Tage durfte Agnes von Ronach ihre Nichte einladen, das machte zusammen hundertundeinen Tag, also reichlich drei Monate.

Mutter Anna forderte nun die Damen auf, daß jede ihre Einladung niederschreiben und daß sie diese Einladungen sammeln und auf ihr Zimmer bringen möchten. Sie wolle dann gleich an die liebe Ronach schreiben.

Das war ein vergnüglicher und aufregender Nachmittag für die Stiftsdamen von St. Marien. Sie lachten so viel, daß man der guten Ronach für diesen Spaß noch dankbar sein müsse. Man konnte doch wieder einmal über etwas anderes sprechen als über das tägliche Einerlei.

So sah man allseitig dem jungen Gast mit recht wohlwollenden Gefühlen entgegen. Jede fühlte sich ein wenig als Wohltäterin, und das ist immer ein angenehmes Gefühl.

Mutter Anna schrieb an Fräulein Agnes von Ronach:

»Mein liebes Fräulein von Ronach!

Es freut mich aufrichtig und herzlich, Ihnen mitteilen zu können, daß wir einstimmig beschlossen haben, Ihren Wunsch zu erfüllen. Beifolgend sende ich Ihnen für Ihr Fräulein Nichte die Einladungen sämtlicher Stiftsdamen, die meine mit einbegriffen. Ihr origineller Gedanke hat allgemeinen Anklang gefunden, und wir freuen uns alle, der Reihe nach von Fräulein Griseldis besucht zu werden. Die Reihenfolge wird heute nachmittag durch das Los bestimmt. Das gibt gleich wieder eine vergnügte Unterhaltung. Und eigentlich müssen wir Ihnen für einige angenehme Stunden danken.

Ich stelle der jungen Dame gern eines der unbewohnten Zimmer für die Dauer ihrer Anwesenheit, die sich sonach auf drei Monate erstrecken darf, zur Verfügung. Hoffentlich gelingt es ihr in dieser Zeit, eine gute Stellung zu finden. Wir werden uns alle darum bemühen, ihr eine solche zu beschaffen.

Bitte, teilen Sie mir noch den genauen Termin Ihrer Ankunft mit, damit ich Ihnen die Stiftskutsche an den Bahnhof senden kann.

Mit den herzlichsten Grüßen an Sie und Ihr Fräulein Nichte, Ihre Mutter Anna.«

Griseldis von Ronach stand in dem schon ziemlich leergeräumten Wohnzimmer. Die Möbelträger waren gerade dabei, die letzten Stücke hinauszutragen. Es war nun bis auf die Küchen- und Schlafzimmermöbel alles fort.

Auch diese waren schon verkauft, sollten aber erst abgeholt werden, wenn die beiden Damen die Wohnung verließen. Ein leiser Schatten flog über des jungen Mädchens feingeschnittenes Gesicht. Sie strich sich über das schimmernde goldblonde Haar, das in zwei dicken Flechten den feinen Kopf umgab. Die braunen Augen leuchteten, als seien Goldfunken darin gefangen, und der Mund, der beim Lächeln die einer Perlenschnur gleichenden Zähne enthüllte, war entzückend mit seinen weichen, geschwungenen Linien. Ein unvergleichlich schöner Teint, der von gesunder Jugend zeugte, und eine herrliche, ebenmäßige Gestalt, das waren die Gaben, die Mutter Natur Griseldis von Ronach verliehen hatte.

Sie besaß freilich noch mehr Reichtümer, ein tapferes, unverzagtes Herz, einen frohen Sinn, eine unerschöpfliche Lebensfrische und die beneidenswerte Gabe, stets mit ihrem Schicksal zufrieden zu sein und immer einen leuchtenden Sonnenstrahl einzufangen, wenn auch der Himmel noch so dicht voll drohender Wolken hing.

So war Griseldis dennoch nicht arm zu nennen.

Sie zählte zweiundzwanzig Jahre und hatte sich in ihrem jungen Leben schon hart mit allerlei Sorgen und Nöten herumgeschlagen. Und jetzt zeigte ihr das Schicksal eine besonders drohende Gestalt. Aber sie sah ihm tapfer und unverzagt ins Auge, trotzdem Tante Agnes um sie jammerte.

»Hab' doch nur keine Angst um mich, mein liebes Tantchen«, sagte sie zu ihr, als diese vor lauter Sorge und Bedenklichkeit nicht aus und ein wußte, »ich beiße mich schon durch wie die Maus durch den Speck. Gesund und kräftig bin ich gottlob, arbeiten macht mir Spaß, gleichviel, welcher Art die Arbeit ist, und irgendwo in der Welt wird schon ein Plätzchen für mich sein. Wer weiß, vielleicht hat die Zukunft sogar ein Stückchen Glück für mich bereit. Man muß den Mut nur nicht sinken lassen.«

Von dem Brief, den ihre Tante an die Frau Domina des Stiftes geschrieben, hatte Griseldis keine Ahnung. Das hätte sie nicht zugelassen, daß Tante Agnes für sie um Aufnahme bat.

Vorhin war nur das Antwortschreiben von Mutter Anna eingetroffen, und die Empfängerin hatte sich ins Schlafzimmer zurückgezogen, um den Brief erst einmal durchzulesen. Wenn er eine abschlägige Antwort enthielt, sollte Griseldis nichts davon erfahren. Inzwischen fertigte Griseldis die Möbelträger vollends ab und begab sich in die Küche, die sehr klein war.

Dann streifte sie die Ärmel ihres schlichten schwarzen Kleidchens auf.

So, nun wollen wir eine üppige Mahlzeit herrichten. Erster Gang: Kartoffelsuppe; zweiter Gang: Brühwürstchen mit Kartoffelsalat; dritter Gang: Eierkuchen mit Hindernissen – falls nämlich die Butter zum Backen zu knapp ist. Nun – mehr als drei Gänge gibt es an den Wochentagen beim Präsidenten von Garnow auch nicht. Und Garnows sind doch mehrfache Millionäre, was ich von mir nicht behaupten kann.

Mit diesen Gedanken machte sich Griseldis an ihre Arbeit, die ihr flott und sicher von der Hand ging. Als sie im schönsten Zuge war, trat Tante Agnes in die Küche. Sie hatte ganz verweinte Augen.

Griseldis sah sie erschrocken an. »Tantchen – was ist dir denn? Warum weinst du?«

Tante Agnes bemühte sich, ihre Tränen hinunterzuschlucken. »Erschrick nur nicht, Seldis, es sind nur Freudentränen.«

Griseldis umarmte sie. »Freudentränen? Ach – die gönne ich dir von Herzen, mein armes kleines Tantchen. Andere hast du nun wahrlich genug geweint um meinen lieben alten Papa und aus Sorge um mich. Darf ich denn wissen, was dir diese Freudentränen erpreßt hat?«

Tante Agnes nickte, und ihre Augen glänzten. »Ja, du sollst nun alles wissen. Also denke dir, ich schrieb nämlich an die Frau Domina unsres Stiftes. Und heute habe ich Antwort erhalten. Und was liegt in diesem Briefe – da sieh – ich wunderte mich, daß er so dick und schwer war. Da liegen neunundzwanzig Einladungen darin, von allen Stiftsdamen und von der Frau Oberin.«

»Einladungen?«

»Ja, doch, Seldis, für dich Einladungen nach St. Marien. Jede Stiftsdame ladet dich auf drei Tage ein und die Frau Domina auf vierzehn Tage. Auf drei Monate hast du nun die Berechtigung, auf St. Marien bei mir zu weilen. Ist das nicht herrlich?«

Griseldis quirlte nachdenklich in der Kartoffelsuppe. Ein kleiner Seufzer entfloh ihren Lippen. Sie sah die Tante scharf und fordernd an. »Das ist ja sehr – sehr schön, Tante Agnes.

Aber – wie sind denn die Damen auf die seltsame Idee gekommen, mich einzuladen? Ich kenne doch keine von ihnen.«

Tante Agnes machte ein ziemlich schuldbewußtes Gesicht. Aber sie nahm das Herz tapfer in die Hände und zwang sich zu einer harmlosen Miene.

»Ach weißt du, Seldis, so helfen wir uns immer gegenseitig, wenn wir mal längeren Besuch haben wollen. Ich habe ihnen mitgeteilt, daß ich dich gerne für einige Zeit bei mir haben möchte, und da sind denn prompt diese Einladungen erfolgt. Das ist nichts Besonderes.«

Griseldis beschäftigte sich weiter mit dem Kochen.

»Ach so, das ist bei euch so Brauch? Nun, das finde ich sehr schön, daß ihr so einmütig seid. Grete Schönburgs Tante ist auch in einem Fräuleinstift, und da gibt es unter den Insassen immer Zank und Streit.«

Tante Agnes atmete froh auf, da die Klippe umgeschifft war.

»Nein, das ist bei uns gottlob nicht der Fall. Gewiß, wir streiten auch einmal ein bißchen um Kleinigkeiten. Aber sonst halten wir treu zusammen. Und ich freue mich sehr, daß ich nun die Angst um deine nächste Zukunft los bin.«

Griseldis lächelte.

»Armes kleines Tantchen – daß ich dir auch noch Sorge mache! Hast doch wahrlich schon genug mit dir selbst zu tun. Also die Stiftsdamen laden mich wirklich ein?«

»Ja, lies doch nur, wie launig und liebenswürdig die Einladungen alle abgefaßt sind. Ich bin ihnen so dankbar.«

Griseldis las einige der Einladungen und lachte. Es war ein liebes, goldenes Lachen, das aus einem warmen, guten Herzen kam.

»Die lieben guten Stiftsweiberchen! Hoffentlich kann ich es ihnen einmal vergelten. Irgendwie will ich mich im Stift auch gern nützlich machen. Weißt du, ich modernisiere den Stiftsweiberchen die ältesten Hüte und Kleider, so daß sie aussehen wie aus der Modezeitung herausgeschnitten, oder ich tue ihnen sonst etwas zuliebe. Und wenn ich, hoffentlich recht bald, eine Stellung finde, dann kaufe ich für mein erstes Gehalt ein Kistchen Konfekt für sie oder sonst etwas Gutes. Übrigens – Gutes – du – jetzt dinieren wir – genau wie bei Garnows – drei Gänge. Da auf dem Küchentisch habe ich schon für uns gedeckt. Im Wohnzimmer könnten wir höchstens auf dem Fußboden essen, und ich glaube nicht, daß wir das können wie die Muselmänner, die mit untergeschlagenen Beinen sitzen. Nun lache nur, Tantchen. Das tut unserer Trauer um meinen lieben alten Papa keinen Abbruch. Er würde es dir nicht übelnehmen, wenn er selbst auch das Lachen ganz verlernt hatte. So – hier setze dich her. Jetzt trage ich den ersten Gang auf.«

Tante Agnes nahm Griseldis beim Kopf.

»Du goldiger, tapferer kleiner Kerl! Wie du das alles so unverzagt anfassest und allem die beste Seite abzugewinnen verstehst. Gott erhalte dir deinen frohen Mut. Meine Stiftsschwestern ahnen gar nicht, was sie sich für einen hellen Sonnenstrahl ins Stift geladen haben. Ich muß dich bewundern. Eine andere an deiner Stelle würde weinen und jammern und vor Angst nicht aus und ein wissen. Du beißt die Zähne zusammen – und durch. Nicht einmal von deinem Schmerz um den Vater läßt du dich unterkriegen.«

Griseldis preßte die Lippen fest zusammen, und einen Moment lag ein trüber Schleier über den Sonnenaugen. Aber schnell hatte sie sich wieder in der Gewalt.

»Ich habe es Papa fest versprochen, Tantchen, daß ich ihm nicht nachweinen will. Siehst du, er war mir vielmehr ein großes Kind als ein Vater – mein Sorgenkind. Ach, was war er manchmal gallig und verbittert, wenn ihn der Jammer um seine ungerechte Verabschiedung packte. Da brauchte er viel Sonnenschein, und ich mußte mir recht Mühe geben, um sein armes Leben mit einem versöhnenden Schimmer zu umgeben. So lieb sind mir dabei meine Sorgen geworden, daß sie nun fehlen werden. Aber Papa gönne ich die Ruhe von Herzen. Er hat viel, sehr viel gelitten, und es ist mir eher ein Trost als ein Schmerz, daß ich ihn nun aller Sorge und aller Schmerzen ledig weiß. Und deshalb wird es mir nicht schwer, mein Versprechen zu halten. Ich habe mich einmal tüchtig ausgeweint, als mein lieber alter Papa seine müden Augen schloß. Aber dann habe ich ihm, ehe sie den Sarg schlossen, leise ins Ohr gesagt: Jetzt bleibe ich tapfer, wie du es gewollt hast, mein lieber Papa, und nun schlaf' ruhig aus. Weißt du, Tantchen, gerade an Papas fortwährenden Bitterkeiten und Grillen habe ich so recht deutlich gefühlt, wie nötig der Mensch sein bißchen Sonnenschein braucht. Und weil mir andere Menschen keinen Sonnenschein geben werden, deshalb habe ich mir in meinem Innern so eine kleine Fabrik von Sonnenstrahlen zugelegt. Und die halte ich fleißig in Betrieb. Dann kann mir nichts fehlen. So, und nun iß, Tantchen. Findest du nicht, daß Kartoffelsuppe köstlich schmecken kann?«

Tante Agnes kostete lächelnd die Suppe. »Hm! Ausgezeichnet. Du kochst überhaupt vorzüglich, das habe ich schon oft bemerkt.«

Griseldis lachte. »Ja – schade, daß ich mich nicht als Köchin vermieten kann. Da bekäme ich hohen Lohn und ehrfurchtsvolle Behandlung.«

»Welch eine Idee, Kind!«

»Oh, die ist so übel nicht. Schade, daß sie sich für mich nicht verwirklichen läßt. Die Köchin im Garnowschen Hause nimmt direkt eine Machtstellung ein. Wenn sie schlechte Laune hat, zittert das ganze Haus.«

Tante Agnes mußte lachen. »Vor dir würde aber niemand zittern, weil du, gottlob, nie schlechter Laune bist.«

»Oh, die würde ich mir als Köchin zulegen. Ich möchte wohl wissen, was Frau von Garnow sagte, wenn ich sie fragte, ob sie mich als Köchin anstellen wolle.«

»Sie würde es natürlich nur für einen Scherz halten. Aber

sage mir, Seldis, hättest du nicht eine andere Stellung bei Garnows finden können? Sie sind dir doch sehr gewogen, und bei so reichen Leuten kommt es doch nicht so darauf an. Sie sind dir zudem viel Dank schuldig, weil du die kleine Ruth Garnow vor dem Tode des Ertrinkens bewahrt hast. Dein eigenes Leben hast du für das Kind in die Schanze geschlagen.«

»Aber Tantchen – sollte ich, eine der besten Schwimmerinnen, ruhig dabeistehen, wenn ein Kind, die Schwester meiner besten Freundin, am Ertrinken ist?«

»Nein, das hättest du natürlich nicht fertiggebracht. Aber Tatsache ist doch, daß du Ruth von Garnow nur mit eigener schwerer Lebensgefahr retten konntest.«

»Ja doch. Und ihre Mutter hätte mir am liebsten ein Denkmal gesetzt. Ich war froh, als ich ihnen entwischen konnte. Sie haben mich auch nachträglich noch weidlich mit ihrer Dankbarkeit gequält, und wenn Ruth mich sieht, hängt sie mir am Halse und singt mir Lobeshymnen. Und wenn man sich dann sagen muß, daß dies alles nur geschieht, weil man einer schlichten Menschenpflicht nachgekommen ist, dann hat man ein unbehagliches Gefühl. Tilly quält mich noch jetzt immerfort, ich soll ihr einen recht großen Wunsch verraten, den sie mir erfüllen könnte, und ihre Mutter tut dasselbe, so oft sie mich sieht. So boten sie mir auch gleich nach Papas Tode eine Heimat in ihrem Hause. Aber siehst du, Tantchen, nicht um die Welt hätte ich das angenommen. Das sähe ja so aus, als wollte ich mich dafür bezahlt machen, daß ich Ruth aus dem Wasser holte. Nein – daran ist nicht zu denken. Ihren Stolz haben die Ronachs noch, wenn sie auch sonst nichts weiter besitzen.«

Tante Agnes hatte glänzende Augen.

»Ich muß dir recht geben, Seldis, wenn es auch schade ist, daß du es nicht annehmen kannst.«

Die beiden Damen beendeten nun ihre Mahlzeit und besprachen dann noch die nächste Zukunft. Tante Agnes sollte der Frau Oberin melden, daß die beiden Damen am Sonnabendnachmittag eintreffen würden.

Am Nachmittag machte Griseldis dann einige Abschiedsbesuche. Auch im Hause des Landgerichtspräsidenten von Garnow sprach sie vor und wurde sehr herzlich empfangen. Mit Bedauern hörte Tilly von Garnow, daß Griseldis schon in den nächsten Tagen abreisen wollte. Sie war ein bildhübsches, munteres Geschöpf und Griseldis herzlich zugetan.

»Du mußt mir fleißig schreiben, Seldis, wie es dir geht und was du unternimmst. Und wenn du im Stift nicht mehr bleiben willst, dann komm zu uns. Ich gehe allerdings nächstens mit Mama auf einige Zeit an den Gardasee, aber Papa und Ruth bleiben zu Hause und werden sich immer freuen, wenn du kommst.«

Das wurde Griseldis auch von den anderen Familienmitgliedern bestätigt. Frau von Garnow lud sie sogar ein, mit ihr und Tilly nach dem Gardasee zu gehen. Aber Griseldis lehnte herzlich ab und verabschiedete sich. Sie versprach Tilly, ihr zu schreiben und sie über ihr Schicksal auf dem laufenden zu halten. Und Frau von Garnow mußte sie versprechen, daß sie sich an diese wenden würde, wenn sie einmal Rat und Hilfe brauche.

»Und vergiß nicht, Griseldis, du bist mir noch einen Wunsch schuldig!« rief ihr Tilly noch nach, ehe sie ging.

Griseldis lachte. »Darauf wirst du wohl noch lange warten müssen, Tilly, ich bin absolut wunschlos«, antwortete sie.

Griseldis und Tante Agnes hatten nun noch zwei Tage vor sich, um ihre Abreise vorzubereiten. Sie kamen nicht mehr recht zur Besinnung. Am Sonnabendmorgen wurden die letzten Möbel abgeholt. Einen großen Koffer mit Wäsche und Kleidern gab Griseldis vorläufig zu einem Spediteur. Ihre übrigen Habseligkeiten nahm sie mit nach St. Marien.

Nach einer dreistündigen Reise langten die beiden Damen auf der Bahnstation an, die dem Stift am nächsten lag. Es war nur eine kleine Station, und das Bahnhofsgebäude mit seinen roten Ziegelwänden sah nicht gerade sehr freundlich aus. Dafür lag aber eine herrliche Landschaft vor Griseldis staunenden und bewundernden Blicken – die Thüringer Waldberge im weißen Winterkleid. Sie hätte laut aufjauchzen mögen.

Neben dem Stationsgebäude hielt die ehrwürdige, vor Alter entschieden etwas grau gewordene Stiftskutsche. Sie war mit zwei mageren Gäulen bespannt, und auf dem Bock saß in einem etwas fadenscheinigen Mantel mit ehemals schwarzem, jetzt aber etwas fuchsig gewordenem Pelzkragen Christian, das Faktotum des Stiftes, der in seiner durchaus nicht liebreizenden Person verschiedene Ämter vereinigte. Er war Kutscher, Gärtner und Pförtner zugleich, und bei besonders festlichen Anlässen mußte er auch den Diener vorstellen in einer von ihm zärtlich behüteten alten Livree, auf die er selbst von seiner alten Militäruniform abgetrennte Litzen aufgesetzt hatte. Auch riesengroße weiße Handschuhe gehörten zu dieser Livree, von denen Mutter Anna lächelnd behauptete, daß sie groß genug wären, um als Fenstergardine zu dienen, wenn er sie gewaschen und am Fenster zum Trocknen aufgehängt hatte. Im übrigen war Christian das einzige männliche Wesen, das im Stift wohnte, wenn auch freilich nur in dem kleinen Pförtnerhäuschen am Gartentor. Es war auch von Mutter Natur reichlich dafür gesorgt, daß Christian den Herzen der Stiftsdamen nicht gefährlich werden konnte, er war mit seinen Pockennarben, seinen Zahnlücken und der verdächtig blauroten Nase von einer wahrhaft herzerfrischenden Häßlichkeit.

Die beiden Freiinnen von Ronach nahten sich Christian und der Stiftskutsche mit der gebührenden Ehrfurcht. Tante Agnes hatte Griseldis eine flüchtige Beschreibung von Kutscher und Wagen entworfen, damit sie vorbereitet war.

»Guten Tag, Christian«, sagte Tante Agnes freundlich.

Mit Christian standen alle Stiftsdamen auf gutem Fuß, denn man brauchte ihn zu allerlei Dingen, für die weibliche Kräfte nicht ausreichten. Und Christian wußte das. Deshalb hielt er auf Würde und vergab sich nichts.

»Guten Tag auch, gnädiges Fräulein.«

»Das ist meine Nichte, Christian.«

Christian sah von der Seite auf Griseldis herab, und ihr junges, lachendes Gesicht zauberte auch um seinen Mund ein freundliches Lächeln.

»Hab' ich mir gedacht, gnädiges Fräulein. So was Junges haben wir lange nicht im Stift gehabt. Aber nun steigen Sie man ein. Ich halte schon eine gute Viertelstunde hier in der Kälte. Meine Gäule sind gewiß ebenso steif geworden wie ich selber«, sagte er halb herablassend freundlich, halb vorwurfsvoll.

»Ich werde dafür sorgen, Christian, daß Sie von der Köchin einen heißen Grog bekommen, wenn wir heimkommen.«

Christians Gesicht wurde ein wenig freundlicher und herablassender. »Schönchen, gnädiges Fräulein! Aber bitte, nicht vergessen. Ich werde Sie lieber noch einmal daran erinnern, wenn Sie im Stift aussteigen.«

»Das ist nicht nötig, Christian, ich werde daran denken und Tante daran erinnern«, sagte Griseldis, mühsam ihren Ernst bewahrend.

Christian griente sie leutselig an. »Hm! Besser ist besser. Ich erinnere noch mal daran. Aber nun einsteigen, meine Damen. Die Gäule müssen Bewegung haben.«

Der Gepäckträger hatte inzwischen die Koffer aufgeladen, und die Damen stiegen ein. Griseldis fuhr mit einem Jauchzer wieder empor, als sie sich gesetzt hatte. Sie war so tief in die vom Alter gelockerten Polster gesunken, daß sie schon gefürchtet hatte durchzufallen.

»O du meine Güte«, sagte sie lachend und sank nun etwas

vorsichtiger wieder zurück, »das ist ja ein entzückendes Vehikel, Tantchen. Hörst du, wie die Federn quietschen? So ungefähr stelle ich mir die Arche Noah vor. Hier in dieser umfangreichen Stiftskutsche hätte bequem alles Platz gefunden, was Noah vor der Sündflut retten wollte. Und musikalisch ist sie auch. Die Federn liefern das schönste Konzert.«

Tante Agnes mußte lachen. »Treibe deinen Spott nicht mit so geheiligten Dingen, wie unsere Stiftskutsche es ist, Seldis.«

Die junge Dame beugte sich vor und sah die Tante mit leuchtenden Augen an. »Spott? Ach nein, Tantchen, das ist wirklich kein Spott. Ich bin ganz ehrlich entzückt. So lieb und traulich ist das alles, selbst Christian einbegriffen. Ich wette, hinter seiner rauhen Schale verbirgt sich ein edler Kern.«

Tante Agnes zuckte lächelnd die Achseln. »So unbedingt möchte ich doch nicht auf Christians Edelmut schwören. Dem mußt du schon mit einem Glas Grog, einem Päckchen Tabak oder einigen Zigarren auf die Beine helfen. Sie brauchen aber nicht sehr gut zu sein, die Zigarren. Aber dann ist er auch großartig – dieser Edelmut.«

»Das will ich mir merken, Tantchen, man muß die edlen Gefühle einer Menschenbrust mit allen Mitteln zu wecken suchen. Aber nun sieh nur hier hinaus – kannst du dir etwas Schöneres denken als diese verschneite Landschaft? Der Thüringer Wald im Winterkleide – das ist, um poetisch zu werden. Ich glaube, darauf würde ich ein leidlich gutes Gedicht machen können. Herrgott – und da drüben auf dem Berge die Burg – wie wunder-, wunderschön! Was ist das für eine Burg, Tantchen?«

Auch Tante Agnes sah mit strahlenden Augen hinüber zu dem Berge. »Das dachte ich mir, daß dich dieser Blick entzükken würde. Die Wartburg ist es, Seldis, die da vor dir liegt.«

Die junge Dame wurde ganz still. Andächtig und verträumt sah sie hinauf zu der Wartburg. »Wie ist die Welt so schön, Tante Agnes«, sagte sie endlich leise und innig. »Da hinauf möchte ich wohl einmal steigen. Ob man da vom Stift aus hinpilgern kann? Wie weit ist wohl der Weg bis dahin?«

»Immerhin gut drei Stunden, Kind. Und jetzt im Winter über die verschneiten Wege kannst du unmöglich zur Wartburg hinauf.«

»Kann man nicht mit der Bahn näher heranfahren?«

»O ja, bis Eisenach. Aber schwierig ist der Weg wohl auch von da aus im Winter. Im Sommer ist er herrlich. Wir machen jedes Jahr um die Pfingstzeit vom Stift aus einen gemeinsamen Ausflug nach der Wartburg. Dafür haben wir eine sogenannte Strafkasse. Wer sich irgend etwas zuschulden kommen läßt, zum Beispiel zu spät zu Tisch kommt oder dergleichen, der muß einen Strafgroschen in die Kasse zahlen. Und der Inhalt dieser Strafkasse wird zu einem Ausflug nach der Wartburg verwendet. Mutter Anna, die einiges Vermögen hat, hilft dann immer durch eine freiwillige Spende nach, damit es gut reicht. Da fahren wir dann mit der Bahn nach Eisenach. Wer dann den Berg nicht ersteigen kann, der reitet auf Eseln hinauf.«

Griseldis lachte. »Da möchte ich dabeisein, Tantchen! Schade, daß ich das nicht erleben werde.«

Das sagte Griseldis durchaus nicht in einem spöttischen Ton, sondern nur in inniger Freude und mit sonnigem Humor.

Es dauerte etwa eine gute Stunde, bis das Stift erreicht war. Und als die Kutsche hielt und die Damen ausstiegen, erschienen an vielen Fenstern die neugierigen Gesichter der Stiftsdamen. Christian war schneller vom Bock herunter, als es sich mit seiner Würde vertrug. Er sah die beiden Damen erwartungsvoll an.

»Tantchen, vergiß den Grog nicht – du weißt, wegen des Edelmutes«, sagte Griseldis lächelnd.

Christian nickte zustimmend.

Tante Agnes rief in die Küche hinein, die im Erdgeschoß lag: »Line – einen steifen Grog für Christian, er ist ganz durchfroren!«

Die Köchin nickte ihr zu. »Hab' mir's schon gedacht, gnädiges Fräulein. Das läßt sich der Christian nicht entgehen.«

Die Damen gingen weiter. Griseldis sah sich mit großen Augen entzückt in dem alten Kloster um. Nachdem sie einen schmalen Hausflur passiert hatten, gelangten sie auf eine ziemlich große Diele. Hier empfing sie Mutter Anna mit ihrer freundlich gütigen Würde und begrüßte sie herzlich.

Griseldis verlor im ersten Augenblick ihr Herz an die schöne alte Dame. Sie beugte sich über die gereichte Hand und küßte sie.

Wohlgefällig sah Mutter Anna in das schöne Mädchengesicht. Und sie freute sich der lieblichen jungen Hausgenossin. »Das wird uns alten Frauen guttun, so ein junges Blut in unsrer Mitte«, sagte sie lächelnd.

Tante Agnes hob die Hand und sah ängstlich nach der Treppe. »O liebe, verehrte Mutter Anna, wenn das Fräulein von Hagedorn und Baroneß Ristau hören, daß sie unter die alten Frauen gerechnet werden«, sagte sie, schelmisch Angst markierend.

Mutter Anna lächelte. »Nun, die beiden Damen kann ich ja ausnehmen – und alle anderen auch, die sich für alte Frauen noch zu jung fühlen. Aber Sie und ich, meine liebe Ronach, rechnen uns doch freiwillig unter die alten Frauen.«

Tante Agnes lachte leise. Sie hatte entschieden Sinn für Humor, wie ihre Nichte. »Der Not gehorchend, nicht dem eignen Triebe, Mutter Anna.«

Diese lachte herzlich. »Das ist wirklich ein passendes Zitat. Aber nun will ich Sie hier nicht länger aufhalten. Sie führen wohl Fräulein Griseldis selbst nach ihrem Zimmer, liebe Ronach. Ich habe das für sie bereitmachen lassen, das dem Ihren direkt gegenüberliegt. Wenn Sie den Reisestaub abgeschüttelt haben, wird es wohl Zeit sein zur Teestunde. Sie können Ihre Nichte dann gleich allen Damen vorstellen. Also auf Wiedersehen, Fräulein Griseldis – ich darf Sie doch so nennen?«

»Es wird mir eine Ehre sein, Frau Domina.«

»Nein – Mutter Anna, wenn ich bitten darf. Das möchte ich auch Ihnen sein.«

Griseldis küßte ihr nochmals die Hand.

»Ich danke Ihnen für die gütige Erlaubnis, Mutter Anna.«

Diese nickte Griseldis freundlich zu.

Welch ein entzückendes Geschöpf. Sie wird es nicht leichthaben, da draußen in der Welt. Für arme Mädchen ist Schönheit ein Danaergeschenk, dachte sie, als sie davonging.

Als Griseldis mit ihrer Tante allein war, preßte sie deren Arm fest an sich. »Du, Tantchen – das ist eine goldige alte Dame, eure Mutter Anna. Wundervoll sieht sie aus mit ihrem schönen weißen Haar und dem großen Stiftskreuz auf dem schwarzen Seidenkleid. Ich freue mich, daß ich eine Weile hier im Stift bleiben darf. Was ist dies für ein schöner alter Bau! Nun weiß ich doch auch einmal, wie es hinter Klostermauern ist. Wie lange haben denn die Mönche in St. Marien gewohnt?«

»Bis 1806, da ist das Kloster aufgehoben worden. Seitdem ist es Damenstift geworden.«

»Wie interessant mir das alles ist, Tantchen.«

»Ach, Kind, es wird dir bald langweilig werden. Das Leben in unserem Stift ist sehr eintönig.«

Griseldis schüttelte den Kopf. »Mir bestimmt nicht. Und langweilen werde ich mich ganz sicher nicht.«

Eine Stunde später war Griseldis allen Stiftsdamen vorgestellt worden, und sie hatte wieder ihre helle Freude an den alten Damen, von denen so manche Anspruch auf Originalität hatte.

Sie stattete allen ihren herzlichen und aufrichtigen Dank für die liebenswürdige Einladung ab.

Und Griseldis' sonnige Art, ihre schöne Erscheinung und ihre liebliche Bescheidenheit siegten auf der ganzen Linie. Die Stiftsdamen waren alle restlos von ihr entzückt.

Griseldis brachte wirklich einigen Sonnenschein in das stille graue Haus. Es war, als rege sich in den alten Fräuleins ein leises Erinnern an die eigene Jugend, da sie noch mit vollen Segeln und heimlicher Erwartung ins Leben hinausgesteuert waren. Und dies junge Mädchen weckte in ihnen das Bewußtsein, daß sie im Grunde hier im Stift ein herrliches und beneidenswertes Leben führten, was sie bisher nicht gewußt hatten.

Da war zuerst der interessante alte Bau selbst, in dem sie alle ein friedliches Heim gefunden hatten. Griseldis hatte ihn bald vom Keller bis zum Boden durchstreift und entdeckte täglich neue Schönheiten, auf die sie die Stiftsdamen aufmerksam machte. So lernten diese ihr Heim durch sie erst richtig kennen.

Dann wurde ihnen von der jungen Dame begreiflich gemacht, was sie täglich für eine herrliche Aussicht aus ihren Fenstern genießen konnten. »Dafür würde mancher viel Geld bezahlen«, sagte sie. Und so wurde den Stiftsdamen die schöne Aussicht wertvoll.

Und dann das gute Essen im Stift! Vom Frühstück angefangen bis zu dem vorzüglichen Abendessen war alles qualitativ und quantitativ hervorragend.

Sodann der schöne, alte Kreuzgang, in dem man auch bei Regenwetter im Freien spazierengehen konnte, der große, mit alten Bäumen bewachsene Garten, der im Sommer ein Paradies sein mußte, die köstliche, nervenstärkende Stille, die ozonreiche gute Luft und das gemütliche und behagliche Zusammenleben unter dem milden Zepter der gütigen Mutter Anna, das waren alles Dinge, die erst Griseldis für die alten Damen als beneidenswerte Schätze entdecken sollte.

Und all die Stiftsdamen, die zum großen Teil ihr Friedensasyl mit unzufriedenen oder resignierten Blicken betrachtet hatten, und die sich sehr bemitleidenswert vorkamen, machten nun erstaunt die Augen weit auf, wenn Griseldis ihnen sagte, wie glücklich und beneidenswert sie sich fühlen müßten.

Mutter Anna sah staunend und bewundernd, welche Segenskraft von diesem jungen Mädchen auf ihre ganze kleine Herde ausströmte.

Sie spürte es nicht zum wenigsten an sich selbst, denn sie hatte in dieser Zeit, während welcher sich das furchtbare Drama im Schloß Treuenfels abgespielt hatte, manche Aufregungen gehabt, und die Sorge um des Grafen Harro Geschick bedrückte ihr Herz.

Und weil sie diese Last auf ihrer Seele nicht allein tragen konnte, weil sie sich mit einer fühlenden Menschenseele darüber aussprechen mußte, weihte sie Griseldis von Ronach in all ihren Kummer ein.

Diese weilte oft zu einem Plauderstündchen bei Mutter Anna oder ging mit ihr spazieren. Und in diesen Stunden kamen sich die beiden Damen sehr nahe. Sie fühlten, daß sie verwandte Seelen waren und einander volles Verständnis entgegenbrachten. Was Mutter Anna mit keiner ihrer Stiftsdamen hätte besprechen mögen, das vertraute sie Griseldis an. Und so lernte die junge Dame durch die Berichte der Mutter Anna alle die Menschen kennen, die in Treuenfels lebten und gelebt hatten.

Auch die Photographien dieser Menschen zeigte sie Griseldis. Und so sah diese im Bilde Graf Harro Treuenfels, seine schöne Gemahlin, sein kleines Töchterchen und die Mutter des Grafen. Nur von Komteß Beate besaß Mutter Anna kein Bild, und von dieser sprach die alte Dame auch nur ganz flüchtig.

Die Photographie des Grafen stammte aus der Zeit, da er Bräutigam war. In seinen Augen lag noch der frohe, helle

Übermut, der ihm damals eigen gewesen. Und sie blickten klar und offen wie die Augen eines guten Menschen.

Griseldis vertiefte sich oft in die edlen Züge des Grafen, während Mutter Anna ihr eine Schilderung seines Charakters gab und einige Episoden erzählte, die seine große Herzensgüte und seine strenge Wahrhaftigkeit und Ehrenhaftigkeit illustrierten. Und das Herz des jungen Mädchens sprach für den so schwerer Schuld angeklagten Mann.

Nein, das konnte kein Mörder sein. Und sie lauschte hoch aufhorchend den Worten Mutter Annas und nahm an Graf Harros Schicksal innigen Anteil. Sie fieberte gleich der alten Dame in Erwartung der Verhandlung und las mit brennendem Eifer jedes Wort, das über diese Angelegenheit in der Zeitung stand.

Inzwischen war der größte Teil der hundert Tage vergangen, die Griseldis im Stift verleben durfte. Und die Stiftsdamen und Mutter Anna sahen dem Ende dieser Tage mit größerer Betrübnis entgegen als Griseldis selbst.

Eine Stellung hatte Griseldis trotz eifriger Bemühungen noch nicht gefunden: Dieses und jenes Anerbieten war ihr wohl gemacht worden, und sie hätte bedingungslos das erste beste ergriffen, aber die Stiftsdamen protestierten jedesmal. Nein – Griseldis sollte nur eine sehr gute Stellung annehmen, die einige Garantie bot, daß das Kind gut untergebracht war. Am liebsten hätte man sie überhaupt nicht wieder fortgelassen, und es wurden die abenteuerlichsten Pläne ersonnen, um ihr ein Bleiben in St. Marien möglich zu machen. Sie sorgten sich alle wie gute Mütter um Griseldis. Und sie hatten schon beschlossen, bei Mutter Anna anzufragen, ob sie nun Griseldis nicht reihum wieder von neuem einladen könnten. Aber dagegen protestierte Griseldis.

»Nein, meine Damen, das geht nicht. Ich werde hier im Stift von allen Seiten so verzärtelt und verwöhnt, daß ich einfach untauglich werde zum Kampf ums Dasein. So gut habe ich es ja mein Lebtag nicht gehabt wie hier. Und kurz und gut – ich nehme die nächste Stellung, die sich mir bietet, unbesehen an. Halte ich es gar nicht aus in dieser Stellung – unter Menschenfresser werde ich ja hoffentlich nicht gleich geraten –, dann schreibe ich einen Jammerbrief an meine dreißig Vizemütter und bettle um eine neue Einladung. Das verspreche ich feierlichst. Aber erst muß ich einmal meine Schwingen regen. Und mit frohem Mut und gutem Willen werde ich schon ein Stückchen vorwärtskommen.«

So standen im Stift St. Marien die Dinge an dem Tage, da Graf Harro aus Mangel an Beweisen freigesprochen wurde.

Mutter Anna war außer sich. Sie wußte, was dieser bedingte Freispruch für eine Reihe von Demütigungen und Schmerzen für Graf Harro im Gefolge haben mußte, und war trostlos, daß sie ihm nicht helfen konnte. So fest und sicher hatte sie an seine völlige Freisprechung geglaubt, weil sie eben unbedingt von seiner Unschuld überzeugt war und weil sie meinte, seine Richter müßten das auch sein. Sie weinte herzbrechend, und Griseldis mußte sie trösten.

Gleich Mutter Anna war auch Griseldis von Graf Harros Unschuld überzeugt. Ihr war, als kenne sie ihn genau, und ihr junges Herz hatte energisch für ihn Partei ergriffen. Sie hätte ihm helfen und ihn trösten mögen, wenn sie nur ein Anrecht darauf gehabt hätte. Und sie war froh, als Mutter Anna ihre Absicht aussprach, sofort an Graf Harro nach Treuenfels zu schreiben und ihn zu trösten.

Woher ihr der unbedingte Glaube an Graf Harros Unschuld kam, wußte Griseldis nicht. Sie mußte viel, sehr viel an diesen ihr doch ganz fremden Mann denken. Im Geiste sah sie, wie der frohe, übermütige Glanz in seinen Augen erloschen war und wie sich das stolze Haupt gebeugt hatte. Solche Erlebnisse gehen nicht spurlos an einem Menschen vorüber. Das wußte sie.

Und dann kam zwei Tage später der Brief des Grafen Harro an Mutter Anna mit der Bitte, ihm eine deutsche Erzieherin für seine Tochter zu engagieren.

Als Mutter Anna den Brief gelesen hatte, sah sie sinnend vor sich hin.

Wie seltsam! Ist das Zufall oder Schicksalsfügung? Ich denke, die gewünschte Erzieherin für deine Tochter ist schon gefunden, mein lieber Harro. Und weiß Gott, eine vortrefflichere als unsere liebe Griseldis könnte ich dir nicht finden, so lange ich auch suchen würde.

Und mit fast jugendlicher Lebhaftigkeit sprang sie auf und klingelte. Eine Dienerin trat ein. »Berta – rufen Sie mir Fräulein von Ronach hierher – das junge Fräulein Ronach. Ich lasse sie bitten, sofort zu mir zu kommen.«

Wenige Minuten später trat Griseldis bei Mutter Anna ein. »Sie haben mich rufen lassen, Mutter Anna. Hier bin ich«, sagte sie in ihrer sonnigen, frischen Art.

»Ja, Kindchen, ich habe etwas von Wichtigkeit mit Ihnen zu besprechen. Wenn nicht alles täuscht, habe ich eine passende Stellung für Sie gefunden – vorausgesetzt natürlich, daß Sie dieselbe annehmen wollen.«

Griseldis kam näher. »Das will ich gewiß, Mutter Anna. Ich habe doch gesagt, die nächste Stellung, die sich mir bietet, nehme ich ohne Bedenken an.«

»Das sollen Sie nicht, liebe Griseldis. Sie sollen vielmehr reiflich bedenken. Kommen Sie, setzen Sie sich zu mir. Die Stellung, von der ich Ihnen spreche, würde Sie in das Haus eines Mannes führen, dem, vielleicht für alle Zeit, ein schlimmer Makel anhaftet – wenn auch ohne seine Schuld.«

Griseldis hatte sich niedergelassen. Nun machte sie große Augen und sah die alte Dame an. Sie war ein wenig blaß geworden, denn sie erfaßte mit ihrem scharfen Verstand sofort, von wem die alte Dame sprach. »Mutter Anna – ist es das Haus des Grafen Treuenfels?« fragte sie hastig.

»Ja, Griseldis. Graf Treuenfels sucht eine Erzieherin für sein Töchterchen – eine Persönlichkeit, die imstande ist, dem Kinde in allen Dingen die Mutter zu ersetzen. Er bittet mich, ihm eine geeignete Dame für diese Stellung zu empfehlen.

In allen Dingen gibt er mir dabei freie Hand. Ich könnte sehr günstige Bedingungen für Sie ausmachen – vorausgesetzt, daß Sie diese Stellung annehmen wollen.«

Es blieb eine Weile still im Zimmer. Griseldis preßte die Handflächen fest zusammen und sah vor sich hin. Sichtlich zögerte sie. Aber dies Zögern galt nicht einem Bedenken, wie es Mutter Anna vermutete, nämlich dem, eine Stelle im Hause eines Verfemten anzunehmen. Ihr Zögern galt einem ganz anderen Umstand. Sie fühlte, daß sie etwas Starkes, Zwingendes, Unerklärliches zu diesem Manne zog, der unter einem schweren Schicksal litt und dessen edle Züge einen so tiefen Eindruck auf ihr junges Herz gemacht hatten. Sie fürchtete, daß ihr Herz nicht würde ruhig bleiben können, wenn sie in seiner nächsten Umgebung leben mußte. Es war etwas in ihr, das ihr zurief: Begib dich nicht in Gefahr, in der du vielleicht umkommen wirst!

Aber trotzdem war zugleich auch etwas in ihr, das sie drängte, diese Stellung anzunehmen.

Da sie mit ihrer Antwort zögerte, sagte die alte Dame nach einer Weile: »Ich verstehe, liebes Kind, daß Sie sich das reiflich bedenken wollen. Ich will Ihnen in keiner Weise zureden. Aber vielleicht lesen Sie einmal diesen Brief des Grafen Treuenfels an mich. Es stehen keine Geheimnisse darin – wenigstens nicht für Sie, die Sie in diesen Wochen all meine Angst und Sorge um den jungen Mann kennengelernt haben. Bitte, lesen Sie den Brief durch. Und ich sage Ihnen nur eins: Sie verlangen mit Ihren jungen Kräften nach einer Lebensaufgabe, nach einem Wirkungskreis, wo Sie wirklich nützen und Gutes leisten können. Die Aufgabe, die Ihnen gestellt würde, ist groß und schwierig – aber auch schön und herrlich. Ich halte Sie dieser Aufgabe völlig gewachsen. Hier gilt es, einem mutterlosen Kinde die Mutter zu ersetzen und es so zu erziehen, daß es später vielleicht ein schweres Schicksal zu ertragen vermag. Sie könnten diesem Kinde etwas abgeben von Ihrer eigenen Art. Für ganz Treuenfels könnten

Sie zum Segen werden, wie Sie es in der kurzen Zeit uns allen hier geworden sind. Ich wünsche es dem Ärmsten, der von einem harten, unverdienten Schicksal gebeugt ist, daß ihm so ein heller, warmer Sonnenstrahl ins Haus fällt, der auch ihn ein wenig aufheitern kann. So, Griseldis. Weiter habe ich Ihnen nichts zu sagen. Nun lesen Sie diesen Brief. Nehmen Sie ihn mit auf Ihr Zimmer, und bedenken Sie alles sehr reiflich. Und wenn Sie sich besonnen und einen Entschluß gefaßt haben, geben Sie mir Bescheid. Ich erwarte Sie hier. Und dann wollen wir alles mit Ihrer Tante besprechen.«

Griseldis hatte still zugehört. Sie nahm den Brief und küßte die Hand der alten Dame. »Sie müssen nicht glauben, Mutter Anna, daß ich Bedenken habe, in das Haus des Grafen Treuenfels zu gehen, weil ich an seiner Schuldlosigkeit zweifle. Ich möchte mich nur erst selbst prüfen, ob ich imstande bin, die mir gestellte Aufgabe zu lösen, und ob ich den Anforderungen entspreche, die Graf Treuenfels an die Erzieherin seiner Tochter stellt.«

Mutter Anna nickte lächelnd. »Sie finden all seine Wünsche in diesem Briefe, liebe Griseldis. Gehen Sie und lesen Sie. Und nachher auf Wiedersehen.«

Damit entließ Frau Domina das junge Mädchen.

Griseldis ging auf ihr Zimmer. Sie war so erregt, daß ihre Hand, die den Brief hielt, leise zitterte. Warum – das wußte sie selbst nicht. Ihr war zumute, als sei eine Schicksalsstunde für sie gekommen, in der sich ihr Geschick erfüllen würde. Ob es sie zum Guten oder Bösen führen würde, wußte sie nicht. Jedenfalls war ein ängstliches Zagen in ihr, wie sie es noch nie in ihrem Leben gekannt hatte.

Sie sah herab auf den Brief in ihrer Hand, auf die klaren, festen und bestimmten Schriftzüge, die sie anmuteten, als sähe sie in Graf Harros Antlitz. Sie las langsam und bedächtig den Brief durch, und als sie ihn zu Ende gelesen hatte, da war alles Zagen aus ihrer Seele verschwunden. Ein heiliger, starker Eifer war in ihr erwacht, ein freudiger, fester Wille – ein zwingender Drang. Ja, sie wollte nach Treuenfels gehen, wollte diesem Manne, der ein so schweres Schicksal trug, die Sorge um sein Kind abnehmen. Froh fühlte sie die Kraft in sich, die ihr gestellte Aufgabe zu lösen. Sie wollte die kleine Komteß so erziehen, daß sie ihren Vater einst verstehen und begreifen konnte, daß sie tapfer und unverzagt an seiner Seite stand, wie sie selbst ihrem verbitterten Vater zur Seite gestanden hatte.

Und so ging sie ohne weiteres Zögern zu Mutter Anna. Mit leuchtenden Augen trat sie bei ihr ein.

»Ich will nach Treuenfels gehen, Mutter Anna, wenn Sie meinen, daß ich leisten kann, was man dort von mir verlangt.«

Da umfaßte die alte Dame Griseldis mit beiden Armen und zog sie an ihr Herz. »Bravo, liebe Griseldis! Gott lohne Ihnen Ihre frohe Hilfsbereitschaft. Ja, ich glaube, daß Sie die geeignete Persönlichkeit sind für diesen Posten, glaube, daß Sie ein gütiges Geschick hierhergeführt hat, damit Ihre Schritte von hier aus nach Schloß Treuenfels gelenkt werden. Ich glaube nicht an einen Zufall. Das ist Gottes Fügung, und er wird wissen, weshalb er alles so eingerichtet hat. Aber nun will ich gleich Ihre Tante holen lassen, damit wir alles mit ihr besprechen. Und dann will ich an Graf Harro schreiben.«

Tante Agnes kam auf den Ruf der Oberin.

Sie war nicht wenig erschrocken, als sie vernahm, in wessen Hause Griseldis eine Stellung annehmen sollte. Ihr war, als müsse sie Griseldis davon abraten. Aber zugleich dachte sie bekümmert daran, daß in wenigen Tagen die Frist für Griseldis im Stift abgelaufen sein würde und daß diese noch kein anderes Engagement gefunden hatte.

Und so gab sie endlich ihre Einwillung, weil sie nicht anders konnte. Bei Tisch wurde dann auch den Stiftsdamen mitgeteilt, daß Griseldis eine Stellung gefunden hatte und bei wem.

Da gab es zuerst sehr bestürzte und traurige Gesichter

und viele Proteste und Einwendungen. Man kämpfte um Griseldis, man wollte sie halten um jeden Preis. Und wenn sie schon gehen müsse, dann doch wenigstens in eine Stellung, die nicht so schwierig war. Man mußte doch das Kind ruhigen Herzens ziehen lassen können.

Aber auch hier wußte Mutter Anna dann die rechten Worte zu finden. Sie hielt eine ergreifende Rede, sprach in warmen Worten von dem harten, unverdienten Schicksal des Grafen Treuenfels und von seinem reizenden, schuldlosen Kinde, dem Griseldis eine Mutter sein sollte, und verhehlte nicht, sie hege die Überzeugung, daß der Himmel Griseldis nach St. Marien geführt habe, weil sie für diese Aufgabe bestimmt sei.

Da schlug die Stimmung völlig um. Die Stiftsdamen sahen nun in Griseldis ein Werkzeug des Himmels. Sie waren nun überzeugt, daß sie vom Schicksal ausersehen war, einem Unglücklichen Trost zu bringen, einem mutterlosen Kinde die Mutter zu ersetzen. Sie malten sich die rührenden Szenen aus in ihrer Phantasie und gaben Griseldis ihren Segen.

Nur an den Abschied durften sie noch nicht denken. Da mußte Griseldis noch reihum trösten und mußte in aller Eile jeder ihrer Vizemütter schnell noch einen Liebesdienst leisten und dies und jenes noch erledigen, was eben nur sie tun konnte.

Mutter Anna aber schrieb sogleich an Graf Treuenfels:

»Mein lieber Harro!

Es trifft sich gut, daß ich zufällig in der Lage bin, Dir sofort eine Erzieherin für Dein Töchterchen zu empfehlen, wie Du sie wohl nicht besser finden könntest, die junge Freiin Griseldis von Ronach, die Nichte einer meiner Stiftsdamen in St. Marien. Sie sucht eine ähnliche Stellung, weil sie vor einigen Monaten ihren Vater, einen pensionierten Major, verloren hat und nun darauf angewiesen ist, sich ihr Brot zu verdienen.

Sie hat in ihrem jungen Leben noch nicht viel gute Tage gesehen. Sie ist arm und heimatlos. Trotzdem ist sie ein Wesen voll Lebensfrische, Tapferkeit und unverzagter Munterkeit und besitzt ein lauteres Herz voll echter Güte und Liebenswürdigkeit. Du könntest wirklich lange suchen, bis Du ihresgleichen fändest.

Ihr sonniges Naturell hat es sogar fertiggebracht, allen Trübsinn aus unserm Stift zu scheuchen und meine Stiftsdamen zu zufriedenen, vergnügten Geschöpfen zu machen, selbst diejenigen, die vorher recht griesgrämig waren. Am liebsten behielten wir das Kind hier; doch das geht nach unseren Stiftsregeln nicht. Wir haben ohnedies diesen Regeln schon ein Schnippchen geschlagen, um sie längere Zeit bei uns behalten zu können. Nun werde ich sie zu Dir schicken, mein lieber Harro, für Dein Kind. Ich habe ein Gefühl, als müsse sich Segen an ihre Schritte heften, wohin sie auch geht. Möge Segen sie auch über Deine Schwelle begleiten. Sie ist genau über alles orientiert, was Dir begegnet ist. In den letzten sorgenvollen Wochen, die ich um Dich hatte, war sie meine Vertraute, der ich mein bekümmertes Herz ausschüttete. Auf meine Anfrage war sie sofort bereit, die Stellung in Deinem Hause anzutreten. Ich habe mir erlaubt, ihr ein anständiges Gehalt auszusetzen in Deinem Namen, und setze als selbstverständlich voraus, daß sie in Deinem Hause eine angenehme Stellung finden wird. Griseldis von Ronach ist zweiundzwanzig Jahre alt und sehr hübsch, um nicht zu sagen schön. Sie besitzt eine seltsam erfrischende Macht über Menschenherzen, und Deine Gilda wird schnell ihr kleines Herz an sie hängen. Daß Griseldis Dein Töchterchen herzlich liebgewinnen und mit Lust und Liebe an ihre Aufgabe gehen wird, dafür kann ich mich verbürgen.

Daß Beate in Deinem Hause weilt und gewissermaßen als Ehrendame gelten kann, ist mir für Griseldis lieb, obwohl ich von Deiner Ritterlichkeit überzeugt bin. Ich weiß, daß sie in Deinem Hause vor allem unter Deinem sicheren Schutz steht. Und das ist mir eine große Beruhigung, denn ich habe das Kind herzlich liebgewonnen in der Zeit ihres Hierseins, und ihr Geschick liegt mir am Herzen.

Bitte, sende mir sogleich Nachricht, ob Du einverstanden bist und wann die junge Dame eintreffen soll.

Mit herzlichen Grüßen für Dich, mein lieber Harro, und einem zärtlichen Kuß für mein kleines Patchen verbleibe ich

Deine getreue Mutter Anna.«

Diesen Brief ließ die alte Dame sogleich von Christian nach der Poststation im nächstliegenden Dorfe besorgen, damit er schnell in Graf Harros Hände käme. Und sie hatte ein Gefühl, als sei es eine gute Botschaft, die sie ihm sandte.

Harro von Treuenfels saß mit seiner kleinen Tochter und Komteß Beate am Frühstückstisch, als Heinrich die Posttasche brachte, in der unter anderem der Brief Mutter Annas enthalten war.

Diesen Brief öffnete er zuerst, während er die anderen für später beiseite legte.

»Du erlaubst, Beate. Der Brief ist von der Gräfin Salitz-Halm.«

Komteß Beate neigte das Haupt und beschäftigte sich mit Gilda, während ihr Vater den Brief las.

Als er zu Ende war, hob er die Augen: »Ich hatte die Gräfin gebeten, mir, wenn möglich, eine Erzieherin für Gilda zu beschaffen. Sie schreibt mir nun, daß sie zufällig in der Lage ist, mir eine solche in Vorschlag bringen zu können. So braucht Gilda nicht lange ohne Erzieherin zu sein. Es ist mir lieb, denn ich werde von allerlei Geschäften jetzt so stark in Anspruch genommen, daß ich mich Gilda nicht soviel widmen kann wie ich wünsche, und dir möchte ich auch nicht noch mehr Pflichten aufbürden.«

Komteß Beate fühlte selbst, daß sie wenig Talent und Geduld zur Erzieherin hatte, und war sehr damit einverstanden, daß ihr dies Amt wieder abgenommen wurde. »Hoffentlich hat die Gräfin eine gute Wahl getroffen«, sagte sie.

»Nun, von einer Wahl kann wohl nicht die Rede sein, da eben nur diese eine junge Dame in Frage kam. Ich kann dir ja vorlesen, was die Gräfin über die junge Dame schreibt«, erwiderte Graf Harro und las der Komtesse die betreffenden Stellen vor.

Diese hörte aufmerksam zu, und in ihrem Gesicht malte sich eine keineswegs freudige Zustimmung, als davon die Rede war, daß Griseldis von Ronach jung und schön sei und einen Zauber auf Menschenherzen ausübe.

Solch eine Persönlichkeit sah sie durchaus nicht gern in der Nähe ihres Vetters. Das konnte ihrem Plan, die zweite Frau des Grafen Harro zu werden, vielleicht hinderlich sein.

»Zweiundzwanzig Jahre ist die Dame erst alt, Harro«, sagte sie zögernd. »Das ist doch wohl zu jung für eine so verantwortliche Stellung.«

Graf Harro ließ seinen Blick auf dem Briefe ruhen, den er in der Hand hielt. Sein Blick fiel auf den Namen Griseldis. Die rührende Sage von jener Griseldis fiel ihm ein, die der Markgraf Walther Saluppo zur Gattin gewählt und dann auf eine so grausame Probe gestellt hatte.

Er hob langsam die Augen von diesem Namen und sah in Beates Gesicht. Es erschien ihm wenig schön und lieblich, dieses harte, fast männliche Antlitz mit der zu großen Nase. Es mußte doch schön sein, wenn ihm bei Tisch noch ein anderes junges und schönes Antlitz entgegenblickte.

»Ich habe der Gräfin geschrieben, daß ich eine noch jugendliche Erzieherin für meine Tochter haben möchte. Dies Alter scheint mir gerade recht. Gilda soll in ihrer Erzieherin zugleich eine junge, heitere Gesellschafterin haben. Sie wird eine solche recht nötig brauchen in unserm stillen Treuenfels. Jedenfalls bin ich überzeugt, daß mir die Gräfin die junge

Dame nicht so warm empfohlen hätte, wenn sie ihr für diesen Posten nicht geeignet erscheinen würde.«

Komteß Beate nagte an ihrer Lippe. Sie war sichtlich unzufrieden. »Ich wäre doch mehr dafür, Harro, wenn eine ältere, erfahrene Person ins Haus käme. Man kann sich auf ein so junges Ding nicht unbedingt verlassen. Und wo bleibt die Autorität, wenn sie mit Gilda scherzt und lacht?«

Graf Harro blickte wie magnetisch angezogen wieder auf den Namen Griseldis. Er lächelte. »Oh, es gibt eine Autorität, die kein strenges, ernstes Gesicht braucht. Eine Autorität der Liebe. Die wünsche ich mir für meine kleine Gilda. Und dann bin ich ja auch noch da. Selbstverständlich werde ich die Erziehung meiner Tochter sorgfältig überwachen und werde mich erst überzeugen, ob ich Gilda der jungen Dame unbesorgt überlassen kann. Im übrigen kann ich mich wohl auf den Scharfblick der Gräfin verlassen, die viel Menschenkenntnis besitzt. Du kannst also unbesorgt sein. Ich bin sehr froh, daß die Gräfin mir so schnell diese Sorge abnehmen kann, und werde nachher gleich an sie schreiben, daß wir die junge Dame erwarten.«

Komteß Beate senkte die Augen, um deren unruhiges Funkeln zu verbergen. Noch ehe sie Griseldis gesehen, fühlte sie eine starke Abneigung gegen sie und hätte gern um jeden Preis die Anstellung der jungen Dame verhindert.

»Ich meine doch, du müßtest dir die junge Dame erst einmal ansehen, ehe du sie fest anstellst. Oder vielleicht genügt es, wenn ich sie mir ansehe. Ich bin gern bereit, dir das abzunehmen und nach St. Marien zu reisen. Das ist unverbindlicher, als wenn wir sie hierherkommen lassen.«

Aber Graf Harro schüttelte energisch den Kopf.

»Ich danke dir, Beate, aber das halte ich nicht für nötig. Die Gräfin kennt die junge Dame länger und besser, als es dir bei einem so flüchtigen Besuch möglich wäre. Auf das Äußere der jungen Dame kommt es aber gar nicht an. Die Gräfin ist eine kluge, scharfblickende Frau und würde mir die junge Dame nicht empfehlen, wenn irgendwelche Bedenken zu berücksichtigen wären.«

Komteß Beate versuchte noch einen letzten Einwand.

»Du wirst mich eigensinnig schelten, Harro, aber ich habe ein Gefühl, als müsse ich dir abraten von dieser Anstellung. Es wäre meines Erachtens nach besser, wenn du eine bürgerliche Erzieherin für deine Tochter wähltest. Eine Freiin von Ronach tritt sicher sehr anspruchsvoll auf und will schließlich ganz als Dame gelten.«

Verwundert sah Graf Harro seine Base an. »Aber liebste Beate – ich verstehe dich nicht. Ich will die Erzieherin meiner Tochter, der ich deren ganzes Wohl und Wehe in die Hände legen will und die ihr eine Mutter ersetzen soll, ganz gewiß als Dame respektieren und ihr gern alle Rechte einer solchen einräumen. Eine Erzieherin ist doch kein Dienstbote. Da Gilda den größten Teil des Tages mit ihrer Erzieherin zusammensein wird, ist es mir sogar sehr wichtig, daß diese ganz Dame ist.«

Da mußte Komteß Beate die Waffen strecken. »Dann allerdings – dann sind meine Bedenken grundlos. Aus der Art, in der du mit Mademoiselle Perdunoir umgingst, konnte ich nicht annehmen, daß du auf diesem Standpunkt stehst.«

Graf Harro zuckte die Achseln. »Ja, siehst du, Beate, Mademoiselle war eben keine Dame. Sie stellte sich selbst auf eine Stufe mit der Kammerzofe meiner Frau und hat mir nie genügt als Erzieherin meiner Tochter.«

Die Komteß sah vor sich nieder, um ihm ihren Ärger über ihre Niederlage nicht anmerken zu lassen.

Aber Graf Harro merkte doch, daß sie aus irgendeinem Grunde nicht mit ihm einverstanden war. Er hatte ihr jedoch bisher wenig Einfluß auf seine Entscheidungen gestattet und gedachte auch in diesem Punkt mehr auf die Empfehlung der Mutter Anna zu geben als auf Beates Einwände. Er sagte nur artig: »Ich danke dir jedenfalls, liebe Beate, daß du diese Angelegenheit so wichtig nimmst. Ich werde also der Gräfin schreiben, daß Fräulein von Ronach sofort ihr Amt antreten kann, und bitte dich, dafür zu sorgen, daß die beiden Zimmer, die Mademoiselle Perdunoir bewohnte, für Fräulein von Ronach instandgesetzt werden.«

Die Komtesse neigte das Haupt. »Es soll geschehen, wie du wünschest, Harro.«

Graf Harro wandte sich nun seinem Töchterchen zu. »Hast du gehört, Gilda? Du wirst nun wieder eine Erzieherin bekommen.«

Gilda sah von ihrer Schokolade auf, mit der sie sich innig befaßt hatte. Ihre tiefblauen Augen sahen zärtlich in des Vaters Gesicht. »Muß das sein, Papa?«

»Ja, mein Kind.«

»Ach, ich fand es viel schöner ohne Erzieherin. Wir brauchen doch keine.«

»Doch, Gilda, du mußt doch lernen und erzogen werden.«

»Hm! Warum kannst du mich nicht lieber erziehen?«

»Soviel Zeit habe ich nicht.«

»Oh, dazu brauchst du nicht viel Zeit. Du sagst mir einfach – tue das und tue das und fertig.«

Er streichelte lächelnd ihr goldiges Haar, das er so sehr liebte. »So einfach ist das nicht, Gilda. Und gib acht, Fräulein Griseldis wird sehr lieb zu dir sein.«

»Fräulein Griseldis? Was das für ein komischer Name ist, Papa. So heißt hier niemand – auch im Dorf nicht.«

»Nein, er ist sehr selten, dieser Name, aber sehr schön.«

Um Komteß Beates Mund zuckte es bei diesen Worten leise, und sie preßte die Lippen fest aufeinander.

»Wird mich Fräulein Griseldis auch schelten wie Mademoiselle, wenn ich mal nicht still sein will, wenn sie in den greulichen gelben Büchern liest?« forschte Gilda weiter.

»Nein, ich hoffe, Fräulein Griseldis liest keine greulichen gelben Bücher und schilt nur, wenn du unartig bist.«

Gilda seufzte und stützte die drallen Ärmchen auf den Tisch.

»Ach, weißt du, Papa, große Leute finden manches unartig. Ich wollte gewiß nie unartig sein, und Mademoiselle sagte doch, ich sei es gewesen.«

Beate zog das Kind wie in aufquellender Zärtlichkeit auf ihren Schoß und drückte sie an sich. »Armes Kleinchen! Du bist mein süßes, liebes Kind«, sagte sie und küßte Gilda.

Diese machte sich aber unbehaglich los. »Au, Tante Beate, warum hältst du mich so fest. Du tust mir weh. Und du mußt nicht armes Kleinchen zu mir sagen. Ich habe doch meinen lieben Papa, da bin ich kein armes Kleinchen.«

Trotz ihres Protestes küßte Beate das Kind noch einmal und sah Graf Harro dabei an. Gilda rang sich los und sprang davon. Da sagte die Komtesse wie aus dem tiefsten Herzen, während ihre schwarzen Augen sprühten: »Ich muß Gilda lieben; sie ist doch deine Tochter, Harro! Du hast mir so viel Gutes getan, daß ich es dir auf irgendeine Art vergelten möchte. Glaube mir, mein ganzes Dasein hat nur den einen Zweck, dir und deinem Kinde etwas zuliebe zu tun.«

Er machte sich selbst Vorwürfe, daß ihn diese Worte Beates so kalt ließen. Es tat ihm leid, denn er blieb nicht gern jemand etwas schuldig. Aber er konnte es nicht ändern, daß ihn Beate mehr abstieß als anzog.

Gleich nach dem Frühstück machte er einen Spaziergang mit Gilda.

Ihr drolliges, liebes Geplauder erhellte seine düstere Miene ein wenig. Und erfrischt kehrte er nach einer Stunde wieder heim.

Die blasse Farbe, die sein Antlitz in der Gefängnisluft bekommen hatte, begann schon wieder dem gesunden braunen Ton zu weichen, der ihm sonst eigen gewesen war. Und seine Gestalt hatte sich wieder gestrafft. Die Gewißheit, schuldlos zu sein und ein unverdientes Schicksal zu tragen, half ihm über diese schlimme Zeit hinweg. Wenn es auch in seinem Inneren wühlte und brannte, daß er wie ein Geächteter leben mußte, so half ihm doch sein Stolz, niemand zu zeigen, wie er litt. Und seines Kindes wegen wollte er sich nicht zu sehr niederdrücken lassen.

Jede freie Minute hatte er benutzt, um weiter in den Zimmern seiner verstorbenen Frau nach Beweisen zu suchen, daß sie einen Selbstmord begangen habe. Er selbst zweifelte nicht mehr daran. Aber er fand nichts, gar nichts. Und enttäuscht mußte er endlich das Nachforschen aufgeben.

Als er heute von seinem Spaziergang mit Gilda heimgekehrt war, übergab er das Kind der Komtesse Beate und suchte sein Arbeitszimmer auf. Dort schrieb er zuerst an Mutter Anna, daß er einverstanden sei mit der Anstellung Fräulein von Ronachs. Er dankte ihr herzlich für ihre Bemühungen und bat sie, einen einliegenden Brief an die junge Dame abzugeben.

Auf diesen Brief hatte Griseldis erwidert, daß sie am kommenden Montag in Schloß Treuenfels eintreffen werde. Sie hatte ihm den Zug bezeichnet, den sie benutzen wollte.

Und nun war Griseldis' Abreise aus St. Marien festgesetzt.

Im Stift gab es feuchte Augen genug, als Griseldis von den alten Damen Abschied nahm. Jede wollte ihr in aller Eile noch etwas Liebes tun, und Mutter Anna hatte sehr recht getan, als sie Griseldis ermahnte, mindestens zwei Stunden vor ihrer Abfahrt mit dem Abschiednehmen zu beginnen.

»Schneller werden Sie bestimmt nicht damit fertig, Kind, ich kenne meine Damen«, hatte sie gesagt.

Es gab eine große, allgemeine Rührung. Auch Griseldis hatte verräterisch feucht glänzende Augen, als sie aus einem Arm in den anderen wanderte, wenn sie auch immer wieder etwas Lustiges sagte, um die Rührung einzudämmen. Doch als sie zuletzt von Tante Agnes und Mutter Anna Abschied nahm, da hatte ihre Stimme keine Festigkeit mehr.

Mutter Anna strich ihr das goldig schimmernde Haar aus der Stirn. »Ich hoffe, Sie werden es in Treuenfels besser haben als hier, liebe Griseldis. Anspruchsvoll sind Sie wirklich nicht. Und Sie werden Augen machen, wenn Sie die feudale Pracht Ihrer neuen Umgebung sehen. Aber hier lassen Sie Herzen zurück, die Sie liebgewonnen haben, wie Sie es verdienen. Und Sie werden auch in Treuenfels Menschen finden, die Ihnen gut sein werden, dessen bin ich sicher. Gott behüte Sie, liebe Griseldis. Unser Segen geht mit Ihnen, damit Sie Gutes wirken können in Ihrem neuen Amt. Ich habe es im Gefühl, daß das der Fall sein wird.«

Nun gab es noch ein letztes Händedrücken, eine letzte Liebkosung, und dann eilte Griseldis hinunter an den Wagen. Die liebe alte Stiftskutsche stand bereit, und Christian hatte seinen Pelzrock an und saß in würdevoller Haltung hinter den Gäulen.

Alle Stiftsdamen folgten ihr, in warme Tücher eingewickelt, bis zum Wagen. Griseldis stieg ein, nachdem sie Tante Agnes noch einmal umarmt und geküßt hatte. Es gab ein buntes Durcheinander. Christian war bange, daß ihm die Pferde scheu würden, denn diese waren an ein ruhiges, beschauliches Leben gewöhnt.

Und wirklich machten die alten Gäule ein paar Sätze, die beinahe Temperament verrieten, als die Stiftsdamen alle ihre Taschentücher zogen und Griseldis zuwinkten.

Verdrießlich brummte Christian vor sich hin, weil er einen Augenblick die würdevolle Haltung verloren hatte. Außerdem hatte er schlechte Laune, weil »das bißchen Jugend« wieder das Stift verließ.

Denn auch er hatte sich dem Zauber nicht entziehen können, der von Griseldis ausging.

Weit bog sich die junge Dame aus dem Fenster der Stiftskutsche und winkte zurück. Ihre Lippen lachten, aber die Augen waren feucht.

»Liebe alte Stiftsweiberchen, Gott behüte euch, und behaltet mich lieb. Ich danke euch tausendmal, daß ihr so gut zu mir gewesen seid«, flüsterte sie vor sich hin.

Als aber das Stift mit seinen Insassen ihren Augen entschwunden war, richtete sie sich straff empor.

Und nun vorwärts mit frischem Mut und fröhlichem Gottvertrauen, dachte sie.

Am Fenster ihres Zimmers stand Mutter Anna und sah der Stiftskutsche nach. In ihren dunklen Augen, die noch so jung und lebhaft blickten, lag ein sinnender Ernst.

Möge sich das Glück an deine Fersen heften, liebe kleine Griseldis, daß es mit dir über die Schwelle von Schloß Treuenfels schreitet, das es so lange gemieden hat, dachte sie.

Und sie faltete die Hände wie im Gebet.

Eine lange Reise hatte Griseldis nicht. Etwa zwei Stunden fuhr sie mit dem Schnellzug bis zu der Stadt, die Treuenfels am nächsten lag. Sie hätte mit einer Zweigbahn noch eine Station weiterfahren können, aber Mutter Anna wußte von ihren früheren Besuchen in Treuenfels, daß es eine langweilige Verzögerung gab. Deshalb hatte sie Graf Harro gebeten, Griseldis vom Stadtbahnhof abholen zu lassen.

Er hatte den Kraftwagen geschickt.

Ein Diener in der dunkelgrauen Livree des gräflichen Hauses stand wartend auf dem Bahnsteig. Griseldis erkannte ihn daran, da Mutter Anna sie ihr beschrieben hatte. Ruhig und sicher ging sie auf ihn zu. »Sie kommen von Schloß Treuenfels, nicht wahr?«

Der Diener zog den Hut und sah kritisch prüfend auf den schlichten, wenn auch in aller Schlichtheit vornehmen und kleidsamen Reiseanzug der jungen Dame.

»Ja, gnädiges Fräulein, ich soll Fräulein von Ronach abholen«, erwiderte er unter ihrem ruhigen, festen Blick sehr höflich.

Griseldis nickte. »Ich bin Fräulein von Ronach. Bitte, führen Sie mich zu dem Wagen.«

Der Diener zeigte ihr den Weg. Als Griseldis das elegante Gefährt stehen sah, strahlten ihre Augen auf. Sie gab dem

Diener den Gepäckschein und nahm in dem Wagen Platz, dessen Schlag ihr der Diener öffnete.

Mit einem wohligen Gefühl sank Griseldis in das weiche und doch straffe Lederpolster. »Ach, wie wundervoll! Das ist ein anderes Beförderungsmittel als die liebe alte Stiftskutsche.«

Ihre Koffer wurden zum Wagenlenker gesetzt, und nun nahm auch der Diener neben diesem Platz. Einige Menschen waren stehengeblieben und sahen auf das vornehme Gefährt. Die Treuenfelser Livree war in der Stadt bekannt, und man zeigte auch hier ein brennendes Interesse für Schloß Treuenfels und seine Bewohner, zumal seit dem Prozeß, in dem Graf Harro auf der Anklagebank gesessen hatte.

Man zerbrach sich ein wenig den Kopf, wer wohl die schöne junge Dame sein möchte, die abgeholt wurde. Sie machte ein so frohes Gesicht. Das wollte nicht passen. Denn erstens trug sie Trauer und schien eine Verwandte des gräflichen Hauses zu sein, und zweitens mußte doch nach der Ansicht der Leute alles, was mit Graf Treuenfels zusammenhing, sehr betrübt und bedrückt aussehen. Das tat diese junge Dame aber ganz sicher nicht.

Schneller als Griseldis es gedacht, näherte sich der Wagen auf dem breiten Waldweg dem Schlosse.

Die Forstschäden, die neulich der Sturm angerichtet hatte, waren schon alle beseitigt worden. Der Weg lag glatt und frei da.

Erst als das Gefährt aus dem Wald heraus und den Berg hinanfuhr, sah Griseldis durch die geschliffenen Scheiben des Autos hindurch Schloß Treuenfels oben auf dem Berge liegen.

Sie beugte sich weit vor und sah mit großen Augen zu dem imposanten und malerischen Gebäude hinauf.

Wie schön! Das sieht ja aus wie ein Märchenschloß, dachte sie und drückte die Hand aufs Herz, weil es so unruhig klopfte.

In diesem Schloß haust aber keine verwunschene Prinzessin, die von einem tapferen Ritter erlöst werden soll, sondern ein einsamer, freudloser Mann, dem man seine Ehre nahm und der nicht mehr froh sein kann. Ach – wenn ich ihm doch helfen könnte.

So ging es ihr unruhig durch den Sinn. Mit Leichtigkeit nahm der Wagen den aufwärtssteigenden Weg. Oben fuhr er auf breitem Kiesweg zwischen großen Rasenplätzen mit Blumenrabatten, aus denen erst schüchterne Keimchen hervorsahen, bis vor die Freitreppe. Dort hielt der Wagen.

Das Bild, das sich ihr bot, war freundlicher als das, welches Graf Harro bei seiner Heimkehr vor sich gesehen hatte. Heller Sonnenschein hüllte alles in ein klares, goldenes Licht.

Griseldis hatte aber nicht Zeit, sich erst mit Muße das herrliche alte Gebäude zu betrachten. Der Diener, der schnell abgesprungen war, forderte sie auf, ihm zu folgen.

Sie stieg aus und schritt die breite Freitreppe empor. Und als sie unter dem hohen Portal stand und ihren Fuß über die Schwelle des Schlosses setzte, hatte sie ein Gefühl, als schnüre ihr etwas das Herz zusammen, als müsse sie umwenden und davonlaufen, so weit sie ihre Füße trugen.

Aber sie schalt sich selbst aus. Sie war nicht die Person, die sich so leicht von törichten Empfindungen in die Flucht schlagen ließ. Straff richtete sie sich empor und trat ein.

Ihre Augen betrachteten entzückt die wundervolle Architektur der weiten Schloßhalle mit ihrem kunstvollen Mosaikfußboden, den kostbare Teppiche bedeckten. Hohe, schwere Lehnstühle waren in der Mitte um einen riesigen, runden Tisch gruppiert, und auch in der einen Ecke standen solche Sessel am Kamin.

Lautlos verhallten ihre Schritte in den dicken, weichen Teppichen. Es war so still in diesem weiten Schloß, als sei alles Leben darin erstorben. Dann vernahm Griseldis jedoch das Öffnen und Schließen einer Tür. Dieser Laut kam von oben.

Und als sie von dem Diener die Treppe bis zum ersten Stockwerk hinaufgeführt war, stand eine hohe, schwarzgekleidete Frauengestalt vor ihr, die an der Hand ein weißgekleidetes kleines Mädchen führte.

Komteß Beate und Gilda empfingen sie hier, wie es Graf Harro gewünscht hatte.

Griseldis sah nur auf das Kind. Sie erkannte sofort das Original der Photographie, die sie bei Mutter Anna gesehen hatte. Und leuchtenden Blickes sah sie voll und warm in die tiefblauen unschuldigen Augen des Kindes.

»Bist du Griseldis?« fragte Gilda mit ihrem lieben, weichen Stimmchen.

Die junge Dame beugte sich zu dem Kinde herab. »Ja, kleine Gilda, ich bin Griseldis.«

Gilda nickte ihr lachend zu. »Ach, das ist schön, du weißt gleich, wer ich bin. Woher weißt du das?«

»Ich sah ein Bild von dir.«

»Wo denn?«

»Im Stift St. Marien, bei der Frau Domina.«

»Die kenne ich nicht.«

»Aber sie kennt dich. Vielleicht kennst du sie auch unter einem anderen Namen. Danach mußt du deinen Papa fragen.«

»Hm! Das will ich tun. Du gefällst mir, Griseldis. Komm schnell mit zu Papa, er muß dich sehen.«

Damit schmeichelte sich die kleine Kinderhand in Griseldis Rechte, und Gilda wollte die junge Dame eilig mit fortziehen.

Aber da stand wie ein dunkler, drohender Schatten Komteß Beate auf dem Weg. Griseldis hatte zum Glück, da sie mit dem Kinde beschäftigt war, nicht bemerkt, wie unheimlich die schwarzen Augen der Komtesse bei ihrem Anblick aufgeflammt waren.

Griseldis' Schönheit und Lieblichkeit, ihre ganze lebensfrische Persönlichkeit, von der es wie warmes, helles Sonnenlicht ausstrahlte, hatte Komteß Beate berührt, als drücke ihr etwas das Herz mit kalter Faust zusammen. Ihr war, als müsse sie das schöne Mädchen mit einem jähen Griff die Treppe hinabstoßen und zum Hause hinausjagen.

Aber sie hatte Zeit, sich zu fassen, während Griseldis sich mit Gilda beschäftigte. Und als nun die kleine Komtesse ihre neue Erzieherin zu ihrem Vater führen wollte, stellte sie sich den beiden in den Weg.

»Jetzt noch nicht zu Papa, Gilda. Er hat jetzt noch keine Zeit. Ich werde Fräulein von Ronach erst in ihre Zimmer führen.«

Die Kleine sah zu Griseldis auf. »Oh, wirst du lange ausbleiben, Griseldis?«

»Du darfst nicht Griseldis sagen, Gilda«, mahnte Komteß Beate ziemlich hart und streng, denn jetzt war ja Graf Harro nicht zugegen, um diesen Ton zu hören.

»Oh – wie soll ich sonst sagen – heißt Griseldis auch Mademoiselle?« fragte das Kind.

»Nein, du mußt Fräulein von Ronach sagen«, erwiderte Komteß Beate.

Gilda schüttelte die blonden Locken. »Nein, das klingt nicht so schön. Papa sagt auch, Griseldis ist ein schöner Name. Darf ich dich nicht lieber so nennen?« Bittend sahen die beiden blauen Kinderaugen zu Griseldis auf.

»Du darfst mich nennen, wie du willst«, erwiderte Griseldis, sanft über das blonde Köpfchen streichelnd.

Gilda schmiegte die Wange an Griseldis' Hand. Das war bei ihr eine große Seltenheit. Sonst wich sie oft Liebkosungen aus, zumal wenn Komteß Beate ihr solche zuteil werden ließ. Und diese sah nun mit einem funkelnden Blick, wie sich Gildas Wange an Griseldis von Ronachs Hand schmiegte.

»Oh, das ist schön, ich werde dich Griseldis nennen«, sagte das Kind.

»Fräulein von Ronach, ich muß Sie bitten, den Herrn Grafen bestimmen zu lassen, wie Sie Gilda nennen soll. Ich glaube nicht, daß eine so vertrauliche Anrede am Platze ist. Das klingt wohl zu familiär und verletzt auch die Autorität«, wandte sich Komteß Beate kalt an Griseldis.

Es lag entschieden eine schroffe Zurechtweisung in diesen Worten.

Griseldis hob langsam die Augen zu ihr empor. Komteß Beate überragte sie noch ein Stück, trotzdem sie reichlich mittelgroß war. Und sie sah, daß ihr aus den Augen der Komtesse etwas Feindseliges entgegenblickte, das sie beklemmte. Ihr war bisher noch kein Mensch feindlich begegnet. Aber daß die Komtesse es tue, fühlte sie mit Gewißheit. Und das löste auch in ihrer Brust ein Gefühl der Antipathie der Komtesse gegenüber aus.

»Selbstverständlich hat der Herr Graf darüber zu bestimmen, Komteß. Ich wollte nur mit meinen Worten sagen, daß ich nichts dagegen einzuwenden habe, wenn mich Gilda beim Vornamen nennt«, sagte sie ruhig und höflich, aber ohne die sonstige Wärme, die in ihrem Wesen lag und auf alle Menschen so bezaubernd wirkte.

»Ach, Tante Beate, was denkst du nur? Papa hat ganz sicher nichts dagegen. Griseldis gefällt mir so gut, sie hat liebe Augen. Ich werde Papa bitten, daß er es mir erlaubt. Auf Wiedersehen, Griseldis. Eile dich, daß du fertig wirst.«

»Zum mindesten darfst du Fräulein von Ronach nicht ›du‹ nennen, Gilda«, sagte die Komtesse hart und streng, ganz vergessend, daß sie um Gildas Gunst werben wollte.

Gilda sah sie mit großen Augen ob dieses ungewohnten Tones an. »Ach, Tante Beate, ich nenne doch alle Menschen ›du‹, die ich liebhabe.«

»Geh jetzt, Gilda, ich komme gleich, wenn ich Fräulein von Ronach ihre Zimmer gezeigt habe«, gebot die Komtesse.

Gilda hüpfte davon und winkte Griseldis noch einmal zu. Diese hatte sogleich ihr Herz an das reizende Kind verloren und freute sich dessen. Das würde ihr sicher ihr Amt sehr erleichtern.

Ruhig folgte sie nun Komteß Beate in das zweite Stockwerk. Von der Treppe aus ging es einen langen Gang hinab. Die letzten Zimmer auf diesem Gang waren für sie bestimmt. Sie lagen direkt über den Gemächern der Gräfin Alice, und zwar lag das für Griseldis bestimmte Schlafzimmer über dem Schlaf- und Sterbezimmer der Gräfin. Auch dieses Zimmer stieß gleich jenem unten an den runden Turm. Aber auch von hier führte keine Verbindungstür nach diesem.

Neben dem Schlafzimmer lag das für Griseldis bestimmte Wohnzimmer. Beide Räume waren sehr groß und mit wunderschönen alten Möbeln ausgestattet. Prachtvoll erhaltener Parkettfußboden glänzte im Sonnenlicht, das zum Fenster hereinfiel.

An diese beiden Zimmer schlossen sich die Räume, die Komteß Beate bewohnte. Aber das wußte Griseldis natürlich nicht.

Die Komtesse hatte jedoch diesen Umstand sofort ins Auge gefaßt, und es war ihr lieb so. Auf diese Weise konnte sie die Erzieherin genau überwachen und ihr Tun beaufsichtigen.

»Hier sind Ihre Zimmer, Fräulein von Ronach. Ihr Gepäck wird sogleich heraufgebracht werden. Sie können erst auspacken und sich einrichten. Der Herr Graf wird Sie erst beim Tee begrüßen, der um fünf Uhr eingenommen wird. Sie haben also zwei Stunden Zeit. Ich lasse Sie um fünf Uhr von einem Diener abholen, der Sie ins Teezimmer hinunterführen wird.«

Griseldis verneigte sich. »Ich danke Ihnen, Komtesse.«

Die schwarzen Augen Beates bohrten sich in ihr Gesicht. »Ich brauche Ihnen nicht zu sagen, daß man hier sehr viel Takt und Zurückhaltung von Ihnen erwartet. Sie wissen, daß die Herrin des Hauses gestorben ist. Und es ist immerhin ein Wagnis von Ihnen, daß Sie bei Ihrer Jugend Stellung in einem Hause annehmen, in dem die Hausfrau fehlt«, sagte sie mit harter, spröder Stimme.

Griseldis fühlte instinktiv, daß das ein feindlicher Ausfall gegen sie war. Aber sie blieb ganz ruhig und beherrscht. Ihre Augen blickten stolz und klar. »Ich bitte sehr, an meinem Takt nicht zweifeln zu wollen, Komtesse. Für ein Wagnis hielt ich es nicht, in dies Haus zu kommen. Graf Treuenfels ist mir von der Frau Domina als ein Ritter ohne Furcht und Tadel geschildert worden.«

Komteß Beates Augen funkelten. »Sie wissen wohl nicht, wessen man ihn beschuldigt hat?« fragte sie rauh.

Und es erwachte eine leise Hoffnung in ihr, daß Griseldis schaudernd die Flucht ergreifen würde, wenn sie ihr sagte, daß Graf Treuenfels des Mordes an seiner Gattin angeklagt gewesen war.

Aber Griseldis sah sie ernst und groß mit ihren schönen Augen an. »Doch, ich weiß, daß Graf Treuenfels sehr unglücklich ist und daß er schuldlos leidet.«

»Ah – und woher kommt Ihnen dieser Glaube?« fragte Beate höhnisch.

»Von der Frau Domina von St. Marien.«

Die Komtesse mochte fühlen, daß sie mit ihrer Feindseligkeit übers Ziel hinausschoß. »Ach, richtig – ich vergaß, daß die Gräfin Sie eingeweiht haben wird. Es ist sehr mutig von Ihnen, daß Sie trotzdem diese Stellung annahmen. Und, wie gesagt, viel Takt werden Sie nötig haben. Es ist für eine junge Dame immer riskant, im Hause eines Witwers zu leben.«

Griseldis preßte einen Moment die Lippen fest aufeinander. Aber dann sagte sie ruhig: »Sie sind ja hier im Hause an Stelle der Herrin – und im übrigen bin ich nicht bange. Ich werde meine Pflicht tun und mich mit diesem Bewußtsein begnügen. Die Frau Domina hätte mir sicher nicht geraten, diese Stellung anzunehmen, wenn, wie Sie sagen, ein Wagnis dabeigewesen wäre.«

Komteß Beate biß sich auf die Lippen. Sie sah ein, daß sich die junge Dame nicht so leicht einschüchtern ließ. Sie ging langsam zur Tür.

»Ich lasse Sie also jetzt allein. Auf Wiedersehen nachher beim Tee.«

Griseldis verneigte sich artig. Die Komtesse verließ das Zimmer.

Als Griseldis allein war, sah sie sich erst einmal in ihrem neuen Reiche um. Die beiden Zimmer waren so groß wie kleine Säle und nach Griseldis Ansicht wundervoll und fast fürstlich ausgestattet. Ihr helles Entzücken löste das große Himmelbett aus, in dem sie ebensogut hätte quer liegen können, so breit war es. Ein schwerer Baldachin mit vergoldetem Gestell schwebte darüber, und starre Damastvorhänge fielen von ihm nach dem Kopfende zu herab. Dort wurden sie durch dicke Schnuren und Quasten festgehalten. Das Bett stand, wie unten im Schlafzimmer der Gräfin Alice, mit dem Kopfende an der an den Turm stoßenden Wand.

Ihr Wohnzimmer hatte ebenfalls eine prächtige Ausstattung. Sogar echte alte Teppiche lagen auf dem schönen Parkettfußboden, und die Möbel waren mit schwerem Damast bezogen, in dem Goldfäden eingewebt waren.

Griseldis holte tief Atem.

Wenn ihr verbitterter alter Papa sie hätte in diesen Räumen sehen können, was er da wohl gesagt hätte? Oder Tante Agnes – und die Stiftsweiberchen? Ja – die möchte sie mal schnell auf ein Stündchen hierhaben. Sie hätten alle bequemen Platz in diesen Zimmern.

Griseldis mußte lachen, als sie sich das Staunen der Stiftsdamen ausmalte. Mutter Anna kannte ja Schloß Treuenfels und hatte ihr wiederholt gesagt: »Sie werden staunen, Griseldis.«

Ja – so schön hatte sie es sich in ihren kühnsten Träumen nicht ausgemalt.

Womit hatte sie es nur verdient, daß sie in einem solchen Märchenreich gelandet war? Es war wie ein Traum. Aber sie stand fest auf ihren Füßen, und die helle Märzsonne schien zum Fenster herein. – Griseldis drückte die Hände aufs Herz. »Wenn ich nur immer hierbleiben könnte! Aber das ist ein vermessener Wunsch.«

Und sie sah im Geiste plötzlich wieder das Gesicht der Komtesse Beate vor sich, aus dem ihr die Augen so feindselig entgegenfunkelten. Und ein Schauer flog über sie dahin – wie die Furcht vor etwas Unheimlichem.

»Sie hat mein Kommen nicht gern gesehen. Warum? Meine Person selbst kann ihr doch in den kurzen Minuten nicht Veranlassung zur Feindseligkeit gegeben haben. Also komme ich ihr aus irgendeinem Grunde ungelegen. Aber was ist das für ein Grund?«

Griseldis war sehr klug und scharfsichtig, aber sie konnte natürlich nicht wissen, was Komteß Beate so feindselig gegen sie stimmte.

Sie trat in ihr Schlafzimmer zurück. Ihre Koffer wurden soeben gebracht.

Ein hübsches, freundliches Mädchen, im schwarzen Kleid und weißer Schürze, fragte, ob sie ihr beim Auspacken behilflich sein könnte.

Griseldis sah sie lächelnd an.

»Ich werde selbst schnell fertig sein mit dieser Arbeit. Aber wenn Sie mir dann die leeren Koffer wegräumen würden, wäre es mir sehr lieb. Sie stören hier im Zimmer zu sehr.«

Das Mädchen war bereitwillig. »Sie brauchen hier nur zu klingeln, gnädiges Fräulein«, sagte es.

Griseldis entließ das Mädchen.

Nun war sie wieder allein. Sie trat an das eine Fenster heran und stieß einen leisen Ruf des Entzückens aus.

Oh, die Aussicht hinab ins Tal über Felder und Wälder, über Fluß und Wiesen! Wie herrlich mußte das sein, wenn erst alles grünte und blühte.

Weit beugte sie sich aus dem geöffneten Fenster, um all das Schöne in sich aufnehmen zu können. Und da erblickte sie neben ihrem Zimmer den hohen, runden Turm. Er schloß oben mit einem Söller ab, der mit Zinnen umgeben war.

Griseldis jauchzte auf.

Ach, wie schön! Da oben haben sicher die Burgfräulein gestanden und haben mit ihren Schleiern dem Geliebten entgegengewinkt, wenn er auf feurigem Roß den Schloßberg heraufgeritten kam. Und wenn Feinde heranzogen, dann standen da oben die Verteidiger der Burg und schossen über die Brustwehr nach den Feinden. Ach – da oben möchte ich einmal stehen. Ob mir das wohl erlaubt würde? Schade, daß aus meinem Zimmer nicht gleich eine Tür in den Turm führt. Dann wäre ich schnell da oben, dachte sie. Aber dann schloß sie energisch das Fenster.

»Jetzt erst einmal an die Arbeit, Griseldis!« ermunterte sie sich und begann hurtig ihre Koffer auszupacken und ihre Sachen in Schränke und Schubladen zu ordnen.

Bald waren ihre Habseligkeiten verstaut. Ihre wenigen bescheidenen Schmucksachen, die nur einen sehr geringen Wert darstellten, legte sie vorläufig samt dem Kästchen, in dem sie dieselben aufbewahrte, auf das Nachtschränkchen neben ihrem Bett. Das wollte sie nachher mit hinübernehmen ins Wohnzimmer und im Schreibtisch aufbewahren. Während sie vor dem Nachtschränkchen stand, erblickte sie über demselben ein Ölgemälde, das eine Dame in mittelalterlicher Tracht darstellte. Das Bild mußte sehr alt sein und hing wohl schon lange an diesem Platz.

Griseldis wollte den Rahmen ein wenig beiseite rücken, um zu sehen, wie die Tapete unter diesem Bild aussah und ob sie schon immer den etwas verblichenen, aber angenehmen Farbton gehabt hatte. Aber da merkte sie, daß sich das Bild nicht verrücken ließ. Es schien nicht an einem Haken zu hängen, sondern ringsum festgemacht zu sein.

Griseldis sah sich nach anderen Bildern um. Es hingen noch mehrere im Zimmer. Aber die waren alle richtig an Ösen und Haken aufgehängt.

Warum mochte das Bild über dem Nachtschrank so ganz anders befestigt sein?

»Können Sie mir das vielleicht verraten, verehrte Dame?« fragte sie lächelnd das Bild.

Das gab natürlich keine Antwort. Griseldis betrachtete es interessiert und strich mit den Fingern über die drolligen Ornamente. Es sah aus, als wenn sich eine Unmenge winziger Delphine ineinanderringelten und sich in den Schwanz bissen. Griseldis fuhr lächelnd mit dem Zeigefinger von einem Delphin zum anderen, um sich so das Ornament zu zergliedern und einzuprägen. Und als sie amüsiert wieder so einen Delphin auf den Kopf drückte, da sah sie plötzlich erschrokken, daß dieser Delphin zurückwich und sich aus dem Wirrwarr ablöste.

In demselben Augenblick hörte sie aber auch ein leise schnappendes Geräusch, und plötzlich streckte sie erschrokken die Hände vor. Das Bild bewegte sich auf sie zu. Es trat aus der Wand heraus wie eine Tür. Und Griseldis sah nun zu ihrem Erstaunen, daß sich hinter dem Bilde ein Wandschränkchen befand. Das Bild war gewissermaßen die Tür zu dem Wandschrank.

Griseldis mußte nun lachen über ihren Schreck. Sie sah sich den Wandschrank an. Die Öffnung war mit Spinnweben bedeckt. Sicher war der Schrank seit langen Jahren nicht geöffnet worden. Sie entfernte die Spinnweben und sah in den Schrank hinein. Er hatte eine eigentümliche Form, war an der einen Seite breit und lief auf der anderen spitz zu. Die schräglaufende Rückwand, die Decke und der Boden waren von Holz. Daß sich unter dem Wandschrank ein leerer Raum befand, davon zeugte ein eigentümlich hohler Klang, als Griseldis auf den Boden klopfte.

Dies Schränkchen ist sicher nie benutzt worden, weil es so verstaubt ist. Die Dienerschaft weiß vielleicht nichts von seiner Existenz. Ich werde es säubern und meinen fürstlichen Schmuck darin aufbewahren, dachte sie vergnügt.

Und sie hatte ihre helle Freude an dem entdeckten Geheimfach mit der seltsamen Tür.

Schnell säuberte sie mit Papier und einem Stiefeltuch den Schrank und stellte dann das Kästchen mit ihren Schmucksachen hinein.

Dann schloß sie die Tür. Es machte ihr Spaß, den Mechanismus noch einige Male zu probieren. Er arbeitete tadellos. Aber sie mußte sich den Delphin merken, den sie niederdrükken mußte, sonst hätte sie jedesmal lange zu suchen, bis sie ihn fand in dem Gewirr. Und sie machte sich einfach mit einem weichen Bleistift ein winziges Kreuzchen auf den Delphin.

So – falls ich einmal keine Zeit habe zu suchen. So finde ich die richtige Stelle gleich, dachte sie.

Nun beendete sie schnell ihre Arbeit und klingelte dann dem Mädchen, das ihre leeren Koffer hinaustragen sollte.

Das geschah sofort. Griseldis sah nach der Uhr. Eine Stunde hatte sie noch Zeit. Nun wollte sie Toilette machen.

»Was ziehe ich an?« fragte sie wie jede Evastochter mit wichtigem Bedenken.

Viel Auswahl hatte sie ja nicht. Ihre Verhältnisse hatten ihr nicht gestattet, sehr viel Trauerkleider anzuschaffen. Aber sie wollte doch gern möglichst vorteilhaft aussehen.

Im Stift hatte sie sich einige hübsche Kleider und Blusen gearbeitet. Sie war sehr geschickt und hatte einen guten, vornehmen Geschmack.

Langsam besann sie sich. So wählerisch war sie noch nie gewesen. Aber sie wollte doch auf Graf Treuenfels einen sympathischen Eindruck machen.

Ein leises Rot huschte bei diesem Gedanken über ihr Gesicht.

Schließlich wählte sie ein hübsches, aber ganz schlichtes Kleidchen aus weicher schwarzer Seide.

Sie hatte es sich aus einem unglaublich weiten Rock gearbeitet, den ihr Tante Agnes geschenkt hatte, in dem so viel

Stoff war, daß Griseldis bequem ein ganzes Kleid davon bekam. Es legte sich glatt und schlicht um ihre jugendschöne Gestalt und fiel unten fußfrei in gereihten Fältchen aus.

Man merkte es dem Kleidchen nicht an, wie bescheiden sein Ursprung war. Sie hatte sich gedacht, daß sie es in ihrer neuen Stellung tragen würde, wenn sie mit der gräflichen Familie zusammen speiste.

Ob das wohl geschah? Oder ob man ihr die Speisen auf ihrem Zimmer auftragen ließ?

Daß sie heute zum Tee hinunterbefohlen war, gab noch nicht den Ausschlag. Sie sollte ja bei dieser Gelegenheit nur erst dem Grafen vorgestellt werden.

Schnell machte sie sich nun fertig. Sie ordnete auch ihre Flechten noch einmal. Das war keine leichte Arbeit, denn die schwere goldene Pracht forderte Zeit und Mühe. Aber es lag ihr doch viel daran, recht gut auszusehen. Und so frisierte sie sich, wie sie es gewöhnt war, indem sie die Flechten schlicht um den Kopf legte und das Scheitelhaar lose und duftig in weichen, natürlichen Locken über die Schläfen fallen ließ.

Nun war sie fertig. Sie trat vor den großen Ankleidespiegel, der ihr reizendes Bild getreulich zurückwarf, und nickte sich zu.

Bald darauf rief sie der Diener zum Tee.

Es war ein weiter Weg über Gänge und Treppen, den sie zurücklegen mußte, und sie dachte bei sich: Allein findest du nicht in dein Zimmer zurück.

Mit großen Augen sah sie, als sie schließlich durch eine lange Zimmerreihe geführt wurde, wie wunderschön und kostbar Schloß Treuenfels ausgestattet war. Auch den Ahnensaal mußten sie durchschreiten. Da hingen an beiden Längsseiten die lebensgroßen Bilder der Grafen und Gräfinnen von Treuenfels. Griseldis konnte jetzt nur einen flüchtigen Blick darauf werfen, aber sie dachte bei sich, daß es wohl eine interessante Unterhaltung für Feierstunden für sie sein würde, sich all diese Gesichter genau zu betrachten und sich ihr Schicksal zu vergegenwärtigen.

Endlich hatte sie ihr Ziel erreicht. Der Diener schlug einen Vorhang zurück und ließ sie in ein hohes, weites Gemach mit großem Erkerausbau eintreten. Am Mittelfenster stand eine hohe, schlanke Männergestalt. Neben ihr wippte auf einem Sessel Komteß Gilda auf und ab und plauderte, mit dem Papa zum Fenster hinaussehend, vergnügt drauflos.

Mitten im Zimmer aber stand die hohe schwarze Gestalt der Komteß Beate, und diese sah Griseldis mit kritisch funkelnden Blicken entgegen.

Eine fahle Blässe sah Griseldis in dem nicht unschönen, aber zu männlich wirkenden Gesicht der Komtesse aufsteigen, als sie sich artig vor ihr verneigte. Und in den schwarzen, leidenschaftlich glühenden Augen lag wieder der feindselige Ausdruck. Bitterkeit fraß an ihrem Herzen, daß sie nicht so schön und lieblich aussah wie Griseldis. Instinktiv fühlte sie, daß eine solche Erscheinung das Wohlgefallen eines jeden Mannes erregen mußte. Und noch ehe Graf Harro die Erzieherin nur mit einem Blick gestreift hatte, hegte die Komtesse eine wilde Eifersucht auf das schöne Mädchen in ihrem Herzen.

Aber sie bezwang sich doch und sagte, zwar mit spröder Stimme, aber doch nicht unfreundlich: »Treten Sie näher, Fräulein von Ronach, damit ich Sie dem Herrn Grafen vorstellen kann.«

Bei diesen Worten wandten sich Vater und Tochter, die Griseldis' Eintritt noch nicht bemerkt hatten, schnell um. Gilda sprang vom Sessel herab und lief auf Griseldis zu.

»Ach, endlich bist du da! Papa – Papa – da ist Griseldis!« jubelte sie.

Graf Treuenfels kam aus dem Erker ins Zimmer herab. Er heftete seine grauen Augen groß und voll auf die junge Dame. Entschieden war er sehr überrascht. Griseldis' Anblick berührte ihn seltsam. Sie stand vor ihm wie die verkörperte Poesie, und ihr Name und ihre Erscheinung deckten sich so völlig miteinander, daß er bei ihrem Anblick ein ästhetisches Behagen empfand. So schlicht und einfach in Haltung und Wesen stand sie vor ihm, und doch so stolz und anmutig wie eine junge Königin. Wie magnetisch angezogen sah er auf das herrliche goldblonde Haar und in ihre leuchtenden Sonnenaugen hinein.

Griseldis!

Er konnte nichts denken als diesen Namen, und sie wirkte wie eine Märchengestalt auf ihn.

Auch Griseldis sah seltsam erregt und bewegt in das schmale, vornehme Männergesicht. Es deckte sich nicht mehr mit dem Bilde, das ihr Mutter Anna gezeigt hatte. Der frohe, lachende Übermut war aus diesen Augen, aus diesem Antlitz verschwunden. Da vor ihr stand ein Mann, den die Stürme des Lebens gereift hatten. Seine Augen und der herb geschlossene Mund hatten das Lachen verlernt. Aber nichts von Schuld lag auf diesem edlen Antlitz.

Griseldis fühlte, wie das Herz laut und rasch in ihrer Brust schlug. Ihr war zumute, als müsse es eine Wonne ohnegleichen sein, für diesen Mann die schwersten Opfer zu bringen, etwas tun zu können, das ihm sein Leid erträglicher erscheinen ließ.

Und sie wußte gleich in diesem Augenblick, daß ihres Herzens Schicksalsstunde geschlagen hatte, daß es diesem Mann mit der ganzen Kraft und Innigkeit ihres Wesens entgegenpochte. Ein feines Rot stieg in ihr Antlitz, als sie sich vor ihm verneigte. Komtesse Beate hatte sie vorgestellt. Diese hatte mit unheimlich flackernden Augen die beiden Menschen beobachtet, und mit dem Scharfsinn der Eifersucht erfaßte sie, daß Graf Harro mit Wohlgefallen auf Griseldis blickte.

Ihr war, als müsse sie die junge Dame hinwegreißen aus seiner Nähe – als müsse sie ihm die Augen schließen, daß er diesem Liebreiz nicht erlag. Ihr Herz krampfte sich in wildem

Schmerz zusammen. Ein grimmiger Haß gegen alles, was blond war, wallte in Komteß Beates Herzen auf. Und dieser Haß konzentrierte sich auf die blonde Griseldis, die es wagte, Flechten von so unerhörter Pracht und Schönheit zu besitzen. Sie hätte ihr diese Flechten vom Haupte reißen mögen, und niemand ahnte, was es sie kostete, ruhig zu scheinen.

Mit bebender Hand strich sie über ihr eignes starres Haar, das so schwarz wie Ebenholz war, aber keinen Duft und keine Weichheit hatte.

Graf Harro hatte sich vor Griseldis verneigt. Die Hand reichte er ihr nicht. Seit seiner Rückkehr nach Hause bot er keinem Menschen mehr die Hand, weil er eine fast krankhafte Furcht hegte, man könne seine Hand zurückweisen. Aber er sagte mit warmer Stimme:

»Ich heiße Sie herzlich willkommen in Treuenfels, Fräulein von Ronach, und hoffe, daß Sie sich hier leidlich wohl fühlen werden.«

Griseldis nahm das Herz tapfer in beide Hände. Sie dachte an die Worte Mutter Annas: »Bringen Sie ein wenig Sonnenschein in das düstere Haus, liebe Griseldis. Sie haben das Zeug dazu, Licht und Frohsinn um sich zu verbreiten.«

Und sie fühlte selbst, daß sie Graf Treuenfels nicht besser nützen konnte, als wenn sie dieser Aufforderung nachkam, soviel in ihren Kräften stand. Sie zwang alles Bangen in sich nieder und sah ihm hell und froh in das bleiche Antlitz.

»Das hoffe ich auch, Herr Graf, und ich finde Schloß Treuenfels so herrlich und so wunderschön, daß ich mich hier wohl fühlen muß. Wenn ich Sie mit meinen Leistungen zufriedenstellen kann, dann bleibt mir hier nichts zu wünschen übrig«, sagte sie frisch.

Ein leises Lächeln huschte um seinen Mund. Ihre klare, weiche Stimme, die einen so vollen warmen Klang hatte, berührte ihn angenehm. »Nun – warten Sie erst ab. Das Leben in Treuenfels ist nicht sehr amüsant für junge Damen.«

Griseldis lächelte. Und dies Lächeln berührte ihn wie das Streicheln einer sanften Hand. »Oh, das Leben ist überall schön und lebenswert, wo man es nur so finden will. Und das will ich immer und mit Erfolg.«

»Vielleicht weil Sie immer im Sonnenschein lebten – aber hier ist Schatten«, sagte er düster.

Sie ließ ihre frohen Augen nicht von ihm, trotzdem ihr Herz klopfte bis in den Hals hinauf.

»In meines Vaters Krankenzimmer schien wenig Sonne. Er war verbittert, und ich mußte ihm Frohsinn geben, damit er leben konnte. Und in St. Marien fanden die Damen alle das Leben öde und langweilig – und auch ohne Sonne. Ich habe ihnen aber bewiesen, daß es so viel Licht und Sonne hatte, daß sie herzlich zufrieden sein konnten.«

Graf Harro unterdrückte einen Seufzer. »Es soll mich freuen, wenn es Ihnen immer hier gefällt, und wenn Sie aushalten bei meinem Kinde, das eine frohe Gefährtin noch nötiger braucht als eine Erzieherin.«

Griseldis beugte sich liebreich zu Gilda herab, die ihre Hand gefaßt hielt und nach Kinderart von einem Fuß auf den anderen hüpfte.

Sie legte ihre Hand auf das Kinderköpfchen und sah dem Grafen ernst und froh in die Augen.

»Das soll mir gewiß nicht schwerfallen, Herr Graf. Und alle Kraft will ich freudig meiner neuen Aufgabe widmen. Ich bitte Sie, mir das zu glauben und mich Ihre besonderen Wünsche bezüglich der Erziehungsfrage wissen zu lassen.«

Er neigte das Haupt. »Darüber sprechen wir später. Erst gewöhnen Sie sich bei uns ein und suchen Sie, bitte, mit meinem Töchterchen Fühlung zu gewinnen. Ich glaube, Sie haben schon bei der ersten Begegnung über ihr kleines Herz gesiegt, denn sie ist sonst nicht leicht zu erobern und hat mir doch von Ihnen sehr viel vorgeplaudert.«

Gilda hing sich in Griseldis Arm.

»Und ›du‹ und Griseldis darf ich zu dir sagen, weil du es

erlaubt hast. Ich habe Papa gleich gefragt, und er hat nichts dagegen«, sagte sie vergnügt.

Griseldis legte den Arm um Gildas Schulter und drückte sie sanft an sich. »Ich hoffe, wir werden recht gute Freunde, Komteß Gilda.«

Graf Harro hob die Hand: »Nein – das geht nicht! Gegen die Komtesse muß ich protestieren, Fräulein von Ronach. Wenn Sie Gilda gestatten, Sie beim Vornamen und ›du‹ zu nennen, so dürfen Sie keinesfalls das zeremonielle ›Komteß‹ vor ihren Namen setzen. Es liegt mir viel daran, daß meine Tochter mit Ihnen auf einen vertraulichen Standpunkt kommt. Ich will ja ihr Wohl und Wehe in Ihre Hände legen, Sie sollen wie eine Mutter über sie wachen. Den nötigen Respekt werden Sie sich schon verschaffen, wenn Sie einmal mit Liebe und Güte nicht durchkommen.«

Griseldis streichelte Gildas Haar. »Oh, darum bin ich nicht in Sorge, Herr Graf. Auf den Respekt will ich gern verzichten und nur mit Liebe erziehen. Mit Liebe erreicht man alles.«

»Darf ich zum Tee bitten«, klang Komteß Beates Stimme hart und spröde in diese Unterhaltung.

Graf Harro und Griseldis zuckten zugleich leise zusammen. Sie hatten die Komteß ganz vergessen. Und die harte, spröde Stimme klang wie eine Dissonanz in ihre Unterhaltung.

Graf Harro wandte sich langsam nach der Komtesse um. Und da sah er in ihren Augen einen unheimlichen, haßerfüllten Blick, der auf Griseldis von Ronach ruhte.

Was war das?

Ihm war, als müsse er das junge Haupt vor diesem Blick schützen. Unwillkürlich trat er einen Schritt vor, zwischen Beate und Griseldis.

Und zum erstenmal kam ihm das bisher unklare Gefühl der Abneigung gegen seine Base voll zum Bewußtsein. Bisher hatte er dies Gefühl nicht in sich aufkommen lassen, hatte es wie ein Unrecht unterdrückt und unter seinem Mitleid begraben. Sie war ja von seiner Gnade abhängig, und seine vornehme Denkweise räumte ihr deshalb ein doppeltes Anrecht auf seine Nachsicht ein. Und als er neulich heimkehrte und sie so fest und bestimmt ihrem Glauben an seine Unschuld Worte gegeben hatte, war er mit sich unzufrieden gewesen, daß er ihr im Herzen nicht wärmer hatte danken können. Nun aber, unter dem unheimlichen und haßerfüllten Blick Beates auf die Erzieherin seiner Tochter, bekam die instinktive Abneigung gegen sie eine festere, bestimmtere Gestalt. Und er fragte sich, wie sich Griseldis gefragt hatte, warum Beate der neuen jungen Hausgenossin feindselig und gehässig gegenüberstand.

Er trat langsam an den Teetisch, und Gilda zog ihre Erzieherin mit sich in den Erker hinauf.

Komteß Beate wies Griseldis einen Sessel an.

»Bitte, nehmen Sie Platz, Fräulein von Ronach. Sie können heute den Tee mit uns nehmen. Ob Sie in Zukunft die Mahlzeiten mit uns zusammen oder auf Ihrem Zimmer einnehmen werden, wird der Herr Graf selbst bestimmen«, sagte sie höflich, aber mit einem Ton, aus dem es Griseldis wie Eiseskälte anwehte.

Graf Harro sah sie unangenehm berührt an. »Es ist doch selbstverständlich, Beate, daß Fräulein von Ronach mit uns zusammen speist.«

Die Komtesse biß sich auf die Lippen. Aber sie zwang sich zur Ruhe. »Verzeih, Harro, aber so selbstverständlich konnte ich das schon deshalb nicht finden, weil Mademoiselle Perdunoir, Fräulein von Ronachs Vorgängerin, nicht mit an unserm Tische speiste.«

Graf Harro sah, daß Griseldis' Lippen leise zuckten und daß sich ihre Augen senkten wie in peinlicher Verlegenheit. Er fand es taktlos, daß Beate diese Angelegenheit in ihrer Gegenwart berührte.

»Du weißt, Beate, weshalb Mademoiselle Perdunoir mit

einem anderen Maßstab gemessen werden mußte als Fräulein von Ronach. Das habe ich vor einigen Tagen bereits mit dir besprochen. Ich wünsche, daß die Erzieherin meiner Tochter unbedingte Familienzugehörigkeit genießt. Da Gilda jetzt alt genug ist, um die Mahlzeiten mit uns einzunehmen, wird es selbstverständlich auch Fräulein von Ronach tun. Verzeihen Sie, Fräulein von Ronach, daß diese Angelegenheit in Ihrer Gegenwart zur Sprache kam. Das hätte nicht sein dürfen. Aber da sie einmal berührt worden war, mußte sie auch in Ihrer Gegenwart klargestellt werden.«

Griseldis hob die Augen und sah ihn dankbar an. Und ihr junges Herz klopfte laut und rasch vor Freude darüber, daß er so ritterlich für sie eintrat. Sie hätte ihm danken mögen.

Er sah in ihren offenen, klaren Augen, was sie dachte, und da kam ihm erst zum Bewußtsein, daß seine Worte einen Tadel für Beate enthielten.

Er sah nach Beate hinüber. Sie saß da mit fahlem, blassem Gesicht und gesenkten Augen.

Da lenkte er schnell ein. »Also, diese Frage ist erledigt, liebe Beate, und sicher auch in deinem Sinne. Es wird auch dir angenehm sein, bei Tische ein fröhliches Gesicht zu sehen und angeregtere Unterhaltung zu haben, als ich sie dir jetzt bieten kann. Und nun darf ich wohl noch um eine Tasse Tee bitten.«

Damit war dies Thema erledigt. Aber Komtesse Beate hatte das Gefühl, als habe sie eine Niederlage erlitten. Und diese Niederlage schrieb sie auf das Konto von Griseldis. Ihre Abneigung gegen das schöne Mädchen glich immer mehr einem Gefühl tödlichen Hasses.

Gilda sorgte mit ihrem kindlichen Geplauder dafür, daß keine peinliche Stille aufkam. Ihr Interesse wandte sich naturgemäß am meisten der neuen Erzieherin zu. Diese mußte ein förmliches Verhör bestehen.

Ob sie auch in den greulichen gelben Romanbüchern lesen und dann immerfort sagen würde: »Gilda, sei still, schwatze nicht soviel.« Ob sie auch mit einem schwarzen Stift die Augenbrauen malen würde, wie es Mademoiselle getan, und sie sich auch vor Spukgeistern und Gespenstern graule.

Griseldis lachte herzlich über den drolligen Ernst der kleinen Komtesse. Sie antwortete wahrheitsgemäß, daß sie in Gildas Anwesenheit überhaupt nicht lesen würde, außer in den Schulbüchern beim Unterricht, daß sie ihre Augenbrauen nicht male, weil dieselben schon ohnedies viel zu dunkel seien im Verhältnis zu ihrem hellen Haar und daß sie an Spukgeister und Gespenster überhaupt nicht glaube, sondern nur an den lieben Gott und die lieben Engel.

Gilda war jedenfalls innig befriedigt von ihrem Verhör, und ehe die Teestunde noch zu Ende war, saß sie Griseldis auf dem Schoß, umschlang sie mit den runden Ärmchen und schmiegte sich in ihre Arme, als sei das ein sehr wohliges und warmes Plätzchen.

Gilda war sonst nicht so leicht anschmiegend. Meist verhielt sie sich bei Zärtlichkeiten passiv oder ablehnend. Nur ihrem Vater gegenüber betätigte sie ihre Zärtlichkeit durch Liebkosungen. Um so auffallender war ihr Benehmen Griseldis gegenüber. Sie hätschelte sich bei ihr ein wie in liebevolle Mutterarme.

Das bemerkte Graf Harro mit Genugtuung und Freude. Er erkannte, daß Gilda mit ihrem instinktiven Empfinden der neuen Erzieherin Liebe entgegenbrachte.

Auch Komteß Beate machte diese Beobachtung. Aber sie war nicht erfreut darüber, sondern es kränkte und ärgerte sie, und sie hätte Gilda am liebsten aus Griseldis' Arm gerissen. Mit ätzender Bitterkeit fraß sich die Gewißheit in ihre Seele, daß diesem schönen Mädchen leicht und mühelos alles in den Schoß fiel, was sie trotz aller Anstrengung nicht erreicht hatte. Wie hatte sie sich bemüht, Gildas Gunst zu erwerben, obwohl sie in Wahrheit keine Liebe für das Kind fühlte. Es war ihr nur Mittel zum Zweck.

Und doch forderte sie Liebe von Gilda, weil sie wußte, daß sie diese Liebe dem Vater näherbringen mußte. Komteß Beate wußte in dieser Stunde nicht, wen sie mehr hassen sollte – das Kind, das ihren Plänen nicht dienen wollte, oder die Erzieherin, die durch ihren Liebreiz ihren Plänen gefährlich zu werden drohte.

Als man sich vom Teetisch erhob, zog sich Graf Harro gleich zurück, weil er mit seinem Verwalter Geschäfte zu erledigen hatte. Er verabschiedete sich von Beate mit einem Handkuß und von Griseldis mit einer Verbeugung. Gilda küßte ihn herzinnig zum Abschied.

Gern hätte er Griseldis herzlich und warm die Hand gedrückt dafür, daß sie sich das Herz seines kleinen Mädchens zu eigen gemacht hatte, aber er fürchtete, sie könnte vor seiner Hand zurückschaudern. Konnte er doch, trotz der Versicherung Mutter Annas, nicht wissen, ob sie nicht an seiner Unschuld zweifelte. Dieser Gedanke verließ ihn nie mehr im Verkehr mit anderen Menschen.

Aber heute ließ er zum erstenmal seine Tochter mit dem beruhigenden Gefühl allein zurück, daß sie sich in seiner Abwesenheit nicht einsam fühlte.

»Ich darf doch bei Griseldis bleiben, Papa?« fragte ihn Gilda, ehe er ging.

Er sah die junge Dame an.

»Ich weiß nicht, Gilda, ob dich Fräulein von Ronach schon brauchen kann. Sie will sich gewiß erst einrichten.«

Griseldis lächelte.

»Mein Hab und Gut ist bereits untergebracht, Herr Graf. Ich bin vollständig fertig und weiß mit meiner Zeit nichts Besseres anzufangen, als sogleich mein Amt anzutreten.«

Es wehte ihn wie köstliche Lebensfrische an aus ihrem ganzen Wesen.

»Nun, wie Sie denken, Fräulein von Ronach. Es ist sehr

lieb von Ihnen, daß Sie sich gleich heute meines kleinen Mädchens annehmen wollen. Dafür kannst du dich bedanken, Gilda. Vielleicht führst du Fräulein von Ronach ein wenig im Schloß herum, damit sie ihre neue Heimat kennenlernt«, sagte er.

Gilda nickte vergnügt. »Ja, Papa, das will ich tun.«

Er küßte den kleinen Plaudermund noch einmal und entfernte sich.

Griseldis sah ihm nach. Ihre neue Heimat – so hatte er sein Haus genannt. Er war gütig und von vornehmer Denkungsart. Das fühlte sie.

Ein leiser Seufzer floh über ihre Lippen. Es tat ihr weh – sehr weh zu wissen, daß dieser Mann leiden mußte – unschuldig leiden. Es stand auf seinem Gesicht geschrieben.

»Sie scheinen recht zerstreut zu sein, Fräulein von Ronach«, tönte plötzlich die scharfe Stimme der Komtesse Beate an ihr Ohr.

Griseldis schrak zusammen.

»Verzeihung – ich hörte nicht, was Sie sagten.«

»Ich habe nicht mit Ihnen gesprochen, aber Gilda hat Sie wiederholt gefragt, ob Sie mit hinausgehen wollen. Sie gaben ihr keine Antwort.«

Griseldis drückte das Kind zärtlich an sich.

»War ich unaufmerksam, liebe Gilda?« fragte sie.

Gilda lachte.

»Ach, du hast so große Augen gemacht und auf einen Fleck gesehen. Gelt, du hast über etwas nachdenken müssen?«

»Ja, Gilda, das habe ich getan. Und das war nicht recht von mir. Ich hätte auf deine Frage hören müssen.«

Gilda drückte ihre Hand an ihre Wange.

»Oh, du bist ganz anders als Mademoiselle; wenn die mir nicht auf meine Frage antworten wollte, dann sagte sie: ›Schweig still, du bist unartig.‹«

Dabei kopierte Gilda genau den Tonfall von Mademoiselle Perdunoir.

»Wie wollen Sie sich die nötige Autorität bewahren, wenn Sie dem Kinde eingestehen, daß Sie nicht recht getan haben?« fragte Komteß Beate spöttisch.

Griseldis sah sie ruhig an. »Ich glaube nicht, daß man sich Autorität dadurch verschaffen kann, daß man ein Unrecht ableugnet. Kinder sind unbestechliche Richter«, erwiderte Griseldis ruhig, »und man muß ihnen gegenüber vor allen Dingen wahr bleiben.«

»Komm doch, Griseldis«, bat Gilda.

Da verneigte sich diese vor der Komtesse.

»Sie gestatten, daß ich mich mit Gilda entferne, Komtesse.«

Diese winkte nur kurz mit der Hand. Der Grimm drohte sie zu ersticken, daß sie Griseldis nichts anhaben konnte. Und sie sagte sich, daß es gut sei, wenn sie eine Weile allein blieb und sich fassen konnte.

So ging Griseldis mit Gilda hinaus. Aber sie fühlte, daß sie in Komteß Beate eine Feindin besaß.

Aber das bedrückte sie nicht lange. Was konnte ihr die Komtesse anhaben, wenn Gilda sie liebte und der Graf mit ihr zufrieden war?

Und nun begann ein herrliches Herumstreifen in dem schönen alten Schloß. Griseldis wurde nicht müde zu plaudern.

Griseldis hatte die Gabe, sich in den Ideenkreis eines Kindes einzuleben. Sie fühlte sich selbst noch so jung, wußte noch so gut, wie ihr als Kind zumute gewesen war und was sie interessiert und gefesselt hatte. So wurde es ihr leicht, auf Gildas Geplauder einzugehen und die Kleine zufriedenzustellen.

Köstlich drollig fand sie es, als sie mit Gilda im Ahnensaal war und diese ihr gewissermaßen ihre Vorfahren vorstellte. Sie kannte die Namen und die Geburts- und Sterbedaten all dieser Grafen und Gräfinnen von Treuenfels auswendig. Das hatte sie bei Mademoiselle gelernt.

Gilda hatte ihre besonderen Lieblinge unter den Bildern. Am schönsten fand sie das ihres Vaters, der als junger Offizier porträtiert war und als letzter der Grafen Treuenfels an der südlichen Wand hing. Daneben war ein leerer Raum.

»Hier kommt Mamas Bild hin. Papa hat es bestellt. Es ist schon fertig und kommt bald nach Treuenfels«, sagte Gilda.

Griseldis sah empor in das frohe, lachende Gesicht des jungen Offiziers. Hier auf diesem Bilde sah Graf Harro aus wie auf der Photographie, die Mutter Anna besaß.

Und dann hatte Gilda noch ein anderes Bild ins Herz geschlossen: das einer jungen Frau mit großen, lachenden Braunaugen und goldblonden Flechten. Sie trug ein weißes, goldbesticktes Gewand, mit einer langen Perlenschnur um den Hals. Das Täfelchen unter dem Bilde zeigte, daß diese Gräfin Charlotte Marie von Treuenfels, geborene Gräfin Salitz-Halm, am 24. Mai 1710 geboren und am 6. November 1788 gestorben war.

Griseldis sah aus den Geburtsnamen dieser Gräfin Charlotte Marie, daß die Verwandschaft Mutter Annas mit den Grafen Treuenfels schon lange zurücklag. Sie freute sich über das schöne, sonnige heitere Gesicht dieser Gräfin Charlotte Marie.

»Ist sie nicht lieb und schön?« fragte Gilda.

»Ja, Gilda, wunderschön. Und sie hat ein liebes und gutes Gesicht«, erwiderte Griseldis, das Bild aufmerksam betrachtend.

Gilda nickte wichtig. »Sie war auch lieb und gut, Papa hat es mir erzählt. Und er wünscht, daß ich werden möchte wie sie, und so glücklich. Papa sagte, Lottemarie war die glücklichste Gräfin Treuenfels.«

Griseldis drückte Gilda zärtlich an sich. Sie waren beide so sehr vertieft, daß sie nicht merkten, daß Graf Harro leise durch die offene Tür eingetreten war. Er blieb stehen und betrachtete das reizende Bild, das die beiden jungen blonden Wesen abgaben. Griseldis saß auf einer hochlehnigen geschnitzten Bank vor dem Bild der Gräfin Lottemarie, und Gilda kniete neben ihr und umschlang Griseldis mit beiden Armen. Die untergehende Sonne fiel durch die hohen Fenster in den Saal und verbreitete einen goldenen Schein um die blonden Köpfe.

Er hörte die Worte seiner Tochter und hörte auch die Antwort, die Griseldis gab. »Gott gebe, daß dieser Wunsch deines Vaters in Erfüllung geht, mein liebes Kind.«

»Bin ich dein liebes Kind?« fragte Gilda liebebedürftig.

»Ja, du bist es, ich habe dich sehr, sehr lieb.«

»Oh, das ist schön. Es gefällt mir, daß du liebes Kind zu mir sagst und nicht, wie die anderen alle, armes Kleinchen. Auch Beate sagt das. Und das will ich nicht hören, da muß ich weinen.«

»Nein, das werde ich auch sicher niemals zu dir sagen. Du bist ja gar kein armes, sondern ein glückliches und beneidenswertes Kleinchen. Du wohnst ruhig und sicher in einem schönen Schlosse, hast alles, was du brauchst, und vor allen Dingen einen lieben, guten, herrlichen Vater, der dich liebhat und alles tun wird, was er kann, um sein liebes Kind glücklich zu machen.«

Gilda nickte überzeugt. »Ach, liebe Griseldis, alles, was du sagst, gefällt mir. So dumm ist es, daß sie armes Kleinchen zu mir sagen. Du verstehst das viel besser. Du weißt, daß ich ein glückliches Kleinchen bin.«

»So ist es recht, Gilda. Daran halte nur fest. Man muß sich nicht bedauern lassen, wenn man sich wohl und glücklich fühlt. Und das kann man immer, immer, wenn man nur ernstlich will und wenn man ein reines Herz hat und nichts Böses tut. Und gut und gesund muß man sein, dann ist man auch glücklich.«

Graf Harro hatte jedes dieser Worte gehört. Ihm war ganz seltsam ums Herz. Leise und ungesehen entfernte er sich wieder.

Draußen atmete er tief auf und nickte vor sich hin. Ja –

das war die rechte Erzieherin für seine Tochter. Er fühlte, daß sie ihre Aufgabe richtig erfaßt hatte. Und zugleich ging von ihren Worten auch ein leiser Trost für ihn selber aus. War es nicht wie eine Verheißung, daß auch er sich wohl und glücklich fühlen könne, da er schuldlos war?

»Griseldis!« Er sagte ihren Namen leise und lächelnd vor sich hin. »Griseldis!«

Wie dieser Name zu ihr paßte, wie er sich mit ihr einte zu einem harmonischen Ganzen.

Einige Tage vergingen. Griseldis hatte sich schnell in Schloß Treuenfels eingelebt, und sie hätte sich in ihrer neuen Stellung restlos glücklich fühlen können, wenn nicht zweierlei sie daran gehindert hätte. Das war Komteß Beates feindliches Wesen und Graf Harros düstere, von herbem Seelenschmerz zeugende Traurigkeit.

Hauptsächlich das letztere tat ihr weh. Sie hätte freudig das Schwerste vollbracht, wenn sie ihm hätte helfen können. Sie verhehlte sich nicht, daß sie ihr junges Herz an ihn verloren hatte, daß sie ihn liebte mit der ganzen Kraft und Inbrunst ihrer Seele.

Keine Wünsche und Hoffnungen knüpften sich an diese Liebe. Sie wußte, daß sie aussichtslos war, und fand sich damit ab wie mit etwas Unabwendbaren. Gern hätte sie auch alles Leid auf sich nehmen wollen, wenn sie nur ihn hätte wieder glücklich sehen können. Aber leider lag es nicht in ihrer Macht, ihm zu helfen.

Mit Gilda war sie ein Herz und eine Seele. Und es machte Griseldis innige Freude zu beobachten, wie das Innere des Kindes sich ihr mehr und mehr erschloß.

Sie widmete sich ihm ausschließlich. Nicht nur ihr geistiges und seelisches Wohl hielt sie im Auge, sondern auch Gildas körperliche Entwicklung. Es war wirklich, als wenn jetzt eine treue, liebevolle Mutter über dem kleinen Komteßchen wachte.

Die erste Woche ließ er verstreichen, ohne einen bestimmten Unterrichtsplan mit Griseldis zu besprechen. Gilda war noch nicht ganz sechs Jahre alt, und es eilte ihm noch nicht damit. Als Griseldis selbst ihn danach fragte, sagte er freundlich:

»Warten wir noch. Leben Sie sich erst ein und schließen Sie erst gründlich Freundschaft mit Gilda, damit sie erst in Ihnen die Freundin findet. Die Lehrerin soll dann an die Reihe kommen. Ostern ist vor der Tür, und Gilda kommt ja jetzt erst in das schulpflichtige Alter. Ich bin noch dabei, einen Plan für den Unterricht fertigzumachen. Nach dem Osterfest können Sie dann mit dem Unterricht beginnen.«

Das mußte Griseldis gelten lassen.

Sie verlor aber deshalb keine Zeit. Ihre Tage waren bis zum Rande gefüllt mit all dem Neuen und Unbekannten, was sie selbst erst einmal verarbeiten mußte. Und Gilda nahm ihre Zeit und Aufmerksamkeit auch so unbedingt in Anspruch.

Komteß Beate hatte es scheinbar ruhig geschehen lassen, daß sie von Griseldis verdrängt wurde. Aber sie schrieb auch das auf das Konto der jungen Erzieherin, die sie von Tag zu Tag mehr haßte.

In der Zeit, da Gilda ihre Mittagsruhe hielt, war Griseldis frei. Diese Zeit gehörte ihr allein.

Wenn das Komteßchen aber erwachte, rief sie schon wieder nach ihrer Griseldis. Und dann wurde sie unter Lachen und Kosen wieder angekleidet.

Dann lauschte Graf Harro wieder auf die beiden jungen warmen Stimmen, die wie froheste Lebensbejahung zu ihm herüberklangen. Und er wußte nicht, was ihn mehr entzückte, das tiefe, warm klingende Lachen der jungen Erzieherin oder das helle Jubeln seines Töchterchens. Dann kam es wohl vor, daß es ihn in seinem Zimmer nicht hielt und daß er schnell einmal hinüberlief, um diesen Frohsinn in der Nähe zu genießen. Griseldis blieb dann auch ganz unbefangen fröhlich und tollte mit herum, als sei sie selbst noch ein Kind. Sah sie dann auf des Grafen Antlitz ein schwaches Lächeln, war sie glücklich für den ganzen Tag.

War Gildas Toilette fertig, ging es eine Stunde ins Freie. Dann wurde der Tee genommen und danach wieder gespielt bis sieben Uhr. Da erhielt Gilda ihre Abendmahlzeit. An der Abendtafel nahm sie nicht teil. Sie erhielt abends nur ein Glas Milch oder eine leichte Suppe und ein weichgekochtes Ei. Auch dabei durfte Griseldis nicht fehlen, und wenn Gilda dann von Henriette zu Bett gebracht wurde, mußte Griseldis unbedingt noch mit Gilda beten und ein Weilchen an ihrem Bett sitzen und ihr eines ihrer reizenden, oft selbsterfundenen Märchen erzählen. Dabei schlief sie dann ein, Griseldis' Hand in der ihren haltend.

Bei der Abendtafel, an der Gilda fehlte, ging es meist sehr viel stiller zu als bei den Mahlzeiten, an denen sie mit teilnahm. Zuweilen fehlte dann auch Graf Harro, wenn er zu arbeiten hatte oder in besonders düsterer Stimmung war. Dann saßen sich Griseldis und Komteß Beate meist stumm gegenüber.

Diese einsamen Mahlzeiten mit der Komtesse waren Griseldis eine Qual. Sie fühlte dann, wie die schwarzen, unheimlich flackernden Augen unablässig an ihrem Gesicht hingen. Es waren wilde und böse Wünsche, die dann aus Komteß Beates Seele emporstiegen, Wünsche, vor denen sie zuweilen selbst schaudernd die Augen schloß.

Dies Schweigen war Griseldis furchtbar. Lieber war es ihr noch, wenn die Komtesse ihrem Empfinden in einigen feindlichen Ausfällen gegen sie Luft machte. Zum Glück kam es nicht oft vor, daß Graf Harro an der Abendtafel fehlte. War er auch meist still und in sich gekehrt, so genügte doch schon seine Gegenwart, um Griseldis glücklich und froh zu machen.

Gleich nach dem Abendessen zog er sich aber meist zurück, und dann ging auch Griseldis auf ihr Zimmer und gehörte sich nun selbst an.

Sie schrieb dann Briefe, an Tante Agnes, an Mutter Anna und an alte Freunde aus ihrem früheren Leben. Auch an Tilly von Garnow sandte sie einen ausführlichen Bericht über ihre neue Stellung. Auch las sie dann gern ein gutes Buch. Die Schloßbibliothek war sehr reichhaltig. Da auch Graf Harro viel las, waren stets die neuesten Werke der schönen Literatur vorhanden. Er hatte Griseldis gesagt, sie möge sich Bücher entnehmen, so viel sie wolle.

Daß er mit großem Interesse verfolgte, welche Bücher sie aus der Bibliothek holte, ahnte sie nicht. Es lag ein Buch aus in der Bibliothek, wohinein jeder schreiben mußte, welche Bücher er entnahm. Daraus ersah er, was sie las. Und wenn sie ein Buch gehabt hatte, was er nicht kannte, so las er es sicher gleich nach ihr.

Er nahm es ernst, die junge Erzieherin seiner Tochter gründlich kennenzulernen. Und er kannte das Sprichwort: »Sage mir, was du liest, und ich sage dir, was du bist.«

Er brachte so in Erfahrung, daß Griseldis durchaus nicht die leichte, oberflächliche Lektüre bevorzugte, die seine Frau zu seinem Leidwesen geliebt hatte. Ihr Geschmack waren gehaltvolle Werte.

»Ein edler Sinn liebt edlere Gestalten.« An diese Worte Schillers mußte er denken. Und er lernte Griseldis immer mehr schätzen, je näher er sie kennenlernte.

So war der Ostersonnabend herbeigekommen. Komteß Beate hatte im Hause mit Festvorbereitungen zu tun und hatte sich den ganzen Vormittag noch nicht sehen lassen. Inzwischen war, in eine große Kiste verpackt, das lebensgroße, von Graf Harro bestellte Porträt der Gräfin Alice eingetroffen. Er ließ es auspacken und vorläufig in die große Halle stellen. An eine Säule gelehnt stand das Bild so, daß sich in der hier herrschenden schwachen Beleuchtung nur die helle, lichte Erscheinung der jungen Gräfin abhob, so, als müsse sie jeden Augenblick aus dem Rahmen heraustreten.

Das Porträt war durchaus lebenswahr. Der Maler hatte ein Meisterwerk geschaffen. Graf Harro war sehr zufrieden.

In Gedanken verloren stand er vor dem Bilde, als Griseldis mit dem Komteßchen die Treppe herabkam. Er wandte sich nach ihnen um. »Gilda – komm einmal her.«

Sie kam herbeigesprungen. Er führte sie vor das Bild. »Wer ist das?«

Gilda schlug in drolliger Überraschung die Händchen zusammen.

»Mama! Ach Griseldis – komm und sieh – da ist Mamas Bild.«

Griseldis kam herbei. Graf Harro sah sie an. Sie merkte sogleich an seinem düsteren Gesicht, daß das Bild trübe Erinnerungen in ihm geweckt hatte.

Sie legte die Arme um Gildas Schultern und stand so, das Kind vor sich, vor dem Bilde.

»Wie gut, Gilda, daß du nun immer dies schöne Bild deiner lieben Mutter ansehen kannst. Da wirst du sie nie vergessen und kannst zu ihr gehen, sooft du willst«, sagte sie leise.

Es zuckte in Graf Harros Gesicht. Er wollte etwas sagen, biß aber die Zähne fest zusammen und ging davon. Irgendeine schlimme Erinnerung mußte ihn gepackt haben.

Griseldis nahm Gilda an der Hand und entfernte sich ebenfalls mit ihr. In demselben Moment kam Komteß Beate aus den Wirtschaftsräumen im Souterrain. Sie hatte Graf Harro und Griseldis in der Halle sprechen hören und kam spähend herbei.

So stand sie plötzlich, ganz unvermutet, vor dem Bild der Gräfin Alice. Sie zuckte zusammen und stieß vor Schrecken einen Schrei aus. Ihr war gewesen, als stehe die Gräfin in Wirklichkeit vor ihr.

Graf Harro und Griseldis kamen schnell wieder in die Halle zurück, glaubend, daß jemandem ein Unfall zugestoßen sei. Da sahen sie Komteß Beate mit verhülltem Gesicht an das Treppengeländer gelehnt stehen.

»Was ist geschehen?« fragte der Graf, auf sie zueilend.

Die Komtesse ließ die Hände sinken von dem fahlen, erblaßten Gesicht. »Es ist nichts, Harro, ich – ich hatte nur das Bild nicht bemerkt«, sagte sie heiser und rauh vor unterdrückter Erregung.

»Du bist sehr nervös und schreckhaft geworden, Beate. Das war früher nicht der Fall. Da hast du nie verstehen können, wie jemand nervös sein konnte. Aber freilich, diese aufregende Zeit, die wir durchgemacht haben, erschüttert auch starke Nerven. Ich hätte das Bild nicht hier stehenlassen sollen«, sagte Graf Harro mit beruhigendem Tone.

Komteß Beate hatte sich wieder in der Gewalt. Sie lächelte sogar. Aber es war ein erzwungenes Lächeln. »Du brauchst dir keine Vorwürfe zu machen, Harro. Ich war nur sehr eilig und hätte das Bild fast umgestoßen. Das könnte auch jemandem von der Dienerschaft passieren. Deshalb ist es besser, du läßt es gleich in den Ahnensaal hinauftragen.«

»Ja, es soll sofort geschehen.«

Und er gab sogleich Befehl und ließ das Bild hinauftragen.

Griseldis hatte diese ganze Szene beobachtet. Sie sah die Komtesse forschend an. Wie seltsam, daß diese so scheu und furchtsam auf das Bild der Gräfin Alice starrte. Sie mußte sich sehr erschreckt haben.

Nun das Bild fortgeschafft wurde, atmete sie auf.

Graf Harro ging wieder davon, und Griseldis und Gilda gingen zum Turnen. Es war ein vorzeitig warmer, sonniger Tag, und Griseldis ließ Gilda heute im Freien ihre Übungen machen.

Aber heute war die junge Dame unbedingt etwas zerstreut. Sie nahm sich aber zusammen, damit Gilda nicht bemerkte, daß ihre Gedanken heute nicht bei ihr waren.

Griseldis sah Graf Harro und die Komtesse erst bei der Mittagstafel wieder. Komteß Beate schien besonders lebhaft und mitteilsam, was sie sonst nie zu sein pflegte. Sie scherzte sogar über ihre Nervosität und zwang sich auch, zu Griseldis freundlicher zu sein als sonst. Aber Griseldis war keine von den Naturen, die sich nach Laune und Willkür einmal kalt und einmal warm behandeln lassen. Sie blieb höflich und gemessen. Und ihre Augen ruhten zuweilen verstohlen forschend auf dem erregt geröteten Gesicht der Komtesse.

Graf Harro empfand es nur angenehm, daß seine Base etwas freundlicher war als sonst. Und er sagte sich in seiner gutmütigen Art, daß er Beate wohl unrecht tue mit seiner Abneigung. Sie fiel ihm neuerdings wohl nur so unangenehm auf, weil sie eben durch die Erlebnisse der letzten Monate aus ihrem Gleichgewicht gekommen war. Als Griseldis nach Tisch mit Gilda hinaufgehen wollte, um diese zur Ruhe zu bringen, sagte Graf Harro zu ihr:

»Bitte, kommen Sie in mein Arbeitszimmer, Fräulein von Ronach, wenn Sie Gilda niedergelegt haben. Ich möchte Ihnen heute den Unterrichtsplan für meine Tochter vorlegen, damit nach dem Feste der Unterricht beginnen kann.«

Griseldis neigte das Haupt. »Ich werde kommen, Herr Graf.«

Und sobald sie Gilda zu Bett gebracht hatte, begab sie sich zu dem Grafen. Sie merkte nicht, daß ihr Komteß Beate wie ein schwarzer Schatten folgte und sich hinter einer Portiere versteckte, um zu lauschen.

Graf Harro stand an seinem Schreibtisch, als Griseldis eintrat. Er wandte sich nach ihr um, und sie sah, daß heute wieder einmal der scharfe Schmerzenszug in seinem Antlitz besonders prägnant hervortrat. Er deutete auf einen Sessel.

»Bitte, nehmen Sie Platz, Fräulein von Ronach. Ich muß Ihre Zeit ein wenig lange in Anspruch nehmen, denn es liegt mir viel daran, daß ich mich Ihnen recht gut verständlich mache, damit Sie meine Wünsche in bezug auf den ganzen Erziehungsplan meiner Tochter begreifen. Wenn ich dabei etwas weitschweifig werden muß, bitte ich im voraus um Verzeihung«, sagte er.

»Sie haben über meine Zeit zu verfügen, Herr Graf«, erwiderte Griseldis.

Er sah sie seltsam an. »Ach – Sie meinen, weil Sie in meinem Hause angestellt sind? Nein, Fräulein von Ronach, auf diesem Standpunkt wollen wir uns nicht gegenüberstehen. Sie sollen in meinem Hause das unbedingte Gefühl völliger Freiheit haben. Ich fühle, Sie geben meinem Kinde ein Stück von Ihrem Herzen. Das ist etwas, was man nie mit Geld oder Geldeswert vergelten kann. Ich kann Ihnen dafür nur herzlich danken. Sie widmen viel mehr Ihrer Zeit meiner Tochter, als es Ihre Pflicht wäre. Sie tun so viel für Gilda, was nicht Ihres Amtes ist und was Sie nicht freiwillig tun würden, wenn Sie mein kleines Mädchen nicht liebgewonnen hätten. Also sprechen Sie, bitte, nicht davon, daß ich über Ihre Zeit zu verfügen habe – sonst muß ich ja ängstlich rechnen, wieviel Zeit ich zu beanspruchen hätte.«

Griseldis nahm mit der ruhigen Selbstverständlichkeit der Dame Platz, noch ehe sich Graf Harro ihr gegenüber niedergelassen hatte. Es wäre ihr gar nicht in den Sinn gekommen, anzunehmen, daß er sich vor ihr niedersetzen würde. Ein Lächeln lag bei seinen Worten auf ihrem Antlitz.

»Ich bitte also um Ihre Instruktionen, Herr Graf«, sagte sie einfach.

Er nahm von seinem Schreibtisch einen Zettel mit Notizen und besprach nun anhand dieser Notizen mit ihr genau den Lehrplan für seine Tochter.

Als er damit fertig war, sagte er, den Zettel wieder hinlegend: »So also habe ich mir das gedacht. Sind Sie nun völlig orientiert?«

»Vollständig, Herr Graf, und Sie dürfen versichert sein, daß ich mich streng an Ihre Vorschriften halten werde.«

Er sah sie mit einem leisen Lächeln an. »Streng? Nein – dies Wort paßt so gar nicht zu Ihnen. Sie sollen nicht ängstlich, wie nach einer Schablone arbeiten.«

Nun lächelte Griseldis auch und sah ihm freimütig ins Gesicht. »Ich weiß, wie Sie es meinen, Herr Graf. An eine Schablone denke ich auch gar nicht. Es wäre jammerschade, wenn das impulsive, warmherzige Wesen Gildas in irgendeine Schablone gepreßt werden sollte.«

»Sie sind auch nicht nach einer Schablone erzogen worden, nicht wahr?« fragte er, seine Augen nicht von ihrem sonnigen Gesicht lassend.

Sie schüttelte den Kopf. »Ach – eigentlich bin ich gar nicht erzogen worden! Meine kränkliche Mutter war nicht imstande, auf mein lebhaftes Naturell einen anderen Einfluß auszuüben als den einer sorgenden, herzlichen Liebe. Und mein Vater hatte, solange er Soldat war, auch keine Zeit für mich. Ich war mir selbst überlassen. Und da dachte ich mir, es sei gut, wenn ich selbst ein wenig auf mich achtete. Ich habe mir manchmal ganz ernste Verhaltungsmaßregeln gegeben, und wenn ich unzufrieden mit mir war – das war schlimm. Die Liebe zu meiner Mutter und zu meinem Vater war meine beste Lehrmeisterin. Um meiner Mutter Sorge und Unruhe zu sparen, suchte ich so gut und so tüchtig zu werden, wie es in meiner Macht stand.«

Sinnend ruhten seine Augen auf ihrem schönen hellen Antlitz. »Sie sagten am ersten Tage Ihres Hierseins zu mir: ›Mit Liebe kann man alles erreichen.‹ Das hat mir sehr gefallen. Sie haben es sicher an sich selbst erprobt?« Und dabei mußte er denken, ob dies schöne Mädchen ihr Herz schon an einen Mann verschenkt hätte. Sicher hatte schon mancher verlangend in diese warmen, hellen Sonnenaugen gesehen.

Griseldis blieb ganz unbefangen. »Vielleicht! Jedenfalls weiß ich, daß meine Eltern mit Liebe und Güte alles bei mir erreicht haben und daß eben die beste Lehrmeisterin die

Liebe ist. Ich habe natürlich gute Schulen besucht. Das Schulwissen habe ich mir ja nicht allein aneignen können. Und dabei habe ich auch Studien an meinen Lehrern gemacht und mir an ihnen gemerkt, wie man es machen und wie man es nicht machen soll, Kinder zu erziehen. So habe ich mir überall mein bißchen Lebensweisheit, wenn ich mit meinen zweiundzwanzig Jahren schon davon sprechen kann, zusammengesucht.«

»Ich wünsche Ihnen sehr, daß Sie von dieser schwer errungenen, jungen Lebensweisheit auch meine Tochter profitieren lassen. Sie wird – auch das muß ich hier einmal erwähnen –, wenn sie erst erwachsen ist, keinen leichten Stand, kein leichtes Schicksal haben – wenn nicht ein Wunder geschieht.«

Bei den letzten Worten wurde sein Gesicht wieder düster.

Griseldis fühlte, auf was er anspielte, und ihn fest und ruhig ansehend, sagte sie zuversichtlich:

»Solch ein Wunder kann täglich geschehen.«

»Wissen Sie denn, welch ein Wunder ich vom Schicksal erflehe?«

Sie atmete tief auf. Ihre Augen ließen nicht von ihm. »Ja – ein Wunder, das Ihre Unschuld an den Tag bringt«, sagte sie fest.

Er zuckte zusammen und legte seine Hände mit einem harten Griff auf die Armlehnen seines Sessels. Dann beugte er sich vor und sah ihr mit brennendem Blick in die Augen.

»Meine Unschuld? Wissen Sie denn, ob ich unschuldig bin?«

Sie legte die Handflächen in ihrem Schoß ganz fest zusammen. »Ich weiß nicht, Herr Graf, ob es recht und gut ist, mit Ihnen über diese Sache zu sprechen. Vielleicht wäre es schonungsvoller, darüber hinwegzugehen. Aber da dies Thema einmal berührt ist, möchte ich nicht ausweichend darüber hinweggehen. Sie könnten ja sonst glauben, ich fürchte mich, es zu berühren. Das ist nicht der Fall. Ich finde es ganz töricht, so etwas totzuschweigen. Eine feigherzige Schonung kann Ihr Leid nur tiefer in Ihre Seele hineingraben. Es muß eine Wohltat für Sie sein, können Sie alles aus sich herauslassen, was Sie quält. Verzeihen Sie, wenn ich, die ich Ihnen fremd bin, so zu Ihnen spreche. Sie fragen mich, ob ich weiß, daß Sie unschuldig sind. Nun denn, ja, ich weiß es – sonst wäre ich nicht in Ihrem Hause. Wenn ich einen Zweifel hätte mitbringen müssen, hätte ich Ihrem Kinde nicht die rechte Erzieherin sein können. So aber hoffe ich es sein zu können und will alles tun, um Gilda zu lehren, daß sie den blinden, bösen Zufall verachten lernt, der über ihren Vater ein so großes Leid gebracht hat.«

Graf Harros Hände bebten leise, und sein Gesicht war vor Erregung sehr blaß. »Woher kam Ihnen der Glaube an meine Unschuld?« stieß er heiser hervor.

Griseldis errötete, aber sie hielt seinen Blick ruhig aus. »Mutter Anna sprach mit mir über alles in jener sorgenvollen Zeit, da Sie in Untersuchungshaft saßen. Und sie glaubte so fest an Ihre Unschuld. Ich sah auch Ihr Bild bei Mutter Anna – und ich habe mir gesagt, daß aus diesem Bilde nicht die Augen eines feigen Meuchelmörders blicken. So kam ich mit dem festen Glauben an Ihre Unschuld hierher. Und jetzt, da ich Sie kenne, erscheint es mir unverständlich, daß jemand nur einen Augenblick an Ihrer Unschuld zweifeln konnte. Ich kenne ja die ganze traurige Geschichte jener Katastrophe. Darf ich auch darüber sprechen?«

Er nickte nur und sah sie mit brennenden Augen an. Sie saß da vor ihm, nicht wie ein fremder Mensch, sondern wie einer, dem er seine ganze Seele hätte enthüllen mögen.

Griseldis fuhr fort: »Ich weiß also, daß Sie am Abend vor dem Tode Ihrer Frau Gemahlin bis aufs äußerste gereizt waren und Veranlassung hatten, Vergeltung zu üben. Und wenn Sie ein zorniges und leidenschaftliches Temperament besitzen, dann wäre es wohl möglich gewesen, daß Sie sich vom Augenblick zu einer unheilvollen Tat hätten hinreißen lassen. Aber eines feigen Meuchelmordes sind sie unfähig. Noch unfähiger halte ich Sie einer feigen Lüge. Hätten Sie die Tat begangen, so hätten Sie diese nicht geleugnet. Wäre ich Ihr Richter gewesen, hätte ich Ihren Worten geglaubt und hätte gesagt: Dieser Mann ist ohne Schuld.«

Eine Weile blieb es still zwischen ihnen. Sie kämpften beide eine tiefe Erregung nieder. Graf Harros Augen hingen an Griseldis' Antlitz mit einem Ausdruck, als habe sie ihm den Frieden verkündet, den Frieden für seine Seele.

Langsam strich er mit der Hand über die Stirn und sagte mit verhaltener Stimme: »Gott lohne Ihnen, was Sie mir eben getan haben, Fräulein von Ronach. Sie können gar nicht ermessen, welche Wohltat es für einen verfemten, geächteten Mann ist, wenn jemand zu ihm sagt: Ich glaube an dich. Zwei Menschen haben mir das bisher gesagt, mein alter Kammerdiener und meine Base Beate. Und Mutter Anna hat es mir geschrieben. Aber diese Menschen kennen mich genau. Aber Sie – Sie kannten mich nicht, und von Ihnen hat es mir am meisten wohlgetan. Und Sie haben meine Wesensart am besten erfaßt. Ja – ich hätte an jenem Abend etwas tun können, was nicht wiedergutzumachen gewesen wäre. Aber für das, was ich getan, bin ich noch immer ehrlich eingetreten, und mit einer Lüge würde ich eine Schuld nicht decken. Das wäre unmöglich bei meinem Charakter. Und daß Sie das so richtig erfaßt haben, tut mir wohl, wie mir lange nichts wohlgetan hat. Die Last auf meiner Seele ist etwas leichter geworden – ich danke Ihnen. Darf ich Ihnen die Hand reichen? Ich habe es bisher nicht gewagt, weil ich nicht wußte, ob Sie diese Hand ohne Schaudern fassen würden. Nun wage ich es, Sie darum zu bitten.«

Oh, wie es da in Griseldis' Augen aufleuchtete. Sie legte schnell ihre Hand in die seine und begnügte sich nicht damit, sie konventionell darin ruhenzulassen, sondern sie erwiderte den warmen Druck seiner Finger, als wolle sie ihm recht deutlich zeigen, daß sie nicht davor zurückbebte. Als er aber dabei mit einem unbeschreiblichen Blick in ihre Augen sah, wurde sie doch etwas verwirrt und zog ihre Hand zurück.

»Haben Sie sonst noch Befehle für mich, Herr Graf?« fragte sie hastig.

Er mußte lächeln. So ehrlich und tapfer hatte sie ihrer Überzeugung Ausdruck gegeben und nicht danach gefragt, ob das, was sie mit ihm sprach, in den Rahmen ihres Verhältnisses zueinander paßte. Als Mensch zum Menschen hatte sie mit ihm gesprochen und hatte ihm mit festem Druck die Hand gereicht. Und nun, als sie sich dessen bewußt wurde, erschrak sie doch, daß sie alle gesellschaftliche Vorschrift beiseite gelassen hatte.

»Nun tut es Ihnen doch wohl leid, daß Sie, Ihrem Impuls folgend, einem Unglücklichen eine Wohltat erwiesen haben. Erst so großherzig – und nun so verzagt«, sagte er mit gutmütigem Spott.

Sie sah das Lächeln, hörte den leisen Spott, und wenn ihr auch das Herz zitterte, so hielt sie sich doch tapfer und lächelte ihn an. »Ja – Sie haben recht, wenn Sie darüber spotten, Herr Graf. Man kann sich manchmal mit dem besten Willen nicht von engherzigen Bedenken freimachen, weil man so wenig gewöhnt ist, sich unbefangen einer ehrlichen Regung hinzugeben, die nicht durch die Form sanktioniert ist.«

Er sah ihr gerührt in die Augen.

»Tapfer sind Sie – so tapfer, daß Sie sich selbst zur Engherzigkeit bekennen. Ich rechne Ihnen diese Tapferkeit hoch an. Befehle habe ich nicht für Sie – und werde auch nie welche haben. Einem Menschen, wie Sie sind, gibt man keine Befehle. Aber länger aufhalten will ich Sie nun nicht mehr. Nur das will ich Ihnen noch sagen, daß ich jetzt seit langer Zeit die erste frohe Stunde hatte. Und eine Bitte möchte ich Ihnen noch aussprechen. Darf ich?«

Sie hatte sich erhoben, und er stand auch auf. Und als die

Stühle rückten, entfloh Komteß Beate, die im Nebenzimmer an der Tür hinter der Portiere stehengeblieben war und gelauscht hatte. Sie hatte zu ihrem Bedauern nur Bruchstücke der Unterhaltung vernommen, weil sie sich nicht näher an die offenstehende Tür heranwagte, die in das Wohnzimmer führte. So hatte sie hauptsächlich nur gehört, wie der Unterrichtsplan besprochen wurde. Aber das hatte sie vernommen, daß der Ton von Graf Harro immer wärmer wurde. Und das erfüllte sie mit wahnsinniger Eifersucht.

Nun sie an dem Rücken der Stühle merkte, daß die Unterhaltung zu Ende war, eilte sie leise davon.

Inzwischen sagte Griseldis: »Bitte, sprechen Sie diese Bitte aus, Herr Graf. Ich wünsche, daß ich sie Ihnen erfüllen kann.«

Er atmete auf. »Sie können es, wenn Sie wollen. Ich bitte Sie, mir zu erlauben, Ihnen zuweilen von meinem Kummer sprechen zu dürfen. Ich habe niemand, mit dem ich darüber reden kann, bei niemand würde ich soviel Verständnis finden wie bei Ihnen. Und Sie haben mich heute gelehrt, daß es eine Wohltat sein kann, darüber zu sprechen, daß es besser ist, zuweilen herauszulassen, was, totgeschwiegen, nur nach innen frißt.«

Griseldis' Augen leuchteten auf. »Von Herzen gern, Herr Graf. Ich bin stolz auf Ihr Vertrauen. Und ich brauche Sie wohl nicht zu versichern, daß Sie bei mir stets verständnisvolle Teilnahme für Ihr Leid finden werden.«

Er faßte ihre Hand, diese kleine, feste, energische Hand, die gewohnt war, Widrigkeiten aus dem Wege zu räumen und fest zuzufassen. »Nein, Sie brauchen es mir nicht zu versichern, ich zweifle nicht daran und danke Ihnen herzlich.«

Damit zog er Griseldis' Hand an seine Lippen.

Da schlug die Röte in ihr Gesicht.

»Sie gestatten, daß ich mich jetzt entferne. Gilda wird schon wach sein und nach mir verlangen.«

Er neigte das Haupt. »Ja – gehen Sie. Ich weiß, daß Sie es

ernst nehmen mit Ihrer übernommenen Pflicht, meinem Kinde eine Mutter zu ersetzen.«

Griseldis ging schnell hinaus, denn sie fühlte, daß sie sich jetzt erst einmal fassen mußte. Diese Stunde hatte ihr soviel gegeben und sie bis ins Innerste erregt.

Graf Harro sah ihr nach, in tiefe Gedanken verloren.

Welch ein stolzes, ruhiges Geschöpf! Ja – solch eine Lebensgefährtin zur Seite – das ist echtes Glück für einen Mann. Mit solch einer Frau hätte ich nicht kläglich Schiffbruch erlitten auf den Wogen des Lebens. Wenn man doch noch einmal von vorn anfangen könnte!

Er konnte mit seinen Gedanken nicht loskommen von dem, was Griseldis gesagt hatte. Er wiederholte es sich immer wieder und labte sich daran, wie ein Dürstender sich labt an einem frischen Quell.

Und dann setzte er sich an seinen Schreibtisch und schrieb an Mutter Anna, wie sehr er ihr danke, daß sie ihm eine so vortreffliche junge Dame ins Haus geschickt hatte, die wirklich seinem Kinde eine vorbildliche Erzieherin sein konnte.

»Denn durch ihr Vorbild wird sie mehr erreichen als mit allen guten Lehren«, schrieb er ihr.

Griseldis war, als sie den Grafen verlassen hatte, zu Gilda gegangen. Diese schlief jedoch noch. Da eilte sie hinauf in ihr Zimmer. Sie mußte jetzt einige Minuten in sich ausklingen lassen, was sie eben erlebt hatte.

Denn ein Erlebnis war diese Unterredung mit Graf Treuenfels für sie.

Sie sank, von ihrer Erregung bezwungen, vor einem Sessel auf die Knie und barg das zuckende Gesicht in den Händen. In ihrer Seele war ein Singen und Klingen. Sie dankte dem lieben Gott aus vollem Herzen, daß er ihr geholfen hatte, die Last, die auf Graf Harros Seele lag, ein wenig zu erleichtern.

Während sie mit ihrer ganzen Innigkeit um dies Wunder betete, hörte sie plötzlich ein leises Geräusch. Sie blickte auf und sah erstaunt, daß das Bild, welches die Tür zu dem geheimen Wandschrank bildete, sich langsam in den Angeln drehte, so daß der Wandschrank offen vor ihren Blicken lag. Sie sprang auf und trat an den Schrank heran. Dabei hatte sie ein ganz seltsames Empfinden, das sie sich nicht erklären konnte.

Wie mag es wohl gekommen sein, daß sich diese Tür von selbst öffnete? Ich weiß doch bestimmt, daß ich sie geschlossen habe, und das Schloß ist so außerordentlich fest und gut, dachte sie.

Langsam schloß sie die Tür. Der kleine Delphin sprang wieder in den Rahmen hinein mit dem leise einschnappenden Ton. Sie rüttelte an der Tür. Jetzt war sie ganz fest geschlossen und ging sicher nicht wieder von selbst auf.

Ich habe sie doch wohl heute morgen nicht ganz fest geschlossen, als ich meine Uhr herausnahm, sagte sie sich.

Und sie ahnte nicht, daß der Himmel ihr einen leisen Fingerzeig hatte geben wollen, auf welche Weise das erflehte Wunder hätte herbeigeführt werden können.

Heute sah sie Graf Harro nicht mehr. Beim Tee ließ er sich entschuldigen. Griseldis befand sich mit Komteß Beate und Gilda allein am Teetisch und sah mit Unbehagen, wie versteinert ihr die Komtesse gegenübersaß. Auch Gilda sah das und barg ihr Gesicht an Griseldis' Schulter und rief ängstlich:

»Oh, Tante Beate – du machst so ein böses Gesicht!«

Komteß Beate schrak auf und zwang ein Lächeln ins Gesicht.

»Kleines Närrchen, wie kannst du dich vor Tante Beate fürchten?« fragte sie.

Gildas Gesicht kam wieder zum Vorschein. »Oh – du sahst so böse aus – und Augen hast du gemacht – so –«

Und Gilda suchte die bösen, starren Augen nachzuahmen. Das sah sehr drollig aus. Aber weder die Komtesse noch Griseldis lachten darüber. Die Komtesse zog Gilda mit einem raschen, festen Griff auf ihren Schoß, weil sie nicht ertragen konnte, daß Gilda sich so innig an Griseldis schmiegte.

»Mein süßes Kind – mein armes, armes Kleinchen«, sagte sie, ihre spröde Stimme zur Weichheit zwingend.

Aber Gilda riß sich los und strebte aus ihren Armen zu Griseldis hinüber. »Laß mich – du tust mir weh – und du sollst nicht armes Kleinchen zu mir sagen –«

Da löste die Komtesse ihre Hände so plötzlich von dem Kinde, daß es gefallen wäre, wenn Griseldis es nicht aufgefangen hätte. Mit einem jähen Ruck schob Komteß Beate ihre Tasse zurück, erhob sich und ging schnell, ohne ein Wort zu sagen, hinaus. Auf ihrem Antlitz lag ein Ausdruck, der wirklich zum Fürchten war.

Sie begab sich hinauf in ihr Zimmer. Dort warf sie sich auf einen Diwan und begrub das Gesicht in den Händen. »Ich will nicht alles umsonst getan haben. Dieses blonde, gleißende Geschöpf soll mich nicht um den Preis betrügen. Und wenn sie es dennoch tun sollte, dann –«

Sie knirschte das zwischen ihren Zähnen hervor, und in ihren Augen lag ein furchtbarer Ausdruck, der dieses »dann« in unheimlicher Weise ergänzte.

Auch an der Abendtafel erschien Graf Harro nicht, und als der Diener meldete, daß er auf seinem Zimmer zu speisen wünsche, weil er zu arbeiten habe, da beschlich Griseldis ein unbehagliches Gefühl. Das Herz wurde ihr ein wenig schwer, weil sie nun wußte, daß sie mit Komteß Beate allein an der Abendtafel sitzen würde.

Aber die Komtesse ließ sich das Essen auch auf ihr Zimmer bringen, als sie hörte, daß der Graf nicht erscheinen würde.

So speiste Griseldis allein.

Sie grübelte darüber nach, weshalb Graf Harro unsichtbar

blieb. Sie ahnte nicht, daß er es getan hatte, um das in sich ausklingen zu lassen, was heute während seiner Unterredung mit ihr in ihm wach geworden war.

Als aber Griseldis nach dem Abendessen noch einmal leise in das Schlafzimmer Gildas trat, um zu sehen, ob diese sanft und ruhig schlief, sah sie den Grafen am Bette seines Kindes sitzen, die Arme auf die Knie gestützt und das Gesicht in den Händen vergraben.

Er sah auf, als sie eintrat. Sie wies nur schweigend auf das schlummernde Kind, um ihm anzudeuten, daß sie nach Gilda hatte sehen wollen. Er neigte verstehend das Haupt, und sie ging still wieder davon.

Der einsame Mann sah ihr nach mit heißen, brennenden Augen. Dann ging auch er wieder nach seinem Zimmer zurück.

Wochen waren vergangen. Griseldis war in dieser Zeit so fest mit ihrer neuen Umgebung verwachsen, daß sie kaum noch an das dachte, was vorher gewesen war. Ihr ganzes Denken und Fühlen wurzelte nur in Treuenfels.

Das Pfingstfest stand nahe bevor. Ein herrlicher Frühling hatte draußen in der Natur alles zum Grünen und Blühen gebracht, und Griseldis genoß diesen ersten Frühling, den sie auf dem Lande verbrachte und inmitten einer herrlichen Umgebung, wie ein Geschenk des Himmels.

Ihr Verhältnis zu Gilda war ein sehr inniges geworden. Mehr als sie liebte Gilda kaum ihren Vater. Diese beiden Menschen umschloß ihr kleines Herz mit großer Innigkeit.

Komteß Beate verlor mehr und mehr ihres Bodens an Griseldis. Und sie fühlte mit ohnmächtigem Grimm, wie sie von dieser in den Hintergrund gedrängt wurde.

Auch das sah sie mit quälender Bitterkeit, daß ihr Vetter immer häufiger die Gesellschaft der jungen Erzieherin suchte. Mit ihr sprach er nur noch das Nötigste. Der tiefe

Gram darüber und der Haß auf Griseldis zerfraßen ihr das Herz. Sie konnte zuweilen ihre Gefühle kaum noch verbergen, und Graf Harro betrachtete seine Base oft mit Kopfschütteln, weil ihm ihr Tun wunderlich und seltsam schien.

Vielleicht sind es nur altjüngferliche Schrullen. Sie müßte mehr Zerstreuung und Anregung haben, dachte er.

Und in seiner Güte beschloß er, sie aufzufordern, zur Erholung und Zerstreuung eine kleine Reise zu machen. Aber als er ihr diesen Vorschlag machte, fuhr sie wie außer sich empor und fragte ihn, ob er sie aus dem Hause treiben wolle.

Er schüttelte erstaunt über ihre Heftigkeit den Kopf.

»Wie kommst du darauf, Beate? Ich merke nun schon, seit ich nach Treuenfels zurückgekehrt bin, daß du verändert bist. Auch in meiner Abwesenheit mußt du es schon gewesen sein, denn Grollmann sprach mir darüber, daß du nervös und schreckhaft seiest. Und das scheint immer schlimmer zu werden. Ich möchte deshalb gern etwas für dich tun. Vielleicht wären eine Luftveränderung und eine vollständige Ausspannung gut für dich. Ich will dir gern das nötige Geld zu einer Reise anweisen lassen, damit du dich wieder ganz erholst.«

Aber die Komtesse wehrte hastig und erregt ab. Um keinen Preis hätte sie Treuenfels jetzt freiwillig verlassen. Für sie hatte das Leben überhaupt nur noch Wert in seiner Gegenwart, und von ihm fort sein hieß für sie der Tod. In ihrer ewig wachen Eifersucht sah sie in seinem Angebot nichts als das Bestreben, sie eine Weile loszuwerden.

Nach diesem Gespräch mit ihrem Vetter sagte sie sich jedoch, daß sie sich unbedingt zusammennehmen müsse, wenn sie es vermeiden wollte, daß ihr Vetter darauf bestand, daß sie Treuenfels einige Zeit verließ.

So versuchte sie einzulenken. »Ich danke dir, Harro. Du bist, wie immer, so gut und hilfsbereit. Aber du darfst mich nicht fortschicken. Mir fehlt wirklich nichts. Ein wenig nervös bin ich vielleicht, aber das ist doch verständlich. Ich sehe, wie du leidest – und ich leide mit dir. Wie soll ich froh und vergnügt sein, wenn ich weiß, daß dir das Herz wehe tut? So herzlos kann ich nicht sein – dazu giltst du mir zuviel.«

Er machte sich Vorwürfe, daß er von diesen Worten ungerührt blieb; aber er konnte nicht anders. »Ich würde es durchaus nicht herzlos finden, wenn du vergnügt wärst. Warum sollst du unter meinem Kummer leiden?«

Sie sah ihn an mit einem Blick, der ihn schreckte. Dieser Blick erweckte plötzlich eine Ahnung in ihm, daß sie etwas anderes für ihn empfand als reine verwandtschaftliche Zuneigung.

»Ich muß mit dir leiden«, stieß sie heiser hervor. »Was dich betrifft, das betrifft mich auch.«

Und er erschrak vor der Qual und dem Jammer, der in ihren Augen lag. Sein Unbehagen verstärkte sich, aber zugleich auch sein Mitleid mit ihr. War seine plötzlich erwachte Ahnung nicht grundlos, dann war Beate sehr zu bedauern.

Er sah sie betreten an. »Du solltest mehr an dich denken als an mich. Du kannst mir ja doch nicht helfen.«

Sie preßte die Hände aufs Herz. Ganz fahl und bleich sah sie wieder aus, und die schwarzen Augen glühten wie feurige Kohlen. »Ich leide namenlos um dich. Und es berührt mich wie ein Mißklang, wenn ich höre, wie Fräulein von Ronach singend und lachend durch das Haus zieht.«

Er stutzte bei diesem Ausfall gegen Griseldis. Forschend sah er sie an. »Beate, ist es das, was dich, wie ich bemerkt habe, gegen Fräulein von Ronach einnimmt?«

Sie atmete tief und schwer. Was sie gegen Griseldis einnahm, konnte sie ihm nicht sagen. Aber sie nickte hastig, als sei er auf der rechten Fährte. »Ja, ihre Herzlosigkeit empört mich. Sie muß doch sehen und fühlen, daß in diesem Hause kein Grund zum Jubilieren ist.«

Graf Harro strich sich über die Stirn. Wenn Beate ahnte, wie wohl ihm Griseldis' sonniger Frohsinn tat, wie dankbar er ihr war, daß sie seinem Kinde von ihrem Frohsinn abgab.

Aber er fühlte instinktiv, daß er ihr nicht sagen durfte, welch wohltätigen Einfluß die neue Hausgenossin auf ihn ausübte, sonst grollte sie vielleicht der jungen Dame noch mehr.

War seine Ahnung richtig, hegte Beate ein wärmeres Empfinden für ihn, dann fühlte sie vielleicht instinktiv, was er sich selbst nur zögernd eingestand – daß er Griseldis von Ronach liebte.

Er zwang sich zu einem ruhigen Gesicht.

»Warum soll Fräulein von Ronach herzlos sein, Beate? Schließlich steht sie mir doch nicht verwandtschaftlich nahe. Und sie weiß, daß ich für meine Tochter eine heitere Gesellschaft wünsche. Darum solltest du ihr nicht grollen. Und wenn es dir möglich ist, so komm ihr etwas weniger schroff entgegen. Also sei vernünftig, Beate, und nimm dir mein Schicksal nicht mehr zu Herzen als ich es selbst tue. Du mußt ruhiger werden.«

Die Komtesse faßte seine Hand und preßte sie an ihre Wange. »Ich will es versuchen, Harro – ich möchte dir ja alles zuliebe tun«, stieß sie hervor und ging schnell hinaus, weil sie meinte, sich nicht länger beherrschen zu können.

Graf Harro sah ihr unbehaglich nach. Dann atmete er tief auf und ging durch die offenstehende Tür, die aus dem Zimmer direkt auf die Terrasse führte, hinaus ins Freie.

Es war ein herrlicher Frühlingstag, ein Maientag, wie ihn die Dichter besingen. Ringsum stand alles in voller Blüte. Wie von einer Sehnsucht getrieben, ging er über die Terrasse hinüber nach dem Park. Dort wußte er Griseldis mit seinem Töchterchen. Bei schönem Wetter hielt Griseldis die Unterrichtsstunden in einem offenen Pavillon im Park ab, damit Gilda möglichst viel im Freien war. In dem Pavillon standen ein runder Tisch und Korbsessel mit bunten Kissen aus blumigen Stoffen.

Als Graf Harro auf den Pavillon zukam, sah er die beiden blonden Köpfe dicht nebeneinander über den Tisch gebeugt.

Unbemerkt kam er näher und stellte sich lauschend hinter

eine Gebüschgruppe. Es wurde gerade eine Rechenstunde abgehalten, und Griseldis wußte auch diesem trockenen Unterrichtsgegenstand ein lebendiges Interesse abzunötigen.

Vor ihr auf dem Tisch lagen blanke Kieselsteine, in kleine Gruppen gesondert. Damit lehrte sie Gilda subtrahieren, dividieren und multiplizieren. Das ging ganz herrlich, unter munterem Geplauder. Gilda war mit Feuereifer dabei, und wenn sie richtig gerechnet hatte, gab es ein großes Freuen und einen Kuß zur Belohnung, und wenn die Rechnung nicht stimmte, wurde sie wiederholt, und Gilda machte sich selbst, von Griseldis unaufgefordert, drollige Vorwürfe, daß sie nicht besser aufgepaßt habe und ein kleines Dummerchen sei.

Eine ganze Weile ergötzte sich Graf Harro an dieser vergnüglichen Unterrichtsmethode. Dabei wurde die Unterhaltung in französischer Sprache geführt, die Gilda durch Mademoiselle schon recht gut beherrschen gelernt hatte und die noch fleißig geübt wurde.

Als die Rechenstunde zu Ende war und Griseldis die Bücher lachend vor Gildas Näschen zusammenklappte, trat Graf Harro aus seinem Versteck hervor.

»Ich habe ein Weilchen, hinter dem Gebüsch verborgen, Ihrem Unterricht beigewohnt, Fräulein von Ronach. Mein Töchterchen ist beneidenswert. Sie haben eine große Gabe, den Unterrichtsgegenstand zu beleben. Ich kann mich nicht besinnen, jemals eine so vergnügliche Rechenstunde bei meinem Hauslehrer gehabt zu haben.«

Griseldis war ein wenig rot geworden, als er plötzlich vor ihr stand. Aber schnell hatte sie sich wieder gefaßt. »Ach, dann tun Sie mir herzlich leid. Ich habe auch in der Schule Fächer gehabt, die mich schrecklich langweilten. Dazu gehörte auch das Rechnen. Eine Zahlenreihe konnte mir direkt Grauen einflößen. Daraus habe ich die Weisheit für meinen jetzigen Beruf geschöpft, daß man bei dem Schüler unbedingt auf irgendeine Art das Interesse an dem Lehrgegenstand wecken muß. So mache ich mir nun für alles eine vergnügliche Methode zurecht.«

»Und mit großem Erfolg«, erwiderte der Graf und setzte sich neben Gilda nieder. »Ich darf doch ein Weilchen Platz nehmen?« fragte er.

Griseldis nickte munter. »O ja, eine Viertelstunde ist jetzt Pause.«

Er sah wichtig nach der Uhr. »Also eine Viertelstunde darf ich bleiben. Wie ging es denn mit dem Rechnen, Schwälbchen?« fragte er sein Töchterchen.

Gilda nickte vergnügt. »Griseldis sagt, ich habe es gut gemacht.«

»Da bist du wohl froh, daß sie mit dir zufrieden ist.«

»Ja, Papa, da bin ich immer froh.«

»Ich wäre es an deiner Stelle auch«, sagte er lächelnd. Und sich an Griseldis wendend, fragte er:

»Was kommt denn nachher an die Reihe?«

Griseldis lachte. »Oh, das schlimmste Fach für meine kleine Schülerin – Schreiben.«

»Das ist das schlimmste?«

»Ja, weil es mit absolutem Stillsitzen verbunden ist. Das behagt uns nicht. Aber wir sind tapfer, nicht wahr, Gilda?«

Gilda nickte. »Wenn ich schön geschrieben habe, dann erzählst du mir das Märchen von Prinzeß Maienblüte zu Ende, die von dem bösen Rittersporn gefangengehalten wurde. Du hast es mir versprochen, Griseldis.«

»Gewiß, und was ich versprochen habe, halte ich auch.«

»Unter allen Umständen?« fragte der Graf.

»Unter allen Umständen. Ich verspreche nie etwas, was ich nicht halten kann«, erwiderte sie.

Gilda sprang davon, um Blumen auf der Parkwiese zu pflücken. Als der Graf nun mit Griseldis allein war, fragte er:

»Wie gefällt es Ihnen in Treuenfels auf die Dauer, Fräulein von Ronach? Haben Sie noch keine Langeweile gehabt?«

»Langeweile? Das ist für mich ein ganz unbekannter Begriff. Es gefällt mir von Tag zu Tag besser hier. Das ist doch kein Wunder. Noch nie habe ich einen Frühling erlebt wie diesen. Unsre enge Wohnung mitten in der kleinen Stadt ließ den Begriff Frühling nie so recht lebendig werden. Aber hier! Ach, was ist das für ein Blühen und Grünen. Ich habe das alles von Tag zu Tag wachsen sehen. Und wenn ich oben aus meinem Fenster auf das Blütenmeer zu meinen Füßen blicke, könnte ich vor Freude weinen.«

Ihre schlichte Art rührte ihn. »Also sind Sie zufrieden mit der Aussicht aus Ihrem Fenster?«

»Sehr.«

»Und sonst auch mit allem anderen?«

»Ja, Herr Graf.«

»So bleibt Ihnen gar kein Wunsch – gar keiner?«

Sie errötete jäh unter seinem dringenden Blick, aber sie faßte sich schnell.

»Doch, einen Wunsch habe ich schon lange.«

»Wollen Sie mir ihn nicht nennen? Wenn es möglich ist, möchte ich Ihnen diesen Wunsch erfüllen, denn ich bin Ihnen viel – sehr viel Dank schuldig.«

»Dank? Wofür?«

Er sah sie seltsam an. »Dafür, daß Sie sind, wie Sie sind«, sagte er langsam.

Ihr Herz klopfte rasch und laut. »Daran habe ich doch kein Verdienst.«

»Ich denke doch. Also – was haben Sie für einen Wunsch?«

Sie sah ihn mit ihren Sonnenaugen an, daß es ihm warm ums Herz wurde.

»Dicht neben meinem Zimmer liegt ein runder Turm – da drüben –, Sie können ihn von hier aus liegen sehen. Er hat einen Söller. Auf den Söller dieses Turmes möchte ich einmal hinauf. Überhaupt – dieser Turm ist der einzige Teil des Schlosses, den ich noch nicht besichtigt habe. Er ist verschlossen. Und ich möchte, wenn es gestattet ist, auch das Innere des Turmes besichtigen. Sonst bin ich ja in den entferntesten Spukwinkelchen gewesen, nur der Turm blieb mir verschlossen. Das reizt mich natürlich.«

Er ließ keinen Blick von ihr. Die Sonne spielte auf dem herrlichen Blondhaar, das ihr Gesicht wie ein Heiligenschein umgab.

»Also das Verbotene reizt auch Sie?« fragte er lächelnd.

»Ich weiß ja nicht, ob es verboten ist. Sonst würde es mich vielleicht noch mehr reizen –«

»Fürchten Sie nicht, so eine Art Blaubartskammer in diesem Turm zu finden?« fragte er mit bitterem Spott.

»Dann würde ich diesen Wunsch nicht ausgesprochen haben.«

»Nun, er soll Ihnen gern erfüllt werden. Aber erst will ich den Turm einmal selbst besichtigen und will für Licht und Sonne darin sorgen. Er ist sehr lange abgeschlossen gewesen, und Sie sollen nicht mit Staub und Spinnweben in Berührung kommen.«

»Oh, Staub und Spinnweben gehören zu so einem alten Turm wie zu einer alten Flasche Wein.«

»So? Dann darf ich das nicht entfernen, um Ihre Illusion nicht zu stören. Sie sollen den Turm mit Staub und Spinnweben kennenlernen. Aber ich darf doch wenigstens mit hinaufkommen auf den Söller. Ich möchte dabeisein, wenn Ihre lachenden Augen von da oben herunterschauen auf meinen Besitz wie ein paar helle Sonnen.«

Wieder stieg das Blut jäh in ihr Gesicht. Zum Glück kam jetzt Gilda mit einem Blumenstrauß herbei.

»Wirst du mir einen Kranz winden, Griseldis?«

»Gern will ich das tun. Garnfäden haben wir ja hier im Tischkasten.«

Und Griseldis machte sich eifrig an die geforderte Arbeit.

Er sah den schönen schlanken Händen zu, die so geschickt und sicher arbeiteten. »Ich glaube, Sie sind eine Tausendkünstlerin; sogar Kränze können Sie winden«, sagte er.

»Das ist nicht schwer.«

»Mir scheint, alles, was Sie tun, ist nicht schwer.«

»Weil ich an alles mit frohem Mut herangehe.«

»Willst du auch einen Kranz haben, Papa?« fragte Gilda, die an Griseldis' Knie gelehnt stand und ihr zuschaute.

»Ja – das möchte ich wohl – wenn mir Fräulein von Ronach einen binden will.«

»Das wirst du tun, Griseldis, nicht wahr?« fragte Gilda dringlich.

»Gern will ich es tun.«

Eine Weile herrschte Schweigen. Graf Harro sah still auf Griseldis' Hände herab. Sie hatte nun einen Kranz fertig. Er war aus Margeriten und Vergißmeinnicht gewunden. Den drückte sie Gilda auf die blonden Locken.

Gilda faßte zierlich ihr Kleidchen und tanzte auf dem Rasen herum. Es war ein liebes Bild.

Griseldis begann nun einen zweiten Kranz zu winden.

»Dieser Kranz soll wirklich für mich bestimmt sein?« fragte der Graf.

Sie nickte lächelnd. »Ja, wie Gilda es wünscht.«

Er seufzte leise. »Mir wird das Leben keine Kränze mehr winden – nur auf den Sarg wird man mir noch welche legen. Vielleicht auch das nicht einmal.«

Sie ließ die Hände sinken und sah in sein düsteres Gesicht.

»So schwarz sehen Sie heute wieder ins Leben, Herr Graf. Das sollten Sie nicht tun.«

Mit brennenden Augen sah er sie an. »Ja, schelten Sie mich nur wieder einmal tüchtig aus. Das tut mir so gut. Ich bin heute wieder in einer sehr bösen Stimmung. Deshalb suchte ich Sie auf. Sie sind ja doch zum Hausarzt für meine kranke Seele geworden. Ich möchte mich wieder einmal ausklagen und mich von Ihnen trösten lassen. Sie können das so gut. Aber wenn ich Ihnen lästig falle, dann schicken Sie mich fort.«

Sie sah ihn lächelnd an. So glücklich war sie, daß er mit seinem Leid zu ihr kam, und so heiß war der Wunsch, ihm zu helfen. »Lästig fallen können Sie mir niemals, Herr Graf. Sie wissen ja auch ganz genau, wie stolz ich auf mein Amt als Ihr Arzt bin. Sehen Sie nur, wie hell die Sonne scheint. Und da drüben liegt Ihr schönes stolzes Schloß, ringsum Ihr herrlicher Besitz. Sie haben ein geliebtes Kind, Sie sind gesund.«

»Gesund? Ist man gesund, wenn man eine kranke Seele hat, wenn man Qualen leidet, wie ich sie leiden muß?« stieß er bitter hervor.

Gilda jagte jauchzend hinter einem Schmetterling her. Sie vernahm nichts von dieser Unterhaltung.

Wie gern hätte Griseldis lind und leise über die düstere Stirn des Mannes gestrichen, den ihre junge Seele liebte mit schrankenloser Innigkeit. Und sie dachte bei sich, daß sein Unglück ihr Glück war. Wäre er nicht der einsame, unglückliche, von allen guten Freunden verlassene Mann, hätte er wohl schwerlich Zeit und Lust gefunden, sich so angelegentlich mit ihr zu befassen, dann hätte sie ihm nichts, gar nichts sein können.

»Ist es heute wieder einmal so schlimm?« fragte sie weich.

Er drückte die Hand vor die Augen und seufzte tief auf.

»Ich kann diese hellen, klaren Sonnentage nicht vertragen. Sie leuchten zu tief in mein Elend hinein. Dann empfinde ich es immer mit doppelter Wucht, daß ich ein Ausgestoßener bin, von allen Freuden des Lebens.«

Straff richtete sie sich auf. »Sie stoßen sich selbst aus. Niemand wird Sie hindern, sich Freuden zu suchen, soviel Sie wollen.«

»Das glauben Sie ja selbst nicht. Ich bin keine Einsiedlernatur, bin ein Mensch, der Geselligkeit braucht. Ich leide darunter, daß ich gemieden werde wie ein Aussätziger.«

Sie beugte sich vor und sah ihn fest und ruhig an. »Nein, so dürfen Sie nicht reden. Ihr Unglück macht Sie überempfindlich. Ich möchte wetten, daß Ihre Freunde nur darauf warten, daß Sie wieder in Verkehr mit Ihnen treten. Sie kommen wohl deshalb nicht nach Treuenfels, weil sie nicht wissen, ob Sie jemand sehen wollen.«

Er schüttelte den Kopf. »Freunde? Im Unglück hat man keine Freunde. Und Sie irren, wenn Sie glauben, daß man mit mir verkehren würde. Vielleicht ein paar Menschen, die im Ehrenpunkt nicht so empfindlich sind. Aber diesen Verkehr mag ich nicht. Und anderen kann ich nicht haben. Da ist zum Beispiel drüben in Dalheim mein bester Freund, Baron Dalheim. Als ich noch im Glück lebte, schien er unzertrennlich von mir zu sein. Ich traf ihn im Walde, gleich nach meiner Freilassung. Er gab sich den Anschein, mich nicht zu sehen, und ritt mitten durch den Wald davon, um nicht auf meinem Wege mit mir zusammenzukommen.«

Sie erblaßte vor dem Schmerz, der aus seinen Worten sprach. »Vielleicht sah er Sie wirklich nicht?«

»Doch, er hat mich groß angesehen – und weigerte mir seinen Gruß. Und ich konnte nicht Rechenschaft dafür fordern. Begreifen Sie, was das für mich heißt? Wehrlos Beleidigungen ausgesetzt zu sein, das ist für einen Mann das härteste.«

»Vielleicht glaubt er, Sie wollten ihn nicht sehen. Baron Dalheim ist doch derselbe, der damals gegen Sie zeugen mußte?«

»Ja, er allein wußte außer meiner Frau und meiner Base, daß ich das Fläschchen mit dem indischen Gift besaß. Und er mußte darüber aussagen.«

Griseldis hob schnell ihr Antlitz und sah ihn seltsam forschend an. »Komteß Beate wußte auch um dieses Gift?« fragte sie hastig.

»Ja, sie war dabei, als ich es meiner Frau und Baron Dalheim zeigte.«

»Ah – das wußte ich nicht. Von ihr war in Ihrem Prozeß nicht die Rede.«

»Nein. Sie verweigerte als meine Verwandte ihre Aussage.«

»Das war – ich bitte um Verzeihung für meine Offenheit – sehr unklug von ihr.«

»Warum?«

»Weil jeder annehmen mußte, daß sie als Ihre Verwandte nur eine belastende Aussage verweigern würde.«

»Sie hätte aber auch keine entlastende machen können.«

»Doch, sie hätte den Richtern ein Charakterbild von Ihnen entwerfen können, damit diese die Überzeugung gewannen, daß Sie einer solchen Tat nicht fähig waren. Ich hätte jedenfalls an Komteß Beates Stelle meine Aussage nicht verweigert, sondern wäre für Sie eingetreten mit meiner festen Überzeugung.«

Er lächelte. »Ja, Sie – das glaube ich. Aber Beate fürchtete wohl die Aufregung dieses Prozesses. Sie war ja an dem Morgen meiner Verhaftung selbst ganz kopflos und – doch lassen wir das. Ich bin ein Barbar, daß ich Ihnen den schönen Frühlingstag mit meinen Klagen verderbe.«

»Sie sollen ihn sich auch nicht verderben. Und ich möchte Ihnen einen Rat geben. Darf ich?«

»Gewiß.«

»Wollen Sie nicht einmal die ganze Angelegenheit einem tüchtigen Detektiv übergeben?«

Er machte eine abwehrende Bewegung. »Ach, Sie denken an einen Sherlock Holmes, der Wundertaten des Scharfsinns vollbringt? Nein, dazu fehlt mir der Glaube an einen solchen Wundermann. Es ist ja von gerichtlicher Seite alles getan worden, um Licht in diese Angelegenheit zu bringen. Vergebens! Und ich selbst habe die Zimmer meiner Frau durchgesucht, bis in den verborgensten Winkel, um auf eine Spur zu kommen. Ich glaube jetzt fest daran, daß meine Frau selbst das Gift aus meinem Schreibtisch entwendet und es in den Wein getan hat. Meine Base brachte mich darauf, daß meine Frau vielleicht nur in einer spielerischen Laune das Gift versucht hat. Vielleicht glaubte sie nicht, daß es wirklich tödlich sein könnte.«

»Dieser Ansicht war Komteß Beate?« fragte Griseldis langsam.

»Ja.«

»Und Sie glaubt auch an einen Selbstmord Ihrer Frau Gemahlin?«

»Ja – sie glaubt fest daran und hat mich auch davon überzeugt.«

Griseldis sah seltsam nachdenklich aus. »So fest, daß Sie nun gar keinen Versuch mehr machen wollen, einen etwaigen anderen Täter ausfindig zu machen?« sagte sie.

»Ich weiß, daß ein andrer Täter nicht in Frage kommen kann. Wer hätte eine so schwere Schuld auf seine Seele laden sollen? Nein, nein – es ist schon die einzige Möglichkeit, daß meine Frau selbst, aus Unbedacht, Laune oder sonst einem mir unbekannten Grunde Selbstmord verübt hat.«

»Aber hätte sie Ihnen dann nicht eine Zeile hinterlassen, ein Abschiedswort für ihr Kind?«

»Vielleicht tat sie es nicht, weil sie nur mit dem Gedanken spielte.«

»Dann hätte sie aber vielleicht erst recht einen Brief hinterlassen, um dies Spiel recht effektvoll zu gestalten.«

»Ah – ich merke, Sie haben sich über den Charakter meiner Frau informiert. Nun ja, es war auch mir das unverständlichste, daß sie schweigend aus dem Leben ging, daß sie nicht mehr Szenerie dazu brauchte. Deshalb habe ich auch alles durchsucht, ob ich nicht ein Schreiben von ihr fände. Aber es war nicht der Fall.«

Griseldis hing mit gespanntem Ausdruck an seinen Lippen. Nun sagte sie zögernd: »Würden Sie es sehr anmaßend finden, wenn ich Sie bitten würde, mir zu gestatten, die Zimmer Ihrer verstorbenen Frau Gemahlin zu besichtigen?«

»Nein, gewiß nicht. Taktlose Neugier halte ich diesen Räumen fern. Deshalb halte ich sie verschlossen. Aber Ihnen will ich gern die Schlüssel geben. Ich habe sie an mich genommen.«

»Ich danke Ihnen, Herr Graf.«

»Werden Sie sich nicht fürchten, diese Zimmer zu betreten?«

»Nein.«

»Darf ich fragen, weshalb Sie die Zimmer besichtigen wollen? Aus Neugier geschieht das nicht.«

Sie war einen Moment sichtlich verlegen. Aber dann sah sie ihn groß und voll an.

»Ich fürchte, Sie werden mich auslachen, aber trotzdem will ich es Ihnen sagen. Ich gehe schon seit einiger Zeit mit dem Gedanken um, Ihnen diese Bitte auszusprechen. Aber bitte, lachen Sie mich nicht aus.«

»Nein, nein, gewiß nicht.«

Sie holte tief Atem. »Also – ich hatte einen seltsamen Traum, der mich auf diese Zimmer hinwies.«

Er lächelte nun doch ein wenig. »Was war es denn für ein Traum?«

Sie zögerte eine Weile. Dann sagte sie leise: »Ich möchte Ihnen diesen Traum nicht erzählen – nicht jetzt, vielleicht später einmal. Der Traum hat mich sehr beschäftigt.«

Er schüttelte lächelnd den Kopf. »Wenn ich Sie so vor mir sehe – dann muß ich doch darüber lächeln, daß Sie einem Traum Bedeutung zumessen.«

»Weil er so seltsam war und doch so klar und bestimmt. Aber lächeln Sie nur ruhig über mich. Ich freue mich über jedes Lächeln auf Ihrem Antlitz.«

»Mein kleiner Seelenarzt«, sagte er leise.

Sie errötete, weil seine Worte einen so innigen Ton hatten. Aber dann sagte sie hastig: »Darf ich einige Fragen an Sie richten, die mit meinem Traum zusammenhängen?«

»Ja, fragen Sie nur.«

»Das Schlafzimmer Ihrer Frau Gemahlin befindet sich direkt unter meinem Zimmer, dicht neben dem runden Turm, nicht wahr?«

»Ja.«

»Hat es an den Wänden eine dunkle Holzvertäfelung, die mit einem breiten Bordbrett abschließt?«

»Auch das.«

»Und wird das Bordbrett in bestimmten Zwischenräumen von geschnitzten Pilastern getragen?«

Er hob fragend die Augen.

»Sie haben sich das Zimmer von jemand beschreiben lassen?«

Sie schüttelte heftig den Kopf.

»Nein – ich sah es im Traum – mit hellen Möbeln, die nicht gut zu dem Holz der Wände paßten.«

»Das sahen Sie im Traum? Nein – das ist unmöglich! Man sprach Ihnen davon.«

Sie war sichtlich erregt. »Nein – niemand! Also stimmt meine Beschreibung? Das Bett stand mit dem Kopfende an der Wand, die an den Turm stößt. Und in diesem Bett sah ich eine schöne blonde Frau liegen, die eine der Flechten, die lang herabfielen, wie ein Band um den Hals geschlungen.«

Jetzt richtete sich der Graf mit einem Ruck empor.

»Das ist seltsam! Meine Frau hatte die Gewohnheit, eine Flechte stets um den Hals zu legen. Sie meinte, das sei wärmer als ein Tuch. Und das haben Sie im Traum gesehen?«

»Ja, ganz deutlich.«

Griseldis zitterte leise vor Erregung, aber sie mühte sich, ruhig zu erscheinen. »Alles kann und will ich Ihnen nicht sagen, was ich sah. Nur einiges noch. Über der Holzvertäfelung dieses Zimmers sah ich nur etwas Lichtblaues, als wenn der freie Himmel darüber ausgebreitet wäre – und doch war der Raum abgeschlossen.«

Der Graf schüttelte verwundert den Kopf. »Das Zimmer ist über der Vertäfelung an den Wänden und oben mit lichtblauer Seide bespannt. Wissen Sie, was ich von Ihrem Traum denke?«

»Nun?«

»Daß Sie von all diesen Dingen etwas gehört haben und es dann im Traum zusammenfaßten.«

»Nein, ich weiß gewiß, daß ich nicht ein Wort über dieses Zimmer gehört habe, sowenig wie davon, daß Ihre Frau Gemahlin einen ihrer Zöpfe um den Hals zu legen pflegte. Und ich habe noch nie in meinem Leben einen so klaren, lebhaften Traum gehabt, bei dem ich mir so fest alle Einzelheiten eingeprägt habe. Und – wenn das Zimmer der Frau Gräfin wirklich so aussieht, wie ich es im Traum sah – dann – ja – dann hat dieser Traum für mich eine noch tiefere Bedeutung erhalten. Ich brenne nun darauf, das Zimmer zu sehen.«

»Und Sie wollen mir nichts weiter über diesen Traum sagen?«

Sie atmete tief auf.

»Ich habe das Gefühl, als dürfte es nicht sein – jetzt noch nicht. Aber etwas möchte ich Sie noch fragen.«

»Bitte, tun Sie es ungehindert.«

»Hatte Ihre Frau Gemahlin einen seltsamen, eigenartigen Ring in ihrem Besitz – einen Goldreifen, der wie eine Schnur gewunden war, die oben mit einer Rosette zusammengebunden und mit zwei Quästchen abschloß, die von Rubinen gebildet waren? Auch inmitten der Rosette befand sich ein großer, runder Rubin.«

Nun lachte Graf Harro gutmütig. »Haben Sie diesen Ring etwa auch im Traum gesehen?«

Griseldis wurde blaß. »Existiert solch ein Ring?« fragte sie atemlos.

»Ja, gewiß. Sie haben ihn doch sicher an der Hand meiner Base gesehen, sonst könnten Sie ihn nicht so genau beschreiben.«

Griseldis strich sich über die Augen. »Komteß Beate besitzt einen solchen Ring?«

»Ja, sie erhielt ihn als Geschenk meiner Frau. Und Sie haben ihn wahrscheinlich bei ihr gesehen.«

»Nein«, sagte sie leise, ganz benommen, »ich sah diesen

Ring im Traum – nur im Traum. Ganz sicher sah ich ihn niemals an Komteß Beates Hand. Aber ich möchte ihn gern einmal sehen.«

»Das kann geschehen. Sie brauchen meine Base nur zu bitten, Ihnen den Ring zu zeigen. Übrigens – mir fällt da ein, daß sie sonst den Ring täglich trug. Tut sie das jetzt nicht mehr? Ich habe nicht darauf geachtet.«

»Nein, Komteß Beate hat noch nie einen Ring getragen, solange ich in Treuenfels bin.«

»So? Nun, jedenfalls können Sie sie bitten, daß sie Ihnen den Ring zeigt.«

Griseldis sah sinnend vor sich hin. Dann hob sie den Blick und sah bittend in seine Augen.

»Ich möchte es nicht gern tun, Herr Graf. Komteß Beate würde auch vielleicht nicht auf meine Bitte eingehen. Darf ich Sie deshalb bitten, heute bei Tisch vielleicht die Komtesse zu bitten, Ihnen den Ring zu zeigen? Sie müßten es unter irgendeinem Vorwand tun, damit die Komtesse nicht merkt, daß dieser Wunsch von mir ausgeht. Sie dürfte das nicht erfahren.«

Um seinen Mund zuckte es leise. »Ah – Sie haben auch schon bemerkt, daß die Komtesse Ihnen feindlich gegenübersteht?«

Griseldis zögerte. Aus diesem Grunde hatte sie nicht gebeten, daß der Graf nach dem Ringe fragen sollte. Sie hatte zu dieser Bitte eine andere Veranlassung. Aber sie ließ ihn bei dieser Vermutung. »Ja, ich habe es gemerkt.«

»Und was halten Sie für den Grund dieser Abneigung?«

Wieder zögerte Griseldis. Sie wußte, daß dieser Grund nichts war als Eifersucht. Das wollte sie aber nicht sagen.

»Für Zuneigung und Abneigung gibt es oft keine Gründe. Also darf ich Sie bitten, die Komtesse so nach dem Ringe zu fragen, daß sie nicht merkt, daß ich ihn zu sehen wünsche?«

»Nun gut, ich werde es also ganz diplomatisch anfangen. Im übrigen bitte ich Sie, auf die Abneigung meiner Base nicht soviel Gewicht zu legen. Sie ist, seit das Unglück über mein Haus gekommen, sehr nervös und reizbar geworden. Das haben Sie doch schon selbst beobachten können, zum Beispiel damals, als sie vor dem Bilde meiner Frau so erschrocken war.«

»Früher war die Komteß nicht so nervös?« fragte Griseldis.

»Nein, ich habe nie etwas bemerkt. Sie hat sich das alles sehr zu Herzen genommen. Seien Sie also nachsichtig, wenn sie Ihnen nicht so begegnet, wie Sie es wünschen.«

»Ich habe mich nicht zu beklagen und werde es auch nicht tun.«

»Um nochmals auf den Ring zu kommen – wahrscheinlich hat meine Base einmal über den Ring mit Ihnen gesprochen, oder Sie haben ihn doch gesehen, ohne es zu wissen. Denn dieser Schnurenring, wie wir ihn nennen, ist von einer sehr originellen Form.«

Griseldis wollte hastig etwas erwidern, aber sie biß sich auf die Lippen und sagte: »Es kann wohl sein.«

Er neckte sie noch ein wenig mit ihrem seltsamen Traum; sie blieb aber nachdenklich.

Und nun kam Gilda wieder herbei, die inzwischen auf der Wiese herumgetollt hatte. »Bist du noch nicht fertig mit Papas Kranz, Griseldis?«

Diese sah darauf nieder. Sie hatte in Gedanken immer weitergeflochten. Nun war der Kranz sehr groß geworden.

»Ja, er ist fertig, Gilda. Er mußte ja größer werden als der deine. Sieh – hier setzen wir noch eine schöne, große Margerite als Schluß und winden ihn zu. Nun ist er fertig.«

»Gib mir deinen Hut, Papa«, forderte Gilda.

Er reichte ihr ihn hin; sie legte den Kranz darum.

»So, Papa, nun hast du auch einen Kranz. Griseldis sagt, wenn sie Kränze windet: Jeder Blume Glanz ist ein Glück im Lebenskranz! Gelt, Griseldis, das hast du auch für Papas Kranz gewünscht?«

»Ja, Gilda – bete darum, daß dieser Kranz deinem lieben

Vater soviel Glück bringt, wie Blumen darin sind«, erwiderte Griseldis leise.

Gilda nickte. »Ich will darum beten, jeden Abend. Wie nennen wir das Gebet?«

»Das Kranzgebet.«

»Das Kranzgebet.« Gilda klatschte jubelnd in die Hände. »Sieh, Papa, Griseldis weiß für alles so hübsche Namen. Das Kranzgebet – das klingt doch lieb, nicht wahr?«

Graf Harro sah in Griseldis' errötendes Gesicht. »Sehr, sehr lieb. Und ich verspreche mir eine gute Wirkung von dem Kranzgebet.«

Das sagte er mit seltsamer Betonung, und Griseldis erschrak vor dem Blick, der sie aus seinen Augen traf.

Es war ein Blick, der ihr zu Herzen drang wie eine heiße Bitte.

Sie sprang plötzlich auf und schüttelte die Blumen von ihrem Schoß. »Nun ist unsre Pause aber reichlich zu Ende, Gilda, wir müssen jetzt wieder an die Arbeit gehen. Wir malen jetzt schöne Buchstaben und lassen sie aufmarschieren wie Soldaten. Vor jedes Wort kommt ein großer Buchstabe als Offizier.«

So wurde die Schreibstunde eingeleitet.

Graf Harro erhob sich lächelnd. »Das heißt für mich, daß ich überflüssig bin«, scherzte er.

Sie durfte ihm ja nicht sagen, wie gern sie ihn noch gehalten hätte. »Wir müssen die Schulstunden pünktlich einhalten, damit Gilda an Regelmäßigkeit gewöhnt wird.«

Er nickte. »Ich gehe schon! Und heute nachmittag gehen wir auf den Turmsöller.«

»Wohin wollen wir gehen, Papa?« fragte Gilda.

»Da hinauf«, sagte er, auf den runden Turm zeigend.

Gilda klatschte in die Hände.

»Oh, das ist schön; da gehe ich mit, nicht wahr?«

»Ja, Gilda, ganz gewiß«, erwiderte Griseldis.

Der Graf strich Gilda über das seidenweiche Haar.

»Nun male schöne Soldaten, Schwälbchen. Auf Wiedersehen bei Tisch.«

»Auf Wiedersehen, Papa!«

Der Graf ging davon. Behutsam trug er den bekränzten Hut in der Hand. Und in seinem Zimmer angelangt, löste er den Kranz von dem Hute und barg ihn in dem Geheimfach seines Schreibtisches, wo das leere Giftfläschchen lag.

Möchten diese Blumen den Fluch in Segen wandeln, der meinem Leben anhaftet. Oh, Griseldis – wie liebe ich dich – könnte ich dich halten an meiner Seite, dachte er.

Während Griseldis Gilda Schreibunterricht gab, konnte sie ihren Gedanken nicht gebieten, bei diesem Lehrgegenstand zu bleiben. Gildas kleine Kinderhand mühte sich, auf dem weißen Papier Buchstabe an Buchstabe zu reihen, aber Griseldis rief sich ihren Traum ins Gedächtnis zurück.

In diesem Traum hatte sie oben auf dem Turmsöller gestanden und hatte ins weite, sonnige Land geschaut. Ganz allein war sie da oben gewesen. Da hatte sie plötzlich etwas kühl und seltsam angeweht, als stehe jemand neben ihr. Sie wandte sich um und sah eine schöne blonde Frau neben sich, in der sie sofort die Gräfin Alice erkannte. Sie trug ein weißes Gewand, die blonden Zöpfe hingen vom Haupt herab, und der eine war wie ein Band um ihren Hals geschlungen. Sie zeigte Griseldis einen Ring, denselben, den diese Graf Harro beschrieben hatte, und winkte ihr zu, daß sie ihr folgen solle. Und dann war Griseldis im Traum hinter der weißen Gestalt hergegangen, durch ein Treppenhaus und ein Zimmer, das sie nicht kannte. Plötzlich befand sie sich in dem Raume, den sie Graf Harro beschrieben hatte, also im Schlafzimmer der Gräfin – in ihrem Sterbezimmer, und in ihrem Bett lag die Gräfin. Neben ihrem Bett stand ein Nachtschränkchen, wie in Griseldis' eigenem Zimmer, und auf diesem Nachtschränkchen stand ein gefülltes Weinglas, in dem ein rötlich goldener Wein funkelte. Eine Hand, die aus der Wand über dem Nachtschränkchen zu wachsen schien, ließ drei Kugeln wie Perlmutter in den Wein fallen.

Hierauf verschwand das ganze Traumbild, und Griseldis hatte das Gefühl, als schwebe sie eine Weile haltlos in der Luft. Sie erwachte und fand sich in ihrem Bette. Griseldis hatte es nun seltsam berührt, als sie hörte, daß der Schnurenring wirklich existierte.

Es zog sie nun noch mehr als bisher nach dem Turmsöller hinauf, wo ihr Traum begonnen hatte. Und sie war froh, daß Graf Harro ihr versprochen hatte, sie in den Turm zu führen. Auch daß sie die Zimmer der Gräfin würde sehen dürfen, war ihr lieb. Es zog sie ein seltsames Gefühl dahin.

Als die Schreibstunde zu Ende war, ging sie mit Gilda ins Schloß. Es war Zeit, für die Mittagstafel Toilette zu machen. Bei Tisch zeigte sich heute Komteß Beate etwas freundlicher Griseldis gegenüber. Sie gewann es sogar über sich, eingehend mit ihr über Gildas Fortschritte zu sprechen. Sie erteilte ihr auch ein Lob.

Wie schwer das Beate fiel, wußte sie nur allein. Aber Graf Harro erkannte es und sah, daß seine Worte auf Beate Eindruck gemacht hatten.

Unbehaglich war ihm aber doch in Beates Gegenwart zumute. Er konnte nicht mehr das Empfinden loswerden, als hege Beate ein Empfinden für ihn, das er nie erwidern konnte. Und das ist für jeden rechten Mann ein peinliches Gefühl einer Frau gegenüber.

Griseldis war sehr erstaunt, daß Beate ihr heute so freundlich entgegenkam. Aber sie sah schärfer als Graf Harro.

Am Anfang ihres Hierseins hatte sie sich den Kopf zerbrochen, warum sie von der Komteß gehaßt wurde. Und sie hatte das Rätsel zu lösen versucht. Lange war ihr das nicht gelungen, bis sie schließlich eines Tages ganz schnell die Lösung fand. Sie hatte die Komtesse beobachtet, als diese sich allein glaubte, wie sie hinter Graf Harro hersah. Und da hatte sie eine verzehrende Leidenschaft in ihren Blicken aufflammen sehen. Seit jener Stunde wußte sie, daß die Komtesse ihren Vetter liebte und daß sie wohl hoffte, seine zweite Frau zu werden und Gilda die Mutter zu ersetzen. Deshalb hatte sie wohl der Anstellung einer Erzieherin überhaupt unsympathisch gegenübergestanden und hatte ihr feindliche Gefühle entgegengebracht. Als sie aber nun sah, daß Gilda ihr Herz an die neue Erzieherin hängte, als sie sah, daß sich Graf Harro viel mit ihr beschäftigte, da war wohl eine Art Eifersucht in ihr erwacht. Vielleicht sah sie in ihr ein Hindernis ihrer Pläne, und das ließ sie ihr gehässig gegenüberstehen.

Diese Erkenntnis ließ Griseldis das Benehmen der Komtesse in einem milderen Lichte erscheinen. Sie sah doch nun einen Grund für ihr Verhalten, und sie konnte ihr eine gewisse Teilnahme nicht versagen, denn sie erkannte sehr wohl, daß Graf Harro für seine Base nichts empfand als eine mitleidige Duldung.

Während der Mittagstafel sagte Graf Harro zu Beate:

»Ich vermisse an deiner Hand den Schnurenring, Beate, den dir Alice schenkte. Trägst du ihn nicht mehr?«

Griseldis beobachtete die Komtesse während dieser Frage und sah, wie sie leicht die Farbe wechselte und wie versteinert vor sich hinsah.

Es währte eine Weile, bis Graf Harro Antwort bekam auf seine Frage, und die Stimme der Komtesse klang rauh und schwer, als sie sagte: »Ich besitze diesen Ring leider nicht mehr.«

Der Graf sah sie erstaunt an. »Du besitzest ihn nicht mehr? Wie soll ich das verstehen?«

»Ich habe den Ring diesen Winter verloren. Er muß mir von der Hand geglitten und in den Schnee gefallen sein. Trotz allen Suchens fand ich ihn nicht wieder.«

Graf Harro sah Griseldis an, als wollte er sagen: Da kann ich Ihnen nun leider nicht dienen.

»Das ist schade. Es war ein originelles Schmuckstück«, sagte er.

Beate richtete sich empor, als habe sie glücklich eine peinliche Erklärung hinter sich. »Du kannst dir denken, wie sehr ich es bedauere, den Ring verloren zu haben, da ihn mir doch Alice schenkte. Ich wagte gar nicht, es dir zu gestehen.«

Der Graf lächelte. »Ach – deshalb warst du so betreten bei meiner Frage?«

»Ja – deshalb«, erwiderte sie mit einem seltsam toten und leeren Ausdruck in den Augen, den aber nur Griseldis bemerkte.

»Nun, ich werde dir gern aus Alices Schmucksachen einen anderen Ring auswählen, den du zum Andenken an sie tragen kannst«, sagte der Graf gutmütig.

Und dann zog er ein Schlüsselbund hervor und legte ihn vor Griseldis hin. »Hier sind die Schlüssel zu den Zimmern meiner Frau, Fräulein von Ronach. Sie können dieselben besichtigen, wann Sie wollen. Aber bitte, geben Sie mir die Schlüssel zurück, wenn Sie dieselben nicht mehr brauchen. Ich möchte sie gern selbst in Verwahrung behalten.«

Griseldis nahm die Schlüssel in Empfang. »Ich danke Ihnen, Herr Graf. Wenn Sie gestatten, werde ich die Zimmer gleich heute ansehen, im Laufe des Nachmittags. Darf Gilda mich begleiten?«

Er neigte den Kopf. »Gewiß, Sie werden ja dafür sorgen, daß mein Töchterchen nichts in Unordnung bringt. Ich möchte gerade für Gilda die Zimmer so erhalten, wie sie von ihrer Mutter verlassen worden sind. Später wird sie ja wohl diese Zimmer bewohnen wollen, wenn sie erst erwachsen ist.«

Griseldis nickte. »Gewiß, Herr Graf, ich werde dafür sorgen, daß nichts berührt und vom Platz gerückt wird.«

Während dieser Unterhaltung zwischen Griseldis und dem Grafen hatte Komteß Beate wie versteinert dagesessen, und nur ihre glühenden schwarzen Augen waren von einem zum andern gegangen mit einem unheimlich lauernden Blick.

»Fräulein von Ronach will die Zimmer deiner Frau besichtigen?« fragte sie nun, heiser vor unterdrückter Erregung.

»Ja«, erwiderte er ruhig und bestimmt.

Beates Gesicht verzog sich wie im Schmerz. »Du leidest doch sonst nicht, daß jemand diese Räume betritt.«

Er blickte sie groß und ruhig an.

»Allerdings nicht. Vor neugierigen Augen sollen sie verschlossen bleiben. Du kannst sie natürlich jederzeit betreten, Beate. Vielleicht begleitest du Fräulein von Ronach heute nachmittag durch die Räume.«

Griseldis, die wieder ihre Augen forschend auf Beate ruhen ließ, sah, daß diese sich verfärbte. Es war, als schaudere sie zusammen. »Nein, nein, ich – ich habe heute keine Zeit«, stieß sie hastig hervor.

»Nun, so werden Sie mit Gilda allein in diesen Räumen weilen, Fräulein von Ronach, und Sie können sich überzeugen, ob sie Ihren Träumen entsprechen«, sagte der Graf lächelnd.

Griseldis hatte die Komtesse mit einem unerklärlichen Interesse beobachtet. Nun sah sie rasch zu dem Grafen hinüber.

»Das will ich tun, und ich bin sehr gespannt, ob sich die Wirklichkeit mit meinem Traum deckt.«

»Sie müssen es mir sagen, ob es der Fall ist.«

»Gewiß.«

»Hat Fräulein von Ronach von den Zimmern deiner Frau geträumt?« fragte die Komtesse spöttisch, weil sie es nicht glaubte. Die Erzieherin hatte damit wohl nur ihre Neugier beschönigt.

»Ja, denke dir, sie sah im Traum das Schlafzimmer Alices – sah diese selbst, ihren blonden Zopf um den Hals gelegt – und sah sogar im Traum den Schnurenring, den du verloren hast«, erwiderte der Graf harmlos, ohne Beate anzusehen, da er sich gerade vorlegte, weil der Diener einen neuen Gang servierte.

Aber Griseldis sah die Komtesse an und erschrak, als sie sah, daß deren Gesicht schlaff und fahl wurde und die Augen einen fast irren Blick annahmen.

»Den Schnurenring?« stammelte sie.

»Ja, nach dem ich vorhin fragte. Seit wann vermissest du ihn eigentlich?«

Die Komtesse zögerte und mühte sich, Fassung zu behalten.

»Ich weiß es nicht mehr genau.«

»Wenn gnädige Komtesse gestatten – ich weiß den Tag noch ganz genau, an dem Sie ihn verloren haben«, sagte der Diener Heinrich, der schon seit langen Jahren im Hause war und bei Tisch servierte.

Die Komtesse warf dem Diener einen flackernden Blick zu und wollte etwas sagen, aber es war, als brächte sie kein Wort über ihre zitternden Lippen.

»Nun, Heinrich, wann ist es denn gewesen?« fragte der Graf.

»Es war an dem Tage, an dem wir die hochselige Frau Gräfin tot auf ihrem Lager fanden und hier im Hause alles durcheinanderging. Ich kam gerade von oben und war vor Schrekken ganz zittrig in den Beinen. Da begegnete ich der gnädigen Komteß in der Halle. Sie kam von draußen. Und da sagte sie mir, sie habe einen Ring verloren – den Schnurenring. Wahrscheinlich sei er ihr im Freien abhanden gekommen, im Schnee. Ich möchte es doch der Dienerschaft sagen, daß darauf geachtet würde. Es sei aber auch möglich, sie habe den Ring im Hause verloren. Gnädigste Komtesse erinnern sich vielleicht, daß ich darauf sagte: ›Ach, Komteß, es ist ein noch viel größeres Unglück geschehen, die gnädigste Gräfin ist tot.‹«

Griseldis konnte währenddem ihren Blick nicht von der Komtesse wenden. Niemand achtete so auf diese wie sie.

Das Antlitz der Komtesse hatte einen sehr verstörten Ausdruck, und ein Schauer flog über ihren Körper.

»Es mag sein – ich weiß es nicht mehr – an jenem schrecklichen Tage war ich nicht Herr über meine Gedanken«, preßte sie hervor.

Graf Harro wurde jetzt auf sie aufmerksam: »Beate – du kannst noch immer nicht ruhig bleiben beim Gedanken an diesen Tag«, sagte er, mitleidig ihr verstörtes Gesicht betrachtend.

Die Komtesse rang mit sich. »Nein – das werde ich nie, niemals. Bitte – laß uns von etwas anderem reden«, brachte sie mühsam hervor.

Graf Harro brachte ein anderes Gespräch auf, um der Komtesse Zeit zu geben, sich zu fassen. Sie tat ihm leid. Wie sehr mußte sie die schreckliche Katastrophe alteriert haben.

Griseldis sah seltsam blaß und still auf ihren Teller herab. Sie zwang sich, mit Gilda zu plaudern.

Dann wurde der Nachtisch gereicht, und während Griseldis Gilda davon vorlegte, sagte Graf Harro beiläufig: »Ich möchte dich bitten, Beate, mir nachher den Schlüssel zum runden Turm in mein Arbeitszimmer hinüberzuschicken.«

Griseldis sah, daß die Komtesse leise zusammenzuckte. Das bemerkte auch Graf Harro, und er mußte denken, daß seine Base furchtbar nervös sei.

»Den Schlüssel zum runden Turm?« fragte sie wie geistesabwesend.

»Ja. Du verwahrst ihn doch mit den übrigen Schlüsseln.«

Die Komtesse sah vor sich nieder. »Es kann wohl sein. Ich weiß es nicht. Er war ja jahrelang nicht in Gebrauch. Ich will nachsehen. Was willst du mit dem Schlüssel?«

Das sollte gleichmütig klingen, und der Graf nahm es auch dafür, aber Griseldis hatte das Empfinden, als wenn die ganze Seele der Komtesse in Aufruhr wäre.

Graf Harro lächelte. »Was werde ich mit dem Schlüssel wollen, Beate – den Turm aufschließen. Wir wollen hinauf

auf den Söller. Fräulein von Ronach möchte gern die Welt einmal von oben betrachten.«

Ein rascher Blick zuckte aus Beates Augen zu Griseldis hinüber. Sie – immer sie – wie ich sie hasse, dachte Beate und rang mit aller Kraft um Ruhe und Fassung.

»Ich würde dir raten, Fräulein von Ronach die Erlaubnis dazu zu verweigern. Der runde Turm ist vor Jahren abgeschlossen worden, weil eine Anzahl Treppenstufen sich gelockert haben.«

»Ganz recht, das weiß ich. Die zweite Treppe ist schadhaft. Und deshalb will ich auch selbst mit hinaufsteigen, damit es keinen Unfall gibt. So schlimm ist es aber nicht mit den schadhaften Stiegen; bei einiger Vorsicht kann nichts passieren. Ich werde übrigens den kleinen Schaden reparieren lassen. Schließlich ist es schade, wenn der Turm nicht mehr betreten wird. Fräulein von Ronach hat recht, vom Söller aus hat man eine herrliche Aussicht. Und außerdem sind die Turmzimmer ganz originell eingerichtet. Einer meiner Vorfahren, der den Turm bauen ließ, hat den größten Teil des Tages darin zugebracht und sich alles nach seinen besonderen Wünschen vorrichten lassen.«

Während dieser Worte des Grafen hatte sich die Komtesse wieder völlig in die Gewalt bekommen. »Es wird aber alles sehr verstaubt sein, und wenn du den Turm wiedereröffnen willst, muß wohl erst eine gründliche Säuberung und Lüftung vorgenommen werden.«

»Allerdings, Beate, sobald die Stufen repariert sind, hast du wohl die Güte, eine gründliche Säuberung vornehmen zu lassen.«

»Das soll geschehen. Vorher aber würde ich den Turm weder selbst betreten noch betreten lassen.«

Graf Harro sah lächelnd auf Griseldis und wunderte sich, daß diese so blaß aussah. »Nein, nein, wir gehen heute noch hinauf. Fräulein von Ronach will den Turm genießen wie eine alte Flasche Wein, mit Staub und Spinnweben. Also bitte, schicke mir den Schlüssel herüber. Wenn du Lust hast, kannst du auch mit hinaufsteigen, Beate. Für unbedingte Sicherheit verbürge ich mich.«

»Ich will sehen, ob ich Zeit dazu habe«, erwiderte die Komtesse mit farblosen Lippen und seltsam matt und tonlos.

Dann hob sie die Tafel auf.

Griseldis brachte Gilda zur Ruhe für ihr Mittagsschläfchen. Aber sie war dabei so ernst und still, daß Gilda zum erstenmal nicht mit ihrer jungen Erzieherin zufrieden war. Und als nach einer Weile ihr Vater kam, um ihr vor dem Schlafengehen, wie gewöhnlich, noch einen Kuß zu geben, sagte sie:

»Griseldis hat Kopfweh, Papa. Sie hat heute gar keinen Spaß mit mir gemacht.«

Graf Harro sah besorgt in das Gesicht der jungen Dame.

»Sind Sie nicht wohl, Fräulein von Ronach?«

Sie schüttelte lächelnd den Kopf. »Es ist nichts von Bedeutung, Herr Graf. Solange Gilda schläft, werde ich einen Spaziergang in den Wald machen. Dann verliert sich mein Kopfweh schnell.«

»Ich sah schon bei Tisch, daß Sie sehr blaß waren. Es fiel mir auf. Sie wollen uns doch nicht krank werden?« sagte er unruhig.

Sie schüttelte lächelnd das Haupt. »Gewiß nicht. Es ist nur eine leichte Unpäßlichkeit«, sagte sie.

Dann ging er langsam hinaus.

Griseldis küßte Gilda und verließ sie dann ebenfalls.

Griseldis hatte kein Kopfweh, aber sie war von einer seltsamen Unrast und Bangigkeit befallen worden, die ihr sonst so fremd waren und die ihr das Herz beklemmten, als wenn irgendein Unheil vor ihr stehe.

Es gärte etwas in ihrem Innern, dem sie keinen Namen

geben konnte. In ihrer Seele war etwas erwacht, infolge ihres Traumes und des seltsamen Benehmens der Komtesse, worüber sie sich nachzudenken fürchtete. Und doch ließ sie der Gedanke nicht los.

Und so lief sie, wie auf der Flucht vor diesem Gedanken, hinaus in den Wald. Sie ging den Schloßberg hinab und weiter und weiter auf den schmalen, sich kreuzenden Waldwegen.

Sie hatte den Treuenfelser Forst zu Fuß und zu Wagen, allein und in Gildas und des Grafen Gesellschaft schon nach allen Richtungen durchstreift und fand sich gut zurecht. Aber sie achtete heute nicht auf den Weg. Es war still und menschenleer ringsumher. Selbst die Vögel sangen jetzt um die Mittagszeit nur leise und verträumt ihre Lieder. Wie lange Griseldis gelaufen war, wußte sie nicht, als sie plötzlich stutzte und stehenblieb. Da war sie an einer breiten Fahrstraße angelangt, die sie nicht kannte. Sie sah, aus ihren Gedanken erwachend, um sich und merkte, daß sie weiter als sonst abgebogen war.

Ein Blick auf die Uhr belehrte sie, daß es Zeit war umzukehren. In diesem Augenblick hörte sie das Rollen eines leichten Wagens und das Aufschlagen von Pferdehufen. Sie blickte die Straße entlang und gewahrte nun, daß ein leichter Dogcart, von einer Dame gelenkt, daherkam. Ein Groom saß mit untergeschlagenen Armen hinter ihr.

Griseldis wollte eben umkehren, da stutzte sie plötzlich und sah die Dame auf dem Wagen scharf an. Dieser war schnell näher gekommen, und nun erblickte auch die Dame, die den Wagen lenkte, Griseldis. Sie sahen sich beide ungläubig staunend an. Mit einem jähen Zügelruck hielt die Dame den Wagen an.

»Seldis! Bist du das wirklich, oder hat eine Waldfee trügerisch deine Gestalt angenommen?« rief sie erstaunt.

Griseldis sah mit großen Augen zu ihr auf. »Tilly! Mein Gott – Tilly – wie kommst du hierher?«

Tilly von Sarnow warf dem Groom die Zügel zu und sprang vom Wagen herunter.

»Warten Sie hier!« rief sie ihm zu und umarmte dann lachend Griseldis.

»Und wie kommst du hierher? Das hätte ich mir nicht träumen lassen, daß ich dich hier im Dalheimer Forst auflesen würde. Seit Wochen bemühe ich mich vergeblich zu erraten, wo du wohl weilen magst. Deine letzte Nachricht erhielt ich aus dem Stift St. Marien. Du teiltest mir mit, daß du im Begriff seiest, eine Stellung anzunehmen, und daß du mir baldigst mehr mitteilen wolltest. Seither hörte ich nichts von dir«, sagte sie und ging langsam, Griseldis umschlungen haltend, mit dieser auf dem schmalen Waldweg auf und ab.

»Ich habe dir doch einen ausführlichen Brief geschrieben, Tilly, vor etwa vier Wochen. Ich habe mich gewundert, keine Antwort darauf zu erhalten.«

»Und wohin hast du diesen Brief adressiert?«

»An deine ständige Adresse. Ich wußte wohl, daß du mit deiner Mutter auf Reisen warst, aber nicht, wo du dich aufhieltest.«

»Ah – nun ist mir das erklärlich. Mein zerstreuter Papa hat sicher vergessen, mir deinen Brief nachzuschicken. Ich war mit Mama einige Monate am Gardasee, und ich bin noch nicht wieder zu Hause gewesen. Mama und ich, wir sind gleich mit hierhergereist – wir haben eine Einladung der Baronin Dalheim angenommen, mit der wir am Gardasee zusammen waren.«

»Ach – du hältst dich in Dalheim auf?«

»Ja, mein Schatz, für einige Wochen. Im Vertrauen will ich dir nur gleich offenbaren, was die staunende Welt in diesen Tagen erfahren soll – ich habe mich mit dem jungen Baron Dalheim verlobt. Meine Schwiegermama wollte, daß ich erst einmal meine künftige Heimat kennenlernen sollte. Mama mußte natürlich dabeisein, und Papa und Ruth kommen morgen, für die Pfingstwoche, auch nach Dalheim, wo unsre

Verlobung dann gefeiert werden soll. Eben bin ich nun auf dem Wege, meinem Verlobten entgegenzufahren. Er ist auf die Felder geritten. So, mein Schatz, nun weißt du, wie ich hierherkomme. Aber nun sage mir auch, welches Schicksal dich auf Dalheimer Boden verschlagen hat.«

Griseldis sah lächelnd der munteren Freundin in die Augen.

»Bin ich auf Dalheimer Boden? Ich denke, ich befinde mich noch im Treuenfelser Forst. Also gleich sollst du alles hören, was dir dein zerstreuter Papa unterschlagen hat. Erst laß mich dir aber von Herzen Glück wünschen zu deiner Verlobung. Werde so glücklich, wie du es verdienst.«

»O weh! Dann wird mein Glück nicht eben groß sein.«

»Doch, Tilly, das weiß ich besser! Und nun mein Bericht. Die Stellung als Erzieherin, die mir in Aussicht stand, habe ich erhalten und angetreten, schon im März. Seitdem befinde ich mich in Schloß Treuenfels als Erzieherin der Tochter des Grafen Treuenfels.«

Tilly von Sarnow blieb mit einem Rucke stehen und faßte die Freundin an beiden Armen. »Bei Graf Harro Treuenfels? Der des Mordes an seiner Gemahlin angeklagt und wegen mangelnder Beweise freigesprochen wurde?«

»Ja, Tilly, bei demselben.«

Diese machte die Augen weit auf. »Heilige Kümmernis! Weißt du, mein Schatz, ein riesig couragiertes Wesen bist du ja immer gewesen. Aber daß du diese Stellung angenommen hast – das ist doch tollkühn.«

»Warum?« fragte Griseldis ernst.

»Mein Gott – ich hätte ja eine Todesangst – daß mir ein Gleiches geschehen könne wie der Gräfin Treuenfels – oder daß mir deren Geist erschiene.«

»Eine solche Angst kenne ich nicht.«

»Ja, fürchtest du dich denn nicht vor dem Grafen?«

Es zuckte schmerzlich in Griseldis' Gesicht, und sie war froh, daß solche Worte der Graf nicht hören konnte.

»Nein, Tilly, ich fürchte mich nicht vor ihm. Ich wußte, schon ehe ich nach Treuenfels kam, daß der Graf unschuldig ist.«

»Du wußtest es? Hattest du denn Beweise dafür?«

»Nein, aber solcher Beweise bedurfte ich nicht. Die Frau Domina des Stiftes St. Marien ist eine Verwandte des Grafen. Sie kennt ihn von Kind auf und hat mir den Glauben an seine Unschuld beigebracht. Und wenn man einmal in das Gesicht dieses Mannes gesehen, dann weiß man ganz sicher, daß er solch einer Tat nicht fähig ist.«

Tilly sah sie unsicher an. »Aber es ist doch immerhin nicht erwiesen, daß er unschuldig ist. Und man kann doch keinem Menschen ins Herz hineinsehen.«

»Nein – das kann man nicht. Aber sage mir, Tilly, wenn dir jemand von mir sagen würde, ich hätte einen Mord begangen, würdest du das glauben?«

»Nein – auf keinen Fall.«

»Nun, siehst du, so geht es mir auch. Ich lebe nun seit einem Vierteljahr in Treuenfels, sehe den Grafen täglich, habe Gelegenheit, ihn in den verschiedensten Gemütsverfassungen zu sehen, habe seine Ansichten kennengelernt. Ich beobachte ihn, wie er zu seinem Kinde ist, wie er seiner Base, die ihm das Hauswesen führt, begegnet, wie er mit mir selbst und mit der Dienerschaft verkehrt. Und ich sage dir, er ist ein todunglücklicher Mann, der schwer an einem unverdienten Schicksal trägt, aber nie und nimmer ein heimtückischer Verbrecher. Ich lege meine Hand für seine Unschuld ins Feuer.«

Tillys Augen glänzten. »Ach, liebe Seldis, ich finde es ja im Grunde furchtbar interessant, daß du in Schloß Treuenfels lebst; und daß du so für die Unschuld des Grafen eintrittst, ist schneidig von dir. Ich muß dir sagen, daß ich mich brennend für ihn respektive für sein Schicksal interessiere. Zwischen meiner Schwiegermama und meinem Verlobten herrscht in diesem einen Punkte eine gewisse Gereiztheit, während sie sich sonst in allen Dingen sehr gut verstehen.

Meine Schwiegermama sagt zwar selbst, sie traue Graf Treuenfels diese Tat nicht zu, aber da seine Unschuld nicht klar bewiesen ist, vertritt sie die Ansicht, daß man nicht mit ihm verkehren könne. Und sie ist sehr besorgt, daß mein Verlobter, der mit Graf Treuenfels sehr innig befreundet war, mit einem Menschen verkehren könne, der kein ganz weißgewaschener Engel ist. Mein Verlobter, der, trotz aller Verdachtsmomente gegen den Grafen, diesen einer solchen Tat nicht für fähig hält, hatte die Absicht, allen zum Trotz mit ihm weiter zu verkehren. Aber seine Mutter beschwor ihn, das nicht zu tun. Und unter dem Einfluß dieser Bitte hat er, als er Graf Treuenfels nach seiner Freilassung zum erstenmal begegnete, diesen geschnitten. Mein Fritz ist aber ein guter, lieber Mensch, der so leicht niemand wehe tun kann. Und von jener Stunde an quält er sich mit Vorwürfen. Ist Graf Treuenfels unschuldig, hat er ihn durch dies Schneiden beleidigt. Diese Möglichkeit drückt ihn noch mehr, weil er sich sagen muß, daß er damit einen Wehrlosen gekränkt hat, der nicht imstande ist, Rechenschaft dafür zu fordern. Und das quält ihn unsagbar, und er macht seiner Mutter Vorwürfe, daß sie ihn durch ihre Bitten veranlaßt hat, den Grafen zu schneiden. Er findet aber nach dem Geschehenen auch nicht den Mut, Graf Treuenfels aufzusuchen und ihn um Verzeihung zu bitten. So fühlt er sich in dieser Beziehung sehr unbehaglich, und er ist sehr unzufrieden mit sich selbst. Erst gestern sagte er wieder zu mir: ›Weißt du, Tilly, wenn ich mir denke, daß Harro unschuldig ist, dann komme ich mir vor wie ein Henker, der einen unschuldig Verurteilten umgebracht hat.‹ Nun kannst du dir also denken, meine liebe Seldis, warum ich mich für Graf Treuenfels interessiere.«

Griseldis hatte vor Aufregung glänzende Augen. Sie faßte plötzlich Tillys Hand und sagte mit vor Aufregung bebender Stimme: »Tilly, du hast einmal von mir verlangt, ich soll dir einen großen Wunsch nennen, den du mir erfüllen könntest. Für mich würde ich niemals einen solchen Wunsch äußern.

Aber jetzt – jetzt wüßte ich etwas, womit du mir einen großen, großen Dienst erweisen könntest.«

»So sprich, Seldis, was kann ich für dich tun? Wenn es in meiner Macht liegt, so will ich es tun.«

Griseldis atmete tief und sagte mit bebender Stimme: »Ich bitte dich, Tilly, deinen Verlobten zu bestimmen, daß er Graf Treuenfels aufsucht, um ihm die Hand zu reichen, um ihm zu sagen: Ich glaube an deine Unschuld, denn ich kenne dich besser, als deine Richter es getan haben. – Sieh, Graf Treuenfels hat alles erzählt. Und du ahnst nicht, wie er darunter leidet, daß er gemieden wird. Du könntest ein gutes Werk tun, Tilly! Wenn ich dir doch bloß die Überzeugung beibringen könnte, daß Graf Treuenfels unschuldig ist. Willst du mir meine Bitte erfüllen, Tilly?«

Diese sah Griseldis mit großen Augen an. »Was ist dir dieser Mann, Seldis, daß du so für ihn eintrittst?« fragte sie leise.

Griseldis errötete, aber sie hielt den Blick der Freundin aus. »Er ist ein Unglücklicher, Tilly. Und du weißt, ich kann keinen Bedrückten leiden sehen. Graf Treuenfels ist der Vater meines kleinen Zöglings. Ich liebe das Kind von Herzen und hege unbegrenzte Hochachtung vor dem Grafen, der mich meine abhängige Stellung in keiner Weise fühlen läßt. Ich habe es so gut in seinem Hause, wie ich es noch nie gehabt habe, und bin ihm dafür dankbar. Und wenn ich ihm nun in seinem Unglück eine Freude machen könnte, wie würde mich das froh machen. Wenn dein Verlobter zu ihm käme, würde das ein Lichtblick in seinem verdüsterten Leben sein. Du hast dich nie lange nötigen lassen, ein gutes Werk zu tun, Tilly – laß mich nicht umsonst bitten.«

Tilly umarmte sie. Sie fühlte instinktiv, daß Griseldis für Graf Treuenfels mehr empfand, als sie zugeben wollte. Und wen Griseldis liebte, der konnte kein schlechter Mensch, kein gemeiner Verbrecher sein.

»Ich will deinen Wunsch erfüllen, Seldis, mein Wort darauf, und meinen ganzen Einfluß geltend machen, um meinen Verlobten zu bestimmen, in dieser Angelegenheit endlich seinem eigenen Herzen zu folgen.«

Griseldis drückte mit einem aufleuchtenden Blick ihre Hände. »Ach, Tilly – liebe Tilly – wenn du es erreichen würdest.«

Die beiden Damen waren wieder bis an den Fahrweg herangekommen. Und da sahen sie zu gleicher Zeit einen Reiter herankommen.

Tilly winkte ihm zu. »Fritz – Fritz! Ach bitte, steig doch ab und komm hierher!« rief sie dem Reiter zu.

Und zu Griseldis gewendet, sagte sie: »Du kannst gleich selbst Zeuge sein, wie ich mein Versprechen einlöse, und ich will dir gleich meinen Verlobten vorstellen.«

Baron Dalheim war vom Pferde gestiegen und kam schnell auf die beiden Damen zu. Er war eine hübsche, frische Erscheinung, und seine Augen verrieten, daß er seine Braut herzlich liebte.

»Du wolltest mir entgegenkommen, Tilly?« fragte er und küßte ihr die Hand.

»Ja, Fritz, und ich freue mich, daß ich es tat, denn ich fand hier ganz unerwartet auf meinem Wege meine beste Freundin, Griseldis von Ronach, die Retterin unsrer Ruth. Mama und ich haben dir viel von ihr erzählt.«

Baron Dalheim verneigte sich vor Griseldis. »Mein gnädiges Fräulein, es hat eine Zeit gegeben, in der ich beinahe eifersüchtig auf Sie war, ohne Sie zu kennen. Meine Braut schwärmte in so begeisterter Weise von Ihnen – und ich wollte doch ganz allein von ihr angeschwärmt werden. Aber nun freue ich mich doch, Sie kennenzulernen.«

»Das beruht auf Gegenseitigkeit, Herr Baron.«

»Lieber Fritz – du weißt, daß ich eine viel zu realistische Natur bin, um zu schwärmen. Aber jetzt habe ich etwas viel Wichtigeres mit dir zu besprechen. Höre mich an«, sagte Tilly eifrig, ergriff einen Knopf seiner Reitjoppe und erzählte ihm, was sie soeben mit Griseldis besprochen hatte.

Baron Dalheim hörte sichtlich erregt zu, und als Tilly schwieg, sah er nachdenklich in Griseldis' Augen. »Mein gnädiges Fräulein. Mein Herz drängt mich schon lange, Graf Treuenfels aufzusuchen, aber ich habe doch immerhin einige Bedenken gehabt. Man ist da in einer unangenehmen Lage.«

Griseldis atmete tief auf. Sie war sehr bleich, aber ihre Augen leuchteten wie zwei Sterne aus ihrem Gesicht. »Herr Baron, Sie kennen doch Graf Treuenfels von Kind auf; Sie sind mit ihm aufgewachsen und haben sich ein Bild von seinem Charakter machen können. Haben Sie je den Eindruck gehabt, er sei einer solchen Tat fähig? Zugegeben, daß er eine starke Veranlassung hatte, seiner Gemahlin zu grollen, zugegeben selbst, er wäre imstande gewesen, sie im Zorn umzubringen – aber auf so kalte, heimtückische Art –, halten Sie das für möglich? Ich kenne Graf Treuenfels nicht so lange wie Sie, aber so gut kenne ich ihn schon, daß ich behaupte, er ist unschuldig. Wäre er es nicht, so hätte er sich zu dieser Tat bekannt, oder – er hätte sich selbst gerichtet. Das ist meine heilige Überzeugung.«

Baron Dalheim war sichtlich bewegt.

»Mein gnädiges Fräulein, ich schäme mich vor Ihnen, weil ich nicht in gleicher Weise für Graf Treuenfels eingetreten bin, wie Sie es tun. Daß ich es nur bekenne, ich schäme mich schon lange, daß ich ihm damals ausgewichen bin und ihm meinen Gruß versagte. Ich weiß sonst, weiß Gott, immer ganz genau, was ich will, aber in dieser Sache bin ich von elender Unentschlossenheit gewesen. Hundertmal habe ich mir schon vorgenommen, zu ihm zu gehen, aber ich schäme mich geradezu vor ihm. Wenn er mich jetzt kalt abfallen ließe, könnte ich es ihm nicht einmal übelnehmen.«

»Das wird er nicht tun, Herr Baron«, erwiderte Griseldis überzeugt.

»Das glaube ich auch nicht, Fritz. Höre mich an, ich habe Griseldis versprochen, dich zu bestimmen, den Grafen aufzusuchen. Und ich bitte dich nun herzlich, es zu tun. Auch deinetwegen bitte ich dich darum, denn ich weiß, es drückt dich, daß du nach deinem eigenen Herzen nicht recht gehandelt hast. Man hat Graf Treuenfels die Tat nicht beweisen können und gab ihm die Freiheit wieder. So glaube doch fest an seine Unschuld, da du ihn einer solchen Tat nicht fähig hältst, und handle danach. Es kann deine Ehre nicht beflekken, wenn du lieber an deines Freundes Unschuld glaubst als an seine Schuld.«

Der Baron küßte seiner Braut inbrünstig die Hand.

»Habe Dank für dies Wort, Tilly. Du hast recht. Ich habe mich durch Mamas ängstliches Bedenken beeinflussen lassen. Also, Fräulein von Ronach, Sie haben mein Wort, ich komme morgen nach Treuenfels.«

Griseldis' Augen strahlten auf. Der Baron sah bewundernd in ihr schönes Gesicht. »Oh, wie danke ich Ihnen, Herr Baron, und auch dir, Tilly. Glauben Sie mir, Sie tun ein gutes Werk.«

Baron Dalheim lächelte. »Und Sie, mein gnädiges Fräulein? Ihr Verdienst ist doch viel größer. Ich werde Graf Treuenfels sagen, wie tapfer Sie für ihn eingetreten sind.«

Griseldis hob erschrocken die Hände. »O nein, bitte, sagen Sie ihm nichts davon, daß ich mit Ihnen gesprochen habe. Er würde es vielleicht als einen unberechtigten Eingriff ansehen, und Ihr Kommen würde nur halben Wert für ihn haben. Bitte, lassen Sie ihm den Glauben, daß Sie selbst den Weg zu ihm gefunden haben, daß Ihr Herz Sie dazu getrieben hat. Das wird ihn viel mehr freuen.«

»Nun, wie Sie wünschen, mein gnädiges Fräulein. Ich werde also über unser heutiges Zusammentreffen schweigen. Aber, falls wir uns in seiner Gegenwart begegnen sollten, wie motiviere ich da unsre Bekanntschaft?«

Ein leises Schelmenlächeln huschte über ihr Gesicht. »Ich würde mich freuen, morgen in Treuenfels Ihre Bekanntschaft zu machen. Aber vielleicht begegnen wir uns gar nicht. Deshalb will ich Ihnen gleich jetzt noch einmal herzlich danken.«

»Es braucht keinen Dank. Bitte, beschämen Sie mich nicht.«

»Und wann sehe ich dich wieder, Seldis?« fragte Tilly.

»Das weiß ich noch nicht, Tilly. Treffe ich mit dem Baron in Treuenfels zusammen, so wird sich wohl eine Gelegenheit finden, auf dich die Rede zu bringen, und ich werde dann um Urlaub bitten, dich besuchen zu dürfen, wenn es dir recht ist.«

»Daran darfst du nicht zweifeln, Seldis.«

»Ich möchte auch deinen Eltern und Ruth guten Tag sagen. Sollte ich aber nicht mit deinem Verlobten zusammentreffen, dann schreibst du mir vielleicht ein Briefchen, in dem du mich um deinen Besuch bittest. Du kannst dann gleich die Zeit bestimmen, das heißt, ich setze voraus, daß mein Besuch in Dalheim gestattet wird. Vielleicht ist es der Frau Baronin nicht angenehm, daß du mit der Erzieherin der kleinen Komtesse Treuenfels verkehrst.«

Tilly klopfte ihr leicht an die Stirn. »Schäfchen, was denkst du dir?«

»Nun ja, Tilly, du bist doch in Dalheim auch nur zu Gaste.«

»O bitte sehr, mein gnädiges Fräulein, Tilly ist bereits die Herrin meines Hauses, wie sie die meines Herzens ist«, warf der Baron ein. »Und auch ich hoffe, Sie recht bald in Dalheim begrüßen zu können.«

Das Brautpaar verabschiedete sich nun von Griseldis. Diese sah bestürzt auf ihre Uhr. Es war sehr spät geworden, und sie mußte ihre Rückkehr beschleunigen. Mit flüchtigen Schritten eilte sie heimwärts, und die Füße waren ihr leicht wie das Herz. Sie war so glücklich, daß sie dem geliebten Manne in aller Stille und Heimlichkeit einen Dienst hatte erweisen können. Und sie freute sich auf das Kommen des Barons wie ein Kind auf Weihnachten.

Gilda war schon wach und von Komteß Beate angekleidet worden. Als Griseldis heimkam, fand sie das Kind in Gesellschaft ihres Vaters. Sie entschuldigte sich, noch etwas atemlos vom schnellen Lauf. »Ich hatte meinen Spaziergang ein wenig zu weit ausgedehnt und konnte leider nicht zur rechten Zeit zurück sein«, sagte sie.

Der Graf lächelte. »Und in Ihrem Pflichteifer haben Sie sich atemlos gelaufen. Mußte das sein?«

Griseldis atmete tief auf. »Ich weiß doch, daß Henriette jetzt schläft und daß Gilda sich nicht gern von jemand anders ankleiden läßt.«

»Ja, Sie haben sie sehr verwöhnt und sich damit unnötig festgebunden und allerlei Mühsal aufgeladen.«

Griseldis umschlang Gilda mit beiden Armen.

»Oh, die liebe Mühsal! Wenn ich in meinem Leben keine andere zu tragen hätte, wäre ich beneidenswert«, sagte sie.

»Du bliebst schrecklich lange, Griseldis! Wir wollen doch auf den Turm«, sagte Gilda, sich an sie schmiegend.

»Dazu ist ja noch immer Zeit, Gilda.«

»Hast du auch kein Kopfweh mehr?«

»Nein, das habe ich im Walde gelassen.«

»Ich schlage vor, wir nehmen nun schnell den Tee ein und steigen dann auf den Turm, Fräulein von Ronach. Denn Sie wollen doch sicher bei Tageslicht noch die Zimmer meiner Frau besichtigen. Ich kann mir ja denken, wie Sie darauf brennen, diese Zimmer mit Ihrem Traumbild zu vergleichen«, sagte der Graf mit leisem, gutmütigem Spott.

Griseldis sah mit einem strahlenden Ausdruck in sein Gesicht, daß ihm ganz warm ums Herz wurde. »Ich glaube, Sie machen sich über mich lustig, Herr Graf. Aber ich habe nichts dagegen, wenn es Ihnen nur ein wenig Vergnügen bereitet.«

Er sah auf sie herab. »Wie freundlich Sie immer um mich besorgt sind.«

Sie lachte froh, im Bewußtsein, daß sie diese Anerkennung heute redlich verdient hatte. »Ein Arzt muß immer auf das Wohl seiner Patienten bedacht sein. Und ich will doch meinen Posten als Arzt nicht verlieren.«

»Ich werde Sie auch dieses Amtes nicht entheben, wenn Sie es nicht freiwillig niederlegen.«

»Oh, das wird nie geschehen.«

»Eines Tages werden Sie es vielleicht doch tun.«

»Freiwillig gewiß nicht.«

»Wenn Sie einmal Treuenfels verlassen.«

»Warum sollte ich das, wenn ich nicht fortgeschickt werde?«

»Gibt es nichts, was Sie hinausruft in die Welt, fort aus Treuenfels?« fragte er erregt.

»Nichts – gar nichts. Solange mich Gilda braucht, bleibe ich gern.«

»Und wenn Sie meine Tochter immer braucht?«

»Oh, es gäbe nichts Lieberes für mich!«

»Wirklich nicht? Möchten Sie immer in dem stillen Treuenfels bleiben?«

»Ich wüßte keinen Platz auf der Welt, wo ich lieber wäre als hier.«

»In der Einsamkeit meines Schlosses?«

»Bei meiner lieben kleinen Gilda, die ich liebe und die mich liebt. Es gibt keinen schöneren Ort für mich.«

»Ist das wahr?«

Groß und erstaunt sah sie ihn an. »Sonst spräche ich es nicht aus.«

»Und wenn ich Sie nun beim Wort nehme und Sie binde, auf lange, lange Zeit? Wenn ich einen Vertrag mit Ihnen abschließen würde?«

Sie strich sich aufatmend das Haar aus der Stirn. »Es bedarf keines Vertrages, Herr Graf.«

Heiß und rasch ging ihm das Blut durch die Adern. Ach, jetzt ein freier, unbescholtener Mann sein, der dieses holde, lebensfrische Geschöpf auf Lebenszeit an sich binden dürfte – welch ein Glück mußte das sein.

Die Erregung ließ ihn verstummen. Er wandte sich plötzlich ab und ging davon, weil er fürchtete, seine Fassung zu verlieren. Griseldis sah ihm nach. Aber Gilda ließ ihr nicht Zeit, ihren Gedanken nachzuhängen. Sie forderte ihr Recht.

Gleich darauf trafen sie am Teetisch wieder mit Graf Harro zusammen. Er war wieder ganz ruhig.

Aber die Komtesse schien wieder sehr nervös und ungleichmäßig. Und als der Graf gleich darauf mit Griseldis und Gilda aufbrach, um in den Turm hinüberzugehen, blieb die Komtesse wie erstarrt sitzen und sah den drei Menschen mit einem unbeschreiblichen Blick nach. Das war ein Blick, wie er aus den Augen von Verdammten bricht.

Graf Harro ging mit Griseldis und Gilda um das Schloß herum bis zu dem runden Turm. Er war ringsum von Ginsterbüschen umgeben, und nur die schmale Eingangspforte war frei.

»Kann man den Turm nicht vom Schloß aus betreten, ohne ins Freie zu müssen?« fragte Griseldis.

»Nein, Fräulein von Ronach. Wenn der Turm auch direkt an das Schloß angebaut ist, so fehlt ihm doch jede direkte Verbindung mit dem Schloß. In die anderen Türme, die dem Mittelbau angegliedert sind, gelangt man ja von den Korridoren des Schlosses aus, aber der runde Turm liegt ganz isoliert. Der Erbauer des Turmes hatte sich oben eine Sternwarte angelegt und benutzte ihn zu alchimistischen und astronomischen Studien. Da erschien es ihm wohl besser, wenn der Turm nicht mit dem Schloß zusammenhing. Es ist ein wenig umständlich hierherzugelangen. Meine Eltern benutzten ihn nur, wenn bei großen Festlichkeiten viel Logiergäste in Treuenfels waren, um diese dort unterzubringen. Meist wurden junge, ledige Herren darin einquartiert. Deshalb sind Betten in den Zimmern aufgestellt worden. Kurz vor seinem Tode sprach mein Vater davon, daß er eine Verbindungstür durch die Mauer brechen lassen wollte, die an das Schloß stößt. Aber diese Mauern sind unglaublich stark und eisenfest. Man hätte die Türen gleich beim Bau des Turmes einfügen lassen müssen. Jetzt läßt es sich schwer machen. Und so ist auch mein Vater wieder davon abgekommen.«

Griseldis lauschte diesen Worten mit großem Interesse. Sie dachte daran, daß sie in ihrem Traume mühelos durch die dicken Wände in das jenseits liegende Schlafzimmer der Gräfin hindurchgegangen war. Und an ihren geheimen Wandschrank mußte sie denken.

»Vielleicht hat der Erbauer des Turmes doch beim Bauen schon eine Verbindungstür vorgesehen. Vielleicht existiert eine verborgene Tür, von der Sie keine Ahnung haben?« sagte sie, ihre heimliche Erregung beherrschend.

Er lächelte gutmütig spottend. »Sie wollen unbedingt mein altes Treuenfels mit geheimnisvollem Zauber umkleiden.«

»Nun, dergleichen findet man doch in allen Schlössern.«

»Gewiß! Wir hatten einen unterirdischen Gang im Schlosse, mit einem geheimen Zugang, der zu einem tiefen Keller führt. Aber dieser Keller dient uns jetzt als Weinkeller, und den Zugang haben wir zumauern lassen. Sonst ist aber in Treuenfels keine Spur von Romantik übriggeblieben.«

»Oder Sie wissen nichts davon«, sagte Griseldis.

Er lachte ein wenig. »Sie sind hartnäckig, Fräulein von Ronach. Aber hier sind wir am Turm. Nun warten Sie bitte mit Gilda einige Minuten. Ich will erst hinaufgehen und Licht einlassen und vor allen Dingen nachsehen, ob Sie ungestört passieren können.«

Damit zog er den Schlüssel aus seiner Tasche.

»Sehen Sie ihn an – er sieht auch nicht romantisch aus.«

Griseldis faßte nach dem Schlüssel. »Aber er hat einen eigenartigen Bart. Sehen Sie, Herr Graf – da ist direkt eine Herzform ausgeschnitten. Solche Schlüssel findet man jetzt nicht mehr. Aber er muß gut verwahrt gewesen sein – da – nicht eine Spur von Rost daran ist.«

Sie wischte mit ihrem Taschentuch über den Bart des

Schlüssels, und er hinterließ nicht den kleinsten Schmutzfleck.

Graf Harro schob den Schlüssel ins Schloß. Er glaubte, viel Kraft anwenden zu müssen, aber zu seinem Erstaunen drehte sich der Schlüssel leicht und mühelos im Schloß.

Der Graf machte eine Bemerkung darüber, und Griseldis sah mit einem seltsam forschenden Blick auf das Türschloß.

Leicht und lautlos drehte sich auch die Tür in den Angeln.

Als Graf Harro im Turm verschwunden war, zog Griseldis rasch den Schlüssel wieder aus dem Schloß und wischte mit ihrem Taschentuch nochmals über den Schlüsselbart. Und siehe da – auf dem weißen Tuch hinterließ jetzt der Schlüssel Ölspuren. Das Schloß mußte vor nicht allzu langer Zeit reichlich geölt worden sein.

Und doch sollte seit Jahren diese Tür nicht geöffnet worden sein?

Schnell steckte Griseldis den Schlüssel wieder ins Schloß und drehte ihn hin und her. Er schloß leicht und lautlos. Griseldis sah mit einem nachdenklichen Blick auf die Ölspur in ihrem Taschentuch.

Inzwischen war Graf Harro die erste Treppe hinaufgestiegen und öffnete nun oben einen hölzernen Fensterladen.

»Es ist nicht so schlimm, wie ich dachte. Die Luft ist erträglich und die Staubschicht nicht so dicht, wie ich angenommen hatte!« rief er herunter.

Dann verschwand er und stieg weiter hinauf. Auch in der zweiten und dritten Etage öffnete er ein Fenster, und nach einer Weile kam er dann wieder zurück.

»So, der Aufstieg kann beginnen, Fräulein von Ronach. Nur bei der zweiten Treppe ist bei den drei untersten Stufen etwas Vorsicht geboten. Bitte, gehen Sie voran. Ich habe Licht gemacht auf den Treppen. Gilda führe ich selbst«, sagte er.

Langsam stieg Griseldis die etwas steile und schmale Treppe empor. Es waren Steinstufen, auf denen sich eine ganz feine grüne Moosschicht angesetzt hatte. Zwanzig Stufen führten empor zum ersten Stock. Da kam ein kleiner halbrunder Absatz, von dem aus das geöffnete Fenster ins Freie und eine Tür in das untere Turmzimmer führte. Die Tür war zu. Der Treppenabsatz war mit Holz gedielt. Das Holz war mit Ölfarbe gestrichen, und eine leichte Staubschicht lag darüber. Aber Griseldis bemerkte, daß von der Treppe bis zu der Tür ein schmaler Streifen lief, auf dem die Staubschicht noch viel feiner war. Es sah aus, als sei da vor einiger Zeit leise mit einem Besen darübergewischt worden.

Oder als wenn die Schleppe eines Frauenkleides darübergestreift wäre, dachte Griseldis und sah forschend auf diesen Streifen. Aber sie sagte nichts und ging weiter.

Die lockeren Stufen wurden glatt passiert, ohne jeden Unfall. In der zweiten Etage wiederholte sich der Absatz mit dem Fenster und der Tür zum Turmzimmer im zweiten Stock.

Griseldis eilte leichtfüßig weiter. Der Graf führte Gilda, indem er sie von hinten unter den Armen stützte. So ging es in den dritten Stock, von wo aus eine hohe, steile Wendeltreppe bis zum Söller hinaufführte. Diese Treppe hatte ein eisernes Geländer. Der Graf hatte eine Falltür geöffnet, um den Zugang zum Söller freizumachen. Unter diesem lag noch einmal ein rundes Gemach, wohl die ehemalige Sternwarte, denn es lagen noch allerlei Geräte hier, die darauf schließen ließen.

Endlich war Griseldis oben auf dem Söller und sah über die Brustwehr hinab in das blühende, grünende Land, das im hellen Sonnenglanz zu ihren Füßen lag.

Graf Harro stand neben ihr und sah in ihr leuchtendes Gesicht. Gilda blickte durch die Schießscharten hinab und plauderte in ihrer lieben, drolligen Art lustig drauflos.

»Oh, wie schön, wie wunderschön! Geht Ihnen nicht das Herz auf, Herr Graf, wenn Sie da hinabsehen und sich sagen: All das Schöne, was ich sehe, ist mein Eigentum?«

Er sah viel mehr in ihr Antlitz, als auf seine Besitzungen herab. »Ja«, sagte er leise, »das Herz geht mir auf. Aber nicht all das Schöne, was ich sehe, ist mein Eigentum.«

Sie merkte nicht, daß er sie dabei mit einem schmerzlichen Blick ansah, denn sie ließ ihre Augen entzückt auf der blühenden Landschaft ruhen.

»Aber doch fast alles, Herr Graf. Jedenfalls sehen Sie weit hinaus über eigenes Land. Das muß doch ein königliches Gefühl sein. Sind Sie nicht glücklich darüber?«

Er seufzte tief auf. »Ich liebe meine Heimat, meinen Besitz, aber ich gäbe ihn willig hin, wenn ich mir damit meinen ehrlichen, unbescholtenen Namen wiederkaufen könnte.«

»Aber dann wären Sie arm.«

Er streckte seine Arme aus. »Arm – aber frei und glücklich, und imstande, mein Schicksal zu meistern. Das trifft mich ja so hart, daß ich nichts, gar nichts tun kann, es freundlicher zu gestalten. Und ich bin doch noch jung – und habe ein Herz in der Brust, das von Sehnsucht nach Glück erfüllt ist.«

Das brach wie ein Stöhnen aus seiner Brust, und seine Augen sahen sie dabei an, daß sie plötzlich sehr bleich wurde und leise vor Erregung zitterte. Sie wußte nicht, ob sie ihre Sinne trogen, und sah nur fassungslos in seine Augen. Und aus diesen Augen leuchtete ihr eine heiße, sehnsüchtige Qual entgegen, ein starkes, inniges Verlangen.

Ihr war plötzlich, als drehe sich der Turm in tollem Wirbel mit ihr herum. Ihre Hand klammerte sich an die Brustwehr des Söllers, als brauche sie einen Halt.

Sie wußte plötzlich, daß sie geliebt wurde, wie sie selber liebte. Es brauchte keiner Worte, um ihr diese Gewißheit zu geben. Sie sah in seinen Augen, daß sich seine einsame, unglückliche Seele zu ihr geflüchtet hatte. Und sie erzitterte unter dieser Gewißheit, die eine heiße Freude und doch zugleich ein tiefes Leid in ihr auslöste. Denn zwischen dem reichen Besitzer dieser gesegneten Grafschaft und ihr lag eine tiefe Kluft, die wohl nicht zu überbrücken war.

Und doch hätte sie jubeln und jauchzen mögen, weit hinaus über das blühende Land: Er liebt mich – er liebt mich!

Sie schloß einen Moment die Augen und lehnte blaß und fassungslos an der Brustwehr. Und der Graf sah sie an, mit einem schmerzlich brennenden Blick. Er fühlte, daß sie in diesem Augenblick das Geheimnis seiner Seele erraten hatte. Zehn Jahre seines Lebens hätte er willig dahingegeben, wenn er sie hätte in seine Arme nehmen dürfen. Wäre er doch ein freier Mann, der offen werben konnte um ihre Liebe!

Griseldis war, als spräche die Seele des geliebten Mannes zu der ihren, als sie mit geschlossenen Augen vor ihm stand. Und ihre Gedanken verwirrten sich. Und da war es plötzlich wie in ihrem seltsamen Traum, als stehe die Gräfin neben ihr und winkte ihr zu folgen. Es zog sie mit aller Kraft – sie wußte nicht wohin.

»Griseldis, du schläfst wohl?« tönte da Gildas Stimme an ihr Ohr und rief sie in die Wirklichkeit zurück. Sie schrak empor.

»Nein, die Sonne blendet mich, Gilda«, antwortete sie, wie aus einem Traum erwachend.

Sie widmete sich nun dem Kinde. Auch der Graf beugte sich zu Gilda hinab. Dabei berührte seine Hand die ihre. Die beiden Hände zuckten erschrocken zurück.

Um nur etwas zu sagen, rief Griseldis: »Ich möchte jeden Tag bei schönem Wetter hier heraufsteigen.«

»Das können Sie tun, Fräulein von Ronach. Ich lasse gleich morgen früh die Stufen festmauern, und dann gebe ich den Schlüssel in Ihre Hände. Sie können dann hier heraufsteigen, sooft Sie wollen.«

Griseldis dankte ihm. Und es war ihr sehr lieb, daß sie den Schlüssel erhalten sollte. Ihr war, als müsse dieser Turm ein Geheimnis bergen, das sie um jeden Preis ergründen müsse. Ihr Traum erschien ihr immer mehr Bedeutung zu gewinnen.

Sie gingen nun hinunter, um die Turmzimmer zu besichtigen. Diese waren wirklich im orientalischen Stil sehr originell ausgestattet. Freilich war die Farbenpracht der Teppiche, Kissen und Portieren etwas verblaßt und verstaubt, und teilweise waren die Webfäden zerschlissen. Aber immerhin wirkten diese Räume noch sehr stimmungsvoll.

Es störte in diesen Zimmern nur eines – daß man Betten hineingestellt hatte, die nicht zu der Einrichtung paßten.

»Das sind Gastbetten, mit denen man die Turmzimmer in Gastzimmer umgewandelt hat«, erklärte der Graf.

»Oh, ich wollte, sie ständen nicht darin; sie stören die Harmonie des Ganzen«, sagte Griseldis bedauernd.

»Da haben Sie recht. Ich werde die Betten entfernen lassen, damit Sie sich ungestört an den Räumen erfreuen können«, erwiderte er.

Und sie fühlte, daß er es nur tun wollte, um ihr einen Wunsch zu erfüllen. Ach – wie laut und rasch das rebellische Herz in ihrer Brust schlug.

Erst hatten sie das Zimmer im dritten Stock besichtigt, nun betraten sie das im zweiten Stock.

Griseldis sah sich aufmerksam in diesem Zimmer um. Es hatte, dem Bau des Turmes entsprechend, eine halbrunde Form; der Raum für die Treppe und den Treppenabsatz vervollständigte den kreisförmigen Umriß des Turmes.

Da drüben, jenseits dieses Zimmers, liegt mein Schlafzimmer, dachte Griseldis, hauptsächlich der Wand Beachtung schenkend, die an das Schloß angrenzte.

Die Zimmer waren zeltartig eingerichtet. Und an der Stelle der Wand, wo drüben in ihrem Schlafzimmer ihr Bett stehen mußte, hing hier ein schöner alter Teppich. Neben diesem Teppich, also Wand an Wand mit ihrem Nachtschränkchen, war ein hoher Spiegel angebracht, der einen breiten Goldrahmen hatte. Und dieser Goldrahmen – Griseldis' Herzschlag stockte, als habe sie eine sonderbare Entdekkung gemacht – zeigte dasselbe originelle Delphinmuster wie drüben der Rahmen des Bildes, der die Tür zu dem Wandschrank bildete. Wenn ihre Rechnung stimmte, lag hinter diesem Spiegel der Hohlraum, der sich unter ihrem Wandschrank befand, wie sie durch Klopfen auf den Boden des Wandschrankes festgestellt hatte. Sie hätte am liebsten sofort den Spiegelrahmen genau untersucht und abgetastet, ob sich etwa einer der Delphine auch niederdrücken lassen würde, denn sie würde gar nicht erstaunt sein, wenn dieser Spiegel eine hohe Tür bildete, die in den Hohlraum führte.

Jedenfalls nahm sie sich vor, bei der nächsten Gelegenheit, wenn sie allein hier im Turm weilte, den Spiegelrahmen genau zu untersuchen.

Nun ging es in den ersten Stock hinab. Griseldis sah wieder mit kritischen Augen auf die schmale Spur auf dem Fußboden des Treppenabsatzes, die aussah, als habe die Schleppe eines Frauenkleides darübergestreift. Doch sagte sie auch jetzt nichts darüber, daß diese Spur ihr bewies, daß dieser Treppenabsatz vor nicht allzulanger Zeit von einer Frau betreten worden war, ebenso wie ihr das geölte Schloß bewies, daß ein Mensch, vielleicht zu derselben Zeit, den Turm geöffnet haben mußte. Noch aufmerksamer als oben sah sich Griseldis in diesem Turmzimmer um. Auch dieses hatte die eigenartige Zeltform und wirkte in dem orientalischen Stil sehr malerisch.

Wand an Wand mit diesem Zimmer, vielleicht etwas höher als dieses, mußte das Schlafzimmer der Gräfin Alice liegen. Und Griseldis' Herz klopfte laut und unruhig, als sie hier unten, an der Stelle, wo oben der Spiegel angebracht war, einen gestickten Wandbehang erblickte, der vom Fußboden bis fast an die Decke reichte und seltsamerweise in einen breiten Goldrahmen gefaßt war, der ebenfalls das Delphinmuster zeigte.

Griseldis betrachtete das alles sehr aufmerksam, aber welche Kombination sie daran knüpfte, konnte niemand ihrem Gesicht ansehen. Sie preßte die Lippen fest zusammen, als dürfe nicht ein Wort über ihre Vermutung laut werden.

Liebe macht blind – oder hellseherisch. Und Griseldis' Liebe zu Graf Harro hatte ihr etwas von einer Hellseherin verliehen. Außerdem war sie sehr scharfsichtig und hatte eine gute Beobachtungsgabe. Der starke, innige Wunsch, Graf Harro helfen zu können, ließ sie nicht ruhen. Sie wollte versuchen, das Geheimnis zu ergründen, das über dem Tode der Gräfin Alice ruhte. Und ihr seltsamer Traum hatte ihr einen leisen Fingerzeig gegeben, den sie vielleicht nicht beachtet hätte, wenn sie nicht eben der starke Wunsch beseelt hätte, Licht in diese dunkle Angelegenheit zu bringen. Als sie eine Weile später den Turm mit Graf Harro und Gilda verließ, war sie fest entschlossen, das Geheimnis zu ergründen, das den Tod der Gräfin umgab. Sie wollte suchen, den ganzen Turm wollte sie durchforsten, bis in seine dicken Mauern hinein. Sie hatte das Gefühl, als berge dieser Turm die Lösung des rätselhaften Vorganges beim Tode der Gräfin.

Als sie ins Schloß zurückkehrten, fragte Graf Harro lächelnd: »Nun, wie sind Sie mit diesem Ausflug ins Land der Romantik zufrieden?«

Er hatte sich jetzt wieder in der Gewalt und zeigte sich ruhig und beherrscht. Die Angst, Griseldis vielleicht aus Treuenfels zu vertreiben, wenn er sich nicht im Zügel hielt, gab ihm die Kraft dazu.

Griseldis atmete tief auf. Auch sie hatte sich vollständig in der Gewalt, trotzdem ein Jubeln und Singen in ihrer Seele war, wenn sie daran dachte, was ihr Graf Harros Augen da oben auf dem Söller verraten hatten. »Ich bin sehr zufrieden, Herr Graf. Und ich freue mich sehr, daß Sie mir den Schlüssel zum Turm anvertrauen werden. Ich werde sehr viele meiner freien Stunden darin zubringen.«

»Und Sie werden dann träumen, daß Sie eine verwunschene Prinzessin sind, die in diesem Turme auf die Erlösung durch einen schönen, jungen Prinzen hofft«, neckte er.

Sie schüttelte den Kopf. »Fehlgeschossen, Herr Graf! Ich werde in dem Turm etwas ganz anderes tun als träumen, obwohl ja mein seltsamer Traum, von dem ich Ihnen erzählte, auf dem Turmsöller begann.«

»Sie machen mich sehr neugierig auf diesen Traum. Werden Sie ihn mir bald erzählen?«

»Ich weiß noch nicht, wann. Aber eines Tages werde ich es sicher tun.«

»Schade, daß ich Ihnen den Ring nicht zeigen konnte, da er verlorengegangen ist.«

»Ja, das ist sehr schade.«

Er lächelte. »Ich möchte nur wissen, wer Ihnen den Ring beschrieben hat und wer Ihnen davon sprach, daß meine verstorbene Frau eine Flechte um den Hals zu legen pflegte.«

»Sie sehen schon wieder aus, Herr Graf, als wollten Sie mich meines Traumes wegen auslachen.«

»Nein, gewiß nicht. Ich necke Sie nur gern ein wenig damit, also eines Tages werden Sie ihn mir erzählen?«

»Ja, wenn ich ihn mir selbst gedeutet haben werde. Bis dahin fragen Sie mich, bitte, nicht mehr darum.«

»Gut, ich verspreche es Ihnen.«

Sie betraten die Schloßhalle und sahen nicht, daß hinter einer der dicken Säulen verborgen Komteß Beate im Halbdunkel der Halle stand und ihnen mit unheimlich flackernden Augen entgegensah. Als sie in ruhiger Unterhaltung die Halle durchquert hatten und an der Komtesse vorübergegangen waren, da atmete diese auf, als sei sie von einer drückenden Last befreit worden. Und dann sank sie in einem Sessel zusammen, als trügen sie ihre Füße nicht mehr.

Auf der Treppe verabschiedete sich Graf Harro von Griseldis und Gilda. Er hatte zu tun und begab sich in sein Arbeitszimmer.

Griseldis suchte nun mit Gilda die Gemächer der Gräfin auf. Sie hielt das Kind an der Hand, damit es nichts von den umherliegenden Gegenständen berühre.

Und so ging Gilda ruhig und artig durch diese Räume, als dürfe sie ihre schlummernde Mutter nicht aufwecken. Es lag noch immer der feine, leise Duft in diesen Zimmern, der unzertrennlich von der Person der Gräfin Alice gewesen war.

Endlich betraten sie auch das Schlafzimmer, und einen Augenblick stand Griseldis fassungslos und wie geblendet auf der Schwelle. Ja – das war das Zimmer, das sie im Traum gesehen hatte, genau so hatte sie es gesehen mit all den Einzelheiten der Einrichtung. Da war die kunstvolle Täfelung der Wände mit den gemusterten Hölzern, da war das vorspringende Bordbrett mit den geschnitzten Pilastern, und da stand das Bett, in dem sie die Gräfin hatte liegen sehen. Der blaue Seidenstoff der Decke, die hellen Möbel, die sich ein wenig grell von der dunklen Täfelung abhoben, das Nachtschränkchen neben dem Bett – das war alles wie in ihrem Traum.

Das Herz klopfte ihr bis zum Halse hinauf. Sie schloß die Augen und hielt den Atem an, als müsse jetzt etwas Geheimnisvolles geschehen. Aber es geschah nichts. Nur ihr Traum stand klar und scharf vor ihrer Seele.

Sie trat an das Nachtschränkchen heran. Aber ihre Vermutung, über demselben ein ähnliches Bild mit den Delphinenrahmen zu finden, bestätigte sich nicht. Auf der Holzvertäfelung befand sich überhaupt kein Bild. Und die gemusterten Hölzer griffen so glatt und lückenlos ineinander, daß hier unmöglich eine geheime Tür zu einem Wandschrank sich befinden konnte.

Und doch starrte Griseldis die Wand über dem Nachtschränkchen an, als müsse ihr Blick dieselbe durchdringen. Sie vergegenwärtigte sich, wie in ihrem Traumbild die Hand und der Arm aus der Wand herauswuchsen und wie diese Hand die drei Perlmutterkugeln in das Weinglas fallen ließ. Und plötzlich zuckte sie zusammen. Da an der Wand, an derselben Stelle, wo oben das Bild hing, sah sie drei runde Perlmutterblättchen, die in die Vertäfelung eingelegt waren. Und diese Perlmutterblättchen wirkten genau wie die drei Kugeln, die in ihrem Traum in das Weinglas gefallen waren.

Sie preßte die Hand aufs Herz, und ihre Gedanken arbeiteten fieberhaft. Doch da begann Gilda sich zu langweilen und forderte Griseldis auf, mit ihr hinauszugehen. Diese war aber noch nicht gewillt, dies Zimmer zu verlassen. Ein zweites Mal konnte sie nicht gut von Graf Harro die Schlüssel zu den Gemächern der Gräfin erhalten. Was sie hier erkunden wollte, mußte heute, jetzt gleich geschehen.

Sie faßte in die Tasche ihres Kleides. In ihren Sachen hatte sie heute eine hübsche bunte Glaskugel gefunden, mit der sie als Kind gespielt hatte. Diese Kugel hatte sie zu sich gesteckt, um sie Gilda zu schenken.

Daran dachte sie jetzt. Die Kugel mußte ihr helfen, Gildas Aufmerksamkeit von sich abzulenken und sie zu beschäftigen.

»Sieh, Gilda, was ich hier habe.«

Gilda sah die Kugel entzückt an. »Oh, wie schön. Gib mir die Kugel!« bat sie, in die Hände klatschend.

»Ja, du sollst sie bekommen, wenn du ein Weilchen ruhig damit spielen willst.«

»O ja, das will ich tun.«

Da führte Griseldis Gilda in das Nebenzimmer. »So, Gilda, hier auf dem großen Teppich kannst du die Kugel hin und her laufen lassen. Ich sehe mir inzwischen noch einiges an«, sagte sie.

Gilda war es zufrieden und spielte mit der Kugel. Griseldis aber ging schnell in das Schlafzimmer zurück. Sie trat wieder an das Nachtschränkchen heran und blickte mit scharfen, spähenden Augen über die darüber befindliche Wand. Und wie magnetisch angezogen, drückte sie fest auf das oberste Perlmutterplättchen. Aber es rührte sich nicht. Nun drückte sie auf das zweite. Aber auch das gab in keinster Weise nach. Aber als sie nun sehr kräftig auf das unterste Plättchen drückte, gab es nach. Es wich in die Wand zurück, und zugleich ertönte ein leise schnappendes Geräusch. Und leise wich eines der großen zusammengesetzten Holzquadrate aus der Vertäfelung heraus. Es war eine Tür zu einem ebensolchen Wandschrank wie oben in Griseldis' Zimmer.

Sie zitterte vor Erregung und sah in den Wandschrank hinein. Er war leer und hatte genau dieselbe spitzwinkelige Form wie der in ihrem Zimmer. Er war, genau wie der oben, in die dicke, runde Turmwand eingebaut. An der breitesten Stelle war der Schrank gut einen Meter tief.

Griseldis lauschte mit klopfendem Herzen nach Gilda hinüber. Die spielte aber vergnügt mit der Glaskugel.

Nun beugte sie sich in den Wandschrank hinein und beklopfte den Boden. Das klang genau so hohl und dumpf wie oben. Ganz sicher befand sich unter diesem hölzernen Boden keine feste Mauer, sondern ein Hohlraum.

Die Zimmer im Turm lagen nach Griseldis' Berechnung etwas tiefer als die im Schloß. Der Boden des Wandschrankes mußte etwa in gleicher Höhe sein mit der Zimmerdecke des Turmzimmers im ersten Stock.

Bestätigte sich nun ihre Vermutung, daß sich drüben im Turm hinter dem Spiegel und hinter dem in einen Rahmen gespannten Wandteppich Hohlräume befanden, zu denen Spiegel und Wandteppich die Türen bildeten, dann – ja dann war das Turmzimmer von dem Schlafzimmer der Gräfin nur durch den hölzernen Boden dieses Wandschrankes getrennt, wenn hüben und drüben die geheimen Türen offenstanden.

Dieser Gedanke erregte Griseldis ungemein. Ihr Traum bekam durch diese Entdeckung eine seltsame Bedeutung. Hier aus der Wand, die als Tür des Wandschrankes diente, waren in ihrem Traum die Hand, der Arm herausgekommen. Und aus dieser Hand fielen Tropfen in das Weinglas der Gräfin.

Wie, wenn durch diesen Wandschrank eine verbrecherische Hand den Weg gefunden hätte, die das Gift in das Weinglas der Gräfin getan hätte?

Die Untersuchung hatte festgestellt, daß nach Graf Harro niemand als die Zofe das Zimmer der Gräfin mehr betreten hatte. Und die Zofe hatte ihrer Herrin das Weinglas gefüllt und war dann entlassen worden. Als die Zofe die Gräfin verließ, saß diese, bereits für die Nacht entkleidet, im Nachthemd am Toilettenspiegel ihres Ankleidezimmers. Während sie da saß, konnte da nicht eine verbrecherische Hand aus dem Wandschrank herausgelangt haben und das Gift in den Wein geträufelt haben? So brauchte niemand das Zimmer zu betreten. Die Gräfin trank dann ahnungslos den vergifteten Wein, der sie sofort tötete.

Der Mörder mußte den Weg zu seinem Opfer, wenn ihre Vermutungen zutrafen, durch den Turm gefunden haben. Und im Turm waren auf dem Treppenabsatz die Spuren einer Frauenschleppe, die wohl um jene Zeit dahingekommen sein konnten. Und das Schloß im Turm zeigte noch Ölspuren. Es mußte dann um die Zeit, da die Gräfin starb, reichlich geölt worden sein.

Griseldis schrak auf aus ihren Gedanken. Sie schauerte zusammen wie im Fieber. »Vater im Himmel, vergib mir, wenn ich durch meinen Verdacht eine Unschuldige kränke. Aber hilf mir, daß ich Licht in diese geheimnisvolle Sache bringe, hilf mir, seine Unschuld an den Tag zu bringen.«

So betete sie. Und dann schloß sie leise den Wandschrank. Das Perlmutterblättchen sprang wieder glatt in die Vertäfelung ein. Keine Spur verriet mehr das Geheimnis des Wandschrankes.

Langsam ging Griseldis ins Nebenzimmer. Da lag Gilda lang auf dem Teppich und spielte mit der Kugel.

»Komm, mein Herzkind, nun wollen wir noch ein wenig hinaus ins Freie gehen.«

Gilda erhob sich und haschte ihre Kugel. »Sieh nur, wie schön sie ist. Ich will noch damit spielen.«

»Ja, draußen im Freien, da kannst du damit weiterspielen.«

Als sie die Zimmer der Gräfin verlassen hatten, schloß sie diese ab. Und sie hatte ein Gefühl, als müsse es ihr nun gelingen, Graf Harros Unschuld an den Tag zu bringen.

Und doch lag ein dumpfer Druck auf ihrer Seele, als sei ihr ein großes Unheil nahe.

Sie atmete tief auf, als sie mit Gilda ins Freie trat. Gottlob, hier draußen im Sonnenschein wurde ihr die Brust freier. Sie schalt sich selbst aus, daß sie sich bedrücken ließ. War heute nicht ein heller, leuchtender Glückstag für sie? Soviel Gutes war ihr geschehen. Die Begegnung mit Tilly und Baron Dalheim, das Zusammensein mit Graf Harro – und die erworbene Gewißheit, daß er sie liebte. Dazu gab ihr das Schicksal einen Fingerzeig, wo und wie sie nach den Beweisen für Graf Harros Unschuld suchen mußte. War das nicht alles Veranlassung zur Freude?

Sie war sehr töricht, daß sie sich das Herz bedrücken ließ.

Und ihr Frohsinn kehrte zurück.

Erst bei der Abendtafel sah Griseldis Graf Harro wieder. Er hatte Gilda erst gute Nacht gesagt, als Griseldis das Zimmer der kleinen Komtesse schon verlassen hatte.

Griseldis übergab bei Tische dem Grafen die Schlüssel zu den Zimmern der Gräfin Alice. »Ich danke Ihnen, Herr Graf, daß Sie mir die Besichtigung dieser Räume gestattet haben.«

Und sie merkte sehr wohl, daß sie von Komteß Beate mit einem unruhig lauernden Blick beobachtet wurde.

Der Graf nahm die Schlüssel an sich. »Nun, haben die Zimmer zu Ihrem Traumbild gestimmt?« fragte er lächelnd.

Griseldis zwang sich zur Ruhe. Sie lächelte. »Ziemlich genau. Im übrigen war ich sehr erstaunt, in all diesen Zimmern eine moderne Einrichtung zu finden«, sagte sie ablenkend.

»Gefiel Ihnen diese Einrichtung?« fragte der Graf.

»Oh, sie ist sehr schön und geschmackvoll; aber mir gefallen doch die anderen Räume des Schlosses besser. Sie sind stimmungsvoller eingerichtet. Ich liebe die alten Möbel mit ihrer kunstvollen Eigenart, die mit den Räumen dieses

Schlosses zusammengewachsen scheinen. Zu diesen alten, dicken Mauern, den tiefen Fensternischen und dem wundervollen, vom Alter goldig eingebräunten Parkettfußboden wollen mir die modernen Möbel stillos erscheinen.«

»Da sind Sie ganz meiner Meinung. Aber meine Frau liebte die alten Möbel gar nicht und verbannte sie aus ihren Zimmern. Doch habe ich sie alle gut verwahren lassen, und wenn Gilda später die Zimmer ihrer Mutter bewohnt und lieber die alten Möbel wiederhaben will, so läßt sich das einrichten. Es sind Sachen von hohem Kunstwert darunter.«

»Und wie ist die Besichtigung des Turmes verlaufen? Hat dieser vor Ihren scheinbar sehr kritischen Augen Gnade gefunden?« fragte Komteß Beate entschieden etwas höhnisch.

Griseldis sah sie groß und ruhig an. Sie fühlte den Hohn heraus. »Ich finde die Aussicht vom Turmsöller wunderbar schön, und die Turmzimmer haben eine sehr malerische und stimmungsvolle Einrichtung.«

»Du kannst mir wohl gleich den Schlüssel zum Turm zurückgeben«, wandte sich die Komtesse an ihren Vetter, »damit ich ihn wieder verwahre.«

»Du brauchst ihn vorläufig nicht mehr in Verwahrung zu nehmen, Beate. Morgen früh werden die Stufen festgemauert, und wenn das geschehen ist, will ich Fräulein von Ronach den Schlüssel übergeben. Sie möchte den Blick vom Turmsöller öfter genießen und soll ungehinderten Zutritt zum Turm haben, ohne daß sie jedesmal erst um den Schlüssel bitten muß.«

Griseldis sah die Komtesse an. Diese biß sich auf die Lippen und sah wieder sehr fahl aus. »Du sagtest doch, die Turmzimmer sollen erst gesäubert und gelüftet werden.«

»Allerdings, und zwar kann das gleich morgen früh geschehen, wenn die Stufen festgemauert werden. Bis morgen abend kann dann wohl alles fertig sein.«

»Eilt es denn so sehr damit?« fragte die Komtesse, Griseldis einen feindseligen Blick zuwerfend.

»Ja, ich möchte das schnell erledigt haben. Und bitte, lasse die Betten aus den Zimmern herausschaffen. Sie stören nur in den Zimmern.«

Die Komtesse ahnte mit eifersüchtiger Bitterkeit, daß auch diese Anordnung nur Griseldis zu Gefallen getroffen wurde. Was hatte sie im Turm zu suchen? Was berechtigte sie, in die Zimmer der Gräfin einzudringen? Dieses hergelaufene Geschöpf durfte sich scheinbar alles erlauben und tat es mit einer Selbstverständlichkeit, die an Unverschämtheit grenzte.

Und um ihr einen Wunsch zu erfüllen, tat ihr Vetter alles Mögliche, was er für andere Menschen sicherlich nicht getan hätte.

Die Komtesse war vor Eifersucht halb sinnlos. Brennend gern hätte sie es verhindert, daß der Schlüssel zum Turm in andere Hände kam als in die ihren. Aber sie mußte sich den Bestimmungen des Grafen fügen. Gleich nach dem Abendessen wurde die Komtesse in einer häuslichen Angelegenheit abgerufen, und Graf Harro, der sich heute noch nicht zurückgezogen hatte, und Griseldis waren eine Weile allein.

So ein unbedingtes Alleinsein war ihnen selten beschieden. Meist war Gilda in ihrer Gesellschaft. Und dieses Alleinsein wirkte mächtig auf sie beide ein. Es lag etwas Unausgesprochenes, Süß-schmerzliches zwischen ihnen. Die Luft schien mit einer heimlichen Zärtlichkeit erfüllt, und sie wagten nicht, sich in die Augen zu sehen.

Aber Griseldis lag noch eine Frage zu sehr am Herzen. Und so nahm sie sich zusammen und sah ihn an. »Sie werden mich sicher auslachen, Herr Graf, aber in meinem Traum erblickte ich, in die Wand des Schlafzimmers der Frau Gräfin eingelassen, einen geheimen Wandschrank. Ist Ihnen ein solcher vielleicht bekannt?«

Er schüttelte lächelnd den Kopf. »Sie scheinen einen ganzen Roman geträumt zu haben. Ich muß Sie leider enttäuschen. Geheime Wandschränke gibt es in Treuenfels nicht.

Und nun gar im Schlafzimmer der Gräfin – Sie haben doch gesehen, daß die Holzvertäfelung alle Wände deckt.«

Griseldis wußte nun, was sie wissen wollte, nämlich, daß der Graf tatsächlich keine Ahnung von den geheimen Wandschränken hatte. Sie zwang sich nun auch zu einem Lächeln.

»Das habe ich mir ja auch gesagt. Aber es könnten ja in anderen Räumen Wandschränke existieren.«

Nun mußte Graf Harro lachen. »Sie haben es sich scheinbar in den Kopf gesetzt, Treuenfels romantisch zu machen. Damit Sie sich darüber beruhigen, rate ich Ihnen, lesen Sie einmal unsre Familienchronik durch. Darin ist jedes Zimmer des Schlosses genau beschrieben, und alles, was unser Geschlecht erlebt und erlitten hat, finden Sie darin aufgezeichnet. Es ist ein sehr umfangreiches Buch. Aber meine Base Beate hat, glaube ich, die ganze Chronik auswendig gelernt. Halbe Nächte lang hat sie darin gelesen, bis sie vom Anfang bis zum Ende alles verschlungen hatte.«

»Vielleicht ist das eine sehr interessante Lektüre.«

»Möglich. Beate behauptete wenigstens, sie wäre sehr befriedigt davon.«

»Und Sie würden mir Einsicht in diese Chronik gestatten?«

»Gewiß. Sie finden sie in der Bibliothek in dem ersten Schrank neben der Eingangstür.«

»Ich danke Ihnen für die Erlaubnis.«

»Bitte sehr. Vielleicht zürnen Sie mir eines Tages, daß ich Ihnen diese Erlaubnis erteilte, wenn Sie das Buch zu sehr gelangweilt hat.«

»Das befürchte ich nicht.«

Jetzt kam die Komtesse zurück, und Griseldis brachte schnell ein anderes Thema auf.

Am anderen Morgen erwachte Griseldis mit dem Gefühl, als sei heute ein Festtag. Heute wollte ja Baron Dalheim kommen, wollte dem Freunde die Hand reichen und ihm sagen, daß er an seine Unschuld glaubte.

Ach, wie ihn das freuen, wie ihn das aufrichten wird.

Sie sah mit strahlenden Augen zum Fenster hinaus. Wieder war die ganze Welt in goldenes Sonnenlicht getaucht. Klar und leuchtend im tiefen, reinen Blau wölbte sich der Himmel.

Heute wählte Griseldis ein weißes Kleid. Sie hatte das Gefühl, als müsse sie ihrer festlichen Stimmung Ausdruck geben, und dazu wollte ihr Trauerkleid nicht passen.

Als sie fertig war und sich in dem Spiegel betrachtete, lachte sie sich an.

»So ist es recht, Griseldis, festlich mußt du heute aussehen, denn heute ist ein großer Tag«, sagte sie zu sich selbst.

Und dann ging sie zu Gilda hinunter.

Diese schlief noch. Leise legte Griseldis mit Henriette die Sachen für Gilda zurecht und ließ das Bad für sie richten.

Endlich wachte Gilda auf.

»Langschläferin! Schau, die Sonne ist auf dein Bettchen gesprungen und hat dir die Augen wach geküßt«, sagte Griseldis.

»Oh, du trägst ja heute ein weißes Kleid, Griseldis.«

»Ja, darf ich das nicht?«

»O doch; es gefällt mir gut.«

Griseldis hob Gilda in ihrem langen Nachtkleidchen aus dem Bett und trug sie in das Bad.

Dann wurde Toilette gemacht, und Griseldis eilte damit, daß sie noch zur rechten Zeit zum Frühstück kamen. Graf Harro saß schon mit der Komtesse am Frühstückstisch und las in der Zeitung. Er war im Reitanzug, weil er soeben vom Felde heimgekehrt war, und entschuldigte sich deshalb bei Griseldis, wie er sich auch bei der Komtesse entschuldigt hatte.

Diese meinte bei sich, er habe es nicht nötig, sich bei einer Angestellten in irgendeiner Sache zu entschuldigen. Aber sie sagte nichts darüber.

Über Griseldis' festfrohe Stimmung hatte sich beim Anblick der Komtesse ein Schleier legen wollen, aber sie kämpfte gegen dies beklemmende Gefühl an. Gleich nach dem Frühstück ging Griseldis mit Gilda nach dem Pavillon im Park, um den Unterricht zu beginnen.

»Kommst du zur Pause in den Park, lieber Papa?« fragte Gilda ihren Vater, zärtlich Abschied von ihm nehmend. Er streichelte ihr lockiges Haar, das Griseldis so sorgsam pflegte wie ihr eigenes.

»Ich will sehen, ob ich mich ein Viertelstündchen freimachen kann, mein liebes Kind«, erwiderte er.

»Wollen Sie wieder auf die Felder hinaus, Herr Graf?« fragte Griseldis, sehr in Sorge, daß er abwesend sein könne, wenn Baron Dalheim kam.

Die Komtesse fand diese Frage aufdringlich und dreist. Sie tut, als sei sie gleichberechtigt und nicht, als wenn sie die bezahlte Erzieherin seiner Tochter wäre, dachte sie und warf Griseldis einen feindselig strafenden Blick zu.

Griseldis bemerkte diesen Blick nicht, aber der Graf fing ihn auf.

Er wunderte sich selbst, daß Griseldis diese Frage an ihn richtete. Sie war sonst in allen Dingen so zurückhaltend und bescheiden. Es mußte ihr also doch wohl sehr am Herzen liegen, daß er nach dem Pavillon kam. Und dieser Gedanke erfüllte ihn mit inniger Freude.

»Nein«, entgegnete er, »ich reite heute nicht mehr aus, ich habe zu Hause zu tun. Und wenn Sie nicht zanken, komme ich zur Pause in den Park und sehe, was mein Kindchen gelernt hat.« Griseldis errötete jäh. Erst als ihre Frage herausgewesen war, kam ihr zum Bewußtsein, daß sie aufdringlich erschienen sein konnte. Das ließ sich nun aber nicht mehr ungeschehen machen. Im Gesicht der Komtesse las sie auch strengste Mißbilligung. Aber Graf Harro hatte es gottlob nicht übel vermerkt. So ging sie zufrieden mit Gilda davon.

Sehr aufmerksam war sie heute nicht beim Unterricht. Immer wieder flog ihr Blick zum Schloß hinüber. Sie konnte die Auffahrt sehen und mußte unbedingt bemerken, wenn Baron Dalheim ankam.

Ach – wie war dieser Morgen lang! War es Baron Dalheim am Ende wieder leid geworden? Kam er doch nicht? Griseldis konnte der Unruhe in ihrem Herzen kaum Herr werden.

Die zweite Schulstunde war gerade zu Ende, da kam Graf Harro vom Schloß herüber. Heute sah ihn Griseldis kommen, und sie machte Gilda darauf aufmerksam. Diese eilte jubelnd ihrem Vater entgegen, und er fing sie in den Armen auf.

Sie zog ihn dann mit nach dem Pavillon, und er mußte sich niedersetzen. »Komm, Papa, Griseldis erzählt jetzt ein Märchen, da mußt du mit zuhören«, sagte Gilda und machte es sich auf seinem Knie bequem.

Griseldis wollte erst nicht mit dem Märchen beginnen. Aber er bat darum. Und Gilda forderte ganz energisch ihr Recht. Sie hatte es sich in der vergangenen Stunde durch großen Fleiß verdient.

So erzählte denn Griseldis ein Märchen. Und Graf Harro hörte viel andächtiger zu als Gilda.

Als das Märchen zu Ende war, atmete er tief auf. »Da kann man wieder zum Kinde werden, Fräulein von Ronach. Sie erzählen ganz wundervoll. Man sieht Ihre Märchengestalten ganz leibhaftig vor sich. Aber mit einem Punkte bin ich gar nicht einverstanden gewesen.«

»Was war das für ein Punkt, Herr Graf?«

»Ihre Märchenprinzessin hatte schwarzes Haar wie Ebenholz. Das gefällt mir nicht. Märchenprinzessinnen müssen goldenes Haar haben – so wie Sie –, dann sind es erst richtige Märchenprinzessinnen. Ich habe bisher geglaubt, Sie könnte keine Farbe besser kleiden als Schwarz. Aber nun sehe ich, daß Weiß Ihnen noch viel besser steht. So festlich sehen Sie aus! Und da kommt man denn auf solche Gedanken. Ich hatte plötzlich große Lust, ein Märchenprinz zu sein. Aber leider bin ich keiner – ich bin nur so eine Art garstiger Froschkönig, der nicht das Recht hat, eine schöne Prinzessin zu freien, sondern der hübsch warten muß, bis er einmal von seiner scheußlichen, abschreckenden Gestalt erlöst wird, vor der sich alle Menschen entsetzen.«

Griseldis senkte erglühend das Antlitz. Sie vermochte nichts zu sagen, obwohl sie wußte, daß seine Worte einen besonderen Sinn hatten.

Er sah sie mit brennenden Blicken an und atmete tief und schwer. »Der arme, arme Froschkönig«, wiederholte er leise.

Da hob sie den Kopf. Er sah Tränen in ihren Augen funkeln. »Er wird erlöst werden, der arme Froschkönig«, erwiderte sie mit zitternder Stimme.

Ein schmerzliches Lächeln huschte um seinen Mund. »Ich glaube es nicht.«

»Doch, Papa; der Froschkönig wird erlöst von der jungen, schönen Königstochter. Sie wirft ihn an die Wand und ruft: ›Ach, der garstige Frosch!‹ Und husch – da steht mit einem Male ein schöner Prinz vor ihr, und sie machen Hochzeit und es gibt ein großes Fest, das hundert Tage dauert.«

Er drückte Gilda an sich. »Solch ein Fest dauert dann ein ganzes Leben lang für den Prinz und seine Prinzessin.«

Gilda machte ein drollig wichtiges Gesicht. »Ja, für die beiden, aber doch nicht für die anderen Leute.«

Er küßte sie. »Du hast recht, Gilda, glücklich ist man nur zu zweien. Nicht wahr, Fräulein von Ronach?«

Sie vermochte nicht zu antworten, und zum Glück wurde sie der Antwort überhaupt enthoben. Der Diener Heinrich kam schnell auf den Pavillon zu.

»Herr Baron Dalheim wünschen den Herrn Grafen zu sprechen«, meldete er. Graf Harro setzte Gilda nieder und erhob sich mit einem Ruck. Er war leichenblaß geworden und sah den Diener an, als habe er sich verhört.

»Was sagen Sie, Heinrich?«

Dieser wiederholte seine Meldung.

Der Graf wandte Griseldis sein blasses Gesicht zu und sah sie an. Und da blickte er in ein Paar leuchtende Sonnenaugen hinein.

Er strich sich über die Stirn. »Ich komme«, sagte er zu dem Diener, und dieser ging schnell nach dem Schloß zurück.

Der Graf sah Griseldis an. »Verstehen Sie das, Fräulein von Ronach? Baron Dalheim kommt zu mir nach Treuenfels! Was bedeutet das?«

»Das wird bedeuten, daß er sich eines Besseren besonnen hat, Herr Graf.«

Er preßte die Lippen zusammen. »Es wird nichts als eine Enttäuschung dabei herauskommen«, sagte er matt und ging mit schweren Schritten davon.

Griseldis drückte die Hände ans Herz. Keine Enttäuschung – eine große Freude wird herauskommen, dachte sie.

Baron Dalheim war in einen Salon geführt worden. Dort hatte ihn Komteß Beate mit großen, erstaunten Augen empfangen. Sie hatte den Diener nach dem Pavillon geschickt, denn sie hatte den Grafen nach dem Park hinübergehen sehen. Als Graf Harro das Schloß betrat und vernahm, daß Baron Dalheim mit der Komtesse im Salon sei, sandte er den Diener zu dem Baron und ließ ihn in sein Arbeitszimmer bitten. Er wollte bei dieser Begegnung mit dem ehemaligen Freund keine Zeugen haben.

Hochaufgerichtet, aber sehr blaß stand er mitten in seinem Arbeitszimmer, als der Baron eintrat.

Eine Weile standen sich die beiden Männer stumm gegenüber. Auch der Baron war sehr bleich und sichtlich erregt. Und seine Augen hingen an dem Gesicht des Freundes, als müßten sie in seine Seele dringen. Und die stolzen, wahrhaften Augen des Grafen besiegten vollends die letzten Bedenken des Barons. Er schritt nun schnell auf den Freund zu mit ausgestreckten Händen.

»Harro – lieber Harro –, kannst du mir verzeihen?«

Graf Harro zuckte zusammen und strich sich über die Stirn. »Dir verzeihen, Fritz? Du bittest mich um Verzeihung – du –, der du mich vor kurzem nicht kennen wolltest?«

»Ja, Harro, darum eben! Ich kann nichts zu meiner Entschuldigung sagen, als daß ich auf meine Mutter mehr gehört habe als auf mein eigenes Herz. Meine Mutter glaubt ja auch nicht, daß du schuldig bist – aber Frauen können sich wohl schwerer über eine solche Situation stellen als Männer. Ich war ja auch ein wenig aus dem Gleichgewicht durch den Prozeß und alles, was damit zusammenhing. Und als ich dir nun im Walde begegnete, als du so plötzlich vor mir standest – da gab ich aus einem ganz dummen, unerklärlichen Gefühl heraus Fersengeld. Das habe ich schon tausendfach bereut. Und ich wäre schon längst zu dir gekommen, wenn ich mich nicht so elend geschämt hätte. Aber nun habe ich endlich den Mut gefaßt – und da bin ich, Harro. Bitte – gib mir deine Hand und verzeihe mir. Schlag ein, Harro – beschäme mich nicht noch mehr, obwohl ich es verdiene.«

Graf Harro hatte mit steigender Erregung zugehört. Es war, als löse sich ein furchtbarer Bann von seiner Seele. Langsam, wie tastend, legte er seine Hand in die des Freundes.

»Du hast mir sehr weh getan, Fritz. Gerade von dir tat es hundertfach weh. Ich hätte dir das nie – niemals angetan. Und wenn man dich verurteilt hätte, ich hätte doch an dich geglaubt und wäre an deiner Seite gestanden. Daß du mich fallenließest, war schlimmer noch als dieser schreckliche Richterspruch – ich konnte es nicht fassen.«

Fest und warm umschloß der Baron seine Hand. Er atmete tief auf. Jetzt, da er dem Freund wieder in die Augen sah, begriff er sich selbst nicht mehr.

»Ich weiß selbst nicht, wie es kam, Harro! An deine Schuld

glaubte ich nicht, obwohl ich mir sagte, daß du damals schwer gereizt warst. Und da waren noch so viele Momente, – und durch das Verhör und das Hin und Her wurde man ganz verdreht. Und dann – ich sah das Giftfläschchen in deiner Hand – du sagtest selbst aus, daß niemand als du zu dem Gift gelangen konnte –, da bin ich wohl eine kurze Zeit an dir irre geworden. Du hattest ja ein Recht, deine Frau zu strafen. Und da kamen all die Aufregungen über mich. Es stürmte während des Prozesses soviel auf mich ein – kurzum – ich war meiner selbst nicht sicher und wußte nicht, was ich tun sollte. Und als ich mich dann langsam wiederfand, schämte ich mich meines Zweifels an dir. Und nun habe ich mir gesagt, hättest du eine Schuld auf deiner Seele, hättest du sie ehrlich auf dich genommen – oder du hättest dich selbst gerichtet. Willst du mir nun verzeihen? Soll alles vergessen sein, Harro?«

Graf Harro sah ihn groß und ernst an.

»Du weißt nicht, was ich gelitten habe, Fritz. Es liegen furchtbare Monate hinter mir. Wie ich sie ertragen habe, weiß ich selber nicht. Und wenn ich dir nicht gleich freudig begegnen kann, mußt du es mir nicht anrechnen. Ich kann es noch nicht fassen, daß du wieder Hand in Hand neben mir stehst. Alles ist von mir abgefallen, außer den wenigen Menschen, die meine Einsamkeit teilen. Du kommst in das Haus eines Geächteten, der keine Freunde mehr hat.«

»Das wird anders werden, Harro. Wie ich, so werden viele andere zur Vernunft kommen und den Weg wieder zu dir finden. Und ich werde nun fest und treu zu dir stehen, Harro – und mit mir meine Braut.«

»Du bist verlobt?«

»Ja, mit Fräulein Tilly von Sarnow.«

»Ah – die junge Dame, von der du mir vorigen Winter schon vorschwärmtest – die du bei deinem Onkel hattest kennenlernen?«

»Ja – dieselbe. Ich hörte von meiner Mutter, die sich einige

Monate am Gardasee aufhielt, daß in ihrem Hotel auch Frau von Sarnow mit ihrer Tochter Tilly weilte. Da bin ich meiner Mutter nachgereist und geradewegs auf mein Ziel losgegangen. Tilly gab mir endlich ihr Jawort – und nun ist sie in Dalheim, und unsre Verlobung wird veröffentlicht. Und ich soll dich herzlich, wenn auch unbekannterweise, von meiner Braut grüßen.«

Es zuckte wie ein Wetterleuchten in Graf Harros Gesicht. »Mich, den Verfemten? Dann muß sie sehr großherzig sein.«

»Ja, sie ist ein Prachtgeschöpf, und sie hat das Herz und den Mund auf dem rechten Fleck. Am liebsten wäre sie selbst mit nach Treuenfels gekommen. Aber ihre Mutter meinte, es ginge nicht. Und da hat sie mich denn allein ziehen lassen mit einer Menge guter Ermahnungen und – ja – mit einem Auftrag.«

»Einen Auftrag?«

»Ja. Meine Braut hat in Erfahrung gebracht, daß eine Freundin von ihr, ein Fräulein Griseldis von Ronach, in deinem Hause weilt.«

Graf Harro bot dem Baron einen Sessel an, und die Herren ließen sich nieder.

»Fräulein von Ronach – allerdings, sie ist die Erzieherin meiner Tochter. Und du sagst, deine Braut ist mit ihr befreundet?«

»Jawohl, nicht nur so landläufig befreundet – es ist eine echte, rechte Freundschaft zwischen den beiden jungen Damen. Meine Braut schwärmt von ihr, und ihre ganze Familie schwärmt mit. Dieses Fräulein von Ronach muß ein ganz außerordentliches Geschöpf sein. Und außerdem ist die Familie meiner Braut der jungen Dame zu großem Danke verpflichtet.«

Graf Harro hatte interessiert zugehört.

»Wie das?« fragte er.

»Fräulein von Ronach hat die um sechs Jahre jüngere Schwester meiner Braut vor dem Ertrinken gerettet. Sie muß eine sehr tüchtige Schwimmerin sein und hat das damals zwölfjährige Mädchen unter eigener Lebensgefahr gerettet.«

Graf Harros Augen leuchteten auf. »Das sieht ihr ähnlich. Aber sie hat nie davon gesprochen, daß sie ein Menschenleben gerettet hat. Übrigens sieht ihr das noch mehr ähnlich.«

Der Baron sah ihn forschend an. »Hm! Du scheinst also auch eine große Meinung von ihr zu haben wie die ganze Familie Sarnow.«

»Von Fräulein von Ronach kann man nur eine große Meinung haben, wenn man sie kennt«, sagte der Graf warm und überzeugt.

»Das freut mich von dir zu hören. Also, wie gesagt, meine Braut hat erfahren, daß Fräulein von Ronach hier in Treuenfels ist, und mir aufgetragen, die junge Dame von ihr zu grüßen und sie herzlichst einzuladen, sie in Dalheim zu besuchen, solange sie dort weilt. Du wirst es doch erlauben, daß sie meine Braut besucht?«

»Selbstverständlich! Fräulein von Ronach ist vollständig Herrin über sich selbst. Ich werde dich ihr vorstellen.«

»Ja, ich bitte dich darum, lieber Harro. Aber erst laß uns noch ein wenig zusammen plaudern. Wir haben uns doch wohl noch mancherlei zu sagen. Meine Mutter läßt dich übrigens auch grüßen. Tilly hat auch sie zur Vernunft gebracht. Und zugleich im Namen meiner Mutter und meiner Braut bitte ich dich herzlich, übermorgen mit uns das Fest unsrer Verlobung zu feiern. Es sind so ziemlich alle Familien aus der Umgegend geladen, und du könntest dich bei dieser Gelegenheit das erstemal wieder in der Gesellschaft zeigen, und zwar auf neutralem Boden.«

Graf Harro schüttelte abwehrend den Kopf.

»Nein, mein lieber Fritz, dazu bin ich nicht imstande. Es ist ein großes Opfer von dir, daß du mich deinen Gästen aufnötigen willst. Aber ich bin nicht der Mann, mich in Gesellschaft dulden zu lassen. Es würde über meine Kraft gehen, mich von allen Seiten ansehen zu lassen wie ein wildes Tier.

Nein – das kann ich nicht und will es nicht. Ich dränge mich keinem Menschen auf. Wer mich sehen und sprechen will und allem zum Trotz an mich glaubt, der weiß mich ja zu finden, wie du mich gefunden hast. Aber über eine fremde Schwelle kommt mein Fuß nicht, solange dieser entsetzliche Verdacht auf mir lastet, solange meine Unschuld nicht klar erwiesen ist. Das laß dir gesagt sein. Sage es, bitte, auch deiner Mutter. Ich küsse ihr die Hand dafür, daß sie sich bereit erklärt hat, mich in ihrem Hause zu empfangen. Aber ich will dieses Opfer nicht von ihr annehmen. Deiner Braut lege meine Verehrung zu Füßen. Ich wünsche euch von ganzem Herzen Glück. Möge eure Ehe eine harmonischere sein, als die meine es war.«

»Ich danke dir, Harro. Und – ich will dich nicht bereden, gegen deinen Willen zu uns zu kommen. So gerne ich dich aus deiner Einsamkeit erlöste – Garantie kann ich leider nicht übernehmen für das Verhalten meiner Gäste. Aber wenn du auch der Festlichkeit nicht beiwohnen willst, so könntest du uns doch besuchen, wenn wir allein sind.«

Graf Harro wehrte ab. »Dringe nicht in mich, Fritz – ich kann es nicht tun. Es ist jetzt eine Art Menschenscheu in mir. Der Gedanke, daß mich jemand mißtrauisch anblicken könnte, macht mich nervös. Überlaß mich meinem Schicksal, Fritz. Und willst du es erträglicher gestalten, so komme zu mir, sooft du kannst. Auch Beate wird sich freuen, wenn wieder ein Mensch zu uns kommt. Ich glaube, sie leidet auch unter der Vereinsamung. Du hast sie begrüßt, nicht wahr?«

»Ja, Harro, und ich muß dir sagen, daß ich sie furchtbar verändert finde, viel mehr als dich. Ich bin erschrocken, als ich sie sah. Sie sieht aus, als sei sie krank, mehr seelisch als körperlich.«

Mit düsteren Augen sah der Graf vor sich hin. »Ja, die zu mir gehören, müssen teilnehmen an dem Fluch, der mich getroffen hat. Sie leiden – schuldlos, wie ich selbst. Ich habe es auch schon bemerkt, daß Beate sehr verändert ist. Ich wollte sie zur Erholung fortschicken, aber sie geht nicht. Und so kann ich ihr nicht helfen, so gern ich auch möchte.«

So besprachen die beiden Herren noch mancherlei. Endlich bat der Baron, Fräulein von Ronach vorgestellt zu werden.

Die beiden Herren gingen hinaus in den Park und suchten Griseldis auf. Diese sah sie kommen, und ihr Herz klopfte in schnellen, harten Schlägen. Sie sah in Graf Harros Gesicht und sah ein Leuchten in seinen Augen. Ja, des Freundes Kommen hatte ihm wohlgetan, hatte ihn aufgeheitert. Sie hätte dem Baron dankbar die Hände drücken mögen, daß er sein Versprechen gehalten hatte.

Als die Herren herangekommen waren, erhob sich Griseldis.

»Fräulein von Ronach – gestatten Sie – Baron Dalheim wünscht Ihnen vorgestellt zu werden.«

Griseldis erwiderte errötend den Gruß des Barons.

»Ich komme mit einem Auftrag zu Ihnen, mein gnädiges Fräulein«, sagte dieser, und weder er noch Griseldis verrieten mit einer Miene, daß sie sich kannten.

»Einen Auftrag, Herr Baron?« fragte Griseldis.

»So ist es. Meine Braut, Tilly von Sarnow, weilt zur Zeit mit ihrer Mutter in Dalheim, und heute mittag trifft ihr Vater mit ihrer Schwester Ruth ein. Meine Braut hat von Ihrem Hiersein gehört und läßt Sie, zugleich im Namen ihrer Mutter, um Ihren Besuch bitten. Die ganze Familie Sarnow wird sich herzlich freuen, Sie begrüßen zu können.«

Griseldis verneigte sich. »Ich danke Ihnen, Herr Baron. Bitte, sagen Sie den Damen, daß ich gern kommen werde. Ich darf mich wohl einen Nachmittag freimachen, Herr Graf?«

»Selbstverständlich! Und ich freue mich, daß Sie ein wenig Zerstreuung haben werden«, erwiderte der Graf.

»Der Zerstreuung bedarf ich nicht, aber ich werde mich freuen, liebe Freunde wiederzusehen. Wenn es Ihnen recht ist – und auch Ihnen, Herr Baron, werde ich mir erlauben, morgen nachmittag in Dalheim vorzusprechen.«

Die Herren verneigten sich zustimmend.

»Bei dieser Gelegenheit bin ich ganz zufällig hinter ein Geheimnis gekommen, Fräulein von Ronach«, bemerkte der Graf lächelnd.

Sie sah ihn fragend an. »Ein Geheimnis?«

»Ja, ein Geheimnis, das Sie mir vorenthalten haben. Ich hörte von Baron Dalheim, daß Sie die Schwester seiner Braut vor dem Ertrinken gerettet haben.«

Griseldis errötete jäh, als sei sie auf einer schlimmen Tat ertappt worden. »Ach – das ist doch nicht der Rede wert«, sagte sie verlegen.

»Erlauben Sie, mein gnädiges Fräulein – da muß ich widersprechen. Die Schwester meiner Braut und ihre Familie sind durchaus nicht der Ansicht, daß Ruths Leben nicht der Rede wert sei«, sagte der Baron scherzhaft entrüstet.

Griseldis lachte leise.

»So ist es natürlich nicht gemeint, Herr Baron. Ich meine nur, was ich getan, ist nicht wert, erwähnt zu werden.«

»Mich hätte es aber sehr interessiert«, sagte Graf Harro, Griseldis mit einem aufleuchtenden Blick ansehend.

»Das konnte ich nicht wissen, Herr Graf.«

»Nein – konnten Sie das nicht wissen?« fragte er fast vorwurfsvoll.

Sie atmete tief auf. »Von solchen Dingen spricht man nicht, Herr Graf. Für mich war es nichts Großes, Ruth Sarnow zu retten, ich bin eine sehr tüchtige Schwimmerin.«

»Sie wollen Ihr Verdienst abschwächen. Meine Braut hat mir die Sache doch wesentlich dramatischer geschildert, und – ich bitte um Entschuldigung – es ist meine Pflicht, ihr mehr zu glauben als Ihnen«, scherzte der Baron.

Griseldis lachte.

»Also begraben wir dies Thema lieber, Herr Baron, damit ich Ihnen nicht länger widersprechen muß.«

Die Herren plauderten noch eine Weile mit Griseldis. Zwischendurch erneuerte Baron Dalheim seine Bekanntschaft mit der kleinen Komtesse Gilda. Sie erkannte in ihm sofort den früher viel und gern gesehenen Onkel Baron, der stets allerlei kleine Scherze mit ihr getrieben hatte. Das tat er auch heute zu Gildas Belustigung.

»Du warst so lange nicht in Treuenfels, Onkel Baron«, hatte sie vorwurfsvoll gesagt. Er versprach ihr, jetzt wieder sehr oft zu kommen. Im besten Einvernehmen gingen die beiden Herren dann nach dem Schloß zurück.

Griseldis sah ihnen mit frohen Augen nach, und Gilda plauderte vergnüglich von Onkel Baron.

Erst bei Tisch sah Griseldis dann Graf Harro wieder, und sie freute sich, daß er etwas froher und frischer aus den Augen blickte. Er gab auch seiner Freude Ausdruck, daß der Freund zu ihm gekommen war.

»Übrigens findet Dalheim auch, daß du gar nicht wohl aussiehst, Beate. Du solltest doch etwas für dich tun«, sagte er im Laufe des Gesprächs. Die Komtesse sah ihn mit einem unbeschreiblichen Blicke an, schüttelte aber nur stumm den Kopf.

Am nächsten Tage fuhr Griseldis nach Dalheim hinüber. Die Komtesse sah es mit feindseligen Blicken, daß Graf Harro den neuesten und elegantesten Wagen für Griseldis hatte anspannen lassen. Ihrer Meinung nach wäre ein älterer Wagen gut genug für sie gewesen. Griseldis fuhr aber trotzdem recht frohen Herzens davon. Gilda hielt vorläufig ihr Mittagsschläfchen, und Graf Harro hatte versprochen, sich selbst mit seinem Töchterchen zu befassen, damit Griseldis ohne Sorgen bleiben konnte, solange sie wollte.

In Dalheim wurde sie mit herzlicher Freude empfangen. Ruth lief ihr schon entgegen und hing an ihrem Halse, und dann kamen die anderen alle und umringten sie.

Auch der Baronin Dalheim wurde sie vorgestellt. Diese fand Gefallen an Griseldis und erkundigte sich lebhaft nach der kleinen Gilda.

»Sie müssen mir das Kind nächstens einmal herüberbringen, Fräulein von Ronach«, bat sie dringend. »Graf Harro wird es Ihnen erlauben.«

»Das wird er gewiß, Frau Baronin«, erwiderte Griseldis artig.

»Oh, du mußt aber mit Gilda kommen, solange ich noch in Dalheim bin, Griseldis«, bat Ruth.

Griseldis versprach es, vorausgesetzt, daß der Graf die Erlaubnis erteile.

Sie wurde auch dringend aufgefordert, das Verlobungsfest zu besuchen. Doch Griseldis sagte ganz offen, daß sie die Einladung nur dann annehmen würde, wenn auch Graf Harro und Komteß Beate kommen würden.

»Der Graf hat meine Einladung leider zurückgewiesen. Ich habe trotzdem für ihn, für Sie und Komteß Beate Einladungen ausschreiben lassen, Fräulein von Ronach. Sie werden heute noch in Treuenfels eintreffen. Vielleicht wird der Graf doch noch anderen Sinnes«, bemerkte der Baron.

»Vielleicht kannst du ihn veranlassen zu kommen, Griseldis«, sagte Tilly lebhaft. »Ich möchte doch diese interessante Persönlichkeit kennenlernen.«

»Ich kann das natürlich nicht, Tilly, und würde es auch nicht tun. Wenn Graf Treuenfels seine Gründe hat, dem Feste fernzubleiben, so sind es sicher zwingende.«

»Aber du solltest nicht auf meinem Verlobungsfest fehlen.«

»Du wirst mich nicht vermissen, Tilly. Und ich habe mehr von dir, wenn ich noch einmal herüberkomme, wenn keine Gäste in Dalheim sind.«

Das mußte freilich auch Tilly einsehen. Nachdem Griseldis in Dalheim den Tee mit eingenommen hatte, fuhr sie nach Treuenfels zurück. Und sie hatte ein Gefühl, als sei das ihre rechte Heimat. Als sie in Treuenfels ankam, lief ihr Gilda jubelnd entgegen und umarmte sie stürmisch und rief: »Du darfst nicht wieder so lange von uns fort, Griseldis. Wir haben uns nach dir gebangt, Papa und ich.«

Errötend sah Griseldis in Graf Harros Gesicht. Seine Augen verrieten ihr, daß Gilda wahr gesprochen hatte.

»Ich habe es zwar meinem Töchterchen mit keinem Wort verraten, daß es so ist, aber sie hat es wohl instinktiv herausgefühlt. Die Sonne fehlte mir in Treuenfels«, sagte er leise.

Komteß Beate hatte diese Begrüßung mit angesehen, wenn sie auch die Worte nicht hörte. Und bittrer Neid zerfraß ihr das Herz.

Griseldis richtete nun die Grüße an Graf Harro aus und teilte ihm mit, daß die Baronin sie gebeten hatte, ihr Gilda einmal zuzuführen.

»Das kann natürlich geschehen, Fräulein von Ronach. Ich werde der Frau Baronin dankbar sein, wenn sie meinem Kinde Interesse entgegenbringt.«

»Wenn Sie gestatten, Herr Graf, werde ich dann Ende der Woche mit Gilda hinüberfahren. Meine kleine Freundin, Ruth Sarnow, möchte Gilda gern kennenlernen, ehe sie Dalheim wieder verläßt. Sie wird ihr eine fröhliche Spielgefährtin sein.«

Er neigte das Haupt. »Bestimmen Sie das ganz nach Ihrem Wunsch. Und hier habe ich auch noch etwas für Sie, einen gewichtigen Brief aus St. Marien. Die Adresse ist von Mutter Anna geschrieben. Aber sicher sind da wieder Einlagen von allen neunundzwanzig Stiftsdamen drin.«

Damit überreichte er ihr ein großes, dickes Kuvert.

Sie wog es lachend in der Hand. »Ja – das scheint mir auch so. Sie sind praktisch, die lieben Stiftsweiblein, und sparen auf diese Weise das Porto.«

»Müssen Sie alle diese Briefe beantworten?« fragte er lächelnd.

»Nein, ich berichte alles, was ich zu berichten habe, an

Mutter Anna oder Tante Agnes, die lesen meine Briefe dann vor – aber unter zwölf Seiten darf ich nicht schreiben.«

»O weh, soviel erleben Sie ja in Treuenfels gar nicht.«

»Es fehlt mir nie an Stoff, Herr Graf«, erwiderte sie.

Bei der Abendtafel legte Graf Harro der Komtesse Beate und Griseldis die von Dalheim eingetroffenen schriftlichen Einladungen zum Verlobungsfest vor. »Du wirst hoffentlich annehmen, Beate, damit du wieder einmal unter Menschen kommst«, sagte er.

»Wirst du der Einladung Folge leisten, Harro?« sagte sie.

»Nein, Beate – ich nicht.«

»Dann nehme ich natürlich auch nicht an.«

Er machte ein unbehagliches Gesicht. »Es ist mir aber ein unangenehmer Gedanke, Beate, daß auch du auf allen Verkehr verzichten willst meinetwegen.«

Ihre Augen brannten in die seinen. Eine tiefe Qual lag darin.

»Was soll mir ein Verkehr, den du nicht teilst, Harro. Ich mag die Menschen nicht und brauche sie nicht.«

»Und doch wäre Zerstreuung so gut für dich.«

»Nein, nein – laß mich nur. Ich verlange nicht nach Gesellschaft.«

Der Graf wandte sich nun Griseldis zu. »Aber Sie besuchen doch das Fest, Fräulein von Ronach?« fragte er.

Komteß Beate ärgerte sich, daß man auch Griseldis eingeladen hatte, und sah sie finster an. Griseldis merkte das aber nicht. Sie legte die Einladung neben ihren Teller.

»Nein, Herr Graf. Ich habe bereits in Dalheim abgelehnt.«

Seine Augen strahlten auf. Was ihn von Beate unangenehm berührte, freute ihn von Griseldis. Aber er versuchte ihr trotzdem zuzureden. Sie schüttelte aber den Kopf. »Was soll ich unter all den fremden Menschen, Herr Graf? Ich habe meine Freunde wiedergesehen und werde sie Ende der Woche noch einmal sehen. Das ist mir genug. In dem Festtrubel hat niemand Zeit für mich, und ich würde mich sehr einsam fühlen und durchaus kein Vergnügen davon haben. Wenn Tilly von Sarnow erst Baronin Dalheim ist und ständig in Dalheim wohnt, werde ich zuweilen um die Erlaubnis bitten, sie besuchen zu dürfen, wenn sie keine anderen Gäste hat. Dann nehme ich Gilda mit, damit sie nicht ohne Aufsicht ist. Und darauf freue ich mich, denn Tilly ist ein entzückend munteres Geschöpf, und ich weiß, sie ist mir herzlich gut.«

»Und wird sie es Ihnen nicht übelnehmen, daß Sie ihrem Verlobungsfest fernbleiben wollen?«

»O nein – sie weiß, daß es nicht böse gemeint ist, und ehrt meine Gründe.«

Die Komtesse sah Griseldis höhnisch an, als wollte sie sagen: Was für eine Wichtigtuerei.

Griseldis beachtete das aber nicht.

Graf Harro redete nun Griseldis nicht weiter zu.

Am folgenden Sonnabendnachmittag fuhr Griseldis mit Gilda nach Dalheim hinüber. Das Kind wurde von allen Seiten sehr verwöhnt und liebkost. Am meisten beschäftigte sich aber Ruth mit ihr, und mit dieser freundete sich Gilda herzlich an.

Auf der Heimfahrt plauderte sie sehr vergnügt von ihrer neuen Freundin Ruth.

Heute hatte Graf Harro nicht in Treuenfels auf Griseldis' Rückkehr gewartet, er ritt dem Wagen entgegen, und während er Gilda begrüßte, traf sein Blick aufleuchtend in Griseldis' Augen.

Ich habe mich namenlos nach dir gesehnt, sprachen diese Augen zu ihr. Und sie fühlte mit einem leisen Erschauern, wie teuer sie ihm war und wie sehr er sie liebte. Es stieg feucht in ihren Augen auf vor Ergriffenheit.

Sie konnten beide nicht sprechen, aber dafür plauderte Gilda sehr lebhaft. Sie mußte doch dem geliebten Papa ihre Erlebnisse vom Nachmittag erzählen.

Es kamen nun wieder sehr ruhige Tage. Die Stufen im

Turm waren repariert und die Turmzimmer gereinigt worden und entzückten Griseldis in ihrem neuen Glanz ganz ehrlich und ohne alle Nebengedanken, trotzdem sie alles, was mit dem Turm zusammenhing, besonders interessierte.

Komteß Beate hatte jedes Winkelchen säubern lassen; aber Griseldis hatte eine seltsame Beobachtung gemacht. Die Komtesse ging zwar selbst mit in den Turm hinüber, aber sie betrat ihn erst, als alle Fenster geöffnet und die Leute schon alle an der Arbeit waren. Dann hatte sie sogar selbst hier und da mit Hand angelegt und eigenhändig die Möbel mit hin und her gerückt. Ihr Blick war dabei rastlos, wie suchend, hin und her gewandert. Ihre Nervosität machte sich an diesem Tage wieder besonders geltend. Die Dienstboten konnten ihr nichts recht machen, und dabei schreckte sie bei jeder Gelegenheit zusammen und sah sich scheu und unruhig um. Und als Griseldis in der Zeit, da Gilda schlief, nach dem Turm gegangen war und in das Zimmer blickte, in dem Beate hantierte, da konnte sie sich kaum beherrschen.

»Bitte, verlassen Sie den Turm, bis alles sauber ist, wir können jetzt hier niemand brauchen«, sagte sie schroff.

Da ging Griseldis davon. Sie hatte erschrocken in das verstörte, fahle Gesicht der Komtesse gesehen. Das Reinigen dieser Zimmer schien ihr eine Qual zu sein, und doch legte sie gegen ihre Gewohnheit selbst Hand mit an.

Und als die Arbeit getan, als jedes Zimmer sauber war, verließ die Komtesse als erste den Turm. Sie stand eine Weile unten neben der offenen Tür und lehnte an der Mauer, wie eine Schwerkranke. Und über ihren Körper rann Schauer um Schauer, und auf der Stirne perlte kalter Schweiß, den sie, mit bebenden Händen das Tuch haltend, abtrocknete.

So sah sie Griseldis stehen. Sie stand hinter einem Gebüsch verborgen, dem Ausgang des Turmes gegenüber. Und Griseldis' Antlitz wurde vor Erregung bleich.

Bei Tisch hatte die Komtesse dann Graf Harro den Schlüssel des Turmes ausgeliefert. »Es ist nun alles in Ordnung, Harro«, sagte sie, und Griseldis hatte das Empfinden, als sei ihr jetzt etwas leichter ums Herz.

Sie machte sich ihre eigenen Gedanken darüber.

Graf Harro gab ihr den Schlüssel.

»So, Fräulein von Ronach, nun können Sie ungehindert den Söller und die Turmzimmer besuchen, sooft Sie wollen. Machen Sie es sich recht behaglich da drüben. Vielleicht nehmen wir alle zusammen zuweilen den Tee drüben ein. Was meinst du dazu, Beate?«

»Das ist zu umständlich, Harro. Man müßte er alles Gerät hinüberschaffen lassen. Und dann – die Stoffe sind doch alle schon recht mürbe und fadenscheinig, wenn die orientalischen Stickereien sich auch noch immer leuchtend abheben. Man darf diese Zimmer nicht viel benutzen.«

»Nun, dann muß ich diesen Gedanken fallenlassen – es war ja nur ein flüchtiger Einfall. Also werden Sie vorläufig Alleinherrscherin im runden Turm sein, Fräulein von Ronach. Hoffentlich lernen Sie dort das Gruseln nicht.«

Griseldis sah die Komtesse an. Diese sah aus, als hätte sie heute das Gruseln gelernt.

»Ich glaube nicht, daß ich es lerne, Herr Graf.«

Seit Griseldis den Schlüssel zum Turm besaß, mühte sie sich jeden Tag, einen geheimen Mechanismus an den beiden Delphinrahmen zu finden. In ihrem Kopf hatte es sich festgesetzt, daß der Spiegel und der gestickte Wandbehang geheime Türen zu den Hohlräumen unter dem Wandschränkchen bildeten und daß auf diese Weise eine Verbindung zwischen den Turmzimmern und ihrem und der Gräfin Schlafzimmer herzustellen sein müsse. Sie hätte darauf schwören mögen, daß auf diesem Wege das tödlich wirkende Gift in den Wein gelangt war, den die Gräfin getrunken hatte. Und wessen Hand das Gift in das Weinglas geträufelt hatte, das wurde ihr auch mehr und mehr zur Gewißheit. Sie konnte kaum noch zweifeln.

Und diese Erkenntnis durchschüttelte sie wie ein Fieber.

Ein Grauen war in ihrer Seele, und zuweilen hatte sie ein angstvolles Gefühl, als dürfe sie nicht weiter auf dem eingeschlagenen Wege, als drohe ihr ein Unheil. Aber der brennende Wunsch, Graf Harros Unschuld zu beweisen, trieb sie dennoch weiter.

Bisher war es ihr noch nicht gelungen, einen der winzigen, unzähligen Delphine aus den Rahmen herauszudrükken, wie bei dem Bild in ihrem Zimmer. Täglich mühte sie sich, abwechselnd oben und unten, den richtigen Delphin zu finden. Es war schwer, den Wirrwarr der Delphinleiber zu verfolgen, so daß keiner von ihren Fingern unberührt blieb. Täglich begann sie ihr Spiel von neuem.

Und da sie nicht zum Ziel kam, untersuchte sie eines Abends den Wandschrank in ihrem Zimmer ganz genau. Sie hatte sich eingeschlossen und tastete sorgsam die ganze innere Wand des Schrankes ab, denn sie war überzeugt, daß hier oben bei ihr genau so wie unten bei der Gräfin eine Verbindung mit dem Turm herzustellen sei. Zwar nicht eine Verbindung, die ihr gestattete, daß man in den Turm hinüberging, aber eine, durch die man etwas herüber- und hinüberreichen konnte. Vielleicht hatte der Erbauer des Turmes diese Verbindung nur geschaffen, um sich Speisen oder andere Sachen aus dem Schlosse herüberschaffen zu lassen. Oder – vielleicht war er ein eifersüchtiger Gatte, der, in dem Hohlraum versteckt, seine Gattin belauschen wollte? Das Schlafzimmer der Gräfin Alice war seit Generationen immer das Schlafzimmer der Schloßherrinnen gewesen.

So suchte also Griseldis Zoll um Zoll das Innere ihres Wandschrankes ab. Ihre Schmucksachen hatte sie längst aus dem Wandschrank wieder entfernt, sie bewahrte nichts mehr darin auf, denn sie sagte sich, es sei auf alle Fälle besser, wenn niemand ahnen konnte, daß sie den Wandschrank entdeckt habe. Nur eine Person im Schlosse konnte vielleicht auf den Gedanken kommen, in ihrer Abwesenheit den Wandschrank zu kontrollieren – die einzige Person, die anscheinend das Geheimnis der Wandschränke außer ihr kannte.

Griseldis besaß eine elektrische Taschenlampe, die ihr Vater benutzt hatte und die sie sich zum Andenken aufbewahrte. Diese Taschenlampe holte sie eines Abends hervor und leuchtete in den Wandschrank hinein. Und sie beschloß, von jetzt ab diese Taschenlampe immer bei sich zu tragen. Denn wenn es ihr eines Tages glückte, die Hohlräume zu entdecken, dann mußte sie eine Beleuchtung bei sich haben, um sich darin umzusehen.

Jetzt beleuchtete sie jedes Fleckchen des Wandschrankes damit. Und da entdeckte sie ganz hinten in der spitzen Ecke ein winziges Holzpflöckchen, das ein wenig vorstand. Sie hielt es erst für ein Astloch und wollte es unbeachtet lassen. Aber dann faßte sie doch danach. Sie suchte es herauszuziehen. Es gab nicht nach. Dann drückte sie fest darauf. Es gab nicht nach. Schließlich suchte sie es nach der Seite zu bewegen. Und da, als sie es noch mehr in den spitzen Winkel hineinschob, wich plötzlich der Boden des Wandschrankes wie eine Klappe nach unten. Der Boden legte sich glatt an die Mauer an. Griseldis hatte einen leisen Ruf ausgestoßen. Erschrocken lauschte sie in ihr Zimmer zurück. Neben ihren Zimmern wohnte ja Komteß Beate. Sie durfte nichts hören. Zum Glück war ja noch das Wohnzimmer dazwischen.

Griseldis atmete tief auf. Und nun leuchtete sie mit ihrer Taschenlampe in den Hohlraum hinunter. Er war sehr tief. Wenn jemand in diesem Hohlraum stand, konnte er kaum mit ausgestrecktem Arm bis an den Boden des Wandschrankes reichen.

Aber das beobachtete Griseldis zunächst nicht. Sie machte erst einmal eine bedeutend wichtigere Entdeckung. An der Turmseite sah sie in dem Hohlraum die Umrisse einer Tür. Sie schien ziemlich dick zu sein, und keinerlei Schloß war daran zu sehen. Aber eine Tür war es sichtlich, und zwar eine Tür in der ungefähren Größe der Delphinrahmen.

Griseldis atmete tief und schwer. Ihre Ahnung hatte sie nicht betrogen. Aber von hier innen war die Tür nicht zu öffnen, das konnte nur vom Turmzimmer aus geschehen. Und nun wollte sie schon die Delphine finden, welche die Türen öffneten, denn sicher war unten dieselbe Einrichtung wie hier oben.

Diese Entdeckung gab ihrem Verdacht neue Nahrung. Sie versuchte nun den Boden des Wandschrankes wieder zu schließen. Es wollte erst nicht gelingen, weil sie keine Handhabe hatte, um ihn emporzuziehen. Von unten ließ er sich wohl schnell wieder in das Schloß eindrücken, das ihn festhielt. Aber schließlich gelang es ihr, indem sie eine Schere in das Holz einstach und den Boden daran emporzog, bis er wieder einschnappte in das Schloß.

Sehr erregt suchte sie nun ihr Lager auf. Und es war ihr doch ein beruhigendes Gefühl, daß der Turmschlüssel in ihrem Besitz war und daß durch den Turm niemand mehr in den Hohlraum hinter den Spiegel gelangen konnte.

Es befiel sie wieder das unheimliche, bange Gefühl, das ihrem tapfren Herzen sonst so fremd war.

Lange konnte sie nicht einschlafen. Ihre Gedanken arbeiteten ruhelos an der Erlösung des geliebten Mannes.

Am nächsten Morgen stand sie schon gegen fünf Uhr auf. Es ließ ihr keine Ruhe. Sie wollte sogleich in den Turm hinüber und ihre Nachforschungen mit größerer Ruhe betreiben.

Wenn sie jetzt gleich ging, hatte sie bis um acht Uhr drei Stunden vor sich. Soviel Zeit hatte sie im Laufe des Tages nie. In ihrem Kleide barg sie ihre Taschenlampe und ein Nähetui, in dem sie Scherchen, Messer und Nadeln aufbewahrte. Sie dachte, daß sie vielleicht bei ihren Nachforschungen davon etwas gebrauchen könne.

Leise, um von Komteß Beate nicht gehört zu werden, verließ sie ihr Zimmer und ging nun schnell die Treppe hinab. Im Schloß war noch alles still. Nur der alte Heinrich war schon wach und hatte das Portal geöffnet. Er wickelte eben die Teppiche zusammen, die geklopft werden sollten.

Griseldis grüßte ihn freundlich. Er sah sie erstaunt an.

»Schon so zeitig wach, gnädiges Fräulein?«

»Ich habe Kopfweh und will ins Freie, Heinrich.«

»Die Luft ist klar und frisch. Das wird guttun.«

Griseldis nickte ihm zu und ging hinaus. In wenigen Minuten hatte sie den runden Turm erreicht. Sie schloß die Tür auf und zog sie dann hinter sich zu, so daß sie eingeklinkt war.

Und nun eilte sie die Treppe empor und in das Turmzimmer im ersten Stock. Schnell machte sie sich an die Arbeit. Mit einer feinen Stopfnadel fuhr sie erst einmal zwischen Wand und Delphinrahmen entlang. Die Spitze der Nadel stach in einen kaum sichtbaren Zwischenraum. Der Rahmen war fest angeschraubt. Etwa einen Meter über dem Fußboden blieb die Nadel, mit der sie langsam entlangstrich, hängen. Hier gab es einen Widerstand. Und Griseldis dachte sich, daß hier das Schloß der geheimen Tür wohl in die Wand eingreifen könnte. Also mußte der Mechanismus, der die Tür öffnete, in dieser Höhe zu suchen sein. Sie tastete nun sorgsam alle die kleinen Delphine ab, die in dieser Höhe lagen. Und heute sollten ihre Bemühungen endlich von Erfolg gekrönt sein. Wirklich ließ sich einer der kleinen Delphine aus dem Rahmen heraus in die Wand drücken. Es gab ein schnappendes Geräusch, und die geheimnisvolle Tür öffnete sich einen Spalt weit.

Griseldis sank vor Erregung fast kraftlos in die Knie und mußte sich erst fassen. Aber lange gab sie sich dieser Schwäche nicht hin. Sie erhob sich und öffnete die Tür. Sie war sehr dick und scheinbar mit irgendeiner Füllung versehen, die den Schall abdämpfen sollte, damit man hier nicht das Geräusch aus dem Schlosse vernahm und umgekehrt. Aber diese dicke, schwere Tür drehte sich lautlos in den Angeln. Griseldis machte sich nun erst wieder ein kleines Zeichen auf dem

Delphinleib, der das Schloß zu dieser Tür bildete. Dann öffnete sie die Tür weit und trat in den Hohlraum hinein. Sie sah, daß auch diese Tür von innen kein Schloß hatte, sondern sich glatt einfügen mußte. Von innen konnte man den Hohlraum unmöglich öffnen. Sie leuchtete empor und sah über sich den Boden des Wandschrankes, dessen Tür sich im Schlafzimmer der Gräfin Alice befand.

Tief atmete sie auf. Sie hatte gefunden, was sie suchte. Das war ein weiteres Glied in der Kette, die sie zu Graf Harros Erlösung geschmiedet hatte.

Eine Weile stand sie ganz benommen vor dieser Entdekkung. Endlich raffte sie sich wieder auf und leuchtete nun mit ihrer Taschenlampe oben in den spitzen Winkel hinein. Richtig – da saß ein kleines Schnappschloß. Sie drückte den Holzpflock zur Seite, und das Schloß sprang auf. Der Boden des Wandschrankes senkte sich herab und lag nun wie eine Klappe an der hier sehr dünnen Mauer.

Griseldis leuchtete empor in den Wandschrank hinein. Sie sah ganz deutlich den Umriß der geheimen Tür. Aber an dieser Tür war innen das Schloß zu sehen, und wenn man auf einen Stuhl trat, konnte eine große Person wohl bequem die Wandschranktür von innen öffnen und – sie war dann auch imstande, das Glas auf dem Nachtschrank der Gräfin Alice zu erreichen.

Griseldis trat aus dem Hohlraum heraus und wollte sich nach einem Stuhl umsehen, um das Experiment zu versuchen. Aber ein Blick auf ihre Uhr belehrte sie, daß es Zeit war, ins Schloß zurückzukehren. Sie mußte weitere Nachforschungen verschieben bis nach Tisch. So trat sie nur noch einmal in den Hohlraum und schloß von unten den Wandschrankboden. Dabei entfiel ihr die Taschenlampe. Die blieb brennend auf der Erde liegen, und das scharfe elektrische Licht beleuchtete hell den Fußboden des Hohlraumes. Und – da sah sie einen blitzenden Gegenstand liegen. Sie beugte sich herab und faßte danach – und hielt in der Hand einen

Ring – einen seltsam geformten Ring – den Schnurenring mit den Rubinen, den sie im Traum gesehen hatte.

Totenbleich taumelte Griseldis aus dem Hohlraum heraus und fiel kraftlos auf einen runden, lehnenlosen Sessel. Wie Frostschauer ging es über ihren Körper. Die Zähne schlugen ihr zusammen. Das war das letzte Glied in der Kette – dieser Ring war ein Beweis, daß ihr Verdacht den rechten Weg gegangen war.

Das war Komteß Beates Ring – sie hatte ihn verloren oder vermißt am Todestage der Gräfin Alice. Seither hatte sie ihn nicht mehr getragen, aber bis dahin war er in ihrem Besitz gewesen.

Ahnte sie nicht, daß sie diesen Ring verloren hatte auf einem verbrecherischen Weg? Oder hatte sie das Grauen nicht wieder allein hierhergehen lassen, um den Ring zu suchen? War sie deshalb so sehr gegen einen Besuch des Turmes gewesen? Fürchtete sie, daß der Ring im Turm gefunden werden könne?

Und aus dieser Furcht heraus hatte sie wohl ihr Grauen besiegt, als der Turm auf Wunsch des Grafen gereinigt werden sollte, und hatte selbst mit hier gearbeitet, um sich zu vergewissern, daß der Ring nicht irgendwo lag und zum Verräter wurde. Den Mut, allein hierzubleiben und in dem Hohlraum nach dem Ring zu suchen, hatte sie wohl nicht gehabt. Sie glaubte ja wohl auch, das Geheimnis dieses Hohlraumes sei gewahrt. Ach, wie jagten sich die wilden Gedanken hinter der weißen Mädchenstirn! So blaß und elend saß Griseldis da und starrte auf den Ring herab, als habe sie selbst einen Mord auf dem Gewissen. Sie konnte nun nicht mehr zweifeln, daß Komteß Beate die Mörderin der Gräfin Alice war. Alle Verdachtsgründe sprachen dafür. Sie hatte die Gräfin wohl ermordet, weil sie Graf Harro liebte und sich selbst an die Stelle der Gräfin setzen wollte.

Aber wie hatte sie Kenntnis erhalten von dieser geheimen Verbindung des Turmes mit dem Schloß? War sie durch Zufall dahintergekommen, wie sie selbst, oder – hatte sie vielleicht in der so eifrig gelesenen Familienchronik etwas davon gelesen?

Griseldis verlangte danach, diese Chronik durchzusehen. Vielleicht fand sie dadurch einen weiteren Beweis. Gleich heute nach Tisch wollte sie damit beginnen.

Es erschien ihr nun alles ganz erklärlich, was sie hatte ergründen wollen. Nur eines wußte sie noch nicht: Wie Komteß Beate in den Besitz des Giftes gelangt war, das Graf Harro doch in einem Geheimfach seines Schreibtisches verborgen hatte. Sie mußte wohl sein Geheimnis erspäht und etwas von dem Gift entwendet haben. Anders ließ sich das nicht erklären. Fassungslos sah Griseldis auf den Ring herab.

Nun hatte sie ihn gefunden. Sicher hatte die Komtesse in ihrer verbrecherischen Erregung nicht bemerkt, daß ihr der Ring von der Hand geglitten war. Und sie hatte dann wohl nicht gewußt, wo sie ihn verloren hatte. Sie hatte aber wohl gefürchtet, ihn im Turm verloren zu haben. Wie seltsam sich das alles gefügt hatte! Griseldis faltete die Hände über dem Schnurenring und betete. Es war ihr Bedürfnis in dieser Stunde.

Dann erhob sie sich und schloß die geheime Tür. Es war höchste Zeit, ins Schloß zurückzukehren. Den Ring verbarg sie mit dem Nähetui und der Taschenlampe in ihrem Kleide.

Und dann eilte sie hinab, schloß den Turm und kehrte auf einem kleinen Umweg ins Schloß zurück. Jetzt mußte sie doppelt vorsichtig sein, denn wenn Komteß Beate nur eine Ahnung hatte, daß sie ihr nachspürte, dann –

Griseldis schauerte zusammen. Sie füchtete sich zum erstenmal in ihrem Leben vor einem Menschen.

Als sie die Schloßhalle betrat, hätte sie fast vor Schrecken aufgeschrien. An der Tür traf sie auf die Komtesse. Diese sah sie scharf und forschend an. »Wo kommen Sie so früh schon her? Waren Sie schon aus?« fragte sie mißtrauisch und suchte Griseldis mit ihren schwarzen Augen zu durchbohren.

Griseldis erzitterte leise unter diesem Blick.

War ihr die Komtesse auch schon immer unheimlich und verdächtig erschienen, so erschien sie ihr jetzt grauenhaft und furchtbar.

»Ich war ein wenig im Freien – ich hatte Kopfweh«, stammelte sie und eilte an der Komtesse vorüber die Treppe hinauf.

Diese sah ihr mit finsteren Blicken nach.

Sie kam aus dem Turm – und verschwieg es mir. Warum? Oh – wie ich sie hasse – ich könnte sie töten, dachte sie. Und es brach ein Stöhnen aus ihrer Brust. Sie schauerte zusammen wie im Entsetzen über ihre eigenen Gedanken. Mit starren Augen lief sie hinaus ins Freie, wie auf der Flucht vor sich selbst, als müsse sie ihren eigenen Gedanken entfliehen.

Griseldis war auf ihr Zimmer geeilt. Gilda schlief zum Glück noch. So hatte sie noch eine Viertelstunde für sich, um sich zu fassen und zu beruhigen. Kraftlos sank sie in einen Sessel und faltete die Hände im Schoß. »Vater im Himmel! Vater im Himmel – hilf mir! Was soll ich nun tun, wie das Werk, das ich begonnen habe, zu Ende führen?«

So saß sie eine Weile und ließ ihre Gedanken jagen. Und dann sprang sie auf und schloß die Tür. Sie holte den Ring hervor – den Schnurenring – und betrachtete ihn genau. Wie rote Blutstropfen schimmerten die Rubine.

Was sollte sie mit dem Ring beginnen? Mußte sie ihn nicht der Komtesse zurückgeben, damit sie sich nicht einer Fundunterschlagung schuldig machte?

Aber wenn sie ihn zurückgab, dann ersann die Komtesse irgendeine Ausrede und ließ keine Klarheit aufkommen. Nein – sie durfte nicht einmal ahnen, daß der Ring gefunden worden war. Aber behalten mochte ihn Griseldis auch nicht, der Ring war ihr unheimlich. Sollte sie nicht lieber jetzt gleich Graf Harro alles erzählen, was sie erkundet hatte? Aber nein – auch das durfte nicht sein. Er würde in seiner Erregung vielleicht alles verderben. Sie mußte erst noch zu ergründen suchen, wie Komteß Beate zu dem Gifte gelangt war und wie zu der Kenntnis der geheimen Türen. Eine Weile mußte sie also noch Stillschweigen bewahren. Aber – den Ring – wo barg sie ihn? Sie überlegte. Hier in ihrem Zimmer erschien er ihr nirgend sicher genug verborgen. Wer bürgte ihr dafür, daß die Komtesse nicht heimlich in ihrer Abwesenheit ihre Sachen durchsuchte?

Sie barg den Ring in einem Kästchen und steckte ihn in den Ausschnitt ihres Kleides. Hier war er vorläufig sicher, bis sie mit sich im klaren war, was sie tun sollte.

Dann wandte sie sich um und sah auf das Bild, das den Wandschrank abschloß. Ein Schauder flog über ihre Glieder. Wenn nun das Unheil auf demselben Wege zu ihr käme wie zur Gräfin Alice. Komteß Beate haßte sie, wie sie die Gräfin gehaßt hatte. Mit dem Scharfsinn der Eifersucht hatte sie vielleicht von Anfang an gespürt, daß ihr Vetter der neuen Erzieherin ein wärmeres Interesse entgegenbrachte und daß diese ihren Plänen hinderlich sein konnte.

Die Komtesse liebte den Grafen und hatte wohl seine Gemahlin aus Eifersucht umgebracht, um ihre Stelle einzunehmen. Konnte sie nun nicht auch ihr nach dem Leben trachten, wenn sie Gewißheit hatte, daß der Graf sie liebte? Griseldis atmete tief und schwer. Trotzdem sie ein mutiges, tapfres Geschöpf war, zitterte sie doch vor diesem Gedanken. Wenn die Komtesse nun gar eine Ahnung hätte von dem, was sie gefunden hatte?

Sie sah sich furchtsam um, als drohe ihr ein schweres Unheil. Jedenfalls war größte Vorsicht geboten. Und diese wollte Griseldis walten lassen.

Sie richtete sich mit einer energischen Gebärde auf. Lange ließ sie sich von einer solchen ängstlichen Stimmung nicht niederdrücken.

Ich muß vorwärtsgehen auf dem einmal beschrittenen Wege, und ich will. Graf Harros Glück und Seelenruhe gilt mir mehr als alles andere – mehr als mein Leben, dachte sie.

Der Gedanke gab ihr Mut. Ihre Augen leuchteten wieder in dem alten Sonnenglanze. Und sie war sich nun klar über das, was sie tun wollte – tun mußte.

Sie ging zu Gilda hinunter. Diese war eben erwacht und streckte ihr die Arme entgegen.

»Guten Morgen, liebste Griseldis!«

»Guten Morgen, mein Herzkind! Hast du gut geschlafen?«

»Ja, sehr gut.«

»Dann wollen wir uns eilen, daß du schnell fertig wirst.«

Sie gingen schnell ans Werk, und als Graf Harro nach einer halben Stunde in das Zimmer seiner Tochter trat, kniete Griseldis gerade vor Gilda und band ihr eine breite lichtblaue Schärpe um das weiße Stickereikleidchen. Graf Harro sah mit stiller Freude auf diese beiden geliebten Wesen herab.

Griseldis hatte sich aus ihrer knienden Stellung erhoben und stand nun vor Vater und Tochter. Sie hob die Augen zu dem Grafen empor und sagte, ein wenig erregt, aber sich zur Ruhe zwingend: »Ich möchte gern um eine Unterredung bitten, Herr Graf. Ich habe Ihnen eine Mitteilung zu machen. Aber es muß ohne Zeugen geschehen – und ich möchte nicht, daß es hier im Schlosse geschieht.«

Er sah sie forschend an. Sie sah entschieden ein wenig bleich aus. »So geheimnisvoll, Fräulein von Ronach?«

Sie blieb sehr ernst. »Ja, Herr Graf, ich möchte diese Unterredung als Geheimnis betrachtet wissen, das zwischen uns bleiben muß. Wollen Sie mir, bitte, sagen, wann und wo sie stattfinden kann?«

Seine Augen blickten unruhig. Was mochte sie ihm zu sagen haben? »Wollen Sie nicht in mein Arbeitszimmer kommen? Dort sorge ich dafür, daß uns niemand belauschen kann.«

Sie schüttelte den Kopf. »Nein – ich will nicht, daß jemand im Schlosse ahnt, daß ich etwas Besonderes mit Ihnen zu besprechen habe. Ich habe schwerwiegende Gründe dafür.«

Er atmete gepreßt. »So werde ich nachher in den Pavillon kommen. Gilda wird ja anders zu beschäftigen sein. Geht es so?«

Sie neigte das Haupt. »Ja – so geht es. Ich danke Ihnen.«

Gilda hatte inzwischen auf Griseldis' Geheiß ihre Schulbücher zusammengelegt. Nun gingen sie alle drei zum Frühstück hinunter. Die Komtesse stand schon wartend am Frühstückstisch und sah ihnen mit flackernden Augen entgegen. Das Frühstück wurde von den drei Erwachsenen schweigsam eingenommen. Jeder hing seinen Gedanken nach. Nur Gilda plauderte vergnügt und mußte zuweilen Antwort haben.

Gleich nach dem Frühstück ging Griseldis mit Gilda, wie gewöhnlich, in den Park hinaus zum Unterricht.

Griseldis mußte sich heute sehr zusammennehmen, um ihre Gedanken nicht wieder und wieder abirren zu lassen. Und sie sah immer wieder unruhig nach dem Schloß hinüber, ob Graf Harro noch nicht kam.

Endlich sah sie seine hohe Gestalt zwischen den Bäumen auftauchen.

Sie schloß sofort, etwas frühzeitig, den Unterricht, und Gilda lief dem Vater entgegen. Hand in Hand kamen Vater und Tochter auf sie zu.

Sie legte mit bebenden Händen die Bücher zusammen, und dann stand Graf Harro vor ihr.

»Die Unruhe hat mich hierhergetrieben, Fräulein von Ronach. Ich habe mir ganz schreckliche Gedanken gemacht, was Sie mir wohl zu sagen haben werden. Sogar daran habe ich denken müssen, daß Sie mich um Ihre Entlassung bitten wollen«, sagte er sichtlich erregt und unruhig.

Sie schüttelte den Kopf. »Nein, Herr Graf, daran habe ich nicht gedacht. Es ist etwas anderes, was ich auf dem Herzen habe.«

Er atmete tief auf. »Wenn Sie nur nicht fortwollen – dann ist alles gut«, stieß er hervor.

Sie erzitterte unter seinem heißen, flehenden Blick. Und dann wandte sie sich an Gilda.

»Wir wollen wieder Kränze flechten, Gilda.«

Das Kind klatschte in die Hände.

»O ja, das wollen wir tun.«

»Du mußt dann Blumen pflücken, Herzkind – recht viel Blumen. Hier hast du ein Körbchen, da legst du sie hinein. Aber pflücke nur welche mit langen Stengeln, du kannst dir Zeit lassen. Recht schöne Blumen suchst du aus.«

Gilda nickte vergnügt, nahm das Körbchen und sprang auf die Parkwiese hinüber. Sie war nun für lange Zeit beschäftigt.

Graf Harro hatte sich Griseldis gegenüber an dem Tisch niedergelassen. »So, nun sind wir ohne Zeugen. Niemand stört uns hier. Ich weiß, daß Sie nicht grundlos um eine ungestörte Unterredung bitten. Sie müssen mir etwas Wichtiges zu sagen haben.«

Griseldis hatte auch ihren Platz wieder eingenommen. Der Tisch stand zwischen ihnen. »Ich glaube, daß es etwas Wichtiges ist. Aber ehe ich spreche, bitte ich Sie, mir Ihr Ehrenwort zu geben, daß Sie über das, was jetzt geschehen wird, und über das, was ich Ihnen jetzt sagen werde, strengstes Stillschweigen bewahren werden, auch dann, wenn es Ihnen töricht oder unwichtig erscheint.«

»Sie haben mein Ehrenwort, sprechen Sie«, erwiderte er.

Da sah sich Griseldis um, ob niemand in der Nähe war. Sie erhob sich und blickte hinter das Gebüsch neben dem Pavillon. Dabei nestelte sie das Kästchen mit dem Ring aus ihrem Kleide.

Sich wieder niederlassend, stellte sie das Kästchen geöffnet vor ihn hin, ohne ein Wort zu sagen.

Er sah überrascht auf den Ring herab. »Der Schnurenring!« rief er erstaunt, den Ring aus dem Kästchen nehmend. Mit brennenden Augen sah sie ihn an.

»Es ist also der Schnurenring? Derselbe, den Ihre verstorbene Frau Gemahlin Komtesse Beate schenkte und den diese seit dem Todestag der Gräfin Alice vermißte und seither nicht wiedergefunden hat?« sagte sie mit bebender Stimme.

Er betrachtete den Ring genau. »Ja, ja, er ist es.«

»Nun, Herr Graf, es ist auch genau derselbe Ring, den ich in meinem Traum sah, ohne ihn je vorher erblickt zu haben.«

Er sah sie nachdenklich an. »Niemand als Ihnen würde ich das glauben.«

Sie strich sich über die Augen. »Ja – es ist wunderbar.«

»Und wie kommen Sie zu diesem Ring?«

»Ich habe ihn gefunden.«

»Wo?«

»An einer Stelle, auf die ich in meinem Traum hingewiesen wurde. Ich möchte Ihnen aber diese Stelle noch verschweigen, weil ich schwerwiegende Gründe dafür habe.«

»Diese Gründe muß ich ehren, ohne sie zu kennen. Jedenfalls wird meine Base sehr froh sein, das originelle Schmuckstück wiederzuhaben.«

Griseldis fuhr auf. »Sie darf den Ring aber vorläufig nicht wiederbekommen, Herr Graf.«

»Nicht wiederbekommen?« fragte er erstaunt und ahnungslos.

»Nein.«

»Aber warum nicht?«

»Das kann ich Ihnen heute noch nicht sagen. Aber – es muß sein!«

Die letzten Worte klangen bitterernst.

»Es muß sein?«

»Ja, Herr Graf. Ich bitte Sie, den Ring in sichere Verwahrung zu nehmen und ihn niemand sehen zu lassen.«

»Was soll das bedeuten?«

»Bitte, fragen Sie mich nicht.«

Er sah sie kopfschüttelnd an. »Ich verstehe Sie nicht.«

Sie atmete tief auf. »Das glaube ich Ihnen. Aber ich kann Ihnen jetzt noch keine nähere Erklärung geben. Am liebsten hätte ich Ihnen den Fund verheimlicht. Aber er muß gut verwahrt werden, und ich selbst wollte ihn nicht behalten. Ein Zufall könnte es fügen, daß er bei mir gefunden würde, und – dann könnte ich in den Verdacht der Fundunterschlagung kommen.«

Er mußte lächeln. »Aber, Fräulein von Ronach, wer sollte einen solchen Verdacht gegen Sie hegen?«

Sie blieb ernst. »Sie selbst wohl nicht, Herr Graf. Aber Sie haben es doch an sich selbst erfahren, wie leicht ein Unschuldiger in einen schlimmen Verdacht kommen kann.«

»Allerdings.«

»Deshalb übergebe ich Ihnen den Ring mit der Bitte, ihn gut zu verwahren.«

»Gut, das will ich tun«, sagte er und steckte den Ring sorglich zu sich.

»Und Sie vergessen nicht – niemand soll darum wissen – auch die Besitzerin des Ringes nicht.«

»Sie haben mein Ehrenwort. Aber wollen Sie mir nicht sagen, weshalb Sie das alles so geheimnisvoll behandeln?«

Sie strich sich das Haar aus der Stirn. »Nein – jetzt noch nicht. In meinem Traum zeigte mir Ihre verstorbene Frau Gemahlin diesen Ring. Ich habe nie etwas auf Träume gegeben, aber so seltsam habe ich auch nie zuvor geträumt. Es zwang mich etwas, zu suchen. Und ich fand den Ring.«

Nachdenklich sah er sie an. »Das ist so seltsam – und nur Ihnen kann ich das glauben, das wiederhole ich.«

»Ja, es ist seltsam – es grenzt an das Wunderbare. Man sagt, die Seele eines Ermordeten kann nicht eher Ruhe finden, bis der Mörder seine Strafe erhalten hat. Und ich habe all die Zeit ein Gefühl gehabt, als stehe eine treibende Macht hinter mir und heiße mich Dinge tun, die mir sonst fernliegen würden. Ich fühle, daß ich eine Aufgabe zu vollenden habe, und diese Aufgabe ist noch nicht beendet.«

Mit einem seltsamen Blick sah er in ihr blasses, erregtes Gesicht. »Und was ist das für eine Aufgabe?«

Einen Augenblick zögerte sie. Dann brach ein leuchtender Strahl aus ihren Augen, der ihm tief in die Seele drang.

»Ich will Ihre Unschuld an den Tag bringen, Herr Graf«, sagte sie mit verhaltener Stimme.

Ungläubig, aber mit zärtlichem Blick sah er sie an. Er beugte sich über den Tisch und faßte ihre Hand.

»Das wird Ihnen nicht gelingen. Ich habe vergeblich alles versucht, Licht in das Dunkel zu bringen. Aber – sagen Sie mir – was treibt Sie dazu, sich um meine Unschuld zu bemühen?«

Jähe Glut trieben diese Frage und sein Blick in ihr Antlitz.

»Ich weiß es nicht – ich weiß nur, daß ich den Weg, den ich eingeschlagen habe, bis zu Ende gehen muß und daß er mich zum Ziele führen wird«, sagte sie leise, aber fest.

Da zog er ihre Hand zu sich heran. »Griseldis!« sagte er leise, mit heißer, bebender Zärtlichkeit.

Sie zuckte zusammen und wollte ihre Hand befreien. Aber er hielt sie fest. »Nein – weichen Sie mir nicht aus, teure, liebe Griseldis! Ich habe lange mit mir gekämpft, ob ich Ihnen sagen darf, was in meinem Herzen für Sie lebt, was täglich tiefer und stärker wird und mein ganzes Sein erfüllt – so daß ich selbst mein Elend darüber vergesse. Ich habe mir das Recht abgesprochen, meine Hand nach einem solchen Glück auszustrecken, wie Sie es mir bringen würden. Aber heute morgen sagte ich mir: Warum willst du Griseldis nicht die Entscheidung überlassen, ob sie deine Frau werden, ob sie mit dir tragen will, was das Schicksal über dich verhängt. Wäre ich schuldig, ich wagte nicht so zu Ihnen zu sprechen. Aber meine Schuldlosigkeit gibt mir Mut. Ich liebe Sie, Griseldis, mit allen Fasern meines Seins. Wie ein leuchtender Sonnenstrahl kamen Sie in mein verfinstertes Dasein. Ihnen danke ich es, wenn ich mich der Verzweiflung nicht ergab, Ihnen danke ich's, wenn ich dies Leben in Acht und Bann erträglich fand. Sie glaubten an mich und machten mich froh. Sie waren meinem Kinde eine liebevolle Erzieherin. Wollen

Sie Gilda eine treue Mutter sein, Griseldis, wollen Sie Ihre liebe Hand in die meine legen? Ich würde es Ihnen danken mein Leben lang. Sie würden mir allen Fluch in Segen kehren. Nicht jeder Frau würde ich unter solchen Umständen meine Bitte aussprechen. Aber Sie sind stark, klug, gütig und tapfer, Sie würden mit mir gehen durch Not und Tod – wenn Sie mich lieben. Und ich habe in Ihren Augen gelesen, daß Sie es tun. Griseldis – habe ich mich getäuscht?«

Sie sahen einander in die Augen wie zwei Menschen, deren Seelen einander zufliegen in starker, herzinniger Liebe.

Mit zitternder Glückseligkeit hatte Griseldis seinen heißen, erregten Worten gelauscht. Das Glück machte sie stumm. Sie konnte nicht reden. Nur ihre Augen sahen ihn an und schienen in sein Herz wie die liebe Sonne.

»Griseldis – antworten Sie mir nicht?« bat er mit heißer Zärtlichkeit.

Da atmete sie tief auf und legte, vom Glück überwältigt, ihre Stirn auf seine Hand, die noch die ihre hielt, als sei es köstlich, da zu ruhen. So lag sie eine Weile still, mit geschlossenen Augen. Und dann richtete sie sich wieder auf und sah ihn mit unverhüllter Liebe an.

»Ich danke Ihnen – oh – ich danke Ihnen von Herzen, daß Sie mir das gesagt haben. Ich will nicht unwahr sein – will Ihnen frei gestehen, daß ich Sie liebe – ich hatte wohl mein Herz schon in St. Marien an Ihr Bild verloren. Ihr Schicksal bewegte mich, ich kam freudig hierher, um Ihnen zu dienen. Und als ich Ihnen das erstemal gegenüberstand, da wußte ich, daß mein Schicksal besiegelt war, daß mein Leben nur noch den Wert hatte, den Sie ihm geben würden. Und mein ganzes Dasein gipfelte nur noch in dem Wunsch, Ihnen zu dienen, Ihnen zu helfen, Ihre Unschuld an den Tag zu bringen. Ich habe inbrünstig darum gebetet, daß es mir gelingen möge. Und nun Sie heute so zu mir sprechen – ach – wie glückselig würde ich meine Hand in die Ihre legen, wie gern Gilda in Wahrheit eine liebevolle Mutter sein – aber ich darf und will nicht zulassen, daß Sie jetzt einen Schritt tun – den Sie vielleicht in Bälde nicht mehr tun würden. Jetzt, da Sie allein stehen, gelte ich Ihnen etwas, kann Ihnen etwas sein. Aber wenn eines Tages der Bann von Ihnen genommen sein wird, wenn Sie zurückkehren in Ihre glänzenden Kreise, dann – dann gehöre ich wohl nicht mehr an Ihre Seite. Und dann würden Sie vielleicht bereuen, daß Sie die arme Erzieherin Ihrer Tochter zur Frau gewählt haben.«

Er beugte sich über ihre Hände und küßte sie mit leidenschaftlicher Zärtlichkeit.

»Meine Märchenprinzessin, willst du dich und mich mit solchen Torheiten quälen? Hörst du nicht, daß ich dich liebe – dich – dich allein. Es wird nie eine schönere und glänzendere Frau für mich geben. Vielleicht hat der Himmel nur all das Dunkle, Trübe über mich verhängt, damit mir dein Licht um so heller strahlt. Gib mir dein Jawort, Griseldis, erlöse den armen Froschkönig und mache ihn glücklich. Ich will es dir ewig danken.«

Sie bekam vor Erregung feuchte Augen.

»Ja, ich will ihn erlösen, den armen Froschkönig. Mein Dasein hat ein höheres Ziel als dieses. Aber bitte, dringen Sie heute nicht in mich. Gedulden Sie sich noch eine kurze Zeit – vielleicht gelingt es mir, Sie freizumachen aus Acht und Bann. Und wenn Sie es sind – und wenn Sie dann die Hand nach mir ausstrecken – dann – ach, mein Gott – ich wüßte nicht, wie ich die Fülle meines Glückes dann fassen sollte.«

Er sah ihr heiß und tief in die Augen. »Griseldis, warum willst du mich durch dein Zögern quälen?«

»Nicht quälen – davor behüte mich Gott. Sie sollen wissen, daß ich mich bedingungslos in Ihre Hand gebe. Was Sie wollen, soll geschehen. Nur bitte ich noch um eine kurze Frist.«

»Warum forderst du eine solche?«

»Weil – weil ich meine Aufgabe zuvor erfüllen möchte. Nur kurze Zeit warten Sie noch. Und – kein Mensch im

Schlosse darf ahnen, mit welchen Wünschen Sie an mich denken. Ich beschwöre Sie, das sorgfältig zu verbergen – vor allen Augen.«

»Nun gut – wenn du mir versprichst, daß ich dich heute in vier Wochen meine Braut nennen darf.«

Ein weiches, träumerisches Lächeln, das ihn entzückte, lag auf ihrem Antlitz. Sie sah über ihn hinweg ins Weite.

»Ja – ich verspreche es«, sagte sie leise.

Er nahm ihre beiden Hände und küßte sie wieder und wieder. »Griseldis – mein Licht, meine Sonne!« stammelte er und sah mit feuchten Augen zu ihr empor.

In demselben Augenblick zuckte sie schreckhaft zusammen. Mit bleichem, verstörtem Gesicht sah sie nach einer Gebüschgruppe hinüber und zog hastig ihre Hände aus den seinen.

»Mein Gott!« stieß sie fassungslos hervor.

Er wandte sich hastig um und sah nach der Stelle, auf die sie starrte. Und da sah er gerade noch eine hohe, schwarzgekleidete Frauengestalt hinter den Büschen verschwinden – Beate.

»Was ist dir, Griseldis?« fragte er.

»Komteß Beate«, flüsterte sie erschauernd.

Im Augenblick erfaßte der Graf, daß Griseldis auch eine Ahnung haben mußte, daß die Komtesse ihn liebte. Deshalb wollte sie wohl, daß niemand von seiner Liebe zu ihr erfuhr. Ihr gütiges Herz verlangte wohl, daß Beate geschont wurde, soweit es ging.

Er selbst fühlte auch Mitleid mit Beate, aber es war ein kaltes Mitleid, das nicht bestimmend auf ihn einwirken konnte. Dadurch sollte kein Schatten auf sein und Griseldis' Glück fallen.

»Hat sie dich erschreckt, Griseldis?« fragte er weich.

»Komteß Beate liebt Sie«, stammelte sie noch unter dem Eindruck von deren wilden, haßerfüllten Blicken, »und sie hat gesehen, daß Sie mir die Hände küßten.«

Er atmete tief auf. »Ich kann ihr nicht helfen, Griseldis. Es tut mir leid, aber mich trifft daran keine Schuld. Nie habe ich etwas anderes als Mitleid mit ihr empfunden. Ich möchte sie schonen, soviel ich kann, und deshalb ist es wohl besser, sie verläßt Treuenfels, ehe wir uns offiziell verloben. Ich werde dafür sorgen, daß sie auch fern von Treuenfels ein sorgloses Leben führen kann.«

Griseldis antwortete nicht. Sie sah eine Weile nachdenklich vor sich hin. Ein Gefühl war in ihr, daß sie nun schnell handeln müsse, um ihre Aufgabe zu erfüllen.

Jetzt kam Gilda mit ihrem Körbchen zurück, das voller Blumen war. »Sieh, Griseldis, so eine Menge Blumen. Nun kannst du Kränze winden«, sagte sie.

Griseldis umschlang sie mit beiden Armen und herzte und küßte sie. Der Graf sah mit leuchtenden Augen zu. Er fühlte beglückt, daß diese Zärtlichkeit auch ihm galt.

»Ja, Gilda, Fräulein Griseldis soll Kränze winden, einen für dich und einen für sich selbst. Ich will euch heute beide geschmückt sehen mit Blumenkränzen«, sagte er.

Gilda jubelte. »O ja! Und Griseldis muß ihre langen Zöpfe losstecken und über den Rücken fallen lassen. Sie reichen bis auf den Fußboden, wenn sie sitzt, wie bei Rapunzel mit dem langen Haar. Das ist ein Märchen, das mir Griseldis erzählte. Rapunzel saß in einem Turm, und Prinz Riquet wollte zu ihr hinauf. Sein Diener, der sich ganz riesengroß machen konnte, hob ihn hinauf. Aber ein Stückchen fehlte noch. Da rief der Prinz: Rapunzel, sei munter, reich mir dein Haar herunter! Und da hielt sie ihren Zopf zum Fenster heraus. Er war so lang und dick wie die Zöpfe von Griseldis. Und daran schwang er sich empor in ihr Turmfenster.«

»Oh, das ist ein schönes Märchen«, sagte der Graf lächelnd.

»Nicht wahr? Und nun muß Griseldis ihre Flechten lösen, und dann setze ich ihr einen Kranz auf, und sie ist Rapunzel«, fuhr Gilda fort.

»Nein, sie ist dann die schöne Prinzessin, die den Froschkönig erlöste, das dünkt mich noch viel schöner.«

»Nun ja, ist mir auch recht! Schnell, Griseldis, winde zuerst einen Kranz für dich. Ich löse inzwischen die Nadeln aus deinem Haar, das tue ich so gern.«

Griseldis wollte abwehren. Aber Gilda umschlang sie jauchzend von hinten und hielt sie fest. »Ich tue dir nicht weh! Du weißt doch, daß ich es ganz sorgsam tue«, bettelte sie.

Da mußte Griseldis stillhalten.

Erglühend saß sie da und wand die Blumen zum Kranz, die sie schmücken sollten. Gilda löste ihre Flechten, die in aller Pracht herabfielen und wirklich bis zur Erde reichten.

Als endlich der Kranz fertig war, nahm ihn Gilda und setzte ihn behutsam auf den goldenen, lockigen Scheitel Griseldis'. »Papa, kannst du dir eine schönere Prinzessin denken?« fragte sie und umarmte und küßte Griseldis.

Der Graf atmete schwer. »Nein – keine schönere – und keine liebere. Ach, Gilda – du hast es gut!« stieß er hervor.

Er konnte diese Küsse nicht länger ruhig mit ansehen und sprang auf. Schnell lief er ein Stück davon und kam dann langsam wieder zurück. Er blieb vor Griseldis stehen.

»Es ist besser, ich laufe jetzt eine Weile umher. Wenn ich länger bleibe, stehe ich nicht mehr für mich ein. Und die Ungeduld wird mich nun ruhelos umhertreiben. Auf Wiedersehen, Gilda – ich lasse dich mit deiner schönen Prinzessin allein – du beneidenswerte Gilda! Auf Wiedersehen, Prinzessin Sonnenstrahl!«

Griseldis glühte wie eine Rose.

»Bitte – noch auf ein Wort«, sagte sie leise.

»Was wünschen Sie, Fräulein Griseldis?«

Sie sah ihn an, daß er die Augen schließen mußte vor ihrem Zauber, um ruhig scheinen zu können.

»Ich möchte Sie bitten, mir zu gestatten, heute, vor Tisch noch, Ihr Arbeitszimmer zu betreten. Bitte, lassen Sie mich durch einen Diener rufen, mit dem Bemerken, daß Sie mir bezüglich Gildas Unterricht etwas zu sagen wünschen.«

»Ich wüßte nichts, was ich lieber tun würde«, sagte er und ging hastig, wie auf der Flucht vor sich selbst, davon.

Griseldis nahm nun den Kranz von ihrem Haupte und setzte ihn Gilda auf. »Jetzt habe ich keine Zeit mehr, um noch einen Kranz zu winden. Wir müssen jetzt weiterlernen, mein Herzkind. Nun komm an die Arbeit«, sagte sie und steckte ihre Flechten wieder auf.

Ahnte sie, daß zwei glühende schwarze Augen unverwandt von ferne auf ihr ruhten? Komteß Beate hatte sich, etwas weiter entfernt, ins Gebüsch versteckt und hatte die ganze Szene beobachtet. Wie giftige Pfeile flogen ihre Blicke zu Griseldis hinüber, und wenn Blicke töten könnten, hätten es die ihren getan.

Griseldis schauerte wieder zusammen im hellen, warmen Sonnenlicht. Ein Reiter ritt über mein Grab, dachte sie. So pflegte Tante Agnes zu sagen, wenn sie zusammenschauerte. Es entsprach einem alten Volksglauben.

Als Griseldis nach einer Stunde mit Gilda das Schloß betrat, kam ihr der Diener Heinrich entgegen. »Fräulein von Ronach, Sie möchten in das Arbeitszimmer des Herrn Grafen kommen. Er will wegen des Unterrichts der kleinen Komtesse mit Ihnen reden.«

Griseldis nickte. »Ich komme sogleich. Geh inzwischen auf dein Zimmer, mein Herzkind, ich komme gleich zu dir.«

Sie küßte Gilda, und diese hüpfte davon.

Griseldis betrat das Arbeitszimmer des Grafen. Er stand, ihrer harrend, am Fenster und kam nun schnell auf sie zu.

»Griseldis!« rief er, ihre Hände fassend, wie in heißer Sehnsucht.

Sie sah ihn groß und ernst an. »Ich bin nur hierhergekommen – weil es sein mußte. Und ich will mich so schnell wie möglich wieder entfernen. Bitte – zeigen Sie mir das Geheimfach Ihres Schreibtisches, in dem Sie das Giftfläschchen aufbewahrten. Es ist nicht müßige Neugier, die mich zu dieser Bitte treibt. Und – ein Geheimnis ist ja wohl dieses Fach nicht mehr, seit der Verhandlung.«

Der tiefe Ernst in ihrem Antlitz steckte ihn an. »Nein. Aber selbst, wenn es noch eines wäre – für dich sollte es keines sein, Griseldis.«

Er trat an den Schreibtisch heran und drückte an die verborgene Feder. Das Fach sprang auf. Griseldis sah hinein. Da lag das Fläschchen mit dem verwelkten Blumenkranz, den Griseldis für Graf Harro gewunden hatte.

Er nahm ihn heraus und hielt ihn ihr vor die Augen.

»Sieh – so viel Segen erwarte ich von diesem Kranz, den du mir gewunden, daß ich damit den Fluch zu bannen hoffe, der von diesem Fläschchen ausgegangen ist«, sagte er ihr leise.

Sie errötete und sah ihn innig an. »Gilda betet jeden Abend das Kranzgebet.«

»Ja, sie hat es mir gesagt. Es heißt: Lieber Gott, laß meinen Papa recht von Herzen glücklich sein. – Ich glaube, es hat schon gewirkt, dies Gebet, Griseldis.«

»So Gott will, soll es noch mehr wirken – bis alle Schatten weichen. Darf ich das Fläschchen einmal in die Hand nehmen?«

»Ja – es ist ja vom Gerichtschemiker von jeder Giftspur befreit worden.«

Sie nahm das Fläschchen und sah es an. »War es ganz gefüllt mit dem tödlichen Gift?«

»Wie ich es kaufte, ja. Und es war gefüllt bis zum Rande, als ich es meiner Frau, dem Baron und meiner Base zeigte. Seit jenem Abend sah ich es nicht mehr an, bis ich es den Herren vom Gericht auslieferte. Und da war es nur noch etwa zu zwei Dritteln angefüllt.«

»Also in der Zwischenzeit mußte jemand von dem Gift etwas entwendet haben?«

»Ja, so ist es.«

»Und das Quantum, das fehlte, war genug, um einen Menschen zu töten?«

»Der Inhalt der Flasche hätte hundert Menschen den Tod bringen können. Zwei Tropfen davon genügten, einen alten Jagdhund von mir schmerzlos zu töten. Sie können Komteß Beate fragen, die dabei war, als ich das tat.«

»War das, bevor Sie der Gräfin das Fläschchen zeigten?«

»Ja, längere Zeit vorher.«

»Und – Sie glauben ja, daß Gräfin Alice Ihnen das Gift entwendete – wie glauben Sie wohl, ist sie hinter das Geheimnis gekommen, wo sich dieses Fach befindet?«

»Darüber habe ich lange nachgedacht und bin dann durch einen Zufall auf die Spur gekommen. Bitte – treten Sie einmal hinüber ins Nebenzimmer. So – bitte, gehen Sie bis zur Eingangstür. – Und nun sehen Sie hier in diesen Spiegel. Bitte, bleiben Sie so stehen und geben Sie acht, was Sie in dem Spiegel sehen.«

Er hatte sie bei diesen Worten ins Nebenzimmer geführt und ging nun schnell in sein Arbeitszimmer hinüber. Er trat an seinen Schreibtisch, öffnete und schloß das Geheimfach und legte Kranz und Fläschchen wieder hinein. Das alles sah Griseldis deutlich im Spiegel. Und nun drehte er sich um und nickte Griseldis' Spiegelbild zu.

Sie kam schnell zu ihm herüber und war ganz blaß geworden. »Ja – man brauchte nur da drüben an der Tür zu lauschen, wenn Sie dies Geheimfach öffneten, dann war das Geheimnis enthüllt.«

»Ja. Und das ist der einzige Vorwurf, den ich mir in der ganzen Angelegenheit machen kann, daß ich dies Geheimnis nicht vor Lauschern genügend geschützt habe. Vielleicht belauschte meine Frau mich an demselben Abend, als ich das Fläschchen gezeigt hatte und es wieder fortlegte, denn nachdem habe ich das Fach bis zu ihrem Tode nicht mehr geöffnet. Ich habe auch schon Beate gefragt, ob meine Frau an jenem Abend nach mir das Zimmer verlassen habe, aber sie sagte mir, sie sei selbst in einer häuslichen Angelegenheit abgerufen worden und könne es nicht sagen. Aber möglich sei es schon, denn sie habe aus ihren Zimmern ein Album geholt, um es Baron Dalheim zu zeigen. Dabei konnte sie sehr wohl einige Minuten darauf verwandt haben, mir heimlich zu folgen.«

Oder Komteß Beate hat das getan, dachte Griseldis. Aber sie sprach es nicht aus.

»Nun will ich wieder gehen«, sagte sie.

Er sah sie lächelnd an. »Ist mein kleiner Sherlock Holmes nun befriedigt?« fragte er neckend.

Sie wußte, daß er ihre Bemühungen, Licht in das Dunkel zu bringen, nicht ernst nahm. Und das war ihr nur lieb. So wurde ihm die Aufregung erspart.

Sie nickte, sich zum Lächeln zwingend. »Ja – ich bin befriedigt.«

Er nahm ihre Hand und küßte sie. »Nun geh, Griseldis – wenn ich die Frist respektieren soll, die du mir gesetzt hast – dann darf ich nicht allein mit dir sein.«

Er fühlte, wie ihre Hände zitterten. Und da ließ er sie frei.

»Auf Wiedersehn bei Tisch«, sagte sie und ging schnell hinaus. Ihre Gedanken arbeiteten fieberhaft, und weiter und weiter spann sie an dem Faden, dessen Enden sich bald zu einem Kreis zusammenfinden sollten, um den wahren Mörder der Gräfin Alice darin zu fangen.

Bei Tisch herrschte heute eine seltsam verhaltene Stimmung. Niemand sprach mehr als einige höfliche Worte. Nur Gilda sorgte dafür, daß die Unterhaltung nicht ganz einschlief. Komtesse Beate saß mit schlaffen, fahlen Zügen da und starrte auf einen Fleck. Es krampfte Griseldis das Herz zusammen, wenn sie sich in die Seele dieser Frau hineindachte.

Gleich nachdem Gilda zu ihrem Mittagsschläfchen niedergelegt war, ging Griseldis hinunter in die Bibliothek.

Das war ein großer Raum, in dem in halber Höhe eine Galerie herumlief. Die Wände waren bis oben hin mit Bücherregalen angefüllt, in denen in langen Reihen unzählige Bücher standen.

Griseldis nahm aus dem ihr von Graf Harro bezeichneten Schranke die schwere, in Leder gebundene Chronik mit den dicken, vergilbten Blättern. Sie legte sie auf den in der Mitte des Raumes stehenden Tisch und beugte sich darüber, ohne sich zu setzen.

Sie blätterte in dem Buche und überflog flüchtig die Seiten. Die Chronik zeigte verschiedene Handschriften, und die Aufzeichnungen reichten bis in das Jahr 1220 zurück.

Griseldis hielt sich bei den ersten Seiten nicht lange auf. Sie suchte den Namen des Grafen Hans Joachim von Treuenfels, des Erbauers des runden Turmes. Vorher konnte ja in der Chronik nichts über die geheimnisvolle Verbindung zwischen dem Turm und dem Schloß enthalten sein.

Und nach kurzem Suchen fand sie diesen Namen. Da stand es: Graf Hans Joachim von Treuenfels, geb. am 19. Oktober 1614, gest. am 13. Januar 1678. Griseldis las langsam durch, was Graf Hans Joachim selbst niedergeschrieben hatte, und stieß endlich auch auf die Stelle, wo von der Erbauung des Turmes die Rede war.

Er war tatsächlich gebaut worden, um den alchimistischen und astronomischen Studien des Grafen Hans Joachim zu dienen. Es sei sein Bestreben gewesen, eine ganz ungestörte Arbeitsstätte zu haben, allwo ihn selbst sein liebliches Ehegemahl nicht habe stören können. Deshalb sollte der Turm ganz isoliert liegen, ohne jede Verbindung mit dem Schloß. Darüber sei jedoch sein junges Gemahl so gar traurig gewesen, daß es ihm das Herz erweicht habe. Und er habe zwei sinnreich konstruierte Schlupfwinklein in die dicken Mauern bauen lassen, mit Öffnungen hüben und drüben.

Die haben es zugelassen, daß sein junges Gemahl zwar nicht aus dem Schloß zu ihm habe schlüpfen können, damit sie ihm in ihrer spielerischen Ungeduld sein Gerät nicht durcheinanderbrachte, aber durch welches er sich doch hätte mit ihr unterhalten können. Es hieß dann weiter in der Chronik: »Auch manch artig Küßlein ist anitzt durch dies Schlupfwinkelein von mir mit meiner lieben Fraue ausgetauschet worden, obgleich dies ein beschwerlich Küssen war, bei dem ich stehen mußte auf einem Schemel und mein Gemahl nur schwach umfahen kunnt. Dieweil das Schlupfwinklein, das ich anitzt beschreiben will –«

Hier war die Seite zu Ende. Griseldis blätterte mit atemlosem Interesse um. Jetzt mußte ja kommen, was sie suchte, die Beschreibung der Wandschränke, der Hohlräume und der geheimen Türen.

Aber der Satz wurde auf der anderen Seite nicht beendet, und es war keine Rede mehr von dem runden Turm. Griseldis stutzte – blätterte nochmals zurück, las die letzten Worte wieder und wandte wieder um.

Da fehlt etwas, dachte sie, und zwar die Beschreibung der Schlupfwinklein. Sie drückte das Buch weit auseinander und sah tief zwischen die Seiten hinein. Und da entdeckte sie wirklich eine Spur, den schmalen Rest eines abgetrennten Blattes. Hier war mit einem feinen Messerchen ein Blatt aus der Chronik herausgeschnitten.

Griseldis atmete tief und schwer. Ihre Augen starrten auf das Buch herab. Da hatte jemand die Beschreibung des Schlupfwinkels aus dem Buche entfernt. Waren es vielleicht dieselben Hände gewesen, die das Gift in den Wein der Gräfin träufelten? Oder fehlte das Blatt schon länger?

Aber das wäre eine Unklugheit von Beate gewesen, einer von den kleinen Fehlern, die fast von allen Verbrechern begangen werden. Das Entfernen dieses Blattes war ein Beweis mehr für Griseldis, daß Komteß Beate wirklich die Täterin war. Sie hatte die Chronik vom Anfang bis zum Ende durchgelesen, sie hatte ein starkes Interesse daran gehabt – konnte sie nicht dadurch von den geheimen Wandschränken erfahren haben? Und daß sie nie mit dem Grafen davon gesprochen, war ein Beweis, daß sie Böses vorgehabt hatte mit diesem geheimen Verbindungsweg. Griseldis bog nochmals das Buch weit auseinander und sah scharf auf die Spur des abgetrennten Blattes. In diesem Augenblick wurde hastig die Tür geöffnet, und Komteß Beate trat ein. Griseldis erschrak so sehr, daß sie leise aufschrie.

Schnell trat die Komtesse heran, warf einen Blick auf die Chronik und sah dann mit starren, unheimlichen Augen in Griseldis' Gesicht.

»Was tun Sie hier? Wer hat Ihnen erlaubt, in dieser Chronik zu lesen?« fragte sie schroff und rauh.

»Der Herr Graf«, erwiderte Griseldis, sich mit aller Macht zur Ruhe zwingend. Die Augen der Komtesse glühten wie im Wahnsinn.

Sie lachte schrill auf. »Der Herr Graf – soso – der Herr Graf? Finden Sie nicht, daß er Ihnen ein wenig viel gestattet? Man muß sich wundern, wie vertraulich er mit einer Angestellten seines Hauses verkehrt. Freilich – wie will er taktlose Aufdringlichkeiten abwehren? Sie interessieren sich wohl ungemein für die Geschichte dieses Hauses?«

»Allerdings«, antwortete Griseldis, ihren Stolz zu Hilfe rufend, ruhig und fest.

»Nun – dies Interesse ist ein taktloser Übergriff von Ihnen, meine Liebe. Die Chronik der Grafen von Treuenfels darf nur Familienmitglieder interessieren, und mein Vetter sollte niemand Einblick darin gestatten ohne meine Erlaubnis – denn ich bin auch eine Treuenfels.«

»Dann muß ich um Verzeihung bitten. Da Sie es nicht wünschen, werde ich selbstverständlich nicht weiter in die Chronik Einsicht nehmen. Es geschah heute das erstemal, und ich wollte eben erst beginnen«, sagte sie so ruhig sie konnte.

Die Komtesse sah sie durchdringend an.

»Ich werde jedenfalls erst mit meinem Vetter über diese Angelegenheit sprechen, und bis das geschehen ist, werde ich das Buch unter Verschluß nehmen.«

Damit ergriff Komteß Beate das aufgeschlagene Buch. Und als sie einen Blick darauf warf und merkte, an welcher Stelle das Buch aufgeschlagen war, erschien ein grauenerregender Ausdruck auf ihrem Gesicht.

Vor diesem Ausdruck ergriff Griseldis in jäher Angst die Flucht. Ihr war, als könne sie sich nur auf diese Weise davor retten, daß die Komtesse sie mit dem Buche niederschlug. Die Komtesse machte auch eine Bewegung, als wolle sie das schwere Buch nach Griseldis schleudern, aber diese war schon entflohen.

Die Komtesse sank kraftlos in einen Sessel, das schwere Buch fiel zur Erde. Sie sah starr darauf nieder und bot so ein Bild vollständiger Erschöpfung. So saß sie eine ganze Weile. Endlich raffte sie sich auf. Sie hob das Buch empor und schloß es in den Schrank ein. Aber als sie zuschloß, sagte sie laut vor sich hin: »Es nützt ja doch nichts mehr.« Und auf ihrem Antlitz lag eine starre Ruhe und eine unheimliche Entschlossenheit.

Sie biß die Zähne fest aufeinander und verließ die Bibliothek. Geradewegs begab sie sich zu Graf Harro. Er hatte ihr gesagt, daß er sie in seinem Arbeitszimmer erwarte, weil er etwas mit ihr zu besprechen habe.

Sie trat ein.

Als er in ihr starres, unheimliches Gesicht blickte, überkam ihn ein beklommenes Gefühl. Er wußte, daß er jetzt eine sehr unangenehme Szene vor sich hatte.

»Du wünschest mich zu sprechen, Harro?« fragte sie mit heiserer, tonloser Stimme.

»Ja, Beate. Bitte, setze dich. Du siehst sehr leidend aus.«

Sie wehrte hastig ab und sank in einen Sessel. »Laß das – reden wir nicht davon.«

»Doch, Beate. Ich bin in ernstlicher Sorge um dich. Und ich möchte dir helfen, so gut ich kann. Deshalb will ich dir einen Vorschlag machen. Mir scheint, der Aufenthalt in Treuenfels ist dir nicht gut. Deshalb will ich dir helfen, ihn mit einem anderen zu vertauschen. Du sollst dir irgendwo, an einem Ort, wo es dir gefällt, eine neue Heimat schaffen. Ich werde dir gern eine größere Summe zu diesem Zwecke anweisen und dir eine angemessene jährliche Rente auszahlen lassen. Vielleicht wählst du eine große Stadt, da du in einer solchen aufgewachsen bist und dort genügend Ablenkung und Zerstreuung finden wirst. Ich sorge natürlich in jeder möglichen Weise für dich.«

So sagte er, mit dem unbehaglichen Gefühl, daß er ihr wehe tun müsse. Aber es war seiner Meinung nach das Notwendigste und Beste für sie, daß sie aus seiner Nähe kam.

Beate starrte ihm mit glanzlosen Augen ins Gesicht.

»Du – du schickst mich fort – fort von Treuenfels? Du weisest mir die Tür?« brach es wie ein Stöhnen aus ihrer Brust.

Er nahm ihre Hand. Sie war eiskalt. »Es ist besser, du gehst, Beate; für dich und für mich. Es ist mir eine Qual mehr, dich leiden zu sehen«, sagte er, erschüttert durch den verzweifelten Ausdruck ihrer Augen, weicher als sonst.

Da sank sie plötzlich aus ihrem Sessel heraus vor seine Füße und grub ihr zuckendes Gesicht in seine Hand.

»Harro – Harro – hab' Erbarmen – ich – ich liebe dich – und ich vergehe an dieser Liebe«, stieß sie zwischen den Zähnen hervor, als ringe sie dies Geständnis schmerzhaft ihrem Stolze ab.

Ihre Haltlosigkeit stieß ihn ab und forderte doch sein Mitleid heraus. Er hob sie auf und machte sich sanft, aber energisch los, als sie sich an ihn klammern wollte.

»Ich habe es geahnt, Beate, und habe dich tief bedauert. Aber gerade deshalb ist es nötig, daß du gehst. Ich kann dir leider nicht helfen. Nie habe ich etwas getan, um diese Liebe in dir zu wecken. – Geh jetzt auf dein Zimmer, beruhige dich und überlege dir meine Worte. Und wenn du dann eine Entscheidung getroffen hast, laß es mich wissen.«

Sie richtete sich plötzlich mit einem jähen Ruck empor und sah ihn an wie der zum Tode Verurteilte seinen Henker. So stand sie eine Weile, Auge in Auge mit ihm. Ihre Lippen bewegten sich, als wolle sie noch etwas sagen. Aber kein Wort kam darüber. Und endlich wandte sie sich ab und ging hinaus, ohne noch etwas zu sagen.

Und in ihren Augen glühte der Wahnsinn.

Starr geradeaus blickend ging sie in ihre Zimmer. Da sank sie plötzlich auf dem Teppich zusammen und stöhnte auf wie ein verwundetes Tier.

So lag sie eine Weile, bis das Öffnen und Schließen einer Tür an ihr Ohr drang. Das war die Tür, die zu Griseldis' Zimmer führte.

Beate hörte einen leichten Schritt an ihrer Tür vorübereilen. Es war Griseldis' Schritt. Sie kannte ihn, diesen beschwingten, elastischen Schritt.

Wie ein Tier kroch sie auf die Tür zu und erhob sich dann jäh. Leise öffnete sie die Tür und spähte hinaus. Da sah sie Griseldis gerade noch auf der Treppe verschwinden.

Ein wildes Glühen lag in ihren Augen. War sie selbst verbannt von Harros Angesicht, war sie verdammt, diese glühende, unerwiderte Leidenschaft in sich rasen zu lassen und daran zu verbrennen, so sollte auch diese verhaßte blonde Hexe nicht an seiner Seite glücklich sein. Wurde sie selbst ins Verderben gestoßen, so riß sie auch die mit hinein, die trennend zwischen ihr und Harro stand.

Sie trat an das Fenster und sah hinaus. Richtig – da unten ging sie. Sie ging nach dem Turm hinüber. Was hatte sie immer wieder dort zu suchen? Auf dem Söller war sie selten zu sehen. Also waren es die Turmzimmer, die sie anlockten.

»Sollte mich meine Ahnung nicht trügen? Spioniert sie mir nach? Nun – um so mehr fordert sie ihr Verderben heraus. Sie soll nicht über mich triumphieren.«

Und als Griseldis jetzt im Turm verschwand, raffte sich Beate auf und folgte ihr.

Griseldis war, als sie die Bibliothek verließ, erst in ihre Zimmer geeilt. Sie schloß die Tür fest hinter sich zu und sank haltlos in einem Sessel zusammen. Die Furcht vor Beate war so stark in ihrer Seele, daß sie das Grauen schüttelte. Und sie hatte das Gefühl, als müsse sie sich beeilen, mit ihrer Mission zu Ende zu kommen, damit sie sich dann in Graf Harros Schutz flüchten konnte.

War Komteß Beate wirklich, wie sie nicht mehr zweifeln konnte, die Mörderin der Gräfin Alice, so hatte sie auch Verdacht geschöpft, daß sie ihr nachspürte. Das bewies ihr ihr Verhalten in der Bibliothek. Würde die Komtesse nun nicht alles tun, was in ihrer Kraft stand, um sie unschädlich für sich zu machen?

Griseldis überlegte, ob sie nicht doch gleich zu Graf Harro gehen und ihm alles sagen sollte, damit er selber die Spur weiterverfolgen konnte.

Aber – wenn sie einem Wahngebilde nachstrebte, wenn sie sich in ihrer Sucht, Graf Harros Unschuld zu beweisen, und beeinflußt von ihrem Traum, in falsche Vermutungen verrannte? Wie sollte sie dann vor ihm bestehen? Noch hatte sie ja keinen eklatanten Beweis für die Schuld der Komtesse. Oder war der Ring im Wandschrank Beweis genug? Sie wurde selbst wieder irre. Zu furchtbar war ja das Verbrechen, das sie der Komtesse zutraute.

So saß sie noch, als sie hörte, daß die Komtesse ihre Zimmer betrat. Die Angst, Wand an Wand mit dieser hier oben in dem abgelegenen Teil des Schlosses zu sein, übermannte sie. Und es trieb sie auch hinüber in den Turm. Sie wollte feststellen, ob es möglich war, daß man, wenn man auf einem Stuhl stand, in dem Hohlraum bis an die Tür zu dem

Wandschrank gelangen, diesen öffnen und mit den Händen in das Zimmer der Gräfin reichen konnte. Hatte sie darüber Gewißheit, wollte sie Graf Harro alles sagen und gemeinsam mit ihm weiter nachforschen.

Sie steckte die Taschenlampe zu sich und eilte hinaus. Viel Zeit hatte sie nicht mehr, denn Gilda würde bald erwachen. Doch brauchte sie ja auch nicht lange Zeit. In einer Viertelstunde konnte sie ihre Nachforschung beendet haben.

Niemand begegnete ihr auf ihrem Weg. Die Dienerschaft war unten im Erdgeschoß und Graf Harro und die Komtesse auf ihren Zimmern.

Als sie am Turm anlangte, sah sie sich noch einmal vorsichtig um, sie wollte nicht gesehen werden. Es war ringsum alles still und menschenleer.

Schnell schloß sie die Tür auf und lehnte sie hinter sich an, damit sie durch ihr weites Offenstehen nicht verriet, daß sie im Turm war.

Und nun huschte sie schnell die Treppe empor nach dem Turmzimmer. Mit einem sicheren Griff fand sie die geheime Tür. Griseldis trat in den Hohlraum. Sie wollte erst den Boden des Wandschrankes herunterklappen, ehe sie einen Stuhl hineinstellte, auf den sie steigen konnte. Sie leuchtete mit ihrer Taschenlampe empor, um das Schnappschloß zu finden. Hochauf reckte sie die Arme, um das Schloß zu erreichen. Und als die Klappe herniederfiel, ließ sie die Arme sinken und wollte nun aus dem Hohlraum ins Zimmer treten, um einen Stuhl zu holen. In demselben Augenblick sah sie plötzlich Komteß Beate durch das Zimmer auf sich zueilen, mit verzerrtem Gesicht und wahnsinnig glühenden Augen. Mit einem leisen Angstschrei wich Griseldis vor ihr zurück, in den Hohlraum hinein. Da warf die Komtesse mit aller Kraft die schwere, gefüllte Doppeltür ins Schloß – Griseldis war in dem engen Hohlraum gefangen, denn von innen konnte sie ihn nicht öffnen.

Mit haßerfüllten Augen und einem fast irrsinnigen Lachen schlug die Komtesse noch mit der Faust an die Tür.

»Nun wirst du Ruhe geben, blonde Hexe, nun spioniere weiter. Jetzt sind wir quitt – da drinnen bist du gut aufgehoben bis in alle Ewigkeit«, knirschte sie zwischen den Zähnen hervor.

Und dann schlich sie aus dem Turmzimmer hinaus und die Treppe hinunter. Vorsichtig lugte sie erst durch die angelehnte Tür des Turmes. Es war kein Mensch zu sehen. Niemand hatte sie vorher bemerkt, und niemand bemerkte sie jetzt, als sie aus dem Turm trat und diesen abschloß. Den Schlüssel warf sie in weitem Bogen in die dichten Ginsterbüsche. Dort mochte er liegen bis zum Jüngsten Tag. Mit starrer Ruhe und unbewegtem Gesicht ging sie auf einem Umweg zum Schloß zurück. Auch hier wurde sie von niemand gesehen.

Sie begab sich auf ihr Zimmer. Dort klingelte sie nach ihrer Dienerin. Als diese erschien, sagte sie mit einer unnatürlich ruhigen Stimme: »Ich fühle mich nicht wohl und möchte zu Bett gehen. Niemand soll mich stören. Ich hoffe, eine lange Ruhe wird mir guttun. Vor morgen früh brauchen Sie mich nicht zu wecken, falls ich schlafen kann. Melden Sie dem Herrn Grafen, falls er nach mir fragen sollte, daß er mich erst morgen früh wiedersehen wird. Und – wecken Sie Henriette. Sie soll Komteß Gilda ankleiden, wenn diese ausgeschlafen hat. Fräulein von Ronach hat sich bei mir beurlaubt – ich glaube, sie ist nach Dalheim hinübergegangen und wird vor dem Abendessen nicht zurückkommen. Sagen Sie auch das dem Herrn Grafen – aber nur, wenn er nach Fräulein von Ronach fragt. Haben Sie mich gut verstanden?«

»Sehr wohl, gnädigste Komteß.«

»Gut. Lassen Sie mich allein.«

Die Dienerin entfernte sich und dachte bei sich, die Komtesse müsse wohl ernstlich krank sein. Sie sah jammervoll elend aus und schien sich kaum aufrechthalten zu können.

Als die Komtesse allein war, schloß sie das Zimmer ab. Dann trat sie an ihren Schreibtisch. Aus dem Ausschnitt ihres Kleides nestelte sie eine silberne Kette. An dieser hing ein Schlüsselchen.

Damit öffnete sie eine kleine Bronzekassette, die sie aus ihrem Schreibtisch nahm. Es waren Schmucksachen darin, und unter diesen holte sie ein kleines Kästchen hervor.

Als sie dieses öffnete, erschien, in Watte eingebettet, ein winziges Kristallfläschchen. Es enthielt nur ganz wenig von einer fast wasserhellen Flüssigkeit, die ein wenig opalisierte. Dies Fläschchen hielt die Komtesse gegen das Licht und schauerte leise zusammen. Die Zähne schlugen ihr wie im Frost aufeinander. Und dann lauschte sie hinaus. War da nichts zu hören – schrie da nicht jemand in höchster Not? Nein – nein – nichts – alles blieb still. Wie sollte man auch. Die Mauern waren so dick – und die Tür so stark und schalldämpfend gefüllt. Nein – da drang kein Laut heraus – kein Laut.

Sie setzte das Fläschchen vor sich hin auf den Schreibtisch. »Genug, ein Dutzend Menschen zu töten – übergenug für mich«, sagte sie hart und laut.

Und dann sank sie wie kraftlos in den Sessel vor dem Schreibtisch. Mit matten Händen zog sie die Nadeln aus ihrem Haar. Wie schwarze Schlangen ringelten sich die glatten Flechten über ihre Schultern. Sie faßte sie und sah wie im Haß darauf nieder.

»Schwarz und straff – und häßlich. Er liebt das goldene Haar – und sie trug einen Blumenkranz in ihren blonden Locken. Mag sie verderben.«

Sie lauschte wieder hinaus. Alles blieb still. Da griff sie hastig nach der Feder und begann zu schreiben, schnell und fließend, ohne abzusetzen. Und als sie fertig war, schüttete sie den Inhalt des Fläschchens in ein Wasserglas.

Mit bebender Hand faßte sie nach der Photographie des Grafen Harro und sah mit unbeschreiblichem Ausdruck darauf nieder. Sie hob die Hand mit dem Glas und trank es leer in einem Zuge.

»Ich gönne dich keiner andern – keiner. Ich liebe dich, Harro – ich liebe dich namenlos, und – wer viel liebt – dem wird viel vergeben. Harro – Harro! Hörst du sie rufen – die blonde Hexe – Harro!«

Sie taumelte empor, das Bild fest an ihre Brust gedrückt. Wieder lauschte sie hinaus. Ein Grauen trat in ihre Augen – das Grauen vor sich selbst.

»Harro! Harro! Rette sie – rette sie – ich – ich kann nicht mehr. – Vater im Himmel – vergib uns unsere Schuld.«

Sie wollte zur Tür, in zu später Reue, aber sie kam nicht mehr so weit. Mit einem Aufstöhnen sank sie tot zu Boden. Das Bild des Grafen Harro hielt sie fest in ihrer Hand. Diese löste sich auch im Tode nicht davon.

Und alles blieb still und ruhig im Schloß. Niemand ahnte, daß ein verbrecherisches Leben verlöscht war und daß ein schuldloses Geschöpf in Angst und Verzweiflung in einem engen, dunkeln Gefängnis gegen die Vernichtung rang.

Graf Harro hatte nach seiner Unterredung mit Beate sein Pferd satteln lassen und war hinaus auf die Felder geritten. Er kam zur Teestunde wieder nach Hause.

In der Halle kam ihm sein kleines Töchterchen betrübt entgegen.

»Ach, mein lieber Papa, endlich bist du wenigstens da. Ich bin so allein.«

Er nahm sie auf den Arm und küßte sie. »Allein, Gilda? Ist denn Fräulein von Ronach nicht bei dir?«

»Nein, Papa. Sie ist fort. Henriette hat mich angekleidet. Griseldis ist nicht da.«

Graf Harro sah sich nach Henriette um. »Was soll das heißen, Henriette? Wo ist denn Fräulein von Ronach?«

»Ich weiß es nicht, Herr Graf. Wahrscheinlich ist sie nach Dalheim hinüber. Berta hat es mir gesagt.«

Berta war die Dienerin der Komteß Beate.

Graf Harro tröstete sein Töchterchen. Er konnte freilich nicht verstehen, daß Griseldis nicht zugegen war. Was sollte sie denn in Dalheim? Sarnows waren abgereist. Nein – nach Dalheim war sie sicher nicht gegangen.

»Schicken Sie mir Berta ins Teezimmer, Henriette, ich will sie selbst fragen.«

Er ging mit Gilda ins Teezimmer, und gleich darauf trat Berta ein. »Was hat Ihnen Fräulein von Ronach aufgetragen, als sie fortging?« fragte er diese.

»Ich habe Fräulein von Ronach nicht selbst gesehen und gesprochen, Herr Graf.«

»Woher wissen Sie denn, daß sie nach Dalheim hinübergegangen sein soll?«

»Das hat mir Komteß Beate gesagt.«

»Komteß Beate?«

»Ja. Ich soll dem Herrn Grafen melden, daß Fräulein von Ronach sich bis zum Abend beurlaubt hat, um wahrscheinlich nach Dalheim hinüberzugehen.«

Und Berta berichtete außerdem, daß sich Komteß Beate niedergelegt habe, weil sie sich sehr krank gefühlt habe, und daß sie bis zum nächsten Morgen nicht gestört sein wollte.

Graf Harro nahm an, daß Beate weniger krank als unglücklich sei, weil sie von Treuenfels fort sollte. Das beunruhigte ihn aber viel weniger, als daß Griseldis nicht da war.

»Es ist gut, Sie können gehen«, gebot er Berta.

Diese verschwand.

Gilda jammerte nach Griseldis, und er hätte am liebsten mit eingestimmt. Es wollte ihm gar nicht gefallen, daß Griseldis nicht da war. Er fühlte, wie leer und inhaltslos sein Leben ohne sie war.

Weshalb ist sie nur fortgegangen? dachte er. Und es lag ihm eine treibende Unrast im Blute. Er zerbrach sich den

Kopf, weshalb sie sich entfernt hatte, ohne ihn zu benachrichtigen. Schließlich kam er auf einen Gedanken, der ihn aufatmen ließ und ihm ein Lächeln entlockte.

Sie wird irgend etwas in meiner Angelegenheit ergründen wollen. Vielleicht ist sie doch nach Dalheim hinüber, um Fritz zu fragen, ob an jenem Abend, als ich das Fläschchen zeigte, meine Frau nach mir das Zimmer verließ.

»Also, es hilft nichts, Gilda, wir müssen heute ohne Fräulein Griseldis fertig werden, bis sie wiederkommt«, sagte er, etwas beruhigt.

Nach dem Tee übergab er Gilda ihrer Wärterin Henriette und versuchte zu arbeiten. Aber es hielt ihn nicht am Schreibtisch. Er sprang wieder auf. Ganz nervös wurde er, weil er immer auf Griseldis Schritte' lauschte.

Ich werde doch lieber nach Dalheim hinüberreiten. Wenn Griseldis dahin gegangen ist, kann die Dämmerung herankommen, ehe sie zurück ist. Und sie soll nicht allein im Walde sein, dachte er und ließ sich sein Pferd wieder vorführen.

Voll Unruhe spähte er umher, als er durch den Wald nach Dalheim ritt. Aber Griseldis begegnete ihm nicht. So ritt er sogar bis dicht an das Dalheimer Herrenhaus heran.

Am Waldrand hielt er sein Pferd an und sah voll Unruhe hinüber. Das Haus wollte er nicht betreten.

Eine Weile hielt er hier reglos mit seinem Pferde zwischen den Bäumen und starrte auf das Herrenhaus. Und endlich sah er zu seiner Erleichterung Baron Dalheim aus dem Portal treten. Da ließ Graf Harro einen Pfiff ertönen – seinen Signalpfiff, den der Baron kannte.

Dieser blieb auch sofort stehen und sah herüber. Graf Harro winkte ihm zu, und der Baron eilte heran.

»Harro – du. Also endlich hast du dich überwunden und kommst zu uns?« Er reichte ihm die Hand hinauf.

Graf Harro drückte sie herzlich. »Ich kam nicht, um euch zu besuchen. Fritz, du weißt ja, daß ich das nicht tun werde. Ich halte schon eine Weile hier und bin froh, daß ich dich erwischt habe. Mich führt nur der Wunsch hierher, von dir zu erfahren, ob Fräulein von Ronach im Laufe des Nachmittags in Dalheim war.«

Der Baron machte erstaunte Augen. »Fräulein von Ronach?«

»Ja – war sie nicht hier?«

Der Baron schüttelte den Kopf. »Nein, Harro, sie ist nicht hier gewesen. Was sollte sie auch hier?«

Unruhig blickte der Graf auf den Freund herab. »Das weiß ich nicht, Fritz. Es wurde mir nur gemeldet, Fräulein von Ronach habe sich von Beate Urlaub geben lassen, um nach Dalheim zu gehen. Das erschien mir sonderbar, da sie sich sonst ohne meine Erlaubnis nicht aus Treuenfels entfernt. Und daß sie zu Fuß den weiten Weg machen würde, da sie doch den Wagen haben konnte, erschien mir auch seltsam. Jedenfalls hat sie sich aber von Treuenfels entfernt und – und da ich halbwegs auf den Feldern war, wollte ich doch zur Vorsicht bei dir anfragen und dich bitten, ihr einen Wagen zu leihen.«

»Das wäre selbstverständlich gern geschehen. Aber sie ist nicht hier.«

Graf Harro sah sehr unruhig aus. »Das ist doch seltsam.«

»Beunruhigt dich etwas, Harro?«

»Ja, ich muß gestehen, ich fühle eine heftige Unruhe in mir, seit ich weiß, daß sie Treuenfels verlassen hat. Ich will dir ganz offen anvertrauen, wie die Dinge liegen, Fritz. Fräulein von Ronach ist von dem Wunsch und dem Glauben beseelt, meine Unschuld an den Tag zu bringen. Sie scheint irgend etwas vorzuhaben zu diesem Zweck, was sie mir aber nicht anvertrauen will. Ihr Eifer ist rührend, aber ich fürchte, sie wird auch nicht ergründen, was so viele scharfsinnige Menschen nicht ergründen konnten. Das wird dir aber meine unruhige Sorge noch nicht erklären. Deshalb sollst du wissen, daß ich die junge Dame liebe und daß ich nach langen Kämpfen mit mir selbst den Mut faßte, sie um ihre Hand zu bitten. Sie gestand mir, daß auch sie mich liebe, aber sie gab mir nicht bedingungslos ihr Jawort. Weil sie hofft, daß meine Unschuld noch an den Tag kommen wird, meint sie, daß sie mich jetzt nicht binden dürfe. Ich mußte ihr eine Frist von vier Wochen zubilligen. Sie scheint zu hoffen, in dieser Frist meine Unschuld beweisen zu können. Ich fürchte natürlich, daß es ihr nicht gelingen wird, aber ich will sie in ihrem lieben Eifer, der mich beglückt, nicht hindern. Sie bat mich, daß niemand im Schloß etwas erfahren solle von meinen Wünschen in bezug auf ihre Person. Dir will ich es aber sagen, damit du meine Sorge um sie verstehst. Ich dachte nun, sie sei nach Dalheim gegangen, um dich einem kleinen Verhör zu unterziehen, denn sie ließ sich heute von mir das Geheimfach in meinem Schreibtisch zeigen und fragte mich einiges über den Abend, an dem ich dir das Giftfläschchen zeigte.«

Der Baron hatte aufmerksam zugehört.

»Nun verstehe ich dich, Harro. Aber ich kann nur wieder sagen, daß Fräulein von Ronach nicht hier war. Vielleicht hat sie einen anderen Weg vorgehabt, dessen Ziel sie nicht verraten wollte. Sie gab Dalheim wohl nur zum Schein als ihr Ziel an.«

»Das scheint mir nun auch so. Und es macht meine Unruhe noch größer. Ich habe das bestimmte ängstliche Gefühl, als ließe sie sich auf irgendwelche gefahrvollen Dinge ein.«

Der Baron lächelte beruhigend.

»Fräulein von Ronach scheint eine sehr energische, umsichtige und zielsichere junge Dame zu sein. Ich glaube, sie weiß ganz genau, was sie will. Und wer weiß, ob es ihr nicht wirklich gelingt, deine Unschuld an den Tag zu bringen. Was für Gefahren sollen ihr auch drohen? Sie kann doch höchstens nach Beweisen suchen, daß deine Frau durch Selbstmord endete. Und dabei droht ihr keine Gefahr. Vielleicht ist sie jetzt längst wieder nach Treuenfels zurückgekehrt.«

»Ich will es hoffen, Fritz, und sogleich wieder heimreiten.«

»Ja, tue das. Aber erst laß dir noch von Herzen Glück wünschen zu der Wahl, die du getroffen hast. Ich glaube, diesmal hast du das große Los gezogen.«

»Davon bin ich überzeugt.«

»Ich auch. Und – wie die Dinge jetzt liegen, will ich dir auch ein Geheimnis verraten, das ich mit Fräulein von Ronach hatte.«

»Ein Geheimnis?«

»Ja. Ich kannte nämlich Fräulein von Ronach schon, als du sie mir vorstelltest.«

Graf Harro sah ihn erstaunt an. »Du kanntest sie schon?«

»Ja. Ich plaudere nun zwar gegen ihren Wunsch aus der Schule, aber es wird dir doch eine Freude machen zu hören, wie tapfer sie für dich eingetreten ist und mir den Kopf gewaschen hat, damit ich zur Vernunft kam.«

»Erkläre mir das.«

Der Baron erzählte nun von Griseldis' Zusammentreffen mit Tilly und ihm im Walde. »Meine Braut sagte damals auf dem Heimweg zu mir: ›Fritz, wenn eine Frau so für einen Mann eintritt, dann liebt sie ihn, und mir scheint, daß Griseldis ihr Herz an Graf Treuenfels verloren hat. Dann muß er ein sehr wertvoller Mensch sein – sonst liebte ihn Griseldis nicht.‹ Siehst du – meine Tilly ist sehr klug.«

Graf Harros Augen leuchteten. »Ich danke dir für diese Mitteilung. Es sieht Griseldis so ähnlich, daß sie nicht verraten wollte, was sie mir Gutes getan hat dadurch, daß sie so für mich eintrat bei dir.«

»Ich hoffe, lieber Harro, daß dir dadurch mein Kommen nicht wertloser geworden ist. Sie half mir ja nur, die Scheu vor mir selbst zu überwinden.«

Der Graf reichte ihm die Hand. »Ich weiß, daß du auch dann nicht gekommen wärest, wenn du es nicht aus Überzeugung getan hättest.«

»Sicher nicht.«

»Nun will ich aber schnell heimreiten, falls sie inzwischen eingetroffen ist.«

»Tue das. Und morgen früh komme ich hinüber nach Treuenfels, um dich wegen deiner Sorge auszulachen. Leb wohl bis dahin.«

In großer Eile ritt Graf Harro nach Treuenfels zurück. Sein Herz war voll Liebe und Sehnsucht. Wie tapfer sein geliebtes Mädchen für ihn eingetreten war, und wie scheu sie ihr Verdienst versteckte!

Zu Hause angelangt, sprang er vom Pferde. Die untergehende Sonne spiegelte sich in den Fenstern des Schlosses und hüllte alles in ein rotglühendes Licht. Aber er achtete nicht darauf. Seine erste Frage galt Fräulein von Ronach. Aber niemand hatte sie gesehen.

Er eilte in das Zimmer seiner Tochter. Henriette hatte sie schon zu Bett gebracht. Aber Gilda schlief nicht und verlangte nach Griseldis und ihrem Papa. Er beruhigte das Kind, trotzdem an ihm selbst alles vor Unruhe bebte. Bis Gilda eingeschlafen war, blieb er bei ihr sitzen. Dann ging er hinaus und lief durch das ganze Schloß, als müsse er Griseldis in einem der vielen Zimmer suchen. Nur die Zimmer seiner Frau betrat er nicht. Da diese abgeschlossen waren und er die Schlüssel selbst in Verwahrung hatte, war es ausgeschlossen, daß Griseldis sie betreten haben konnte.

Aber nirgends fand er eine Spur von ihr. Die Unruhe in ihm wurde immer stärker. Er hatte das Gefühl, daß ein Unglück auf ihn lauerte.

Und in seiner Sorge eilte er schließlich zu Beate. Vielleicht schlief sie nicht und konnte ihm eine genauere Auskunft geben als das Mädchen. Gern störte er sie nicht, weil er sich sagte, daß sie jetzt schwere Stunden zu durchleben hatte. Aber darauf konnte er jetzt nicht länger Rücksicht nehmen.

Er klopfte an die Tür zu den Zimmern der Komtesse. Aber er erhielt keine Antwort. Beate schien fest zu schlafen. Oder wollte sie ihm nur nicht öffnen, um ihn nicht zu sehen? Sie schämte sich wohl ihres Geständnisses, daß sie ihn liebte.

So ging er wieder hinunter.

Einsam saß er bei Tisch. Das Essen schmeckte ihm nicht. Er schob den Teller von sich und lief wieder rastlos umher. Und plötzlich kam ihm in seiner Aufregung ein ganz schlimmer Gedanke. Hatte Griseldis vielleicht gar Schloß Treuenfels verlassen – weil sie sich aus irgendeinem Grunde nicht entschließen konnte, seine Frau zu werden?

Aber dann war sie doch sicher nicht fort, ohne ihm einige aufklärende Worte zu hinterlassen.

Der Gedanke jagte ihn hinaus – die Treppe hinauf.

Er traf Berta und befahl ihr, in Fräulein von Ronachs Zimmer nachzusehen, ob sie vielleicht ein Schreiben hinterlassen habe.

Berta eilte in Griseldis' Zimmer. Sie suchte alles ab, fand aber nichts. Und das berichtete sie dem Grafen und fügte noch hinzu: »Fräulein von Ronach kann das Haus nicht in der Absicht verlassen haben, weit fortzugehen, denn sie hat nicht einmal einen Hut aufgesetzt oder einen Mantel umgenommen. Ihre Sachen waren alle noch da.«

Unwillkürlich atmete der Graf auf. Die Angst, Griseldis könnte vor ihm geflohen sein, hatte ihn fast sinnlos gemacht.

Aber die Erleichterung hielt nicht lange an. Wo war Griseldis? Er zermarterte sich den Kopf. Und da fiel ihm der Turm ein. War sie vielleicht dort – war ihr da ein Unfall zugestoßen? Sie konnte auf der Treppe gestürzt sein und lag nun vielleicht hilflos und verlassen im Treppenhaus.

Wie er ging und stand, rannte er zum Turm hinüber. Aber er fand die Tür verschlossen. Also war sie nicht im Turm.

So ging er ins Schloß zurück, von einer neuen Angst beseelt. Konnte Griseldis nicht auf einem einfachen Waldspaziergang von einem Unfall betroffen worden sein?

Er machte nun die ganze Dienerschaft rebellisch. Die Dunkelheit war inzwischen herabgesunken. Die Diener mußten sich mit Fackeln und Laternen ausrüsten und sollten den Park und den Wald absuchen. Er selbst schloß sich ihnen an. Es war ihm zur Gewißheit geworden, daß Griseldis etwas zugestoßen war, und seine Unruhe steigerte sich bis zur Verzweiflung.

Stundenlang suchte man den Wald ab. Ein Teil der Dienerschaft kehrte unverrichtetersache gegen elf Uhr wieder heim, und Graf Harro kam mit den anderen Dienern kurz vor Mitternacht zurück. Er sah zum Erbarmen blaß und elend aus. Verzweifelt warf er sich in seinem Zimmer auf einen Sessel.

»Wie ein Fluch lastet es auf mir – ich soll nicht glücklich sein«, stöhnte er und barg sein Gesicht in den Händen. »Griseldis, wo bist du, Griseldis, was ist mit dir geschehen?«

Er wußte nicht mehr, was er glauben und fürchten sollte.

Nochmals ging er vor Beates Zimmer. Vielleicht konnte er doch von ihr irgendeinen Anhalt bekommen. Aber auf all sein Klopfen erfolgte keine Antwort.

Als er wieder herunterkam, schlug es gerade Mitternacht. Und da kam ihm auf der Treppe sein Kammerdiener Grollmann entgegen. Er sah blaß aus.

»Bitte, wollen der Herr Graf einmal mit mir gehen«, sagte er erregt.

Graf Harro sah ihn erschrocken an. Seine Nerven waren überreizt von der dumpfen Angst um Griseldis.

»Was gibt es, Grollmann?« fragte er erschrocken.

»Vielleicht ist es nur eine Torheit von mir, Herr Graf – aber ich möchte Ihnen doch melden, was ich vernommen habe. Als wir von der Suche nach Fräulein von Ronach heimkehrten, ging ich mit Heinrich in dessen Zimmer. Wir wollten noch zusammen etwas essen, weil wir heute noch nichts genossen hatten. Kaum hatten wir uns niedergesetzt, da vernahmen wir ein Klopfen, ein ganz seltsames Klopfen, immer dreimal hintereinander, dann eine Pause und dann wieder dreimal. Heinrichs Zimmer liegt unten im Erdgeschoß, genau unter dem Schlafzimmer der hochseligen Gräfin Alice. Und das Klopfen kam entschieden aus der anstoßenden Turmwand. Heinrich und ich gingen nun in den darüberliegenden Raum. Es ist die Silberkammer. Dort hörten wir das Klopfen noch deutlicher. Und nun ist mir der Gedanke gekommen, ob Fräulein von Ronach am Ende gar in den Zimmern der hochseligen Gräfin Alice eingeschlossen ist.«

Graf Harro lauschte voll Unruhe seinem Bericht. Nun schüttelte er den Kopf.

»Diese Zimmer sind ja verschlossen, Grollmann. Wie sollte Fräulein von Ronach da hineingekommen sein?«

»Das habe ich mich auch schon gefragt, aber immerhin – man könnte doch einmal nachsehen. Und dann – wenn der Herr Graf doch selbst einmal mit in die Silberkammer kommen wollten, um das Klopfen zu hören.«

Graf Harro ging sogleich mit ihm.

Heinrich stand noch lauschend in der Silberkammer.

»Es klopft noch immer«, sagte er.

Und da hörte auch der Graf das seltsame Klopfen. Es kam entschieden aus der Wand, die an den Turm stieß. Der Graf legte sein Ohr an die Wand. Da klopfte es wieder, dreimal – eine Pause – und wieder dreimal. Es war ein Klopfen, als wenn man mit einem harten Gegenstand an eine Holzwand klopfte. Unwillkürlich ergriff er in Ermangelung eines anderen Gegenstandes einen hölzernen Schemel und klopfte laut, genau in derselben Art, dreimal – Pause – dreimal – an die Wand.

Sogleich ertönte Antwort – etwas heftiger und lauter als vorher. Graf Harro und die beiden Diener sahen sich bestürzt an. Dann klopfte der Graf wieder, aber diesmal viermal – Pause – viermal. Und wie ein Echo kam es aus der Wand zurück. Nun klopfte der Graf zweimal – Pause – zweimal. Und siehe da – in gleicher Weise gab der Klopfgeist Antwort. So versuchte Graf Harro noch verschiedene Zeitmaße. Immer kam die gleiche Antwort wie ein Echo.

Da richtete sich der Graf empor.

»Heinrich – Sie bleiben hier und geben immerfort diese Signale. Ich gehe mit Grollmann hinauf in die Zimmer der

Gräfin. Diesem rätselhaften Klopfen müssen wir auf die Spur kommen«, sagte er blaß und erregt.

Und er eilte hinaus. Grollmann folgte ihm. Erst holte er die Schlüssel aus seinem Zimmer, dann öffnete er die Zimmer der Gräfin Alice. Es war ein Gefühl in ihm, als seien seine Nerven bis zum Zerreißen angespannt.

Als Komteß Beate Griseldis durch das schnelle Zuwerfen der Tür in den dunklen Hohlraum eingesperrt hatte, schrie diese vor Entsetzen laut auf. Sie wußte sofort, daß dies ein Anschlag auf ihr Leben war. Das hatten ihr die wie im Irrsinn funkelnden Augen der Komtesse gesagt. Und sie wußte ja, daß die starke Tür, die zwischen einer hölzernen und einer eisernen Wand eine schalldämpfende Füllung hatte, von innen nicht geöffnet werden konnte. Wahrscheinlich war diese Tür so dick und schwer und wohl mit einer Isolierschicht versehen, um bei etwaiger Feuersgefahr den Hohlraum und somit das Schloß vom Turm abzuschließen.

Griseldis sagte sich sogleich, daß die Komtesse sie hier in diesem Hohlraum dem Erstickungstode oder dem Verhungern preisgeben wollte.

Sie war stets ein mutiges, unverzagtes Geschöpf gewesen, aber diese Erkenntnis ließ ihr doch das Blut in den Adern gerinnen. Sie schauerte in einer furchtbaren Angst zusammen. Von der Komtesse konnte sie keine Gnade erwarten. Diese wußte nun wohl, daß sie ihrem Geheimnis auf die Spur gekommen war und ihre Schuld entdeckt hatte. Also mußte sie die Zeugin ihrer Schuld schon infolge des Selbsterhaltungstriebes unschädlich machen. Und außerdem war die Komtesse eifersüchtig auf sie und räumte mit ihr eine Nebenbuhlerin aus dem Wege. Sie mußte sich also klarmachen, daß sie vernichtet werden sollte und daß nur ein Wunder sie retten könne.

Als sie den ersten furchtbaren Schreck überwunden hatte, zergrübelte sie sich den Kopf nach einem Rettungsweg. Aber nichts wollte ihr einfallen. Sie bekam Kopfweh von allem Denken in dem dunklen, engen Raum.

Ich muß die Tür zum Wandschrank zu öffnen suchen, daß ich nicht ersticke, dachte sie. Aber leider hatte sie keinen Sessel in den Hohlraum getragen. Und so kam sie nicht bis an das Schloß heran, daß sie es öffnen konnte. So sehr sie sich auch mühte, an der glatten Holzwand emporzuklettern – immer wieder glitt sie herab. Und nun meinte sie schon Atembeklemmungen zu spüren. Aber das war natürlich nur die Angst. Zum Glück war der Raum ziemlich hoch, so daß die Luft darin nicht gar zu schnell verbraucht wurde. Sie hatte einmal gelesen, wieviel Luft der Mensch zum Atmen brauchte, und wollte sich darauf besinnen, um sich berechnen zu können, wie lange sie wohl zu leben hatte, wenn keine Hilfe kam. Aber sie konnte ihre Gedanken nicht sammeln. Kaltes Entsetzen kroch über sie hin. Sie rief laut um Hilfe – rief den Namen des Geliebten, als müsse ihn das herbeirufen. Immer wieder rief sie nach ihm – bis sie ganz heiser wurde. Aber niemand hörte sie. Unheimlich still und dunkel war es um sie her, und sie sah im Geiste noch immer die irrsinnig funkelnden Augen der Komtesse vor sich.

Schließlich sank sie, kraftlos vor Angst und Erregung, in sich zusammen.

Und da fühlte sie plötzlich ihre Taschenlampe. Ach – Gott sei Dank – so konnte sie doch ihr Elend beleuchten.

Sie drückte auf den Knopf und stellte die Lampe ein. Da wurde es hell in ihrem Gefängnis. Sie beleuchtete die Wände ringsum und erhob sich wieder, um nochmals zu versuchen, das Schloß der Wandschranktür zu erreichen. Ihr war, als müsse es dann für sie einen Rettungsweg geben, wenn sie wenigstens den Wandschrank öffnen konnte.

Aber es gelang ihr nicht.

Da sank sie wieder zusammen und schloß die Augen. Das

Atmen schien ihr schwerer und schwerer zu werden. Sie dachte an Harro – an Gilda – an Tante Agnes und Mutter Anna, an die Sarnows – an all die freundlichen Stiftsweiblein. Und sie nahm im Geiste Abschied von ihnen und sagte jedem noch etwas Liebes. Dann fiel ihr ein, daß nun vielleicht Harros Unschuld nie an den Tag kommen würde. Das weckte ihre Lebensgeister wieder auf.

Nein – nicht sterben – nicht sterben! Sie war noch so jung, und das Leben war so schön. Sollte sie hier elend verkommen? Wie lange weilte sie wohl schon in diesem Verlies? Ihr schien, als seien es schon Tage, die sie in ihrem Gefängnis verbrachte. Man mußte sie doch längst vermißt haben. Forschte man nach ihr?

Und Harro? Wie er angstvoll nach ihr suchen würde. Sie sah sein Antlitz vor sich, bleich und kummervoll. Ach, wie sie ihn liebte, wie es ihre Qual vermehrte, ihm Schmerz bereiten zu müssen. Sie streckte sehnsüchtig die Arme aus und flüsterte zärtliche Worte. Und schwere Tränen rannen über ihr Antlitz.

Sie faltete die Hände in inbrünstigem Gebet.

»Vater im Himmel – dein Wille geschehe. Aber schütze ihn vor schlimmerem Leid, als er schon zu tragen hat. Hilf mir – hilf mir hinaus – in deine liebe Sonne – ich bin ja noch so jung und habe das Leben so lieb. Hilf mir – Vater im Himmel – hilf mir, um seinetwillen.«

Und als sie die Hände wieder sinken ließ, berührte sie wieder die Taschenlampe. Sie hatte ein festes metallenes Gehäuse. Und plötzlich kam Griseldis ein Einfall. Wenn sie mit der Lampe an die Holzwand klopfte? Sie wußte, es konnte durch ein ganzes Haus klingen, wenn in einer Wohnung ein Nagel in die Wand geschlagen wurde. Freilich, die Wände des Schlosses waren stark und die des Turmes auch. Aber trotzdem – das Klopfen würde man eher hören als ihr Rufen.

Und sie klopfte mit dem Gehäuse der Lampe an die Holzwand. Es klang hohl und schaurig. Atemlos lauschte sie.

Aber die lastende Stille um sie her wurde durch nichts unterbrochen. Sie sprach laut vor sich hin, um nur etwas zu hören. Sie glaubte taub zu sein, so still war es um sie her.

Wieder klopfte sie an die Holzwand. Wieder lauschte sie vergeblich. Wenn sie nur wenigstens eine Uhr bei sich gehabt hätte, damit sie wissen konnte, wie lange sie schon gefangen war. Hunger spürte sie noch nicht. Also Tage konnten doch wohl noch nicht vorüber sein, seit sie gefangen war.

Wieder klopfte sie und lauschte. Und da es ihr als einzige Möglichkeit erschien, schließlich doch Hilfe herbeizurufen, so klopfte sie in regelmäßigen Zwischenräumen immer wieder. Und ihre Seele rief angstvoll und verzweifelnd nach dem Geliebten. Alle ihre Glieder schmerzten in der unbequemen Lage, in der sie sich befand. Und immer schwächer wurde die Hoffnung auf Rettung, immer enger die Brust, immer schwerer das Atmen.

Und als sie schon alle Hoffnungen aufgegeben hatte und nur noch mechanisch ihr Klopfzeichen gab, da vernahm sie mit einemmal ein leises Klopfen, genau in ihrem eigenen Tempo. Es war der erste Laut, der in ihr Gefängnis drang.

»Harro!« rief sie, wie neu belebt, als wisse sie, daß von ihm dies erste tröstliche Zeichen kam.

Und nun klopfte sie wieder und lauschte. Ja, da kam wieder Antwort.

»Vater im Himmel! Vater im Himmel!«

Sie gab Zeichen um Zeichen und antwortete immer im gleichen Tempo. Ach, wie tröstlich war dies schwache Geräusch, das in ihren furchtbaren Kerker drang. Wenn es nur um Gottes willen nicht wieder verstummte, wenn die lastende Stille nicht wieder eintrat.

Zuweilen schrie sie, so laut sie konnte, wenn sie gerade ein Zeichen gab.

Alle ihre Sinne waren wach. Sie lauschte atemlos. Es war, als ströme neue Kraft durch ihre Adern. Und wieder und wieder beantwortete sie die Signale, die eine freundliche Hand in die Einsamkeit ihrer Zelle sandte und sie vor völliger Verzweiflung bewahrte.

Und wieder hatte sie soeben einen lauten Hilfeschrei ausgestoßen – da – Vater im Himmel – äfften sie ihre Sinne? – da hörte sie eine laute Männerstimme – ganz dicht in ihrer Nähe. War das nicht Harros Stimme? Sie schrie auf, jubelte, jauchzte – den einen Namen, der in ihrer Seele lebte.

»Harro! Harro!«

Und da kam ihr Antwort – von oben – aus dem Zimmer der Gräfin:

»Griseldis!«

Sie lachte und weinte und jauchzte laut seinen Namen.

»Harro!«

Und sie hob sich empor auf die Zehen und klopfte mit der Taschenlampe an die untere Kante der Wandschranktür.

Es klopfte wieder, jetzt ganz dicht und laut. Und sie vernahm des Geliebten Stimme, die in heißer Angst ihren Namen rief.

»Griseldis! Griseldis! Wo bist du?«

Sie lachte und weinte.

»Ach, Harro! Harro! Hörst du mich?« rief sie laut.

Sie hatte jetzt keinen anderen Namen für ihn und konnte ihn nur ›du‹ nennen.

»Ja, ich höre dich. Aber wo bist du, mein armes, liebes Herz?« rief er, ganz dicht über ihr an der Wand.

Sie holte erst noch einmal tief Atem. Dann rief sie laut:

»Höre mich, Harro! Bist du im Sterbezimmer der Gräfin Alice?«

»Ja, mein Liebling!«

»So tritt ganz nahe an das Nachtschränkchen heran!«

»Da stehe ich schon!«

»Siehst du an der Wand über dem Nachtschränkchen drei runde Perlmutterblättchen?«

»Ja!«

»Drücke fest auf das unterste – ganz fest!«

Graf Harro, der vor Angst und Erregung um Griseldis zitterte, tat, wie sie ihm geheißen. Und da öffnete sich zu seinem Staunen die Wandschranktür.

Griseldis jauchzte und ließ ihre Taschenlampe leuchten. Sie streckte dem Geliebten beide Arme entgegen. Er sah durch die Wandschranktür wie durch ein Fenster zu ihr hinab. Sie sah sein verstörtes, blasses Antlitz über sich. Zitternd faßte er ihre Hände.

»Liebling – Liebling – Herrgott im Himmel, was ist dir geschehen?« schrie er auf.

Sie hob das blasse Gesicht zu ihm auf. Tief und schwer kam der Atem aus ihrer Brust. Aber sie lächelte mit blassen Lippen zu ihm empor.

»Nun ist ja alles gut – ich bin gerettet.«

Er stöhnte auf, als er an die Qualen dachte, die sie erlitten haben mußte.

»Bist du unverletzt, Griseldis?«

»Ja, gottlob!«

»Aber wie kommst du in das enge, finstere Loch, von dem ich keine Ahnung hatte? Bist du gestürzt?«

»Nein – nicht gestürzt. Wie ich hier gefangen wurde, das sollst du später hören. – Jetzt erlöse mich erst – ich möchte hinaus – ich –«

Sie sank plötzlich kraftlos zusammen.

»Griseldis! Griseldis! Wie kann ich dich erlösen? Bis ich hier die Mauern durchbrechen lasse, das dauert mir zu lange. O du mein Armes – daß ich dich nicht in meinen Armen halten kann.«

Sie raffte noch einmal alle Kraft zusammen.

»Geh in den Turm, Harro, in das Turmzimmer im ersten Stock. Da ist der Wandbehang in dem Delphinrahmen. Ungefähr einen Meter vom Fußboden ist auf der rechten Seite des Rahmens einer von den Delphinleibern mit einem schwarzen Kreuzchen gezeichnet. Diesen Delphin mußt du fest in die Wand drücken, wie du es oben mit dem Perlmutterknopf getan hast. Dann springt eine Tür auf, die ich von innen nicht öffnen kann. Aber bitte – eile dich – ich bin am Ende meiner Kraft. Und schließ dies Zimmer gut ab, damit niemand hereinkommt – laß Komteß Beate nicht in meine Nähe – sie will mich töten.«

»Griseldis!« rief er außer sich.

Sie lächelte matt zu ihm empor. »Ja, Lieber! Schütze mich vor ihr und befreie mich. Sie hat mich hier eingesperrt.«

Er stöhnte auf in wilder Qual. »Mein armes Kind – du mein Liebling! Sei ruhig – ganz ruhig – ich schütze dich. Und gleich bist du frei, ich komme. Sollst auch nicht allein sein, bis ich dich erlöse.«

Er wendete sich um. »Grollmann!«

Dieser stand fassungslos mitten im Zimmer.

»Herr Graf.«

»Grollmann, komm hierher. Das vergesse ich dir nie, daß du mich hierhergeführt hast. Fräulein von Ronach ist gefunden – gottlob, ehe es zu spät war. Bleibe hier als Wache stehen, mein guter Grollmann, und laß keinen Menschen hier heran. Ich schließe zur Vorsicht hinter mir die Tür, wenn ich hinausgehe. Und daß du es weißt, mein Alter, Fräulein von Ronach ist meine Braut. An ihr sollte ein ähnliches Verbrechen verübt werden wie an meiner verstorbenen Frau, wie mir scheinen will.«

So sprach der Graf mit fliegendem Atem. Und nun sah er nochmals zu Griseldis hinab. »Fasse Mut, meine Griseldis! Grollmann bleibt hier, bis ich bei dir bin!«

Sie neigte matt das Haupt. Ihre Füße hatten den Dienst versagt. Zusammengesunken hockte sie auf dem Boden.

Graf Harro eilte hinaus. Er rief unten die Diener zusammen. Die mußten mit allerhand Werkzeug kommen, denn die Tür zum Turm mußte aufgebrochen werden.

Er befahl ihnen, ihm zu folgen.

»Fräulein von Ronach ist im Turm eingeschlossen«, hatte er ihnen zugerufen.

Nun folgten sie ihm im eiligen Lauf.

Das Schloß des Turmes ließ sich nicht leicht öffnen. Es war eine gute, alte Arbeit. Und da ihm das zu lange dauerte, ließ Graf Harro schnell das Schloß heraussägen.

Endlich sprang die Tür auf. Der Graf stürmte die Treppe hinauf, riß die Zimmertür auf und trat an den Rahmen des Wandbehangs. Mit einer der Laternen, mit denen sich die Leute versehen hatten, beleuchtete er den Rahmen an der beschriebenen Stelle. Und er fand das kleine schwarze Kreuz auf dem Delphinleib bald.

Fest drückte er ihn in die Wand hinein. Da sprang die Tür auf. Er riß sie vollends weit auf und sah Griseldis zusammengesunken vor seinen Füßen liegen.

»Sie ist ohnmächtig geworden, Herr Graf!« rief ihm Grollmann zu.

Graf Harro beugte sich herab und hob Griseldis empor. Auf seinen Armen trug er sie hinaus ins Freie, an seinen bestürzten Leuten vorbei.

Er fühlte, die beste Medizin war jetzt frische Luft und dann ein gutes, bequemes Lager für sie.

Draußen im Freien kam sie auch schnell zu sich und schlug die Augen auf.

»Liebling – o du mein geliebtes Herz – hab' ich dich wieder? Gott sei gelobt!« stieß er hervor, sie fest an sein klopfendes Herz pressend.

Sie schmiegte sich selig lächelnd an ihn wie ein müdes Kind. »Ach – nun ist alles gut – alles gut – aber laß Komteß Beate nicht in meine Nähe – ich fürchte mich vor ihr.«

Ein Stöhnen brach aus seiner Brust.

»Sie soll es büßen, was sie an dir getan hat.«

Ihre Sinne schwanden wieder. Er trug sie ins Schloß in ein Zimmer neben der großen Halle und legte sie sorgsam auf einen Diwan. Die Leute, die mit hineingedrungen waren, sahen mit großen Augen auf ihren Herrn und das blasse blonde Mädchen. Aber Grollmann, der nun auch zur Stelle war, trieb sie hinaus und ließ nur Berta im Zimmer, damit sie der jungen Braut seines Herrn behilflich war.

Graf Harro ließ schnell starken Wein bringen und flößte Griseldis mit Bertas Hilfe ein Glas davon ein. Das belebte sie. Sie vermochte sich aufzurichten. Die Erregung zitterte freilich noch in ihr nach. Aber sie sah die Angst und Sorge des Geliebten. Das gab ihr Mut und Kraft. Sie erhob sich mit seiner Hilfe und ließ sich in einen bequemen Lehnstuhl gleiten. Wohlig schmiegte sie sich hinein.

»Ach – wie schön. Und – nun habe ich Hunger«, sagte sie, sich seinetwegen zur Munterkeit zwingend.

Grollmann eilte davon und brachte in wenigen Minuten eine Platte mit leckeren Schnittchen. Berta hatte Griseldis inzwischen, da sie über Kopfweh klagte, die Zöpfe losgesteckt. Nun aß Griseldis tapfer und lächelte dabei zu Graf Harro empor, der unverwandt in ihr blasses Antlitz schaute. Sie trank auf seine Bitte auch noch ein Glas Wein. Und als sie sich so gestärkt hatte, bat sie den Grafen um eine Unterredung unter vier Augen. Er schickte Grollmann und Berta hinaus.

Griseldis berichtete nun alles, was sie in Erfahrung gebracht hatte. Auch ihren Traum erzählte sie ihm ausführlich und beschrieb ihm genau, wie sie weiter und weiter gekommen war mit ihren Nachforschungen. Alles berichtete sie, wie sie Schritt für Schritt weitergegangen war auf dem Wege, der zu seiner völligen Befreiung von jedem Makel führen sollte.

»Ich hätte nun auch gern noch erforscht, wie Komteß Beate das Gift aus deinem Schreibtisch entwendete, denn es ist meine feste Überzeugung, daß sie die Mörderin deiner Frau ist, wie sie auch mich töten wollte. Aber nun wage ich mich allein nicht weiter. Nun mußt du selbst zu Ende führen, was ich begonnen habe«, sagte sie zum Schluß.

Er war tief erschüttert von allem, was er gehört. Von seinen Empfindungen überwältigt, kniete er vor ihr nieder und nahm sie in seine Arme.

»Das alles hast du für mich getan? Wenn ich je wieder stolz und aufrecht einherschreiten darf, dann danke ich es dir, dir allein. Aber wenn ich daran denke, welchen Preis ich vielleicht dafür hätte zahlen müssen, daß du meine Unschuld an den Tag bringen wolltest – oh, du mein süßes Leben, wie krampft sich da mein Herz zusammen. Was hast du leiden müssen, meine Griseldis. Wie sind dir die Minuten zur Ewigkeit geworden. Ich zittere noch nachträglich für dich und möchte dich nicht mehr aus meinen Augen lassen.«

Er sah ihr tief in die Augen und küßte ihre blassen Lippen. Sie schmiegte sich an ihn, und ihre blauen Augen leuchteten aus ihrem blassen Gesicht.

»Wie gern hätte ich meine Mission selbst zu Ende geführt und dir allen Zweifel erspart. Aber meine Kraft reicht nun nicht mehr weiter. Ich habe so große Angst vor Komteß Beate, wie noch nie vor einem Menschen. Und auch du mußt vorsichtig sein, Harro, ich bitte dich darum. Aus ihren Augen glühte der Wahnsinn, als sie die Tür meines Gefängnisses zuschleuderte. Sie ist, glaube ich, zu allem fähig in dem wilden Haß ihrer Eifersucht.«

»Sei ruhig, mein Liebling. Dieses unselige Geschöpf soll dir keine böse Minute mehr schaffen. Noch heute nacht rechne ich mit ihr ab. Jetzt erst verstehe ich, weshalb sie mir auf all mein Klopfen und Rufen keine Antwort gab. Sie vermochte es doch wohl nicht, mir Auge in Auge gegenüberzustehen. Vieles in ihrem Wesen ist mir nun verständlich, was ich früher nicht ergründen konnte. Jetzt begreife ich selbst nicht mehr, daß ich keinen Verdacht schöpfte. Aber jetzt nichts mehr von ihr. Meine Griseldis geht jetzt zur Ruhe – nein, nein – nicht hinauf in dein Zimmer, wo du Beate so nahe bist. Ich bringe dich zu meiner kleinen Gilda. Dort soll dir Henriette ein Lager aufschlagen, und Henriette bewacht euch beide. Grollmann aber steht Schildwache vor der Tür – bis Treuenfels endlich von dieser verbrecherischen Frau befreit ist.«

Sie umschlang ihn ängstlich. »Und du? Was willst du tun?«

Er streichelte ihr Haar und drückte ihre Flechten an seine Lippen.

»Was ich muß, Griseldis. Der Name Treuenfels muß wohl noch einmal vor die Öffentlichkeit geschleift werden, damit meine Unschuld klar bewiesen werden kann. Aber damit sollst du dein armes Köpfchen jetzt nicht mehr quälen. Lege alles beruhigt und vertrauensvoll in meine Hand. Was jetzt noch zu tun ist – ist kein Werk für eine Frau. Du sollst jetzt an nichts mehr denken als an unser Glück, das nun, gottlob, ein reines und leuchtendes sein wird. Nun komm, mein Liebling. Kannst du gehen? Hast du schon wieder soviel Kraft? Sonst trage ich dich gern hinauf.«

Sie erhob sich langsam. Noch zitterten ihre Knie ein wenig. Aber sie konnte sich doch aufrechthalten und, von ihm umschlungen, vorwärts gehen.

»Ich weiß nun auch, wie es kam, daß Baron Dalheim den Weg wieder nach Treuenfels fand«, sagte er.

Sie sah errötend zu ihm auf. »Ach – hat er geplaudert?«

Er erzählte ihr, daß er sie in Dalheim gesucht und mit dem Baron gesprochen hatte.

Draußen in der Halle standen die Leute noch aufgeregt beieinander. Grollmann hatte ihnen gesagt, daß Fräulein von Ronach die künftige Herrin des Hauses sein würde.

Nun sahen sie alle mit großen Augen auf das junge, schöne Paar.

Das blasse Mädchen mit dem lieblichen Gesicht und den langen goldblonden Flechten war eine rührende Erscheinung. Und der Graf schritt so stolz und aufrecht neben ihr und stützte sie sorglich, als er sie die Treppe hinaufführte. Berta mußte ihnen folgen. Sie sollte Griseldis beim Auskleiden behilflich sein.

Nachdem der Graf Griseldis bis in Gildas Zimmer gebracht und sie Henriette und Berta übergeben hatte, küßte er ihr die Hand. »Gute Nacht, Griseldis – heute sprich du mir das Kranzgebet, für dich und mich.«

Sie lächelte ihm zu. »Das will ich tun, Harro.«

Und sie faßte seine Hand und führte ihn an Gildas Lager.

Sie schlief ruhig und sanft. »Unser süßes Kleines, Harro! Wie wollen wir es lieben.«

Da mußte er sie doch umarmen und küssen, trotzdem die Dienerinnen gegenwärtig waren. Er konnte nicht anders.

Und Henriette und Berta sahen sich verstohlen lächelnd an.

»Nun wird wieder eine bessere Zeit für Schloß Treuenfels kommen«, flüsterte Henriette.

Graf Harro entfernte sich. An der Tür wurde Grollmann aufgestellt. Aber in Schloß Treuenfels kam in dieser Nacht niemand zur Ruhe als Gilda und Griseldis – und noch eine, die den tiefen, letzten Schlaf hielt, aus dem es kein Erwachen gab – Komteß Beate. Zunächst ging Graf Harro zu dieser hinauf. Ein Diener und eine Dienerin begleiteten ihn auf seinen Befehl.

Wieder klopfte er an die Tür, diesmal sehr laut und energisch. Und als keine Antwort auf seinen Anruf kam, sagte er laut und herrisch:

»Wenn du jetzt nicht sofort öffnest, muß ich gewaltsam bei dir eindringen.«

Aber keine Antwort kam aus dem Zimmer.

Graf Harro hatte es fast erwartet. Nun winkte er dem Diener und gebot ihm, die Klinke von der Tür abzuschrauben.

Dieser folgte dem Befehl. So wurde die Tür geöffnet.

Graf Harro schaltete das elektrische Licht ein. Und da sah er Beate auf dem Teppich ausgestreckt liegen, die Hand noch immer fest um sein Bild geklammert, das sie an sich gedrückt hielt.

Er beugte sich erschrocken zu ihr herab und sah die bläulichen Lippen und die seltsam schimmernden geschlossenen Lider. Da wußte er, daß sie sich selbst gerichtet hatte.

Er atmete auf.

Es ist besser so. Eine Gräfin Treuenfels darf nicht durch Henkershand sterben, dachte er.

Erschüttert erhob er sich, ohne sie anzurühren. »Sie ist tot«, sagte er heiser.

Es war, als habe ein unsichtbarer Bote diese Nachricht durch das ganze Schloß getragen. Die Leute kamen alle herauf und drängten sich an der Tür. Graf Harro hatte ein Schreiben erfaßt, das auf dem Schreibtisch lag.

»An meinen Vetter, den Grafen Harro Treuenfels.«

So stand darauf. Er nahm es an sich. Dann ging er zur Tür und trieb die Leute fort.

»Hier muß alles bleiben, wie es ist«, sagte er und gebot dem Diener Heinrich, da die Tür nicht zu schließen war, Wache davor zu stehen, damit niemand hineinging.

Nun begab sich Graf Harro nach seinem Arbeitszimmer. Dort telephonierte er zuerst an das Amt, und dann ließ er sich mit dem Polizeipräsidium verbinden.

Dort meldete er das Ableben der Komtesse und die näheren Umstände und bat um das Erscheinen einer Kommission. Er bat auch, einen Arzt mit nach Treuenfels zu bringen. Erst als das geschehen war, ließ er sich in den Sessel vor seinem Schreibtisch gleiten und erbrach den Brief, den Beate für ihn hinterlassen hatte.

Dieser Brief lautete:

»Mein geliebter Harro!

Einmal laß Dich so nennen von einer, die Dich glühend, verzehrend und sinnlos geliebt hat. Wenn Du diesen Brief liest, bin ich nicht mehr am Leben – und Toten kann man nichts verbieten.

Du hast mich heute aus Deinem Hause, aus Deiner Nähe

gewiesen – weil Du fühltest, daß ich Dich liebe, und weil Dir meine Liebe lästig war. Da gibt es nun nur noch einen Weg für mich – den in den Tod.

Ich weiß, daß Du Dich in die schöne blonde Erzieherin Deines Kindes verliebt hast. Ihr ist von selbst zugefallen, worum ich mich jahrelang mit verzehrender Sehnsucht bemüht habe. Und deshalb hasse ich sie, hasse sie mit derselben Inbrunst und Leidenschaft, wie ich Dich liebe – und – wie ich schon Deine Frau gehaßt habe.

Ja – ich habe Alice gehaßt, weil sie Deine Frau war, weil sie Dich quälte und marterte mit ihren Launen. Ich hätte vor Dir auf den Knien liegen mögen, und sie tyrannisierte Dich.

Hast Du es nie gefühlt, wie sich mein Herz nach Dir verzehrte? Stumm war mein Mund bis heute, aber mein Herz schrie nach Dir. Du merktest es nicht – und als Du es endlich merktest, da verbanntest Du mich.

Ich weiß, Du willst die blonde Hexe zu Deiner Frau machen. Aber sie soll nicht das Glück genießen, um das ich vergeblich alles gewagt hatte. Sie muß mit mir sterben, ich gönne Dich keiner andern und am wenigsten ihr, weil ich weiß, wie sehr Du sie liebst. Und Du wirst nie erfahren, wie sie starb. Sie wird aus Deinem Leben verschwunden sein wie ein Schemen. Du siehst sie niemals wieder, nicht im Leben und nicht im Tode.

Sie hat mir nachspioniert, die blonde Hexe, um Deine Unschuld an den Tag zu bringen. Ihr gönne ich es nicht, daß sie Dir diesen Liebesdienst erweist. Ich selbst will Dir diesen letzten Liebesdienst leisten. Durch mich sollst Du Deinen ehrlichen Namen wiedererhalten, wie Du ihn durch mich verloren hast. Das hat mich am härtesten gequält, daß ich Dir das antun mußte. Zeige diesen Brief den Gerichten. Er soll mein Bekenntnis enthalten.

Ich bekenne hiermit der Wahrheit gemäß, daß ich die Gräfin Alice Treuenfels ermordet habe. Ich habe das Gift aus dem Fläschchen entwendet, das Graf Harro in einem Geheimfach seines Schreibtisches verborgen hielt. An dem Abend, da er uns, seiner Frau, dem Baron Dalheim und mir, das Fläschchen zeigte, bin ich ihm heimlich gefolgt. Vom Nebenzimmer aus sah ich in einem Spiegel, wie er das Geheimfach öffnete und das Fläschchen hineintat. In der Nacht habe ich mich dann nach seinem Zimmer geschlichen und habe mir in ein kleines Fläschchen abgefüllt, was ich brauchte. Ich sah einmal, wie leicht und schmerzlos mein Vetter einen Jagdhund mit zwei Tropfen dieses Giftes tötete. Seit dieser Zeit fieberte ich nach dem Besitz dieser kostbaren Flüssigkeit, freilich zunächst nur in der Absicht, mich selber dadurch von allem Leid zu befreien, wenn es mir unerträglich würde.

Aber als ich sah, wie Alice meinen Vetter mehr und mehr quälte, da schlich der Versucher an mich heran. Warum soll nicht lieber sie sterben, die ihn elend macht, als du, die du ihn glücklich machen möchtest mit deiner Liebe?

Und ich malte mir in so leuchtenden Farben aus, wie es sein würde, wenn ich die Gattin meines Vetters würde, daß der Gedanke, die Gräfin umzubringen, mich bald nicht mehr schreckte. Ich wartete nur auf eine günstige Gelegenheit. Es sollte so aussehen, als wenn die Gräfin Alice Selbstmord verübt habe.

Und die Gelegenheit kam. Es hatte eine Katastrophe zwischen den beiden Gatten gegeben, Alice war schuldig, und Harro machte ihr schreckliche Vorwürfe.

Da tat ich es.

Durch einen nur mir bekannten geheimen Wandschrank im Schlafzimmer der Gräfin gelang es mir, ungesehen das Gift in ihr Weinglas zu träufeln, während sie noch im Nebenzimmer am Ankleidetisch saß. Das Geheimnis dieses Wandschrankes entdeckte ich auf sonderbare Art. Ich las eines Abends, wie oft, in der Familienchronik und kam an eine Stelle, wo ein Blatt fehlte. Es war herausgeschnitten aus der Chronik. Und gerade die fehlende Seite interessierte mich.

Ich suchte in einer Kassette in der Bibliothek, in der alte Schriften und Dokumente aufbewahrt wurden, nach diesem Blatt – und fand es auch. Einer unserer Vorfahren hatte es wohl zu irgendeinem Zweck herausgetrennt und hier aufbewahrt, damit es nicht verlorenginge. Ich fand darauf das Geheimnis des Wandschrankes aufgezeichnet und vernichtete es, nachdem ich Einsicht genommen hatte. Niemand sollte dies Geheimnis nach mir kennenlernen. Daß es Dir, dem letzten Grafen Treuenfels, unbekannt blieb, habe ich unauffällig von Dir erforscht. Es setzte mich in den Stand, meinen Plan, die Gräfin zu ermorden, auszuführen, ohne daß mich ein Verdacht treffen konnte.

Am anderen Morgen fand man sie tot. Ich rechnete damit, daß man an einen Selbstmord glaubte, weil doch das Gift erst dann in das Weinglas gekommen sein konnte, als die Gräfin allein war und niemand mehr bei ihr gewesen war. Leider kam es anders. Man klagte Graf Harro an und verhaftete ihn. Ich war außer mir vor Angst und Entsetzen – obwohl ich meine Tat nicht bereuen konnte. Denn Gräfin Alice hatte den Tod verdient. Aber daß meinen Vetter der Verdacht traf, machte mich fast wahnsinnig. Dazu kam, daß mir bei jenem Gang nach dem Schlafzimmer der Gräfin ein Ring verlorenging, den ich in der Nähe des Tatorts vermutete und nach dem ich doch nicht zu suchen wagte, weil mich das Grauen von dem Orte fernhielt.

Hätte man meinen Vetter verurteilt, so hätte ich mich zu meiner Tat bekannt. Aber da er freigesprochen wurde, wenn auch nur aus Mangel an Beweisen, schwieg ich.

Ich hoffte nun alles für mich von der Einsamkeit, in der mein Vetter leben mußte, und wollte ihm alles, alles ersetzen durch meine Liebe. Ich hoffte, ihn mir zu erringen, und vielleicht wäre es mir doch gelungen – wenn die blonde Hexe nicht gekommen wäre. Ihr wandte sich sein Herz zu, und ich mußte zusehen, wie sie mich spielend um den Preis meines Verbrechens bringen wollte.

Dazu kam noch eines. Ich merkte, daß mir Griseldis von Ronach mißtraute, daß sie mir nachspionierte.

Da rang ich verzweifelt mit all den Teufeln in meiner Brust, die mich zu einem neuen Verbrechen drängten. Aber als ich Gewißheit hatte, daß sie um meine Schuld wußte, als ich ebenso gewiß war, daß Graf Harro sie liebte und ich keine Hoffnung auf seine Gegenliebe haben konnte – da stand es fest bei mir – ich wollte sterben – aber auch sie sollte mit mir hinab in das dunkle Nichts.

Und so habe ich auch dieses Mädchen dem Tode geweiht. Wie ich sie vernichtet habe, braucht niemand zu wissen. Ich ließ sie verschwinden in einem geheimen Gelaß im Schlosse, von dem nur ich Kenntnis habe. Dort findet sie ihr Grab. Und ich bin gerächt. Ich bitte niemand um Verzeihung – auch meinen Vetter nicht. Denn was ich an Leid und Schmerzen ertragen habe, ist tausendfach mehr, als er je gelitten hat. Hätte er mich geliebt, ich wäre gut und fromm geworden; daß er mich verschmähte, entfachte einen Höllenbrand in meiner Seele. Ich habe namenlos geliebt und namenlos gelitten.

Und nun richte ich mich selbst. Das Gift, das ich für mich stahl und wovon ich Gräfin Alice abgab, reicht noch gut für mich.

Wer unter euch ist ohne Schuld? – Betet ein Vaterunser für meine arme Seele. Wer viel liebt – dem soll viel vergeben werden.

Geschrieben am 24. Juli 1913.

Beate Dorothea Klara
Komtesse Treuenfels.«

Erschüttert legte Graf Harro dies Schreiben aus den Händen. Grauen erfaßte ihn, als er in den Abgrund dieser Frauenseele blickte. Er wagte sich kaum zu freuen, daß nun seine Unschuld klar und zweifellos bewiesen war. Die Worte der unseligen Frau lasteten noch zu schwer auf seiner Seele. Und ein Schauer rann über ihn dahin, wenn er daran dachte, was sie Griseldis zugedacht hatte. Wenn nun Grollmann das Klopfen nicht gehört oder nicht beachtet haben würde – wenn Griseldis in ihrem furchtbaren Kerker verschmachtet wäre?

Diese Gedanken töteten jedes Mitleid mit Beate in ihm. Daß sie in der letzten Minute ihres Lebens doch noch bereut hatte und ihm zurufen wollte: »Rette sie!«, wußte er nicht, und es hätte wohl auch kaum sein Urteil gemildert. Es trieb ihn hinüber vor das Zimmer seiner Tochter, wo Grollmann noch Wache stand. Ob Griseldis schlief? Ob sie die schlimmen Stunden überwunden hatte, ohne Schaden an ihrer Gesundheit zu nehmen?

»Ist alles ruhig da drinnen geblieben, Grollmann?« fragte er.

Dieser lächelte ein wenig. Nun er wußte, daß Fräulein von Ronach die Braut seines Herrn war, verstand er erst, weshalb dieser um das Verschwinden der jungen Dame so beunruhigt gewesen.

»Herr Graf können ganz unbesorgt sein. Vor zehn Minuten war Henriette hier draußen und hat mir gesagt, das gnädige Fräulein sei endlich eingeschlafen. Eine ganze Weile hat sie freilich wach gelegen und ist zuweilen schreckhaft aufgefahren. Henriette hat ihr dicht neben dem Komteßchen ein Lager bereitet. Sie liegen beide Hand in Hand und schlafen tief und fest.«

Es flog ein weiches, glückliches Lächeln um Harros Mund. Er legte seine Hand auf die Schulter des treuen Dieners. »Grollmann – nun kommt meine Unschuld doch noch an den Tag. Fräulein von Ronach hat den wahren Mörder meiner Frau gefunden.«

Grollmann sah seinen Herrn mit feuchten Augen an. »Ich kann mir nun schon alles denken, Herr Graf. Gelobt sei Gott, daß wir das gnädige Fräulein klopfen hörten.«

»Ja, Grollmann – und das vergesse ich euch nie, daß ihr das Klopfen nicht einfach überhörtet.«

»Das konnte man nicht. Herr Graf haben ja gehört, wie seltsam dringlich dies Klopfen klang. Mir war gleich zumute, als müsse es etwas Besonderes zu bedeuten haben. Gottlob, daß es noch nicht zu spät war.«

»Ja – gottlob! Aber du brauchst nun hier nicht mehr Wache zu stehen. Die Person, vor der ich dies Zimmer bewachen lassen wollte, ist ja nicht mehr am Leben. Und ich kann dich jetzt anderweitig brauchen. Wir werden heute nacht nicht zur Ruhe kommen. Die Herren von der Polizei müssen bald hiersein.«

Herr und Diener gingen hinunter in die Halle. Graf Harro trat hinaus vor das Portal. Tief atmete er die laue Sommernachtluft ein. Und seine Augen suchten den Himmel, der im Glanze von Millionen von Sternen funkelte.

In seinem Herzen war ein tiefer, seliger Friede, und der einzige Schatten, der seinen Glückshimmel trübte, war der Gedanke an Beate. Daß eine Gräfin Treuenfels so schlimme Verbrechen auf ihre Seele laden konnte, war ihm doch schmerzlich.

Ich glaube, sie war krank, war nicht mehr ganz zurechnungsfähig. Daran will ich mich halten, dachte er.

Eine halbe Stunde später traf die Polizeikommission mit dem Gerichtsarzt ein.

Die Gerechtigkeit nahm ihren Lauf. Graf Harro legte den Brief vor, den die Komtesse zurückgelassen hatte. Die Herren – es waren dieselben, die Graf Harro damals verhaftet hatten – wünschten ihm Glück zur Aufklärung der mysteriösen Angelegenheit.

Als Griseldis am anderen Morgen sehr spät nach einem erfrischenden, stärkenden Schlummer erwachte, stand Henriette vor ihrem Lager und hielt ihr lächelnd einen großen Strauß taufrischer roter Rosen entgegen.

»Vom Herrn Grafen für das gnädige Fräulein Braut.«

Griseldis richtete sich auf und barg ihr erglühendes Antlitz in den kühlen Blumen. Und da wurde auch Gilda wach und setzte sich ganz verdutzt empor. Sie sah mit großen Augen auf Griseldis und lachte dann hell auf.

»Ach, Griseldis – wie ist das komisch – da steht ein Bett neben dem meinen und du bist darin – und im Nachthemd. Du bist doch nicht krank?«

Griseldis hob sie aus ihrem Bettchen in das ihre und herzte und küßte sie. »Nein, Herzkind, gottlob bin ich gesund und munter.«

»Aber wie kommst du hierher? Warum schläfst du nicht in deinem Zimmer? Und wo warst du überhaupt gestern? Jetzt weiß ich erst wieder, daß du fortgegangen warst und gar nicht wiederkamst. Wo warst du nur?«

»Ich hatte mich verirrt«, sagte Griseldis – so hatte sie mit Graf Harro verabredet. Gilda sollte nichts von all den schrecklichen Dingen erfahren, damit nicht schlimme Eindrücke ihre weiche junge Seele belasteten. Gilda stellte aber nach Kinderart ein sehr gründliches Verhör mit Griseldis an. Es war nicht leicht, sie zufriedenzustellen. Henriette richtete inzwischen den Anzug für Gilda. Sie hatte von Graf Harro, wie die gesamte Dienerschaft, den Befehl erhalten, weder Fräulein von Ronach noch Gilda etwas von den Ereignissen der vergangenen Nacht zu sagen. Er wollte es Griseldis selbst schonend beibringen und Gilda ganz verschweigen. Schnell machten nun Griseldis und Gilda Toilette, und als sie fertig waren – beide in weißen Kleidern –, gingen sie hinunter in das Frühstückszimmer.

Hier erwartete sie Graf Harro schon eine ganze Weile. Mit zärtlich leuchtenden Augen trat er ihnen entgegen, küßte Griseldis die Hand und nahm Gilda auf seinen Arm. Er war ein wenig blaß von der unruhigen, durchwachten Nacht. Aber das Glück leuchtete aus seinen Augen.

Gilda auf dem Arm und Griseldis' Hand in der seinen stand er da.

»Herzkind – jetzt wollen wir beide klug sein und Griseldis festhalten, daß sie uns nicht wieder davonläuft wie gestern. Wollen wir?« fragte er Gilda.

»Ja, Papa, wir wollen uns nicht wieder so nach ihr bangen. Sie soll nicht wieder allein in den Wald gehen und sich verirren.«

»Nein, das soll sie gewiß nicht. Und weißt du, was wir tun, damit sie ganz sicher und immer bei uns bleibt?«

»Nun?«

»Wir bitten sie einfach, daß sie deine liebe Mama wird. Soll sie das?«

Gilda sah erstaunt zu ihm auf. »Wie kann denn das gemacht werden, Papa?« fragte sie kindlich.

»Nun – Griseldis wird eben meine Frau, dann ist sie deine Mama.«

Gilda klatschte in die Hände. »Ja, Papa, geht denn das?«

»Ja, Herzkind – es geht – und Griseldis will auch gern deine Mama und meine Frau werden.«

»Oh – dann soll sie es ganz schnell sein.«

Und Gilda umschlang Griseldis, und der Graf umfaßte beide zugleich mit seinen Armen. Es gab ein zärtliches Küssen und Kosen, und es dauerte eine ganze Weile, bis die drei zusammen am Frühstückstisch saßen.

Da fragte Gilda: »Wo ist denn Tante Beate? Kommt sie nicht zum Frühstück?«

Griseldis wurde plötzlich sehr bleich und sah, ängstlich in sich zusammenschaudernd, nach der Tür.

Graf Harro faßte fest und warm ihre Hand. »Ruhe, meine Griseldis – ich bin bei dir. Und Beate – die wird nicht mehr bei uns weilen – sie ist verreist.«

Griseldis sah ihn unruhig an. »Sie ist fort?«

Er machte ein Zeichen, auf Gilda deutend. »Ja, Griseldis – weit fort – wir sprechen dann darüber.«

Da wußte – fühlte Griseldis, daß etwas Besonderes geschehen war.

Sie beendeten nun schnell das Frühstück und gingen dann hinaus in den Park.

Heute sollte kein Unterricht stattfinden. Der Graf wünschte, daß Griseldis sich jetzt einige Tage Ruhe und Erholung gönnte. So bekam Gilda unverhofft Ferien und freute sich nach Kinderart sehr darüber.

Und als sie vor ihrem Vater und Griseldis hersprang, zog Graf Harro den Arm seiner Braut durch den seinen und berichtete ihr schonend von dem tragischen Ende der Komtesse und gab ihr den Brief zu lesen, den sie ihm hinterlassen hatte.

Da stürzten Griseldis die Tränen aus den Augen. »Ach, Harro, daß es Menschen gibt, die so unglücklich sind, daß sie schlecht werden müssen! Ich kann ihr nicht zürnen, kann ihr mein Mitleid nicht versagen. Verzeihe ihr, wie ich es auch tun werde. Sie hat sich selbst gerichtet, hat gesühnt, was sie getan hat.«

Er zog sie fest in seine Arme und küßte sie: »Meine großherzige Griseldis! Du bleibst dir selbst getreu. Ich wußte, daß du so sprechen würdest. Da ich dich gesund und unversehrt im Arm halte, wird es mir möglich sein, ihr zu verzeihen, sonst – ach – an dieses ›sonst‹ kann ich nur mit Grauen denken.«

»Nicht, Lieber – denke nicht mehr an das, was hinter uns liegt. Gott hat mich gnädig behütet und dich von einem schlimmen Bann befreit – er sei ihrer armen Seele gnädig.«

Gilda kam herangesprungen und wollte auch von den Liebkosungen profitieren. Und ihr Vater und Griseldis führten sie nun an den Händen zwischen sich, und so schritten sie zu dritt, in inniger Liebe verbunden, in den leuchtenden Sommermorgen hinein.

Als sie von diesem Spaziergang nach Hause kamen, hielt gerade ein Reiter vor der Freitreppe – Baron Dalheim.

Er sprang vom Pferde und kam ihnen entgegen. »Gottlob – ich brauche nicht zu fragen, ob Sie sich wohlbehalten wieder eingefunden haben, mein gnädiges Fräulein«, sagte er, sie begrüßend, zu Griseldis.

»Du darfst mir Glück wünschen, Fritz – Fräulein von Ronach ist meine Braut. Und ich habe dir viel zu erzählen«, erwiderte Graf Harro.

Der Baron küßte Griseldis die Hand. »Meinen herzlichsten Glückwunsch, Herrschaften. Ich muß gestehen, daß ich mit einer großen Unruhe so früh am Morgen von Dalheim herüberkam. Es ist mir da allerlei Verwirrendes zu Ohren gekommen. Die Leute schwatzen allerlei durcheinander von Unglücksfällen und Polizeikommissionen. Mir fiel ein Stein vom Herzen, als ich euch so friedlich zusammen ankommen sah.«

Graf Harro preßte die Hand des Freundes in der seinen und deutete verstohlen auf Gilda. »Du begleitest mich in mein Zimmer, Fritz, ich habe dir viel zu erzählen. Griseldis, du schreibst wohl inzwischen nach St. Marien?«

»Ja, Harro, das will ich tun. Gilda behalte ich bei mir. Gelt, mein Herzkind, du hilfst mir Briefe schreiben?«

Gilda war gleich dabei, und die Herren verabschiedeten sich und gingen nach Graf Harros Arbeitszimmer.

Dort erzählte Graf Harro ausführlich, was geschehen war, seit er gestern den Freund verlassen hatte.

Er zeigte ihm auch Beates letztes Schreiben.

Baron Dalheim war tief erschüttert und umarmte den Freund in großer Erregung.

Graf Harro erzählte ihm nun auch, daß die Leiche der Komtesse bereits im Morgendämmern, nach Erfüllung der gerichtlichen Formalitäten, in die Schloßkapelle geschafft worden sei. Dort solle sie liegen, bis sie in aller Stille in die Gruft gesenkt würde. Abseits von den ruhenden Grafen und Gräfinnen von Treuenfels sollte die Komtesse dort beigesetzt werden.

Und nachdem dies Thema erledigt war, sagte Graf Harro: »Nun habe ich eine große Bitte an dich, mein lieber Fritz. Unter den obwaltenden Umständen will ich meine Hochzeit mit Griseldis nicht lange hinausschieben. Du kannst dir denken, daß ich sie nicht gern aus meinen Augen lassen möchte, und Gilda soll auch nicht von ihr getrennt werden. Immerhin werden doch einige Wochen vergehen, bis Aufgebot und sonst allerlei Äußerlichkeiten geordnet sind. Als meine Braut kann Griseldis bis dahin nicht in Treuenfels bleiben. In meiner Nähe möchte ich sie aber behalten. Glaubst du nun, daß deine Mutter die Güte haben würde, meiner Braut und Gilda in Dalheim Aufnahme zu gewähren und sie unter ihren Schutz zu nehmen, bis ich sie heimführen kann?«

»Natürlich wird meine Mutter das herzlich gern tun, zumal sie freudig die Gelegenheit begrüßen wird, ihr Verhalten gegen dich gutzumachen.«

»So will ich nachher gleich mit dir nach Dalheim reiten, um deiner Mutter meine Bitte persönlich vorzutragen. Jetzt brauche ich ja gottlob nicht mehr ängstlich euer Haus zu meiden.«

»Gut, Harro – ich freue mich unsagbar, daß die schlimme Zeit nun hinter dir liegt. Also komm – wir reiten nach Dalheim. Aber im Dorf gebe ich auf der Poststation gleich erst ein Telegramm an meine Braut auf. Du gestattest – ich will es gleich hier an deinem Schreibtisch aufsetzen. Ich darf doch Tilly eure Verlobung melden?«

»Gewiß, es ist kein Geheimnis mehr.«

Da schrieb Baron Dalheim das Telegramm nieder. Es lautete:

»Teuerste Tilly!

Graf Harro Treuenfels und Griseldis Ronach verlobt. Kluge Tilly! Harros Unschuld klar bewiesen, dank Griseldis' Bemühen. Griseldis bis zur Hochzeit in Dalheim. Ausführliches brieflich.

Dein Fritz.«

»So«, sagte er befriedigt, »Tilly hätte es mir nie verziehen, wenn ich sie nur eine Stunde länger als nötig auf diese Nachricht hätte warten lassen. Sie muß das sofort wissen.«

Nun verabschiedeten sich die beiden Herren von Griseldis. Diese erfuhr, was Graf Harro in Dalheim wollte. »Werde ich Ihnen und Ihrer Frau Mutter nicht lästigfallen?« fragte sie den Baron.

Der küßte ihr die Hand. »Ahnen Sie nicht, wie glücklich wir sein werden, Harro einen kleinen Dienst zu erweisen, der uns außerdem selbst das größte Vergnügen bereiten wird?«

»Also darf ich Ihre Gastfreundschaft ohne Skrupel annehmen?«

»Das dürfen Sie gewiß. Und bitte – lesen Sie, was ich jetzt Tilly depeschieren werde.«

Griseldis las. »Warum ›kluge Tilly‹, Herr Baron?« sagte sie errötend.

»Weil Tilly gleich gemerkt hat, daß Ihnen mein Freund Harro nicht gleichgültig war.«

Griseldis lächelte. »Dann allerdings – dann muß ›kluge Tilly‹ stehenbleiben.«

»Ich komme so schnell wie möglich zurück, Griseldis«, sagte der Graf, sich von Griseldis verabschiedend.

Sie sah ihm mit ihren Sonnenaugen bis tief ins Herz hinein. »Auf Wiedersehen, Harro!«

»Auf Wiedersehen, Griseldis!«

Die Herren ritten davon, und Griseldis beendete ihre Briefe an Mutter Anna und Tante Agnes.

Mutter Anna berichtete sie ausführlich alles, was geschehen war, und bat sie, diesen Brief auch Tante Agnes zu zeigen und den Stiftsdamen daraus zu erzählen, was sie für gut hielt. Vor allen Dingen möge sie ihnen aber ihre Verlobung mitteilen.

Der Brief an Tante Agnes wurde bedeutend kürzer. Er lautete:

»Mein goldenes Tantchen!

Deine Griseldis ist die Braut des Grafen Harro Treuenfels geworden. Wie das alles gekommen ist, wirst du aus dem Briefe ersehen, den ich an Mutter Anna geschrieben habe. Dir will ich nur noch sagen, daß ich unsagbar glücklich bin. Mein Verlobter wird morgen oder übermorgen nach St. Marien kommen und bei Dir in aller Form um mich anhalten. Er freut sich, Dich, mein goldnes Tantchen, kennenzulernen und Mutter Anna zu begrüßen. Natürlich mußt Du ihn all meinen lieben Stiftsweiberchen vorstellen, damit mir alle meine lieben Vizemütter ihren Segen geben können. Mein Verlobter will, daß unsere Hochzeit nicht länger als unbedingt nötig hinausgeschoben werden soll. So werden wir wohl schon Mitte oder Ende September Hochzeit halten. Solange bleibe ich in Dalheim unter dem Schutz der Baronin Dalheim, die ja, wie Du weißt, Tilly Sarnows Schwiegermutter ist. Da Tilly auch im Oktober heiratet, werden wir Gutsnachbarinnen, was mich sehr freut.

Das kleine Töchterchen meines Verlobten, nun auch mein geliebtes Kind, geht mit mir nach Dalheim. Und wenn nächste oder übernächste Woche ein sehr schöner Tag ist, komme ich mit meinem lieben Töchterchen im Kraftwagen nach St. Marien gefahren, damit ich sie Euch allen vorstellen kann.

O Du mein goldnes Tantchen – wie ist mein Leben schön und herrlich geworden! Wenn das mein armer alter Papa noch erlebt hätte! Ich danke dem lieben Gott aus tiefstem Herzen für mein großes, leuchtendes Glück. Und nun noch etwas Wunderschönes, mein Tantchen. Mein Verlobter wünscht, daß Du Deine Tage in Schloß Treuenfels beschließest. Weil Du Dich meiner so liebevoll angenommen hast, sollst Du es nun so gut haben bis an Dein Lebensende, wie wir es ermöglichen können. Du sollst immer bei uns sein. Also bereite Dich schon immer vor.

Unsre Hochzeit wird natürlich in aller Stille gefeiert. Ein lautes Fest verbieten die Verhältnisse von selbst. Wir hätten auch das Trauerjahr um Gräfin Alice abgewartet, wenn ich eine Heimat gehabt hätte – und wenn mich mein Harro und meine kleine Gilda nicht so nötig brauchten. Ja, mein Tantchen – sie brauchen mich wie die liebe Sonne zum Leben – so behauptet mein Verlobter. Und das macht mich so froh, daß ich alles Schlimme vergesse, was ich zuletzt hier erlebte. Mutter Anna und Du, Ihr müßt aber unsre Hochzeitsgäste sein. Und Du bleibst dann gleich in Treuenfels. Hoffentlich wird Mutter Anna nun wieder, wie früher, ein lieber Gast in Treuenfels. Und die Stiftsweiberchen darf ich mir auch, eine nach der anderen, auf einige Wochen einladen, als Revanche dafür, daß sie mich ins Stift eingeladen hatten. Damit das nicht Anlaß zu Unfrieden gibt, wird einfach gelost. So wie das Los bestimmt, kommen sie nacheinander an die Reihe.

Und damit muß es genug sein für heute. Mein Töchterchen wird ungeduldig.

In treuer, herzlicher Liebe, mein Tantchen, grüßt und küßt Dich

Deine glückliche Griseldis.«

Griseldis fand herzliche Aufnahme bei der Baronin Dalheim. Und Graf Harro fuhr nach St. Marien und brachte Griseldis' viele herzliche Grüße mit. Das ganze Stift hatte auf dem Kopf gestanden vor freudiger Aufregung, und Graf Harro hatte an der Tafel mit teilnehmen und immerzu von Griseldis erzählen müssen. Die Losung hatte bereits stattgefunden, und Mutter Anna hatte lachend versichert, es wäre bei dieser Verlosung sehr wenig ehrlich zugegangen, wenn sie nicht so achtsam gewesen wäre. Jede hätte die erste Nummer ziehen wollen.

Als Griseldis dann in der nächsten Woche mit ihrem Töchterchen in St. Marien Besuch machte und mit Jubel empfangen wurde, teilte sie den Stiftsdamen mit, daß jedesmal vier von ihnen zusammen nach Treuenfels kommen sollten, damit alle bald an die Reihe kämen. Diese Mitteilung wurde freudig begrüßt. Griseldis und Gilda wurden mit Liebkosungen bald erdrückt, und natürlich schwärmten die Stiftsdamen alle von Graf Harro.

Am 20. September wurde Griseldis von Ronach Graf Harro Treuenfels in aller Stille angetraut. Als Gäste waren anwesend die Familie von Sarnow, der Baron und seine Mutter, Tante Agnes und Mutter Anna.

Sehr viele herzliche Glückwünsche liefen ein. Von allen Seiten suchten die abtrünnigen Freunde und Bekannten Graf Harro zu zeigen, wie sehr sie sich freuten, ihn schuldlos zu wissen. Sie hatten sich alle in diesen Wochen eingefunden und hatten nach Kräften gutzumachen versucht, daß sie sich ferngehalten hatten, als Graf Harros Unschuld noch nicht klar erwiesen war. Es ging natürlich durch alle Zeitungen, was in Schloß Treuenfels geschehen war.

Griseldis und Graf Harro waren restlos glücklich.

Am Morgen ihres Hochzeitstages kam Griseldis mit Gilda und der Baronin Dalheim nach Schloß Treuenfels zurück. Die Baronin hatte auf Graf Harros Bitte die Ausstattung der jungen Braut besorgt. Die lag nun in den Zimmern, die Griseldis bewohnen sollte, zur Ansicht ausgebreitet. Sie war einer Gräfin Treuenfels würdig, und Griseldis freute sich all der köstlichen Dinge, mit denen sie Harros Liebe schmücken wollte. Ehe sie mit Brautkleid, Myrtenkranz und Schleier geschmückt wurde, huschte sie hinunter in den Ahnensaal. Sie nahm einige von den Blumen mit sich, mit denen Graf Harro ihre Zimmer verschwenderisch hatte schmücken lassen. Mit diesen Blumen trat sie vor das lebensgroße Porträt der Gräfin Alice. Sie befestigte sie an dem Rahmen zu ihren Füßen und sah in das schöne Frauengesicht empor, in dem der Maler den launisch-reizvollen Charakter meisterhaft zum Ausdruck gebracht hatte.

»Hast du nun Ruhe gefunden, verklärter Geist? Ich danke dir, daß du mir freundlich gesinnt warst und mir den Weg zeigtest, auf dem ich Harros Unschuld beweisen konnte. Sei mir auch weiter freundlich gesinnt. Ich will deinem Kinde eine treue, gute Mutter sein und es lehren, liebevoll deiner zu gedenken; denn was du gefehlt hast, hast du hart büßen müssen durch deinen frühen Tod. Und du hast es gutmachen wollen dadurch, daß du mir im Traum erschienst. Gott schenke dir Frieden.«

So sprach sie mit dem Bilde. Und als sie ihm noch einmal zunickte, fiel ein Strahl der Septembersonne auf das Antlitz der Gräfin Alice. Es sah aus, als ob sie lächelte.

Da ging Griseldis frohen Herzens davon und ließ sich nun zur Trauung schmücken. Und als sie später am Arme ihres Verlobten unter die wenigen Hochzeitsgäste trat, ging ein solches Glücksleuchten von diesen zwei Menschen aus, daß aller Herzen davon ergriffen waren.

Graf Harro und seine junge schöne Frau lebten so glücklich miteinander, daß Griseldis zu ihrem Gatten sagte:

»Mir könnte bange werden vor der Größe meines Glükkes, mein Harro!«

Da zog er sie fest an sich und sah ihr tief in die Augen: »Ich möchte, wie Polykrates, ein Opfer bringen, um die neidischen Götter zu versöhnen, wenn ich nicht fürchtete, sie würden es auch zurückweisen.«

Und es sollte vom Schicksal selbst solch ein Opfer gefordert werden.

Graf Harro und Griseldis waren noch nicht ein Jahr verheiratet, da brach der fürchterliche Krieg aus, der fast alle europäischen Länder in Mitleidenschaft zog. Auch Graf Harro mußte, als ehemaliger Offizier, sofort zu den Fahnen eilen, und Griseldis blieb in banger Sorge um ihn zurück. Aber sie zeigte sich tapfer und unverzagt, um ihn nicht zu betrüben. Und der Himmel belohnte ihre Tapferkeit. Graf Harro überstand alle Gefahren und Strapazen dieses Krieges. Sooft er konnte, nahm er einen kurzen Urlaub, um seine geliebte Griseldis und sein Töchterchen wiederzusehen.

Und als er Weihnachten 1915 wieder einmal auf Urlaub nach Hause kam, diesmal von fieberhafter Ungeduld und Sehnsucht erfüllt, trat ihm sein junges Weib entgegen – ein wenig bleich zwar, aber unendlich lieblich und hold. Und auf ihren Armen hielt sie ein weißes Spitzenbündelchen mit einem winzigen Menschlein darin. Das war der Majoratserbe, der kleine Graf Harro von Treuenfels.

Klein-Gilda sprang dem Vater jubelnd entgegen.

»Papa – lieber Papa – ich habe ein liebes Brüderchen bekommen – komm und sieh!«

Voll tiefer Rührung preßte Graf Harro die Lippen auf die Stirn seines Knaben. »Werde mir einst ein ganzer Mann, mein Büblein. Die Kanonen haben dir das Wiegenlied gesungen!«

»Und ein glücklicher Mann soll er werden, mein Harro«, fügte Griseldis hinzu.

Er atmete tief auf.

»So glücklich, wie sein Vater wurde durch deine Liebe, meine Griseldis.«

OPFER DER LIEBE

Bettina Gerold stand am Eckfenster des schönen, vornehmen Speisezimmers. Die hübsche, stattliche Frau, eine angehende Vierzigerin, schaute mit lebhafter Spannung über die weiten Rasenflächen des Gartens hinüber nach dem Fabrikgebäude der Firma Fritz Herbig.

Es war Mittagszeit. Vor wenigen Minuten hatte anhaltendes Pfeifen in der Fabrik den Beginn der Mittagspause angekündigt. Nun quoll ein Menschenstrom aus dem breiten Tore. Die Arbeiter und Arbeiterinnen hasteten den Weg hinab, der am Gartenzaun des Hauses Herbig vorbeiführte. Dieses Haus bewohnte der Besitzer der Fabrik, Fritz Herbig, mit seiner verwitweten Schwester, Bettina Gerold, und deren einzigem Sohn, Bernhard Gerold. Fritz Herbig war Junggeselle. Seine Schwester führte ihm seit acht Jahren – solange war sie Witwe – den Haushalt. Er war achtunddreißig Jahre alt und hatte, wie er seinen Bekannten lächelnd versicherte, bisher noch keine Zeit gehabt, sich eine Lebensgefährtin zu suchen.

Zum Teil entsprach das der Wahrheit. Herbig hatte vor zehn Jahren von seinem Vater die Fabrik übernommen. Damals bestand sie aus einem niedrigen Hause, in dem schlecht und recht auf einigen Webstühlen billige Möbelstoffe gewebt wurden. Fritz Herbig besaß Unternehmungsgeist, Schaffenskraft und einen klaren, weiten Blick. Er faßte die Sache besser an als sein kränklicher, überängstlicher Vater. Und der Erfolg heftete sich an seine Arbeit. Fünf Jahre nach dem Tode seines Vaters wurde bereits das große neue Fabrikgebäude aufgeführt, und das Jahr darauf ließ er das kleine, altersschwache

Wohnhaus zu einem hübschen, vornehmen Landhaus umbauen.

Statt der vierzig Arbeiter schafften jetzt vierhundert in den großen, luftigen Fabriksälen, und in einem mit Oberlicht versehenen Zeichensaal saßen mehrere Künstler und Künstlerinnen, die mit dem Entwerfen neuer Muster beschäftigt waren. Der ganze Betrieb hatte sich außerordentlich gehoben, und die Firma zählte zu den ersten im Lande. Herbig sorgte immer wieder für besonders gewählte Neuheiten und stilgerechte Muster, und seine zahlreichen Kunden wußten, daß die Firma Herbig in dieser Beziehung die leistungsfähigste war.

Bei Fritz Herbigs rastlosem Schaffen und Vorwärtsschreiten war ihm tatsächlich nicht viel Zeit für die holde Weiblichkeit geblieben. Da ihm seine Schwester in geradezu musterhafter Weise den Haushalt führte, entbehrte er auch eine Frau bisher nicht. Bettina Gerold tat alles, was sie ihrem Bruder an den Augen absehen konnte. Freilich nicht ohne egoistische Beweggründe. Sie war arm. Ihr kleines Vermögen, welches ihr bei ihrer Verheiratung ausgezahlt worden war, reichte gerade bis zum frühen Tode ihres Mannes, der in seiner Stellung als Regierungsbeamter nur sehr geringes Gehalt bezog. Sie wäre mit ihrem sehr kleinen Ruhegehalt in große Not geraten, hätte sie der Bruder nicht zu sich genommen. Und nun hatte sie sich an das gute Leben im Hause gewöhnt und wünschte durchaus nicht, daß er eine junge Frau heimführte. Zu diesem Wunsche hatte sie auch noch eine viel größere Veranlassung. Sie liebte ihren Sohn grenzenlos, war er doch das einzige, was ihr aus ihrer kurzen, sehr glücklichen Ehe geblieben war. Und sie wollte diesem Sohn das Erbe seines Oheims sichern. Herbig sollte sich als Junggeselle so wohl fühlen, daß er gar nicht auf den Gedanken kam, sich eine Frau zu suchen.

Bisher hatte ihr der Bruder auch keinerlei Veranlassung zu Besorgnissen gegeben. Fand er einmal flüchtiges Wohlgefallen an einer jungen Dame, dann verstand es Bettina, ihm dieselbe schnell aus den Augen zu rücken oder ihm gesprächsweise so viel schlechte Eigenschaften der betreffenden aufzuzählen, daß sie allen Reiz für ihn verlor.

Fritz Herbig blieb zwar nicht lange über derartige kleine Kniffe im unklaren. Er lächelte darüber im stillen. Da aber seine Teilnahme nie groß genug war, gab er sich den Anschein, als sei er von ihr überzeugt worden.

Nun war aber seit einigen Monaten eine begabte junge Zeichnerin angestellt worden, die Bettina einige Unruhe verursachte. Nach ihrer Ansicht beschäftigte sich ihr Bruder zu viel mit der jungen Dame. Zunächst war das freilich eine ganz harmlose Veranlassung. Ohne selbst zeichnen zu können, ersann Herbig die eigenartigsten Entwürfe. Er gab seinen Zeichnern mit ungelenken Strichen die Einzelheiten eines Entwurfs an, und diese führten dann die Zeichnung aus.

Seit nun die junge Dame, Fräulein Maria Rottmann, im Zeichensaal der Firma angestellt war, hielt sich Herbig meist an diese mit seinen Aufträgen. Sie verstand es besonders gut, auf seine Gedanken einzugehen, und traf fast immer das Richtige. Herbig war sehr erfreut darüber. Es war für ihn eine große Erleichterung und Zeitersparnis. Manchmal bat er sie sogar Sonntag vormittags zu sich. Sie erschien dann genau so pünktlich, ruhig und verständnisvoll in der Villa wie drüben in der Fabrik. Sie nahm seinen Auftrag entgegen, führte ihn aus und legte ihm die Zeichnung vor. Dabei wurde nie ein Wort zwischen den beiden gesprochen, das nicht auf die Zeichnungen oder die Fabrik Bezug hatte.

War Maria Rottmann fertig, dann entfernte sie sich ebenso ruhig und mit höflichem Gruß, wie sie gekommen. Sie zeigte sich nicht unterwürfig, sondern benahm sich wie ein Mensch, der sich seines Könnens und seines ehrlichen Schaffens ohne Überhebung bewußt ist. Und Herbig verkehrte mit ihr durchaus nicht anders, als er es mit einem männlichen Angestellten getan hätte.

Aber Bettina Gerold war trotzdem voll Unruhe und sah mit wenig freundlichen Augen auf das häufige Beisammensein der beiden.

Auch jetzt galt ihr forschender Blick Maria Rottmann. Seit das Mittagszeichen ertönte, stand sie am Fenster und spähte mit scharfen Augen nach dem Fabriktor hinüber.

Und plötzlich grub sich eine unmutige Falte in ihre Stirn. Ihr Mund preßte sich zusammen, und in den dunklen Augen brannte ein unruhiges Feuer. Ihr Bruder war eben aus der Fabrik getreten, der letzten einer, und neben ihm schritt, wie Bettina gefürchtet hatte, eine schlanke, jugendlich kräftige Mädchengestalt. Sie trug einen schlichten grauen Lodenrock und eine glatte weiße Hemdbluse mit einem kleinen schwarzen Schleifchen am Kragenschluß. Dazu ein rundes weißes Strohhütchen mit schwarzem Band.

Es war gar nichts Auffallendes an dieser jugendfrischen Erscheinung, und doch wandte Bettina ihre unruhig flakkernden Augen nicht von ihr ab.

Wie selbstverständlich sie neben ihrem Arbeitsherrn dahinschritt – als wäre er ganz ihresgleichen! Sie sah zu ihm empor und schien aufmerksam seinen Worten zu lauschen, während er eifrig in sie hineinsprach.

Bettinas Finger trommelten unmutig auf dem Fensterbrett. Wahrhaftig, da ging er achtlos an der Gittertür vorüber, die zur Villa führte, und schritt noch bis zur Straßenecke mit. Erst dort blieb er stehen, zog den Hut und kam langsam zurück.

Ärgerlich wandte sie sich vom Fenster ab und trat zu der gedeckten Tafel. Mit einem prüfenden Blick überflog sie noch einmal die drei Gedecke. Sie rückte gedankenfern an den schön geschliffenen Kelchgläsern, fuhr glättend mit der Hand über das blütenweiße Tischtuch und ging dann mit einem tiefen Seufzer hinaus in den Vorsaal, um ihren Bruder zu begrüßen. Sobald er eintrat, zwang sie einen heiteren, unbefangenen Ausdruck in ihr Gesicht.

»Tag, Bettina! Komm' ich zu spät? Oder ist Bernhard auch noch nicht zu Haus?«

»Bernhard ist auch noch nicht hier, lieber Fritz.«

»Schön, dann krieg' ich keine Schelte«, sagte er lachend, Bettina umfassend und neben ihr ins Zimmer tretend. Sie lachte auch.

»Ach – darin hast du es gut, Fritz. Schelte bekommst du nie. Den Vorzug hast du als Junggeselle, daß du kommen und gehen kannst, wann du willst. Als Ehemann würde für dich wohl manches anders sein.«

Fritz sah seine Schwester mit gutmütigem Spottlächeln an. Er wußte, weshalb sie ihm bei jeder Gelegenheit die Vorzüge seines Junggesellentums in günstiges Licht rückte. Er hatte sie trotzdem herzlich lieb. Noch mehr liebte er seinen Neffen, einen prächtigen, lebensfrischen Primaner, den er wie seinen eigenen Sohn hielt. Herbig besaß ausgeprägten Familiensinn, und es war für ihn selbstverständlich, daß er für seinen Neffen sorgte wie ein Vater. Daß er aber deshalb auf die Gründung einer eigenen Familie verzichten sollte, das ging ihm doch etwas zu weit. Trotzdem er bis jetzt ledig geblieben war, wußte er doch, daß er eines Tages heiraten würde. Vorläufig war ihm nur noch nicht das weibliche Wesen begegnet, welches er für eine Ergänzung seines eigenen Ichs hätte halten können. Und je älter er wurde, je wählerischer ward sein Sinn. Übrigens fühlte er sich in der Schwester Obhut sehr wohl.

Sie entfaltete aber auch bewundernswerte Talente, um Fritz seine Häuslichkeit angenehm zu machen. Seine Mahlzeiten waren vorzüglich zubereitet und jedes Gericht seinem Geschmack angepaßt. Wäsche und Kleidung wurden in tadelloser Ordnung gehalten. Wollte er plaudern – Bettina verstand es, in anmutiger und nicht geistloser Art jeden Gegenstand zu behandeln, hatte er Lust, Musik zu hören – sie spielte sehr gut Klavier und sang ihm mit ihrem weichen Alt einfache Lieder, die er sehr liebte. Wollte er Ruhe haben – sie verstand sehr wirkungsvoll zu schweigen. Sie suchte ihm in den Zeitungen die Aufsätze aus, die ihn besonders fesseln mußten, und strich sie rot an, damit er schneller mit dem Lesen fertig würde.

Auf all seine Stimmungen ging sie verständnisvoll ein. Da er eine ungezwungene, anspruchslose Geselligkeit liebte, sorgte sie für reizende gesellige Abende. Kurzum, sie schaffte ihm eine beneidenswerte Häuslichkeit.

Auch das Verhältnis des Bruders zu ihrem Sohn beeinflußte sie in kluger Weise, obschon sie sich da jede Mühe hätte sparen können. Onkel und Neffe waren sich auch ohnedies in herzlicher Liebe zugetan. Bernhard Gerold schwärmte in jugendlicher Begeisterung für Onkel Fritz. Er erschien ihm als das Vorbild eines Mannes. So wie dieser zu werden, war sein eifriges Streben, so gut und so klug, so tatkräftig und zielbewußt.

Fritz liebte den frischen, aufgeweckten Jungen wahrhaft väterlich. Sein offenes, ehrliches Wesen, das wie ein aufgeschlagenes Buch vor ihm lag, erfüllte ihn mit Freude. Er beeinflußte seinen Werdegang mit liebevollem Verständnis, zog ihm die Zügel nicht zu straff und ließ ihn sich entfalten ohne kleinlichen Zwang. Schon frühzeitig weckte er in ihm das Bewußtsein der eigenen Verantwortlichkeit und stärkte so seine Willenskraft. Trotz des Altersunterschiedes verkehrte er mit ihm wie ein Freund, lenkte ihn dabei aber mit weiser Vorsicht unmerklich dahin, daß er selbst immer den rechten Weg fand.

Bettina hatte gewünscht, daß Bernhard in die Fabrik des Oheims eintreten sollte. Der Sohn hatte aber keine Lust, Kaufmann zu werden. Seiner Mutter wagte er jedoch nicht zu widersprechen, die kam dann immer gleich mit Tränen und Vorwürfen. Und er merkte, daß ihr viel daran lag, ihren Wunsch durchzusetzen.

»Ich weiß, Onkel Fritz erwartet das als selbstverständlich, Bernhard«, hatte sie ihm gesagt. Daß sie in ihm schon den künftigen Chef der Firma Herbig sah, verschwieg sie ihm wohlweislich, denn ihr Sohn hätte für ihre Wünsche und Hoffnungen kein Verständnis gehabt.

Da er aber, wie gesagt, keine Lust hatte zum Kaufmannsstand, sondern eine starke Neigung für das Maschinenbaufach besaß, ging er eines Tages zu seinem Oheim. Dieser lag nach Tisch immer ein halbes Stündchen lesend auf dem Ruhesofa in seinem Zimmer. Und Bernhard ging mit all seinen kleinen und großen Anliegen stets um diese Zeit zu ihm. Er legte sich dann neben ihn und wippte so lange ruhelos auf und ab, bis Onkel Fritz lachend seine Zeitung weglegte. So auch an jenem Tage. Er sah seinen Neffen einen Augenblick prüfend an. Dann sagte er lächelnd:

»Na, Junge, nun schieß mal los. Was hast du auf dem Herzen?«

Bernhard hörte auf zu wippen und sah mit seinen offenen, klaren Augen in die des Onkels.

»Du – ist es wahr, daß dir sosehr viel daran liegt, daß ich Kaufmann werde?«

»Wer hat dir gesagt, daß mir soviel daran liegt?«

»Mama natürlich. Sie will, daß ich in deine Fabrik eintrete. Ist dir wirklich soviel daran gelegen?«

Herbig lächelte.

»Mir scheint, du hast diesen Gedanken nicht gerade mit Entzücken aufgefaßt, hm?«

Bernhard wippte weiter.

»Erst sollst du meine Frage beantworten, ich habe zuerst gefragt.«

Herbig lachte herzlich.

»Du – dann sitz erst mal still, wenn du so weiterturnst, krieg' ich die Seekrankheit. So! Nun, also meine Antwort: Meinetwegen werde Schuster, Schneider oder Handschuhmacher, werde, was du willst – aber werde es ganz. Wähle deinen Beruf so, daß du ihn als ganzer Mann ausfüllen kannst und Lust und Liebe dazu mitbringst – dann wählst du recht und nach meinem Wunsch.« Bernhard war aufgesprungen und hatte sich mit ernster Miene vor den Oheim hingepflanzt.

»Ich möchte Maschinen bauen, Ingenieur werden. Weißt du, in so großem Eisenwerke möcht' ich arbeiten. Neulich hab' ich auf dem Bahnhof eine neue Lokomotive gesehen – ach, Onkel Fritz, du glaubst nicht, wie herrlich die aussah! Wie die einzelnen Teile sich so leicht und schnell bewegten und ineinanderfügten – und ich war ganz begeistert und konnte nicht fortsehen. Siehst du, so etwas möcht' ich bauen, aber noch schöner, noch besser. Kannst du mich verstehen?«

Herbig hatte wohlgefällig an dem schlanken Jungen emporgesehen und sich an seinen begeistert blitzenden Augen gefreut.

»Es wäre doch das erste Mal, daß wir uns nicht verstünden, Junge.«

»Und du hast nichts dagegen?«

»Nein, im Gegenteil.«

Bernhard hatte tief Atem geholt.

»Gott sei Dank!« Aber dann machte er ein betrübtes Gesicht.

»Ach – was wird nun Mama sagen? Sollst sehen, Onkel Fritz, sie weint und denkt, ich habe dich gekränkt.«

Herbig legte seine Hand auf den Arm des Jünglings.

»Laß gut sein, Bernhard. Mit der Mutter bring' ich das selbst in Ordnung, wenn es soweit ist. Vorläufig werde erst mal auf dem Realgymnasium fertig, eher brauchen wir gar nicht darüber zu reden. Wenn wir ›Männer‹ uns nur einig darüber sind!«

Seit jenem Tage verstanden sich Onkel und Neffe noch besser als sonst. Und Bettina freute sich darüber, ohne zu ahnen, daß man ihren Wünschen entgegenarbeitete.

Kurze Zeit, nachdem Herbig mit seiner Schwester in das Wohnzimmer getreten war, kam auch Bernhard Gerold nach Hause. Er riß die farbige Mütze grüßend vom Kopf, als er Mutter und Oheim seiner wartend am Fenster stehen sah, und stürmte mit weiten Sätzen die breite Steintreppe empor ins Haus. Sein hübsches, gebräuntes Gesicht, welches schon jetzt ausdrucksvolle und Kraft verratende Züge hatte, strahlte vor Vergnügen beim Anblick der beiden geliebten Menschen. Wenige Minuten später saßen sich die drei bei Tisch gegenüber.

»Da hab' ich übrigens auch eine Neuigkeit für euch. Morgen in vierzehn Tagen ist es zehn Jahre her, daß ich die Fabrik übernahm. Ich gedenke zur Feier des Tages meinen Leuten ein Fest zu geben und rechne dabei stark auf deine Hilfe, Bettina. Du hast ja ein großartiges Geschick für derartige Feste.«

»Du kannst auf mich rechnen, Fritz«, erwiderte die Schwester. »Sag mir nur kurz, wie du dir das Fest denkst, alles andere besorge ich dir.«

»Du bist eine treffliche Frau, Bettina, eine wahre Perle. Also ich dachte es mir so. Wir veranstalten nachmittags in einem großen Wirtshausgarten vor der Stadt ein Fest mit Schießbuden, Karussell und Preisspielen. An großen Tafeln soll dann reichlich Kaffee und Kuchen gereicht werden. Abends, wenn die Mütter das Jungvolk heimgebracht haben, erhalten die Leute ein Festessen, und daran kann sich zur Erhöhung der Lustbarkeit auch ein Tänzchen schließen. Zu sparen brauchst du nicht, Bettina. Ich habe in diesem Jahre einen glänzenden Abschluß gemacht und kann mir etwas leisten. Die Preisspiele sollst du so einrichten, daß jeder der Leute ein hübsches Andenken an die Feier mit nach Hause nimmt. Dabei kann dir Bernhard an die Hand gehen. Und die Damen aus dem Zeichensaal übernehmen die Spielaufsicht über die Kinder. Ich habe mit Fräulein Rottmann schon darüber gesprochen, sie ist ja doch entschieden die klügste von allen.«

Bettina empfand einen eifersüchtigen Groll auf Maria Rottmann, weil Fritz mit dieser eher über die Sache gesprochen hatte als mit ihr selbst. Bernhard aber war begeistert. »Du, Mama, dann stell' mich nur da an, wo ich mit Fräulein Rottmann zusammenwirken kann. Das ist ein prachtvolles Mädel – und bildhübsch.«

Er drehte unternehmend an der Stelle, wo einst vielleicht ein Bart sitzen würde. Fritz Herbig lachte.

»Junge – du wirst doch nicht den Schwerenöter spielen wollen?«

Bettina zitterte innerlich vor Unmut. »Bernhard, unterlaß doch solche Witze. Fräulein Rottmann ist übrigens nicht einmal hübsch zu nennen.«

»Doch, Mama – da muß ich ganz entschieden widersprechen. Sag selbst, Onkel Fritz, ist sie nicht ein sehr hübsches Mädel mit ihren großen klugen Augen und den dicken braunen Zöpfen?«

»Aber Bernhard!« rief Bettina ärgerlich und einen Augenblick die Herrschaft über sich verlierend.

Herbig sah lächelnd in ihr gerötetes Gesicht. »Bettina – über den Geschmack läßt sich nicht streiten. Wir Männer haben unsere eigene Ansicht über Frauenschönheit. Zwar muß ich gestehen, daß ich Fräulein Rottmann daraufhin noch nicht angesehen habe, aber das läßt sich nachholen.«

Bettina war außer sich über die Wendung, die das Gespräch genommen. Aber sie durfte sich das nicht merken lassen. »Man muß solchen Mädchen gegenüber immer einige Zurückhaltung bewahren. Sie werden sonst leicht zu aufdringlich.«

»Das hast du wohl bei Fräulein Rottmann nicht zu fürchten. Sie ist sehr taktvoll und aus guter Familie. Ihr Vater war Offizier, und ihre Mutter ist eine stille, feine Frau.«

»Du kennst ihre Mutter?«

Ein feines Lächeln huschte bei dieser erschrocken klingenden Frage um seinen Mund.

»Gewiß, sie begleitete ihre Tochter, als ich diese anstellte.«

Bettinas Augenlider zuckten nervös.

»Das ist doch sonst nicht üblich.«

»Allerdings nicht. Aber die Damen wohnten auswärts, und daher war Frau Rottmann mitgekommen, um gleichzeitig hier eine Wohnung zu suchen. Mutter und Tochter leben seitdem zusammen in unserer guten Stadt, und soviel ich weiß, trägt Fräulein Rottmann den größten Teil zum Unterhalt bei, da ihre Mutter als Hauptmannswitwe nur ein sehr geringes Jahrgeld bezieht. So – das ist alles, was ich außergeschäftlich von der jungen Dame weiß. Willst du mehr wissen, dann kann ich mich ja danach erkundigen.«

Bettina wehrte hastig ab.

»O nein, ich danke. Wir wollen doch dies Gespräch fallenlassen. Sag mir lieber, um welche Zeit das Fest beginnen soll und welche Gartenwirtschaft dir am liebsten ist.«

Damit lenkte sie das Gespräch in andere Bahnen.

Als aber Fritz Herbig am Nachmittag desselben Tages oben im Zeichensaal neben Fräulein Rottmann stand, fiel ihm das Gespräch wieder ein. Und zum ersten Male betrachtete er in Maria Rottmann das Weib. Dabei mußte er ehrlich zugestehen, daß sein Neffe entschieden nicht zuviel gesagt hatte, wenn er sie »bildhüsch« nannte. Ja, er fand, daß sie beachtenswerter war als die jungen Damen seiner Gesellschaftskreise, daß sie sehr lieb lächeln konnte, daß sie die schlanken, edelgerundeten Glieder in schlichter Anmut bewegte und daß sie wirklich schöne Augen und herrliche Flechten besaß.

Inzwischen sann Bettina drüben im Hause rastlos darüber nach, wie sie ihren Bruder vor dem Zauber der Maria Rottmann bewahren konnte.

Einige Tage später lag Herbig mittags mit seiner Zeitung auf dem Ruhesofa, als Bernhard bei ihm eintrat und sich nach alter Angewohnheit zu ihm setzte.

Herbig legte die Zeitung fort und sah ihn erwartungsvoll an.

»Nun, Junge, du siehst aus, als wolltest du mir etwas furchtbar Nettes beichten.«

Bernhard nickte energisch. »Will ich auch, was sehr Nettes. Das heißt – eigentlich nur für mich!«

»Na, dann schieß los – es ist ja ohnedies deine Beichtstunde.«

»Hm. Denke mal, die Prima will in den großen Ferien eine Rheinreise machen. Bis Montag soll sich jeder entscheiden, ob er mithält.«

»Und du möchtest natürlich gern mithalten, nicht wahr?«

Bernhard sah etwas unbehaglich aus. Dann stieß er heraus: »Brennend gern – natürlich nur, wenn ich dich nicht wie jedes Jahr auf deiner Sommerreise begleiten soll.«

Herbig sah mit Wohlbehagen in das lebenssprühende Gesicht seines Neffen.

»Also, du willst mich diesmal treulos im Stich lassen?« fragte er scheinbar beleidigt.

Bernhard sah auf seine Stiefelspitzen herab.

»Natürlich nicht ohne deinen Willen. Mama hat ja recht, ich bin schrecklich undankbar, daß ich überhaupt an so was dachte! Sie hat mir auch streng verboten, dir damit zu kommen.«

»Und doch hast du es getan?«

»Ja – eigentlich ist es schändlich. Aber weißt du – sie hat mir in ihrer Angst, ich könnte dich erzürnen, schon manchmal was verboten, was du mir dann doch erlaubt hast. Und ich kenne dich doch wirklich besser als Mama. Kleinlich bist du sonst gar nicht.«

»Damit willst du sagen, daß ich diesmal kleinlich bin?« meinte Herbig lachend.

»Nein – das bist du nie.«

»Schön, also muß ich mich auch diesmal mit Größe aus der Angelegenheit ziehen! Also, du möchtest lieber mit deinen Kameraden eine Rheinreise machen als mit mir wieder nach Tirol gehen? Gut. Dann melde dich Montag zur Teilnahme an der Rheinfahrt, das nötige Geld erhältst du von mir. Mach aber keine zu innige Bekanntschaft mit dem Rheinwein.«

Bernhard zerdrückte ihm fast die Hände.

»Bist du auch wirklich nicht bös?«

»Bös bin ich nicht. Ich kann es dir ja gar nicht verdenken, wenn dir so eine freie, fröhliche Fahrt mit Altersgenossen lieber ist, als wenn du mit deinem alten, langweiligen Onkel Fritz in den Bergen rumkraxelst.«

»Du – laß meinen Onkel Fritz in Ruhe! Langweilig und alt ist der nicht. Und schön, wunderschön ist es immer mit dir in den Bergen. Aber diese Fahrt möchte ich doch zu gern mitmachen.«

»Also abgemacht – du gehst an den Rhein.«

Bernhard schob nachdenklich die Brauen empor.

»So klar ist das nun doch nicht. Was wird Mama dazu sagen? Ich wage es gar nicht, ihr zu beichten.«

»Was – du wagst es nicht? Schlingel – wenn du zum Ungehorsam den Mut hast, mußt du auch die Folgen auf dich nehmen.«

Bernhard bekam einen roten Kopf. »Wenn sie nur nicht immer gleich weinte vor Angst, daß ich dich gekränkt haben könnte. Du glaubst nicht, wie besorgt sie ist, und wenn sie weint, ist's aus mit meinem Mut. Warum sie nur so ängstlich ist? Ich hab' dich doch gewiß furchtbar lieb und möchte dich um keinen Preis kränken. Aber sie zankt immer mit mir, daß ich es dir nicht genug zeige, wie lieb du mir bist, und denkt, du entziehst mir deine Liebe. Dabei büffle ich doch nur so, bis mir der Kopf brummt, um dir meine Dankbarkeit zu erweisen.«

Herbig richtete sich auf den Ellenbogen empor und strich liebevoll über den dunklen Jünglingskopf.

»Von Dankbarkeit rede mir lieber nicht, ich kann das Wort nicht ausstehen. Ein bißchen Liebe ist mir mehr als ein Berg Dankbarkeit. Da steckt immer so ein heimlicher Zwang dahinter.«

Bernhard sah ihn offen und ehrlich an. »Bei mir nicht, da kommt es ganz von selbst.«

Fritz Herbig betrat kurze Zeit darauf das Fabrikgebäude. Zuerst begab er sich in sein Arbeitszimmer, um einige wichtige Briefe selbst zu schreiben. Dann unternahm er einen Rundgang durch die Fabrik, wo das Summen und Sausen, das Klappern und Surren großen Lärm verursachte. Er war jedoch dieses Geräusch ebenso gewöhnt wie seine Arbeiter.

Nachdem er unten seinen Rundgang beendet und überall nach dem Rechten gesehen hatte, stieg er hinauf in den Zeichensaal.

In der Mitte des großen Raumes standen riesige Zeichentafeln, an denen die Einzelzeichnungen ausgeführt wurden. Ringsum waren durch Holzverschläge Abteilungen geschaffen worden, in denen die ersten Zeichner und Zeichnerinnen an Skizzen und Entwürfen arbeiteten.

In einer dieser Abteilungen saß auch Maria Rottmann an ihrem Zeichentisch. Herbig blieb hinter jedem Zeichner eine Weile stehen und sah zu, wie er arbeitete. Zuletzt kam er zu Maria. Sie trug denselben grauen Lodenrock wie neulich und eine ebenso schlichte weiße Batistbluse. Als Herbig zu ihr trat, hob sie einen Augenblick den Kopf und sah zu ihm auf. Mit ruhiger Artigkeit wechselten sie einen Gruß. Dann arbeitete sie ungestört weiter. Sie wußte, wenn er einen besonderen Auftrag für sie hatte, sprach er sie an. Er sah heute aber nur zerstreut auf ihre Zeichnung herab, viel mehr fesselten ihn die schlanken, edelgeformten Hände mit den rosigen Fingernägeln. Und von den Händen glitt sein Blick unbewußt über die runden Arme und Schultern, die sich durch die leichte Bluse abzeichneten. Ein schmales Streifchen des Nakkens, darüber der schöne Ansatz des braunen Haares, die starken, glänzenden Flechten, ein kleines rosiges Ohr und das hübsche blühende Gesicht – Herbig ertappte sich plötzlich dabei, daß er das alles mit innigem Wohlgefallen betrachtete.

Und Maria Rottmann mußte seine Blicke fühlen. Sie sah unruhig empor und begegnete ihnen. Es lag ein Ausdruck darin, der sie befangen machte. Sie zeichnete sofort weiter, aber die Hände verloren die ruhige Festigkeit, und ein verräterisches Rot stieg in ihre Wangen empor. Sie fühlte das und ärgerte sich darüber, ohne es hindern zu können. Ihr Atem ging unregelmäßig, er sah es an dem Heben und Senken der Schultern. Ein ganz eigenartiges Wonnegefühl stieg in ihm auf. Ihre Unruhe teilte sich ihm mit. Wie ein heimlicher, süßer Zauber umwob es die zwei Menschen.

Maria Rottmann zeichnete recht unsichere, schwankende Striche. Sie schämte sich ihrer Unruhe, als sie das merkte. Entschlossen schüttelte sie den Bann ab, der sie gefangengenommen hatte, und den Stift aus der Hand legend, fragte sie: »Haben Sie besondere Befehle für mich, Herr Herbig?«

Er richtete sich empor, antwortete jedoch nicht sogleich. Seine Augen sahen aber so sonderbar forschend und prüfend in die ihren, daß sie von neuem erglühte. Herbig kam nun ihre peinvolle Befangenheit zum Bewußtsein.

»Nein – ich habe nichts Besonderes, Fräulein«, sagte er scheinbar ruhig und ging dann in sein Arbeitszimmer hinunter. Seit dieser Stunde war aber die Unbefangenheit aus ihrem Verkehr verschwunden.

Das Gefühl, welches Herbig beherrschte, war ihm so neu und ungewohnt, daß er es sich zunächst nicht recht erklären konnte. Gewiß war ihm nur, daß ihm noch kein weibliches Wesen ein ähnliches Empfinden eingeflößt hatte. Und dies Empfinden war ein so durchaus angenehmes, daß er sich gar nicht dagegen wehrte. Im Gegenteil – mit träumerischem Behagen versenkte er sich mehr und mehr hinein. Und dieses Behagen war doch wieder mit einer wonnigen Unruhe gemischt.

Die Arbeit lockte heute den sonst so tätigen Mann gar nicht. Er warf sich in einen Sessel und sah vor sich hin. Wie war das nur gekommen? Er hatte doch sonst im Verkehr mit ihr nicht einen Augenblick seine Ruhe verloren.

Freilich, er hatte sie immer gern leiden mögen, hatte immer ein gewisses Wohlwollen für sie empfunden, aber die sehnsüchtige, zärtliche Unruhe, die ihn jetzt beherrschte, hatte gar nichts mit diesem ruhigen Wohlwollen gemein. Sollte er wohl auf dem Weg sein, das Herz an sie zu verlieren?

Er sprang wieder auf und lief unruhig auf und ab.

»Unsinn«, rief er halblaut in seine Gedanken hinein und trat ans Fenster, um erregt auf den Scheiben herumzutrommeln.

Es war gerade Vesperpause. Die Leute gingen, ihr Vesperbrot verzehrend, in dem großen Hofraum auf und ab und unterhielten sich dabei. Einige der jüngeren Arbeiter bildeten mit mehreren jungen Arbeiterinnen in der einen Ecke, gerade unter seinem Fenster, eine Gruppe. Sie lachten und scherzten und tauschten wohl auch verliebte Blicke. Ein Bursche und ein Mädchen hielten sich absichtlich etwas zurück, als die Glocke das Ende der Vesperpause kündete. Sie traten als die letzten in das Gebäude, und unter der Tür küßten sie sich schnell und verstohlen, ohne zu ahnen, daß der Herr sie beobachtete.

Herbig seufzte auf.

Das fand sich alles in Liebe zueinander. Und er mit seinen achtunddreißig Jahren war noch immer allein. Ein ungestümes Sehnen wallte empor in seinem Innern. Warum sollte er diesem Alleinsein kein Ende machen? Er hatte doch auf niemand Rücksicht zu nehmen! Auf Bettina etwa?

Die konnte doch nicht von ihm verlangen, daß er ihretwegen auf Liebe und Ehe verzichten sollte.

Oder auf Bernhard?

Der würde auch, wenn er heiratete, seiner väterlichen Fürsorge sicher sein.

Und der prächtige Bursche würde ein tüchtiger Mann werden und sich selbst im Leben seine Stellung erkämpfen, auch ohne des Oheims Erbe zu werden.

Bettina würde natürlich ein bißchen grollen und schmollen, damit mußte er rechnen. Aber schließlich mußte sie sich fügen. Er war sich doch selbst der Nächste und hatte auch Pflichten gegen sich selbst. Alt genug war er ja nun geworden, Zeit hatte er wirklich nicht viel mehr zu verlieren. Er hatte sich wahrlich das Recht verdient, ein Weib zu nehmen, eine eigene Familie zu gründen, ja, es war geradezu seine Pflicht, sich nicht auszuschließen aus der Reihe der Familienväter.

So verteidigte er sich vor sich selbst, und dabei sah er im Geiste schon ein liebes Weib an seiner Seite schreiten, das mit klaren Augen verständnisvoll und innig zu ihm aufsah.

Und diese Augen glichen denen der jungen Zeichnerin aufs Haar.

Das Fest, das Fritz Herbig seinen Leuten gab, war vom herrlichsten Wetter begünstigt. Nur bis Mittag war in der Fabrik gearbeitet worden. Sie stellten sich alle pünktlich ein. Die verheirateten Leute brachten Weib und Kind mit, und alle trugen den besten Sonntagsstaat. Auch die Zeichner und Zeichnerinnen und die Vorsteher der einzelnen Abteilungen waren gekommen.

Der große Wirtshausgarten war festlich geschmückt, zwischen den Bäumen hingen farbige Lampen. Spielzelte und Reitschulen waren aufgestellt, und es herrschte reges fröhliches Treiben ringsum.

Herbig war mit Bettina und seinem Neffen zuerst am Platze. Er widmete sich seinen Gästen mit großer Liebenswürdigkeit und Bereitwilligkeit. Jeder wollte durch ein paar Worte vom Herrn ausgezeichnet werden. Bettina stand ihm wacker zur Seite, obwohl ihre Seele mit Unruhe und Unbehagen zu kämpfen hatte. Sie ließ ihren Bruder nicht aus den Augen. Gegen halb vier Uhr wurde an den großen Tafeln der Kaffee eingenommen. Berge von Kuchen wurden aufgestellt, und die riesigen Kaffeekannen kreisten unaufhörlich.

Herbig hatte ohne Umstände zwischen einigen alten Arbeitern und ihren Frauen Platz genommen und beteiligte sich herzhaft an dem Schmaus. Erst wirkte seine Gegenwart etwas lähmend auf die Zunächstsitzenden, aber als er lustig und gemütlich plauderte und den Frauen lachend die Teller mit Kuchen belud, taute man auf. Bettina hatte erst überall nachgesehen, daß alle zu ihrem Rechte kamen. Dann ging sie langsam die Reihen entlang, den Leuten freundlich zunikkend und sie zum Zulangen auffordernd. So kam sie auch an die Tafel, wo die Damen aus dem Zeichensaal saßen. Liebenswürdig trat sie heran und bat, neben Fräulein Rottmann Platz nehmen zu dürfen. Sie hatte beschlossen, die junge Dame möglichst in ihrer Nähe zu behalten. Die jungen Mädchen rückten artig zur Seite und bedienten Bettina eifrig mit Kaffee und Kuchen. Sie nickte lächelnd und dankend nach allen Seiten und plauderte liebenswürdig mit ihrer Umgebung.

Am meisten beschäftigte sie sich mit Maria Rottmann.

»Ist Ihre Frau Mutter nicht mitgekommen?« fragte sie freundlich.

»Nein, gnädige Frau. Mama ist schon seit einiger Zeit unpäßlich.«

»O wie schade. Das tut mir sehr leid. Ich hoffe, es ist kein ernstes Unwohlsein?«

»Das zum Glück nicht. Mama ist nur leicht ermüdet und bekommt sofort Kopfweh, wenn sie sprechen muß.«

»Dann sind Sie sicher nur ungern von ihr gegangen?«

»Ach, Mama ist ja sonst auch allein, wenn ich beschäftigt bin. Vollständige Ruhe tut ihr am wohlsten.«

»Nun, sie wird sich hoffentlich bald erholen. Übrigens rechne ich nachher stark auf Ihre Hilfe bei den Preisspielen, zumal bei den Kindern.«

»Ich stehe gern zur Verfügung, gnädige Frau.«

Bettina nickte dankend und wandte sich zu den anderen Zeichnerinnen.

»Auch für Sie gibt es an den anderen Spielplätzen reichlich zu tun, meine Damen. Ich hoffe, ich kann auf Ihre Hilfe zählen.«

Die jungen Mädchen beeilten sich, ihre Zustimmung zu geben. Maria Rottmanns ruhige Artigkeit stach sehr ab gegen die unterwürfige Dienstbeflissenheit der anderen.

Sie ist entschieden stolz und hochmütig, dachte Bettina, der das nicht entging.

Herbig hatte schon einige Male seinen Platz gewechselt. An jeder Tafel hielt er sich eine Weile auf und plauderte lustig mit seinen Leuten. Dabei hatte er jedoch heimlich ein Ziel im Auge, ohne es sich einzugestehen. Aber, ob mit oder ohne Eingeständnis, schließlich saß er doch Maria gegenüber und war darüber so vergnügt, daß ihm die helle Freude aus den Augen lachte.

Bettina bemerkte sehr gut, wie er wohlgefällig sein Auge auf seinem Gegenüber ruhen ließ, und sie fing seine Blicke voll Unruhe auf. Ihr Bruder sah heute so gar nicht aus, als hätte er Lust, seine Tage als Junggeselle zu beschließen. Was konnte sie tun, um Maria Rottmann ungefährlich zu machen?

Sie sann und grübelte und rückte unbehaglich auf ihrem Platz. Wenn doch wenigstens diese Kaffeetafel ein Ende hätte! Aber die Leute stippten ohne Unterlaß immer neue

Kuchenstücke in ihren Kaffee, und solange nicht alle gesättigt waren, mußte sie aushalten.

Endlich aber nahm ihre Qual ein Ende. Die letzten Reste wurden für die Kinder zum Mitnehmen eingepackt, und man erhob sich, um die Spiele zu beginnen.

Bettina schob ihren Arm liebenswürdig lächelnd in den Fräulein Rottmanns und zog sie mit sich fort.

»Kommen Sie schnell, liebes Fräulein, die Kinder stehen schon erwartungsvoll um die Gabentische«, sagte sie lebhaft, und ehe Herbig noch zur Besinnung kam, waren die beiden Damen seinen Blicken entschwunden. Vorläufig mußte er sich nun erst einmal um seine Arbeiter bekümmern, damit auch die an den Schießbuden und Würfelzelten zu ihrem Rechte kamen. Einige Herren aus dem Kontor halfen ihm dabei.

Die Musik spielte auf, alle vergnügten sich. Es war ein Leben wie auf dem Jahrmarkt. Bettina überwachte, neben Fräulein Rottmann stehend, die Spiele der Kinder, während das junge Mädchen die Preise austeilte.

Einige Herren aus dem Kontor kamen herüber und stellten sich Bettina zur Verfügung. Sie aber wehrte lachend ab.

»Danke sehr, meine Herren, aber hier kann ich nur weibliche Hilfe gebrauchen. Sie würden höchstens die Verwirrung vergrößern. Drüben bei meinem Bruder können Sie sich nützlicher machen.«

Als sich die jungen Leute entfernt hatten, sah Bettina lächelnd in Marias Gesicht.

»Da hab' ich wohl nicht in Ihrem Sinne gehandelt, Fräulein Rottmann?«

Diese sah erstaunt auf.

»Warum nicht, gnädige Frau?«

»Nun, mir schien, als habe die Herren mehr der Wunsch, Ihnen nahe zu sein, als der, zu helfen, hierhergetrieben.«

Die junge Dame nahm eine abweisende Miene an.

»Das ist sicher ein Irrtum, gnädige Frau.«

Bettina drohte lächelnd mit dem Finger: »Seien Sie nur ehrlich, Sie plauderten gewiß viel lieber mit den jungen Herren, als sich hier mit den Kindern herumzuplagen.«

»Wirklich nicht. Ich habe Kinder sehr gern.«

»Nun, Sie können sich ja auch heute abend schadlos halten. Sie freuen sich gewiß auf das Tanzen.«

»Ich habe noch gar nicht daran gedacht.«

Bettina sah sie mit lächelndem Zweifel an. »Eine junge Dame, die nicht an das Tanzen denkt? Das ist doch kaum glaublich. Sollte sich unter unseren jungen Herren nicht einer befinden, mit dem Sie gern tanzen möchten?«

Maria Rottmann errötete vor heimlichem Unmut. Bettina legte dies Erröten anders aus. Sollte sie da auf einer Spur sein, die ihr von Nutzen sein konnte?

»Ich kann Ihnen diese Frage nicht beantworten«, erwiderte Maria mit leiser Abwehr im Tone.

Bettina merkte das sehr wohl. Also die junge Dame wünschte nicht, auf ihre Herzensangelegenheiten geprüft zu werden. Das war immerhin etwas. Vielleicht hatte sie eine heimliche Neigung zu einem der Angestellten. Man konnte da vielleicht vermitteln.

»Verzeihen Sie, ich erscheine Ihnen wohl ein wenig neugierig, liebes Kind. Aber Sie sind mir außerordentlich angenehm. Ich hege eine große Vorliebe für Sie und erwärme mich schon lange für Ihr Schicksal. Mein Bruder erzählte mir, daß Ihr Vater Offizier war. Sie müssen Ihre abhängige Stellung schwer empfinden, und ich glaube ganz sicher, lange werden Sie dieselbe nicht zu bekleiden brauchen. Eine so hübsche und liebenswürdige junge Dame bleibt nicht lange unbeachtet. Aber es liegt mir fern, mich in Ihr Vertrauen zu drängen. Trotzdem möchte ich wetten, daß es manchen jungen Mann gibt, der Sie gern zur Lebensgefährtin wählte.«

Maria teilte ruhig die Gaben an die Kinder aus. Aber ihre Lippen zuckten unruhig. Das Gespräch war ihr in hohem Grade unangenehm.

»Zu dieser Annahme liegt wohl kaum Veranlassung vor. Vorläufig fühle ich mich sehr wohl in meiner Stellung und sehne mich nicht nach Veränderung.«

Das klang wieder nicht sehr ermutigend für Bettina. Aber sie ließ sich nicht abschrecken.

»Das freut mich für uns, unserem Geschäft wird so eine schätzenswerte Kraft erhalten. Aber nicht für Sie. Der schönste Beruf der Frau bleibt doch die Ehe. Und Sie sind doch so sehr jung nicht mehr.«

»Dreiundzwanzig Jahre, gnädige Frau.«

»Nun sehen Sie wohl, das ist das beste Alter zum Heiraten.«

»Trotzdem eilt es mir nicht damit«, suchte Maria das Gespräch mit einem Scherz zu beenden.

Bettina aber war hartnäckig.

»Am Ende gehören Sie gar zu den freisinnigen Frauen, zu den Ehefeindinnen?«

Also gedrängt, richtete sich Maria empor und sah Bettina mit großen, ernsten Augen an.

»Nein – keines von beiden. Ich schätze jede Frau glücklich, die einen guten Mann, ein sicheres Heim für eigen nennt, die in ihrer Familie einen Pflichtenkreis findet, groß genug, ihr Leben auszufüllen. Aber allen kann ja solches Glück nicht zuteil werden. Zumal arme Mädchen wie ich gehen oft leer aus. Und da meine ich, von denen, die leer ausgehen müssen, sind die am besten dran, die einen Beruf haben, der sie befriedigt und ihnen die Mittel zu einem gesicherten, wenn auch schlichten Leben verschafft.«

Bettina hatte aufmerksam zugehört. Leider fand sich in Marias Worten gar kein Anhalt für sie. Da kam ihr jedoch ein Zufall zur Hilfe. Einer der zu dem Fest herbeigeeilten Reisenden, ein hübscher, stattlicher Mensch, ging eben vorbei. Als er Maria erblickte, blieb er einen Augenblick stehen und kam dann schnell auf sie zu.

»Liebes Fräulein Rottmann – ich habe noch gar nicht Gelegenheit gehabt, Sie zu begrüßen. Gesucht habe ich Sie schon überall, aber nicht gefunden.«

Maria erwiderte seine Begrüßung sehr erfreut, einmal, weil sie froh war, das peinliche Gespräch abbrechen zu können, dann aber auch, weil sie Kurt Lebbeck, so hieß der Reisende, schon länger kannte und eigentlich durch ihn auf die Stellung bei Herbig aufmerksam gemacht worden war. Lebbeck war außerdem schon lange heimlich verlobt mit einer Jugendfreundin Marias und stand ihr so näher als die übrigen Angestellten des Geschäftes.

Während die beiden jungen Leute angeregt miteinander plauderten, lauschte Bettina aufmerksam ihrem Gespräch. Es klang sehr vertraulich, und Fräulein Rottmann ging ihm gegenüber augenscheinlich aus ihrer Zurückhaltung heraus. Ehe sich Lebbeck verabschiedete, bat er Maria um die Ehre, sie zu Tisch führen zu dürfen, und sie sagte freundlich zu. Als er gegangen war, fragte Bettina scheinbar harmlos:

»Sie kennen Herrn Lebbeck schon von früher?«

»Ja, gnädige Frau, er besuchte uns zuweilen. Auch traf ich in einer befreundeten Familie oft mit ihm zusammen. Ihm habe ich's zu verdanken, daß ich bei der Firma Herbig angestellt bin. Er machte mich auf die offene Stellung aufmerksam.«

»Dann ist ihm mein Bruder wohl eigentlich zu Dank verpflichtet, denn er ist außerordentlich zufrieden mit Ihren Leistungen. Weiß er, daß Sie durch Lebbeck zu uns gekommen sind?«

Maria merkte nicht die heimliche Unruhe, die Bettina beherrschte.

»Ich glaube kaum, gnädige Frau, denn ich habe mich nicht auf Herrn Lebbeck berufen. Ich wollte meine Anstellung nur meinem Können zu danken haben.«

Bettina atmete befriedigt auf.

»Ei, wie stolz, liebes Fräulein – aber das gefällt mir an Ihnen.«

In diesem Augenblick kam Bernhard über den Rasenplatz zwischen den Kindern herangestürmt.

»Mama, du hattest mir doch eigentlich versprochen, daß ich dir und Fräulein Rottmann helfen darf. Mich darfst du nicht fortschicken.«

»Will ich auch gar nicht, wenn das Fräulein dich gebrauchen kann.«

Bernhard machte seine schönsten Augen, als er sich zu Maria wandte.

»Nicht wahr, Sie haben für mich zu tun?«

Maria lächelte dem allzeit artigen und ritterlichen Jüngling herzlich zu. »Arbeit gibt es genug für Sie, Herr Gerold, bleiben Sie ruhig hier!«

Als er eine Stunde später seinem Oheim begegnete, sagte er strahlend:

»Du – es ist riesig nett hier.«

»So, wo hast du denn bis jetzt gesteckt?« fragte Fritz Herbig lachend.

»Drüben bei den Kindern.«

»Und da war es so nett?«

»Aber sehr. Fräulein Rottmann war doch dort. Wir haben uns prachtvoll unterhalten. Du – lachen kann die – ganz warm wird einem dabei ums Herz.«

Herbig sah fast neidisch auf seinen Neffen, der so lange Maria Rottmanns Gesellschaft genossen hatte.

»Schlingel – du wirst dich doch nicht in die junge Dame verlieben?«

Bernhard zuckte beinahe verächtlich die Schultern.

»Pah – verlieben gibt's nicht bei mir. Ich mache es wie du, Onkel Fritz, und bleibe Junggeselle.«

»Wer sagt dir denn, daß ich's bleiben will?« fragte Herbig, sich mit gespreizten Beinen vor seinem Neffen aufpflanzend.

Der machte erst ein verdutztes Gesicht, dann lachte er.

»Mama sagt doch immer: Onkel Fritz ist Junggeselle und wird einer bleiben, deshalb müssen wir ihm eine Familie ersetzen. Du – am Ende heiratest du aber doch noch? Das wäre ja fein. Dann heirate ich natürlich auch.«

»Na, na – warum nicht gleich? Aber sag mal – meinst du, daß ich nicht zu alt und zu häßlich zum Heiraten bin?«

»Ein forscher, schneidiger Mensch bist du, Onkel Fritz, und zu alt bist du gewiß nicht. Aber – aber ich habe andere Bedenken.«

Er zog die Stirn in wichtige Falten. »So – was sind denn das für Bedenken?« Bernhard nahm seine Mütze ab und schlug damit nach einer Mücke.

»Weißt du, ich glaube, es gibt gar keine Frau, die lieb und gut genug für dich ist. Eine ganz Besondere müßte es sein, der ich dich zum Manne gönnte.«

»Aber sonst hätte ich deinen Segen?«

»Na feste.«

»Schön, mein Junge, das ist die Hauptsache. Und nun lauf mal hinüber zu den Musikern! Sie sollen jetzt aufhören und danach im Saal zum Tanz aufspielen. Das Jungvolk möchte schon vor der Tafel ein wenig tanzen.«

»Wird gemacht, Onkel Fritz.«

Sie trennten sich.

Herbig ging langsam hinüber zu dem Platze, wo die Kinder spielten. Hinter einem Busch verborgen, saß er lange am Wiesenrande und schaute hinüber nach der schlanken, weißgekleideten Mädchengestalt, die in holder Anmut zwischen den Kindern stand und ihres Amtes waltete. Dann rauschten Walzerklänge in die warme Sommerluft. Sie tönten nur gedämpft herüber zu dem Einsamen, aber gerade in dieser leisen Musik lag etwas Aufreizendes.

Es stieg heiß und leidenschaftlich in ihm empor. Warum ging er nicht hinüber zu dem Mädchen und sagte ihr: »Ich habe dich lieb, werde mein Weib?« Warum quälte er sich nun schon tagelang mit dieser stetig wachsenden Sehnsucht herum? Was kümmerte es ihn, was die Gesellschaft dazu sagte! Er war niemand Rechenschaft schuldig als sich selbst.

Und Maria war des besten Mannes würdig. Worauf wartete er also noch?

Erst bei der Festtafel traf Bettina wieder mit ihrem Bruder zusammen, nachdem sie mit inniger Genugtuung gesehen hatte, daß Lebbeck Maria Rottmann zu Tische führte. Sie saß nun mit ihm an der andern Seite der Tafel, gerade weit genug entfernt, daß Fritz nicht mit ihr sprechen konnte.

Bettina saß neben ihrem Bruder.

»Gottlob, daß die Kinder nun versorgt und aufgehoben sind. Es war eine heiße Arbeit, und das arme Fräulein Rottmann hatte eine große Geduldsprobe zu bestehen, zumal sie ihr Herz nach einer anderen Richtung zog.«

Fritz wandte sein Gesicht fragend der Schwester zu.

»Wie ist das zu verstehen, Bettina?« Sie lächelte schelmisch liebenswürdig, obwohl ihr das Herz unruhig klopfte.

»Nun, junge Leute haben noch andere Neigungen. Schau mal da hinüber. Wenn du verschwiegen bist, verrate ich dir, daß da ein heimliches Brautpaar zusammensitzt.«

Ein Schatten flog über Herbigs Gesicht. Er wurde blaß vor Erregung.

»Meinst du damit Fräulein Rottmann?«

»Und Lebbeck, ganz richtig. Denke nur, die beiden kennen sich schon lange, und Lebbeck hat das Fräulein bestimmt, sich um die Stellung bei uns zu bewerben.«

Herbig zerkrümelte mit nervösen Fingern ein Brötchen. Aus seinem Gesicht war alle Freudigkeit gewichen. »Woher weißt du das alles?« fragte er tonlos.

»Sie hat es mir heute nachmittag selbst alles anvertraut. Du brauchst dich aber, wie ich bestimmt glaube, noch nicht zu sorgen, daß sie ihre Stellung aufgibt. Anscheinend können die jungen Leute noch nicht ans Heiraten denken. Ich weiß ja, wie wertvoll dir diese Kraft ist, und hab' gleich ein bißchen ausgefragt.«

»Dann kann ich ja beruhigt sein«, sagte Herbig, bitter auflachend. Er goß schnell nacheinander einige Glas Wein hinab, um das würgende Gefühl, das ihm im Halse saß, loszuwerden.

Sein Blick flog hinüber zu der jungen Zeichnerin. Sie unterhielt sich sehr angeregt mit Lebbeck, und er hörte ihr warmes, herzliches Lachen herüberklingen. Es war das erste Mal, daß er sie so fröhlich lachen hörte. Ihr Gesicht war lebhaft gerötet, und sie unterhielt sich so eifrig mit Lebbeck, daß sie für nichts weiter Sinn zu haben schien.

Herbig biß die Zähne zusammen. Ein bittres, elendes Gefühl packte ihn. Er kam sich mit einem Male schrecklich einsam und verlassen vor. Und zwischendurch sagte er sich wieder und wieder:

Wenn du nun um sie angehalten hättest – du hättest dich grenzenlos lächerlich gemacht. Während er mühsam gegen den bitteren Schmerz in seinem Innern ankämpfte, saß Bettina voll heimlicher Genugtuung neben ihm. Aus seinem Erblassen und seiner Verstimmung hatte sie gemerkt, daß es die höchste Zeit gewesen war, seiner Neigung einen Riegel vorzuschieben. Daß er zu ehrenhaft war, um die Braut eines anderen mit begehrlichen Gedanken zu streifen, wußte sie. Er würde sich so viel als möglich von ihr zurückziehen und bald über diese leichte Neigung hinwegkommen. Inzwischen konnte man ja heimlich ein bißchen nachhelfen, um Fräulein Rottmann und Lebbeck zusammenzubringen. Sie schienen sich ja auch gern zu haben.

Herbig seinerseits kam nicht darauf, daß seine Schwester ihm eine glatte Unwahrheit gesagt hatte. Sah er doch auch selbst, daß die sonst so stille, ernste junge Dame sich Lebbeck gegenüber ganz anders gab.

Er bemerkte später auch, daß Maria einige Male mit dem Reisenden tanzte. Es war ihm unmöglich, länger im Saal auszuhalten. Er ging hinaus in den Garten und warf sich auf eine Bank. Dort saß er lange und rang mit dem bitteren Schmerz.

Erst jetzt empfand er so recht, was ihm Maria gewesen war. Zu tief saß ihm die Liebe zu ihr schon im Herzen. Er konnte sie nicht mehr ohne Schmerzen herausreißen.

Endlich ging er wieder in den Saal zurück. Er hatte noch Pflichten gegen seine Leute zu erfüllen, und Fritz Herbig hatte sich noch nie einer Pflicht entzogen. Auch jetzt hielt er aus, bis zuletzt. Nur Maria Rottmann und Lebbeck ging er aus dem Wege. Sah er sie zusammen stehen, dann wandte er sich ab, um es nicht mit ansehen zu müssen, wie sie so vertraut miteinander verkehrten. Frau Bettina konnte sehr zufrieden mit sich sein.

Fritz Herbig war in seinem Wesen sehr verändert. Soviel er sich auch Mühe gab, mit seiner Enttäuschung fertig zu werden, in den Zeichensaal ging er zunächst nur wenig und vermied es dann soviel als möglich, mit Maria zu sprechen. Neue Gedanken auszuarbeiten, war er ohnedies nicht in der Stimmung, und mußte er eine besondere Zeichnung anfertigen lassen, so wandte er sich jetzt immer an einen der anderen Zeichner. Er bestellte sie auch sonntags nicht mehr in seine Wohnung.

Sowohl Maria, die sehr feinfühlig war, als auch die anderen merkten Herbigs verändertes Verhalten. Die Mitarbeiter der bisher so Begünstigten, die mit mehr oder weniger neiderfüllten Blicken Marias Bevorzugung bemerkt hatten, freuten sich heimlich, daß diese anscheinend in Ungnade gefallen war.

Maria selbst mußte es auch fühlen, daß Herbig ihr auswich, daß sein Gruß kühler und gezwungener war als sonst und daß er mit Absicht vermied, ihr wie sonst besondere Aufträge zu erteilen. Und sein Benehmen tat ihr weh. Sie empfand es doppelt schmerzlich, weil er sich vorher so warm und herzlich ihr gegenüber gegeben hatte. Ganz genau wußte sie, daß es seit dem Feste anders geworden war. Da sie indes keine Ahnung hatte, wodurch sein Benehmen verändert sein konnte, mußte sie es für eine Herrenlaune halten. Sie hatte von Herbig sehr viel gehalten und ihn immer heimlich bewundert. Es tat ihr nun sehr leid, daß sie klein von ihm denken sollte. In den letzten Wochen war etwas in ihr gekeimt und gewachsen, das einer großen heimlichen Liebe für ihren Brotherrn sehr ähnlich sah. Sie hatte sich vergebens gegen dieses Gefühl gewehrt, und ihre Herzensruhe hatte darunter gelitten. Schließlich gab sie den Kampf dagegen auf und betrachtete es als ein unabwendbares Verhängnis, daß sie Herbig liebte. Nicht den Schatten einer Hoffnung knüpfte sie daran. Sie verlangte und wünschte nichts mehr, als sich sein Wohlwollen zu erhalten, mit und für ihn schaffen und arbeiten zu dürfen.

Und nun entzog er ihr auch dieses. Sie grämte sich still darüber; trotzdem war ihr äußerlich gar nichts anzumerken. Sie kam und ging wie sonst, arbeitete unermüdlich und gewissenhaft und gab sich den Anschein der Unbefangenheit. Dabei grübelte sie jedoch unablässig darüber nach, wodurch sie sich Herbigs Wohlwollen verscherzt haben mochte. Und eines Tages schoß ihr ein Gedanke durch den Kopf, der sie vor Schrecken fast lähmte.

Wie, wenn er gemerkt hatte, wie teuer er ihr war? Hatte sie vielleicht ihre Blicke, den Ton ihrer Stimme nicht in der Gewalt gehabt? Konnte sie sich sonst irgendwie verraten haben, und wollte er ihr nun zeigen, welche Kluft zwischen ihnen bestand?

Maria stieg das Blut mit siedender Angst ins Gesicht, als sie sich nun mit peinlicher Schärfe ihr Verhalten ins Gedächtnis zurückrief. Nun war es vollends um ihre Ruhe geschehen, sie wurde an sich selbst irre und glaubte nun den Grund gefunden zu haben für sein Verhalten.

Heiße Scham stieg in ihr auf. Wenn sie doch gleich jetzt in diesem Augenblick fortgehen könnte, irgendwohin, nur nicht mehr hierbleiben, unter seinen Augen. Aber das ging ja nicht. Sie dachte an die Mutter, die so froh war, daß ihre Tochter eine gutbezahlte Stellung gefunden hatte. Jedenfalls müßte sie sich erst einen anderen Platz suchen, ehe sie hier fortgehen durfte. Die Mutter war obendrein jetzt sehr leidend. Ihr leichtes Unwohlsein hatte sich zu einer ernsten Erkrankung verschlimmert, und Maria war in großer Sorge.

Brachte sie schon von Hause ein schweres Herz mit, so legte sich in der Fabrik eine neue Last darauf. Es waren trübe und schwere Tage für Maria Rottmann, und ihre Augen verloren den Glanz und zeugten von heimlich vergossenen Tränen. Fritz Herbig bemerkte in eifersüchtigem Groll sehr wohl diese Tränenspuren. Er glaubte jedoch, die Trennung von Lebbeck sei der Grund dafür.

Inzwischen waren die Sommerferien näher gerückt, und Bernhard drängte seinen Onkel, die Angelegenheit mit der Rheinreise bei der Mutter ins klare zu bringen.

Bettina war in der letzten Zeit ihrem Bruder gegenüber so voll Liebe und Freundlichkeit, daß er ganz gerührt war. Es war doch wohl das beste, er gab seine Heiratspläne ganz auf und änderte nichts an seinem Leben.

Eines Tages brachte er Bernhards Angelegenheit zur Sprache. Bettina fuhr ärgerlich zu Bernhard herum.

»Du bist trotz meines Verbotes Onkel Fritz mit dieser Reise gekommen?«

»Ja, Mama. Und Onkel Fritz war ganz gewiß nicht böse, du brauchst dich nicht zu sorgen.«

»Trotzdem ist es unverantwortlich von dir und undankbar.« Und, zu Fritz gewendet, fuhr sie fort: »Du bist zu gut mit ihm, Fritz, er glaubt alles bei dir durchsetzen zu können und überlegt sich nicht, ob er dich mit seinem Wunsche kränken könnte.«

»Hat er auch nicht getan, Bettina. Ich verstehe nicht, daß du dich darüber so aufregst. Brauchst nicht zu denken, daß ich gleich an Bernhards Liebe zweifle, wenn der Junge mal lieber mit seinen Freunden reisen will als mit mir.«

Bettina strich nervös an der Tischkante hin und her.

»Ja, lieb hat er dich ganz gewiß, daran zweifle ja nicht, lieber Bruder.«

Herbig lachte gutmütig.

»Fällt mir auch gar nicht ein, Bettina. Nicht wahr, mein Junge – wir beide wissen, wie wir miteinander dran sind. Mach keine Geschichten, Schwester, und verdirb dem Jungen die Freude nicht. Er hat mein Wort, daß ich ihm deine Erlaubnis erwirke. Du willst mich doch nicht wortbrüchig machen?«

Bettina gab nur zu gern nach, da sie sah, daß Fritz nicht gekränkt war. Nur die Sorge, daß sein Wunsch den Oheim verstimmen könnte, hatte sie zu dem Verbot veranlaßt. Sie hatte für ihres Bruders schlichte Größe kein richtiges Verständnis und glaubte ihn nach kleinlicher Frauenart beurteilen zu müssen.

Bernhard war überglücklich. In seinem frohen Übermut umarmte er die Mutter und den Onkel und erdrückte beide fast mit seinen jungen, starken Armen.

»Aber nun laß mich schnell mal zu Hans Malzahn hinüberlaufen, der hat schon mit mir um die Wette Angst geschwitzt, daß du doch noch nein sagst.«

»So! Na, dann lauf nur zu deinem Freunde und befreie ihn von der Angst.«

Bernhard Gerold war fröhlicher Erinnerungen voll von seiner Reise wieder heimgekehrt. Es war recht still im Hause Herbig gewesen, solange er fort war. Oheim und Mutter waren froh, daß sie ihn wiederhatten. Und er erzählte mit blitzenden Augen von seinen Reiseerlebnissen. Auch eine Heldentat hatte er vollbracht. Von einem Rheindampfer war im dichten Gedränge ein kleines Mädchen ins Wasser gestoßen worden, als neue Fahrgäste aufgenommen wurden. Er, der es zuerst bemerkt hatte und ein guter Schwimmer war, hatte sich nicht lange besonnen, sondern war schnell nachgesprungen und hatte das kleine Mädchen erfaßt. Er war mit ihr um den stillstehenden Dampfer herum nach dem Ufer geschwommen, und das nasse Bad hatte weder ihm noch dem Kinde geschadet. Nur die Mutter des kleinen Mädchens war in Ohnmacht gefallen vor Schrecken.

Sie und ihr Gatte hatten Bernhard für den kleinen Dienst mit Dankesbezeigungen überschüttet, was ihm sehr unangenehm gewesen war. Als er sich jedoch umgekleidet hatte und wieder zu seinen Kameraden heraufkam, stand der Vater des kleinen Mädchens mitten unter ihnen, und sie brachten ihm gerade ein Hoch aus. Er hatte sie alle zusammen eingeladen, in Aßmannshausen seine Gäste zu sein. Dort hatte er dann im Gasthof auch wirklich den fünfzehn Primanern ein großartiges Festmahl gegeben und war selbst bis zu Ende zugegen gewesen. Dabei hatte er sich sehr eingehend mit Bernhard unterhalten, sich seinen Namen und seine Wohnung aufgeschrieben und ihm am nächsten Morgen, als die Primaner weitergezogen, sein Töchterchen gebracht, damit sich dieses bei ihm bedanke. Die Mutter des Kindes, eine sehr zarte Frau, war infolge eines durch den Schrecken verursachten Unwohlseins an das Zimmer gefesselt gewesen. Sie hatte ihm jedoch durch ihren Mann nochmals herzlich danken lassen. Daß bei der Familie sich noch ein etwa zwölfjähriges Mädchen, eine Verwandte, befunden hatte, erzählte Bernhard nicht. Er verriet nicht, daß ihn die wunderholde Schönheit dieses Kindes veranlaßt hatte, so nahe zu stehen, daß er den Unfall zuerst bemerkte, verriet nicht, daß dieses schöne Kind mit wilder Angst nach seinem Arme gegriffen hatte, als das einige Jahre jüngere Bäschen ins Wasser stürzte, und daß ihn die schönen, goldigschimmernden Augen um Rettung angefleht hatten.

Viele Augen hatten am anderen Morgen, als er vor dem Gasthof in Aßmannshausen zum Abschied bereitstand, aus dem Fenster zu ihm niedergeblickt, und während die kleine, gerettete Gabriele ihm dankte, hatte er emporgesehen in die schimmernden Augen.

Bernhard konnte diese Augen nicht vergessen, auch nicht die dichten nußbraunen Locken, auf welche die Sonne goldige Lichter zauberte. Und er wußte, daß das kleine schöne Mädchen Eva hieß.

Bernhard Gerold mochte mit niemand über diese holdeste Reiseerinnerung reden, auch nicht mit dem Oheim.

Aber etwas anderes vertraute er ihm an, als er nach Tisch zur »Beichtstunde« bei ihm auf dem Ruhesofa saß. »Weißt du, wer der Vater des kleinen Mädchens war, Onkel Fritz?«

»Nein, mein Junge, das hast du uns nicht verraten.«

»Mit Absicht nicht in Mamas Gegenwart. Ich hab' dir auch noch etwas anderes anzuvertrauen.«

»Donnerwetter, Junge, du machst mich neugierig!«

Bernhard holte tief Atem.

»Es war Horst Wendenburg, der Besitzer der großen Maschinenwerke in Hattenfelde. Die sind berühmt, nicht wahr? Und ich hab' ihm erzählt, daß ich Ingenieur werden will und für Maschinenbau das größte Interesse habe. Was meinst du wohl, was er sagte, nachdem er mir aufmerksam zugehört hatte? Ich soll meine werktätige Lehrzeit in Hattenfelde auf seinen Werken durchmachen, und wenn ich dann mit meinem Studium fertig bin, ist mir eine Anstellung dort so gut wie sicher. Was sagst du nun?«

Herbig schüttelte ihm die Hand.

»Junge – du hast einen glücklichen Griff getan, als du die kleine Gabriele aus dem Wasser zogst.«

Bernhard zog die Stirne kraus.

»Weißt du, wenn ich das bloß diesem Umstand verdanken sollte, das wäre mir unangenehm.«

Herbig sah nachdenklich in seines Neffen Gesicht.

»Angenehm oder nicht, mein Junge, mir scheint, das Schicksal will uns jeden Zweifel nehmen, ob du gut tust, Ingenieur zu werden.«

»Hattest du noch einen Zweifel, Onkel?« Herbig antwortete nicht gleich. In den letzten Wochen hatte er sich in seinem Innern festgelegt, daß er nicht heiraten werde, da ihm Maria Rottmann verloren war. Und da hatte er erwogen, ob es nicht doch besser wäre, wenn Bernhard in die Fabrik einträte. Es wäre schade, wenn sie einst in fremde Hände käme. Aber nun schob er diesen Gedanken wieder von sich. Bernhard hatte nun einmal keine Lust zu diesem Berufe, und gezwungen würde er nur Halbes leisten. Halbheiten waren aber der Anfang zum Niedergang. Nein – Bernhard sollte als ganzer Mann seinen Beruf ausfüllen. »Nein, Junge – ich hab' keinen Zweifel. Und ich wünsche dir von Herzen Glück zu dem günstigen Anfang deiner Laufbahn.« Sie schüttelten sich die Hände. Dann sagte Herbig bestimmt:

»In den nächsten Wochen spreche ich auch mit deiner Mutter über diese Angelegenheit. Jetzt hab' ich zuviel anderes im Kopfe.«

Zwischen Maria Rottmann und Herbig herrschte noch immer die kühle Zurückhaltung, unter der beide schmerzlich litten. Maria sah blaß und niedergeschlagen aus, denn die Krankheit ihrer Mutter hatte sich verschlimmert. Schließlich sah sich das junge Mädchen gezwungen, einige Tage aus dem Zeichensaal fortzubleiben. Herbig sah ihren leeren Platz, fragte aber nicht nach ihr.

Am Tage, bevor Maria ausblieb, war Lebbeck für einige Tage zurückgekehrt. Herbig hatte ihn mit der jungen Zeichnerin in der Mittagspause zusammen gehen sehen.

Am übernächsten Tage brachte ein Dienstmann zwei Briefe von Maria Rottmann in die Fabrik. Der eine war an Herbig, der andere an Lebbeck. Es war morgens gegen neun Uhr. Herbig kam gerade über den Hof, um sich in sein Arbeitszimmer zu begeben, als er den Dienstmann unschlüssig stehen sah.

Er fragte ihn, was er suche, und der Dienstmann überreichte ihm den einen Brief. Dann erkundigte er sich, wo er Herrn Lebbeck finden würde, weil er diesem ebenfalls einen Brief abzugeben habe. Herbig schickte ihn zu dem Torwart, der ihm Lebbeck herbeirufen würde. Dann ging er in sein Arbeitszimmer. Wie er bereits vermutet hatte, war der Brief von Maria. Sie entschuldigte mit kurzen höflichen Worten, daß sie ohne seine Erlaubnis ausgeblieben sei. Ihrer Mutter schwerleidender Zustand habe es nötig gemacht, daß sie zu Hause blieb. »Heute morgen um sieben Uhr ist meine Mutter gestorben, ich bitte, mich deshalb noch zu beurlauben, bis ich sie beerdigt haben werde.«

So schloß der Brief.

Herbig lehnte mit zusammengezogenen Brauen am Schreibtisch. Ihre Mutter war tot. Sie war in schweren Stunden mit ihr allein gewesen und hatte noch schwere Stunden vor sich. Ob er ihr seine Hilfe anbot? Aber da fiel ihm Lebbeck ein. Natürlich sollte ihn ihr Schreiben zur Hilfe herbeirufen. Ein bitterer Groll stieg in ihm auf.

Unzufrieden mit sich selbst, ging er auf und ab, bis ein Klopfen an seiner Tür ihn aufschreckte. Auf seinen Zuruf trat Lebbeck ein. Er bat um Urlaub für einige Stunden. Ohne eine Frage an ihn zu richten, nickte Herbig Gewähr. Er wußte ja auch ohnedies, was der Reisende vorhatte.

Hätte er lesen können, was Maria an Lebbeck geschrieben, dann hätte er ihm schwerlich so finster nachgeblickt. Der Brief lautete folgendermaßen:

»Geehrter Herr Lebbeck!

Heute morgen ist meine liebe gute Mutter entschlafen. Sie wissen, was sie mir war. Ich bin fassungslos und vor Schmerz unfähig zu handeln. Sie sind der einzige Mensch, an den ich mich in meiner Not wenden kann, bitte, machen Sie sich für einige Stunden frei – es wird ja ohne Schwierigkeiten gehen – und kommen Sie zu mir, damit Sie mir einige notwendige Gänge abnehmen können. Zu Ihrer demnächst stattfindenden Verlobung mit Helene, von welcher ich eben Nachricht erhielt, will ich Ihnen jetzt nicht Glück wünschen. Aus einem Trauerhause soll Ihnen nicht der erste Glückwunsch zugehen. Ich behalte ihn mir vor bis später. Hoffentlich können Sie mir meine Bitte erfüllen.

Mit herzlichem Gruß

Ihre
Maria Rottmann.«

In trübes Sinnen verloren, saß Herbig an seinem Schreibtisch. Nun würde Maria Rottmann wohl bald Lebbecks Frau werden. Sie konnte doch nicht lange schutzlos in der Welt stehen. Vielleicht würden sie nicht einmal das Trauerjahr abwarten; in solchen Fällen ist das ja zu entschuldigen. Und oben im Zeichensaal würde dann ihr Platz leer sein, sie würde ganz aus seinem Leben verschwinden, als habe sie nie eine Rolle darin gespielt. Gottlob wußte sie wenigstens nichts davon.

Als er mittags nach Hause kam, gab er seiner Schwester den Auftrag, eine Blumenspende für das Grab der Verstorbenen zu Fräulein Rottmann zu schicken. Er tat es in so ruhigem kühlem Tone, daß Bettina glaubte, er sei bereits geheilt von einer Neigung, wenn überhaupt eine bestanden hatte. Sie führte seinen Auftrag aus und bestellte in ihrer Dankbarkeit gegen das Schicksal noch für sich selbst ein sehr schönes, geschmackvolles Blumengebinde.

Maria wich nicht vom Sterbelager ihrer Mutter, bis diese der Erde übergeben war. Lebbeck hatte bereitwilligst alles geordnet, damit sie nicht gezwungen war, die Tote allein zu lassen.

Das junge Mädchen empfand den Tod der geliebten Mutter um so schmerzlicher, als sie der einzige Mensch gewesen war, der ihr angehörte. Sie stand nun ganz allein in der Welt. Und in den trüben, trostlosen Stunden am Totenbett flogen ihre Gedanken immer wieder schmerzlich grübelnd zu Fritz Herbig. Was hatte ihr sein Wohlwollen verscherzt? – Jedenfalls würde sie nun nicht länger in ihrer Stellung bleiben. Für sich allein fand sie schon anderweitig Unterkunft. Sie beschloß den nächsten Kündigungstag zu benutzen, um Herbig mitzuteilen, daß sie ihre Stelle aufgeben wollte.

Am Morgen nach dem Begräbnis ihrer Mutter saß sie wieder an ihrem Zeichentisch. Als Herbig heraufkam, zuckte er zusammen beim Anblick des blassen, schwarzgekleideten Mädchens. Er bezwang sich und trat zu ihr, um ihr einige artige, aber kühle Beileidsworte zu sagen. Sie dankte ihm ebenso ruhig und kühl und wandte sich ihrer Arbeit wieder zu. Aber sie zitterte heimlich vor Aufregung.

Fort – nur so schnell wie möglich fort, dachte sie in schmerzvoller Pein. Sie mußte noch über acht Tage warten, bis sie kündigen konnte. Lebbeck war längst wieder auf der Reise, und Herbig fühlte sich sonderbarerweise darüber wie von einem Zwang befreit.

Am Morgen des Kündigungstages klopfte es an seine Tür. Auf seinen Ruf trat Maria Rottmann ein. Er sprang überrascht auf und sah sie fragend an. Der Gang war ihr nicht leicht geworden. Da er mit seiner eigenen Erregung zu tun hatte, merkte er nichts von ihrer Unruhe. Endlich trat er einen Schritt auf sie zu.

»Sie wünschen, Fräulein Rottmann?« fragte er so ruhig wie möglich in geschäftsmäßigem Tone und warf einen Blick zu ihr hinüber. Da merkte er, wie elend sie aussah und daß sie sich kaum auf den Füßen halten konnte. In einer ritterlichen Aufwallung stellte er ihr schnell einen Stuhl hin.

»Sie fühlen sich durch Ihren schweren Verlust sehr erschöpft, bitte, nehmen Sie Platz«, sagte er, einen Augenblick in seinen alten wohlwollenden Ton verfallend.

Sie neigte leicht das Haupt und ließ sich nieder, weil ihr wirklich die Knie den Dienst versagten. Ohne den Blick zu ihm zu heben, sagte sie dann leise:

»Ich möchte um meine Entlassung bitten, Herr Herbig.«

Er biß sich auf die Lippen und wollte erst kurz und kühl darauf antworten. Aber ein Blick in ihr bleiches, schmerzverzogenes Gesicht machte ihm das unmöglich. Heiß und stark empfand er in diesem Augenblick wieder, was sie ihm gewesen.

»Sie wollen fort? Und darf ich wissen, weshalb?«

»Ich – es ist – ich möchte fort von hier.« Die Bitterkeit nahm in ihm überhand.

»Das heißt – Sie wollen sich verheiraten, nicht wahr?«

Sie sah nun doch zu ihm auf in sein erregtes Gesicht. In ihren Augen lag ein ehrliches Erstaunen.

»Ich wüßte nicht, wie ich dazu kommen sollte.«

Da lachte er plötzlich auf.

»Spielen Sie mir doch nicht etwas vor. Ich weiß, daß Sie mit Lebbeck heimlich verlobt sind, Sie dürfen sich immerhin schon jetzt meinen Glückwunsch gefallen lassen.«

Dunkle Röte schoß in ihr Gesicht. Sie erhob sich schnell.

»Das ist ein Irrtum, Herr Herbig. Ich bin nicht mit Herrn Lebbeck verlobt. Er wird sich jedoch in den nächsten Tagen mit einer Freundin von mir verloben.«

Sein Herzschlag stockte. Er wurde blaß und sah sie mit brennendem Blick an.

»Nicht verlobt – Sie haben aber doch zu meiner Schwester neulich bei unserem Feste eine diesbezügliche Äußerung getan.«

Maria schüttelte verständnislos den Kopf.

»Nein«, sagte sie bestimmt. »Ich habe Ihrer Frau Schwester nur mitgeteilt, daß ich Herrn Lebbeck von früher kenne und daß er es war, der mich auf die offene Stellung in Ihrem Hause aufmerksam machte.«

Herbig zog die Stirn zusammen und legte die Hand vor die Augen. Im Augenblick war ihm alles klar. Bettina hatte ihn mit Absicht belogen, weil sie seine Neigung für Maria erkannt hatte. Sie hatte sich mit schlauer Berechnung zwischen ihn und sein Glück gestellt. Aber diese Erkenntnis beschäftigte ihn nur einen Augenblick. Hell und verlockend stieg die Hoffnung in ihm empor; und nur für eines hatte er Sinn. Seine Augen hefteten sich auf ihr Antlitz.

»Warum wollen Sie denn fort? Bitte, sagen Sie mir ehrlich den Grund!« bat er, heiser vor Erregung. Sie sann einen Augenblick nach. Aus seinen Worten war ihr die Beruhigung gekommen, daß er nichts von ihrem Seelenzustand ahnte. Das gab ihr die Haltung zurück. Sie hob das Haupt und sah ihn ruhig an.

»Weil ich deutlich empfinde, daß Sie nicht mehr zufrieden sind mit meinen Leistungen. Sie haben mir Ihr Wohlwollen entzogen, und deshalb ist es besser, ich gehe.«

Da stand er plötzlich dicht vor ihr und faßte ihre Hände.

»Wirklich nur deshalb?« Er fragte es mit so freudigem Ausdruck, daß sie ihm scheu und verwundert ins Gesicht sah.

»Gewiß, nur deshalb.«

»Liegt Ihnen denn so viel an meiner Zufriedenheit, an meinem Wohlwollen?« fragte er weich, ihre Hände noch immer fest in den seinen haltend. Er fühlte, wie diese Hände unruhig zuckten und zitterten, er sah, wie dunkle Flammen ihr bleiches Gesicht durchglühten, und eine beseligende Ahnung stieg in ihm empor. Maria kämpfte mit einer lähmenden Befangenheit. In seiner Stimme lag ein so bestrickender, sinnverwirrender Klang. Und dabei erfaßte sie eine namenlose Angst, sich zu verraten. Mit dem letzten Rest ihrer Kraft riß sie sich plötzlich von ihm los und rief wie ein furchtsames Kind, das sich nicht zu helfen weiß:

»Ich will fort.«

Ganz trotzig klang es in aller Angst, und sie schritt schnell zur Tür. Ehe sie dieselbe jedoch erreicht hatte, war er an ihrer Seite und hielt sie an beiden Armen fest.

»Maria – willst du wirklich gehen? Es hilft dir nichts – ich weiß nun doch, daß du mich liebst.«

Sie zitterte am ganzen Körper.

»Nein, nein!« rief sie mit einem letzten Versuch, ihm ihr Empfinden zu verbergen.

Da drehte er sie langsam zu sich herum.

»Nicht, wirklich nicht? Aber ich liebe dich, Maria, und wenn ich in der letzten Zeit anders zu dir war, so war mein heißer Schmerz um dich schuld. Ich glaubte, du seiest Lebbecks Braut, und wollte dir nicht zeigen, wie weh mir das tat. So, und nun sag mir noch einmal, daß du mich nicht liebst, dann will ich es glauben – sonst nicht.«

Er ließ sie los und sah mit heißen, sehnsüchtigen Blicken auf ihr gebeugtes Haupt herab. Sie schlug plötzlich die Hände vor das Gesicht und weinte fassungslos. Zu schnell brach nach aller Qual das Glück über sie herein.

Er zog sie fest in seine Arme und streichelte ihr Haar.

»Nicht wahr, du kannst es nicht, mein liebes, törichtes Mädchen. Nun weine doch nicht, Maria. Ist es denn wirklich so schlimm, daß du mein inniggeliebtes Weib werden sollst?«

Sie sah unter Tränen lächelnd zu ihm auf und atmete tief und schwer.

»Es ist wie ein schöner Traum – ich glaube nicht, daß es Wirklichkeit ist.«

Da drückte er fest und warm seine Lippen auf ihren zuckenden Mund.

»Glaubst du nun noch immer, daß du träumst?«

Sie lag zitternd in seinen Armen, an seinem Herzen, und Fritz Herbig küßte sie immer und immer wieder.

Endlich richtete sich Maria, wie aus einem Traume erwachend, empor und strich die wirren Haare aus dem erhitzten Gesicht.

»Ich muß doch wieder an meine Arbeit, was sollen sie oben denken, wenn ich so lange ausbleibe.«

Er lachte glücklich.

»Und das ist alles, was du mir zu sagen hast?«

Sie sah ihn an, und die zärtlich schimmernden blauen Augen mußten wohl eine deutliche Sprache reden. Jedenfalls umfaßte er sie von neuem. »Überhaupt bist du entlassen, du Bösewicht, zur Strafe, daß du mich so gequält.«

»Ich habe Sie nicht gequält.«

»Was war das? Sie? Wer ist das?«

Nun lachte sie leise, und das Lachen klang ihm so lieb in den Ohren.

»Du bist das. Es ist so sehr schwer, seinen gestrengen Herrn zu duzen«, sagte sie mit einem reizend schelmischen Ausdruck.

Er mußte sie wieder küssen, wie ein Rausch war es über den sonst so ruhigen, vernünftigen Mann gekommen.

Aber dann mußte er doch sein neugewonnenes Glück aus den Armen lassen. Jeden Augenblick konnte jemand von seinen Angestellten eintreten, und es hätte ein falsches Licht auf Maria geworfen, wenn man sie in zärtlicher Vertraulichkeit mit ihrem Brotherrn überraschte.

»So –«, sagte er aufatmend, »jetzt setz dich da auf deinen Stuhl, ich nehme an meinem Schreibtisch Platz. Und nun wollen wir mal vernünftig miteinander reden.«

Sie tat, wie er geheißen. Er schaute vom Schreibtisch herüber recht sehnsüchtig in ihre Augen.

»Du sitzest jetzt auf der Anklagebank, Maria Rottmann, du hast mir mein Herz gestohlen.«

Sie lächelte errötend.

»Ich denke, wir wollen vernünftig reden.«

Er seufzte tief und schwer.

»Ja, richtig. Also, was soll nun werden, Liebling? Du sollst so schnell wie möglich meine liebe Frau werden. Der Punkt ist ja klar.«

»Du vergißt, daß ich in Trauer bin.«

»Nein, das vergess' ich nicht. Aber sag mal selbst, würde es deine Mutter nicht viel mehr beruhigen, dich in sicherem Schutz zu wissen?«

Ihre Augen feuchteten sich.

»O – meine Mutter – wenn sie doch nur eine Stunde mein Glück hätte erleben dürfen!«

»Also, nicht wahr, deiner Mutter Andenken kannst du auch als meine Frau ehren?«

»Ja, gewiß. Aber die Leute?«

»Laß die Leute, sie werden sich ohnedies liebevoll unserer annehmen, weil wir sie nicht um ihre Zustimmung gefragt haben.«

»Und deine Schwester?«

Ein Schatten flog über sein Gesicht. Erst jetzt dachte er wieder an Bettinas Lüge, die ihn fast sein Lebensglück gekostet hätte. Aber er wollte sich jetzt die glückliche Stimmung nicht trüben lassen.

»Die überlaß mir, Maria. Sie wird nichts an meinem Entschluß ändern.«

»Ich habe das Gefühl, als müßte sie mir zürnen, daß ich deine Frau werde.«

»Kehr dich nicht daran. Wenn sie nicht in Frieden bei uns bleiben will, soll sie sich ihr Leben anders einrichten. Aber davon später, Liebling. Jetzt will ich erst mit dir im klaren sein. Als meine Braut kannst du nicht hier im Hause bleiben, kannst auch nicht allein und ohne Schutz hier wohnen. Hast du niemand, der zu dir kommen könnte bis zu deiner Verheiratung?«

»Nein, ich stehe ganz allein. Ich könnte höchstens in der Familie meiner Freundin, Lebbecks Braut, Aufnahme finden. Aber dann muß ich fort von hier.«

Er seufzte.

»Es wird uns jedoch nichts anderes übrigbleiben. Aber weißt du, einige Tage muß ich dich jetzt unbedingt noch behalten – sonst halte ich's vor Sehnsucht nicht aus. Wir wollen unsere Verlobung noch geheimhalten, noch acht oder vierzehn Tage. So lange bleibst du noch hier im Hause. Ich kann dich wenigstens sehen und sprechen, und wir können alles noch überlegen. Ja?«

»Wie du willst, so ist es mir recht. Aber nun muß ich wirklich wieder hinauf.«

Er stand auf und trat zu ihr.

»Muß es wirklich sein?«

Sie sah voll zärtlicher Hingabe zu ihm auf.

»Ich bliebe ja tausendmal lieber bei dir, lieber, lieber Fritz«, sagte sie weich und innig.

Er küßte sie nun doch wieder.

»Mädelchen, süßes, liebes, wie zärtlich du sein kannst und wie wunderbar deine Augen strahlen. Weißt du, wie lieb ich dich habe?«

»Nicht mehr als ich dich.«

»Und bist du glücklich?«

»Unaussprechlich.«

»Und wer macht nun meine Entwürfe fertig? Wer versteht mich so gut wie du?«

»Ich kann doch auch als deine Frau noch mit dir zusammen arbeiten.«

»So soll es sein, Maria.«

Er küßte ihr noch einmal den Mund und beide Hände, dann schob er sie sanft zur Tür hinaus.

Wie im Traum stieg sie die Treppe empor und fuhr mit den Händen glättend über das Haar. Oben saß sie dann äußerlich ruhig an ihrem Zeichentisch. Aber ihr Herz zitterte vor Glück.

Kaum eine Stunde später tauchte Herbig im Zeichensaal auf. Es war ihm, als müßte er sich überzeugen, daß sie noch da war und daß ihre Augen ihm jetzt anders entgegenstrahlten als sonst.

Ohne sich bei den anderen aufzuhalten, steuerte er auf Marias Tisch zu.

»Ich habe einen neuen Gedanken, den Sie mir ausführen können, Fräulein Rottmann, bitte, geben Sie mir Stift und

Papier herüber«, sagte er so laut, daß es die anderen hörten. In seinem Ton lag so viel Liebenswürdigkeit, daß die anderen lauschend die Köpfe hoben und sich vielsagend ansahen. Fräulein Rottmann schien wieder in Gnaden aufgenommen zu sein.

Maria hatte heißerglühend einen Zeichenblock und Bleistift vor Herbig hingelegt. Er zog sich einen Stuhl heran und setzte sich neben sie.

Dann schrieb er auf den Block, indem er oft zu ihr aufsah: »Ich hielt es nicht aus, mußte dich sehen und sprechen. Ich werde jetzt sehr viele solche neue Gedanken haben, mein süßes Mädchen, aber wenn du so glühendrot und verlegen aussiehst, wird man unser Geheimnis früher entdecken, als uns lieb ist. Ich möchte dich furchtbar gern küssen! Du mich auch?«

Er schob ihr den Block hin.

»Wie finden Sie dies, Fräulein?« fragte er laut.

Der Schelm zuckte um ihren Mund.

»Sehr hübsch«, antwortete sie, so ruhig sie konnte.

»Man könnte auch eine andere Auflösung der Linien wählen, bitte, geben Sie mir das Blatt noch einmal her.«

Sie reichte es ihm, und er schrieb wieder:

»Findest du meinen Gedanken nun hübsch?«

Da schrieb sie darunter:

»Nein, wunderschön und herrlich.«

Nun er wieder:

»So, das gefällt mir besser. Hast du mich lieb?«

Und darauf sie:

»Von ganzem Herzen, von ganzer Seele.«

»Schreib mir doch auch mal ein liebes Wort!«

»Lieber, Liebster – ich möchte dir die Hände küssen.«

»Küß mir lieber den Mund. Schau mich mal an, aber recht lieb.«

So ging die Unterhaltung eine ganze Weile fort. Dazwischen wechselten sie laut einige Worte über die vermeintliche Zeichnung, damit die anderen nicht argwöhnisch werden sollten.

So verstrichen die ersten Stunden von Marias Brautzeit.

Sosehr Herbig auch von seinem Glück erfüllt war, der Gedanke an Bettina verursachte ihm doch ein zorniges Unbehagen. Und er beschloß, sie für ihre Lüge zu bestrafen. Am Abend desselben Tages, als er mit ihr bei Tische saß, sagte er plötzlich:

»Übrigens hat mir heute Fräulein Rottmann gekündigt.«

Er beobachtete seine Schwester bei diesen Worten und sah, daß ihre Blicke aufzuckten.

»Fräulein Rottmann?« fragte sie verwundert und sah ihn erwartungsvoll an.

»Ja«, erwiderte Herbig ruhig. »Ich verliere für mein Geschäft eine sehr schätzenswerte Kraft dadurch.«

»Das tut mir für dich sehr leid, Fritz. Du wirst ja hoffentlich Ersatz für sie finden. Weshalb will sie denn so plötzlich fort?« fragte Bettina mit einem Gemisch von Unruhe und Triumph. Fritz zerkleinerte umständlich ein Stück Fleisch.

»Sie will heiraten«, sagte er gemütsruhig.

»Heiraten!« rief Bettina erstaunt.

Fritz blickte eigentümlich zu seiner Schwester hinüber.

»Du scheinst erstaunt zu sein. Sagtest du mir doch selbst, daß sie mit Lebbeck verlobt sei. War es nicht so?«

»Ja gewiß, also Lebbeck heiratet sie?« Nun mußte Fritz trotz allem Groll lustig auflachen.

»Ich habe das nicht von ihr gehört, sondern von dir. Jedenfalls heiratet sie aber, und zwar sehr bald.«

Bettina war anfangs verlegen, fand sich aber bald geschickt damit ab.

Jedenfalls war es eine große Beruhigung, daß das junge Mädchen fortging.

Die nächsten Tage vergingen dem heimlichen Brautpaar nur zu schnell. Die wenigen, jeder günstigen Gelegenheit abgestohlenen Minuten des Alleinseins, die heimlich köstlichen Stunden, in denen sie scheinbar miteinander arbeiteten und doch nur tausend süße Torheiten trieben, dünkten ihnen das Schönste, das sie je erlebt.

Maria hatte inzwischen den Eltern ihrer Freundin ihren Wunsch um Aufnahme offen dargelegt. Die Antwort traf umgehend ein. Man erwartete Maria in den nächsten Tagen. Nun mußten sie ans Scheiden denken. Drei Monate gab Herbig Maria Frist zur Vorbereitung der Hochzeit. Sie sollte, um Redereien und Unbequemlichkeiten zu entgehen, in Marias Heimatstädtchen, eben dem Wohnsitz ihrer Freundin, stattfinden, und zwar, schon der Trauer wegen, in aller Stille.

Im Zeichensaal hatte niemand eine Ahnung, daß Maria Rottmann nicht wiederkam am anderen Tag. Still und artig wie immer verabschiedete sie sich von ihren Mitarbeitern und ging – um noch eine eben vollendete Zeichnung zu Herbig zu tragen. Herbig erwartete sie schon und zog sie schnell in seine Arme.

»Mein geliebtes Mädchen – morgen bist du nun fern. Wie soll ich nur über dieses schreckliche Vierteljahr fortkommen!«

»Du hast ja nur eine kurze Eisenbahnfahrt, wenn du mich sehen willst«, neckte sie.

»Und das werde ich öfter wollen, als ich es ausführen kann. Aber sieh, hier liegen unsere Verlobungsanzeigen. Morgen, wenn du fort bist, gebe ich sie zur Post.«

»Und willst du wirklich deiner Schwester nicht vorher Mitteilung davon machen?«

»Nein, ich will sie überraschen.«

»Mir ist bange, Fritz. Ich fürchte, deine Schwester wird mich nicht freudig aufnehmen.«

»Du sollst gar nichts fürchten, mein Lieb. Laß alles meine Sorge sein! Wer nicht für dich ist, ist auch gegen mich.«

»Aber du versprichst mir, in Güte bei ihr für mich um Freundlichkeit zu werben.«

Noch ein tiefer Blick, ein Kuß, ein Händedruck, und sie schieden.

Am nächsten Abend kam Herbig zeitiger aus der Fabrik herüber als sonst. Am Morgen hatte er die Verlobungsanzeigen zur Post gegeben. Er wollte daheim sein, wenn der Briefträger kam und seiner Schwester die für sie bestimmte Post brachte. Und vorher wollte er noch mit Bernhard sprechen, er sollte von ihm selbst hören, daß Maria seine Braut war.

Langsam schlenderte er durch den Garten nach der Laube, in der Bernhard meistens seine Aufgaben arbeitete. Er fand ihn auch heute dort. Als er am Eingang der Laube erschien, blickte Bernhard freudig überrascht auf.

»Du schon, Onkel Fritz? Ist es denn schon sieben Uhr?«

»Nein – ich hab' mir heut etwas früher Feierabend gegeben. Eigentlich hab' ich dich mit Absicht aufgesucht, ich hab' dir etwas zu sagen.«

Bernhard sah seinen Oheim fragend an.

»Du – das klingt furchtbar feierlich. Ist es etwas Nettes?«

Herbig lachte.

»Etwas sehr Nettes, diesmal zuerst für mich. Also kurz und bündig, Junge, ich hab' mich verlobt.«

Bernhard fuhr kerzengerade empor. Auf seinem Gesicht kämpften Freude und Erstaunen um die Herrschaft.

»Du – verkohl mich doch nicht – es ist doch nicht April.«

Herbig sah ihn ernsthaft an.

»Es ist kein Scherz, mein Junge.«

»Wirklich Ernst! Nun sag mir aber schnell, mit wem?«

»Mit Maria Rottmann.«

Bernhard sprang in fassungslosem Staunen auf.

»Mit Fräulein Rottmann? Du – das ist doch – ich denke, die heiratet Lebbeck?«

»Nein, sie will lieber mich. Hast du nun an mir auch etwas auszusetzen?«

»Ich, Onkel? Ich freu' mich ja diebisch. Herrgott – da gibt es wohl nun bald Hochzeit?«

»In drei Monaten.«

»Reizend. – Ach, ich freue mich ja so sehr, daß du glücklich bist! Aber schon lange ist mir was in deinen Augen aufgefallen, schon seit einigen Tagen. So ein heller, froher Glanz. Ich dachte aber nur, du hast gute Erfolge im Geschäft. Das war dir doch bisher das höchste, nicht? Und schön muß das sein, wenn man so schafft und arbeitet und sieht, wie man vorwärtskommt. Ach, ich kann die Zeit nicht mehr erwarten, bis ich von der Schulbank los bin. Du – da fällt mir aber wieder Mama ein. Weiß sie schon von deiner Verlobung?«

»Nein. Nachher gehe ich aber zu ihr. Und weißt du was – du läßt uns eine Stunde ungestört. Ich will mit deiner Mutter gleich noch über deine Zukunftspläne sprechen, und da ist es besser, ich halte den ersten Sturm allein aus«, sagte Herbig.

Er wollte nicht, daß sein Neffe Zeuge davon wurde, wie seine Mutter die Verlobung aufnahm.

»Dann werde ich hierbleiben, bis du mich rufst, Onkel Fritz. Weißt du, angst ist mir doch. Mama glaubt so fest daran, daß ich zu Ostern in die Fabrik eintrete.«

»Laß das nur meine Sorge sein, Bernhard, ich setze es schon durch.«

Er sah eben den Postboten durch den Garten gehen und erhob sich. Es war doch besser, er war zugegen, wenn seine Schwester die Anzeige erhielt. Mit einem festen Händedruck verabschiedete er sich von seinem Neffen und ging ins Haus.

Als er ins Wohnzimmer trat, saß seine Schwester am Fensterplatz, wo ihr Nähtisch stand. Sie hatte eine Stickerei im Schoße liegen und zog gerade die steife elfenbeinfarbige Karte aus dem Briefumschlag.

Er sah, wie sie las, wie sie fassungslos über die Augen strich und nochmals die Buchstaben überflog. Dann schoß sie empor, umklammerte mit bebender Hand den Stuhl und streckte ihm mit der anderen zitternd die Karte entgegen. Ihr sonst so blühendes Gesicht war fahl und schlaff. Sie sah Fritz entgeistert an.

»Das – nein, das ist doch nicht wahr! – Was ist das?«

Er lehnte mit untergeschlagenen Armen am Kamin und sah sie ernst an.

»Meine Verlobungsanzeige, Bettina.«

»Nein – nein – das – das ist doch ein schlechter Scherz«, rang es sich mühsam über ihre Lippen.

»Mit solchen Sachen treibt man keinen Scherz.«

Sie sank kraftlos in ihren Stuhl zurück und mühte sich vergebens, Haltung zu gewinnen. In ihren dunklen Augen zuckten irre, böse Lichter. Die Hände umschlossen krampfhaft die Karte, als wollte sie dieselbe vernichten. Endlich stieß sie ein heiseres Lachen aus.

»Wirklich – eine reizende Posse hast du mir damit – mit deiner – Braut vorgespielt«, rief sie nervös und mit höhnischem Ausdruck. »Sehr taktvoll finde ich dein Benehmen nicht. Deine Schwester hätte wohl verdient, diese Nachricht in anderer Weise zu erhalten.«

Herbig blieb ruhig in derselben Haltung stehen.

»Hast du es wirklich anders verdient, Bettina? War es recht von dir, daß du mich ohne weiteres zur Ehelosigkeit verdammtest? Du hattest mit scharfen Augen meine Neigung zu Maria erkannt. Um sie mir zu entrücken, ersannst du das Märchen ihrer Verlobung mit Lebbeck. So stelltest du in kluger Berechnung eine Scheidewand zwischen mich und mein Glück, denn ich liebe Maria wie mein Leben. Ich frage dich nicht: Warum hast du mir das getan? – Ich weiß, du hast aus übergroßer Mutterliebe an mir gefrevelt. Glaubst du nicht, daß ich auch so für Bernhard sorge, daß er an mir immer eine tatkräftige Hilfe haben wird, wenn er mich braucht? Und er wird wahrlich als tüchtiger Mensch den Weg durchs Leben finden.«

Sie schluchzte höhnisch auf und rief:

»Ja, als armer Schlucker, in ewiger Abhängigkeit von anderen Menschen, gezwungen, jeden Pfennig umzudrehen. Oh, ich weiß aus Erfahrung, welch beneidenswertes Los das ist.«

Herbig kam von seinem Platz herüber und stellte sich vor sie hin.

»Du vergißt, daß ich auch nicht viel mehr besaß als Bernhard, damals, als ich vom Vater die Fabrik übernahm. Und hab' ich's nicht zu Wohlstand und Reichtum gebracht?«

»Du hattest aber eine Grundlage, auf der du aufbauen konntest. Und jedem glückt es nicht wie dir.«

»Man kann auch ohne großen Reichtum glücklich sein.«

Sie trocknete zornig ihre Tränen.

»Das ist eine bequeme Auffassung für dich. Solche weisen Reden sind in diesem Falle wohlfeil wie Brombeeren.«

Er verlor nun doch etwas die Ruhe.

»Du bist unvernünftig, Bettina. Du tust, als ständest du plötzlich dem Nichts gegenüber.«

»Das tue ich auch. Du weißt, daß ich arm bin und ganz auf dich angewiesen war mitsamt meinem Sohn.«

»Und du meinst, ich vergesse einen Augenblick, daß ich euer natürlicher Versorger bin? Bettina, komm doch zu dir, verlier doch im blinden Groll nicht den klaren Blick! Gönne mir doch mein bißchen Glück, es braucht sich gar nichts zu ändern. Du bleibst mit Bernhard in meinem Hause, tust mir und Maria einen Gefallen, wenn du weiter den Haushalt führst. Für Bernhard sorge ich, bis er auf eigenen Füßen stehen kann, und – noch ist es ja nicht ausgeschlossen, ob er nicht trotz meiner Heirat mein Erbe wird. Unsere Ehe kann kinderlos bleiben.«

Das letzte sagte er freilich nur, um Bettina aufzurichten, um ihr für den Augenblick über den Zusammenbruch ihrer Hoffnungen hinwegzuhelfen. Aber gerade diese letzten Worte bohrten sich in Bettinas Hirn, und heiße, wilde Wünsche wurden in ihr wach. In ihrer Seele ging in diesem Augenblick eine Veränderung vor, die ihr selbst nicht klar zum Bewußtsein kam. Sie schauerte zusammen und schloß die Augen. Dunkle Schatten stiegen vor ihr auf. Und dazwischen erwachte ein wilder Haß gegen Maria. Sie war schuld, daß ihr und ihres Sohnes Leben in andere Bahnen gelenkt wurde. Schlau hatte sie es verstanden, sich den reichen Mann zu kapern. Das vergaß sie ihr nie. Aber die Klugheit gebot ihr zu retten, was noch zu retten war. Ihr Bruder durfte nicht ahnen, was in ihrem Herzen vorging. Sie mußte einlenken, ehe es zu spät war. Aufatmend strich sie mit dem Tuch über die Augen und richtete sich auf.

»Verzeihe mir – ich war vor Schrecken sinnlos. Sah ich mich doch mit Bernhard schon verloren und verlassen draußen auf der Straße.«

Er war sofort besänftigt und versöhnt. Warmes Bedauern erfüllte ihn.

»Aber Bettina – so weit müßtest du mich doch kennen, um das für unmöglich zu halten.«

»Dich – ja. Aber deine zukünftige Frau. Wenn sie nun verlangt hätte, daß wir gehen sollen?«

Heimlicher Groll klang durch ihre Worte. Ganz zu beherrschen vermochte sie sich nicht. Er bemerkte es nicht, war viel zu froh, daß sie zur Ruhe kam.

»Wenn Maria das verlangt hätte, wäre sie nicht, wie sie ist. Doch nun zu etwas anderem. Es handelt sich um Bernhard. Er hat nämlich andere Absichten, als du denkst. Er will nicht in meine Fabrik eintreten.« Sie fuhr auf.

»Ach – ist er dir auch mit seinen törichten Wünschen gekommen? Ich sah schon lange, wie er heimlich allerlei Zeichnungen versteckte, Maschinen und dergleichen Kram. Er ist ja wie toll hinter allen Lokomotiven her und schmökert solche Bücher zu Haufen. Das sind so Dummejungenreden, denen ich keinen Wert beilege.«

»Du irrst, es ist mehr. Bernhard ist fest entschlossen, Ingenieur zu werden, und meine Einwilligung dazu hat er.«

»Aber meine nicht. Und ich hab' da doch auch mitzureden.«

»Gewiß – und du wirst sie geben. Und zwischen uns bleibt alles beim alten. Du kannst mit Bernhard im zweiten Stock wohnen. Sonst bleibt alles, wie es ist, nur muß für Maria ein Zimmer neu hergerichtet werden. Und eine kleine Kunstwerkstatt, wo sie arbeiten kann, lass' ich ihr aus dem Eckzimmer im ersten Stock ausbauen. Doch das besprechen wir noch, jetzt rufe ich den Jungen!« Bettina sah ihm starr nach. In ihren dunklen Augen funkelte der Haß. Sie ballte die Hände.

»Ich will diese Demütigung nicht umsonst getragen haben«, sagte sie plötzlich halblaut vor sich hin. Und dann flog ein Schauder über sie hin. Die Aufregung und der Groll schüttelten sie. Und die Furcht vor sich selbst.

Die nächsten Monate vergingen scheinbar im alten Gleichmaß. Bettina schaffte und arbeitete wie sonst. Aber die Freudigkeit fehlte ihr. Wohl bereitete sie alles zum Empfang der jungen Herrin des Hauses vor. Ihr Bruder fand für all seine Wünsche auch jetzt verständnisvolle Aufmerksamkeit. Er glaubte, die Schwester habe sich mit der veränderten Lage abgefunden, und besprach heiter alle Zukunftspläne mit ihr. Wie er mit Maria gemeinsam schaffen und arbeiten wollte und die Schwester für alle im Hause mit ihren geschickten Händen Behagen und Gemütlichkeit verbreiten sollte. Es würde ein schönes Leben werden. Bettina würde seiner Frau bald eine treue Freundin sein, und wenn Bernhard erst fort wäre, dann wollten sie sich noch inniger einander anschließen. Bettina hörte solche Reden scheinbar freundlich an. Sie hatte aber kein Empfinden für des Bruders gütiges Bemühen, sie schadlos zu halten für ihren Verlust. Es war allem Schein zum Trotz eine große Veränderung mit ihr vorgegangen.

Stundenlang konnte die sonst so rastlos schaffende Frau untätig sitzen und vor sich hin brüten. Wurde sie gestört, dann fuhr sie gereizt empor und gab verworrene Antworten auf Fragen, die man an sie richtete. Dabei sah sie sehr schlecht aus, schlief schlecht und aß wenig.

Ihrem Sohn gegenüber war sie von einer wehmütigen Zärtlichkeit erfüllt, und wenn sie ihn unbemerkt beobachtete, traten ihr Tränen in die Augen. Für sie war er ein Enterbter des Glücks. Und nun rüstete man zur Hochzeit. Fritz Herbig reiste in Gemeinschaft mit seiner Schwester und seinem Neffen in das kleine Städtchen, wo die Trauung stattfinden sollte.

Die Begegnung Bettinas mit Maria verlief scheinbar ganz friedlich. Maria zog Bettinas Hand an die Lippen:

»Schenken Sie mir ein wenig Zuneigung, gnädige Frau, und erlauben Sie mir, Sie zu lieben«, sagte sie mit warmem Ausdruck.

Bettina hätte sie am liebsten in wildem Haß von sich gestoßen, aber sie bezwang sich. Die Klugheit siegte. Sie zog Maria flüchtig in ihre Arme und berührte die klare Mädchenstirn mit den kalten Lippen.

Maria ahnte nicht, wie es im Herzen ihrer Schwägerin aussah. Sie war dankbar und glücklich, daß sie und Bernhard zur Hochzeit gekommen waren. Und in der Unruhe der nächsten beiden Tage kam man sich nicht näher. Obwohl man die Hochzeit nur im engsten Kreise feierte, blieb doch keine Zeit zu einer Aussprache. Nach dem Festmahl reiste Fritz mit seiner jungen Frau auf drei Wochen nach Oberitalien. Bettina kehrte mit Bernhard wieder nach Hause zurück.

Als Herbig mit seiner jungen Frau heimkehrte, bereitete ihnen Bettina einen festlichen Empfang. Alles war vorgesehen. Ein auserlesenes Mahl, bekränzte Türen, Blumen überall und eine behagliche Wärme in den Zimmern. Draußen heulte der Novembersturm und rüttelte an Fenstern und Türen. Drinnen war alles licht, warm und behaglich.

Maria fand nicht genug Worte des Dankes, und Fritz zog Bettina in seine Arme.

»Bist doch ein Prachtmensch, Bettina – gelt, Maria – es ist ein Glück, daß wir sie bei uns haben?«

»Ein großes Glück. Ich glaube, du wirst uns verwöhnen, Bettina.«

»Das ist ja mein Amt – laßt es mich nur recht erfüllen.«

Wie selbstverständlich behielt Bettina die Zügel des Hauswesens in den Händen, und Maria fügte sich mit stiller Würde darein. So gern sie auch selbst im Hause geschaltet und gewaltet hätte – nichts verriet diesen Wunsch. Sie wollte Bettina ihr Amt nicht streitig machen. Und für sie blieb ja noch so viel zu tun.

Ihre reizend eingerichtete Arbeitsstätte war ihr Königreich. Dort war sie am liebsten, und dort war sie auch mit ihrem Mann völlig ungestört.

So schien das Leben im Hause Herbig ein für alle Teile befriedigendes zu sein.

In der Gesellschaft hatte man Maria liebenswürdig aufgenommen. Als Tochter eines Offiziers war sie über jeden Zweifel erhaben. Und ihre vornehme, ruhige Art, ihre sichere Liebenswürdigkeit schaffte ihr bald eine feste Stellung. Im Zeichensaal hatte ihre Verlobung und Verheiratung mit dem Brotherrn am meisten Staub aufgewirbelt. Man wollte da längst etwas gemerkt haben und verbarg seine neidische Überraschung unter lebhaften Schilderungen, wie gern man Maria Rottmann eigentlich gemocht hatte.

Maria erfuhr nur leider nichts von dieser Vorliebe.

Bernhard hatte auf dem Realgymnasium vorzüglich abgeschnitten. Nun konnte er seinen Vorsatz ausführen, den seine Mutter im Hinblick auf die veränderten Verhältnisse auch gutgeheißen hatte. Er sandte seine Zeugnisse an Horst

Wendenburg und fragte an, ob er diesen beim Wort nehmen dürfe. Die Antwort traf umgehend ein. Wendenburg schrieb, daß er zwar durch den vor wenigen Tagen erfolgten Tod seiner Gattin auf einige Zeit seinen Werken fernbleiben würde, um mit seiner Tochter und Pflegetochter eine längere Reise zu unternehmen und die trüben Eindrücke zu überwinden. Er habe aber seinem Geschäftsleiter bereits die nötigen Weisungen erteilt. Bernhard solle kommen und sich bei diesem melden.

Der Brief war sehr herzlich und liebenswürdig gehalten, und Bernhard rüstete sich zur Abreise nach dem neuen heißersehnten Wirkungskreis. Sein Abschied von Onkel Fritz und Tante Maria war herzlich, voll inniger Dankbarkeit, der von der Mutter schmerzhaft und zärtlich. Bettina konnte ihn gar nicht aus den Armen lassen, und als er sich endlich losriß und ihren Augen entschwand, da weinte sie mit so leidenschaftlicher Heftigkeit, daß Maria voll innigen Mitleids ihr Trost zusprechen wollte. Aber da stieß sie Bettina, nicht fähig, sich zu beherrschen, zurück und eilte aus dem Zimmer, um sich einzuschließen.

Maria sah ihr betroffen nach. Ein sonderbares Unbehagen wollte sie beschleichen. Aber dann lächelte sie über sich selbst. War es nicht natürlich, daß die liebende Mutter in dieser Stunde schroff jeden Trost von sich wies?

Bettinas Wesen neigte in der nächsten Zeit bedenklich zur Schwermut. Die Sehnsucht nach dem fernen Sohn verbitterte sie noch mehr gegen Maria. Wenn diese nicht gewesen wäre, hätte Bernhard jetzt bei dem Oheim in der Fabrik schaffen können. Daß Bernhard mit allen Fasern seines Seins einem anderen Beruf zustrebte, verstand sie nicht. Ihrer Ansicht nach hätte er sich schon hineingefunden, wenn er gewußt hätte, daß er einst als Herr da gebieten konnte, wo er als Lehrling anfangen mußte.

Wohl dämmerte zuweilen in Maria ein Empfinden, als sei Bettinas Wesen ihr gegenüber nicht echt und wahr. Aber sie schalt sich dann selbst ungerecht und suchte es immer durch doppelte Güte wettzumachen. So ging das Frühjahr mit Sturm und Sausen und folgender Blütenpracht ins Land. Eines Tages saßen die beiden Frauen allein im Wohnzimmer. Maria war etwas unsicher und aufgeregt in ihrem Wesen und suchte sichtlich nach einer Anknüpfung für eine Mitteilung, die sie Bettina zu machen hatte. Endlich faßte sie sich ein Herz.

»Ich habe eine große Bitte an dich, liebe Bettina.«

Die Schwägerin sah von ihrer Handarbeit auf. »Was ist es, Maria?«

Diese atmete tief auf. Dann sagte sie schnell, als wenn sie es bald lossein wollte:

»Ich muß daran denken, mir Kleinkindchenszeug anzuschaffen. Du würdest mich zu Danke verpflichten, wolltest du mir dabei behilflich sein.«

Erst jetzt sah sie auf, zu Bettina hinüber. Sie schaute in ein totenblasses, wie zu Stein erstarrtes Frauenantlitz, aus dem ein paar glühende, brennende Augen in die ihren blickten.

»Mein Gott, Bettina – was ist dir?« Bettina sank schlaff in den Stuhl zurück.

»Ein Unwohlsein – bitte, ein Glas Wasser.«

Maria eilte hinaus, um Wasser zu holen. Dabei war ihr zumute, als habe sie einen Blick in einen Abgrund getan. Ganz plötzlich kam ihr unter Bettinas furchtbarem Blick die Erkenntnis, daß die Schwägerin sie hassen müßte. Als sie aber mit dem Wasser zurückkam und Bettina sich mit mattem Lächeln entschuldigte, schalt sie sich selbst. Ihre Einbildung hatte ihr da wohl einen Streich gespielt. »Ist dir besser, Bettina?« fragte sie besorgt.

Diese hatte sich mit übermenschlicher Anstrengung gefaßt.

»Ich danke dir. Nein – was war mir nur plötzlich? Meine Nerven sind wirklich jetzt sehr herunter. Die Freude über deine Mitteilung – ich war so überrascht. Natürlich besorge ich dir alles. Du brauchst dich um nichts zu kümmern.«

Als Fritz eine Stunde später nach Hause kam, traf er sie scheinbar im besten Einvernehmen. Bettina fand aber in der folgenden Nacht keinen Schlaf. Eine qualvolle Unruhe trieb sie umher. Dem Bruder sollte ein Erbe geboren werden. Damit war ihres Sohnes Schicksal in ihren Augen besiegelt. Er würde gleich seinen Eltern ein sorgenvolles Dasein führen müssen, sich mühen und plagen um das tägliche Brot – ausgeschlossen sein von der vollbesetzten Tafel des Lebens.

Todmüde, von allem Denken und Sinnen wirr im Kopf, sank sie endlich gegen Morgen auf ihr Lager und verfiel in einen bleiernen Schlaf, der ihr nur wilde Träume, aber keine Erquickung brachte. Fritz umgab seine Frau jetzt mit doppelt zärtlicher Sorge. Und scheinbar wetteiferte Bettina mit ihm. Wie es dabei in ihrem Innern aussah, ahnte kein Mensch. Sie erschrak zuweilen selbst vor den bösen Gedanken, die ihre Sinne beherrschten. Täglich wuchs der Haß gegen Maria, und zugleich gegen das Kind, das ihres Sohnes Erbrecht völlig vernichten würde. Unablässig drehten sich ihre Gedanken um denselben Gegenstand. Manchmal wünschte sie sich übernatürliche Kräfte, um das Kind verderben zu können, noch ehe es seinem Vater in die Arme gelegt wurde.

Sommer und Herbst waren vergangen. Der Winter hielt früh seinen Einzug. Um die Weihnachtszeit erwartete man im Hause Herbig den neuen Erben. Bernhard Gerold hatte an Mutter und Oheim sehr befriedigte Briefe geschrieben. Seine neue Tätigkeit gefiel ihm sehr, und auch sonst wußte er viel Gutes zu berichten. Horst Wendenburg war mit seiner Tochter und Pflegetochter zurückgekehrt. Bernhard erhielt zuweilen für den Sonntag eine Einladung in das prächtig gelegene Landhaus Wendenburgs. Nach seiner verstorbenen

Frau hieß die Villa Anna. Von Horst Wendenburg schwärmte der junge Mann mit wahrer Begeisterung, die kleine Gabriele sei ein herziges blondes Kind und ihm sehr zugetan – nur von der Besitzerin der goldig schimmernden Augen hatte er einmal nur kurz erzählt: »Es ist da auch noch eine Pflegetochter im Hause, die Wendenburg wie eine eigene Tochter hält.« Er erwähnte sie nie wieder, während er von Wendenburg und Gabriele jede Kleinigkeit berichtete.

Seine Hoffnung, auf Weihnachten nach Hause kommen zu können, wurde ihm zu Wasser. Der Oheim teilte ihm mit, daß es für ihn wohl besser sei, diesmal das Weihnachtsfest nicht zu Hause zu verleben, da man einen neuen Weltbürger erwarte.

Am einundzwanzigsten Dezember wurde Fritz Herbig ein Sohn geboren. Auf den Wunsch der jungen, glückstrahlenden Mutter nannte man ihn nach ihrem verstorbenen Vater Walter.

Bettina pflegte ihre Schwägerin in der aufopferndsten Weise. Sie wich Tag und Nacht nicht von ihrem Lager und ließ auch niemand an das Kind heran.

Fritz und Maria waren ganz gerührt und dankten ihr wieder und wieder. Bettina wehrte diesen Dank kurz, fast rauh ab. Sie war überhaupt seltsam still und in sich gekehrt in all der Zeit. Sie konnte stundenlang unbeweglich an der kleinen Wiege sitzen, wenn Maria schlief, und mit trüben Augen auf das winzige Kindergesichtchen starren. Erhob das Kind dann erwachend sein Stimmchen, dann fuhr sie zusammen wie in jähem Schreck.

Am schlimmsten war es des Nachts. Allen Bitten zum Trotz blieb Bettina auch des Nachts im Zimmer ihrer Schwägerin und verbrachte ihre Nachtruhe in einem bequemen Lehnsessel an der Wiege des Kindes. Es war ein böser Zauber, der sie dort festhielt.

Herbig sorgte sich ernstlich um die Schwester, und er nahm sich vor, sobald Maria wieder vollständig genesen war,

Bettina zu zwingen, sich mehr Ruhe und Erholung zu gönnen. Er schlief jetzt nachts in Bernhards Zimmer. Maria hatte es entschieden verlangt, damit seine Nachtruhe nicht gestört würde. So war Bettina mit ihrer Schwägerin und dem Kinde allein. Nur hatte Fritz darauf gedrungen, daß im Nebenzimmer eine Dienerin schlief, die jederzeit erreichbar war.

Trotzdem fand Fritz keinen ungestörten Schlaf. Das Glück und die Unruhe hielten ihn manchmal stundenlang wach.

So war der kleine Walter fünf Tage alt geworden.

In der Nacht, die diesem Tage folgte, konnte Fritz keinen Schlaf finden. Unruhig wälzte er sich umher. Immer lauschte er hinaus. Er glaubte ein leises Weinen zu hören. Einmal dämmerte er im Halbschlaf. Da war ihm, als höre er Maria seinen Namen rufen. Er sprang sofort völlig ermuntert auf. Zwar sagte er sich, daß er nur geträumt haben konnte, aber er war doch unruhig. Schließlich konnte es nicht schaden, wenn er hinunterging und lauschte, ob alles ruhig war.

Er kleidete sich hastig an und stieg langsam und vorsichtig die Treppe hinab. Dann öffnete er leise die Tür zu seinem Zimmer und trat ein. Von hier aus brauchte er nur zwei durch Vorhänge getrennte Zimmer zu durchschreiten, um einen Blick in das Schlafzimmer werfen zu können. Es war alles still und ruhig. Schon wollte er umkehren, aber die Sehnsucht, einen Blick auf sein schlafendes Weib zu werfen, trieb ihn vorwärts. Leise hob er den letzten Vorhang und blickte hinüber auf das Bett seiner Frau. Mattes Licht erhellte den schönen, großen Raum, der jetzt nicht ganz die gewohnte Ordnung zeigte. Maria lag friedlich schlummernd da. Und nun noch einen Blick auf die Wiege seines Kindes. Dazu mußte er den Vorhang weiter zurückschieben und sich vorbeugen. Aber kaum hatte er das getan, da schnellte er erschrocken aus seiner gebeugten Stellung empor. Ein unterdrückter Laut entrang sich gurgelnd seiner Kehle, und wie ein Irrsinniger sprang er ins Zimmer.

Da er in Strümpfen gekommen, geschah das alles lautlos. Lautlos umklammerte er auch Bettina, die mit wahnsinnig verzerrtem Gesicht über die Wiege gebeugt stand und ein dickes Kissen auf das zarte Kinderköpfchen preßte. Als Fritz sie zurückriß, schrak sie mit einem dumpfen Laut zusammen, starrte wie von Sinnen in das zürnende, schmerzverzogene Gesicht des Bruders, warf die Hände wild empor und brach kraftlos zusammen.

Sie war nicht ohnmächtig, aber gelähmt stierte sie mit weit aufgerissenen Augen zu dem bebenden Mann empor, der das mühsam nach Atem ringende Kind aus der Wiege gerissen hatte und mit ungeschickten, bebenden Händen die Kleidung des Kleinen lockerte.

Dies alles hatte sich schnell und lautlos abgespielt. Drüben lag noch immer ruhig schlummernd die junge Mutter, nicht ahnend, daß ihr Kind eben mit Mühe dem Tod entrissen worden war. Nun wurden die Atemzüge des Kindes freier, die blaurote Färbung des Gesichtes verlor sich, und der Mund verzog sich zum Weinen. Da preßte es Fritz in aufwallender Freude und Zärtlichkeit an sich. Dann wandte er sich langsam nach der noch immer wie gelähmt am Boden knienden Frau, deren Antlitz von furchtbarer Seelenqual, von schauderndem Entsetzen vor sich selbst entstellt war. Er richtete sich hoch auf und wies mit unterdrücktem Zorn nach der Tür. Sie kroch an ihn heran und hob in stummem Flehen die Hände zu ihm empor. Er trat schaudernd zurück und wies nochmals nach der Tür. Da schleppte sie sich mühsam hinaus.

Draußen brach sie bewußtlos zusammen.

Über Fritz Herbigs Gesicht rann eine schwere Träne. Leidenschaftlich preßte er das Kind an sich. Da fing es an zu weinen.

Beim ersten Laut der Kinderstimme regte sich Maria und wurde wach. Erstaunt sah sie auf ihren Mann. »Du hier, Fritz? Komm, gib mir das Kind. Wo ist Bettina?«

Fritz trat heran und legte das Kind an ihre Seite. Sein Gesicht hielt er im Schatten.

»Bettina ist unwohl – ich habe sie in ihr Zimmer geschickt.«

»Die Arme. Sieh, ich wußte längst, daß sie sich zuviel zumutete. Aber sie wollte nicht hören. Du mußt nicht mehr leiden, daß sie nachts wacht, Fritz. Ich bin ja ganz wohl und kräftig und mein kleiner Herzensbube auch. Es genügt, wenn die Dienerin im Nebenzimmer bleibt.«

»Ja, sie soll überhaupt jetzt nicht mehr hierherkommen. Aber laß das meine Sorge sein. Schlaf, meine Maria.« Sie zog seinen Kopf zu sich herab.

»Mein geliebter Mann, nun bist du um deine Nachtruhe gekommen, man hat dich geweckt. Und du sorgst dich um Bettina. Armer Fritz!«

Er küßte sie zärtlich. Das Kleine war still geworden und schien einzuschlafen. Maria betrachtete es zärtlich und legte sich dann gehorsam wieder zurück. »Ich will schlafen, damit ich schnell wieder ganz gesund bin. Gute Nacht, mein lieber, lieber Mann.«

»Schlaf friedlich, mein Weib – ich wache über euch.«

Sie lächelte. So feierlich klang seine Rede. Bald war sie wieder eingeschlummert.

Fritz saß dann lange am Lager seines Weibes. Er vergrub das Gesicht in den Händen und sann dem Schrecklichen nach, das er diese Nacht erlebt hatte. Nie würde er das Bild vergessen, das er geschaut hatte. Ein Schauer rann durch seine Glieder. Seine Schwester eine Mörderin? Wenn er nur kurze Zeit später kam, war das Entsetzliche geschehen. Wie hätte er das ertragen sollen!

Furchtbare Stunden verbrachte er in dieser Nacht. Erst gegen Morgen erhob er sich und weckte die Dienerin, die im Nebenzimmer, fest schlafend, auf dem Ruhesofa lag. Er trug ihr auf, bei seiner Frau und seinem Kinde zu bleiben. Seine Schwester sei erkrankt.

Dann begab er sich in das Zimmer seiner Schwester.

Bettina hatte lange ohnmächtig im Nebenzimmer am Boden gelegen. Als sie erwachte, schmerzten sie alle Glieder. Langsam erst dämmerte ihr die Erinnerung. Und da kroch sie, von Angst und Grauen geschüttelt, vorwärts, die Treppe empor in ihr Zimmer.

Dort sank sie wimmernd auf das Ruhesofa.

Was hatte sie getan? Bis zu welchem Wahnsinn hatte sie sich hinreißen lassen? Sie begriff sich selbst nicht mehr. Wie war es nur über sie gekommen? Sie hatte auf das schlafende Kind gestarrt und wie so oft brennend gewünscht, daß es sterben möchte. Immer heißer war der Wunsch geworden, immer wilder. Und sie hatte denken müssen, wie leicht so ein zartes Stämmchen erstickt war. Ein fester Druck – und alles war vorbei. Wenn das Kissen herabfiel und auf dem Kindergesicht liegenblieb, das genügte schon. Niemand ahnte dann, was geschehen. Das Kind war erstickt – eine Unachtsamkeit – ein böser Zufall – nichts weiter.

Blutigrot war es vor ihr aufgestiegen. Die Hände hatten wie spielend an dem Kissen gezerrt, es rutschte weiter und weiter. Nun lag es ganz nahe am Gesicht des Kindes – und da war ein Flimmern und Sausen in der Luft, Bettina war wie sinnlos plötzlich aufgesprungen und hatte das Kissen mit aller Gewalt auf das Kinderköpfchen gedrückt.

Ein Schauer rann durch ihre Glieder, der Angstschweiß brach ihr aus.

»Mörderin – Mörderin – was wolltest du tun!«

So klang es ihr in den Ohren. Das Grauen vor sich selbst drohte sie zu ersticken. Sie wollte aufspringen, sich zum Fenster hinausstürzen – ins Wasser gehen – sie konnte sich nicht rühren. Der Kopf brannte ihr wie Feuer, und durch die Glieder rann eisige Kälte. – So lag sie noch, als ihr Bruder eintrat. Es war dunkel in ihrem Zimmer. Er drehte das elektrische Licht auf. Dann blieb er vor ihr stehen – wie ein zürnender Richter.

»Steh auf – ich habe mit dir zu reden«, sagte er kalt.

Sie erhob sich mühsam und rutschte zu seinen Füßen. »Vergib – ich wußte nicht, was ich tat.«

Er trat zurück.

»Steh auf und laß das. Knie vor Gott, damit er dir verzeiht. Ich – ich kann es nicht. – Du verläßt noch diesen Morgen mein Haus für immer, das bedarf keines Wortes mehr. Aber ich will nicht, daß außer dir und mir ein Mensch erfährt, was diese Nacht geschehen. Schon Bernhards wegen nicht.« Bettina stöhnte auf und schlug die Hände vors Gesicht.

»Mein Sohn – mein Sohn!«

Es lag ein so verzweifelnder Jammer in diesem Ausruf, daß Herbig einen Augenblick seine Ruhe verlor. Dann fuhr er aber hart und unbewegt fort:

»Bernhard darf nicht ahnen, weshalb du mein Haus verläßt, wir müssen ihm und der Welt gegenüber eine Täuschung ersinnen. Ich habe alles überlegt. Du begibst dich morgen früh nach Dresden in eine Heilstätte, um deine angegriffene Gesundheit wiederherzustellen. Du mußt jetzt für ernstlich krank gelten – auch ich will annehmen, daß du es bist. Was dann geschieht, weiß ich noch nicht. Nur eine Rückkehr in mein Haus gibt es nicht für dich, denn ich würde jede Stunde um das Leben meiner Lieben zittern. Auch dafür müssen wir einen Vorwand finden, daß du nicht wiederkehrst.«

Bettina faßte sich an die Schläfe.

»Wäre ich doch tot – dann wäre alles gut.«

»Ich habe angenommen, daß du mit solchen Gedanken umgehst. Hüte dich aber, Selbstmordgedanken zu pflegen. Damit machst du nichts gut, sondern vergrößerst dein Verbrechen. Und auf Bernhards Leben würde es einen Schatten werfen. Vergiß das nicht. Hier habe ich dir Geld mitgebracht für die Reise und sonstige Unkosten. Es ist selbstverständlich, daß ich für deinen Unterhalt sorge. Aber sonst gibt es keine Gemeinschaft mehr zwischen uns.«

Er hatte einige Banknoten auf den Tisch gelegt und wandte sich zum Gehen. Sie sah ihm mit leeren, hohlen Augen nach.

»Fritz – vergib – ich bin schlecht – so schlecht – aber ich wußte nicht, was ich tat, bei Gott – ich wußte es nicht. Es war wie ein Fieberwahn. Vergib mir – sag mir Lebewohl, nur ein Wort.«

Er wandte sich mit schmerzentstelltem Gesicht zu ihr um.

»Ich kann nicht verzeihen. Weil du mir so viel warst, komme ich nicht darüber hinweg, was du getan. Verzeih dir Gott! Lebewohl werde ich dir sagen müssen, wenn du zur Abreise fertig bist – der Dienstboten wegen. Daran laß dir genügen.«

Er ging schnell hinaus.

Als Bettina später in den Wagen stieg, um zum Bahnhof zu fahren, trat Herbig mit hinaus und half ihr in den Wagen. Sie wechselten einige gleichgültige Worte und reichten sich flüchtig die Hände. Dann fuhr Bettina davon. Herbig hatte Weisung gegeben, daß seine Frau vorläufig nichts von der Abreise seiner Schwester erfuhr. Erst einige Tage später sagte er es ihr selbst. Bettinas Nerven seien derartig heruntergewesen, daß er sie zur Kur in eine Heilanstalt geschickt hätte. Maria war vom innigsten Mitleiden erfüllt und klagte sich an, der Schwägerin zu viel Mühe verursacht zu haben.

»Sie ist selbst schuld daran – quäl dich nicht mit Vorwürfen«, stieß er rauh hervor.

Maria erschrak und sah betroffen in sein Gesicht. Warum war ihr gütiger Mann so schroff? Sie sah auch, daß in seinen Augen etwas lag, was vorher nicht darinnen gewesen, sie machte sich Gedanken darüber, daß Bettina ihr nicht Lebewohl gesagt hatte. Und manches andere gab ihr zu denken. Aber Maria war klug und taktvoll, sie fragte nicht und forschte nicht.

Auch nicht, als nach Wochen von Bettina die Nachricht kam, daß sie sich entschlossen habe, Krankenpflegerin zu werden. Sie habe ein heißes Verlangen danach, ihren Mitmenschen zu nützen, und sei in der Anstalt einigen Schwestern näher getreten. Mit deren Hilfe habe sie Aufnahme in ein Schwesternhaus gefunden, trotzdem es einige Schwierigkeiten gemacht habe. Man werde ja auch ohne ihre Hilfe fertig werden zu Haus!

Fritz antwortete seiner Schwester nur kurz: Ich billige Deinen Entschluß und wünsche Dir, daß Dein neuer Beruf Dir die ersehnte Gelegenheit gibt gutzumachen.

Und Bettina wurde Schwester.

Zehn Jahre waren seit jener Zeit verflossen. An einem sonnendurchglühten Augustmorgen hielt vor dem Hause Herbig ein Wagen, dem mit leichtem Sprunge ein hochgewachsener, schlanker Mann entstieg. Seine dunklen Augen flogen forschend durch den Garten, und ein helles Lächeln flog über sein Gesicht. Die das Tor öffnende Dienerin teilte ihm mit, der Herr sei im Geschäft drüben, die gnädige Frau in ihrem Arbeitszimmer und die Kinder mit dem Fräulein im Garten. Der junge Mann nickte, überließ seine Handtasche der Dienerin und ging in den Garten hinein, den hellen Kinderstimmen nach. Über sein scharfgeschnittenes, bartloses Gesicht mit den kühn blitzenden Augen verbreitete sich ein lustiger Ausdruck. Als er nahe an die Kinder herangekommen war, stellte er sich hinter einen Baum. »Walter! Hella!«

Er rief die beiden Namen mit starker Stimme hinüber. Die Kinder lauschten.

Der zehnjährige Walter stelzte mutig auf den Baum zu, und die sechsjährige kleine Hella folgte ihm neugierig, aber mit einiger Vorsicht.

Da – ein lautes zweistimmiges Jubelgeschrei.

»Bernhard! Bernhard!«

Und nun stürmten die Kinder auf den jungen Mann los.

Der fing eines nach dem anderen in seinen Armen auf und hob sie lachend empor.

»Gelt, ihr Rangen, das ist eine nette Überraschung?«

»Mama! Mama!« riefen sie.

Oben flog das Fenster auf, Maria beugte sich heraus. Da sah sie mitten in Bernhards lachendes Gesicht. »Bernhard – du?« rief sie freudig überrascht.

Er schwenkte den Hut. »Grüß Gott, Tante Maria!« Schon war diese oben verschwunden und stand wenige Augenblicke später unten am Haustor.

»Herzlich willkommen, lieber Bernhard. Walter, lauf schnell zu Papa hinüber und sag ihm, daß Bernhard angekommen.«

Der Knabe lief eiligst davon. »Wie es dir geht, frag' ich nicht, Tante Maria. Du siehst aus wie das blühende Leben selbst.«

»Und du gottlob nicht minder. Aber nun komm herein, du wirst müde und hungrig sein von der Reise.«

»Hungrig ja – aber nicht müde.« Sie traten ins Haus.

Eine halbe Stunde später hatte auch Fritz Herbig den Neffen begrüßt, und nun saßen sie alle um den Frühstückstisch.

Der Fabrikant, dessen Haar inzwischen an den Schläfen eine graue Schattierung angenommen hatte und dessen Gestalt ein ganz klein wenig zur Fülle neigte, schob Bernhard Zigarren und Feuerzeug hin.

»Bediene dich, mein Junge. Und dann erzähle, wie es dir ergangen seit deinem letzten Hiersein.«

»Gut ist es gegangen, Onkel Fritz, sehr gut. Ich habe Glück gehabt. Einige gute Vorschläge haben große Verbesserungen im Maschinenbau im Gefolge gehabt. Wendenburg hat mir das hoch angerechnet. Er ist zufrieden mit meinen Leistungen. Und seit gestern bin ich als Oberingenieur mit einem Gehalt, das meine kühnsten Erwartungen übertrifft, angestellt.«

Herbig schüttelte ihm fast die Hand aus dem Gelenke.

»Junge – wie mir zumute ist – ich freue mich unbändig. Glück auf, und weiter so voran.«

»Nun laß mich aber auch mal zu Worte kommen«, meinte Maria, »ein bißchen gehört mir Bernhard doch auch an. Gelt? Also meinen herzlichsten Glückwunsch, Bernhard. Nun schaff' dir noch eine liebe Frau an, das kannst du doch nun ohne Sorge.« Bernhards Augen glänzten auf.

»Ja – gottlob – jetzt bin ich soweit.«

»Junge, das klingt, als hättest du schon sehnsüchtig auf den Augenblick gewartet. Nun beichte mal, Schlingel, raus mit der Sprache«, rief Herbig lachend.

Bernhard schüttelte den Kopf.

»Nein – so weit ist es noch nicht, daß ich darüber sprechen kann. Da müßt ihr schon noch warten.«

»Schön, warten wir. Aber verliebt bist du schon, was?«

»Stimmt – bis über beide Ohren – nein, noch viel schlimmer.«

Marias Augen glänzten.

»Schon lange?«

»Schon sehr lange, Tante Maria.«

Als die beiden Männer allein waren, fragte Herbig:

»Wie lange bleibst du bei uns?«

»Nur bis morgen, Onkel Fritz. Ich hatte Geschäfte in der Nähe, sonst wäre ich jetzt noch gar nicht gekommen. Nächsten Monat komme ich mal auf acht Tage. Jetzt kann ich nicht fortbleiben. Der Direktor ist erkrankt, und Wendenburg hat mich beauftragt, ihn vorläufig zu vertreten.«

»Er zeigt dir großes Vertrauen, du kannst stolz darauf sein, bei deiner Jugend so ausgezeichnet zu werden.«

»Das habe ich nur Wendenburgs Vorliebe für mich zu verdanken.«

»Und deiner Tüchtigkeit, mein Junge.«

»Also morgen willst du wirklich schon wieder zurück?«

»Ich muß. Gestern war ich auch auf eine Stunde bei Mama, um ihr selbst die freudige Nachricht zu bringen.«

Über Herbigs Gesicht flog ein Schatten. »Wie geht es ihr?« fragte er ernst.

»Sie sagt, es geht ihr gut. Aber ich kann mir nicht helfen – ich glaube ihr das nicht so recht. Überhaupt, je älter und verständiger ich werde, je unbegreiflicher ist es mir, daß Mama Krankenpflegerin wurde. Sie war früher eine so lustige und feine Weltdame. Wie kam ihr nur mit einem Male der Gedanke, sich diesem Berufe zu widmen? Und sie sieht auch gar nicht befriedigt aus. Und wie alt ist sie geworden! Das Haar ganz weiß, die Züge schlaff und vergrämt – jammervoll. Mir tut das Herz weh, wenn ich sie sehe. Es kommt mir vor, als bedrücke sie ein Leid, welches sie uns verheimlichen will. Wenigstens mir. Solltest du mir nicht Aufschluß darüber geben können?«

Fritz sah sinnend dem Rauch seiner Zigarre nach. Dann wandte er sich ruhig seinem Neffen zu.

»Ich kann dir keine andere Auskunft geben als vor Jahren. Deine Mutter liebte dich unaussprechlich. Als du von uns gingst, veränderte sich ihr Wesen sehr, und als sie dann in der Anstalt das Leben und Wirken der Schwestern sah, fühlte sie sich davon angezogen. Der Beruf mag nicht dazu angetan sein, sie zu erheitern.«

»Das wohl. Aber ich habe Mitschwestern von Mama kennengelernt, die sehr heiter und vergnügt waren.«

Es entstand eine Pause. Nach einer Weile fragte Bernhard:

»Du siehst Mama selten, nicht wahr?« Herbig wandte sein Gesicht ab. »Ja – ich komme jetzt so schwer fort aus der Fabrik«, sagte er leichthin. Er hatte weder seinem Neffen noch seiner Frau bisher eingestanden, daß er seine Schwester, seit sie sein Haus verlassen, überhaupt nicht wiedergesehen hatte.

»Du kannst dich auch jetzt nicht einmal losmachen? Offen heraus, Onkel Fritz – Mamas Zustand macht mir schwere Sorge. Du hast immer sehr viel Einfluß auf sie gehabt. Wenn du sie aufsuchtest und ihr zuredetest, sich wenigstens mehr zu schonen. Auf mich hört sie ja nicht. Vielleicht gelingt es dir, sie dazu zu bewegen.« Fritz sah nachdenklich in den Garten hinaus. Gerade in diesem Augenblick tollte draußen auf dem Rasenplatz der kleine Walter im Übermut herum, als wisse er nicht, wohin mit all dem Überschuß von Kraft und Lebensfreude. Ein helles Leuchten flog über Herbigs Gesicht. Er atmete tief auf und wandte sich nach Bernhard um.

»Gut – ich will's versuchen. Sobald ich loskann, reise ich und suche deine Mutter auf. Vielleicht gelingt mir, was du vergeblich versucht. Bist du nun zufrieden?«

»Ich bin's, Onkel Fritz. Und was du in die Hand nimmst, ist schon halb gelungen.«

»Warten wir's ab, meine Junge.«

Kommerzienrat Horst Wendenburg war trotz seiner achtundvierzig Jahre noch ein sehr hübscher und stattlicher Mann. Das volle Haupthaar und der Bart zeigten nur wenige graue Fäden. Sein Gang war leicht, die Haltung straff und der Kopf mit den scharfgeprägten Zügen saß stolz und aufrecht auf den breiten Schultern. Er war ein vielbeschäftigter Mann, obwohl ihm bewährte Kräfte in der Leitung seines Unternehmens zur Seite standen. Sein feuriger, rasch zufassender Geist behielt doch die Oberleitung. Unter seinen Mitarbeitern bevorzugte er schon seit einigen Jahren Bernhard Gerold.

Und dieser verstand es, die Auszeichnung, die ihm zuteil wurde, mit unbefangener, bescheidener Liebenswürdigkeit aufzunehmen. Und seine Tüchtigkeit war zweifellos, selbst seine Neider konnten sie nicht in Abrede stellen. Ein schweres Darmleiden hatte den Direktor Schmalfeldt aufs Krankenlager geworfen, und Wendenburg betraute kurz entschlossen Gerold mit dessen Vertretung. Bernhard arbeitete sich auch schnell ein und rechtfertigte das Vertrauen, das man in ihn gesetzt hatte.

Es waren drei Wochen vergangen seit Bernhards Besuch bei seinem Oheim. Bernhard schlenderte mit Horst Wendenburg durch den Wald nach der Villa Anna. Ein am Nachmittag niedergegangenes Gewitter hatte erfrischende Kühle gebracht. Die beiden Herren sogen mit Behagen die reine Luft ein und plauderten von Geschäften. Dann erkundigte sich Wendenburg nach dem Befinden von Bernhards Mutter.

»Sie sagten, Sie hätten sie bei Ihrem letzten Besuch nicht sehr wohl aussehend gefunden?«

»Nein, Herr Kommerzienrat, eher das Gegenteil. Ich habe deshalb mit meinem Oheim gesprochen, er solle Mama aufsuchen und sie bitten, sich zu schonen. Ich erhielt heute morgen Nachricht von ihm, daß er Anfang nächster Woche zu ihr reist.«

Wendenburg sah Bernhard nachdenklich an.

»Dann ist er ja in unserer Nähe. Einmal in D., ist es doch nur noch ein Katzensprung bis zu uns. Das lassen wir uns auf keinen Fall entgehen. Den Oheim laden wir uns ein, und wenn er nur einige Stunden für uns erübrigen kann. Da hab' ich ja die schönste Gelegenheit, ihn kennenzulernen. Also schreiben Sie ihm das schleunigst – ich brenne wirklich darauf, ihn zu sehen.«

Bernhards Gesicht strahlte. Sie waren inzwischen nahe an die Villa herangekommen. Die Herren sahen zwei junge Damen auf dem breiten, mit Sandsteineinfassung begrenzten Vorbau stehen. Ein hellblonder und ein kastanienbrauner Mädchenkopf neigten sich über die dichten hängenden Blumen, und zwei Paar schöner Mädchenaugen grüßten herab.

Die Herren zogen die Hüte, und wenige Sekunden später standen sie vor den beiden jungen Damen. Horst Wendenburg wurde von beiden zärtlich begrüßt, aber auch Bernhard wurde ein herzlicher Gruß zuteil.

Hauptsächlich die schlanke, anmutige Blondine mit den großen, zärtlich blickenden Blauaugen begrüßte ihn sehr liebenswürdig.

»Wie lieb von Ihnen, Herr Gerold, daß Sie mit herübergekommen sind. Ohne Sie wären wir heute abend ganz allein.«

Er zog ihre feine, schmale Hand ritterlich an seine Lippen.

»Ich komme nur zu gern, gnädiges Fräulein, das brauch' ich nicht zu versichern«, sagte er warm.

Dann trat er an die andere junge Dame heran, um sie zu begrüßen. Es war ein großes, schlankgewachsenes Mädchen mit jugendlich reizvollen Formen. Sie hatte reiches kastanienbraunes Haar und eine klare, weiche Hautfarbe, wie sie gesundes Blut und vorzügliche Körperpflege geben. Die goldschimmernden Augen blickten ernst und mit einem leisen, schmerzlichen Ausdruck, der zum Herzen sprach. Sie schien innerlicher veranlagt als die zarte, fröhliche Gabriele. Nichts verriet gedankenlose Jugendtollheit.

Obgleich der Zauber unberührter Jugend über Evas Wesen lag, zeugte doch der Ausdruck ihres Gesichts von einer großen inneren Reife, wie ihn geheimer Schmerz verleiht. Bernhard ahnte, was diese Mädchenseele quälte. Er wußte, daß sie den Vater frühzeitig durch den Tod verloren und, was viel schlimmer war, die Mutter durch das Leben. Desto heißer wünschte er, sie so glücklich machen zu dürfen, daß sich der schmerzliche Ausdruck in den Augen und der wehe Zug um den feinen Mund verliere, obgleich gerade dieser feine, kaum merkliche Schmerzenszug sein Herz am meisten fesselte. Als er zu ihr trat, traf sein Blick eine Sekunde mit heißem, sehnsüchtigem Verlangen ihre Augen. Ein feines Rot stieg langsam in ihre Wangen.

Es war nur ein Augenblick herüber und hinüber, und doch taten zwei junge Herzen dabei einen stürmischen Schlag. Der Gruß jedoch, den sie tauschten, schien kaum mehr als höflich. Eva Grabow trat schnell wieder von ihm zurück und wandte sich mit einer belanglosen Frage an Wendenburg.

Sie nannte ihn Onkel Horst. Eva Grabow war die Tochter eines sehr entfernten Verwandten Wendenburgs. Mit diesem hatte ihn eine innige Jugendfreundschaft verbunden. Als aber Erich Grabow sich mit einer zwar sehr schönen, aber sehr wenig begabten und leichtlebigen Schauspielerin verheiratete, obschon ihm Wendenburg aus ehrlicher Überzeugung davon abzuraten gesucht hatte, lockerte sich dieser Freundschaftsbund etwas. Die Lebenswege der beiden Freunde führten auseinander. Sie hörten kaum noch voneinander. Erst nach Jahren erfuhr Wendenburg durch einen Zufall, daß Erich Grabow durch die Verschwendungssucht seiner Frau vollständig zugrunde gerichtet war, daß seine Gattin ihn und seine kleine Tochter im Elend verlassen hatte und zur Bühne zurückgekehrt war und daß Grabow todkrank daniederlag.

Wendenburg hatte inzwischen eine reiche Erbin heimgeführt, eine Waise, die ihm mehrere Millionen mit in die Ehe brachte. Er machte sich Vorwürfe, daß er im Glück Grabow aus den Augen verloren, und suchte ihn auf, um ihm Trost und Hilfe zu bringen. Es war zu spät. Grabow war fertig mit dem Leben. Nur die Angst um seine kleine Tochter ließ ihn nicht sterben, und da kam der Freund zur rechten Stunde, um ihm diese Sorge von der Seele zu nehmen.

Wendenburg versprach ihm in die ersterbende Hand, daß er für die kleine Eva wie für ein eigenes Kind sorgen würde und sie in sein Haus nehmen wolle. Wendenburg blieb bei dem Freunde, bis er die Augen für immer schloß. Dann fuhr er mit der kleinen Eva heim. Seine Frau nahm das arme Kind liebevoll auf und erzog es mit ihrer einige Jahre jüngeren Tochter. Beide Kinder wurden liebevoll beschützt und behütet von der zarten, vornehm denkenden Frau. Während Gabriele die mütterliche Fürsorge als etwas Selbstverständliches hinnahm, wußte Eva genau, daß sie nur ein Gnadengeschenk für sie war. In ihrem Herzen keimte bald eine verehrungsvolle Liebe für die gütige Pflegemutter. Als Frau Wendenburg dann zu kränkeln begann, wich Eva kaum von ihrer Seite. Mit für ihr Alter bewunderungswürdiger Ausdauer widmete sie sich der Pflege der teuren Frau, suchte ihr allerhand Pflichten abzunehmen, die mit einiger Anstrengung verbunden waren, und zügelte unmerklich, aber geschickt das etwas laute und kindlich rücksichtslose Wesen der kleinen Gabriele. Als Anna Wendenburg starb, wurde sie leidenschaftlich und tief von Eva betrauert. Ihr war eine Mutter gestorben, eine Mutter, an die sie ihr ganzes, zärtlich empfindendes Herz gehangen hatte.

Es kam nun langsam ganz von selbst, daß Eva trotz ihrer Jugend die Zügel des Hauswesens in die Hände nahm. Mit den Pflichten wuchs ihre Kraft. Und sie war reifer, ernster und stärker als die kindlich zarte Gabriele, die vor allen körperlichen und geistigen Anstrengungen behütet werden mußte. Alle Zärtlichkeit ihres Empfindens teilte Eva nun zwischen Horst Wendenburg und seiner Tochter. Gabriele vergalt ihr mit gleicher Herzlichkeit. Eva war ihr Schwester, Freundin und Mutter zugleich. Ihr Verhältnis zueinander war sehr innig und herzlich.

Gabriele war es gewohnt, Eva alles anzuvertrauen, was sie bewegte, während diese, weniger mitteilsam, manches für sich behielt. Bernhard Gerold hatte von Anfang an in diesen beiden Mädchenherzen einen Platz erobert. Die kleine Gabriele schwärmte für ihn zuerst in kindlicher Weise als für ihren Retter aus Lebensgefahr. Später entwickelte sich dieses Gefühl zu einer tiefen, leidenschaftlichen Liebe.

Und auch das vertraute sie Eva an. Diese hatte keimen und wachsen sehen, was ihr Herz erzittern ließ. Eva liebte Bernhard Gerold, seit sie ihn zuerst gesehen, und mit ihrer tiefen Innerlichkeit umschloß sie sein Bild in ihrem Herzen wie ein Heiligtum. Scheu verschloß sie die eigene Liebe. Sie wußte, daß ihr Los Entsagung war. Ob Bernhard Gabriele liebte oder nicht – für sie war er verloren. Hier war eine Gelegenheit, die Schuld der Dankbarkeit abzutragen. Ihre Liebe mußte sie Gabriele opfern. Nie hätte sie Bernhard angehören können, nun sie wußte, daß Gabriele ihn liebte mit einer solchen tiefinneren Leidenschaftlichkeit, daß ihr ganzes Sein darin unterging. So zog sie sich scheu von Bernhard zurück, gab sich Mühe, kühler und herber ihm gegenüber zu erscheinen. Aber trotz aller Willensanstrengung konnte sie nicht verhindern, daß ihre schönen, ausdrucksvollen Augen zuweilen verrieten, wie es in ihrem Herzen aussah.

Und Bernhard verstand so gut in diesen Augen zu lesen, die schon seine Jünglingsseele zu heißer Sehnsucht entflammt hatten, die seit jenem Tage am Rhein unverrückbar als Leitstern über seinem Leben standen.

Er hatte gearbeitet und geschafft, immer nur mit dem einen Ziel vor Augen, sich Eva einst erringen zu können. Er wußte, sie war arm wie er, wußte von Wendenburg, welch trauriges Geschick ihre Jugend getrübt hatte. All das erhöhte seine Zärtlichkeit für sie und spornte ihn an, etwas zu leisten, etwas zu werden, um einst imstande zu sein, der Geliebten ein sorgloses Dasein zu schaffen. Nun war er soweit, an eine gemeinsame Zukunft denken zu können, und er wartete nur eine günstige Gelegenheit ab, sich ihr Jawort zu erbitten.

Neben Eva hatte er Gabriele erst wenig Beachtung geschenkt. Er hatte das hübsche, zarte Mädchen sehr gern, unterhielt sich heiter und unbefangen mit ihr, leistete ihr artig Ritterdienste und musizierte oft mit ihr.

Gabriele hatte einen weichen, vollen Bariton bei ihm entdeckt und ihm nicht Ruhe gelassen, bis er einige Gesangstunden genommen. Sie begleitete ihn gern zu seinen Liedern, übte mit Geduld die schwierigsten Sachen ein und freute sich dann wie ein Kind, wenn er leicht begriff.

In ihrem ganzen Wesen ihm gegenüber zeigte sie deutlich, wie lieb er ihr war. Trotzdem dauerte es sehr lange, bis er begriff, daß sie ihn mit anderen Augen betrachtete als er sie. Da erschrak er. In Zukunft war er doppelt vorsichtig ihr gegenüber, zugleich aber tat sie ihm leid, und das Mitleid machte ihn weich und zarter gegen sie. Sie aber hielt dieses Mitleid für den Ausfluß eines wärmeren Gefühls, und sie sehnte mit Ungeduld eine Aussprache herbei. Eva gegenüber klagte sie leidenschaftlich, daß er sie so lange quälte und sicher nur deshalb nicht um sie zu werben wage, weil sie die Tochter des reichen Kommerzienrats Wendenburg sei.

So standen die Verhältnisse an diesem Sommerabend. Gabriele, die gleich Eva ein feines weißes Batistkleid mit zartgetönten Spitzen trug, wandte sich an Bernhard.

»Ich habe neue Noten, Herr Gerold, wundervolle Sachen. Wenn es Ihnen recht ist, können wir heute abend noch fleißig musizieren.«

Bernhard verneigte sich.

»Gern, gnädiges Fräulein.«

Aber sein Blick flog einen Augenblick sehnsüchtig zu Eva hinüber. Er wußte, daß ihn Gabriele lange am Flügel festhalten würde und er dann wenig Gelegenheit fand, mit Eva zu sprechen.

Bei Tisch saß der Hausherr zwischen den beiden Mädchen, Gerold ihnen gegenüber. Wendenburg liebte eine angeregte Unterhaltung, neckte sich mit seiner Tochter und Eva und plauderte in leichter, lebhafter Art mit Gerold. Dabei befleißigte er sich hauptsächlich Eva gegenüber einer feinen Ritterlichkeit. Seit einiger Zeit hatte sein Verhalten gegen sie eine eigenartige Beimischung erhalten, die freilich niemand auffiel und von Eva selbst harmlos und unbefangen aufgenommen wurde.

Allerdings, hätte sie den wahren Grund dazu geahnt, sie wäre in tiefster Seele erschrocken.

Horst Wendenburg empfand durchaus nicht mehr väterlich seiner schönen, anmutigen Pflegetochter gegenüber. Zuerst, nach dem Tode seiner Frau, die er herzlich geliebt hatte, war ihm Evas verständnisvolle, innige Teilnahme an seinem Schmerz ein Trost gewesen. Langsam verwand er den Schmerz. Aber wie Eva die Verstorbene nach und nach im Haushalt ersetzte, so nahm sie auch unmerklich mehr und mehr ihren Platz in seinem Herzen ein. Evas ernstes, reifes Wesen ließ ihm dabei den großen Altersunterschied kaum zum Bewußtsein kommen. Eines Tages, als er, von einer längeren Reise heimkehrend, Eva in vollerblühter Schönheit und Anmut an der Schwelle seines Hauses neben der zierlichen, kindlichen Gabriele stehen sah, da erwachte zum ersten Male der bewußte Wunsch in ihm, dieses junge blühende Leben an sich zu fesseln.

Zunächst erschrak er noch vor der neu erwachten Leidenschaft und versuchte sie zu ersticken. Aber sie war in aller Heimlichkeit schon zu stark geworden und ließ sich nicht ausrotten. Seit jenem Tage sah er in Eva nur noch das schöne, begehrenswerte Weib, nicht mehr das Kind. Und seine Leidenschaft wuchs und vertiefte sich.

Er fing an, Eva mit zarter Aufmerksamkeit zu umgeben und verstohlen um sie zu werben. Sie hielt das alles für den Ausfluß väterlicher Güte und Liebe und begegnete ihm mit doppelter Zärtlichkeit.

Er prüfte jetzt häufig sein Spiegelbild und war nicht unzufrieden mit sich. Von dem neuen Gefühl belebt, konnte er sich getrost viel Jüngeren an die Seite stellen. Und dann – er hatte doch Eva ein glänzendes, beneidenswertes Los zu bieten!

Nur der Gedanke an seine Tochter störte ihn etwas. Solange sie im Hause war, konnte er ihr nicht gut in Eva eine Stiefmutter geben. Das hätte doch etwas peinliche Verhältnisse gezeitigt. Deshalb begrüßte er es mit Freuden, daß Gabriele aus ihrer Liebe zu Gerold kein Geheimnis machte.

Gerold war ihm persönlich lieb und wert. Er achtete ihn hoch seiner Tüchtigkeit wegen, und auch als Mensch war er ihm äußerst angenehm. Mit Freuden hätte er ihm Gabrieles Hand gegeben, auch wenn ihm persönlich nicht so viel an deren baldiger Verheiratung gelegen wäre.

So zog er den jungen Mann mehr und mehr in sein Haus und begünstigte die Neigung seiner Tochter in jeder Weise.

Meist saß er bei Eva, wenn, wie heute, Gerold als einziger Gast anwesend war. Gewöhnlich musizierten Gabriele und

Bernhard miteinander. Über Wendenburg pflegte dann eine besonders weiche und zärtliche Stimmung zu kommen, und während er den jungen Stimmen lauschte, die von Lenz und Liebe, von Suchen und Finden sangen, suchte sein Blick sehnsüchtig in Evas stillen, klaren Zügen.

Seine späte Liebe schlug dann wohl über ihm zusammen und ließ ihn zuweilen alle Vorsicht vergessen. Wenn in Evas Gesicht manchmal die Röte kam und ging und ihre Augen mit so seltsamem Glanz die weite Ferne suchten, ahnte er nicht, daß ihre Seele weit fort war in einem verschlossenen Wunderland. Dorthin lockten sie die Töne der geliebten Stimme, die sie wie ein süßes Gift in sich hineintrank und dabei alles um sich her vergaß.

Wendenburg empfand dann deutlich, daß Eva erregt war, daß sie innerlich ihre gleichmäßige Ruhe verlor. Er wußte aber nicht, daß Gerolds Gesang ihr diese Unruhe bereitete, sondern glaubte, sie fühle sein eigenes sehnsüchtiges Verlangen und teile es mit ihm.

Auch an diesem Abend gingen Gabriele und Bernhard nach Tisch in das angrenzende Musikzimmer, das wie alle Räume in dem schönen vornehmen Landhaus mit seinem Kunstsinn auf das kostbarste ausgestattet war.

Wendenburg und Eva nahmen in dem hellerleuchteten Vorbau vor den geöffneten Fenstern des Musikzimmers Platz. Eva saß so, daß sie die Musizierenden sehen konnte, während Wendenburg ihnen den Rücken kehrte. Er sah Evas traumverlorenen Blick und konnte sich nicht satt sehen an ihrem schönen, seelenvollen Antlitz.

Wenn Bernhard vom Notenblatt aufsah, konnte er Evas Gesicht erblicken, und es erfüllte ihn mit stillem Glück, daß ihr Auge selbstvergessen auf ihm ruhte.

Und allen Vorsätzen zum Trotz flammte es zuweilen in ihren Augen auf wie ein jauchzendes Verstehen. Sie wußte, er sang nur für sie, und ihre Seelen flossen ineinander und wollten nichts von Entsagung wissen. Wenn seine Stimme und seine Augen zugleich um ihre Liebe baten, war sie auf Sekunden machtlos über sich selbst.

Wieder war ein Lied verklungen, Eva seufzte tief auf und lächelte selbstvergessen Horst Wendenburg zu. Der Abglanz ihres Empfindens lag dabei noch in ihrem Blick und wiegte Wendenburgs Seele in trügerisches Hoffen.

Drinnen suchte Bernhard mit Gabriele in den Noten, und sie plauderten eifrig dabei. Aus dem Garten drang der schwere Duft der Blumen herein.

Gabriele sah in Bernhards Gesicht mit unverhüllter Zärtlichkeit.

»Ich muß immer wieder sagen, Sie singen wundervoll, Herr Gerold«, sagte sie leise.

Er lächelte.

»Gnädiges Fräulein, ich freue mich, daß Ihnen mein Gesang gefällt. Mir selbst erscheint er, ohne falsche Bescheidenheit, sehr mittelmäßig.«

Sie schüttelte heftig den Kopf.

»Nein – an Technik fehlt Ihnen wohl manches, aber die wird doppelt aufgewogen durch den seelenvollen Ausdruck, den Sie Ihren Liedern geben.«

Sie hatte einen so zärtlichen Klang bei diesen Worten in ihrer Stimme, daß ihm ganz unbehaglich zumute wurde. Er zog hastig ein neues Notenblatt hervor.

»Dann will ich gern weitersingen, gnädiges Fräulein.«

Sie nahm das Notenblatt aus seiner Hand.

»Was haben wir da? Ach – Evas Lieblingslied. Das müssen Sie besonders schön singen.«

Ehe sie sich an dem Flügel wieder niederließ, wandte sie sich zu den draußen Sitzenden.

»Gib acht, Eva, jetzt kommt etwas Besonderes für dich. Solveigs Lied, dein besonderer Liebling.«

Bernhard wandte sich an Eva.

»Ich werde mir jetzt viel Mühe geben, es in Ihrem Sinne zu singen, gnädiges Fräulein.«

Sie neigte leise das Haupt.

Und nun begann er:

»Der Winter mag scheiden, der Frühling vergehn,
Der Sommer mag welken, das Jahr verwehn;
Du kehrst mir zurücke, gewiß du wirst mein,
Ich hab' es versprochen, ich harr' treulich dein.«

Alle Innigkeit seines Empfindens legte er in das Lied. Und er zwang damit Evas Blick zu sich empor. Ihre Augen ruhten nun wieder mit selbstvergessener Zärtlichkeit in den seinen.

Und Aug in Aug mit ihr sang er weiter:

»Gott helfe dir, wenn du die Sonne noch siehst,
Gott segne dich, wenn du zu Füßen mir kniest. –
Ich will deiner harren, bis du mir nah,
Und harrst du dort oben, so treffen wir uns da!«

Evas Augen waren feucht geworden. Das Lied wühlte das Leid der Entsagung von neuem in ihr auf. Wohl fühlte sie beseligt, daß er sie liebte, und etwas in ihr lehnte sich in diesem Augenblick gegen die Pflicht der Entsagung auf. War sie gezwungen, auf Liebe und Glück zu verzichten? War die Pflicht der Dankbarkeit gegen Gabrieles Eltern so groß, daß sie dieser zuliebe auf das höchste Glück verzichten mußte?

»Eva – was ist dir – ich glaube gar, du weinst?« fragte plötzlich Wendenburg mitten in ihre schmerzlichen Gedanken hinein.

Sie richtete sich erschrocken auf und wischte hastig die Tränenspur aus ihren Augen.

»Das Lied – es ergreift mich stets von neuem«, sagte sie verwirrt und zwang ein Lächeln in ihr Gesicht.

Er faßte ihre Hand.

»Du sollst nicht weinen, liebe Eva. Ich kann in deinen Augen keine Tränen sehen«, flüsterte er.

Sie zog seine Hand wie ein schmeichelndes Kind kosend an ihre Wange.

»Guter, lieber Onkel Horst.«

»Fühlst du dich auch ganz glücklich in meinem Hause, Eva?«

Sie lehnte unbefangen ihr Haupt an seine Schulter.

»Nirgends auf der Welt könnte ich glücklicher sein, Onkel Horst.«

Er saß ganz still und rührte sich nicht. Nur seine Brust hob sich in tiefen Atemzügen. Am liebsten hätte er sie in ausbrechender Leidenschaft an sich gepreßt und ihr das Geständnis seiner Liebe gemacht. Aber er bezwang sich. Erschrecken durfte er sie nicht.

»Möchtest du immer bei mir bleiben?« fragte er leise.

Sie faßte seine Hand und sah traumverloren in die Ferne. Ein Seufzer entfloh ihren Lippen.

»Wo flog dieser Seufzer hin, Eva?«

Sie atmete schwer. »Hinaus in ein Wunderland, in dem märchenhafte rotglühende Blumen blühen. Ich darf aber nur an der verschlossenen Pforte stehen und nicht eintreten.«

»Was sucht deine Sehnsucht in dem Wunderland?«

»Ein Herz, das mir gehört, mir ganz allein. Ich war noch nie einem Menschen der Inbegriff des Lebens, seit mein armer Vater starb. Und damals war ich zu jung und zu unerfahren, um zu begreifen, welcher Schatz mir gehörte.«

»Eva – denkst du nicht an uns, an Gabriele – an mich?«

Sie lächelte schmerzlich und richtete sich auf.

»Euch bin ich doch auch nur der zweite Mensch. Ich möchte jemand der erste sein.«

Schon wollte Horst das schlanke Mädchen umschlingen und leidenschaftlich rufen: »Mir bist du es, Eva! Ich liebe dich, werde mein Weib!« – Aber da erschien Gabrieles blondes Köpfchen am Fenster.

»Seid ihr von Solveigs Lied verzaubert oder schlaft ihr, verehrte Zuhörer?«

Eva sprang auf und schüttelte den Bann ab, der auf ihr lag.

»Wahrhaftig, ich hatte mich in ein Zauberland verloren. Schilt mich nur aus, Onkel Horst, ich hab' wohl soeben recht törichte Reden geführt.«

Horst antwortete nicht. Er war an die Brüstung des Vorbaus getreten und sah in den Mondschein hinaus. Eva trat zu ihm und schlang mit schmeichelnder, kindlicher Vertraulichkeit ihre Hände um seinen Arm.

»Bist du mir böse, Onkel Horst?« Er wandte den Kopf und sah sie sonderbar an.

»Nein, das kann ich nicht. Aber sei nie mehr so traurig! Bald wird der Tag kommen, an dem du fühlen wirst, daß du einem Menschen alles bist. Glaube mir das.«

Sie versuchte zu scherzen.

»Ich kann ja warten, Onkel Horst. Und das vorhin – es war recht undankbar von mir – recht ungenügsam. Ich bin ja so reich, habe zwei liebe Menschen. Verzeihe mir.« Er nickte nur und strich ihr leise übers Haar.

Da traten Bernhard und Gabriele zu ihnen heraus.

»So, da sind wir. Die Mondscheinpracht lockt, laßt uns noch ein wenig durch den Park gehen«, rief Gabriele bittend.

»Soll das Musizieren zu Ende sein?« fragte Wendenburg.

»Das gnädige Fräulein hat Schluß befohlen«, erwiderte Bernhard, mit den Augen Eva suchend.

»Bitte – erstens befahl ich nicht, sondern bat hübsch artig, und zweitens meine ich, wir haben genug des Guten geboten. Ein Mehr schwächt den Eindruck ab. Außerdem lockte mich ein Mondscheinspaziergang. Ihr haltet doch mit, Papa, Eva?«

»Tun wir. Geh du mit Gerold voraus, ich folge mit Eva.«

Bernhard war zwar von dieser Gruppenbildung durchaus nicht entzückt. Viel lieber wäre er mit Eva in den mattbeleuchteten Park hinausgeschritten. Trotzdem bot er Gabriele artig den Arm und führte sie die Stufen hinab. Eva und Horst folgten.

Während des Spazierganges wurde zwischen den vier Menschen nicht viel gesprochen. Jeder hatte seinen eigenen sehnsüchtigen Gedanken nachzuhängen.

Eine halbe Stunde später verabschiedete sich Bernhard, zuletzt von Eva. Ihren sanften Händedruck nahm er als letztes mit, und an seinen Lippen fühlte er noch die zarte weiche Haut ihrer geliebten Hand. Langsam schritt er nach Hattenfelde hinüber, seiner Wohnung zu. Aus den Schornsteinen stiegen noch Rauchschwaden empor und zeichneten sich im Mondlicht wie ziehende Wolken ab. Das Leben in den Hattenfelder Werken pulste auch jetzt noch, nachdem die nach Tausenden zählenden Arbeiter zur Ruhe gegangen. Bernhard war zumute, als kehre er aus einem Traumland in die Wirklichkeit zurück. Mondscheinzauber!

Eva stand am Fenster ihres Zimmers und sah in die Mondnacht hinaus. Jetzt war nichts von Entsagen und Verzicht in ihrer Seele. Ihre Gedanken folgten in heißer Sehnsucht dem Geliebten.

»Du kehrst mir zurücke, gewiß, du wirst mein.
Ich hab' es versprochen, ich harr' treulich dein.«

So sang sie leise vor sich hin.

Ja, mit den Augen hatte sie es ihm versprochen, als er vorhin Abschied nahm und ihre Hand mit so jähem Griff in der seinen preßte.

Gewiß, du wirst mein, so sprachen seine Augen, und Gewiß, du wirst mein, sang ihre Seele weltvergessen in diesem Augenblick.

»Eva!«

Sie schrak empor, als aus dem Nebenzimmer ihr Name gerufen wurde. Aller Glanz wich aus ihrem Gesicht, ein

Schatten legte sich darüber. Langsam schritt sie zur Tür und öffnete.

»Was willst du, Gabriele?« fragte sie matt.

»Kommst du nicht noch ein Weilchen herüber zu mir?«

»Ich bin so müde.«

»Ach, nur ein kleines Weilchen, gute Eva. Ich muß dir etwas sagen.«

Eva trat vollends hinüber in das lauschige Nestchen, das Gabrieles Schlafzimmer bildete.

Diese lag schon zu Bett. Ihr schlanker und zierlicher Körper zeichnete sich wie der eines Kindes durch die seidene Decke ab. Die etwas dünnen blonden Haare waren in einem schmalen Zopf geflochten und ringelten sich wie eine goldene Schlange durch das Spitzengewirr. Sie streckte die Arme zu Eva empor.

»Komm, liebe Evi, setz dich zu mir. Ach, es war so schön heute abend, viel schöner, als wenn viele Gäste zugegen sind. Ich höre noch immer seine Stimme. Ach, Evi!«

Eva sah in das zarte, hübsche Gesicht, und ihre Hand glitt leise über das blonde Haar.

»So schön war es, kleine Gabi?« fragte sie leise.

»Wunderschön. Weißt du, manchmal meine ich, mein Herz müßte brechen, weil es die Größe meiner Liebe nicht fassen kann.«

»So lieb hast du ihn?« fragte Eva matt und schwer, und ihr Gesicht war bleich.

»Unaussprechlich lieb. Ich könnte sterben für ihn. Und er liebt mich auch, gewiß, ich fühle seine innere Unruhe, wenn er bei uns ist.«

Eva faßte ihre Hand.

»Wenn du dich aber täuschest, Gabi? Man kann nicht so sicher in der Seele eines anderen Menschen lesen.«

Gabrieles Gesicht zuckte.

»Nein – bitte, sag das nicht. Laß mich doch an seine Liebe glauben, es macht mich so glücklich.«

»Wenn er dich aber nun nicht liebte, Gabi? Es könnte doch sein. Was würdest du dann tun?«

Die blauen Augen öffneten sich weit.

»Dann – dann müßte ich sterben, ich weiß es gewiß, das ertrüg' ich nicht. Ach Eva, du weißt nicht, wie mir das Herz zittert bei solchen Gedanken.«

Eva beugte sich herab und küßte Gabriele auf den Mund.

»Nun, du sollst nicht sterben, mein Liebling. Aber nun laß mich gehen, ich sehne mich nach meinem Bett.«

»Gute Nacht denn, Evi. Du siehst wirklich blaß und müde aus. Das kenne ich sonst gar nicht an dir. Du bist immer so viel frischer und stärker als ich. Manchmal beneide ich dich um deine Kraft.«

»Beneide mich lieber nicht, sondern schlaf, liebe Seele, damit du morgen frisch bist. Gute Nacht.«

Damit ging Eva in ihr Zimmer zurück.

Langsam entkleidete sie sich und ging ebenfalls zu Bett. Trotz ihrer betonten Müdigkeit lag sie noch lange mit wachen, offenen Augen. Wie so oft in letzter Zeit rang sie mit widerstreitenden Gefühlen in ihrer Brust. Durfte sie glücklich sein, wenn Gabrieles Glück dabei in Scherben ging? Und wiederum – mußte sie auf das höchste Erdenglück verzichten und sich und den Geliebten zur Entsagung zwingen, um Gabriele ein Scheinglück zu retten? Wer bürgte ihr dafür, daß Bernhard sich jener zuwandte, wenn sie ihn abwies? Wenn er sich nun mit einer anderen trösten würde, war Gabriele dann nicht ebenso unglücklich, als wenn er ihre Pflegeschwester heiraten würde?

So kreuzten schwere Gedanken hinter ihrer Stirn, bis sie endlich einschlief.

Einige Tage später trat Bernhard um die Mittagszeit in seine Junggesellenwohnung. Er hatte Aufnahme bei der Witwe eines Hattenfelder Beamten gefunden. Die alte Dame vermietete seit dem Tode ihres Mannes einige Zimmer an Hattenfelder Ingenieure.

Als Bernhard das kleine Vorzimmer betrat, kam ihm Frau Struse lächelnd entgegen.

»Es ist Besuch für Sie eingetroffen, Herr Gerold«, sagte sie freundlich.

Bernhard sprang auf seine Zimmertür zu und öffnete schnell. Er wußte, wen er vorfinden würde.

»Onkel Fritz, bist du da?«

»In Lebensgröße, mein Junge.«

Sie begrüßten sich herzlich.

»Ich habe dich erst heute abend erwartet.«

»Wollte auch erst am Abend kommen, da ich zuvor deine Mutter aufsuchen wollte. Ich hörte jedoch in der Anstalt, daß sie ein eben genesenes Kind heute den Eltern wieder zuführt, die es nicht selbst abholen konnten. Sie wird erst heute abend zurückerwartet. So bin ich schon jetzt zu dir gekommen und werde morgen deine Mutter aufsuchen.«

»Wie ich mich freue, daß ich dich endlich einmal bei mir habe!«

»Glaub' ich dir, mein Junge. Ich hab' schon vom Fenster aus Umschau gehalten über den Schauplatz deiner Tätigkeit. Eine großartige Anlage, dieses Hattenfelde.«

Bernhards Augen leuchteten auf.

»Ja – es ist eine Freude ohnegleichen, hier schaffen zu dürfen. Gleich nach Tisch führ' ich dich herum, Onkel Fritz. Du wirst Augen machen. Und für den Abend sind wir zu Wendenburg geladen – ein Gastzimmer hat man in der Villa Anna schon für dich bereit. Doch nun sag mir rasch, wie geht es Tante Maria und den Kindern?«

»Gottlob gut – und sie lassen grüßen. Sie bedauern sehr, daß aus deinem längeren Besuch vorläufig nichts wird.«

»Ich auch – aber es geht jetzt nicht an!«

Nun führte er Herbig in ein größeres Zimmer, das dem seinen gegenüberlag. Dort speisten die Herren, die bei Frau

Struse wohnten, gemeinschaftlich, und auch noch einige andere Ingenieure, die ihre Wohnung in nächster Nähe hatten. Im ganzen saßen neun Personen an der sauber gedeckten Tafel, als die beiden eintraten.

Der »gute Onkel Fritz« wurde sofort mit Hallo begrüßt. Es herrschte ein liebenswürdiger, scherzhafter Ton unter den Tischgenossen. Als Bernhard alle zur Beteiligung an dem »Extratropfen« einlud, erhob sich ein begeistertes Beifallsgemurmel.

Herbig ging vergnügt auf den munteren Ton ein und gab auf die ulkige Begrüßungsrede eines der Herren eine schneidige, wohlgelaunte Antwort. Man trank ihm darauf von allen Seiten begeistert zu, und er tat kräftig Bescheid. Bernhard strahlte über das ganze Gesicht. »Du stehst doch überall deinen Mann, Onkel Fritz, ich bin wieder mal riesig stolz auf dich«, sagte er warm, als sie nach Tisch nach den Werken gingen.

Bernhard führte seinen Oheim überall herum, und dieser konnte nur rückhaltlos bewundern. Gegen fünf Uhr war der Rundgang beendet. Bernhard wurde gemeldet, daß der Kommerzienrat eben von Villa Anna herübergekommen sei und sich in seinem Arbeitszimmer befinde. Sogleich suchte er ihn auf. Wendenburg empfing die beiden Herren freudig überrascht. Einen Augenblick kreuzten sich, prüfend und forschend, Herbigs und Wendenburgs Blicke. Dann faßten sie sich mit festem Druck bei den Händen.

»Mir ist, als wären wir schon seit Jahren miteinander bekannt«, sagte Wendenburg lächelnd. »Ihr Neffe hat uns so viel von Ihnen erzählt, daß Sie uns kaum fremd sind.«

Bernhard sah mit Vergnügen, daß die beiden Männer Gefallen aneinander fanden. Während er geschäftlich in Anspruch genommen wurde, blieb Herbig mit dem Kommerzienrat zusammen.

Sie fanden viele gemeinsame Anknüpfungspunkte, während sie miteinander plauderten, und tauschten ihre Gedanken mit großer Befriedigung aus. Natürlich sprachen sie auch über Bernhard, und was Wendenburg über seinen Neffen sagte, erfüllte Herbig mit freudigem Stolz. Hatte er doch wie ein Vater über Bernhards Entwicklung gewacht und dessen gute Eigenschaften durch vernünftigen Einfluß erstarken gemacht.

Als er dann abends merkte, in welcher Weise sowohl Wendenburg als auch die beiden jungen Damen mit Bernhard verkehrten, als er dessen aufleuchtende Blicke beim Anblick der jungen Damen sah, da erwachte eine Ahnung in ihm, daß Bernhard mit der Zeit noch fester an Horst Wendenburgs Haus gefesselt werden würde. Er sprach kein Wort darüber, aber eine weiche Stimmung nahm ihn gefangen.

Als er später am Fenster des schönen, vornehmen Gastzimmers stand und den Abend überdachte, mußte er seiner Schwester gedenken. Sie hatte einst das vermeintliche Glück ihres Sohnes dem Schicksal mit Gewalt abringen wollen, selbst um den Preis eines – Verbrechens.

Morgen würde er Bettina wiedersehen nach langen Jahren. Er wollte Frieden machen mit ihr in verzeihender Liebe und ihr den Frieden zu bringen versuchen. Hatte sie nicht in der Verbannung schwer genug gebüßt? Ihr weißes Haar sprach deutlich genug dafür. Sie wußte nicht, daß er kam. Ganz unerwartet würde er vor ihr stehen.

Am anderen Morgen verabschiedete sich Herbig warm und herzlich von seinem Gastgeber und den beiden Damen. Er mußte versprechen, bald wiederzukommen.

Mit Bernhard konnte er nicht mehr lange zusammensein, seine Zeit war knapp bemessen.

»Grüß Mama, nächsten Sonntag besuche ich sie, sag ihr das.«

»Das will ich tun. Du hast es ja leicht, deine Mutter aufzusuchen, in einer guten Stunde hast du sie erreicht.«

»Ja, ich besuche sie auch jeden zweiten Sonntag auf ein Stündchen. Hoffentlich kann ich das nächste Mal schon feststellen, daß du etwas bei ihr ausgerichtet hast. Am liebsten wäre es mir, sie gäbe ihren Beruf ganz auf und käme zu mir. Aber davon will sie nie etwas hören. Sie wird von einer beinahe krankhaften Sucht beherrscht, sich für andere aufzuopfern.«

Herbig reichte seinem Neffen zum Abschied die Hand. »Ich habe dir schon einmal gesagt: Laß deine Mutter tun, was sie ihrer innersten Überzeugung nach tun muß. Und nun leb wohl – hoffentlich gelingt es mir, sie zu überreden, daß sie sich mehr Ruhe gönnt.«

»Leb wohl, Onkel Fritz, und grüß mir Tante Maria und die beiden Krabben herzlich. Sobald ich hier abkommen kann, besuch' ich euch.«

Sie schüttelten sich die Hände herzlich zum Abschied.

Schwester Bettina saß in ihrem Zimmerchen am Fenster. Auf dem blassen, von weißem Haar umrahmten Gesicht lag ein Ausdruck unsäglicher Erschöpfung und Müdigkeit. Den Augen, die von heimlichem Leid und vergossenen Tränen zeugten, fehlte der Friede. Die schwarze Ordenstracht und das weiße Häubchen, welches im Hause ohne das schwarze Tuch getragen wurde, ließ das leidende Aussehen der Schwester noch mehr hervortreten. Diese Tracht widersprach auch sehr scharf dem friedlosen Ausdruck der dunklen Augen.

Es klopfte an die Tür. Eine junge Schwester meldete ihr, daß im Sprechzimmer ein Herr sie erwarte.

Schwester Bettina erhob sich langsam.

In früheren Jahren war sie noch bei jedem angekündigten Besuch schreckhaft zusammengezuckt. Das war, solange sie auf das Kommen ihres Bruders gehofft hatte. Sie hatte dieses Kommen herbeigesehnt und zugleich gefürchtet. Jetzt hatte sie längst diese Hoffnung aufgegeben. Wenn er gekommen wäre, es hätte Verzeihung für sie bedeutet, und er konnte doch nicht verzeihen, was sie ihm getan – nie. Sie mußte ja schon dankbar sein, daß er ihren Sohn nichts entgelten ließ.

Als sie in das Sprechzimmer eintrat, sahen ihre vom Licht geblendeten Augen die Gestalt eines Herrn vom Fenster sich abheben. Sie erkannte ihn nicht gleich.

Fritz Herbig trat ihr schnell einige Schritte entgegen und sah erschüttert in das veränderte Gesicht seiner Schwester. In diesem Augenblick erschien ihm ihre Schuld klein im Verhältnis zu dem, was sie gelitten haben mußte.

»Bettina!«

Sie zuckte zusammen – ihre Augen weiteten sich jäh in Furcht und Freude – ein Schwanken ihrer Gestalt – ein haltloses Ausstrecken der zitternden Hände – sie hatte den Bruder erkannt. Vergebens öffnete sie die beiden Lippen – kein Wort brachte sie hervor – nur ein krampfhaftes Aufschluchzen stieg aus ihrer Brust empor. Sie taumelte ihm entgegen, er mußte sie schnell umfassen, sonst wäre sie zu Boden gefallen. Nun hielt er die kraftlose Gestalt und sah auf ihr wachsbleiches Gesicht herab. Tränen traten in seine Augen.

»Bettina – meine arme Bettina«, sagte er bewegt, voll unaussprechlicher Güte.

Sie schlug die Augen auf und sah ungläubig zu ihm empor.

»Du, Fritz – du kommst zu mir?«

Es lag ein herzzerreißender Ausdruck in ihren Worten.

»Ja, Bettina – und ich hätte schon früher kommen sollen. Was ist aus dir geworden, meine arme Schwester!« Sie richtete sich auf, faßte mit zitterndem Griff nach seiner Hand und führte sie schnell an die Lippen.

»Du bringst mir deine Verzeihung, Fritz?« fragte sie leise, und ihre matten Augen strahlten auf.

»Ja, Bettina. Wir wollen vergessen, was gewesen. Wie ein böser Traum soll das nun hinter uns liegen. Du hast wahrhaftig schwer genug gebüßt, was du in einem krankhaften Wahn verbrochen.«

Die Knie versagten ihr, sie mußte sich setzen. Er stützte

ihr Haupt und neigte sich liebevoll zu ihr herab. Seine ganze schlichte Größe lag im Ausdruck seines Gesichts. Ganz still saß sie nun und ließ die Tränen ungehindert über ihr Gesicht strömen. »Weine doch nicht mehr«, bat er herzlich.

Sie schüttelte den Kopf.

»Laß mich, o laß mich nur weinen! Diese Tränen löschen so viel bittres Leid aus. Sie sind mir eine Wohltat ohnegleichen. Mir ist, als müßte mir dadurch leichter und freier werden um mein gepreßtes Herz.«

Als sie sich endlich etwas beruhigt hatte, zog er sich einen Stuhl heran und ließ sich neben ihr nieder. »Ich komme von Bernhard, Bettina. Er läßt dich grüßen, und am Sonntag besucht er dich.«

Sie atmete tief auf.

»Du hast ihn nicht entgelten lassen, was ich getan – ich danke dir von ganzem Herzen dafür.«

»Davon wollen wir nun nicht mehr reden, Bettina, auch nicht mehr daran denken. Was zwischen uns beiden lag, sei für alle Zeit begraben. Und nun wirst du auch vernünftig sein und dir mehr Ruhe gönnen. Bernhard sorgt sich schwer um dich, und ich sehe nun selbst, du reibst dich auf in diesem anstrengenden Beruf.«

Sie schüttelte den Kopf.

»Nein, nein, meine Tätigkeit war im Gegenteil das einzige, was mir das Leben erträglich machte. An mir zehrte etwas anderes, das weißt du. Nun ich deine Verzeihung habe, wird mir alles leichter werden.«

»So schone dich wenigstens mehr, nimm nicht mehr auf dich, als dir zukommt.« Ein blasses Lächeln erhellte ihr Gesicht. »Nun gut – ich verspreche es dir, mir mehr Ruhe zu gönnen. Vielleicht finde ich jetzt meinen Schlummer in den Nächten wieder. Ich mußte bisher todmüde umfallen, wenn ich Schlaf finden sollte.«

Er streichelte ihre Hände.

»Arme Bettina!«

Da flossen ihre Tränen aufs neue. »Wie das wohltut. Deine Stimme bringt Ruhe in mein Herz. Hab innigen Dank, Fritz. Und nun – erzähle mir, wie es den Deinen geht. Bernhard mußte mir wohl immer berichten. Ich weiß, du hast die Fabrik vergrößern müssen, das Geschäft ist blühender denn je. Und deine Kinder sind gesund und herzig. Bernhard strahlt, wenn er von ihnen erzählt. Aber manches konnte ich ihn nicht fragen, so sehr mir's am Herzen lag. Vor allem: Weiß Maria, was mich aus deinem Hause trieb?«

»Nein, Bettina. Ich sage dir ja, das liegt zwischen uns begraben. Maria ahnt vielleicht, daß eine Entfremdung zwischen uns lag, aber sie rührt nicht daran, weil sie weiß, es tut mir weh.«

Bettina nickte.

»Sie ist deiner würdig. Gott erhalte euch euer Glück. Und der – der kleine Walter, er ist stark und gesund?«

»Gottlob, das ist er!«

Bettinas Brust hob ein tiefer Atemzug. Sie schlang die Hände ineinander und hob sie zum Himmel auf mit inbrünstiger Gebärde.

»Ja – gottlob – gottlob – ich habe gebetet für sein Wohl – heißer als um das Wohl meines eigenen Kindes«, sagte sie mit zitternder Stimme.

»Sei ruhig, Bettina«, rief er, ergriffen von ihrem Ausdruck. Sie wandte sich ihm wieder zu. »Und dein kleines Mädchen? Sie gleicht Maria, nicht wahr?«

»Ja, aber der Bub, der ist mir wie aus dem Gesicht geschnitten, und im Wesen gleicht er Bernhard, als dieser so alt war wie er.«

So saßen die Geschwister zusammen wie in alten Tagen. Bettinas Wesen war von grenzenloser Dankbarkeit durchdrungen, das ihres Bruders von unbeschreiblicher Güte.

Als er endlich gehen mußte, versprach er, sie zuweilen zu besuchen. Sie dankte ihm mit zuckenden Lippen dafür. Dann, als er nach ergreifendem Abschied von der so früh gealterten Schwester zur Tür schritt, rief sie noch einmal leise und zagend seinen Namen.

Er wandte sich um und sah fragend in ihr Gesicht. Eine dunkle Röte stieg ihr in Stirn und Wangen empor. Ihre Hände krampften sich nervös zusammen.

»Wolltest du noch etwas, Bettina?«

Sie zögerte eine Weile. Dann sagte sie leise:

»Ich hätte eine große – große Bitte an dich. Aber nein – geh nur – es ist vermessen – nein – ich will sie lieber gar nicht aussprechen, du müßtest sie mir doch versagen. Ich bin dir schon so unendlich viel Dank schuldig.«

Er lächelte gütig.

»So sprich sie doch aus, diese Bitte.«

Sie umfaßte mit bebenden Händen eine Stuhllehne und sah mit bangen Augen zu ihm auf.

»Ach – es ist so viel, um das ich bitten möchte. Deine Kinder – Fritz – deinen kleinen Knaben und auch das Mädchen, – ich – ich möchte sie so gern einmal sehen – ein einziges Mal nur, Fritz – nur von ferne. Wenn du das wolltest – nein, du willst nicht – ich wußte es ja.« Sein Gesicht hatte sich umschattet – nur einen Augenblick sah er unschlüssig aus.

»Liegt dir denn so viel daran, Bettina?« Sie preßte die Hände mit jäher Bewegung an ihre Brust.

»Mein Leben gäbe ich auf der Stelle darum, Fritz«, stieß sie gepreßt hervor. Und dann trat sie dicht an ihn heran.

Er faßte erschüttert ihre Hände.

»Gut, Bettina, ich bringe dir die Kinder, gedulde dich nur noch einige Wochen. Ende September hat Walter wieder Ferien – dann bring' ich ihn dir und meine kleine Hella auch. Aber nun beruhige dich, Schwester, es tut mir weh, wenn ich dich so fassungslos sehe.«

Sie preßte seine Hand.

»Dank – Dank – und nun geh und nimm die Gewißheit mit dir, daß du einer armen, verlorenen Seele unsagbar wohlgetan hast.«

So schieden sie.

Als Fritz gegangen, ging Bettina wieder auf ihr Zimmer. Wie verklärt sah ihr Antlitz aus, und als sie an zwei plaudernden Schwestern auf dem langen Flur vorüberging, sahen diese ihr erstaunt nach.

»Schwester Bettina schreitet wie auf Wolken«, sagte die eine.

Als Bernhard Gerold nach einiger Zeit seine Mutter besuchte, bemerkte er mit Freude, daß sie frischer, angeregter war. Und auch ihm wiederholte sie das Versprechen, sich in Zukunft mehr schonen zu wollen. Am meisten sprach sie von den Kindern ihres Bruders, daß dieser ihr sie in den Herbstferien bringen würde und wie sehr sie sich darüber freue.

Voll inniger Befriedigung fuhr Bernhard am Spätnachmittag wieder nach Hause zurück. Nach einstündiger Bahnfahrt langte er an der Hattenfelde zunächst gelegenen Haltestelle an. Langsam, gedankenverloren schritt er quer über die Wiesen nach dem Walde, die Augen immer auf den schmalen Pfad geheftet.

Er dachte an Eva. Voll sehnsüchtiger Unruhe wünschte er, ihr endlich sagen zu dürfen, wie lieb er sie hatte, wie sie seines ganzen Wesens Vollendung bedeute.

Was Wendenburg zu seiner Werbung sagen würde, glaubte er zu wissen. Seines Wohlwollens war er gewiß. Er würde ihm die Hand Evas nicht weigern. Auch war er sich selbst seines Wertes und seiner Tüchtigkeit bewußt. Daß er ohne Vermögen war, wurde durch seine Schaffenskraft wettgemacht.

Aber eines quälte ihn sehr. Schon seit Wochen suchte er nun nach einer Gelegenheit, sich ihr erklären zu können, aber nie war er eine Minute mit ihr ungestört gewesen. Mit Gabriele war er so oft allein, da hätte es nie an Gelegenheit zu einer Aussprache gefehlt. Eva traf er nie ohne Zeugen. Scheinbar wich sie ihm auch aus. Fürchtete sie sich vor der Entscheidung? Tat ihr Gabriele leid?

Er hatte den Wald durchkreuzt und schritt nun auf dem breiten Dorfweg dahin. Plötzlich blieb er stehen. Plaudernde Mädchenstimmen tönten zu ihm herüber. Er bog in einen Seitenweg ein und beugte sich vor.

Unter einer Baumgruppe waren auf einer erhöhten Diele zierliche Korbmöbel aufgestellt. Auf einer Bank saßen Eva und Gabriele beisammen. Das Gerät auf dem Tisch vor ihnen verriet, daß sie hier den Tee eingenommen hatten. Sie kehrten ihm den Rücken zu und bemerkten ihn nicht. Einer raschen Eingebung folgend, verbarg sich Bernhard hinter einer Strauchgruppe. Vielleicht war ihm der Zufall günstig. Er wußte, Gabriele fröstelte leicht. Wenn sie früher ins Haus ging als Eva, dann hatte er die schönste Gelegenheit, mit dieser zu sprechen.

Daß er das Gespräch der beiden jungen Damen mit anhören mußte, war ihm peinlich, aber er verlangte so innig nach einer Aussprache, daß er das mit in Kauf nahm.

»Gerold muß bald kommen, nicht wahr, Eva?« hörte er Gabriele fragen.

Eva sah nach der Uhr.

»Wenn er den üblichen Zug benutzt hat, ja. Aber vielleicht hält ihn seine Mutter länger auf.«

»Papa hätte ihm den Wagen zum Bahnhof schicken sollen.«

»Der Weg ist ja nicht weit, Gabi. In zwanzig Minuten bequem zurückzulegen. Vielleicht ist er auch erst nach seiner Wohnung hinüber.«

»Da hätte er am Parktor vorüberkommen müssen, und ich hätte ihn von hier aus gesehen. Er muß seine Mutter sehr liebhaben, nicht wahr?«

»Da er ein guter Mensch ist, wird er auch ein guter Sohn sein. Doch jetzt marsch hinein ins Haus mit dir, Kleinchen, es wird kühl, und du erkältest dich leicht. Geh schon voran, ich will das Gerät hier gleich noch zusammensetzen und folge dir dann. Wenn Gerold kommt, ist er sicher hungrig und durstig, mach' dich für die Abendtafel bereit.«

Gabriele erhob sich folgsam. Eva hüllte sie sorglich in einen feinen Schal und schickte sie ins Haus. Bernhard klopfte vor freudiger Unruhe das Herz. Er wartete noch eine Weile, bis Gabriele verschwunden war, und trat dann aus seinem Versteck hervor. Ehe er jedoch Eva erreicht hatte, kam von der anderen Seite des Parkes Horst Wendenburg heran. Beide erreichten Eva fast zu gleicher Zeit. So war seine Absicht wieder vereitelt. Er konnte kaum seinen Unmut bemeistern und war einsilbig und zerstreut, als sie nun zu dritt dem Hause zugingen. Wendenburg betrachtete ihn forschend. »Sie haben doch Ihre Mutter wohlauf gefunden, lieber Gerold?« fragte er teilnehmend.

»Ich danke sehr, wohler und frischer als die ganze letzte Zeit«, erwiderte der junge Mann.

»Mir schien, Sie seien etwas verstimmt.« Bernhards Stirn rötete sich unter den forschenden Blicken. Sie waren inzwischen im Hause angelangt. Gabriele begrüßte ihn herzlich wie immer. Er nahm sich zusammen und zeigte ein heiteres Gesicht. Wendenburgs Lippen umspielte ein feines Lächeln. Er glaubte, Gabrieles Anblick habe Bernhards Gesicht aufgehellt.

»Gabi, unser Gast ist scheinbar schlechter Laune«, sagte er neckend.

Bernhard wurde verlegen.

»Herr Kommerzienrat, ich bin untröstlich, daß ich zu dieser Vermutung Anlaß gegeben habe.«

»Ach – keine Entschuldigungen. In unserer Gesellschaft sollen Sie sich geben, wie Ihnen ums Herz ist. Ihre Mutter ist wohl – gottlob –, schafft Ihnen etwas anderes Pein und können wir helfen, dann raus mit der Sprache.«

Gabriele sah ihn schelmisch zärtlich an.

»Am Ende haben Sie gar Schulden?«

Er lachte. »Nicht mehr, als ich bezahlen kann, mein gnädiges Fräulein.«

»Also drückt der Schuh an anderer Stelle? Da müssen wir Sie aufzuheitern suchen. Eva, was fangen wir an, um Herrn Gerold die Grillen zu vertreiben?«

Eva hatte mit einem besorgten Blick zu Bernhard hinübergesehen. Da schrak sie innerlich zusammen vor der schmerzlichen Ungeduld, mit der seine Augen in die ihren blickten.

Fühlst du denn nicht, daß ich dich suche, daß ich nach dir verlange, daß es mich unruhig macht und quält, wenn ich dir das nicht sagen kann?

So sprachen seine Augen zu ihr. Und sie erzitterte, und der Schmerz um ihn war größer als das eigene Leid.

Als nun Gabriele die Frage an sie richtete, hatte sie sich bereits wieder gefaßt.

»Da weiß Onkel Horst vielleicht besseren Rat als ich«, antwortete sie, ein Lächeln erzwingend und Bernhards Blick vermeidend.

»Einen vorzüglichen sogar. Wir brauen eine Bowle. Damit wollen wir den Grillen schon zu Leibe gehen.«

»Wenn wirklich welche vorhanden gewesen wären, hätten sie längst die Flucht ergreifen müssen vor soviel Liebenswürdigkeit.«

»Soll das heißen, daß Sie auf die Bowle verzichten?« fragte Wendenburg scherzend.

Bernhard hob abwehrend die Hand.

»Zu solcher Seelengröße vermag ich mich nicht aufzuschwingen«, versicherte er lächelnd.

»Schön, dann brauen wir eine.«

Nach Tisch waren Wendenburg und Gabriele dann zufällig zusammen hinausgegangen. Zwar konnten sie jeden Augenblick wieder eintreten, aber Bernhard konnte sich nicht mehr zurückhalten. Er trat schnell dicht zu Eva heran, die eben die Gläser auf eine Platte setzte, und faßte ihre Hand.

»Gnädiges Fräulein – teures gnädiges Fräulein – ich ertrage das nicht mehr. Verzeihen Sie mir – ich muß Sie sprechen – allein – ich muß – nur einige Minuten. Geben Sie mir Gelegenheit, erbarmen Sie sich meiner Unruhe, helfen Sie mir. Ich bemühe mich seit langem vergeblich. Bitte, bitte, teures Fräulein Eva, sagen Sie mir, wann und wo ich Sie sprechen kann.«

Ganz dicht war sein Gesicht dem ihren. Seine Augen blickten voll heißen Flehens in die ihren und hielten sie fest mit zwingender Gewalt. Sie fühlte, sie war machtlos seinen Blicken gegenüber, und während sie glühend errötete, erzitterte sie, und ihre Hand erwiderte leise seinen Druck. So standen sie sich eine kurze Weile in weltvergessener Seligkeit gegenüber. »Eva, teure, angebetete Eva«, rief er leise in ausbrechendem Jubel.

Sie schrak zusammen und blickte ängstlich nach der Tür.

»Still – o – still«, bat sie leise.

»Wann, Eva – teure Eva – wann? Bitte, sagen Sie es mir schnell. Man kommt zurück«, bat er dringend.

Sie trat von ihm fort.

»Ich will darüber nachdenken – lassen Sie mich jetzt – morgen sollen Sie es wissen«, flüsterte sie, vor Angst und Liebe fast vergehend.

»Dank, tausend Dank!«

Da trat Wendenburg wieder ein.

Niemand hatte ein Recht, sich im weiteren Verlauf des Abends über Bernhards Mißstimmung zu beschweren. Er war heiter, fast übermütig, und seine Augen strahlten siegessicher in die Evas.

Evas Herz wurde indessen schwerer und schwerer. Sie wußte, die Entscheidung war nahe, und ihr Herz kämpfte von neuem zwischen Liebe und Dankbarkeit. Sie hatte Bernhard eine Unterredung versprochen, und dies Versprechen mußte sie ihm halten. Daß er um ihre Hand bitten würde, wußte sie nun gewiß; aber so sehr sie dagegen kämpfte und ängstlich nach einem Ausweg suchte – sie mußte ihm ihr Jawort verweigern. Wie er das aufnehmen würde? Ob sie wohl Kraft genug besaß, sich ihm zu weigern? Sie erzitterte, wenn sie an seine herrischen, zwingenden Augen dachte, die doch so heiß und innig um Liebe flehen konnten. Was sollte sie ihm sagen? Sollte sie ihn belügen, ihn glauben machen, sie liebe ihn nicht? Oh – er würde ihr das nicht glauben. Nein – das beste war, sie sagte ihm die Wahrheit, dann müßte er doch einsehen, daß sie ihm nicht angehören konnte.

So saßen sich die vier Menschen gegenüber. Neben ihm die zarte blonde Gabriele, die mit glänzenden Augen an seinen Zügen hing – neben Eva Horst Wendenburg, dem die Leidenschaft im Blute saß und der sich kaum noch zu beherrschen vermochte. Auch in ihm drängte alles zur Entscheidung. Voll brennender Ungeduld erwartete er Bernhards Werbung um Gabriele. Worauf wartete dieser noch? Zeigte er ihm nicht deutlich genug, daß er als Freier willkommen war? Das Zusammenleben mit Eva war dem gereiften Manne, den die heiße junge Liebe noch einmal gepackt hatte, zur Qual, freilich zu einer Qual, deren Süßigkeit ihn berauschte.

Es erschien ihm grausam gegen sich selbst, daß er seine Liebe verschweigen sollte, bis Gabriele verlobt war. Das junge Volk brauchte freilich nicht mit der Zeit zu geizen, aber er – jede verlorene Minute war ihm kostbar und unersetzlich.

Und war es nicht auch für Eva besser, wenn er sich bald erklärte? Er nahm sich fest vor, die nächste Gelegenheit zu benutzen. Mochte sich Gabriele dann mit der Tatsache abfinden, daß Eva ihre Stiefmutter wurde.

Und Horst Wendenburg wiegte sich in süße Träume. Eva mußte dann sehr bald sein Weib werden, schon weil sie bei ihm im Hause war. Er würde ohnedies während des Brautstandes nicht in Villa Anna leben können. Eva fortzuschicken während dieser Zeit, ging nicht an. Wo sollte sie hin?

Ihre Mutter lebte allerdings noch, und zwar in Berlin, aber

selbst wenn er seinem sterbenden Freund, Evas Vater, nicht gelobt hätte, Eva ihrer Mutter fernzuhalten, so hätte er nie darein gewilligt, daß Eva diese Frau aufsuchte. Soviel er über sie in Erfahrung hatte bringen können, war sie an einer kleinen Berliner Vorstadtbühne tätig, was ihr jedenfalls sehr wenig einbrachte, denn sie hatte sich nicht entblödet, Wendenburg vor kurzer Zeit in einem Briefe anzubetteln. Er hatte ihr einige Hundertmarkscheine geschickt mit der Bedingung, daß sie nie versuchen sollte, sich Eva zu nähern.

Eigentümlicherweise hatte gerade in letzter Zeit Eva einige Male nach ihrer Mutter gefragt. Wendenburg bat sie jedoch stets, sich in Gedanken nicht mit der Mutter zu befassen. Sie lebe noch immer als Schauspielerin in Berlin. Eva möge an den letzten Wunsch ihres sterbenden Vaters denken und die Frau zu vergessen suchen, die seinem Leben zum Fluch geworden sei.

Als sich Bernhard von Eva verabschiedete, ließ er seine Lippen länger und fester als sonst auf ihrer Hand ruhen, und ein leises: »Auf morgen!« tönte an ihr Ohr.

»Auf morgen.«

Sie sagte es immer wieder leise vor sich hin, als sie sich zur Ruhe begab, und ihr Herz schwankte zwischen heißer Glückseligkeit und tiefem Schmerz.

Sie überlegte, daß sie Bernhard um die Mittagszeit des übernächsten Tages in den Park bestellen wollte. Onkel Horst pflegte dann in seinem Zimmer Mittagsruhe zu halten, und Gabriele mußte ebenfalls nach Tisch ruhen. So konnte sie sich unbemerkt auf ein Stündchen entfernen. Dann sollte Bernhard die Wahrheit erfahren, es war das beste.

Darüber hinaus dachte sie nicht – wie Blei lag ihr dieser Entschluß auf der Seele. Wie würde er ihre Eröffnung auffassen?

Am nächsten Abend kam Bernhard mit Wendenburg wieder herüber. Gabriele forderte ihn auf, vor Tisch noch Tennis mit ihr zu spielen. Trotz seiner Ungeduld, von Eva in einem unbewachten Augenblick Zeit und Ort eines Zusammentreffens zu erfahren, mußte er mit Gabriele den Tennisplatz hinter dem Hause aufsuchen.

Inzwischen stand Eva im Speisezimmer und ordnete Blumen in einer Schale. Sie sollten die Tafel zieren. Als sie fertig war, überblickte sie prüfend ihr Werk. Da trat Horst leise ein und stellte sich hinter sie.

»Alles in Ordnung, eifriges Hausmütterchen?« fragte er leise, mit seltsam heiserer Stimme, und legte beide Arme um ihre Hüfte. Sie schrak heftig zusammen und lehnte dann zitternd in seinen Armen, als sie merkte, daß es Horst war, der sie umfaßte.

»Hast du mich erschreckt – ich hörte dich nicht eintreten durch die offene Tür«, sagte sie mit schwachem Lächeln und legte ihren Kopf zutraulich an seine Schulter.

Er stand ganz still und hielt sie fest. »Wir können zu Tisch gehen, Onkel Horst«, sagte sie nach einer kleinen Weile.

»Es eilt ja nicht, Evi. Unser künftiges Brautpaar ist noch beim Tennis.« Ihr Herzschlag stockte. So deutlich hatte Horst noch nie ausgesprochen, daß er in Gerold seinen künftigen Schwiegersohn sah.

Sie glättete gedankenfern das Tischtuch. »Dann warten wir noch«, sagte sie langsam und schwer.

Er zog sie mit sich in das kleine Zimmer nebenan.

»Komm, Eva – wir haben noch eine Weile Zeit. Setz dich zu mir. Ich möchte etwas mit dir besprechen, was mir schon längst am Herzen liegt«, sagte er scheinbar ruhig. Aber das Blut jagte ihm wild durch die Adern.

Sie sah unsicher zu ihm auf.

»Was ist's, Onkel Horst?«

Er zog sie neben sich auf ein Ruhesofa. Durch die offenstehende Tür, die ebenfalls über den Vorbau nach dem Garten führte, hörte man Gabrieles und Bernhards Stimmen beim Spielen zählen.

Wendenburgs Atem ging gepreßt. Er wollte seine Werbung so ruhig wie möglich vorbringen, um sie nicht zu erschrecken. Im Anfang gelang es ihm auch, aber dann riß ihn die Leidenschaft fort.

»Eva, du hast nun schon seit Jahren meinem Haushalt vorgestanden, hast Behagen und Bequemlichkeit um mich verbreitet und mich verwöhnt.«

Sie lächelte und ließ es willig geschehen, daß er den Arm fest um sie legte.

»Mit dem Verwöhnen warst du mir entschieden über, Onkel Horst, du hast mich viel mehr verwöhnt als ich dich. Und wie soll ich dir anders meine Dankbarkeit beweisen?«

»Sprich nicht von Dankbarkeit. Schenk mir deine Liebe – das ist mir tausendfach mehr wert.«

Sie ahnte nicht, von welcher Liebe er sprach, war viel zuviel mit ihren eigenen Gedanken beschäftigt, um zu bemerken, wie unruhig und seltsam Wendenburg war.

Sie preßte seine Hand fest zwischen den ihren.

»Ich hab' dich so lieb – so sehr lieb, Onkel Horst – mehr, als du denkst«, sagte sie innig, um ihn von ihrer kindlichen Liebe zu überzeugen, und sah ihm liebevoll ins Gesicht. Das Blut drang ihm aufrührerisch zum Herzen. Nicht fähig, sich länger zu beherrschen, riß er sie voll Leidenschaft in seine Arme.

»Evi – meine süße Evi – ich wußte es ja, du liebst mich, liebst mich mehr, als man einen guten Onkel liebt. Ich habe es ja gefühlt mit beseligender Gewißheit. Und ich liebe dich tausendfach, mein holdes Kind. Ich habe gerungen mit diesem Gefühl und geglaubt, ich dürfe die Hand nicht nach dir ausstrecken. Du bist soviel jünger als ich. Aber glaube mir, ich fühle heißer und stärker als manch ein jüngerer Mann. Meine Evi – wie will ich dich vergöttern, wenn du mein angebetetes Weib geworden bist, alle Wünsche will ich dir von den Augen ablesen. Du bringst mir das Glück der Jugend zurück. Meine Eva – mein Lieb, meine Braut – bald mein Weib!«

Eva war bei seinen Worten wie zu Stein erstarrt. Willenlos, wie gelähmt an allen Gliedern, lag sie in seinen Armen und ließ den Rausch seiner Leidenschaft über sich dahintoben. Zu jäh und unerwartet brach dieses Geständnis über sie herein. Sie war wie betäubt, vernichtet, fassungslos, erschrocken. Der Mann, den sie wie eine dankbare Tochter liebte, begehrte sie mit leidenschaftdurchglühten Worten zum Weibe. War das nur denkbar? Äffte sie nicht ein böser Traum? Wie ein roter Schleier lag es vor ihren Augen, sie war einer Ohnmacht nahe und nicht fähig, sich zu rühren. Sie wollte aufschreien in Schreck und Jammer; aber die Kehle war ihr wie zugeschnürt.

Nun preßte er sie fest an sich, nicht ahnend, was in ihr vorging, und bedeckte ihr Mund und Augen mit heißen Küssen. Wie Fieberschauer durchrann es ihren Körper, das Entsetzen hielt sie gebannt. Weder sie noch Wendenburg hatten gemerkt, daß schon bei seinen letzten Worten Gabriele und Bernhard ins Zimmer getreten waren und nun Zeuge wurden, wie Eva scheinbar hingebend an Wendenburgs Herzen ruhte und mit geschlossenen Augen seine Küsse duldete. Vor Gerolds Augen schwankte die Gruppe wie ein Zerrbild. »Meine Eva, mein Lieb, meine Braut – bald mein Weib!« hörte er Wendenburg zu dem Mädchen sagen, das er grenzenlos liebte und an dessen Liebe er geglaubt hatte wie an eine selige Verheißung. Sie lag in den Armen des reichen Mannes und hatte wohl ganz vergessen, daß es einen Bernhard Gerold auf der Welt gab. Und da zerbrach etwas Köstliches in ihm – der Glaube an das Weib. Sie hatte ihn mit ihren Blicken belogen und betrogen und zog nun den reichen Freier vor, wenn er auch viel älter war als sie. Ein wilder Grimm kochte in ihm auf, und der heiße Wunsch, sich zu rächen, sie zu kränken, wie sie ihn gekränkt hatte, durchdrang seine Seele. Er hätte sie hinwegreißen mögen von Wendenburgs Seite, um ihr ins Gesicht zu schreien: »Lügnerin – du liebst ihn nicht, du verkaufst dich!«

Und in diesem Aufruhr seiner Gefühle bemerkte er plötzlich Gabriele, wie sie dicht neben ihm stand und im Schrekken seinen Arm umklammerte. Er zuckte zusammen unter dieser Berührung und sah auf sie herab. Sie starrte erschrokken und sah ungläubig auf die zärtliche Gruppe. »Papa!« rief sie wie außer sich.

Der sprang auf und sah erstaunt und verwirrt auf die beiden jungen Menschen, während Eva, noch immer unfähig, sich zu rühren oder zu wehren, zurücksank und mit starren Augen um sich blickte.

Wendenburg faßte sich zuerst. Ein etwas verlegenes Lächeln flog über sein Gesicht.

»Gabriele – du bist mit Gerold Zeuge unserer Verlobung geworden. Eva ist meine Braut und will mein Weib werden.«

Da kam Leben in Evas Gestalt. Sie sprang taumelnd empor und streckte abwehrend die Hände aus, als wollte sie Furchtbares von sich abwehren. Aber schon hatte Bernhard, unsinnig vor Schmerz und Groll, nur im Bestreben, sich zu rächen, Gabriele fest an sich gezogen und trat mit erblaßtem Gesicht vor Wendenburg hin.

»So will ich diesen günstigen Augenblick benutzen und Sie um die Hand Ihrer Tochter bitten, Herr Kommerzienrat«, sagte er hart und laut, ohne Eva anzusehen.

Die faßte mit beiden Händen nach ihren Schläfen und preßte sie, als wollte ihr der Kopf zerspringen. Ein irrer, weher Blick flog zu Bernhard hinüber, an dessen Brust sich Gabriele mit leisem Jubellaut geschmiegt. Sie taumelte zurück und griff nach einem Halt um sich. Horst umfing sie erschrocken. »Was ist dir, Eva?«

Sie richtete sich mühsam empor. Ein herzzerreißendes Lächeln huschte um ihre Lippen.

»Es ist gut so – sehr gut«, sagte sie tonlos und sank aufseufzend auf das Ruhesofa zurück.

Wendenburg sah besorgt in ihr Gesicht.

»Ich habe dich erschreckt, mein Liebling?«

Sie faßte sich mühsam.

»Mein Kopf – ich habe Kopfweh – laß mich auf mein Zimmer gehen, nur eine Stunde«, bat sie matt.

»Geh, Liebling, geh und ruhe dich aus, ich muß mir wirklich Vorwürfe machen.«

»Es war gut so«, sagte sie nochmals mit rätselhaftem Blick auf Gabriele und Bernhard. Dann ging sie langsam mit schleppendem Schritt hinaus. Oben in ihrem Zimmer schloß sie sich ein und sank wie vernichtet zusammen. »Nun brauch' ich ihn nicht mehr abzuweisen – es ist gut so«, sagte sie ganz laut vor sich hin. Und dann lag sie wie ein Stein – eine wehrlose Beute grenzenloser Verzweiflung. – Unten wandte sich Wendenburg inzwischen zu dem Brautpaar und suchte seiner Verlegenheit Herr zu werden. Er versicherte Gerold, daß er ihm als Schwiegersohn herzlich willkommen sei und daß er längst gewußt habe, daß zwischen ihm und Gabriele ein Herzensbündnis bestehe. Bernhard fühlte, daß er etwas sagen und tun mußte. Seine Braut schmiegte sich zärtlich in seine Arme. Über ihrem Glück hatte sie ganz den Schrecken über die plötzliche Verlobung ihres Vaters vergessen. Wie es in Bernhards Seele aussah, ahnte sie nicht.

Er legte ganz unwillkürlich seinen Arm um sie und sagte: »Liebe Gabi«, aber all seine Gedanken waren bei Eva. Was hatte er getan im blinden Groll und Schmerz? Sein Leben war nun gebunden an das einer ungeliebten Frau, während sein Herz wilder und heißer denn je nach der anderen schrie.

Sein Leben würde von heute ab für ihn eine Lüge sein, für ihn, der die Wahrheit und Klarheit immer so sehr geliebt hatte. Er mußte Liebe heucheln, wo er nichts als Freundschaft empfand. Und wie sollte er in Zukunft Eva begegnen? Würde es nicht ein Hohn des Schicksals sein, daß er die Frau seines Schwiegervaters liebte? Und diese Liebe würde nicht sterben, nun er zweifelte, ob sie nicht nur, um ein Opfer zu bringen, Wendenburgs Braut geworden war. Er glaubte nicht mehr, daß kalte Berechnung Eva zu dem Schritt getrieben. Das hatte er nur im ersten unsinnigen Groll annehmen können.

Heiß stieg der Wunsch in ihm auf, das Geschehene ungeschehen zu machen.

Doch da sah er herab auf die zierliche Gestalt im weißen Tenniskleide. Sie war so zart und lieblich, und ihre Augen flehten so innig um Liebe. Warmes Mitleid mit ihr stieg in ihm auf. Er umfaßte sie fest und küßte sie auf den Mund.

»Liebe kleine Gabi.«

»Mein Bernhard, mein geliebter Bernhard!«

Wendenburg ging lächelnd hinaus und ließ die beiden allein. Er war hier überflüssig.

Bernhard sah in Gabrieles glühendes Gesicht.

»Hab' ich dich mit meiner plötzlichen Werbung erschreckt, Gabi?«

Sie lachte glücklich auf.

»Nein – o nein. Ich wußte ja schon lange, daß du mich liebst, und konnte es vor Ungeduld nicht mehr aushalten. Wenn Eva nicht gewesen wäre, wenn ich ihr mein Herz nicht hätte ausschütten können – ich hätte es gar nicht ertragen, so lange auf dich zu warten, böser, lieber Bernhard.«

Lange saßen sie still beieinander. Dann kam Gabriele plötzlich der Gedanke an das zweite Brautpaar im Hause. Sie richtete sich ein wenig auf. »Was sagst du dazu, daß Eva meines Vaters Braut geworden?«

Er strich mit der Hand über die Augen. »Was soll ich dazu sagen?«

»Findest du es nicht seltsam? Papa ist doch soviel älter als sie.«

»Er ist noch ein sehr stattlicher Mann.«

»Trotzdem, ich glaube nicht, daß Eva Papa liebt, wie ich dich liebe. Und ohne solche Liebe erscheint mir eine Ehe unmöglich. Sieh, Eva war mir bisher ein leuchtendes Vorbild, sie schien mir so selbstlos, so edel, so stark und gut. Und nun –«

»Und nun?«

»Nun muß ich an ihr zweifeln. Ich muß glauben, daß sie Papa nur aus Berechnung heiratet.«

»Hältst du sie einer solchen Berechnung für fähig?«

»Eigentlich nicht. Aber aus welchem anderen Grunde sollte sie seine Frau werden?«

»Vielleicht aus Dankbarkeit.«

Gabriele sah überrascht auf.

»Das könnte sein, du magst recht haben. Aber trotzdem – Eva ist mir innerlich entfremdet worden durch diese Verlobung. Wie gut, daß ich dich nun habe. Nun brauche ich sie nicht mehr, um ihr vorzujammern, wie ich mich nach deiner Liebe sehne.«

»Hast du das oft getan?«

»Täglich, sie weiß ganz genau, wie unendlich lieb ich dich habe.«

Er sah grübelnd vor sich hin.

»So – das weiß sie genau. Und was hat sie dazu gesagt?«

»Oh – manchmal tröstete sie mich, manchmal machte sie mir auch bange, wie ich dir schon sagte. Aber wenn sie dann sah, wie ich mich aufregte, dann beruhigte sie mich immer sehr lieb. Sie kann sehr lieb sein, das glaubst du gar nicht. Und deshalb tut es mir nun doppelt leid, daß wir uns nicht mehr so verstehen. Ich verstehe sie wenigstens nicht.«

»Vielleicht lernst du es noch, Gabi. Sicher ist Eva keiner niedrigen Berechnung fähig!«

»Nein, ich glaube es nun auch nicht mehr. Aber schrecklich muß es sein, jemand aus Dankbarkeit heiraten zu müssen. Papa dürfte ein solches Opfer nicht annehmen.«

»Vielleicht weiß er es nicht. Vielleicht liebt ihn Eva auch wirklich.«

Gabriele schüttelte den Kopf.

»Nein, daran glaube ich nicht. Er kann ja ihr Vater sein,

und sie hat ihn sicher nur lieb wie einen solchen. Ach, ich mag gar nicht mehr daran denken – laß uns von etwas anderem sprechen. Sag mir doch, daß du mich liebst – ich glaube, du hast es mir noch gar nicht mit Worten gesagt.«

Seine Stirn rötete sich. Nun trat die Lüge an ihn heran, und er war ihr wehrlos preisgegeben.

»Gewiß hab' ich dich lieb, Gabi.«

»Und gar nichts weiter?« fragte sie schelmisch verschämt und schmiegte sich zärtlich in seine Arme. »Sieh – ich will dir freiwillig noch viel mehr sagen. Daß ich unsagbar glücklich bin, weil ich deine Frau werden darf, daß ich dich namenlos, unendlich liebe und daß ich so stolz auf dich bin, so stolz – du glaubst es nicht.«

Es lag eine schrankenlose Hingabe in ihren Worten. Von ihrer Lieblichkeit bezwungen, schloß er sie fest an sich und küßte sie.

War er nicht ein Narr, Eva nachzutrauern? Hier bot sich ihm treue, hingebende Liebe. War es nicht klüger, sich mit dem, was ihm das Schicksal bot, abzufinden?

Aber da stieg Evas Bild wieder auf vor ihm, und eine grenzenlose Verzweiflung packte ihn. Wenn er nicht an ihr gezweifelt hätte, wenn er gewartet, bis ihm Aufklärung wurde, dann hätte er doch vielleicht das Schlimmste abgewendet.

Horst Wendenburg trat wieder ein. »Wir möchten doch nun endlich zu Tisch gehen. Gabi – du siehst wohl einmal nach Eva, ob sie sich erholt hat und herunterkommen kann«, sagte er.

Gabriele erhob sich, küßte Bernhard schnell noch einmal und ging hinaus.

Die beiden Männer standen sich allein gegenüber.

»Du hast uns lange auf das erlösende Wort warten lassen, Bernhard. Und ich bin dir wahrhaftig mit jugendlicher Ungeduld vorausgeeilt«, sagte Wendenburg lächelnd. »Und doch hätte ich meine Werbung noch zurückhalten sollen, der Zeitpunkt war schlecht gewählt. Oder nicht? Mir persönlich ist es übrigens sehr lieb, daß du sofort deine Werbung vorbrachtest, als du von meiner Verlobung erfuhrst. So ist Gabrieles Aufmerksamkeit etwas abgelenkt. Du begreifst, daß eine so große Tochter in solchem Falle etwas unbequem ist. Ich wollte ja auch warten, bis sie deine Frau geworden war. Aber du brauchtest zu lange Zeit – nun ist das Gefühl mit mir durchgegangen.«

Er sprach von ihren beiderseitigen Zukunftsplänen und von Bernhards baldiger Hochzeit.

Nach einer Weile kam Gabriele zurück.

»Eva läßt sich entschuldigen, ihr Kopfweh ist so arg geworden, daß sie sich zu Bett gelegt hat«, sagte sie ein wenig verstimmt.

»Die Aufregung wird schuld sein, hoffentlich wird sie nicht ernstlich krank«, erwiderte Horst besorgt.

»So wollen wir ohne sie zu Tisch gehen«, setzte er enttäuscht hinzu.

Der Abend verlief sehr still, und man hätte nichts von einer Verlobung gemerkt, wenn nicht zwischen Gabriele und Bernhard zuweilen Zärtlichkeiten getauscht worden wären. Gabriele fühlte sich trotzdem über alle Maßen glückselig. Sie war die einzige, deren Inneres festlich erregt war. Wendenburg verstimmte Evas Unwohlsein mehr, als er sich selbst zugeben mochte, und Bernhard konnte trotz aller Anstrengung seine Gedanken nicht losreißen von dem einsamen Mädchen, das sicher oben in ihrem Zimmer einen schmerzlichen Kampf in ihrem Herzen zu bestehen hatte. Noch nie hatte sein Herz mit so heißer Sehnsucht nach Eva verlangt als jetzt, da er als Gabrieles Verlobter an deren Seite saß und seine Herzensleere unter nichtssagenden Worten versteckte.

Eva hatte die Nacht unter tausend Qualen verbracht. Daß ihr Bernhard unwiderbringlich verloren war, wußte sie nun. Dieser Gedanke allein hätte sie jedoch nicht mit so grenzenloser Verzweiflung erfüllt, denn sie hatte es ja kommen sehen all die Zeit. So qualvoll sie der Schmerz um ihn traf – er wurde doch noch übertroffen von dem Schrecken, den ihr Wendenburgs Werbung eingeflößt hatte. Das Grauen schüttelte sie wie Fieber, wenn sie daran dachte, wie er sie im Arm gehalten und ihr Gesicht voll glühender Leidenschaft mit Küssen bedeckt hatte. Allezeit hatte sie mit Liebe und Verehrung zu ihm aufgesehen. Sie kannte seine Herzensgüte, seinen Edelmut. Und sie wußte, wieviel sie ihm Dank schuldig war. Daß er sie aber zum Weibe begehrte, erfüllte sie mit einer an Abscheu grenzenden Verzweiflung.

Sie konnte auf Bernhard verzichten, damit Gabriele glücklich wurde. Auf einer Verbindung mit ihm hätte doch stets ein Schatten geruht, wenn Gabrieles Glück dabei in Scherben ging. Damit würde sie fertig werden, so schwer es ihr auch jetzt noch erschien. Aber dann auch genug des Opfers. Mehr durfte man von ihr nicht verlangen. Wendenburgs Gattin konnte sie nicht werden – niemals. Aber damit war auch ihrem Aufenthalt in seinem Hause ein Ziel gesetzt. Sie konnte nicht länger bleiben, mußte so bald als möglich fort.

Solange sie noch im Hause war, mußte sie als Wendenburgs Braut gelten, das war das beste. Sobald sie wußte, wohin, wollte sie heimlich fortgehen und Wendenburg brieflich auseinandersetzen, weshalb sie sein Haus verlassen mußte. Es wäre ihr furchtbar gewesen, Zeuge seiner Beschämung zu werden. Aber wohin sollte sie gehen? – Und da stieg zum erstenmal der Gedanke an ihre Mutter in ihr auf. War sie nicht der einzige Mensch, der wirklich zu ihr gehörte? Wenn sie zu ihr ging und sie um Aufnahme bat, bis sich ein anderer Aufenthalt für sie gefunden? Sie konnte ja dann irgendeine Beschäftigung ergreifen, irgendeine Stellung annehmen, die ihr Arbeit und Vergessen brachte. Nur so lange wollte sie bei der Mutter bleiben, bis sich ein anderes Unterkommen für sie fand. Sie konnte ihr doch sicher den kurzen Aufenthalt nicht wehren.

Freilich, die Mutter war arm – aber Eva besaß einige hundert Mark; gelegentlich hatte ihr Wendenburg Geld gegeben, damit sie sich kleine Wünsche selbst erfüllen konnte. Sie hatte es nie aufgebraucht. Nun kam es ihr zustatten, sie brauchte nicht mit leeren Händen zu ihrer Mutter zu gehen. Nichts wollte sie von ihr verlangen als einige Wochen Schutz und Aufenthalt. Wo war aber ihre Mutter? In Berlin. – Berlin ist groß – sie mußte sich also unbedingt die Adresse beschaffen – unter irgendeinem Vorwand.

Gabriele und ihr Vater saßen schon am Frühstückstisch, als Eva eintrat. Horst Wendenburg sprang auf und ging ihr entgegen. Er faßte ihre Hand und sah ihr besorgt ins Gesicht. Auch er hatte eine schlechte Nacht gehabt und sich Vorwürfe gemacht, daß er zu stürmisch mit seiner Werbung vorgegangen war. Er nahm sich vor, gutzumachen und Eva nicht weiter zu bedrängen, bis sie ihm selbst entgegenkam.

Er zog ihre Hand an seine Lippen und sah sie bittend an. »Wie geht es dir, Eva?«

»Ich danke dir – mein Unwohlsein ist vorüber.«

»Und ich war schuld daran, verzeihe mir. Nein – sage nichts dagegen, ich weiß, daß ich dich erschreckt habe. Aber du sollst jetzt ganz ruhig sein, ich will dir nun Zeit lassen, dich an den Gedanken zu gewöhnen, daß du nicht mehr mein geliebtes Kind, sondern meine Braut bist.«

Sie ließ ihre Hand wie leblos in der seinen ruhen und sah an ihm vorbei. Sie schämte sich, daß sie ihm nicht gleich erklären konnte, daß sie niemals die Seine würde. Sie mußte lügen, weil sie sich jetzt den neuen Kämpfen nicht gewachsen fühlte und Ruhe brauchte, um sich für ihr Scheiden aus der liebgewordenen Heimat vorzubereiten. Aber ihr Gesicht überzog sich doch mit dunkler Röte. Das nahm Wendenburg für den Ausdruck mädchenhafter Befangenheit. Er führte sie zum Frühstückstisch, wo ihnen Gabriele mit sichtlichem Unbehagen entgegensah.

Mit einem erzwungenen Lächeln wandte sie sich nun an diese und reichte ihr die Hand.

»Ich habe dir noch gar nicht Glück wünschen können zu deiner Verlobung. Mein dummes Unwohlsein befiel mich zu recht unpassender Zeit. Mögest du glücklich sein und beglücken!«

Gabriele sah befangen zu ihr auf. Ihr Herz drängte sie, sich wie sonst in Evas Arme zu werfen und alles hervorzusprudeln, was sie bewegte. Aber wie Blei legte sich der Gedanke auf ihr Empfinden, daß sie nun wohl eigentlich ebenfalls Eva einen Glückwunsch sagen mußte. Aber sie brachte die Worte nicht über ihre Lippen.

»Ich danke dir«, sagte sie nur leise. Eva sah auf sie herab. Ein wehes Gefühl kam über sie. Was hatte sie nicht Schweres auf sich genommen, um Gabrieles Glück zu sichern – und diese war so kalt und zurückhaltend zu ihr. Aber es war gut so; wäre Gabriele gewesen wie sonst, Eva wäre weich geworden und hätte die Hoffnung verloren.

Die drei Menschen bemühten sich nun, durch lebhafte Unterhaltung über die schwüle, unbehagliche Stimmung hinwegzutäuschen. Dabei fühlten sie sich unfrei und bedrückt. Wendenburg brach zeitiger auf als sonst, um nach Hattenfelde hinüberzugehen. Gabriele trug ihm Grüße auf an Bernhard und bat, ihn schon zu Tisch mit herüberzubringen. Er versprach es auch.

Während Eva dann, ruhig wie sonst, häuslichen Geschäften nachging, setzte sich Gabriele draußen in den warmen Sonnenschein und gab sich süßen Träumen hin. In Eva erwachte die Angst vor der ersten Wiederbegegnung mit Bernhard. Solange sie noch im Hause war, ließen sich solche Begegnungen nicht vermeiden.

Aber sie fürchtete sich vor seinen fragenden, vorwurfsvollen Augen. Ob er sie wohl seine Verachtung fühlen lassen würde? Sie preßte die Hände aufs Herz und schloß die Augen.

Ruhe, Fassung – nichts durfte sie äußerlich aus ihrer Ruhe bringen. Als sie mit den häuslichen Geschäften zu Ende war, ging sie hinaus zu Gabriele. Sie lehnte sich stumm an die Brüstung und schaute in den Garten.

Gabriele rührte sich nicht und sprach kein Wort. Sonst war das so anders gewesen.

Und da kam erst über Eva die Erkenntnis, was wohl in Gabrieles Herzen vor sich gehen mußte. Sah sie doch in ihr die künftige Stiefmutter. Was mochte sie von ihr denken? Sie konnte das eigentlich so gut nachfühlen, was in dem blonden Kopf vorging.

Viel Gutes konnte Gabriele nicht von Eva glauben. Das Blut stieg ihr zu Kopf – langsam wandte sie sich um und sah mit großen ernsten Augen in Gabrieles Gesicht.

Es lag etwas in dem Ausdruck ihrer Augen, was Gabriele unruhig machte und ihr Herz ergriff. War es das Leid, das sie in Evas Augen ruhen sah, war es die Erinnerung daran, was ihr Eva bisher gewesen – sie sprang plötzlich auf und umschlang sie mit beiden Armen.

»Eva – liebe Eva – verzeihe mir, ich war garstig zu dir. Sei nicht bös – sieh – es kam das alles ja so schnell – daß du Papas Braut bist – ich kann es nicht fassen – aber –« Eva schloß ihr den Mund.

»Schweig, kleine Gabi«, sagte sie leise im alten zärtlichen Tone und sah ihr tief in die Augen. »Laß dich durch den Gedanken an deinen Vater und mich nicht schrecken. Dein junges Glück soll deshalb kein Schatten trüben. Ich verstehe dich sehr gut. Aber entziehe mir deine Liebe und dein Vertrauen nicht; glaub' mir, du schenkst es keiner Unwürdigen. Der Glaube an mich wird dir schon wieder kommen.«

Gabriele weinte leise.

»Ach Eva – ich bin garstig und selbstsüchtig und will allein glücklich sein.« Eva lächelte, wie man zu der reuigen Selbstanklage eines Kindes lächelt, und strich Gabriele das Haar aus der Stirn.

»Sei es nur, Gabi! Nur wer selbst glücklich ist, vermag andere voll und ganz zu beglücken.«

Gabriele lächelte schon wieder.

»Ach – du denkst an Bernhard. Gute Eva, du weißt doch, wie ich ihn liebe. Mein Leben gäbe ich willig hin, wäre es nötig zu seinem Glücke.«

Eva umschloß die zierliche Gestalt. Sie drückte das blonde Köpfchen fest an sich. Ihr Blick flog darüber hinweg zum Himmel empor. Eine heiße Bitte lag darin:

Laß ihn glücklich werden an ihrer Seite – das Leid soll nur mir gehören, ich will es klaglos auf mich nehmen.

Als Bernhard Gerold mittags mit Wendenburg herüberkam, fand er zunächst nur Gabriele vor, die sich ihm mit glücklichem Lachen in die Arme warf. Eva hatte es vorgezogen, dieser Begrüßung fernzubleiben, und kam erst herein, als sie annehmen konnte, daß sie vorüber war.

Bernhard stand aber noch neben Gabriele und hatte seinen Arm um sie gelegt. Trotz aller Selbstbeherrschung zuckte sie bei dem Anblick schmerzlich zusammen, und jener ließ schnell die Hand herabfallen, als ahne er, daß dieser Anblick Eva Schmerz bereiten müßte. Sie begrüßten sich dann wie sonst, nur lag ihre Hand einen Augenblick wie leblos in der seinen, und er gab sie schnell wieder frei. Sie sahen sich nicht an dabei. Eva hätte aufschreien mögen vor namenloser Qual.

Auch bei Tisch vermieden sie, sich anzusehen. Nur einmal trafen die Blicke einen flüchtigen Augenblick ineinander. In den seinen lag heimliches, schmerzliches Forschen, aber ihre Augen blickten leer und starr, wie aus einer toten Seele heraus, und die goldigen Lichter darin waren erloschen.

Aber gerade das erschütterte Bernhard aufs tiefste. Er sah, was sie in der vergangenen Nacht gelitten hatte. Reue,

Schmerz und dumpfe Verzweiflung stritten um die Herrschaft in seiner Seele, während er neben Gabriele saß und ihr alle Aufmerksamkeiten erwies, die eine Braut von ihrem Verlobten erwarten darf.

Wendenburg hatte bereits die Verlobungsanzeigen von Bernhard und Gabriele bestellt.

»Wir wollen die unseren erst in einigen Tagen ausschikken, liebe Eva. Es wäre geschmacklos, wenn wir beide Verlobungen gemeinsam bekanntgäben. Es ist dir doch recht, nicht wahr?« sagte er zu ihr.

Eva wollte rufen: Ich bin nicht deine Braut – werde es nie sein – aber sie senkte nur das Haupt. Er konnte das für eine Zustimmung nehmen.

Zur Feier von Gabrieles und Bernhards Verlobung sollte ein Fest in Villa Anna gegeben werden. Die Einladungen dazu mußten mit den Verlobungsanzeigen zugleich abgeschickt werden. Für Eva gab es da reichlich zu tun, und sie war froh darüber. Arbeit, viel Arbeit konnte sie gebrauchen, sie würde ihr am besten helfen, das Gleichgewicht ihrer Seele wiederzufinden. So besprach sie scheinbar gleichmütig alles Nötige mit Wendenburg und Gabriele. Nur Bernhard blieb stumm. Er beobachtete inzwischen heimlich Evas blasses, süßes Gesicht. Ihn konnte sie durch ihre äußere Ruhe nicht täuschen. Seit gestern war ein Ausdruck in ihrem Gesicht, der vordem nicht dagewesen. Im Schmerz gereift – innerlich elend – aber nicht mutlos. Er sah, sie war gewillt, den Kampf mit dem Schicksal durchzukämpfen. Sollte er sich schwächer zeigen als sie? Er richtete sich auf und schüttelte die dumpfe Verzweiflung von sich ab. Aber ein heimlicher Wunsch keimte in ihm und setzte sich fest in seiner Seele: Er mußte noch einmal ohne Zeugen mit Eva sprechen, sie mußte ihm die Wahrheit bekennen, weshalb sie ihm das angetan hatte. Die Gewißheit brauchte er, um sich in das Unvermeidliche zu fügen. Nach Tisch unternahm das Brautpaar einen Spaziergang durch den Park. Eva sah ihnen mit starren Augen nach.

Dann wandte sie sich um und trat zu Wendenburg heran, der in einem Sessel am Kamin saß.

»Würdest du nicht die Güte haben, mir die Adresse meiner Mutter zu geben?« fragte sie, so ruhig sie konnte.

Er sah überrascht zu ihr auf.

»Was willst du damit, liebe Eva?«

Obwohl ihr das Herz bis zum Hals hinauf klopfte, bewahrte sie ihre Ruhe.

»Ich möchte ihr selbst schreiben von – von der Veränderung in meinem Leben.«

Er nahm ihre Hand und küßte sie.

»Willst du das nicht lieber mir überlassen? – Ich sehe nicht gern, wenn du mit ihr in irgendwelche Berührung kommst.«

»Sie ist doch meine Mutter«, sagte sie leise.

»Muß ich dir ins Gedächtnis zurückrufen, daß sie dich und deinen Vater herzlos im Elend verließ?« Eva lächelte schmerzlich.

»Nein – ich habe es gewiß nicht vergessen. Aber auch ich habe mich ihr gegenüber nie als Tochter gezeigt, habe nie versucht, mich ihr zu nähern.«

»Das war sie auch nicht wert.«

»Es mag sein, wie du sagst – aber bitte, gib mir ihre Adresse, ich weiß, daß du sie hast.«

Er überlegte einen Augenblick, dann riß er ein Blatt aus seinem Notizbuch und schrieb.

»Hier hast du sie, Eva. Ich will die erste Bitte, die du als meine Braut an mich richtest, nicht unerfüllt lassen. Aber nimm meinen wohlmeinenden Rat an, und laß dich nicht mit jener Frau ein. Alles, was du durch einen Brief an sie erreichen wirst, ist, daß sie dich um Geld anbetteln wird. Sobald sie weiß, daß du die Braut eines vermögenden Mannes geworden bist, wird sie sich diesen Umstand zunutze machen. Ich hätte dir auch jetzt nichts über sie gesagt wie bisher, aber ich muß dich warnen vor ihr. Sie ist nicht wert, daß du ihrer gedenkst, glaube es mir.«

Eva hatte langsam den Papierstreifen mit der Adresse zu sich gesteckt, froh, ihren Zweck erreicht zu haben.

»Vielleicht ist sie doch mehr unglücklich als schlecht. Ich hätte mich früher um sie kümmern sollen. Während es mir hier bei dir wohl ging, hat sie vielleicht Not gelitten.« Er lächelte gütig und strich ihr zärtlich übers Haar.

»Sorg dich nicht, liebes Herz. Ganz habe ich deine Mutter nicht aus den Augen verloren. Bisher hatte sie noch immer Anstellung, und wenn sie haushalten mußte, war es nur gut für sie. Jetzt geht es freilich schnell abwärts mit ihr, und ich habe mir bereits vorgenommen, ihr Leben so zu regeln, daß sie bei vernünftigen Ansprüchen ohne Sorge leben kann. Dabei laß es aber bewenden. Leg alles vertrauensvoll in meine Hand, ich mute dir damit kein Unrecht zu. Wirst du ihr also schreiben oder nicht?«

Sie biß sich auf die Lippen und sah an ihm vorbei zum Fenster hinaus.

»Nein, schreiben werde ich ihr nicht«, sagte sie leise.

Damit gab er sich zufrieden. Eva aber war das Herz sehr schwer geworden. Was sie von ihrer Mutter gehört, ermutigte sie nicht, dieselbe aufzusuchen, aber einen anderen Ausweg wußte sie nicht. Lieber in Not und Elend sterben und verderben als sich verkaufen.

Wendenburg hatte mit ihr draußen auf dem Vorbau Platz genommen. Während sie über ihren Fluchtplan sann und grübelte und in sich versunken ins Leere starrte, beobachtete sie Wendenburg scharf. Das helle Licht fiel voll auf ihr schönes, schwermütiges Gesicht. Die Augen blickten so traurig, so erloschen. Der warme Glanz war daraus verschwunden.

Ein unheimliches, bedrückendes Gefühl nahm ihn gefangen. Sah so eine Braut aus, die voll froher Zuversicht der Verbindung mit ihrem Verlobten entgegensieht? War es nicht doch vermessen von ihm gewesen, die Hand nach ihr auszustrecken? Er gedachte des vorigen Tages, der Stunde, da er, von Leidenschaft übermannt, um sie geworben hatte. Sie hatte ihn nicht zurückgewiesen – nein –, aber seine Küsse hatte sie nur geduldet, nicht erwidert. Das war ihm jetzt ganz klar. War das wirklich nur mädchenhafte Schüchternheit gewesen? Und nachher war sie krank geworden, sie, die Gesunde, Starke!

Er legte die Hand vor die Augen, eine ungeheure Angst kroch an ihn heran.

Liebte sie ihn am Ende gar nicht – wollte sie ihm nur aus Dankbarkeit angehören, weil sie sah, wie sehr er sie liebte, und fürchtete sie sich jetzt gar vor der Zukunft an seiner Seite? Nein – das durfte nicht sein. So groß seine Liebe war, zum Opfer sollte sie sich nicht bringen. So klein, so niedrig durfte ihn die Leidenschaft nicht machen, das anzunehmen. Lieber auf ihren Besitz verzichten, als sie elend werden sehen an seiner Seite.

Er sah wieder angstvoll forschend zu ihr hinüber. Welche Gedanken kreisten hinter ihrer Stirn? Ein kalter Schauer rann über seine Glieder. Mit einem Male kam er sich alt vor. War's denn nicht überhaupt ein Unrecht, diese junge Menschenblüte an sein törichtes Alter fesseln zu wollen? Selbst wenn sie wollte, durfte er sie an sich binden?

Zwei Tage später ging Eva langsamen Schrittes durch den Park. Es war ein Abschiednehmen für immer, was sie hierhergeführt. Heimlich hatte sie alles zu ihrer Abreise vorbereitet. Einige notwendige Kleidungsstücke und Wäsche hatte sie in eine Handtasche gepackt. In den nächsten Tagen sollte Gabrieles Verlobungsfest stattfinden. Es fiel nicht auf, daß Eva vorgab, in die benachbarte Stadt fahren zu müssen, um einige Besorgungen zu dem Fest zu machen. Das kam öfter vor. Sie wollte dann alles, was einzukaufen war, nach Hattenfelde schicken lassen, damit sie wirklich ihre Pflicht erfüllt und die Vorbereitungen zum Fest beendet waren. Statt nach Hattenfelde zurückzukehren, wollte sie dann mit dem Mittagsschnellzug nach Berlin fahren. Sie kam noch am hellen Tage dort an und konnte ihre Mutter sofort aufsuchen.

Nun ging sie noch einmal von Ort zu Ort, um von all den liebgewordenen Stellen mit traurigen Augen Abschied zu nehmen, die ihr seit Kindertagen so vertraut und teuer geworden waren.

Oft seufzte sie schwer – Tränen rannen aus ihren Augen. Schnell wischte sie diese fort. Nicht weinen – man durfte nicht sehen, daß sie Tränen vergossen. Heute mußte sie noch stark sein; morgen – morgen würde sich niemand mehr um ihre Tränen kümmern.

Langsam ging sie weiter und lehnte sich dann an einen Baum. Von hier aus sah sie nach dem Hause zurück. Es schimmerte mit den weißen Mauern durch das Laub, das an manchen Stellen schon herbstliche Färbung annahm.

Dort saßen Gabriele und Onkel Horst beisammen und erwarteten Bernhard Gerold. Vielleicht war er auch inzwischen schon eingetroffen.

Mit traurigen Augen sah sie um sich und seufzte schwer. In demselben Augenblick fuhr sie jedoch erschrocken zusammen, dicht vor ihr stand plötzlich Bernhard Gerold.

Minutenlang sahen sie sich sprachlos in die Augen, ohne sich zu rühren. Durch Evas Gestalt flog ein Zittern, so daß sie sich kraftlos zurücklehnen mußte.

Endlich trat Bernhard einen Schritt näher. Sie hob unwillkürlich wie abwehrend die Hand. Er blieb sofort stehen – ein bittres, zorniges Lächeln umspielte seinen Mund. »Sie brauchen mich nicht zurückzuweisen – ich weiß ohnedem die Schranken zu achten, die mich von der Braut meines Schwiegervaters fernhalten«, sagte er mit schmerzlichem Spott.

Sie zuckte unter seinen Worten wie in körperlichem Schmerz zusammen. Jeder Blutstropfen schien aus ihrem Gesicht gewichen. Nur ihre Augen hingen mit großem, ernstem Blick an den seinen, als wollte sie sich seine Züge einprägen für alle Zeit.

So standen sie wieder eine Weile schweigend, die Augen in schmerzlicher Wonne ineinandergesenkt. Dann hob ein tiefes Stöhnen seine Brust, er faßte jäh nach Evas Arm.

»Warum hast du mir das getan?« fragte er mit heiserer Stimme.

Sie schloß einen Augenblick die Augen vor seinem brennenden, gequälten Blick. Dann öffnete sie sie wieder und sah ihn groß und klar an. Aber sie antwortete ihm nicht. Er ließ ihre Hand fallen.

»Verzeihen Sie mir – ich bin halb sinnlos vor Schmerz. Eva – Sie sehen, was Sie aus mir gemacht haben! Ich durfte hoffen, Sie mir zu erringen. Ihre Augen sprachen mir von Liebe, und ich glaubte dieser Sprache. Da traf es mich wie ein Schlag ins Gesicht, als ich Sie in Wendenburgs Armen fand – als seine Braut. Ich war wie von Sinnen vor Schmerz und zweifelte an allem, was gut und schön ist. Und dieser Augenblick hat meinem Leben eine Wendung gegeben, die es mit meinem Willen nie erhalten sollte. Sie wissen, daß mein Glück in Scherben ging, als ich Sie als die Braut eines anderen fand. Im wilden Zorn riß ich Gabriele an meine Seite, um Sie zu kränken, wie Sie mich gekränkt. Denn ich weiß, daß Sie mich lieben, Eva, nur mich, und ich wußte, daß ich Sie treffen würde durch meine Verlobung. Einen kurzen Augenblick glaubte ich, Sie hätten sich Wendenburg in kühler Berechnung verkauft, und dieser unselige Augenblick entschied über mein Leben. Ich kam erst wieder zu mir, als es zu spät war. Eva – warum haben Sie mir das getan! Ich weiß, daß es nicht aus Berechnung geschah – bitte, sagen Sie mir, warum, ich flehe Sie an.«

Ein so tiefer, gewaltiger Schmerz durchzitterte seine Worte, daß sie vor Qual hätte aufschreien mögen. Sie preßte die Handflächen gegeneinander.

»Still – o sprechen Sie nicht weiter«, bat sie tonlos.

»Nein – ich will nicht schweigen, will auf niemand und auf nichts Rücksicht nehmen in diesem Augenblick. Klarheit will ich mir wenigstens schaffen, warum mein Glück in Trümmer ging. Sie haben mich an Ihre Liebe glauben lassen, nun sind Sie mir Rechenschaft schuldig. Und bei Gott – ich lasse Sie nicht von der Stelle, bis Sie mir gesagt haben, warum Sie mir das getan. Mag geschehen dann, was will.« Sie richtete sich zitternd zu ihrer ganzen schlanken Höhe empor und sah ihn seltsam an. Seine Worte erweckten trotz aller Heftigkeit eine heimliche Seligkeit in ihrer Brust, denn sie zeigten ihr, wie sie geliebt wurde.

Aber das Opfer durfte nicht halb gebracht werden. Sie zwang sich zur Ruhe.

»Warum? Weil es sein mußte, weil es für uns beide nur ein Glück auf Kosten anderer gab.«

Er stöhnte auf.

»Gabrieles wegen, nicht wahr? Weil sie Ihnen gesagt hatte, daß sie sterben müsse, wenn sie mir nicht angehören dürfe. Aus Dankbarkeit gegen Gabrieles Eltern – um ihr ein Scheinglück zu retten, opferten Sie sich und mich. Ist es so?«

»Ja – so ist es«, erwiderte sie leise, aber fest.

Er bedeckte einen Augenblick seine Augen. Dann sagte er ruhiger, gefaßter:

»Ich will Sie nicht fragen, ob es nicht ein Unrecht von Ihnen war, zwei Menschen um eines dritten willen unglücklich zu machen. Aber sagen Sie mir noch eines: Hätte es nicht genügt, wenn Sie meine Werbung zurückwiesen? Mußten Sie sich zugleich an einen Mann binden, den Sie nicht lieben? Eva – Sie haben sich das nicht klargemacht, welch eine Qual Sie auf sich geladen. Ein Mann kann eine Ehe ohne Liebe eingehen, ohne Schaden zu leiden an seiner Seele – ein Weib nicht. Warum sind Sie Wendenburgs Braut geworden, Eva, sagen Sie es mir, nur dies eine noch. Ich will mich dann in alles fügen, will teilnehmen an Ihrem Opfer und Gabriele als mein Weib hochhalten. Sie soll nicht ahnen, daß mein Herz einer anderen gehört. Aber verschaffen Sie mir Ruhe, helfen Sie mir, daß ich Ihr Bild rein und hold in meinem Herzen tragen darf, daß sich kein Zweifel meiner Seele an Sie heranwagt. Ich fühle, Sie können mir Ruhe schaffen, wenn Sie wahr und offen zu mir sind. Warum wurden Sie Wendenburgs Braut?«

Sie strich sich aufatmend das Haar aus dem Gesicht, und ihr Blick flog aufleuchtend ins Weite. Dann sagte sie fest und klar:

»Sie sollen morgen Antwort auf Ihre Frage erhalten, die klarste und befriedigendste, die Sie sich wünschen können. Aber dafür versprechen Sie mir auch zu versuchen, Ihrem Geschick die beste Seite abzugewinnen. Für uns beide gab es kein gemeinsames Glück – es wäre immer von Schatten bedroht gewesen. Das Schönste bleibt uns Menschen wohl versagt – es sollte nicht sein. Gabriele liebt Sie unsagbar, sie ist lieb und gut und wird Ihnen eine treue Lebensgefährtin sein. Und gedenken Sie der schönen Aufgabe, die Ihnen Gabrieles Besitz sichert. Sie können Ihr Lebenswerk zur herrlichsten Vollendung führen. Viele Menschen werden von Ihnen abhängig sein – Sie können vielen zum Segen werden. Das Leben bietet Ihnen genug des Guten und Schönen. Versprechen Sie mir, daß Sie den Schmerz, den ich Ihnen zufügen mußte, verwinden wollen.«

Er nahm ihre Hand und küßte sie. »Sorgen Sie nicht um mich, Eva, ich wollte, ich könnte über Ihre Zukunft so ruhig sein wie Sie über die meine. Ihre Ehe wird Ihnen zur unerträglichen Fessel werden, glauben Sie es mir – und ich werde es mit ansehen müssen, wie Sie innerlich daran verbluten. Und das wird mir am schwersten zu tragen sein.«

Sie sah ihn mit einem langen, seltsamen Blick an. Dieser Blick war ihm voll Rätsel, er verstand ihn erst am nächsten Tage, als Eva fort war für immer.

»Gehen Sie jetzt ins Haus – Gabriele und Onkel Horst warten auf Sie. Um mich sorgen Sie nicht, morgen wird Ihnen auch diese Unruhe genommen sein. Nein – nichts mehr fragen jetzt – ich antworte Ihnen nicht mehr. Gehen Sie, Bernhard, und leben Sie wohl – wir werden nie mehr so ohne Zeugen miteinander sprechen. Leben Sie wohl – und alles Glück der Welt mit Ihnen – ich will darum beten wie um mein Seelenheil.«

Er drückte ihre Hand an sein Herz.

»Eva – gibt es wirklich kein gemeinsames Glück für uns? Sprechen Sie ein Wort – ich trotze allen feindlichen Gewalten.«

Sie schüttelte wehmütig den Kopf und winkte ihm, zu gehen. Es ging zu Ende mit ihrer Fassung. Sie wandte sich um und schritt tiefer in den Park hinein. Er sah ihr nach, ohne sich von der Stelle zu rühren. An der Biegung des Weges sah sie noch einmal zu ihm zurück. Eine kurze Weile noch standen sie Aug in Aug versunken. Die untergehende Sonne warf zitternde Streiflichter auf ihre Gestalt, das Haar sprühte auf wie eine goldene Krone.

Dann war sie seinen Blicken entschwunden.

So, wie in diesem letzten Augenblick, in all ihrem süßen Liebreiz, mit dem flimmernden Sonnenlicht auf dem Haar, so sah er sie später noch oft in sehnsüchtigen Träumen.

Wendenburg kam am nächsten Tage früher als sonst von den Werken nach Hause. Eine heimliche Unruhe hatte ihn heimgetrieben.

Gabriele kam ihm im Park schon entgegen, sie hatte einen einsamen Spaziergang unternommen.

»Ist Eva zurückgekehrt, Gabi?« fragte er sofort.

»Noch nicht, Papa – der Wagen ist schon zweimal vergeblich am Bahnhof gewesen. Eva ist sicher durch ihre Besorgungen länger aufgehalten worden.« Wendenburg sah nach der Uhr.

»Dann will ich selbst zum nächsten Zug mit hinüberfahren. Mit diesem muß sie zurückkommen.«

Sie gingen nebeneinander dem Hause zu. Der Wagen wurde gerade wieder angespannt. Wendenburg gab dem Kutscher Weisung, daß er mitfahren wolle, und ging ins Haus, um sich fertigzumachen. Gerade als er wieder aus dem Hause trat, wurde ihm ein Brief überreicht, der durch Eilboten bestellt war.

Sofort erkannte er Evas Schrift. Ein unheimliches Gefühl kroch an ihn heran. Er ging ins Haus zurück und bat Gabriele, den Kutscher allein fortfahren zu lassen, er habe noch etwas zu erledigen. Dann betrat er sein Zimmer und schloß es hinter sich ab. Ganz deutlich empfand er, daß dieser Brief ihm eine schlimme Botschaft brachte – und er wollte allein sein, wenn er sie empfing. Mit unsicheren Fingern öffnete er den Umschlag, während er in den Sessel vor seinem Schreibtisch sank, und begann zu lesen:

»Lieber, verehrter Onkel Horst! So laß mich Dich wieder nennen, laß mich wie sonst zu Dir kommen wie zu meinem geliebten, gütigen Vater mit meinem schweren, vollen Herzen. Ich muß Dir einen großen Schmerz zufügen, und das tut mir so weh – aber ich kann nicht anders, glaub' es mir.

Ich hab' Dich lieb wie ein dankbares Kind seinen Vater, Deine Güte hat stets mein Herz gerührt und bewegt, und es ist mir ein schwerer Schritt, daß ich Dir Schmerz zufügen muß. Ich kann Deine Frau nicht werden, lieber, teurer Onkel Horst, kann Dich immer nur wie ein Kind lieben und verehren. Du stehst mir zu hoch, als daß ich mit einer Lüge im Herzen Deine Frau werden sollte – ich könnte es auch gar nicht. Sei mir nicht böse – ich bin so traurig, daß ich Dir das sagen muß.

Ich kehre nicht mehr in Dein Haus zurück, in dem ich so viele glückliche Stunden erleben durfte: Für jede einzelne danke ich Dir, wie ich Dir danke, daß Du mit Tante Anna so liebevoll meine Kindheit behütet hast. Ich reise noch heute zu meiner Mutter – deshalb bat ich Dich um ihre Adresse –, und ich will sie um Schutz und Aufnahme bitten, bis ich eine Stellung gefunden habe. Ich bin ja gottlob gesund und stark und möchte arbeiten, auf eigenen Füßen stehen.

Du würdest mich in Deiner großen Güte vielleicht zurückholen wollen und mir sagen: ›Komm wieder heim, nicht als meine Frau, sondern wieder als mein liebes Kind.‹ Ich weiß, Onkel Horst, so würdest Du tun, und weil ich das weiß und Dir und mir unnötige Kämpfe sparen will, muß ich Dich bitten – tue es nicht. Ich will Dir beichten, warum Du es nicht tun sollst – diese Beichte verschließ aber in Dein Herz, sie ist nur für Dich bestimmt, sie soll Dir nur beweisen, daß es keine Rückkehr für mich geben kann.

Ich liebe Bernhard Gerold – Gabrieles Verlobten, liebe ihn schon seit langem und kann nicht Zeuge sein seines Lebens an Gabrieles Seite. Nun verstehst Du mich, mein lieber Onkel Horst, weißt nun, warum es mir so ganz unmöglich ist, Deine Frau zu werden, und wirst mir nicht mehr zürnen, denn ich leide wie Du. Ich habe Dir mein Geheimnis nur in tiefer Bedrängnis meiner Seele enthüllt; Du wirst es in Deine Brust verschließen und vor allem Gabriele nichts ahnen lassen, damit ihr Glück nicht getrübt wird. Als Du mich batest, Deine Frau zu werden, war ich fassungslos vor Schrecken, weil ich nie gemerkt hatte, daß ich Dir etwas anderes war als Dein Kind – und dann kam Gerold und bat Dich um Gabrieles Hand –, da verlor ich fast die Besinnung und hatte nur den einen Wunsch, allein zu sein mit meiner Qual. So kam es, daß ich Dich in Deiner Täuschung beharren ließ. Ich wußte gleich, daß ich nun Dein Haus verlassen mußte, deshalb schwieg ich, bis ich fern war, hätte es nicht über mich vermocht, Dir das alles Aug in Aug zu gestehen.

Nun weißt Du alles und, nicht wahr – nun siehst Du ein, daß ich nicht zurück kann. Laß mich Dich noch einmal innig um Verzeihung bitten, mein teurer lieber Vater, laß mich

Dein Kind bleiben auch in der Ferne und schreib mir einige Worte der Vergebung. An Gabriele liegt ein Brief im linken Fache meines Schreibtisches – lies ihn, ehe Du ihr denselben gibst, damit du weißt, was ich als Grund für meine Flucht angebe. Den Dienstboten kannst Du sagen, daß ich am Bahnhof ein Telegramm meiner Mutter erhalten habe, sie sei erkrankt und verlange nach mir. Meine Sachen sendest Du mir wohl nach.

Nochmals, vergib und zürne nicht

Deiner Dir ewig dankbaren

Eva.«

Lange saß Horst Wendenburg über diesen Brief gebeugt. Tief und schwer ging sein Atem, und die Hand, die den Brief hielt, zitterte. In dieser Stunde begrub er den Wunsch und die Hoffnung, die holde Jugend noch einmal an sich zu fesseln. Matt sank sein Haupt zurück. Er kämpfte nicht gegen den Schmerz, den er empfand. Vielleicht war es noch das Beste, was ihm von seiner zerstörten Hoffnung blieb. Und in seine Traurigkeit mischte sich das Mitleid mit Eva.

»Mein armes Kind!«

Sie hatte recht – zurückholen durfte er sie nicht. Aber noch weniger durfte sie bei jenem Weibe bleiben, das des Mutternamens nicht wert war. Dort drohten ihr Gefahren, die sie in ihrer Reinheit vielleicht gar nicht als solche erkannte. Und ihre gewissenlose Mutter würde sich nicht scheuen, Eva mit den unlauteren Menschen ihrer Bekanntschaft zusammenzubringen. Dort war kein Platz für Eva. Sobald als möglich mußte er dafür sorgen, daß sie wieder in reinere Umgebung kam. Für den Augenblick freilich mußte er sie dort lassen, wo sie war. Jetzt war er außerstande, einen Ausweg zu finden, erst mußte er ruhiger werden und den Schlag verwinden, der ihn getroffen hatte.

Das einzige, was er sofort tun konnte und mußte, war, Geld einzusenden. Eva konnte nur über geringe Mittel verfügen. Sie ging in ihrer Unerfahrenheit hinaus in die Welt, die sie nicht kannte, um mutig den Kampf mit dem Leben aufzunehmen. Wie bald würde sie erkennen, daß ihre Kräfte nicht dazu ausreichten, wenn er nicht aus der Ferne seine schützende Hand über sie hielt.

Langsam und schwerfällig erhob er sich endlich und ging in Evas Zimmer hinauf, um den Brief für Gabriele zu holen. Er mußte ihr doch Mitteilung machen von Evas Flucht. Auch Bernhard mußte davon erfahren, wenn er kam. Ob dieser wohl eine Ahnung hatte, daß ihn Eva liebte? Wohl kaum, Verliebte sind blind für andere, das hatte er an sich selbst erfahren.

Er fand den Brief an der bezeichneten Stelle und las ihn durch.

»Liebe kleine Gabi! Durch Deinen Vater wirst Du erfahren, daß ich Euer Haus für immer verlassen habe. Du konntest es ja nicht fassen, daß ich die Gattin Deines Vaters werden sollte. Nun sieh – ich konnte es auch nicht und erschrak darüber so, daß ich mich im ersten Augenblick nicht sträuben konnte. Und dann kamst Du mit Gerold dazu, und ich wollte in Eurer Gegenwart meinen lieben Onkel Horst nicht beschämen. Aber ich wußte gleich, daß ich nun von Euch fort mußte. Nun mußt Du doppelt lieb und zärtlich zu Deinem armen Vater sein, nicht wahr? Und mußt ihn bitten, mir zu verzeihen, daß ich so undankbar scheinen muß.

Leb wohl, meine Gabi – sei glücklich – vergiß mich nicht ganz, ich werde Dich immer wie eine teure Schwester lieben. Und sag auch Bernhard Gerold einen letzten Gruß. – Werdet glücklich miteinander!

Immer Deine treue Eva.«

Mit dem Brief in der Hand kam er die Treppe herab und traf im Vorsaal mit Bernhard und Gabriele zusammen. Sie sah unruhig aus.

»Denke nur, Papa, eben mit Bernhard zugleich kam der Wagen vom Bahnhof zurück. Eva ist mit diesem Zuge wieder nicht gekommen. So lange blieb sie doch nie aus. Es wird ihr doch nichts geschehen sein?«

Wendenburg trat erst mit dem Brautpaar in das kleine Zimmer, in dem er um Eva geworben. Er zog die Tür hinter sich ins Schloß, denn draußen stand ein Diener und ordnete die große Blattpflanzengruppe in der Mitte des Vorsaales. Dann wandte er sich erst zu Gabriele.

»Eva wird nicht wiederkommen, Gabi. Hier in diesem Briefe findest du Aufschluß darüber. Bitte, teile auch Bernhard das Nötige mit – und entschuldigt mich, ich möchte noch eine Stunde hinaus ins Freie.«

Er reichte Gabriele den Brief und ging dann schnell hinaus. Gabriele sah ihm betroffen nach.

»Was ist das? Bernhard, verstehst du das?«

Gerold war bei Wendenburgs Worten leise zusammengezuckt. Unwillkürlich trat er zurück und brachte sein Gesicht in den Schatten. In seinen Augen lag eine brennende Frage. Er lehnte sich an den Kamin und sah unruhig auf den Brief in Gabrieles Hand.

Sie war an ihn herangetreten und sah ängstlich zu ihm auf.

»Da ist etwas geschehen«, stammelte sie.

Er richtete sich auf.

»Lies den Brief, Gabi – er soll dir ja Aufschluß geben«, sagte er, heiser vor Unruhe. Sie entfaltete ihn schnell und betroffen.

»Mein Gott – Eva ist fort – für immer fort – sie kann Papas Braut nicht werden – da – lies selbst, Bernhard. O meine arme liebe Eva – ich hab' ihr unrecht getan.«

Sie weinte leise vor sich hin. Bernhard zog sie an sich. Um dieser Tränen willen liebte er sie. Mit heißen Augen las er Evas Worte. Da hatte er nun die Antwort, die sie ihm gestern versprochen. Und wahrlich, sie war überzeugend genug.

Nun war ihm alles klar, und Evas Bild stieg rein und fleckenlos vor ihm empor. Zugleich aber wallte auch heiße, sehnsüchtige Liebe in seinem Herzen auf. Wohin hatte sie sich gewandt, sein herrliches, stolzes Mädchen? Klaglos ging sie hinaus in ein ungewisses Dasein, ließ Glanz und Wohlleben hinter sich zurück, um nicht lügen zu müssen. Aber war sie nicht zu beneiden um dieser Freiheit willen? Er war gebunden, durfte das Haupt nicht mehr frei und stolz erheben, weil in sein Leben eine Lüge gekommen war.

Eva war in Berlin angekommen. Sie bestieg sofort eine Droschke und gab dem Kutscher die Wohnung ihrer Mutter an.

Mit geschlossenen Augen lehnte sie sich zurück, sie fühlte sich matt und elend zum Sterben. Es dauerte lange, bis der Wagen vor einer jener großen Mietskasernen hielt, deren es in Berlin so viele gibt. Das Haus lag in einer häßlichen, düsteren Straße und hatte ein nüchternes, schmutziggraues Äußeres.

Mit bangen Augen sah Eva daran empor, als sie den Kutscher ablohnte. Dann griff sie nach ihrer Handtasche und ging in den dunklen Hausflur hinein.

Langsam stieg sie die schmalen Treppen empor bis zum dritten Stock.

Drei Wohnungstüren lagen nun vor ihr. Mühsam las sie die Namensschilder und verschiedene Besuchskarten, die mit Reißzwecken an den Türen befestigt waren.

Auf einer solchen fand sie dann auch den Namen ihrer Mutter: Charlotte Grabow, Schauspielerin. Evas Herz schlug in schweren Schlägen. Eine Weile stand sie, nach Fassung ringend, vor der verschlossenen Tür. Endlich zog sie die Klingel.

Es dauerte ziemlich lange, bis schlurfende Schritte sich drinnen nahten. Durch das runde kleine Fensterchen sah jemand heraus. Dann rasselte innen die Sicherheitskette und die Tür wurde einen Spaltbreit geöffnet. Ein grobknochiges Frauengesicht, von grauen Haaren umrahmt, erschien.

»Was wünschen Sie, Fräulein?« fragte eine mürrische Stimme.

»Ist Frau Charlotte Grabow zu sprechen?« Die Alte sah Eva forschend an, während sie die Tür weiter öffnete und von innen das Licht auf sie fallen ließ.

»Die? Na, da muß ick erst mal nachsehen. Warten Sie 'n Momang.« Sie schlug die Tür hinter sich zu und verschwand, Eva ruhig draußen stehenlassend. Nach einer Weile kam sie wieder.

»Zu Hause ist sie – aber sie schläft. Wecken soll ick se nich. Denn kommen Sie man rin, und warten Sie ein Weilchen.«

Eva folgte ihrer Aufforderung. Die Alte legte hinter ihr umständlich die Sicherheitskette wieder vor und öffnete dann eine Tür.

»So setzen Sie sich hier rin. Das ist Frau Grabow ihr Salong. Im Nebenzimmer liegt sie auf dem Ruhesofa. Wenn Sie se wecken wollen, dann tun Sie es, mir schnauzt sie an, wenn ich es tue.«

Nach diesen Worten drückte sie hinter Eva die Tür ins Schloß. Das junge Mädchen sah sich zaghaft in diesem »Salong« um.

Es war ein mäßig sauberes, mittelgroßes Zimmer. Sofa und zwei Sessel mit rotem, gepreßtem Plüschüberzug, die übliche Polstergarnitur des möblierten Zimmers, ein runder Tisch mit roter Decke, über welche zum Schutz eine weiße Serviette von nicht ganz einwandfreier Sauberkeit gebreitet war, einige Stühle, ein Spindchen und ein kleines Eckbrett. – Da standen einige billige, geschmacklose Ziersächelchen und Photographieständer, in denen lauter Aufnahmen ein und derselben Person – einer Dame – in den verschiedensten Kleidern und Stellungen steckten.

Zwischen den beiden Fenstern, an welchen billige Vorhänge von rotem Wollstoff und schmutziggelbe Tüllüberhänge hingen, war ein großer Spiegel angebracht.

Auf dem Tische stand eine schmale, hohe Vase mit einigen verwelkten Rosen, die einen unreinen Geruch ausströmten. Daneben lag eine Stielbrille, ein Paar vertragene Handschuhe und in einer Glasschale verschiedene billige, unechte Schmucksachen, Ringe, Armbänder und Broschen – alles durcheinander, wie eben abgelegt. Auf einem der Plüschsessel lag ein Kleid, lässig hingeworfen, davor ein Paar Stiefel – man sah, hier hatte sich eine weibliche Person entkleidet, ohne die Sachen aufzuräumen.

Eva sah sich zaghaft in dem Raum um. Die Luft war so schwer und dumpf in dem Zimmer, daß ihr das Atmen schwer wurde. Sie seufzte tief auf und stellte ihre Handtasche neben sich auf den Boden. Eine Weile wartete sie ruhig – dann hüstelte sie, um sich bemerkbar zu machen. Nichts regte sich.

Nun ertrug sie das Warten nicht länger. Sie schritt auf die offenstehende Tür des Nebenzimmers zu. Ein schmales Schlafzimmer wurde ihr sichtbar. Auf einem Ruhesofa vor dem Bett lag, mit einem losen alten Morgenrock bekleidet, eine Frau, die sich eben schlaftrunken aufrichtete, als Eva im Türrahmen erschien. Beim Anblick des jungen Mädchens sprang die Frau erschrocken auf und setzte sich aufrecht.

»Was wollen Sie hier, wie kommen Sie hier herein?« rief sie, sich das wirre Haar aus dem Gesicht streichend. Eva sah mit unbeschreiblichem Gefühl auf die verschlafen aussehende Frau. Das sollte ihre Mutter sein, diese Frau mit den deutlichen Spuren von Puder und Schminke auf dem verblühten Gesicht? Noch waren Spuren einstiger Schönheit unverkennbar, das Gesicht zeigte noch edle Linien; aber es waren traurige Reste einstiger Schönheit, die da mit künstlichen Mitteln mühsam festgehalten wurden. Diese Frau bot keinen erfreulichen Anblick. Die Würde ihres Alters fehlte vollständig. In dem Herzen des jungen Mädchens stürmten die widerstreitendsten Empfindungen durcheinander, und trotz aller Gegenwehr überwog das Gefühl der Abneigung, fast des Abscheus. Mit dieser Frau würde sie nie etwas gemein haben, das war ihr schon im ersten Augenblicke klar. Wenn sie trotz Wendenburgs Abmahnen noch eine leise Hoffnung genährt hatte, bei der Mutter eine Stelle zu finden, wo sie mit der Drangsal ihres Herzens hinflüchten konnte – der erste Eindruck nahm ihr diese Hoffnung.

Sie wollte auf die Frage ihrer Mutter antworten, aber die Kehle war ihr wie zugeschnürt. Erst als Charlotte Grabow nahe herantrat, sie mit den kurzsichtigen Augen musterte und noch einmal fragte, was sie wünsche, rangen sich einige Worte über ihre Lippen.

»Ich bin Eva Grabow.«

Ihre Mutter stutzte, blinzelte zu Eva empor und wußte offenbar gar nicht, was sie sagen und denken sollte. Im Augenblick begriff sie nicht. Ganz benommen im Kopf, trat sie aus dem Schlafzimmer heraus, griff nach der Stiellorgnette auf dem Tisch und hielt sie vor die Augen, um Eva verständnislos anzusehen. Dann bekam ihr Gesicht einen betroffenen Ausdruck.

»Eva Grabow – Eva Grabow – nein – Sie sind doch nicht – nein –«

Sie schüttelte fassungslos den Kopf. Eva hatte ihre Ruhe wiedergewonnen.

»Doch, ich bin Eva Grabow – Ihre – nein, deine Tochter«, sagte sie fest.

Charlotte Grabow schien jetzt mit einem Male zu begreifen. Daß es keine erfreulichen und warmen Gefühle waren, die sich beim Anblick der verlassenen Tochter in ihr regten, konnte Eva deutlich auf ihrem Gesicht sehen. Offenbar wußte sie gar nicht, wie sie sich Eva gegenüber verhalten sollte. Aber dann dämmerte wohl das Bewußtsein in ihr, daß es notwendig war, einige Freude zu zeigen, und als sie erst einmal soweit gelangt war, wurde sie schnell Herrin der

Lage. Sie war im Leben immer eine bessere Schauspielerin gewesen als auf den Brettern, die die Welt bedeuten.

Mit übertriebener Gebärde und ausgestreckten Händen trat sie auf Eva zu.

»Mein Kind – meine Tochter – mein langentbehrtes Kind, von dem mich ein grausam Schicksal getrennt. Sei mir gegrüßt! O Gott – wie ist es möglich, daß ich eine so große Tochter habe! Man würde es mir nicht glauben. Ich hab' mir meine Tochter immer als ein niedliches kleines Mädchen vorgestellt mit Schärpenkleidchen und Hängezöpfen. Und nun steht so eine große, schöne Dame vor mir. Aber willkommen in meinem armen, bescheidenen Heim – du bist natürlich eine viel bessere Umgebung gewöhnt. Ach – es war mir immer ein Trost, wenn ich darben mußte, daß du es besser hast im Leben als deine arme Mutter. Du mußt fürliebnehmen, mein Kind. Aber lieb, sehr lieb ist es von dir, daß du mich einmal aufsuchst. Ja – die Stimme der Natur ist mächtiger als wir, ich hab' oft Sehnsucht nach dir empfunden. Du bist sicher nur auf der Durchreise hier in Berlin?«

Sie zog Eva mit sich auf das Sofa nieder.

In Eva regte sich kein warmes Gefühl bei diesen mit viel Gefühlsaufwand vorgetragenen Worten. So unerfahren sie auch war, alles, was diese Frau sagte, klang so gekünstelt, so unnatürlich, daß Eva das Gemachte herausmerkte. Ihre Beklommenheit nahm zu.

»Nein – nicht auf der Durchreise. Ich bin nach Berlin gereist, um dich aufzusuchen und dich zu bitten, mir einige Zeit bei dir Aufnahme zu gewähren.«

»Aufnahme?« Frau Charlotte führte erregt das Glas vor die Augen. »Wie soll ich das verstehen, Kind, du bist doch nicht allein, ohne Begleitung, in Berlin?«

»Doch, ganz allein. Und ohne Vorwissen meines Pflegevaters. Ich muß dir gleich alles sagen, damit du klarsiehst. Onkel Horst wollte mich zu seiner Frau machen. Das kann ich nicht werden. Da ging ich heimlich fort, zu dir. Ich wußte mir keinen anderen Rat. Bitte, nimm mich bei dir auf, nur so lange, bis ich mir eine Stellung gesucht habe.«

Frau Charlotte Grabow schlug fassungslos die Hände zusammen.

»Mein Gott – so eine Unvernunft! Du bist wohl von Sinnen? Einem Mann wie Wendenburg, der über ein fürstliches Einkommen verfügt, läuft man doch nicht davon, wenn er einem seine Hand anbietet. Das ist doch nicht dein Ernst? Eine Stellung suchen, wenn man wie eine Fürstin leben kann!«

Sie lachte hart und gereizt auf und fuhr dann fort:

»Herrgott im Himmel, du wirst doch durch diese Torheit nicht etwa dein Glück zerstört haben? Wenn dir Wendenburg zürnt – das ist ja nicht auszudenken. Bedenke doch, was du da von dir weisen willst. Du kannst als seine Frau das Leben in vollen Zügen genießen, könntest herrschen, anstatt zu dienen. Und was könntest du für deine arme, vom Unglück verfolgte Mutter tun! – Mein Himmel, so sitz doch nicht mit einem so steinernen Gesicht da! Du scheinst eine gefühlsunklare Närrin zu sein. Das hast du von deinem Vater. Es ist merkwürdig, wie ähnlich du ihm siehst. O mein Gott – ich bin ganz außer mir vor Aufregung, ganz außer mir. Wie konntest du nur? Dir ist es zu gut gegangen bisher, du weißt nicht, was Armut ist. Sieh dich hier bei mir um, da sitze ich in einer meiner unwürdigen Umgebung und muß noch froh sein, wenn mich die Wirtin nicht hinausweist, weil ich ihr die Miete schulde. Du ahnst nicht, was eine Frau zu leiden hat, wenn sie im Geldpunkte abhängig von den Menschen ist. Sei vernünftig, kehre sofort um und bitte Wendenburg um Verzeihung. Vielleicht ist es noch nicht zu spät, und er nimmt dich wieder auf. Aber beeile dich. Ich leide einfach nicht, daß du in dein Unglück rennst.« Sie hielt ganz erschöpft inne.

Eva sah mit ernsten ruhigen Augen in das erregt zuckende Gesicht ihrer Mutter. »Ich habe alles bedacht und kehre nicht zurück. Glaubst du, ich wäre wie eine Undankbare geflohen, wenn es für mich eine Möglichkeit gäbe zu bleiben?«

»Unsinn, das sind überspannte Ansichten. Einem reichen Freier läuft man nicht davon, wenn man ein armes Mädchen ist. Noch einmal, ich leide nicht, daß du so töricht handelst. Sofort drahte ich Wendenburg, daß du hier bist und zu ihm zurückkehren wirst. Am besten, er holt dich hier ab. Er wird mir dankbar sein, wenn ich dich zur Vernunft bringe.«

»Das kannst du dir sparen. Onkel Horst weiß, daß ich bei dir bin.«

»Du hast es ihm mitgeteilt?«

»Ja, ich hab' ihm alles geschrieben, und er selbst wird nicht verlangen, daß ich zu ihm zurückkehre.«

»Herr, mein Gott – was hast du denn angestellt, daß er es nicht verlangen wird?«

»Nichts, nur die Wahrheit hab' ich ihm geschrieben, daß ich seine Frau nicht werden kann und daß ich dich vorläufig um Aufnahme bitten will.«

Charlotte Grabow sprang auf und lief aufgeregt hin und her.

»Das ist ja reizend, allerliebst. Ich bitte dich, er wird es mich entgelten lassen. Und gerade jetzt, wo ich so sehr in Not bin. Seit Monaten habe ich keine Anstellung und wollte mich dieser Tage um Hilfe an ihn wenden. Nun versagt er sie mir natürlich.«

»Mutter, du wirst ihn doch nicht wieder um Almosen bitten?« rief Eva erschrocken.

Charlotte zuckte die Achseln.

»Warum nicht? Wozu hat man denn reiche Verwandte? Wendenburg war der Vetter deines Vaters. Ich bitte dich, bleib mir mit hochtrabenden Redensarten vom Leibe. Solchen Unsinn erlauben mir meine Verhältnisse nicht. Ich bin bettelarm und weiß gerad jetzt nicht, wovon ich in den nächsten Tagen leben und meine Wirtin bezahlen soll. Du hast ja keine Ahnung, wie sich unsereins durchschlagen muß. Und wenn du Wendenburgs Frau geworden wärst, dann hätte er sicher etwas für mich getan. O Himmel, Himmel, das erlebt man nun an seinem einzigen Kinde! Nein – ich leide es nicht – kehr um, sag ich dir, kehr um!«

Eva saß reglos ihren Ausbrüchen gegenüber.

»Nein, Mutter – niemals.«

Frau Charlotte fuhr herum zu ihr. »Nenn mich nicht auch noch Mutter! Wenn das jemand hört! Begreifst du nicht, daß ich für mein Fach als Salondame sofort untendurch bin, wenn man erfährt, daß ich eine erwachsene Tochter habe? Ich hab' schon ohnedies Mühe, eine Anstellung zu bekommen, und muß so jung als möglich scheinen. Dabei könnte es mir gerade noch fehlen, daß du dich als meine Tochter aufspielst.«

Eva atmete schwer auf. Hart genug war es ihr gewesen, dieser Frau den Mutternamen zu geben. Vor ihrer Herzenskälte schauerte sie zusammen. Am liebsten wäre sie aufgestanden und wäre gelaufen, so weit sie ihre Füße trugen, um aus ihrer Nähe zu kommen. Aber wo sollte sie hin, allein und verlassen, wie sie war? Es half nichts, sie mußte bleiben, und wenn sie sich auch noch so sehr demütigen mußte. Sie hatte sich keine großen Hoffnungen gemacht über die Art der Aufnahme bei der Mutter, aber die Wirklichkeit übertraf ihre schlimmsten Erwartungen.

»Wenn du es nicht wünschest, will ich dich gewiß nicht Mutter nennen. Bitte laß uns einmal ruhig und vernünftig unterhandeln. Ich habe einige hundert Mark Geld bei mir. Es dürfte reichen, um deinen und meinen Unterhalt einige Wochen zu bestreiten. Inzwischen findet sich wohl Arbeit und Verdienst für mich. Und ich selbst werde dann Onkel Horst schreiben und ihn bitten, dich noch zu unterstützen, bis du wieder Anstellung gefunden hast.«

Charlotte lachte hart auf.

»Abgewiesene Freier pflegen nicht großmütig zu sein.« Evas Gesicht rötete sich.

»Onkel Horst ist ein edler, gütiger Mann.«

»Und trotzdem läufst du ihm davon!«

»Ja, trotzdem. Das mag dir den Ernst meiner Lage klarmachen.«

Frau Charlotte ließ sich seufzend in einen Sessel gleiten. Evas Erwähnung, daß sie Geld bei sich hatte, war wie Öl auf die Wogen ihrer Erregung gefallen. Sie sann angestrengt nach, wie sich für sie Vorteil aus dieser überraschenden Sachlage ziehen ließ. Ausbeuten mußte sie diese auf irgendeine Art, nur wußte sie noch nicht, auf welche. Schließlich nahm sie ihr Stielglas und betrachtete Eva prüfend von oben bis unten.

»Du bist entschieden eine Schönheit, und zwar eine von der Art, die den Männern am meisten gefällt. Wendenburg hat Geschmack bewiesen.«

Eva zog die Stirn wie im Schmerz zusammen und wurde glühend rot. »Laß das, bitte. Meine Schönheit wird mir auf meinem künftigen Lebensweg eher eine Last sein als ein Vorzug.«

Charlotte schüttelte den Kopf.

»Du scheinst unglaublich überspannte Ansichten zu haben. Eine schöne Frau ist immer im Vorteil gegen eine häßliche, wenn sie klug ist. Doch gut, lassen wir das jetzt. Wieviel Geld hast du bei dir?«

»Gegen dreihundert Mark.«

»Hm, das ist freilich wenig, wenn man bedenkt, daß du aus dem Hause eines mehrfachen Millionärs kommst. Deinen Vorteil hast du wenig zu wahren gewußt. Immerhin ist es besser als nichts. Gib mir hundert Mark davon, damit ich meine Wirtin bezahlen kann. Ich muß sie gefügig machen, damit sie erlaubt, daß ich dich bei mir aufnehme.«

»So weisest du mich nicht fort?« fragte Eva leise.

Charlotte seufzte scheinbar ergebungsvoll. Sie hatte sich inzwischen überlegt, daß sie sich vielleicht Wendenburg zu Danke verpflichten konnte, indem sie Eva zur Vernunft brachte. Gelang ihr das nicht, dann konnte ihr Evas Schönheit vielleicht anderweitig von Nutzen sein. Es gab in den Kreisen, in denen sie verkehrte, reiche Lebemänner genug. Man konnte nicht wissen – Evas frische, reine Schönheit mußte ja bezaubern –, vielleicht machte sie eine andere gute Partie. Es gab da gewiegte Herzensbrecher darunter, die auch dieses scheinbar sehr spröde Herz besiegen würden. Jedenfalls war es ratsam, gute Miene zum bösen Spiel zu machen.

»Ich kann dich doch nicht hinausweisen, wenn du durchaus nicht zurückkehren willst! Wir wollen also später gemeinsam überlegen, was zu tun ist. Bitte, gib mir das Geld – ich muß auch etwas zu essen holen lassen. Du wirst hungrig sein, und ich habe seit heute morgen auch noch nichts zu mir genommen.«

Eva reichte ihr einen Hundertmarkschein.

Charlotte wurde sofort besser gelaunt, machte einige Scherze über Evas unerwartetes Erscheinen und entschuldigte sich ihrer mangelhaften Kleidung halber. Dann ging sie zur Tür und rief hinaus:

»Frau Krusemann!«

Diese erschien langsam mit mürrischer Miene. Charlotte wandte sich mit den Bewegungen einer Salondame der Bühne nach ihr um.

»Ah, da sind Sie ja schon, Frau Krusemann. Sie müssen für meine – meine Nichte und mich eine Mahlzeit aus dem Gasthaus holen. Hier ist Geld – Sie können gleich die rückständige Miete mit abziehen, auch was Sie sonst noch an Auslagen zu bekommen haben.«

Frau Krusemanns Antlitz verlor den mürrischen Ausdruck. Sie faßte schnell nach dem Geldschein. Ihre Augen flogen forschend zu Eva hinüber. Daß von dieser der plötzliche Geldsegen ausging, erfaßte sie sofort. Und für Evas vornehme Einfachheit fehlte ihr das Verständnis keineswegs. Als Zimmervermieterin hatte sie einen scharfen Blick für allerhand Leute.

Sie beeilte sich, ihre Bereitwilligkeit zu versichern, und hob mit einer sorgsamen Beflissenheit die feine Handtasche Evas vom Boden auf.

Befriedigt sog sie den Juchtenduft ein und wischte mit der Schürze liebevoll säubernd über den Boden der Tasche, der auf dem Fußboden gestanden hatte. Dann stellte sie dieselbe umständlich auf einen Stuhl. »So wat Schönes sieht man nich alle Tage«, sagte sie anerkennend und trollte dann hinaus. Als sie schon auf der Schwelle war, rief sie Charlotte noch einmal zurück.

»Was ich noch sagen wollte – meine Nichte will sich einige Wochen in Berlin aufhalten und mag nicht allein im Hotel wohnen. Wenn es Ihnen recht ist, bleibt sie bei mir. Da Sie, soviel ich weiß, kein Zimmer frei haben, richten wir mein Ruhesofa als Nachtlager vor. Das läßt sich ja machen. Wir möchten doch gern zusammenbleiben. Meine Nichte wird Sie natürlich dafür entschädigen.« Frau Krusemann hatte noch nie eine Gelegenheit, mühelos Geld zu verdienen, von sich gewiesen. Sie erklärte sich einverstanden.

Nachdem sie das Essen herbeigeholt hatte – auch eine Flasche Wein fehlte auf Charlottes Wunsch nicht –, schleppte sie einige Kissen und Decken herbei und machte für Eva das Sofa zurecht. »Nächste Woche wird das Zimmer nebenan leer, das Malfräulein zieht aus, dann können Sie von wegen mir in die ihre Stube ziehen, bis sie wieder vermietet wird«, sagte sie zu Eva.

Diese nickte ihr nur stumm zu. Sie war nicht imstande zu sprechen. Nun sie sich vorläufig geborgen wußte, versagten ihr die Nerven den Dienst. So hungrig sie auch war, es kostete Mühe, einige Bissen hinunterzuzwingen. Charlotte aß dafür mit großem Hunger. Sie trank auch fast die ganze Flasche Wein allein aus und plauderte dabei sehr liebenswürdig. Sie erzählte Schnurren und Theaterwitze, belachte sie laut und schien gar kein Empfinden dafür zu haben, wie trostlos und jammervoll es in ihrer Tochter aussah.

Inzwischen wurde es dunkel. Frau Krusemann brachte die Lampe und räumte das Eßgeschirr fort. Bis nach neun Uhr saßen Mutter und Tochter einander gegenüber. Eva mußte schließlich, da sie aufgefordert wurde, die Einzelheiten ihrer Flucht erzählen, und auch über ihr Leben in Wendenburgs Hause mußte sie berichten. Charlotte folgte ihren Worten mit gespannter Aufmerksamkeit. Wollte sie doch aus diesem Bericht entnehmen, wie sie am besten Nutzen aus der Sache ziehen konnte.

Dabei betrachtete sie Eva immer aufmerksamer. Mitten in der Unterhaltung sprang sie einmal auf und nestelte an Evas Haar.

»Ist das alles echt?« fragte sie und wollte die Nadeln lösen.

Eva bog unwillkürlich den Kopf zurück, während sie errötete. Das Berühren ihres Haares mit den erregt zitternden Händen verursachte ihr Pein.

»Meinst du mein Haar?«

»Ja, ja – dein Haar. Solche Fülle erscheint mir verdächtig. Aber du mußt Unsummen dafür ausgegeben haben. Diese Farbe ist sehr geschätzt und schwer zu beschaffen. Ich kenne das. Übrigens ist es von erster Güte und gar nicht von echt zu unterscheiden.«

Eva steckte die gelockerten Nadeln wieder fest.

»Es ist mein eigenes Haar.«

Charlotte lachte. Evas Erröten hielt sie für Verlegenheit.

»Närrchen, vor mir brauchst du dich wahrhaftig nicht zu schämen. Die meisten Damen tragen jetzt gekaufte Flechten, ich natürlich auch.«

Da löste Eva selbst ihr Haar.

»Meine Flechten sind nicht gekauft«, sagte sie ruhig und ließ diese achtlos über den Rücken gleiten.

Charlotte wog sie mit einem Ausruf der Bewunderung auf der Hand. »Wahrhaftig echt! Kind, du weißt wohl kaum, was für einen Schatz du da mit dir herumträgst. Aber anders frisieren mußt du dich. Herrgott, was läßt sich aus diesem Haar machen! Komm, laß es mich aufstecken. So mußt du die Flechten um den Kopf legen, daß jeder sehen kann, sie sind echt, hier den Ansatz muß man sehen. Sieh, so! Wundervoll! Nun schau, ob das nicht ganz anders aussieht.«

Sie hatte mit geschickten Griffen Evas Haar zu einer sehr kleidsamen Frisur aufgesteckt und lockerte hie und da noch wohlgefällig daran herum. Eva war selbst erstaunt über die goldbraune Fülle, die ihr Haupt deckte. Charlotte hielt ihr einen Handspiegel vor.

»Prachtvoll, entzückend! Du bist wirklich eine Schönheit erster Güte. Ich werde Aufsehen mit dir machen. Jetzt kleide ich mich schnell an, und dann gehen wir aus. Ich brenne darauf, dich meinen Bekannten vorzustellen.«

Eva sah befremdet zu ihr auf.

»Heute abend noch? Wir zwei Damen allein?«

Charlotte lachte belustigt auf.

»Närrchen – du kommst aus der Provinz, da herrschen noch veraltete Ansichten. Hier in Berlin fällt das niemandem auf. Übrigens finden wir natürlich auch Herren unter meinen Bekannten, die uns mit Freuden unter ihren Schutz nehmen werden.« Eva sah wenig erbaut aus.

»Ich möchte lieber zu Hause bleiben und mich niederlegen. Ich bin sehr müde und abgespannt.«

Charlotte machte erst ein enttäuschtes Gesicht. Aber dann gab sie sich zufrieden. Es war am Ende besser, sie bereitete Evas Auftreten unter ihren Bekannten erst vor. »Nun gut, so verschieben wir dein erstes Erscheinen auf morgen. Mich mußt du aber entschuldigen, ich habe mich verabredet. Leg dich nur ruhig einstweilen nieder, es wird möglicherweise spät, bis ich heimkomme. In Berlin fängt man jetzt erst an zu leben.«

Eva sah beklommen zu, wie ihre Mutter sich anzog. Sie hantierte mit Puder und Schminke aller Art, zeichnete die Augenbrauen nach, kämmte sich, indem sie das falsche Haar ablegte und wieder aufsteckte, und zog sich das Kleid über, welches noch immer auf dem Sessel lag. Es war ein schwarzes Kleid aus Tüll und Seide, mit tiefem Ausschnitt am Hals, der mit durchsichtigem Tüll und Flitter übersponnen war. Ganz eng schmiegte sich der Tüll an die nackten Schultern und den Nacken. Beides war vorher auch mit einer reichen Puderschicht belegt worden.

Als sie fertig war, stellte sie sich siegesbewußt lächelnd vor Eva hin.

»Nun – wie gefalle ich dir jetzt? Man kann sich noch sehen lassen, hm?«

Eva sah sie mit großen Augen an. Die Schamröte stieg ihr ins Gesicht. Das war nun ihre Mutter, diese aufgetakelte geschminkte Komödiantin! Während sich Charlotte selbstgefällig lächelnd um sich selbst drehte, dachte Eva erschauernd an Bernhard. Wie gut, daß sie nicht sein Weib geworden war. Vielleicht hätte ihn das Leben einmal mit dieser Frau zusammengeführt. Das wäre ihr furchtbar, unerträglich gewesen. Wie sie sich ihrer Mutter schämte! – Frau Charlotte trällerte eine Operettenmelodie und weidete sich an Evas Sprachlosigkeit, die sie für Bewunderung hielt. »Jaja – man sieht noch ganz gut aus, freilich nur noch des Abends. Ich gehe am Tage auch nur aus, wenn ich's nicht vermeiden kann. Und da nehme ich einen dichten Schleier. Jetzt gibt man mir doch höchstens dreißig Jahre, nicht? Oder meinst du, man sähe mir an, daß du meine Tochter bist?«

»Nein, gewiß nicht«, stieß Eva zitternd vor Scham hervor.

Charlotte nickte befriedigt, nahm Hut und Handschuhe, behängte sich mit dem billigen, unechten Schmuck und verließ, Eva eine Kußhand zuwerfend, das Zimmer.

Eva sah ihr mit starren, brennenden Augen nach. Langsam öffnete sie dann das Fenster, um frische Luft hereinzulassen. Dann stand sie eine Weile in schlaffer, müder Haltung am Tisch, und plötzlich sank sie in sich zusammen, barg den Kopf in den Armen, die sie über den Tisch breitete, und stöhnte auf. Ein trockenes Schluchzen schüttelte ihren Körper – sie fühlte sich grenzenlos einsam und verlassen. Jetzt erst empfand sie voll und ganz, was sie hinter sich gelassen hatte.

Mit herbem Schmerz dachte sie zurück an ihre schöne, herrliche Heimat, denn eine Heimat war ihr Villa Anna gewesen. Dort wußten sie nun, daß sie für immer gegangen war, und saßen gewiß auch traurig beisammen. Onkel Horst würde schwer an dem Schlag zu tragen haben, den sie ihm hatte zufügen müssen, Gabriele würde weinen und ein wenig Sehnsucht nach ihr haben, und er – Bernhard –, er trug wohl am schwersten und mußte dabei seine Braut noch zu trösten versuchen. Er wußte nun, daß sie ihm mit keinem Gedanken untreu gewesen war, und würde seine Seelenruhe wiederfinden. Noch eine Weile brannte wohl auch in ihm die Wunde fort, aber dann würde sie Gabriele mit ihrem Liebesreichtum heilen. Nach und nach würde der Schmerz um sie sich lindern, und eines Tages würde sein junges Weib ihre Stelle in seinem Herzen einnehmen. Dann war sie vergessen.

Vergessen! Jetzt stürzten die Tränen aus ihren Augen, in ihrer Verlassenheit erschien ihr dieses Vergessen doppelt schmerzlich; es brachte ihr so gar keinen Trost, daß Bernhard Gerold glücklicher sein würde, wenn er sie vergaß. Lange dauerte es, bis sie ihre Fassung wiedererlangte. Sie erhob sich und ging ruhelos im Zimmer auf und ab. Mit fieberhafter Unruhe entwarf sie Pläne für die Zukunft. Hier war ihres Bleibens nicht lange, das war gewiß. Je eher sie von hier fortkam, um so besser. Nichts ist demütigender und furchtbarer, als wenn sich ein Kind seiner Mutter schämen muß. Von allen schmerzlichen Erlebnissen der letzten Zeit war heute dies mit ihrer Mutter das furchtbarste gewesen. Wie gebrandmarkt kam sie sich vor, als könnte sie nun keinem Menschen wieder offen ins Gesicht sehen. Es war doch gut, daß sie das Schicksal bestimmt hatte, einsam durchs Leben zu gehen. Wie hätte sie jetzt noch ihre Hand in die eines Ehrenmannes legen können, nun sie den vollen Unwert der Mutter erkannt hatte! Ihr fein empfindendes Ehrgefühl würde das nie zugelassen haben. Also fort mußte sie, so schnell als möglich. Gleich am nächsten Morgen würde sie Schritte tun, um irgendeine Stellung zu erlangen. Sie mußte Zeitungen durchsehen und ein Gesuch einsetzen. Irgendwo und -wie würde man doch Verwendung für sie haben. Wählerisch wollte sie gewiß nicht sein – nur fort von hier, wieder in reine Luft, ohne Schminke und Theaterplunder. Mit düsteren Blicken streifte sie die zahlreichen Abbildungen ihrer Mutter auf dem kleinen Eckbrett. Es waren sonderbare Aufnahmen darunter, die ihre ehrliche Entrüstung erweckten. In den gewagtesten Stellungen und Kleidern, wie sie in den leichtfertigen Berliner Ausstattungspossen beliebt waren, hatte sich Frau Charlotte aufnehmen lassen. Geschicktes Nachhelfen war dabei noch gefälliger gewesen als die günstigste Abendbeleuchtung: Frau Charlotte sah auf all diesen Bildern noch sehr schön aus. Da sie nicht sehr bühnenbegabt war, hatte man sie immer nur als schönes Aushängeschild betrachtet. Nun glich sie diesen Bildern freilich nicht mehr, und auf keinen Fall waren diese geeignet, kindliche Liebe und Verehrung zu wecken.

Erschauernd wandte sich Eva ab. Wo mochte ihre Mutter so spät noch hingehen? In welcher Gesellschaft würde sie bis spät in der Nacht ausbleiben? Wie gut, daß sie nicht mitgegangen war!

Eva trat ans Fenster. Der Großstadtlärm tönte herauf zu der Einsamen. Tausende von Menschen hasteten noch vorüber, jeder seinem Ziele zu. Und sie war allein – allein.

Sie empfand es schließlich wie eine Befreiung, als die Wirtin eintrat und frisches Wasser brachte.

Sie zeigte sich jetzt um vieles freundlicher und redseliger als zuvor, und ihre Augen ruhten mit einem gewissen Wohlgefallen auf Eva.

»Na, Fräulein – nich mit ausjejangen?«

»Nein, ich bin zu müde«, sagte Eva freundlich.

»Haben gewiß ’ne weite Reise hinter sich?« forschte Frau Krusemann neugierig.

»Ja.«

Die kurze Antwort genügte der Alten scheinbar nicht. Sie trat neben Eva hin. »Ein schönes Kleid haben Sie an – fein, natürlich auf Seide jarniert – erster Jüte. So wat Schönes hat die Frau Tante nicht. Das ist allens Bühnenflitter, was die anzieht. Sie sind wohl nicht Schauspielerin?«

»Nein.«

»Hab ick auf den ersten Blick rausjehabt. Ich kenne mir aus mit so wat. Habe schon manchmal Damens vom Theater im Hause jehabt. Aber so wie Sie is da keine von. Nich die Bohne. So wie Sie, so jehen man die ganz feinen Damens von Berlin W. Oben ganz einfach, aber tipptopp Stoff und unten Seide. Der Frau Tante ihr janzer Staat is nich so ville wert als det eene Kleid.«

Evas Gesicht spiegelte deutlich das Unbehagen wider, welches sie bei den Worten der Frau empfand. Sie antwortete nicht.

Frau Krusemann zuckte die Achseln und nahm ihren Wasserkrug. »Ooch jut. Sie scheinen zu stolz zu sein, um mit unsereinen ’n freundliches Wort zu reden. Denn nich. Aber das kann ick Ihnen sagen, ick bin ’ne ehrliche anständige Witfrau, wenn ick ooch nich mit Theaterplunder behängt bin. Mit der Frau Tante tausche ick noch lange nich. Das will ick nur jesagt haben.«

Eva sah ihr ängstlich nach, war sie doch jetzt von der Freundlichkeit dieser Frau abhängig.

»Ich bin gewiß nicht stolz, Frau Krusemann, nur sehr müde und abgespannt. Ich wollte Sie gewiß nicht kränken, bitte, glauben Sie mir das.«

Die alte Frau drehte sich sofort besänftigt um und sah in Evas Gesicht. Die schönen traurigen Augen, die so bittend zu ihr herübersahen, machten sie ganz weich.

»Na, denn is schon jut, Fräuleinchen. Und nischt für unjut,

wenn ick ’n bißchen verächtlich von die Frau Tante gesprochen habe. Böse war das nich jemeint. Aber wissen Sie, Fräuleinchen, die Frau Tante is doch vielleicht kein passender Umjang vor Ihnen, es is da nich allens so, wie es soll – nehmen Sie sich man ’n bißchen in acht, daß Sie nich in schlechte Jesellschaft jeraten. Verstandevous?«

Eva war dunkelrot geworden.

»Ich verstehe Sie nicht«, stammelte sie betroffen.

Frau Krusemann sah mit scharfem, forschendem Blick in das süße, traurige Mädchenantlitz. Sie besaß genug Menschenkenntnis, um auf diesen Zügen den Stempel der Reinheit und Unschuld zu entdecken.

»Na ja – denn will ick ja ooch nischt jesagt haben. Aber es is jut, daß Sie nich mit ausjejangen sind heut abend, und wenn Ihnen nich sehr ville dran liegt, denn bleiben Sie abends überhaupt lieber hübsch zu Hause. Ick meine nur so – aber ick bin ’ne olle erfahrene Frau, und ick weiß, wie es in Berlin zujeht. Und nun will ick mir trollen, damit Sie zur Ruhe kommen. Jute Nacht denn, Fräuleinchen.«

»Gute Nacht, Frau Krusemann – und ich danke Ihnen«, sagte Eva und starrte mit traurigen Augen in das Lampenlicht.

Da trat die Alte dicht an sie heran. Mit ihrer harten, knochigen Hand faßte sie die schlanke weiße des jungen Mädchens.

»Daß Sie nich zum Pläsiervergnügen nach Berlin jekommen sind, sieht een Blinder ohne Brille. Aber nu man nich bange. Wenn Sie mal nicht aus und ein wissen, denn is die Krusemann ooch noch da.« Die Worte klangen so ehrlich und herzlich, daß Eva die Tränen in die Augen traten. Sie drückte nur stumm die große Arbeitshand der alten Frau und wandte sich ab.

Eva schlief trotz aller Müdigkeit noch nicht, als ihre Mutter gegen zwei Uhr heimkam. Sie stellte sich jedoch schlafend, weil es ihr unmöglich gewesen wäre, mit ihr zu sprechen. Charlotte entledigte sich leise ihrer Kleider, rauchte dabei eine Zigarette und trat dann mit dem Licht an Evas Lager.

Mit prüfenden, abwägenden Blicken sah sie herab auf das junge Mädchen, deren Brust sich unter dem feinen weißen Nachthemd hob und senkte. Keine Spur von Mutterzärtlichkeit lag in diesen Blicken, nur ein kaltes, unruhiges Funkeln. Dann hob sie die eine der herabgeglittenen Flechten auf und hielt sie gegen das Licht, so daß sie goldig aufleuchtete. Erst dann legte sie sie auf die Kissen zurück.

Evas Atem ging schwer, als sie so mit geschlossenen Augen dalag. Der Duft der Zigarette, das starke Parfüm, welches den Kleidern ihrer Mutter entströmte, und das Bewußtsein, daß sie jetzt von dieser mit kalten, prüfenden Blicken beobachtet würde, alles das legte sich wie ein Alp auf ihre Brust.

Wie erlöst atmete sie auf, als endlich das Licht erlosch und ihre Mutter sich niederlegte.

Als Eva sich am anderen Morgen leise erhob, schlief ihre Mutter noch. Sie kleidete sich schnell und leise an und ging dann hinaus zu Frau Krusemann. Die Alte saß in der Küche und hatte eine große Tasse mit Kaffee vor sich stehen.

Evas Gruß erwiderte sie sehr freundlich.

»Schon ausjeschlafen, Fräulein? Jotte doch, so zeitig stehen meine möblierten Herren und Damen alle nich auf. Nun wollen Sie jewiß Kaffee haben?«

Eva trat näher heran.

»Sie waren gestern abend so freundlich zu mir, Frau Krusemann. Ich nehme Ihr Anerbieten an und komme schon heute mit einer Bitte um Rat zu Ihnen.«

»Na, denn man los, Fräuleinchen, man nich ängstlich!«

Sie wischte mit ihrer Schürze über einen Küchenstuhl und stellte ihn Eva hin. Diese setzte sich nieder, um die alte Frau nicht zu verletzen. »Ich bin hierhergekommen, um mir eine Stelle zu suchen, als Gesellschafterin, als Stütze – gleichviel als was. Nur möcht' ich Familienanschluß haben, da ich allein stehe in der Welt. Können Sie mir sagen, in welcher Zeitung ich da am besten Stellung suche und wo ich solche Angebote finde?«

»Kann ick, Fräulein, kann ick. Aber stellen Sie sich das man nich so leicht vor. Haben Sie jute Zeugnisse?«

»Gar keines. Ich war bis jetzt im Hause eines Verwandten und führte dort den Haushalt.«

»Hm, hm – ohne Zeugnisse – da is nich ville zu machen. Können Sie sich nicht 'n Zeugnis von Ihren Verwandten ausstellen lassen?«

»Das könnte ich wohl. Es würde aber immerhin einige Zeit darüber vergehen, und ich möchte doch sofort etwas unternehmen, da ich meiner – meiner Tante nicht lange zur Last fallen möchte.«

»Na ja, versuchen können Sie's schon immer. Und da – hier is die richtige Zeitung vor Ihnen. Kieken Sie man rin. Sie können jeden Morgen einsehen. Der Student, der ihr kriegt, steht erst spät auf.«

Eva faßte zögernd danach. »Ich möchte doch nicht – wenn die Zeitung nicht Ihnen gehört.«

»Na, was denn? Sie gucken ihr doch nischt ab. Braucht ja niemand von zu wissen. Jehen Sie man rin und nehmen Sie ihr mit – ick bringe Ihnen dann gleich den Kaffee.«

Eva ging ins Zimmer zurück und las die Stellenangebote der Zeitung. Enige schrieb sie aus und legte dann die Zeitung sauber wieder zusammen. Als Frau Krusemann den Kaffee brachte, gab sie dieselbe dankend zurück.

Nachdem sie eine Tasse Kaffee zu sich genommen hatte, machte sie sich zum Ausgehen fertig. Draußen ließ sie sich von der alten Frau die Lage der Straßen erklären, die sie aufsuchen wollte. Diese gab ihr genaue Weisung, wie sie zum Ziel kam, nannte ihr die Nummern der Straßenbahnen und des Omnibusses und schärfte ihr ein, sich nur an Schutzleute um Auskunft zu wenden.

Eva bat, ihrer Tante zu bestellen, daß sie bis Mittag zurück sein würde. Dann ging sie.

Als Charlotte Grabow gegen elf Uhr erwachte, war sie verwundert, Eva nicht mehr vorzufinden. Frau Krusemann richtete ihre Bestellung aus, als sie ihr den Kaffee brachte. Charlotte fuhr ärgerlich auf.

»So ein Unsinn. Wie kann sie nur glauben, daß sie so ohne weiteres Stellung findet – ohne Zeugnisse. Sie ist ja viel zu schön zu einer solchen Stellung – keine Frau nimmt sie ins Haus. Sie soll auch gar nicht, hat es gar nicht nötig«, schalt sie aufgeregt. Frau Krusemann stemmte die Hände in die Hüfte.

»Na – zum Theaterspielen kriegen Sie ihr nich, das sieht 'n Blinder ohne Brille«, sagte sie sehr überzeugt.

»Ach was – wer spricht denn davon. Denken Sie nur, Frau Krusemann, dieses unglaubliche Mädchen könnte wie eine Fürstin leben. Ein steinreicher Mann will sie zur Frau, und deshalb läuft sie davon und will hier in Stellung gehen. Ist das nicht verrückt.«

Die Krusemann blies die Luft pfeifend durch die Lippen.

»Aha – da liegt der Hund bejraben. Dacht ick mir doch, daß 'n Haken bei die Sache is. Na – ick hab mal wieder recht jehabt mit meine Menschenkenntnis. Aber wissen Sie was – die weiß, was sie will – die kriegen Sie nich rum – nich zu machen, so wahr ich die Krusemann bin.«

»Lassen Sie mich mit Ihren Rätselsprüchen in Ruhe, ich bin schon so ärgerlich genug. So ein Unsinn, gleich heute in aller Frühe fortzulaufen. Als ob die Leute nur auf sie warteten. – Aber vielleicht ist das ganz gut, sie wird merken, wie schwer es ist, anzukommen und sich im Leben durchzuschlagen.«

Frau Krusemann sah mit gekniffenen Augen auf Charlotte.

»Sie sollten ihr aber wenigstens ihr Geld nich abnehmen, das finde ick nu nich nobel.«

Charlotte warf den Kopf zurück, jetzt wieder ganz »Salondame«.

»Bitte, das geht Sie nichts an, das ist unsere Angelegenheit.«

»Stimmt, und ick kann ja nur froh sein, daß ick zu meinem Geld gekommen bin. Aber so 'n armes unerfahrenes Wurm kann einen leid tun. Sagen Sie mal, Frau Grabow, Sie wollen ihr doch nich mitenmang die lockere Gesellschaft nehmen, ins Metropol und so?«

»Ich muß sehr bitten, daß Sie sich nicht in Sachen mischen, die Sie nichts angehen. Übrigens verkehre ich mit Leuten aus den ersten Kreisen.«

»Na ja, Herrens, sogenannte Lebemänner. Die Damens sind doch alle nur vons Theater und so. Nich eine von der Jüte wie Ihre Nichte, ick kenne mir aus in die Verhältnisse.«

»Meine Nichte kann da eine erste Partie machen bei ihrer Schönheit.«

»Mir können Sie so was erzählen, ick bin verschwiegen. Die Herren wollen doch alle nur so 'ne kleine Liebelei anzetteln. Heiraten is nich – das ist doch klar.«

Charlotte zuckte die Schultern.

»Sie sprechen wie der Blinde von der Farbe. Das verstehen Sie nicht. Lassen Sie das. Sie nehmen sich überhaupt jetzt sehr viel heraus. Ich werde in Zukunft jede Vertraulichkeit mit Ihnen unterlassen.«

»Na man zu, ick werde es ja überleben. Deshalb sage ick doch, was wahr is. Aber nun kann ick ja stillecken sein, ganz wie Sie wünschen. Mir tut das arme, ahnungslose Wurm leid.«

»Sparen Sie doch Ihre Menschenliebe für andere Fälle. Sie sind ja sonst nicht so voll Mitgefühl, wenn es einem Menschen schlechtgeht.«

»Ach so, damit meinen Sie sich selber? Nee, gegen so'ne

Menschen, wie Sie sind, is Mitgefühl ooch nich am Platze. Wenn ick ungemütlich bin, daß Sie mir die Miete manchmal so lange schuldig bleiben, dann hat das seine Gründe. Ick kann ooch nich Sekt trinken und feine Leckereien und Schnuppereien knabbern, wenn ick keen Geld habe und borgen muß. Da stippe ick mir lieber 'ne trockene Stulle in' Kaffee und nähre mir von das Bewußtsein, 'n ehrlicher Mensch zu bleiben. So, das wollte ick Ihnen bloß jesagt haben. So lange Sie Geld haben, sind Sie ja immer so von oben herab, bloß wenn es damit hapert, denn is die Krusemann jut zu ›Vertraulichkeiten‹.«

Damit ging die alte Frau, ungeknickt von Charlottes Größe, hinaus. Diese stampfte wütend mit dem Fuße auf. »Unverschämte Person! So ist es, wenn man gezwungen ist, sich zu solchen Menschen herabzulassen, damit sie einen nicht vor die Tür setzen, wenn man mal nicht gleich bezahlen kann. O diese ewige Geldnot! Und zu denken, daß man die Schwiegermutter eines der reichsten Männer hätte werden können! Diese Eva kann gar nicht verantworten, was sie mir damit getan, daß sie davongelaufen ist. Wendenburg hätte entschieden anständig für mich sorgen müssen. Herrgott, und dazu mein Pech in letzter Zeit! Peinliche Geschichte, die Spielgeschichte neulich abends. Wenn man mir nur nicht nachträglich noch was am Zeuge flickt. Zum Glück war ich gerade an diesem Abend unwohl, als das Nest ausgehoben wurde – aber ob man mich nicht noch verrät? Verwünscht, daß ich mich damit eingelassen habe, aber was hilft's! Verhungern kann man doch nicht. Und die Gimpel brauchen ja nicht ins Garn zu gehen!«

Während diese unerfreulichen Gedanken Charlottes Hirn kreuzten, ging sie unruhig auf und ab.

Wie fast alle wenig begabten Schauspieler hatte sie sich zu Großem berufen gewähnt, weil ihre Schönheit einigen Beifall errang. Sie hatte dann Evas Vater geheiratet, weil sie geglaubt, er verfüge über ein großes Vermögen, und hatte es fertiggebracht, ihn in wenig Jahren zugrunde zu richten, dann ging sie kaltblütig wieder zur Bühne zurück.

Sie glaubte an ihre Größe, und daß sie nur untergeordnete Rollen erhielt, führte sie auf Ungerechtigkeiten zurück. Statt, wie sie gehofft, ein leuchtender Stern am Kunsthimmel zu werden, ging es Jahr um Jahr bergab mit ihr. Solange ihre Schönheit noch gefeiert war, fühlte sie das nicht. Aber nun merkte sie selbst, daß es abwärts ging mit ihr. In den letzten Monaten hatte sie sich in ihrer dauernden Geldnot dazu verleiten lassen, einer Spielhölle Opfer zuzuführen. Sie erhielt dafür einen kleinen Gewinnanteil. Nun war diese Spielhölle ausgehoben worden, Namen von gutem Klang waren mit in den Klatsch gezogen, der dadurch entstand. Wie durch ein Wunder war Charlotte der Verhaftung entgangen. Gerade an diesem einzigen Abend war ihr so elend zumute gewesen, daß sie zu Haus geblieben war. Aber ganz wohl war ihr dabei immer noch nicht. Es liefen da noch so allerhand andere unsaubere Geschäfte mitunter – sie wußte selbst nicht mehr, wie sie da hineingeraten war. Eines war aus dem anderen entstanden, und sie brauchte doch schließlich Geld, um zu leben.

Aber doch sehnte sie sich mit dem letzten Rest von Anständigkeit aus diesem Treiben heraus. So kam es, daß sie ihr Kind als Mittel zum Zweck benutzen wollte, um sich aus dem Sumpf auf festen Boden zu retten. Und mit der Zähigkeit einer Ertrinkenden klammerte sie sich an diese Hoffnung.

Als Eva gegen Mittag in die Wohnung ihrer Mutter zurückkehrte, hatte sie trübe Erfahrungen gesammelt. Sie hatte vergeblich an verschiedene Türen geklopft. Meist hatte man sie nach einem Blick auf ihre vornehme Schönheit mit dem Bescheid verabschiedet, daß die Stelle bereits besetzt sei, oder hatte achselzuckend nach ihren Zeugnissen gefragt.

Ganz elend kam sie zu Hause an. Ihre Mutter hörte ihren kurzen Bericht an und nickte mit dem Kopfe.

»Ja – das denkst du dir viel leichter, als es ist, du weißt noch nicht, wie der Kampf ums Dasein aussieht. Sei vernünftig, laß dir raten, und kehre zu Wendenburg zurück.« Eva preßte die Hände an die Schläfen. »Schweig – bitte, rede mir nicht davon, du quälst mich nur unnütz.«

»Ich kann aber nicht ruhig mit ansehen, wie du einer dummen Einbildung wegen dein Glück aufs Spiel setzest. Ich kenne das Leben besser als du. Reich sein ist, alles Gute und Schöne besitzen, arm sein ist Elend und häßliche Sorge. Es wird sich bitter an dir rächen, wenn du nicht auf mich hörst!«

Eva trat mit bleichem, entschlossenem Gesicht vor ihre Mutter hin.

»Ich werde lieber in Not und Elend sterben und verderben, als dahin zurückzukehren, wo ich hergekommen bin. Bitte, spare also dir und mir Auseinandersetzungen über diesen Punkt.«

Charlotte kniff die Augen zusammen und zuckte die Schultern. Am Nachmittag schrieb sie jedoch an Wendenburg, daß Eva bei ihr sei, daß sie mit Bedauern gehört habe, wie unüberlegt diese gehandelt. Sie habe aber die Überzeugung, daß ihre Tochter nur einer Grille gefolgt sei und daß sie bald von selbst einsehen werde, wie gut es Wendenburg mit ihr meine. Er möge sich nur auf sie verlassen, sie würde Eva schon den Kopf zurechtrücken.

Diesen Brief sandte sie sofort ab, ohne Eva etwas davon zu sagen. Sie war im übrigen bestrickend liebenswürdig zu ihr und plauderte unaufhörlich. Das junge Mädchen mußte zugestehen, daß ihre Mutter, wenn sie gut gelaunt war, noch heute eine reizende Frau sein konnte. Nur das bühnenhafte Wesen und Puder und Schminke störten diesen Eindruck.

Am Abend desselben Tages wollte Charlotte ihre Tochter um jeden Preis bewegen, mit ihr in ein Theater zu gehen und nachher mit ihren Bekannten zusammenzutreffen. Eva lehnte jedoch ruhig und bestimmt ab. Für das Theater habe sie jetzt kein Geld übrig, und nach dem Theater noch auszugehen, ohne Herrenbegleitung, vertrüge sich nicht mit ihren Ansichten.

»Mach dich doch nicht lächerlich, Eva. Du kannst dich doch hier nicht wie eine Nonne einspinnen. Eintritt ins Theater verschaffe ich uns ohne Geld, ich habe Verbindungen genug.«

Eva zog die Stirne zusammen. »Ich möchte mir nichts schenken lassen von fremden Menschen.«

»Du bist entsetzlich spießbürgerlich. Sei doch nicht kleinlich, komm mit, du sollst sehen, du vergnügst dich ausgezeichnet. Brauchst nicht zu fürchten, daß du mit gewöhnlichen Menschen zusammenkommst, ich verkehre mit Leuten aus der besten Gesellschaft.«

»Mag sein. Du meinst es gewiß gut. Aber bitte, laß mich zu Hause. Ich bin es auch gar nicht gewöhnt, so lange aufzubleiben, und morgen muß ich zeitig wieder heraus, um weiter nach Arbeit zu suchen.«

»Hast du nicht von der heutigen Probe genug?«

»Das wäre schlimm, so schnell soll es mit meinem Mut nicht zu Ende sein. Ich muß etwas finden, ehe mein Geld zu Ende geht. Es wird doch Arbeit und Unterhalt für einen Menschen zu finden sein, der sich ehrlich darum müht.«

Charlotte lachte plötzlich und schüttelte den Kopf.

»Du heilige Einfalt – du wirst bald flügellahm werden. Mit dem ehrlichen Willen ist es nicht allein getan. Lieber Gott – wenn weiter nichts nötig wäre! Du hast ja nicht einmal Zeugnisse.«

»Schlimmstenfalls bitte ich Onkel Horst um ein solches.«

»Welcher Gedanke! Ich kann dir nur immer wieder raten, sei vernünftig, werde Wendenburgs Frau.«

»Niemals.«

Es lag ein Ausdruck in ihren Worten, der ihre Mutter verstummen machte.

Jedenfalls sah Charlotte ein, daß vorläufig nichts mit Eva anzufangen war. So ging sie wieder allein aus.

Eva saß noch eine Weile am offenen Fenster und sah auf die Straße hinab. Dann kam Frau Krusemann herein wie gestern abend. Die alte Frau sprach Eva Mut ein.

Eva fühlte sich im Innern so einsam und verlassen, daß sie die Worte der alten Frau wie eine Wohltat empfand. Sie drückte die grobe, verarbeitete Hand und sagte freundlich:

»Ich verliere den Mut nicht so schnell und danke Ihnen herzlich für Ihre guten Worte.«

Eva war wieder ausgegangen, um ihr Heil von neuem zu versuchen, nachdem sie einige Bewerbungsschreiben zur Post gebracht hatte. Frau Charlotte wurde heute zeitiger geweckt als sonst, da der Geldbriefträger nach ihr fragte. Hastig erhob sie sich und warf ihren Morgenrock über.

Sie hätte fast aufgeschrien vor Freude, als sie erfuhr, daß sie tausend Mark erhalten sollte. Wendenburg schickte sie. Die Geldsendung war nur von wenigen Worten begleitet:

»Sorgen Sie, daß es Eva an nichts fehlt. Brief folgt. Wendenburg.« Als der Postbote gegangen war, streckte Charlotte glückstrahlend die Hand mit dem Gelde empor.

Diese Quelle soll mir nicht versiegen, solange ich's hindern kann. Er ist also nicht unversöhnlich – mein Brief wird eine gute Wirkung haben, dachte sie vergnügt. Und dann überlegte sie, was mit dem Geld anzufangen wäre. Ein anständiges Straßenkleid mußte sie haben.

Ob sie sich den entzückenden Hut leistete, den sie neulich im Schaufenster gesehen? Er war freilich sehr teuer, aber was brauchte sie jetzt zu rechnen? Es war ja Geld da, und wenn es ausgegeben war, mußte neues kommen. Ah – man konnte doch nun endlich mal wieder aufleben. Wenn nur nicht noch ein Nachspiel mit der Polizei kam – das wäre –

nein – daran um Himmels willen nur jetzt nicht denken, sich die Freude nicht trüben lassen. Als Eva heimkam, jubelte sie ihr entgegen.

»Die Not ist zu Ende, Eva, wir haben Geld. Wendenburg hat tausend Mark geschickt.«

Eva erblaßte.

»Und sonst nichts?« fragte sie bang.

»Was denn noch?«

»Einen Brief.«

»Ach so – da – ein paar Worte. Brief folgt. Aber das ist ja Nebensache. Die Hauptsache ist das Geld.«

»Mir ist der Brief die Hauptsache.«

Charlotte lachte.

»Du – das ist ja beinahe wie zärtliche Sehnsucht.«

»Ja, ich sehne mich unbeschreiblich nach einem Wort der Verzeihung.«

»Ah bah – der Tausender redet deutlich genug von Verzeihung.«

Eva schüttelte den Kopf. Sie verlangte nach einem anderen Beweis, daß ihre Flucht nicht wie krasser Undank erschienen war. Und sie fieberte nach einer Nachricht über die drei Menschen, die ihre Welt ausmachten.

Sie hörte kaum, welche Pläne Charlotte entwarf, sah nur immer stumm auf die wenigen Zeilen, die Onkel Horst geschrieben hatte.

Am Nachmittag ging Charlotte aus, um sich neu auszustatten. Frau Krusemann wurde nur sehr von oben herab gegrüßt, als sie ihr auf dem Flur begegnete.

Eva schrieb noch einige Bewerbungsbriefe und lief noch eine Stunde in den Straßen herum. Natürlich hatte sie am Vormittag wieder vergeblich angeklopft. Ebenso erging es ihr am anderen Tage. Sie schrieb wieder Briefe und hoffte auf eine Antwort.

Am Nachmittag traf dann ein ziemlich umfangreicher Brief von Wendenburg an ihre Mutter ein.

Charlotte war beschäftigt, ihr neues Kleid zu versuchen, und wollte den Brief erst beiseite legen.

»Bitte öffne ihn sofort, vielleicht ist eine Einlage für mich darin«, bat Eva.

Ihre Mutter riß nun den Umschlag auf. Es lag wirklich ein Brief für Eva bei. Sie reichte ihr ihn lächelnd. »Na – wenn dein Onkel Horst sehen könnte, wie fieberhaft du nach seinem Brief verlangst – er würde die Hoffnung nicht verlieren«, scherzte sie.

Eva setzte sich mit ihrem Brief ans Fenster, ohne zu antworten. Das Schreiben an Charlotte war kurz und bündig.

»Ihren Brief habe ich erhalten und danke für Ihren guten Willen. Ich wünsche jedoch, daß Sie Eva in keiner Weise beeinflussen oder beunruhigen. Für die nächste Zeit muß sie bei Ihnen bleiben – ich werde aber streng Rechenschaft von Ihnen fordern über Evas Aufenthalt bei Ihnen. Sie soll ganz nach ihrem eigenen Wunsch und Ermessen leben, vor allen Dingen nicht zu Bekanntschaften gezwungen werden. Eva ist andere Verhältnisse gewöhnt als Sie. Wenn Sie ganz in meinem Sinne handeln, will ich zum Dank Ihre Zukunft sicherstellen, sobald Eva Sie verlassen hat. Ich werde für einen geeigneten Aufenthalt für Eva sobald als möglich sorgen. Alles übrige enthält mein Brief an Eva.«

Charlotte zog eine Grimasse.

Sehr kategorisch und kommerzienrätlich – aber doch äußerst angenehm. Herrgott – sorgenlos – ich atme auf – ich lebe wieder. Endlich spüre ich wieder festen Boden unter den Füßen. So dachte sie aufseufzend und sah dann forschend zu Eva hinüber.

Der rollten schwere Tränen über die Wangen.

»Mein Gott – wie gefühlvoll – es ist auch keine Spur von Ähnlichkeit zwischen uns beiden. Sie ist ihrem Vater nachgeraten – Vergißmeinnicht in Milch – gräßliche Mischung.«

Eva las inzwischen mit tiefer Bewegung Wendenburgs Worte.

»Mein armes, liebes Kind!

Untröstlich bin ich, daß ich nicht bedacht habe, Du könntest anders empfinden als ich. Verzeihe mir und suche zu vergessen, daß Dein alter, törichter Onkel Horst die Hände nach Dir ausstreckte. Und gräme Dich nicht um mich – ich werde fertig mit dieser Enttäuschung. Es wäre zu schön gewesen. Du sollst nun wieder in mir Deinen Onkel Horst, Deinen liebevollen Vater sehen. Vergib und vergiß, daß ich menschlich fehlte. Es quält mich sehr, daß ich Dich durch meine Werbung aus dem Hause trieb, mein armes Kind. Ja, ich würde Dich zurückholen, aber Dein Geständnis macht mir das unmöglich. Es schmerzt mich, daß auch Du leiden mußt, und doch kann ich Dir nicht helfen. Das Herz ist ein eigensinniges Ding und läßt sich nicht durch Vernunftgründe leiten. Eine von euch konnte Bernhard nur lieben, seine Wahl ist auf Gabriele gefallen, und Du mußt verzichten. Ich beklage Dich von Herzen.

Nun glaube aber nicht, daß ich es dabei bewenden lasse, glaube nicht, daß ich ruhig zusehen werde, wie Du Dich in kindlichem Unverstand abmühen wirst, den Kampf mit dem Leben aufzunehmen. Du bist und bleibst mein liebes Kind, und ich werde Dich schützen und hüten, so gut es aus der Ferne geht. Es beunruhigt mich sehr, daß Du Deine Mutter aufgesucht hast. Freilich – wo solltest Du hin in Deiner Not. Aber lange darfst Du nicht dort bleiben, und ich muß Dich dringend zur Vorsicht mahnen. Vermeide, so gut es geht, in der Gesellschaft Deiner Mutter zu verkehren. Ich habe triftige Gründe für diesen Wunsch. Sobald ich einen anderen, geschützten Aufenthalt für Dich gefunden habe, mußt Du fort aus der Umgebung Deiner Mutter. Jede Stunde, die Du dort verbringst, vergrößert meine Schuld.

Und den Gedanken, irgendeine Stellung anzunehmen, gibst Du auf, nicht wahr? Du wirst mir Deine Verzeihung nicht besser beweisen können, als wenn Du Dich ganz als mein Kind, als Gabrieles Schwester fühlst.

Am liebsten wäre ich Dir sofort nachgereist, aber das Recht, zu Dir zu kommen, habe ich mir vorläufig verscherzt. Du mußt erst wieder Vertrauen zu mir fassen.

Deine Mutter werde ich, solange Du bei ihr bist, reichlich mit Geldmitteln versehen, und dann will ich ihr bis an ihr Lebensende ein festes Ruhegehalt aussetzen.

Sorge Dich also um nichts, mein liebes Kind, und sende mir fleißig Nachricht über Dich, damit ich beruhigt sein kann. Gabriele läßt Dich herzlich grüßen. Sie hat bitterlich geweint, daß Du von uns gegangen bist. Sie wird Dir nächstens selber schreiben. Und nun alle Engel mit Dir.

Dein alter Onkel Horst.«

Eva weinte heiße, befreiende Tränen über diesen Brief. Sie fühlte sich nun nicht mehr so schrecklich einsam und verlassen. Es war ihr ein süßer Trost, daß sie nun wieder mit der alten kindlichen Verehrung und Liebe an ihren Onkel Horst denken konnte. Sie ahnte ja nicht, welche Überwindung Horst Wendenburg dieser ruhige Ton gekostet hatte. Sie glaubte, seine Leidenschaft sei nur eine vorübergehende Verwirrung seiner Sinne gewesen. Wie tief die Liebe zu ihr in dem Herzen des gereiften Mannes saß, wußte sie nicht. Sie war wie erlöst, daß er nun nichts weiter mehr sein wollte als ihr Onkel Horst. Sie setzte sich sofort nieder, um zu antworten.

»Mein lieber, teurer Onkel Horst!

Durch deinen lieben Brief hast Du eine schwere Sorge von meinem Herzen genommen, weiß ich doch nun, daß Du mich nicht undankbar schiltst. Heißen Dank für jedes Deiner lieben Worte, sie haben mich wunderbar gestärkt und aufgerichtet. Daß Du so treu für mich weiter sorgen willst, dafür danke ich Dir. Ich habe in den wenigen Tagen schon gemerkt, wie schwer es ist, auf sich selbst angewiesen zu sein. Dankbar nehme ich Deine Hilfe an, solange ich sie brauche. Aber ich möchte lernen, auf eigenen Füßen zu stehen und meine Kraft selbst zu betätigen. Ich brauche Arbeit, viel Arbeit, und einen Pflichtenkreis, der meine ganze Zeit ausfüllt. Nutzlos will ich mein Leben nicht verdämmern, sonst wird es mir zu schwer. Laß mich also meinen eigenen Weg wandeln, und wenn Du mich stützen willst, bis meine Kraft allein ausreicht, dann will ich es dankbar annehmen.

Am liebsten möchte ich mich wieder in einem Haushalt betätigen, wo ich schaffen und nützen könnte, wo vielleicht auch Kinder meine Zeit und Aufmerksamkeit in Anspruch nehmen. Da ich nie heiraten werde, möchte ich mir auf diese Weise ein befriedigendes Dasein schaffen. Suchst Du also nach einem Aufenthalt für mich, so mache es mir nicht zu leicht. Bedenke, daß ich Arbeit und Pflichten brauche.

Daß ich nicht lange bei meiner Mutter bleiben kann, sehe ich ein. Wir verstehen uns so wenig, als ob jede in einer fremden Sprache redete. Und ich kann nichts für sie empfinden, so sehr ich mich mühe. Vielleicht ist das ein Unrecht. Sie ist doch meine Mutter, und daß sie mir gegenüber ihre Pflicht nicht erfüllte, entbindet mich doch nicht von der meinen. Aber mein Herz ist ihr gegenüber wie zugeschnürt – ich kann nichts für sie fühlen und habe nur den einen Wunsch: Fort, so bald als möglich.

Und nun noch einmal heißen, innigen Dank. Grüße meine liebe kleine Gabriele, Gott schenke ihr Glück.

In alter kindlicher Liebe und Verehrung

Deine Eva.«

Charlotte trat fertig angekleidet aus dem Schlafzimmer, als Eva ihren Brief beendet hatte. Das neue Kleid war sehr schön, nur für Evas Geschmack zu auffallend und jedenfalls nicht dem Alter ihrer Mutter entsprechend. Ein feiner, aber sehr dichter Schleier verhüllte das Gesicht und milderte die Auflage von Puder und Schminke.

»So, Eva – ich bin fertig. Und du auch, wie ich sehe. Nun komm und nimm Hut und Handschuhe, wir wollen eine Ausfahrt machen. Zu sparen brauchen wir ja jetzt gottlob nicht. Wir fahren durch den Tiergarten – ich zeige dir ein wenig Berlin. Dann speisen wir im Zoologischen Garten.«

Eva sah unbehaglich aus.

»Wollen wir nicht lieber zu Hause bleiben?« Charlotte machte ein böses Gesicht. »Nein, diesmal bestehe ich auf deiner Begleitung. Ich will dich des Abends gern unbehelligt lassen, aber am Tage kannst du doch wirklich nicht von Unschicklichkeit reden. Oder hältst du dich für zu vornehm, mich zu begleiten? Weshalb hast du mich denn aufgesucht? Ich schaffte mir doch ein neues Kleid an, damit ich deiner würdig auftreten kann. Und nun bin ich dir, wie es scheint, noch nicht vornehm genug!« Eva erhob sich seufzend.

»Ich begleite dich«, sagte sie ruhig. Sie sah ein, daß sie es nicht würde vermeiden können, sich mit ihrer Mutter zu zeigen.

Schnell machte sie sich fertig. Charlotte half ihr sogar. Nun sie ihren Willen durchgesetzt hatte, fand sie schnell ihre gute Laune wieder.

»Du siehst entschieden zu bleich aus, Eva, leg doch ein wenig Rot auf.« Das junge Mädchen fuhr zurück, jetzt brauchte ihr Gesicht keine Farbe mehr. »Ich danke – das mag ich nicht tun«, sagte sie hastig.

Charlotte lachte.

»Du kleines Provinzmädel! Das erscheint dir wohl ungeheuerlich?«

Eva erwiderte nichts. Sie streifte ihre Handschuhe über.

»Ich bin bereit«, sagte sie und ging mit ihrer Mutter hinaus.

Unten rief Charlotte einen Taxameter an und gab ihm Weisung, wo er hinfahren sollte. Anmutig warf sie sich dann in die Kissen zurück, während Eva aufrecht sitzen blieb und den Blick geradeaus richtete.

Unter den Linden war lebhafter Verkehr. Wie Charlotte

vorausgesehen hatte, flog mancher bewundernde Blick auf das schöne Mädchen an ihrer Seite. Einige Herren blieben stehen und grüßten; Charlotte dankte sehr liebenswürdig und war innerlich stolz. Viele Herren hatten sonst an ihr vorbeigesehen. Der Gruß galt entschieden Evas Schönheit.

Im Tiergarten ritt ihnen ein Herr von vornehmem Aussehen entgegen. Er war noch jung und hatte ein hübsches, etwas gelangweiltes Gesicht. Als er Charlotte erblickte, kniff er die Augen zusammen und wollte zur Seite sehen. Da streifte sein Blick Eva. Er riß die Augen wieder auf, rückte sich unternehmend im Sattel hoch und grüßte dann sehr ausdrucksvoll. Charlotte dankte lebhaft, während Eva kaum den Kopf neigte. Der Gruß des jungen Mannes erschien ihr zu vertraulich. »Das war Graf Tondern, Eva, ein sehr netter, vornehmer Mann.«

»Trotzdem scheint er nicht zu wissen, wie man eine Dame grüßt«, erwiderte Eva mit Unwillen.

»Aber ich bitte dich, er grüßte doch äußerst liebenswürdig.«

»Ja, zu liebenswürdig, da ich ihm ganz fremd bin.«

»Ach – du bist kleinlich und spießbürgerlich. Das mußt du dir abgewöhnen.«

Eva schwieg.

Sie sah mit durstigen Augen in das grüne Laub ringsum und dachte an den Park in Hattenfelde. Es schien ihr, als sei eine Ewigkeit vergangen, seit sie darin gewandelt war.

»Bitte, laß den Kutscher halten und gehe mit mir ein Stück in diesen herrlichen Laubengang hinein«, bat sie plötzlich. Charlotte tat ihr den Willen. Nun gingen sie auf dem gutgepflegten Wege bis zum Landwehrkanal. Eva sog die Luft in vollen Zügen ein.

Sie ging dann mit ihrer Mutter zum Wagen zurück, und die Damen fuhren nun ohne weitere Umwege zum Zoologischen Garten.

Schon am Eingang hörten sie Konzertweisen herüberklingen, ein Potpourri aus *Carmen*. Herren und Damen schritten auf den breiten Wegen, um zu plaudern, zu liebäugeln und sich zu belustigen.

Charlotte steuerte auf die Weinabteilung zu; sie fanden noch einen hübschen Platz, gleich vorne an der Rampe. Bewundernde Blicke folgten dem schlanken, schönen Mädchen. Einige Herren in der Nachbarschaft putzten die Kneifer und Monokel und rückten sich so, daß sie Eva im Auge behalten konnten.

Charlotte entging nichts von alledem. Sie strahlte und bestellte nachlässig beim Kellner ein Mahl. Kurze Zeit darauf kamen zwei Herren in vornehmen Anzügen mit feinen, kostbaren Panamahüten vom Hauptweg herüber. Der eine von ihnen, ein schlanker, braungebrannter Dreißiger, dem man ansah, daß er erst kürzlich aus dem Seebad zurückgekehrt war, faßte plötzlich leicht den Arm des anderen, eines etwas beleibten, untersetzten Herrn, der einige Jahre mehr zählen mochte.

»Halt, Seydell – ich sehe da die Grabow sitzen. Laß uns umkehren, ich möchte sie nicht hier grüßen.«

Sie blieben wie unschlüssig stehen.

Seydell sah angestrengt nach einer anderen als der gefährdeten Richtung, während der Schlanke noch einmal verstohlen hinüberblinzelte.

»Donnerwetter«, entfuhr es plötzlich bewundernd seinen Lippen.

»Was ist denn, Wendlin?«

»Du – bei der Grabow sitzt ein entzückendes Geschöpf. Wie kommt denn die zu der alten Schauspielerin?«

»Wahrscheinlich eine junge Schauspielerin.«

»Glaub' ich nicht. Entschieden Dame – feines Gesicht, wundervolles Haar von unbeschreiblicher Farbe, herrliche Augen und scheinbar vollendet schöne Gestalt.«

»Was denn noch? Komm, du schlägst sonst hier Wurzeln, und die Grabow entdeckt uns.«

»Soll sie, mein Lieber, soll sie. Die schöne Begleiterin ändert die Sache. Da pirsche ich mich an. Vor einer schönen Frau ist Fred Wendlin noch nie ausgekniffen. Komm mit – da muß ich ein paar schöne Augen loslassen.«

Seydell stieß einen seltsamen Ton aus.

»Na denn los – hier können wir doch nicht anwachsen.«

Die beiden Herren schritten nun scheinbar unbefangen plaudernd vorwärts, bis sie dicht vor dem Tisch der Damen haltmachten. Wendlin begrüßte Charlotte dann scheinbar sehr überrascht und fragte, ob er mit seinem Freund Seydell Platz nehmen dürfe. Erst als Charlotte strahlend die Erlaubnis erteilt hatte, gab sich Wendlin den Anschein, Eva zu bemerken. Er verneigte sich artig und sah Charlotte fragend an. Diese verstand sofort und stellte vor:

»Baron Seydell, Herr von Wendlin, meine Nichte, Fräulein Grabow.«

Die Nichte – wie kommt die Grabow zu so einer Nichte? dachten die Herren überrascht.

Sie nahmen Platz und plauderten sehr angestrengt. Eva beteiligte sich nur wenig an der Unterhaltung. Sie empfand die Art, wie sie die Herren betrachteten, peinlich. Seydell beschränkte sich auf dieses Ansehen, aber Wendlin begann, nachdem er etwas warm geworden war, Eva auf Tod und Leben den Hof zu machen. Sein schmales, scharfes Gesicht zeigte dabei einen Ausdruck, den Eva nicht enträtseln konnte. Es lag aber etwas in seinem Blick, was sie unruhig machte und ihr die Röte ins Gesicht trieb. Sie antwortete nur einsilbig auf seine Reden, während Seydell gefällig Charlotte beschäftigte.

Wendlin merkte, daß Eva mit Absicht sehr zurückhaltend war, aber das reizte ihn um so mehr. Er kannte seine Unwiderstehlichkeit bei Frauen genugsam, und leichte Siege galten ihm nichts. Je stiller und zurückhaltender Eva wurde, je kühner ging er vor. Dabei war er Kenner genug, um zu merken, daß er da kein Durchschnittsgeschöpf vor sich hatte. Ihr

Erröten und Erblassen bei seinen kühnen Schmeicheleien ließen ihn immer mehr Feuer fangen. Er fand Eva entzükkend, anbetungswürdig und wollte auf jeden Fall Erfolg haben.

Eva warf bittende Blicke zu ihrer Mutter hinüber. Die schien jedoch mit Seydell so vertieft im Gespräch zu sein, daß sie scheinbar nicht sah und hörte, was an der anderen Seite des Tisches vorging.

Und Wendlin wurde immer feuriger und faßte endlich mitten im Gespräch nach Evas Hand, um sie zu küssen. Eva entzog sie ihm hastig und richtete ihre schönen Augen ernst und kühl auf sein Gesicht.

Dann erhob sie sich und wandte sich an ihre Mutter.

»Ich möchte nach Hause, bitte, laß uns sofort aufbrechen«, sagte sie bestimmt. Charlotte hatte trotz ihrer angeregten Unterhaltung kein Wort verloren, welches zwischen Eva und Wendlin gewechselt wurde. Sie war wütend über Evas Verhalten und schalt sie innerlich ein zimperliches Gänschen. Aber sie dachte an die Rente, die ihr Wendenburg aussetzen wollte, und an die Bedingungen, die sich daran knüpften. So mußte sie sich fügen und suchte durch doppelte Liebenswürdigkeit Evas Wesen gutzumachen. Sie verabschiedete sich wortreich von den Herren, während Eva nur kühl und stolz den Kopf neigte. Die beiden Herren sahen einigermaßen betroffen aus.

»Mir scheint, du bist eklig abgeblitzt, mein Lieber. Daß dir so etwas auch noch geschehen kann, ist eigentlich spaßig«, sagte Seydell spöttisch.

Wendlin folgte mit den Augen der schlanken, großen Mädchengestalt und stocherte nervös mit seinem Stock Löcher in den Sand. Er antwortete aber nicht.

Als Charlotte mit Eva außer Hörweite der Herren war, sagte sie empört:

»Wie konntest du die Herren so abstoßen, Eva, ich bin außer mir.«

»Ich fand die Art ihres Betragens nicht tadellos genug, um länger in ihrer Gesellschaft bleiben zu können«, erwiderte diese mit Entschiedenheit.

»Du kommst eben aus Krähwinkel. Bei uns ist dieser Ton vollständig gesellschaftsfähig«, versetzte die Mutter.

»Ungezogenheiten können nie gesellschaftsfähig sein, weder in Krähwinkel noch hier, und ich bin nicht gesonnen, dergleichen zu ertragen.«

»Wenn du so überempfindlich bist, wirst du dir jeden Verkehr verscherzen.«

»Ich verlange nicht nach solchem Verkehr.«

»Aber ich brauche ihn und bin daran gewöhnt.«

»So suche ihn ohne mich, soviel du willst, aber gib es auf, mich daran teilnehmen zu lassen.«

Charlotte war wütend und ärgerlich. Mit dieser Eva war auch gar nichts anzufangen. All ihre schönen Pläne, sich mit Eva bewundern zu lassen und durch sie der gesuchte Mittelpunkt ihrer Gesellschaft zu werden, vereitelte der Starrsinn dieses Mädchens. Und leider mußte sie sich fügen, Horst Wendenburg hatte ihr geschickt die Hände gebunden. Was sie durch Überredung nicht zu erreichen vermochte, blieb eben unerreicht.

Verstimmt und schweigsam fuhren sie wieder nach Hause.

Am Abend desselben Tages, da Evas Brief eingetroffen war, besprach Horst Wendenburg mit Gabriele und Bernhard Evas Zukunft. Er teilte ihnen mit, was er über Evas Mutter wußte, und daß sobald als möglich für seine Pflegetochter ein anderes Unterkommen gefunden werden mußte. Er las ihnen auch die Stelle in Evas Brief vor, die auf ihre Zukunftspläne Bezug hatte.

Bernhard, der innerlich schwer unter Evas Verlust litt und nur mit Anstrengung den liebenden Bräutigam zu spielen vermochte, lauschte mit brennender Aufmerksamkeit Wendenburgs Worten. Sein Herz klopfte unruhig in schmerzlicher Sorge um die Geliebte. Er sah sie von tausend Gefahren bedroht. Qualvoll war ihm der Gedanke, sie in Gesellschaft ihrer leichtfertigen Mutter zu wissen. Und da gab ihm die Angst einen rettenden Gedanken ein. Er richtete sich plötzlich auf.

»Ich glaube, ich kann dir die Sorge um ein passendes Unterkommen für Eva abnehmen, Papa.«

Horst sah ihn fragend an.

»Nun? Ich brauche dir nicht zu versichern, daß ich dir für jeden Hinweis dankbar bin.«

»Du wirst mir sicher zustimmen, ich hätte schon eher daran denken sollen. Onkel Fritz und Tante Maria werden Eva auf meine Bitte gern in ihr Haus nehmen. Dort findet sie sicher liebevolle Aufnahme und zugleich, wie sie wünscht, Arbeit und einen Pflichtenkreis. Tante Maria ist durch ihre zeichnerische Tätigkeit sehr in Anspruch genommen, sie klagt immer, daß sie nicht eine ihr passende, vertrauenswürdige junge Dame für den Haushalt und ihre beiden lebhaften Kinder findet. Eva wäre für sie ein Schatz, und Tante Maria würde sie wie eine Tochter aufnehmen. Dafür bürge ich.«

Horst atmete auf und schüttelte Bernhard die Hand.

»Das wäre ein herrlicher Ausweg. Wenn du das verwirklichen könntest! Schreib sofort an deine Verwandten – nein, reise selbst zu ihnen, gesprochene Worte sind überzeugender. Bernhard – du würdest mir eine große Last vom Herzen nehmen. Ich weiß soviel Gutes von deiner Tante, und deinen Onkel Fritz kenn' ich ja selbst. Ja, dort wäre Eva gut aufgehoben. Aber bald, sehr bald muß es geschehen, jede Stunde, die sie bei ihrer Mutter bleibt, vergrößert meine Sorge.«

Er war sehr erregt, seine Stimme bebte. Bernhard war nicht minder unruhig. Die Herzen der beiden Männer begegneten sich in heißer Sorge um das geliebte Mädchen. Gerold sah hastig nach der Uhr.

»Ich kann den Nachtschnellzug noch erreichen, dann bin ich morgen früh gleich zur Stelle und kann schon übermorgen zurück sein. Und ich glaube bestimmt, daß ich dir gute Kunde bringen werde. Du, meine kleine Gabriele, mußt mich deshalb gleich entschuldigen. Du bist nicht böse, daß ich gleich aufbreche?«

Sie sah ihn zärtlich an.

»Nein, so ungern ich dich auch fortlasse – du tust es ja für meine arme Eva. Bin ich doch selbst in großer Sorge um sie. Geh, mein Bernhard, grüß mir deine Verwandten herzlich und bitte sie auch in meinem Namen. Ich wünsche dir guten Erfolg.«

Wendenburg verabschiedete sich stumm mit einem festen Händedruck von Bernhard. Dieser eilte in seine Wohnung, um sich fertigzumachen, und eine Stunde später war er auf der Reise.

Fritz Herbig trat aus dem Hause, um zur Fabrik hinüberzugehen. Da blieb er plötzlich stehen und sah mit scharf spähendem Blick nach der Eingangspforte des Gartens. Und dann lief er, helle Freude im Gesicht, auf den großen, schlanken Mann zu, der Einlaß begehrend draußen stand. Fritz öffnete selbst die Tür.

»Junge – du treibst mit Überraschungen Sport. Willst dir den Glückwunsch zu deiner Verlobung selber holen? Alter lieber Kerl, wie wir uns gefreut haben. Und deine Mutter? Sie ist wohl außer sich vor Freude darüber?«

»Ja, Mama war fassungslos, als ich ihr am Sonntag meine Braut brachte. Sie hat furchtbar geweint vor Freude.«

»Das kann ich mir denken. Nun komm, mein Alter, du findest Tante Maria noch am Frühstückstisch. Die Gören sind gottlob in der Schule und stören uns so die Begrüßung nicht durch ihr Indianergeschrei.«

Maria empfing Bernhard in ihrer warmen, wohltuenden Herzlichkeit. Ohne Umstände bediente sie ihn sofort mit Tee und belegten Butterbroten, und Fritz setzte sich wieder zu ihnen. Auch Maria beglückwünschte Bernhard nochmals herzlich.

Fritz lachte.

»Du, Tante Maria hast du eigentlich mit deiner Verlobung einen Strich durch die Rechnung gemacht.«

»Warum?«

»Ich hatte ihr erzählt, daß ich dich im Verdacht hätte, du wärest in eine der beiden jungen Damen in Wendenburgs Hause verliebt. Natürlich mußte ich ihr beide ausführlich beschreiben. Und was kam dann heraus? Sie behauptete eigensinnig: die Eva ist's, ganz sicher die Eva. Als nun auf deiner Verlobungsanzeige Gabriele Wendenburgs Name prangte, war sie ungläubig erstaunt.«

Bernhards Gesicht umschattete sich. Maria sah aufmerksam zu ihm hinüber, und auch Fritz betrachtete ihn scharf.

»Junge, du siehst schlecht aus. Das Glück scheint dich angegriffen zu haben«, sagte er forschend.

Bernhard fuhr sich über die Stirn.

»Ich sehe schon, euch kann ich nichts vortäuschen, und ich will auch nicht. Ich komme mit vollem Herzen und einer heißen Bitte zu euch. Es ist gut, daß die Kinder nicht da sind. Ich brauche Ruhe zu meiner Beichte.«

Das Ehepaar sah ihn besorgt und betroffen an.

»Junge – das klingt so schwer. Aber heraus mit dem, was dich drückt, du weißt, bei uns findest du für alles Verständnis.«

Und Bernhard beichtete, wie es gekommen war, daß Gabriele statt Eva seine Braut geworden war. Nichts verschwieg er den beiden teuren Menschen, auch nicht, daß er noch immer Eva liebe und in heißer Angst und Sorge um sie sei.

Fritz und Maria hörten ihm voll inniger Teilnahme zu. Als er zu Ende war mit seiner Beichte, drückte ihm Fritz die Hand. Dieser Händedruck sagte mehr als Worte. Und in Marias Augen standen Tränen.

»Siehst du, Onkel Fritz«, fuhr Bernhard fort, »und nun kam ich zu euch, um euch zu bitten, nehmt Eva bei euch auf. Wendenburg schickt mich deshalb zu euch, aber noch mehr treibt mich mein eigenes bedrücktes Herz. Ich bin mit schuld, daß Eva die Heimat verloren hat, und ich weiß sie bei ihrer Mutter in einer unwürdigen Umgebung. Ihr Herz ist wund und zerrissen, sie bedarf der Liebe, der verständnisvollen Teilnahme. So komme ich in meiner Not zu euch. Seid ihr, was ihr mir gewesen seid, bei euch weiß ich sie gut aufgehoben. Du, Tante Maria, wirst ihr Freundin, Mutter sein können und mich dir damit tausendfältig zur Dankbarkeit verbinden. Und gib ihr Arbeit, einen Pflichtenkreis. Ich weiß, du kannst den Haushalt und die Sorge um die Kinder ruhig in ihre Hände legen. Sie wird dein Vertrauen rechtfertigen. Nicht wahr, ihr nehmt sie auf?«

Maria umfaßte herzlich seine Schultern. »Das bedarf doch der Versicherung nicht, Bernhard. Selbst wenn es für mich nicht so ein großer Gewinn wäre – ich suche ja schon so lange nach einer Persönlichkeit, der ich meine Kinder und meinen Haushalt anvertrauen kann –, ich würde sie doch aufnehmen, dir zuliebe. Verlaß dich auf uns, Bernhard, deine arme Eva soll von uns gehütet werden wie ein eigenes liebes Kind.«

Bernhard küßte ihr inbrünstig die Hand. »Ich wußte, daß ich nicht vergeblich bitten würde. Ihr beiden lieben Menschen habt mir schon aus mancher Not geholfen, nun auch aus der schlimmsten, die mich je betroffen.«

Sie berieten nun die Ausführung des Planes. Maria erbot sich kurz entschlossen, Eva gleich selbst von Berlin abzuholen. Bei ihrem Charakter sei gar nicht sicher, daß sie einer brieflichen Aufforderung allein Folge leistete. Es gab da vielleicht allerlei Bedenken zu zerstreuen.

»Und kurz und gut, ich reise selbst hin und komme ohne sie nicht zurück«, sagte sie zum Schluß.

Fritz lachte über ihre kriegerische Haltung.

Die drei Menschen setzten nun fest, daß Maria am übernächsten Tage nach Berlin reisen würde, ohne daß man Eva zuvor davon Mitteilung machte. Sobald sie mit Eva die Heimreise antrat, sollte sie ein Telegramm nach Hattenfelde absenden, welches den glücklichen Ausgang ihrer Reise meldete.

Zum Schluß drückte Bernhard Onkel und Tante noch einmal die Hände.

»Ich bin euch schon so viel Dank schuldig und weiß nicht, wie ich das je wettmachen soll.

Laßt euch von mir weiter lieben und verehren, wie von einem dankbaren Sohn. Und wenn ich in der nächsten Zukunft nicht zu euch komme, so wißt ihr, daß es nur Evas wegen geschieht. Wir dürfen uns jetzt nicht wiedersehen, bis wir unsere Herzensruhe wiedergefunden haben«, sagte er bewegt.

So hatte Bernhard alles getan, um Eva eine gute Stätte zu bereiten. Er reiste ruhiger und befreiter wieder zurück. Es hatte ihm unendlich wohlgetan, sich einmal offen und rückhaltlos aussprechen zu können. Und Onkel Fritz' gute, verständige Worte waren auf fruchtbaren Boden gefallen.

Immer mehr fühlte sich Eva von dem Wesen ihrer Mutter abgestoßen, und Charlotte nahm seit dem verunglückten Versuch, sich Evas Schönheit zunutze zu machen, nur wenig Notiz mehr von ihr.

Sie schlief bis Mittag, lag dann stundenlang mit irgendeinem Roman auf dem Ruhesofa, rauchte dabei eine Unmenge Zigaretten oder knabberte Zuckerfrüchte. Sie ließ von Frau Krusemann auserlesene Speisen herbeischaffen, und bei keiner Mahlzeit durfte der Sekt fehlen. Eva erhob keinerlei Einwendungen, obwohl es ihr unangenehm war, daß Charlotte auf Onkel Horsts Kosten so verschwenderisch lebte.

Abends ging Charlotte stets aus. Dann kam Frau Krusemann herein und umsorgte Eva in ihrer derben, aber gutmütigen Art, und diese ließ es sich lächelnd gefallen.

Eines Abends kam Charlotte gegen ihre Gewohnheit bald wieder nach Hause. Eva war noch nicht zu Bett gegangen und blickte erstaunt auf, als ihre Mutter sehr aufgeregt ins Zimmer trat.

Sie zerrte ungeduldig die Handschuhe von den Händen, warf den neuen Hut in weitem Bogen auf einen Sessel und zog so unruhig und nervös an ihrem Kleide, daß der Besatz zerriß. Dabei sprach sie kein Wort, nur ihre Augen irrten unruhig umher. Sie sah entsetzlich schlaff und verfallen aus, trotz Puder und Schminke.

Eva betrachtete sie schweigend eine lange Zeit. Dann erhob sie sich.

»Ist dir etwas geschehen, bist du unwohl?«

Charlotte lachte gewaltsam auf.

»Nein, warum denn?«

»Weil du so früh heimkehrst, früher als sonst.«

Ihre Mutter verzog höhnisch den Mund.

»Vielleicht trieb mich die Sehnsucht nach dir heim.«

Das junge Mädchen blickte sie ernst und ruhig an.

»Ich weiß, daß dies nicht der Fall ist. Übrigens siehst du krank und elend aus.«

Charlotte funkelte sie zornig an mit ihren dunklen Augen. »Unsinn! Warum siehst du mich so neugierig an mit deinen großen, kalten Augen? Als wolltest du mein ganzes Inneres durchschauen. Ich habe nicht nötig, dir Rechenschaft abzulegen, ob ich früher oder später nach Hause komme.«

Eva setzte sich wieder in ihren Sessel.

»Ich fragte nur, weil ich dich von einem Unwohlsein befallen glaubte und dir helfen wollte.«

»Wie rührend«, höhnte Charlotte und fuhr fort:

»Heuchle doch nicht kindliche Gefühle für mich. Bis jetzt hast du mir ja nie welche gezeigt.«

Eva zog die Stirn zusammen, ihr Gesicht wurde blaß.

»Du hast ja nie versucht, solche Gefühle in mir zu wecken. Heuchelei liegt mir fern.«

»Nun also, dann tue auch nicht, als ob dir mein vermeintliches Unwohlsein leid täte.«

»Wenn ein Mensch leidet, möchte man ihm helfen, gleichviel ob er einem nahesteht oder nicht. Soll ich dir ein Glas Fruchtwasser bereiten? Oder bedarfst du sonst meiner Hilfe?«

»Nein, ich danke – ich gehe zu Bett. Gute Nacht«, sagte Charlotte kurz und ging ins Schlafzimmer. Eva folgte ihr bald. Sie lag schon mit geschlossenen Augen im Bett. Ihr Atem ging kurz und unruhig, und die Lider zuckten nervös. Eva merkte sehr wohl, daß sie nicht schlief.

Sie sah im flackernden Kerzenlicht hinüber zu ihr. Charlotte hatte die Schminke abgewaschen und sah nun in dem zuckenden Licht furchtbar elend aus. Der Mund war wie im Schmerz fest zusammengepreßt. Bei diesem Anblick stieg plötzlich warmes Mitleid in Eva auf. Sie sah, die Mutter litt heimlich irgendwelche Schmerzen, und vermochte es nicht über sich, das zu übersehen. Sie trat ans Bett heran und strich mit ihren schönen, schlanken Händen leise über Charlottes Stirn. »Mutter, ich sehe doch, daß du leidest. Kann ich denn gar nichts für dich tun? Ich möchte dir so gern helfen«, bat sie weich und herzlich.

In dem Gesicht ihrer Mutter zuckte es. Dann schlug sie die Augen auf und sah zu Eva empor. Der ungewohnte Ton klopfte doch wohl an ihr Herz. Plötzlich rannen zwei schwere Tränen über die eingefallenen Wangen. Eva beugte sich herab und wischte sie fort.

»Mutter, was fehlt dir?«

Da richtete sich Charlotte empor. Mit allen Anzeichen der Angst umklammerte sie Evas Arm.

»Du mußt fort – gleich morgen, hörst du, gleich morgen früh. Hier ist deines Bleibens nicht. Kehre zu Wendenburg zurück, laß dir raten. Du ahnst ja nicht, wie schwer das Leben ist. Meines ist verpfuscht – ganz verpfuscht. Es ist immer weiter abwärts mit mir gegangen, so sehr ich mich gesträubt habe. Und nun kommt das Ende.«

Eva strich ihr die wirren Haarsträhnen aus dem Gesicht. Die Angst, die aus den Augen ihrer Mutter leuchtete, ließ sie erschauern.

»Beruhige dich doch, Mutter, du bist so aufgeregt. Was fürchtest du? Du bist ja geborgen, Onkel Horst sorgt für dich. Und wenn du willst, bleib' ich bei dir, wir fangen ein neues Leben an.«

»Nein, du mußt fort. Versprich es mir, morgen reisest du ab.«

»Wenn du wieder wohler bist, ja, ich verspreche es dir. Nur sei jetzt ruhig und wehre den trüben Gedanken, die dich peinigten. Sieh, daß du schlafen kannst, und denke, daß Onkel Horst gütig für dich sorgen wird.«

Charlotte bedeckte die Augen mit der Hand.

»Zu spät – zu spät«, murmelte sie.

Eva verstand sie nicht.

»Was willst du, Mutter?«

»Nichts, nichts. Leg dich nur schlafen. Höre gar nicht auf mich – morgen sprechen wir weiter, und dann gehst du fort. Jetzt laß mich schlafen.«

Eva legte sich halb entkleidet auf ihr Lager. Das sonderbare Wesen ihrer Mutter erschien ihr wie Fieberwahn. Vielleicht wurde sie ernstlich krank. Dann durfte sie nicht von ihr gehen. Sie war so hilflos und allein.

Besorgt lauschte sie im Dunkeln nach der Mutter hinüber. Die atmete lang und schwer. Zuweilen entflohen tiefe Seufzer ihren Lippen.

Das junge Mädchen fand keinen Schlaf. Als der Morgen graute, merkte sie, daß ihre Mutter eingeschlafen war. Leise erhob sie sich, nahm fröstelnd ein warmes Tuch um die Schultern und setzte sich im Nebenzimmer ans Fenster. Mit verwachten, brennenden Augen starrte sie auf die Straße hinab. Wie schwer und trübe war das Leben für sie in der letzten Zeit geworden; ob ihr wohl je die Sonne wieder schien?

Das Leben der Großstadt begann zu erwachen; immer lauter drang es zu der Einsamen hinauf.

Um acht Uhr brachte Frau Krusemann, wie jeden Morgen, den Kaffee und die Zeitung.

»Morjen, Fräuleinchen. Jut geschlafen?« flüsterte sie, um Charlotte nicht zu wecken.

»Nein, ich bin wach geblieben. Tante war nicht wohl.«

»Jotte doch, sie wird doch nicht krank werden! Hab' mir doch gleich gedacht, daß ihr was schiefgegangen, als sie gestern abend so zeitig eintrieb. Das ist doch sonsten ihre Art nicht. Na hoffentlich verschläft sie allens. Det kann ooch die Influenza sin.«

Nachdem Frau Krusemann diese Weisheit in ihrer gemischten Berliner Redeweise zum besten gegeben, schwankte sie behutsam auf den Fußspitzen wieder hinaus. Es war ein unglaublich spaßhafter Anblick, und in aller Sorge huschte ein Lächeln um Evas Mund.

Sie trank dann schnell eine Tasse Kaffee, den Frau Krusemann für sie immer besonders gut kochte. Er regte ihre Nerven etwas an. Sie kleidete sich leise an und setzte sich mit einer Handarbeit ans Fenster.

Aus dem Schlafzimmer drang kein Ton herüber. Charlotte schlief tief und fest vor Erschöpfung.

Gegen neun Uhr mochte es sein, als draußen die Wohnungsklingel ertönte. Gleich darauf vernahm Eva die Stimme der Wirtin in aufgeregtem Gespräch mit einem bestimmten männlichen Organ. Sie achtete nicht weiter darauf. Aber dann kam Frau Krusemann mit erschrockenem Gesicht herein.

»Fräuleinchen, Jotte doch, hab' ick mir erschrocken. Da is'n Krimineller, der die Frau Tante sprechen will«, flüsterte sie aufgeregt, und hinter ihr trat auch schon ein Herr ins Zimmer, der sich Eva als Kriminalbeamter vorstellte.

»Ich möchte Frau Charlotte Grabow sprechen«, sagte er ruhig und bestimmt.

Eva sah ihn groß und erstaunt an.

»Sie schläft noch und ist krank. Können Sie nicht später wiederkommen, oder kann ich Ihre Bestellung ausrichten?«

Der Beamte hatte Eva scharf und prüfend angesehen. Ein flüchtiges Lächeln zuckte bei ihrer Frage um seinen Mund. Diese junge Dame schien keine Ahnung zu haben, was ein Kriminalbeamter ist.

»Bedaure, meine Angelegenheit leidet keinen Aufschub. Bitte, wecken Sie Frau Grabow sofort.«

»Aber mein Herr, sie ist doch krank.«

»Tut mir leid, ich kann darauf keine Rücksicht nehmen. Ich habe einen Haftbefehl und muß Frau Grabow mit mir nehmen.«

Eva faßte erschrocken nach der Lehne eines Stuhls.

»Sie irren sich wohl, mein Herr«, sagte sie erblassend.

»Rufen Sie Frau Grabow, sonst muß ich selbst vordringen.«

Eva sah verständnislos und hilfeflehend zu Frau Krusemann hinüber.

Die nickte mitleidig.

»Ja, Kindchen, denn müssen Sie die Frau Tante schon rufen, die Polizei spaßt nicht mit so was.«

»Aber um Gottes willen, warum wollen Sie meine Mutter verhaften, was hat sie denn getan!« entfuhr es Eva in höchster Aufregung.

»Ihre Mutter? Ich denke, es ist Ihre Tante?« fragte der Beamte mißtrauisch. Auch Frau Krusemann riß die Augen erstaunt auf.

Eva schien dies jetzt nicht von Wichtigkeit.

»Sie ist meine Mutter. Ich sollte sie nur nicht so nennen, weil sie als Schauspielerin nicht so alt sein darf. Aber nun sagen Sie mir doch, weshalb Sie meine Mutter verhaften wollen.«

»Es ist nicht meines Amtes, darüber Aufklärung zu geben. Bitte, halten Sie mich nicht länger auf.«

Eva starrte ihn mit qualvollem Entsetzen an.

»Sie kann doch nichts Böses getan haben«, sagte sie mit bebender Stimme.

Der Beamte zuckte ungemütlich die Schultern.

Frau Krusemann trat an Eva heran.

»Kindchen, sie soll mit Falschspielern was gehabt haben und Betrügereien und so was. Wecken Sie ihr man, sonst kommen Sie ooch noch in Unannehmlichkeiten.«

Eva fuhr zurück, als hätte sie einen Schlag ins Gesicht bekommen.

»Das ist doch nicht wahr, mein Herr, sagen Sie, daß es nicht wahr ist.«

Der Beamte zuckte ungeduldig die Achseln und wollte auf das Schlafzimmer zugehen.

Da flog Eva bebend vor Angst an ihm vorbei und ging selber hinein. In der Aufregung ließ sie die Tür hinter sich offenstehen. Sie trat ans Bett und rüttelte Charlotte an den Schultern.

»Mutter – Mutter – wach auf!«

Charlotte fuhr entsetzt empor.

»Was ist – was willst du?«

»Mutter, um Gottes willen – sie sagen, du wärst eine Betrügerin. Da ist ein Polizeibeamter, der dich verhaften will.«

Charlotte sprang jäh aus dem Bett.

»Schon jetzt – schon heute!« rief sie angstverzerrt.

»Mutter, das ist doch nicht wahr? Nein, du hast nichts Unehrenhaftes getan, nicht wahr, sie haben kein Recht, dich zu verhaften? Es ist ein Irrtum, eine Lüge, nicht wahr? Schnell, kleide dich an, sage es dem Beamten selbst, daß er sich irrt.«

Sie half Charlotte in fliegender Hast in die Kleider. Ihre Hände zitterten vor Unruhe, denn obgleich sie es nicht glauben wollte, eine Stimme in ihr sagte: Es ist wahr. Sie wehrte sich nur dagegen, weil ihr diese Schmach zu ungeheuerlich erschien.

Charlotte zitterte an allen Gliedern, in ihren Augen lag der Ausdruck heißer Angst. Aber selbst in diesem schweren Augenblick war das Wesen dieser Frau unwahr und schauspielerhaft. Mit einem lauten Schrei stürzte sie plötzlich auf das Fenster los, öffnete es und schwang sich mit bühnenmäßiger Gebärde auf einen Stuhl, um von da auf das Fensterbrett zu steigen. Ehe jedoch Eva und Frau Krusemann begriffen hatten, daß Charlotte sich aus dem Fenster stürzen wollte, zog sie schon der Beamte kaltblütig wieder herab.

»Lassen Sie die Dummheiten!« rief er streng und schloß das Fenster.

Charlotte schlug die Hände wie schaudernd vor Entsetzen über sich selbst vor das Gesicht und sank stöhnend und kraftlos zusammen. Sie wollte auf jeden Fall Mitleid erregen und war auch wirklich vor Angst unsinnig. Vor dem Gefängnis schauderte ihr, zumal jetzt, wo ihr ein sorgenfreies Wohlleben zuteil werden sollte.

Eva lehnte entgeistert mit weit geöffneten Augen am Bettpfosten.

»Ist es denn wirklich wahr?« rief sie heiser vor Entsetzen.

Charlotte raffte sich auf.

»Ich war so in Not – es ging mir so schlecht. Da siehst du, wie weit man kommt, wenn man den Halt verliert. Ich wollte es dir ersparen, das mit anzusehen, deshalb solltest du fort«, sagte sie wie gebrochen.

Eva rührte sich nicht. Wie zu Stein erstarrt sah sie zu, als der Beamte die Mutter fortführte. Er mußte sie stützen, da sie haltlos taumelte. Als sich die Tür hinter ihnen schloß, brach Eva mit einem ächzenden Laut zusammen.

Frau Krusemann machte sich im Wohnzimmer zu schaffen und sah zuweilen verstohlen zu Eva hinein. Diese merkte es nicht. Sie lag wie leblos, wie zerschmettert auf den Knien und barg den Kopf in den Händen. Sie kam nicht los von dem einen furchtbaren Gedanken:

»Meine Mutter im Gefängnis.«

Endlich konnte es die alte Frau nicht mehr mit ansehen. Sie trat zu Eva heran.

»Kindchen, armes Fräuleinchen, nu kommen Sie man wieder zu sich. Da is doch nu mal nischt zu ändern. Stehen Sie man auf, ick kann das nicht mehr mit ansehen.«

Eva blickte empor in das alte, mitleidige Frauengesicht. Langsam stand sie auf und blickte ratlos um sich. Was wurde nun aus ihr? Der Boden war ihr unter den Füßen weggezogen. Und so schwach er auch gewesen war, er hatte ihr doch einigen Halt verliehen.

Sie sah die Wirtin verängstigt an.

»Kann ich denn nun noch hier bei Ihnen bleiben, oder weisen Sie mich hinaus?«

»Aber Kindchen – die Krusemann ist doch kein Unmensch. Nu nee – Sie können doch nischt vor so 'ne Mutter, das sieht 'n Blinder, ohne Brille. Jotte doch, mit die Polizei kommt hier leicht einer ins Gemenge, das is nu mal so. Und ick hab' es schon immer jedacht, daß es mit ihr kein jutes Ende nimmt, 'n leichtes Huhn war sie schon. Aber davor können Sie doch nischt, Sie sind so 'n braves, anständiges Fräulein. Nu bleiben Sie man ruhig bei die Krusemann, bis sich was vor Ihnen findet, so wie die kann ick Ihnen noch allemal bemuttern.«

Sie zeigte mit dem Daumen hinter Charlotte her.

Eva strich unbewußt mit den Händen an sich herab.

»Glauben Sie, daß meine Mutter bald zurückkommt?«

»Das is nu so 'ne Sache. Wen die Polizei mal beim Schlafittchen hat, den läßt sie so bald nicht los. Na und Ihre Mutter muß schon ordentlich was auf dem Kerbholz haben, sonst wäre sie nich so stillecken mitjejangen. Wissen Sie, was ick mir denke? Sie hat schon jestern abend jewußt, daß man ihr was will. Das war wohl ihre Krankheit diese Nacht. Irgend

’n juter Freund wird ihr das jestochen haben, un da hat sie’s mit die Angst jekriegt.«

Eva wußte, daß die Frau recht hatte. Das Benehmen ihrer Mutter gestern abend war ihr nun klar. Schuldbewußtsein und Angst vor der Strafe hatten sie so erregt.

Frau Krusemann schlich hinaus. Sie mochte wohl fühlen, daß es besser war, sie ließ Eva allein, damit sich ihr Schmerz austoben konnte.

»So ’n armes Wurm, die hat ’n Knacks weg«, murmelte sie draußen vor sich hin.

Eva war nun allein. Stundenlang saß sie mit vergrabenem Gesicht am Tisch, ein Opfer der Verzweiflung.

Es war längst Mittag vorbei, da kam Frau Krusemann herein.

»Fräuleinchen, eine Dame is draußen, sie will Ihnen sprechen. Soll ick sie rin lassen?«

Eva richtete sich müde auf.

»Eine Dame? Hat sie ihren Namen genannt?«

»Nein, aber sie sieht sehr vornehm aus. Vielleicht is das eine, die für Sie ’ne Stelle hat. Sie sagt, sie hätte ’ne dringende Anjelejenheit und müßte Sie unbedingt selbst sprechen.«

»Lassen Sie die Dame eintreten«, sagte Eva matt und ordnete schnell ihren Anzug vor dem Spiegel.

Gleich darauf trat Maria Herbig in das Zimmer. Sie trug ein feines, aber sehr schlichtes Reisekleid und ein kleines englisches Hütchen. Ihr noch immer hübsches, blühendes Gesicht wandte sich erwartungsvoll auf Eva, und ihre schönen blauen Augen blickten voll Herzensgüte in das bleiche Mädchengesicht. Die Damen grüßten sich mit einer Verneigung.

»Gnädige Frau, was verschafft mir die Ehre?« fragte Eva artig.

Maria trat näher heran.

»Zuerst gestatten Sie mir, daß ich meinen Namen nenne. Ich heiße Maria Herbig.«

Eva verriet dieser Name nichts. Sie hatte zwar oft von Bernhard gehört, daß Tante Maria und Onkel Fritz ihm die liebsten Menschen seien nach der Mutter, hatte auch Onkel Fritz persönlich kennengelernt, aber sein Familienname war ihr im Augenblick nicht gegenwärtig.

Sie verneigte sich und bat, Platz zu nehmen. Die beiden Damen saßen sich nun gegenüber. Marias Herz schlug in warmer Teilnahme. Das süße, traurige Mädchenantlitz stahl sich ihr ins Herz.

»Ich bin gekommen, um Sie mit mir zu nehmen, Fräulein Grabow. Ich weiß, Sie suchen einen Pflichtenkreis, Arbeit. In meinem Hause finden Sie beides. Ich habe zwei lebhafte Kinder und einen großen Haushalt, und es fehlt mir an Zeit, mich selbst damit zu befassen. Sie könnten mir eine große Hilfe sein. Wollen Sie mit mir kommen?«

Eva, der die Fremde einen sehr ansprechenden Eindruck machte, sah sie traurig an.

»Ob ich will, gnädige Frau – ach, es wäre ein großes Glück für mich. Aber – ich –, ich fürchte – Sie werden mich nicht haben wollen. Ich besitze weder Zeugnisse noch Empfehlungen und –«

»Lassen Sie das doch. Sie sind mir sogar sehr warm empfohlen worden, und ich brenne darauf, Sie mit mir zu nehmen.«

Eva sah überrascht in das gütige Gesicht der Fremden.

»Darf ich wissen, wer mich Ihnen empfohlen hat?«

»Gewiß. Erstens Kommerzienrat Wendenburg und dann mein Neffe Bernhard Gerold.«

Das junge Mädchen fuhr empor und stand mit glühendem Gesicht kerzengerade neben ihrem Stuhl. Ihre Hand, welche die Lehne umfaßte, zitterte leise.

»Tante Maria – Sie sind Herrn Gerolds Tante Maria!« rief sie, mit Mühe ihre Aufregung beherrschend.

Maria lächelte.

»Ja – und wenn Sie nur wollen, dann will ich auch Ihnen Tante Maria sein. Sie sehen also, daß ich gern auf weitere Empfehlungen verzichten kann.«

Eva ließ sich wieder in ihren Stuhl gleiten.

»Ja, das sehe ich«, sagte sie leise. »Aber ich sehe noch mehr. Sie wollen mir auf Onkel Horsts Bitte eine solche Stellung in Ihrem Hause schaffen. Das ist so sehr gütig von Ihnen. Um so undankbarer muß ich scheinen, daß ich Ihr Anerbieten ablehnen muß.«

»Und warum müssen Sie?« fragte Maria ruhig und ernst.

Eva schlang die Hände fest ineinander. »Ich brauche Arbeit, wirkliche Arbeit.«

»Die finden Sie reichlich bei mir. Im Ernst – ich brauche Sie nötiger als Sie mich.«

Eva starrte trübe vor sich hin. Dann richtete sie sich gewaltsam auf.

»Dennoch kann ich nicht mit Ihnen gehen«, sagte sie fest.

»Was hindert Sie noch daran?«

Das junge Mädchen erhob sich langsam und stellte sich hinter ihren Stuhl.

»Heute morgen hat man meine Mutter in – in das Gefängnis gebracht, als Betrügerin und Mitglied einer Falschspielergesellschaft«, sagte sie hart und tonlos.

Maria erschrak und blickte fassungslos in das schmerzverzogene Gesicht des Mädchens. Ein bitteres Lächeln, das in seiner jammervollen Pein ergreifend wirkte, umzuckte Evas Mund.

»Nicht wahr, für mich führt kein Weg unter Ihr ehrliches Dach.«

Es lag ein trostloser Ausdruck in der weichen Mädchenstimme. Maria erhob sich schnell, nachdem sie ihre Fassung wiedergewonnen, und trat neben Eva. Ganz mütterlich legte sie den Arm um sie.

»Mein armes Kind – ich war fassungslos – gottlob, daß ich

zur rechten Zeit gekommen bin. Nein, nicht abwehren, ich lasse mich nicht abweisen, nun lasse ich Sie auf keinen Fall hier zurück. Sie müssen mit mir gehen.«

Ein Zittern lief durch Evas Gestalt. »Sie sind so gut – aber bitte, quälen Sie mich nicht, ich kann nicht.«

Nur fester umfaßte Maria das bebende Mädchen.

»Doch, Sie müssen können. Und keine Angst sollen Sie haben, Eva. Bernhard wird nicht zu uns kommen, solange Sie es nicht wollen. Erschrecken Sie nicht. Bernhard war bei uns. Er hat uns seine Herzensnot enthüllt und uns angefleht, Ihnen die Heimat zu ersetzen, die er Ihnen genommen hat. Eva, liebe Eva – wir wollen Sie so liebhaben – schon seinetwegen. Er ist so sehr in Angst und Sorge um Sie, Sie müssen ihm seine Ruhe wiedergeben. Erschweren Sie ihm die Entsagung nicht, er leidet schwerer darunter als Sie. Ich weiß, Sie wollen nicht, daß er friedlos bleibt. Sie kommen mit mir, nicht wahr?«

Die warmen, gütigen Worte trieben Eva die Tränen in die Augen. In haltlosem Schluchzen lag sie in Marias Armen. Und zum erstenmal kam wieder etwas wie Ruhe und Friede über sie.

In den Herbstferien brachte Fritz Herbig der Schwester seine beiden Kinder. In fassungsloser Dankbarkeit drückte Bettina dem Bruder die Hand. Und dann richtete sie den erloschenen Blick auf den drallen kleinen Knaben, dessen Leben sie in der finstersten Stunde ihres Daseins bedroht hatte.

Der kleine Schelm, der des Vaters freien, offenen Blick geerbt hatte, sah die neue Tante eine Weile erstaunt an. Dann reichte er ihr lachend die Hand.

»Aber du siehst mal spaßig aus, Tante Bettina. Was hast du für eine große Haube auf!«

Bettina brach weinend in die Knie, als sich das feste Knabenfäustchen in ihre Hand legte. Sie bedeckte es mit Küssen.

Er sah sie ganz betreten eine Weile an. Dann zog er schnell das Taschentuch aus ihren Händen und trocknete ihr unbeholfen die Tränen, genau wie es vor Wochen sein Vater getan. »Weine doch nicht. Was tut dir denn weh?« fragte er unbehaglich. Und sein kleines Schwesterchen drängte nun auch herbei und strich liebkosend die Wangen Bettinas.

»Hast du ein ›Wehweh‹? Papa, warum weint die arme Tante?«

Fritz beugte sich herab.

»Fasse dich, Schwester, der Kinder wegen«, bat er, und zu den Kindern gewandt fuhr er fort: »Tante Bettina weint vor Freude. Ihr wißt, Mama weinte auch mal so arg, als Hella nach dem bösen Scharlach wieder gesund geworden war. Da freute sie sich auch so sehr, daß sie weinen mußte.«

»Ach so«, sagte der Bub verständig, und da nun Tante Bettinas Tränen ihren Reiz für ihn verloren, weil es eigentlich »gar keine richtigen« waren, so betrachtete er aufmerksam die Kupferstiche im Sprechzimmer. Hella aber plapperte so holdes, ungereimtes Zeug zum Trost der armen Tante, daß diese unter Tränen lächeln mußte. Und darauf war die Kleine sehr stolz, wußte sie doch, daß sie zu Haus manchmal »Sonnenscheinchen« genannt wurde von Tante Eva, die auch zuweilen traurig war und dann über Klein-Hella lachen mußte. So etwas haben die kleinen Schlauberger schnell heraus. In dem stillen, ernsten Sprechzimmer der Schwestern war lange nicht so frohes Lärmen gewesen.

Die festen Kinderfüßchen trappten laut über den weißgescheuerten Fußboden, und weder das kleine Ledersofa noch die mit Schutzdecken belegten Sessel nötigten ihnen Ehrfurcht ab. Bettina sah mit strahlendem Gesicht dem frohen Treiben zu. Sie fühlte sich so leicht, so frei wie seit Jahren nicht und dankte dem Bruder mit bewegtem Herzen.

»Wirst du zu Bernhards Hochzeit nach Hattenfelde kommen, Bettina?« fragte Fritz, als die Kinder eine Weile Ruhe hielten.

»Ja, ich werde der Trauung beiwohnen, dann aber hierher zurückkehren.«

»Dann sehen wir uns ja bald wieder. Auch Maria wird dich dann endlich einmal wiedersehen.«

»Ja, auch Maria – ach Fritz –, davor fürchte ich mich ein wenig. Ich fühle mich so schuldig ihr gegenüber.«

»Daran mußt du nicht mehr denken. Maria wird dich mit Freuden begrüßen.«

»Bringt ihr die Kinder mit zur Hochzeit?«

»Nein, sie bleiben bei Eva zu Haus, ich schrieb dir doch, daß die junge Dame unsere liebe Hausgenossin geworden ist. Du weißt auch, daß Wendenburg um sie geworben hat und sie ihm nicht angehören konnte. So bleibt sie der Hochzeit fern, um mit Wendenburg nicht zusammenzutreffen. Und unsere Kinder sind bei ihr so gut aufgehoben, daß wir besser ohne sie reisen. Da die Hochzeit nur im engsten Kreise gefeiert wird, ist es besser so.«

»Und Wendenburg will wirklich noch am selben Tage seine große Reise antreten?«

»Ja, so schrieb uns Bernhard.«

»Mir ist das alles noch wie ein Traum. Wenn ich bedenke, wie mühelos mein Sohn emporgestiegen ist, erkenne ich zitternd, wie kleinmütig ich doch gewesen bin. Ich glaubte ihn arm und gedemütigt seinen Lebensweg wandeln zu sehen, als du Maria zu deiner Frau machtest. Wie Verzweiflung kam es über mich, und finstere Gedanken nahmen von mir Besitz. Und nun ist er, ganz ohne meine Hilfe, vorwärtsgestürmt; das Glück mit ihm.«

»Ja, der Erfolg war mit ihm vom ersten Tage an. Durch seine Verbindung mit Gabriele Wendenburg glauben wir ihn auf der Höhe des Lebens angelangt. Mag ihm das Schicksal auf dieser Höhe den freien, klaren Blick erhalten.«

»Das gebe Gott. Ich bin dem Schicksal so dankbar für das Glück meines Sohnes. Bitter empfinde ich nur, daß ich so gar nichts habe für ihn tun können.«

»Das ist Torheit, Bettina. Du gabst ihm deine Liebe. Glaubst du, sie ist ohne Einfluß auf seine Entwicklung geblieben? Jetzt hat ihn das Geschick an einen Platz gestellt, wo seine Tüchtigkeit, seine Kraft tausendfältig Frucht tragen kann. Er wird das Leben meistern mit fester Hand.«

Den Kindern wurden diese ernsten Gespräche langweilig, sie zogen die Aufmerksamkeit wieder auf sich. Fritz sah sinnend zu, wie Bettina ihnen die Wandbilder erklärte.

Seiner Schwester schien Bernhards Glück gesichert, er selbst aber wußte, daß diesem Glücke immer die höchste Vollendung fehlen würde. Erst seit er Eva besser kennengelernt hatte, wußte er, was Bernhard an ihr verloren hatte. Nie konnte ihm die zarte kleine Gabriele so ein vollwertiger Weggenosse sein, wie es Eva geworden wäre.

Monate waren vergangen. Eva hatte eine wirkliche Heimat im Hause Fritz Herbigs gefunden. Sie fühlte sich hier so glücklich, wie sie es ihrer Veranlagung nach sein konnte nach den schweren Schicksalsschlägen, die sie betroffen. Maria hatte mit mütterlicher Liebe und Güte die wunden Stellen in Evas Herzen zu heilen versucht. Fritz in seiner heiteren Frische half ihr über manches Schwere hinweg, und die Kinder hingen mit Liebe an ihr. Klein-Hella war stolz auf ihr Amt als »Sonnenscheinchen« und litt nicht, daß ihre »süße Tante Evi« traurig war, und Walter spielte sich als ihr Ritter auf, was ihn allerdings nicht davon abhielt, sich zuweilen ungebärdig und wild wie ein rechter Junge gegen sie aufzulehnen. Aber sie hielt bei aller Milde die Zügel fest in den Händen, und in der Regel kehrte er von selbst reumütig unter ihre liebevolle Herrschaft zurück.

Von Liebe umgeben, ausgefüllt von einer befriedigenden Tätigkeit und dem Bewußtsein, wirklich nützen zu können, hätte sich Evas Leben licht und schön gestalten können. Aber die Schatten wollten nicht weichen. Eine große bleibende Sorge war ihr die Mutter. Nachdem diese eine dreimonatliche Gefängnisstrafe verbüßt, war sie in ihre Wohnung zurückgekehrt. Frau Krusemann hatte sie, weil sie es Eva versprochen, wieder bei sich aufgenommen. Anfänglich lebte Charlotte still und zurückgezogen, aber dann fing sie doch nach und nach das alte vergnügungssüchtige Leben wieder an. Wendenburg hatte ihr eine feste Rente von dreihundert Mark monatlich bis an ihr Lebensende ausgesetzt, die sie in halbmonatlichen Raten abheben konnte. So bekam sie nie mehr als hundertfünfzig Mark auf einmal in die Hände. Dadurch wollte sie Wendenburg zur Ordnung in ihren Verhältnissen zwingen.

Die erste Zeit nach ihrer Gefangenschaft war sie auch sehr zufrieden, zumal Eva gegen siebenhundert Mark für sie bei der Wirtin hinterlegt hatte. Damit stattete sie sich neu aus an Wäsche und Kleidern, und es blieb noch immer etwas übrig. Je länger sie aber in Freiheit war, je anspruchsvoller wurde sie wieder. Sie schrieb Eva vorwurfsvolle Briefe. Ihre Rente nannte sie »einen Bettel, zum Verhungern zu viel, zum Sattwerden zu wenig«. Wendenburg habe sich schäbig benommen, bei seinem Reichtum wäre das Doppelte auch nicht zuviel gewesen. Sie wisse nicht, wie sie auskommen solle, könne sich nicht das kleinste Vergnügen leisten. Und Eva sei schuld daran. Wäre sie Wendenburgs Frau geworden, hätte er standesgemäß für sie sorgen müssen.

So ging es in allen Tonarten. Eva fürchtete diese Briefe, sie trafen sie wie ein körperlicher Schmerz.

Auch sonst bedrückte Evas Gemüt manche Sorge. Onkel Horst war seit dem Hochzeitstag Gabrieles auf Reisen. Ruhelos trieb es ihn in der Welt umher, und daß er nicht heimkehren mochte, zeigte Eva, daß er den Frieden seiner Seele noch nicht wiedergefunden hatte. Den Winter hatte er in Kairo verbracht, hatte Reisen in das Innere des Landes unternommen. Dann war nach den Sunda-Inseln gegangen, und jetzt im Frühjahr hielt er sich in Italien auf. Nie blieb er lange an einem Ort. Eva erhielt nur kurze Postkartengrüße von ihm, herzlich gehalten und scheinbar wohlgemut. Aber die Sorge um ihn verließ sie nie ganz.

Äußerlich zwar schien sie ruhig, fast heiter. Sie schaltete unermüdlich in Haus und Kinderstube und schaffte der innig geliebten Tante Maria die ruhigen Stunden, die sie für ihre Arbeit brauchte. Noch immer lieferten Fritz und Maria vereint die schönsten Entwürfe und Zeichnungen, und die Stoffe aus der Firma Herbig erhielten einen Weltruf.

Die beiden seltenen Menschen taten alles, um Eva aufzuheitern, und das junge Mädchen fühlte innigen Trost in der Liebe, die sie hier umgab.

Dann kamen plötzlich schlimme Nachrichten aus Hattenfelde. Gabriele hatte sich erkältet. An einem heißen Sommertage war sie mit Bernhard durch den Wald bis zu den Werken gegangen. Auf dem Rückwege wurde sie von einem furchtbaren Unwetter überrascht. Völlig durchnäßt, war sie in atemlosen Lauf bis zu dem kleinen Gartenhaus gekommen und hatte hier das Unwetter abgewartet. In Sturm und Wind zusammenschaudernd, mit den feuchten Kleidern auf dem Leibe, hatte sie sich eine bösartige Erkältung zugezogen. Sie war an einer sehr heftigen Lungenentzündung erkrankt. Hohes Fieber hatte sich eingestellt, und bei ihrer zarten Gesundheit waren die Ärzte nicht ohne Bedenken.

Bernhard hatte sofort seine Mutter herbeigerufen. Bettina bekam Urlaub und traf noch am selben Tage in Villa Anna ein.

Mit voller Hingabe ihrer Persönlichkeit pflegte sie ihre Schwiegertochter. Sie rang mit nimmermüden Händen schließlich auch dem Tode sein Opfer ab. Gabriele überstand die Krisis, und das Fieber fiel.

Alle, die um das zarte Leben gebangt und gezittert hatten, atmeten auf. Eva weinte Freudentränen, als die erste hoffnungsfrohe Kunde einlief. Hatte sie doch jetzt so recht deutlich empfunden, wie fest sie innerlich mit Gabriele verwachsen war.

Man hatte Horst Wendenburg Nachricht von der Erkrankung seiner Tochter gesandt. Da er aber seinen Aufenthaltsort gewechselt und erst später darüber Nachricht gab, erhielt er die Kunde von Gabrieles Erkrankung zugleich mit der Mitteilung, daß sie die Krise überstanden und auf dem Wege der Besserung sei. So verschob er seine Heimreise wieder. Gabriele kam, trotz der opferfreudigen Pflege Bettinas, gar nicht recht zu Kräften, sie lag matt und teilnahmslos auf ihrem Lager, und nur solange Bernhard bei ihr war, leuchteten die Augen in inniger Zärtlichkeit auf. Ging er hinaus, dann erlosch das Leben in ihren Blicken. Bettinas erfahrenen Augen entging es nicht, daß die Ärzte mit dem Zustand der jungen Frau nicht zufrieden waren, sie sah auch selbst, daß Gabriele gar nicht den Eindruck einer Genesenden machte. Und endlich teilten ihr und Bernhard die beiden Ärzte mit, daß die Lunge Gabrieles angegriffen sei, die junge Frau müsse unbedingt sobald wie möglich nach dem Süden, wenn sich die Hoffnung auf völlige Heilung verwirklichen sollte. Daß eine solche überhaupt fraglich sei, sagten sie zwar nicht, aber Bernhard fühlte es durch.

Das Herz tat ihm weh, wenn er nun an Gabrieles Lager saß und ihre kinderkleinen, schmalen Händchen in den seinen hielt. Sie war ihm so lieb geworden, die kleine, zärtliche Frau. Ihre hingebungsvolle Liebe hatte ihn gerührt, er brauchte sich nicht zu verstellen, wenn er liebevoll und zart zu ihr war. Wohl aber konnte er Evas Verlust nicht verschmerzen, aber sein junges Weib merkte nichts davon, daß sie nicht die Erste im Herzen ihres Mannes war. Ihr genügte die gehaltene Zärtlichkeit, die er ihr geben konnte. Von den ungestümen, sehnsüchtigen Stürmen in seiner Brust hatte sie keine Ahnung. Mit einer solchen Liebe hätte sie wohl auch nichts anzufangen gewußt, sie wäre davon erdrückt worden.

Nun saß er Tag um Tag an ihrem Bett, sobald er die nötigen Geschäfte auf den Werken erledigt hatte. Zum Glück war Direktor Schmalfeldt wieder im Amte tätig, und wenn er auch nicht mehr soviel leisten konnte wie vor seiner Krankheit, etwas entlastet wurde Bernhard doch.

Trotzdem war nicht daran zu denken, daß er Gabriele begleiten konnte. Ihr Aufenthalt im Süden sollte sich bis zum Mai des nächsten Jahres ausdehnen. So lange konnte er unmöglich abkommen, da Wendenburg nicht zu Hause war. Bettina hatte sich jedoch bereit erklärt, mit Gabriele zu reisen. Sie erhielt auch unbeschränkten Urlaub. Als Bernhard seiner Frau eröffnete, daß sie zur Herstellung ihrer Gesundheit schon in den nächsten Tagen mit Bettina nach dem Süden reisen sollte, wurde sie furchtbar unruhig. Sie wollte sich um keinen Preis von ihrem Manne trennen und verlangte, man solle ihren Vater heimrufen, damit Bernhard sie begleiten könnte. Sie hörte auf keinen anderen Vorschlag, auch nicht die Aussicht, daß ihr Vater statt Bernhards zu ihr kommen solle, fand ihren Beifall. »Wenn du nicht mit mir gehst, sterbe ich vor Sehnsucht nach dir«, rief sie weinend. Man mußte ihr den Willen tun. Bernhard versprach, ihren Vater heimzurufen und ihr zu folgen, sobald er die Geschäfte in dessen Hände gelegt. Auf ihrer Abreise bestand er jedoch fest, wie die Ärzte, die jede Verzögerung für eine Gefahr hielten.

Es war zufällig Gabrieles Verlobungstag, als sie ihre Reise antrat. Bernhard begleitete die Damen bis München, brachte sie gut unter in dem bestellten Abteil erster Klasse und fuhr dann mit schwerem Herzen zurück. Gabrieles blasses, weinendes Gesicht stand immer vor ihm. Zum ersten Male vergaß er Eva darüber.

Wendenburg hatte sich, als er hörte, daß Gabriele auf dem Wege der Besserung sei, mit einem befreundeten Herrn, den er zufällig getroffen, nach Griechenland begeben. So erhielt er die erneute schlimme Kunde erst dort. Und bald darauf traf Bernhards Brief ein mit der Bitte, daß Horst möglichst bald heimkehren möchte, da er fürchte, die Sehnsucht ließe Gabriele nicht zur Ruhe kommen, er müsse ihr folgen. Wendenburg empfing diesen Brief gerade, als er im Begriff war, vor seinem Gasthof in einen Kraftwagen zu steigen. Er hatte mit dem befreundeten Herrn eine Ausfahrt geplant. Erst wollte er die Beteiligung an der Fahrt aufgeben, um sofort abzureisen, aber schließlich gab er den Bitten des Herrn nach.

Auf einige Stunden wird es ja nicht ankommen, dachte er.

Aber gleich am nächsten Morgen reiste er ab, den kürzesten Weg einschlagend. Die Sorge um sein Kind ließ ihn alles andere vergessen.

Als er in Hattenfelde eintraf, empfing ihn Bernhard schon voller Unruhe, denn er wußte, Gabriele würde sich vor Sehnsucht nach ihm verzehren.

Wendenburg trieb nun selbst zur Eile, und nachdem die beiden Herren geschäftlich das Nötigste besprochen hatten, reiste Bernhard ab.

Inzwischen war von seiner Mutter einige Male Nachricht gekommen. Gabriele hatte die Reise sehr schlecht überstanden, ihr Zustand sei eher schlimmer als besser geworden. Der dortige Arzt habe mit Bestimmtheit eine bedenkliche Erkrankung der Lunge festgestellt. So furchtbar es ihr sei, dem Sohne diese Kunde zu senden, einmal müsse er sie doch erfahren, und besser, er habe sich gefaßt, wenn er komme, als daß Gabriele ihm die Betrübnis anmerke. Die milde Luft des Südens habe ja schon manchen geheilt, er brauche die Hoffnung nicht zu verlieren, daß Gabriele wieder gesund werde. Nur möge er nicht länger sein Kommen verzögern, als unbedingt nötig sei. Ehe er nicht bei Gabriele sei, komme sie nicht zur Ruhe.

In einer mit dichtem Grün überwucherten Hauslaube lag Gabriele Gerold lang ausgestreckt auf einem Ruhebett, als Bernhard eintraf.

Die Freude hatte ihr rote Wangen und glänzende Augen gezaubert, ihr Aussehen täuschte Bernhard eine Besserung vor. Erst als die Aufregung sich gelegt hatte, sah er voll Bestürzung, wie elend und abgemagert sie aussah. Das Herz tat ihm furchtbar weh, wenn sie mit matter Stimme ihm wieder und wieder zärtliche Worte zuflüsterte.

Gleich am nächsten Tage hatte er mit dem Arzt eine Unterredung.

Er bat ihn, so ruhig und bestimmt er konnte, um ungeschminkte Wahrheit über Gabrieles Zustand.

Jener verhehlte ihm nicht, daß der Zustand seiner Frau kaum Hoffnung auf völlige Genesung zulasse. Das Leiden schreite schnell fort. Scheinbar sei von der Mutter erbliche Anlage vorhanden gewesen, und der mehr als zarte Körper der jungen Frau sei nicht dazu angetan, ein solches Leiden zu bekämpfen.

Das war eine trostlose Aussicht, denn daß der Arzt seinen Bericht so schonend wie möglich abfaßte, sagte sich Bernhard selbst.

Es vergingen nun Wochen, die ihm zu qualvollen Ewigkeiten wurden. Während er äußerlich heiter und ruhig scheinen mußte, war sein Herz voll Kummer und Schmerz. Auch fehlte dem Schaffensfreudigen die liebgewordene Tätigkeit. Zwar bekam er täglich ausführliche Berichte von den Werken und konnte manches mit seinem Schwiegervater besprechen, aber die meiste Zeit mußte er tatenlos an Gabrieles Ruhebett sitzen.

Meist lag sie ganz zufrieden und glücklich auf ihrem Lager, ließ sich von Bettina verwöhnen und von Bernhard zärtlich die Hände streicheln.

Eines Tages sagte sie lächelnd:

»Die alten garstigen Geschäfte! Sie nehmen dich daheim

viel zuviel in Anspruch. Beinahe ist es für mich schöner, krank zu sein, jetzt hab' ich dich doch immer bei mir.«

Er strich ihr sanft über das Haar.

»Liebes kleines Frauchen – meine Arbeit mußt du nicht schelten, sie ist mein Bestes.«

»Oh, mein Bestes ist meine Liebe zu dir.«

»Ein Mann kann nie so ganz wie eine Frau von seiner Liebe ausgefüllt werden.«

»Nein, das weiß ich und füge mich drein, Liebster. Ach sieh nur, wie schön, wie die Sonnenlichter zwischen das dunkle Laub hineinspielen. Wie im Hattenfelder Park. Weißt du, manchmal sehne ich mich ganz unsinnig nach Hause. Auch Papa möchte ich wiedersehen und Eva. Wie lange hab' ich meine liebe Eva nicht gesehen! Gestern nacht träumte ich von ihr. Als ich aufwachte, wußte ich erst gar nicht, warum ich so traurig war, aber nun weiß ich's – ich hab' einfach Sehnsucht nach Eva. Bitte, schreib ihr doch heute gleich, sie soll mir einen recht langen, ausführlichen Brief schreiben.«

»Ich will es tun, wenn du es so bestimmst.«

In der folgenden Nacht hatte Gabriele schlimme Hustenanfälle und Blutverlust. Sie war am nächsten Morgen sehr matt und elend. Im Laufe des Tages wurde es wieder besser. Sie plauderte mit Bernhard und Bettina und machte Pläne für die Zukunft.

Bernhard schrieb an Tante Maria und bat sie, Eva zu veranlassen, Gabrieles Wunsch zu erfüllen. Sein Frau sei schwer leidend, und sie sehne sich nach ausführlichen Berichten von Eva.

Ein langer herzlicher Brief von Eva traf bald ein. Er war auf Bernhards Bitte heiter und unbefangen gehalten und berührte nichts Trübes und Schweres. Gabriele freute sich innig über den Brief, und Eva schrieb nun oft und viel.

Der Winter ging nun zu Ende. Mit Gabriele ging es schlechter und schlechter, und je schwächer sie wurde, desto größer wurde ihre Sehnsucht nach Zuhause; sie wurde schließlich so stark, daß sie nicht aufhörte zu bitten, man möge sie heimreisen lassen.

Bernhard nahm endlich Rücksprache mit Doktor Ricardi, ob es möglich sei, seine Frau nach Hause zu bringen, ohne ihr zu schaden.

Der Arzt hatte am selben Vormittag Gabriele wieder einmal gründlich untersucht. Während er der jungen Frau lächelnd versicherte, es sei nun bald alles wieder gut, hatte Bernhard bemerkt, daß auf des Arztes Stirn zwei scharfe Falten erschienen. Als er ihm nun am Nachmittag diese Frage vorlegte, ging Ricardi eine Weile nachdenklich auf und ab. Dann blieb er vor Bernhard stehen.

»Reisen Sie – und schlagen Sie Ihrer Frau keine Bitte mehr ab.«

Bernhard erbleichte und trat erschrocken zurück.

»Steht es so schlimm?«

»Es kann nicht schlimmer stehen, Sie müssen sich auf alles gefaßt machen.«

Bernhard legte die Hand vor die Augen. Sie waren feucht und rot umrandet, als er nach einer Weile die Hand wieder sinken ließ. In diesem Augenblick merkte er, wie lieb er trotz allem die zarte, sanfte Frau gewonnen hatte. Herber Schmerz umzuckte seinen Mund.

Und Bernhard schrieb wieder an Tante Maria. Er teilte ihr mit, daß er Gabriele heimbringen wolle. Sie sei eine Sterbende, der man keinen Wunsch versagen dürfe. Und er bat, Eva mitzuteilen, daß sich Gabriele nach ihr sehne und sie in Hattenfelde zu sehen wünsche. Er lege die Entscheidung in Evas Hände, wenn sie einer Sterbenden den letzten Wunsch zu erfüllen vermöchte, wolle er es ihr danken.

»Mit meinem Willen sollen nur noch lichte und schöne

Stunden an mein Weib herantreten. Könntest du sie sehen, das Herz würde euch weh tun, so hold und lieblich und doch so grausam verändert sieht sie aus. Mir preßt ihr Anblick die Brust zusammen, daß ich kaum atmen kann, und doch muß ich heiter und glücklich scheinen, damit sie das Fürchterliche nicht kommen sieht. Wenn ich Mama nicht hier hätte, ich ertrüge es nicht«, schrieb er zum Schluß.

Nun war Gabriele wieder daheim.

Die weite Reise war unter Mühsalen zurückgelegt worden, die Kranke hatte ihre letzten Kräfte verbraucht. Aber sie lag glücklich lächelnd am Fenster des kleinen Zimmers und schaute durch die Scheiben in den Garten hinaus. Da war nichts von der frühen Blütenpracht des Südens. Nur winzige grüne Rasenspitzen lugten aus der Erde, und auf den Beeten blühten Krokus und Tulpen. Die Kastanien hatten dicke Knospen angesetzt, einige hatte schon die Hüllen gesprengt.

Gabriele dünkten diese kargen Lebenszeichen des werdenden Frühlings tausendmal herrlicher als alle Schönheiten des Südens. Bernhard saß neben ihr und las ihr einen Brief vor von Eva. Sie meldete ihre Ankunft an für den nächsten Tag.

»Wie ich mich freue, Liebster. Meine goldige, liebe Evi – wie wird sie zärtlich schelten, daß ich noch nicht wieder ganz gesund bin«, sagte sie leise, und ein Lächeln umspielte ihren Mund.

»Die Reise hat dich angegriffen, Gabriele, das war vorauszusehen.«

»Ja, gewiß, aber ich bin doch so froh, so sehr froh, daß ich daheim bin.«

Am nächsten Tage kam Eva. Bernhard hatte ihr den Wagen an die Bahn geschickt, war aber selbst bei seiner Frau geblieben, da er sich und Eva ein Alleinsein sparen wollte.

Wenngleich Gabriele seinem Herzen sehr teuer geworden war und er ihre Genesung unbedenklich mit seinem Lebensglück erkauft hätte – ruhig konnte er Eva nicht entgegensehen. Zu sehr hatte er sie geliebt, liebte sie noch, und das Herz läßt sich nicht gebieten.

Gabriele fieberte vor Erwartung, und endlich meldete Bettina, die wartend am Fenster stand, die Ankunft des Wagens. Kurze Zeit darauf öffnete sich die Tür, Eva stand im Rahmen derselben.

Als sie Gabriele so verfallen vor sich sah, mußte sie ihre ganze Selbstbeherrschung aufbieten, um nicht in fassungslosem Jammer aufzuweinen. Sie sank neben dem Ruhebett in die Knie und küßte die kleine, abgezehrte Hand.

»Meine Gabriele, mein Liebes, Kleines«, rief sie, erschüttert bis ins Innerste. Und dann umschlang sie das zarte junge Weib und legte ihre blühende Wange an deren blasses Gesicht.

»Bist du endlich da, meine Evi – ich hab' so lange auf dich warten müssen.« – Alle Liebe, alle schönen Stunden der gemeinsam verlebten Jugend erwachten in den beiden Herzen.

Bernhard und Bettina gingen leise ins Nebenzimmer.

Lange hielt Eva die junge Frau umfangen, bis sie sich leidlich gefaßt hatte. Dann erhob sie sich und setzte sich neben das Ruhebett.

»Jetzt muß ich mich schelten, Gabriele. Ich wollte doch ganz ruhig sein und dich nicht aufregen. Aber hier stürmen so viele Erinnerungen auf mich ein – ich verlor alle Fassung. Indes, nun wollen wir vernünftig sein. Wie geht es dir, mein liebes Kleines?«

Gabriele lächelte. »Gut geht es, Eva, sehr gut. Nun werde ich bald wieder ganz gesund. Nun will ich mich schnell erholen; wenn Papa zurückkommt von England, muß ich schon viel kräftiger sein.«

Eva erblaßte trotz aller Selbstbeherrschung. Gabriele sah es, und sie faßte kosend nach Evas Hand.

»Du kannst noch immer nicht ruhig an Papa denken, Eva, verzeihe, daß ich von ihm sprach. Ich kann dir ja so gut nachfühlen, wie schmerzlich es dir sein muß, an ihn erinnert zu werden. Daß du ihm hast weh tun müssen, quält dich noch immer, aber sei getrost, er wird es überwinden. Und hab' ihn nur erst wieder hier, dann will ich so lieb zu ihm sein, daß er ganz ruhig und glücklich wird. Du zürnst ihm nicht mehr, nicht wahr?«

So plauderte Gabriele mit ihrem dünnen Stimmchen weiter. »Wenn ich erst gesund bin«, so begann sie fast all ihre Sätze. Eva zwang sich zur Heiterkeit, aber das Herz wollte ihr vor Leid fast zerspringen.

Während Gabriele dann Mittagsruhe hielt, ging Bernhard mit Eva und seiner Mutter zu Tisch. Erst jetzt begrüßte das junge Mädchen Bettina und küßte ihr die Hand. Mit halber Stimme unterhielten sich die drei Menschen. Eva fand nicht Worte, um ihrer Erschütterung über Gabrieles Krankheit Ausdruck geben zu können.

Am anderen Morgen reiste Eva wieder ab. Sie ertrug es nicht länger, mit Gabriele scheinbar fröhlich Zukunftspläne zu schmieden, und gab vor, daß sie der Kinder wegen nicht länger fortbleiben könne. Auch fürchtete sie, Onkel Horst könne schneller zurückkommen. Und sie wollte ihm jetzt noch ein Wiedersehen ersparen. Es konnte von neuem die alten Wunden aufreißen.

Bernhard begleitete sie zum Wagen.

»Leben Sie wohl, Eva«, sagte er bewegt und reichte ihr die Hand.

Sie legte die ihre hinein.

»Gott mit Ihnen und mit Gabriele. Er gebe Ihnen Kraft, das Schwere zu ertragen«, sagte sie leise.

»Ich danke Ihnen. Grüßen Sie Onkel und Tante und die beiden Kinder.«

»Das will ich tun. Und haben Sie Dank, daß Sie mir diese Heimat geschaffen, ich konnte Ihnen das bisher nicht sagen.«

Er küßte ihre Hand.

»Haben Sie den Frieden dort gefunden, Eva?« fragte er leise.

Sie sah ihn ernst und fest an, und in ihren Augen lag ein feuchter Schein.

»Ja«, sagte sie voll und klar, »ich habe ihn dort gefunden, dank Onkel Fritz und Tante Maria. Mein Leben ist dort wieder lebenswert geworden, und solange mir diese Friedensstätte bleibt, will ich mich glücklich preisen. Ich erwarte nichts Besseres mehr vom Leben. Aber nun ade – noch einen letzten Gruß an Gabriele!«

»Sie haben sie sehr verändert gefunden, nicht wahr?«

Sie sank in den Wagen zurück.

»Fragen Sie mich nicht – ich bin am Ende mit meiner Fassung.«

Und weinend fuhr sie davon, sie konnte sich nicht länger beherrschen.

Er ging langsam ins Haus zurück zu seinem kranken Weibe.

Und das Herz lag ihm schwer in der Brust wie ein Stein.

Wenige Tage später kam Horst Wendenburg von England zurück. Bernhard hatte ihn brieflich gebeten, sich tunlichst zu beeilen, und ihm alles über Gabrieles Zustand berichtet. Auch hatte er ihn gebeten, sich Gabriele gegenüber zu beherrschen, damit diese nicht aus seinem Verhalten merkte, wie schlimm es um sie stand.

Trotz aller Selbstbeherrschung erblaßte Wendenburg jäh beim Anblick seiner Tochter. Er hatte sie so lange nicht wiedergesehen, und die Krankheit hatte inzwischen ihre verheerende Wirkung ausüben können. Er war trotz aller Vorbereitungen tief erschüttert und konnte nur mühsam eine ruhige Miene zeigen.

Die Kranke war sehr erregt durch das Wiedersehen mit dem Vater. Ihre Augen glänzten fieberhaft, und auf den Wangen brannte trügerische Röte.

»Wie schön, daß ich dich wiederhabe, Papa. Nun sollst du sehen, wie schnell ich mich vollends erhole. Nun gehst du aber nie mehr von mir. Wenn ich mich immer nach jemand sehnen muß, kann ich ja nicht gesund werden«, sagte sie leise.

Dann kam ein feuchter, trüber Frühlingsabend. Die Kranke lag mit geschlossenen Augen wachsbleich auf ihrem Bett, das sie gar nicht mehr verlassen konnte.

Bernhard und seine Mutter saßen zu beiden Seiten des Bettes und sahen voll schweigender Sorge auf das verlöschende Leben. Wie bang und furchtbar sind solche Stunden, denen die Hoffnung fehlt. Horst Wendenburg stand am Fenster und starrte zum Himmel empor.

Plötzlich schlug Gabriele die Augen auf.

»Papa – wo ist Papa – er soll kommen, schnell – ich – ach Bernhard – Bernhard – hilf – Papa hilf doch –«

Sie umklammerte seinen Arm und bäumte sich empor. Ein dumpfer, gurgelnder Laut – ein Blutstrom quoll aus ihrem Munde. Sie würgte, als ob sie ersticken müßte. Dann sank sie zurück.

Ein befreites Lächeln huschte über ihr Gesicht.

»Nun ist mir wohl – nun will ich schlafen«, sagte sie matt und sah die drei Menschen lächelnd an. Sie legte sich zurecht und schloß die Augen.

Nach einer Weile sah Gabriele zärtlich in Bernhards bleiches Gesicht.

»Mußt nicht erschrecken, Liebster, da ist die ganze böse Krankheit fortgegangen. Nun schlaf' ich mich gesund, nicht wahr, Papa?« Er küßte ihre Stirn.

»Ja, mein Liebling. Nun schlafe süß!«

Sie schloß die Augen.

»Gute Nacht, Liebster. Gute Nacht, lieber Papa.« Sie lächelte ihnen noch einmal schattenhaft zu und wollte ihnen die Hand reichen. Sie fiel schwer und kraftlos zurück. Ihren Lippen entfloh der letzte Seufzer, sie hatte ausgelitten.

Fast zwei Jahre waren seit Gabrieles Tod vergangen. Horst Wendenburg und sein Schwiegersohn hatten in angestrengter Arbeit Vergessen gesucht. Sie wohnten zusammen in Villa Anna und hatten sich innig einander angeschlossen in der trüben Zeit. Fast ganz zurückgezogen hatten sie gelebt. Nun aber streckte das Leben verlangend wieder seine Arme aus. Hauptsächlich in Bernhards Seele wuchs stetig die Sehnsucht nach Eva, die er doch nie vergessen hatte. Vielleicht hätte er sich ihr schon eher wieder genähert, aber die Rücksicht auf Wendenburg hielt ihn davon ab.

Eines Tages begann Horst selbst von Eva zu sprechen.

»Es ist so still und einsam hier für uns zwei Männer, Bernhard. Wenn wir Eva jetzt hier hätten, es würde uns wohltun.«

Bernhard sah forschend in sein Gesicht.

»Wünschest du wirklich, daß Eva zurückkäme? Würde es dich nicht quälen, sie in deiner Nähe zu haben?«

Wendenburg lächelte wehmütig.

»Du glaubst mich noch nicht genesen von jenem Wahn, der mich einst befallen? Das ist vorbei und liegt hinter mir. Eva weiß das auch, ich habe ihr offen alles mitgeteilt. Sie selbst will jedoch nicht zurückkehren.«

»Vielleicht, weil sie weiß, wie unentbehrlich sie sich Tante Maria gemacht hat«, sagte Bernhard.

Wendenburg sah ihn sonderbar an.

»Vielleicht – vielleicht aber auch aus einem anderen Grunde«, fuhr Bernhard langsam fort.

Horst stutzte plötzlich.

»Kennst du vielleicht gar diesen anderen Grund, Bernhard?« fragte er dringend.

Und da rang sich aus Bernhards Herzen das Geständnis seiner Liebe zu Eva. Er erzählte Horst alles und verschwieg ihm nichts. Wendenburg stützte den Kopf in die Hand und hörte zu, ohne ein Wort einzuwerfen. Als Bernhard zu Ende war mit seiner Beichte, seufzte er tief auf.

»Also auch dir habe ich Leid zugefügt mit meiner unseligen Leidenschaft! War ich denn blind?«

Bernhard faßte seine Hand.

»Mache dir darüber keine Vorwürfe, Papa! Was kann ein Mensch für seine Empfindungen? Wir alle waren vom Schicksal in menschliche Irrtümer verstrickt worden.«

Wendenburg nickte. Dann sagte er sinnend:

»Ein Gutes ist doch dabei herausgekommen. Meine arme Gabriele hat wenigstens ein Scheinglück genossen auf kurze Zeit. Und daß du es ihr trotz allem verschafft hast, danke ich dir von Herzen.«

»Dafür danke ich zuerst Eva. Sie war es, die das größte Opfer brachte für Gabriele. Nur weil sie es wollte, ging ich diesen Weg.«

»Gleichviel, so danke ich euch beiden. Und – nun zögere nicht länger, dir dein Glück zu sichern. Geh und hole Eva heim, und gönnt mir ein warmes Plätzchen bei euch. Ich bin alt und müde geworden und sehne mich nach friedlicher Ruhe.«

Bernhard hielt es nun nicht länger. Schon in den nächsten Tagen reiste er ab und erschien unangemeldet bei Herbigs.

Eva war mit den Kindern ausgegangen. Das war Bernhard gerade recht. Er teilte Onkel und Tante mit, daß er gekommen wäre, um sich von Eva das Jawort zu holen. Er bat sie, ihn nach Evas Rückkehr mit ihr allein zu lassen. Sie versprachen ihm das.

Er war so hoffnungsfroh und seines Glückes sicher, daß er von seiner Verlobung wie von einer feststehenden Tatsache sprach.

Maria schickte ihn in ein abgelegenes Zimmer, als sie Eva mit den Kindern kommen sah.

»Ich schicke sie dir, Bernhard, sie soll gar nicht wissen, wen sie hier findet. Und die Kinder brauchen dich vorher auch nicht zu sehen, sie lassen euch sonst keine Ruhe. Und viel Glück! Will's Gott, feiern wir nachher eine frohe Verlobung.«

Bernhard wartete nun, unruhig auf und ab gehend. So nahe am Ziel schien sich der Augenblick zur Ewigkeit auszudehnen.

Aber endlich trat sie ein, nicht ahnend, wen sie hier finden würde, da sie Maria mit einem Auftrag hergeschickt hatte.

Sie sah Bernhard erst, als sie die Tür hinter sich zuzog. Sie erschrak und sah ihn fassungslos an.

»Sie hier?« rief sie leise mit gepreßter Stimme.

Er faßte ihre beiden Hände.

»Ja, Eva – ich. Und weshalb ich komme, weißt du, hast gewußt, daß ich kommen würde!«

Sie stand wie erstarrt, nur die Augen blickten voll brennender Qual in sein Gesicht.

»Ja, ich wußte es und habe diese Stunde gefürchtet«, sagte sie tonlos.

Er blickte sie voll dringlicher Zärtlichkeit an. »Gefürchtet, Eva?« fragte er weich und bebend. »Weshalb gefürchtet? Liebst du mich nicht mehr? Ich glaube es nicht, wenn du mir das sagst.«

Sie schüttelte den Kopf.

»Nein – das wäre Lüge. Du weißt, ich habe dich immer geliebt, seit dem Tage, da du Gabriele aus dem Rheine holtest. Und ich werde dich lieben, bis ich den letzten Atemzug getan. Aber angehören kann ich dir nicht.«

Er zog ihre Hände an sein Herz.

»Das ist doch nicht dein Ernst, meine Eva. Ist es denn noch immer nicht genug der Entsagung? Wir haben beide mehr getan als unsere Pflicht. Nun laß uns glücklich sein! Gabrieles

Schatten wird nicht zwischen uns stehen, sie würde selbst unsere Hände zusammenfügen, könnte sie es tun. Und Onkel Horst weiß alles. Er schickt mich selbst zu dir.«

Sie zog ihre Hände zurück und trat von ihm fort.

»Nicht Schatten sind's, die ich fürchte, sie trennen mich nicht von dir. Auch der Gedanke an Onkel Horst nicht.«

»Was aber dann?«

Sie sah schmerzlich zu ihm auf.

»Du mußt es doch wissen, umsonst hast du dich doch nicht so lange besinnen müssen, zu mir zu kommen und mir deine Hand zu bieten. Hättest du es mir doch erspart! Du weißt doch, daß ich Schmach und Schande mit mir bringe. Schwer genug ist es dir wohl geworden, dich darüber hinwegzusetzen. Aber ich käme nie davon los.«

Bernhard hatte sie verständnislos angesehen.

»Was sprichst du da? Ich verstehe dich nicht.«

Sie hob abwehrend die Hand.

»Bleib doch ehrlich! Denkst du, ich weiß es nicht, daß der Gedanke an die Schande meiner Mutter dich abhielt, früher zu mir zu kommen? Es hat dich Überwindung gekostet, ich verstehe es, trotzdem du mich liebst.«

Er hatte fest ihre Hände gefaßt und zog sie daran zu sich herüber.

»Das hast du von mir geglaubt?« sagte er vorwurfsvoll. »Eva – was geht mich deine Mutter an? Was hat sie mit unserem Glück zu tun?«

Sie ließ sich müde in einen Sessel gleiten.

»Sehr viel«, erwiderte sie leise. »Hast du vergessen, daß sie im Gefängnis gesessen?«

Er kniete an ihrer Seite nieder und faßte ihre Hände.

»Und du hast geglaubt, das könnte mich beeinflussen? Mein goldiges Mädchen – auch ich liebe dich, seit jenem Tage, da ich dich kennenlernte. Schon der Jüngling träumte sehnsüchtig von deinen goldschimmernden Augen, ich schaffte und arbeitete nur für dich. Und da ich dich an mein sehnsüchtig verlangendes Herz nehmen wollte, gingst du mir verloren. Nun endlich darf ich dich halten, und da sprichst du von deiner Mutter. Was geht mich deine Mutter an, frag' ich dich noch einmal?«

»Nichts – und sie soll dich nie etwas angehen, deshalb darf ich dir nicht angehören.«

»Aber das ist ja Torheit, Eva. Willst du mit Gewalt eine neue Scheidewand zwischen uns aufbauen? Du hast nichts mehr gemein mit dieser Frau, die sich an dir versündigt hat, und brauchst keine Notiz von ihr zu nehmen.«

Eva seufzte.

»Desto mehr nimmt sie welche von mir. Schon jetzt komme ich nicht mehr los von ihr. Denk an deinen ehrlichen Namen! Du wirst an der Spitze eines großen Unternehmens stehen, viele Augen sehen auf dich. Da darf sich kein Makel an dich heranschleichen. Und nun, glaube mir, meine Mutter würde sich damit brüsten, daß du ihr Schwiegersohn bist, sie würde sich dir aufdrängen, maßlose Forderungen an dich stellen – nein, es wäre eine Qual, nicht auszuhalten für mich!«

Sie barg ihr Gesicht in den Händen. Bernhard hatte ihr ruhig zugehört, sein Gesicht war ernst und bleich geworden. Nun zog er ihr die Hände vom Gesicht.

»Eva – Eva – wahrlich, du hast eine hervorragende Befähigung, dich selbst zu quälen. Meinst du, das alles könnte mich schrecken? Mädchen, dann weißt du nicht, was du mir bist, wie groß und unwandelbar meine Liebe zu dir ist!«

Sie preßte die Handflächen fest aneinander.

»Quäl mich doch nicht – mach es mir doch nicht zu schwer! Weißt du nicht, was es mich kostet, dich von mir zu weisen? Doch, Bernhard, ich muß so handeln – einst wirst du mir recht geben.«

Er erhob sich und sah ernst und entschlossen in ihr Gesicht.

»Nein – niemals. Aber ich sehe ein, daß ich jetzt nichts bei dir erreichen kann – ich gehe also und lasse dich allein. Und ich reise sofort wieder ab. Aber ich komme wieder. In vier Wochen frage ich dich noch einmal, ob du mein Weib werden willst. Nütze die Zeit gut und werde ruhig und klar. Deine Mutter soll dich nicht schrecken. Ich werde schon Mittel und Wege finden, sie zur Ruhe zu bringen. Beharre nicht auf deinen kleinlichen Bedenken. Sie sind meiner großdenkenden Eva unwürdig. Du hast eine wahre Sucht, dich selbst zu opfern, bedenke aber eines: Opferst du dich, so opferst du auch mich. Ich weiß, daß ich nur an deiner Seite meines Ichs höchste Vollendung erstreben kann. Ohne dich wird mein Leben Stückwerk bleiben. Bedenke das – und wenn du dann noch den Mut hast, mich abzuweisen – nein, du wirst ihn nicht haben. Leb wohl, mein Lieb!« Damit ging er still aus dem Zimmer, ohne sich ihr noch einmal zu nähern.

Sie blieb in trostloser Stimmung zurück und wußte nicht, welches der rechte Weg für sie war. Bernhard fand Fritz und Maria mit erwartungsvollen Gesichtern im Wohnzimmer. Sie sahen betroffen in sein blasses Gesicht.

»Du kommst allein – und verstimmt?« fragte Maria besorgt. Bernhard warf sich seufzend in einen Sessel.

»Es ist furchtbar schwer, sich bei einem Weib auszukennen. Da denke ich mir in meiner Selbstherrlichkeit, ich brauche nur zu kommen und die Arme auszustrecken – dann liegt mir das Mädchen am Herzen. Und nun? Sie weist mich ab.«

»Nicht möglich!« rief Maria ungläubig.

»So hätte ich vor einer Stunde auch behauptet. Aber es ist doch so – sie will meine Frau nicht werden.«

»Aber sie liebt dich doch – ich weiß, sie liebt dich noch immer«, sagte Maria bestimmt.

»Ja, das leugnet sie auch nicht. Aber hört nur, was sie sich ausgegrübelt hat, um sich und mich von neuem zu quälen.«

Er erzählte ihnen seine Unterredung mit Eva.

Maria unterbrach ihn oft mit ungeduldigen Zwischenrufen.

»Das ist ja Unsinn«, rief sie zum Schluß seines Berichtes. »Gleich gehe ich hinüber zu ihr und setzte ihr den Kopf zurecht.«

Sie sprang auf und wollte gehen. Da hielt sie Fritz am Arme fest. Er hatte ernst und ruhig zugehört. Auf seinem Gesicht erschien ein eigenartiges Leuchten.

»Du bleibst hier, Maria, und läßt mir das Mädel zufrieden. Ich habe so etwas kommen sehen. Bei Evas Wesensanlage war solch eine Auffassung vorauszusehen. Bernhard hat ihr gesagt, was zu sagen war. Nun laßt sie erst innerlich zur Ruhe kommen. Es ist wirklich das beste, meine Junge, du fährst wieder nach Hause. Wenn wir jetzt auf Eva einreden, zwingen wir sie, sich unserer Meinung anzupassen. Das hätte nichts Gutes im Gefolge und würde dein Glück bedrohen. Die Frauen haben alle einen Punkt, wo die Vernunft zu Ende geht – jawohl, Maria – auch du. Ich will dich nur daran erinnern, wie du mir eines Tages durch deine Kündigung den Stuhl vor die Türe setztest und mir einfach im Groll davonlaufen wolltest. Also laßt Eva selbst zu der Überzeugung kommen, daß die mühsam aufgebaute Scheidewand von Pappe ist.«

»Wenn aber nicht?« rief Bernhard im zornigen Schmerz. »Sie hat es wahrlich zur Meisterschaft gebracht, sich selbst den Weg zum Glück zu sperren. Herrgott – wenn ich das Mädel nicht so unaussprechlich lieb hätte! Was soll denn solcher Kleinkram zwischen zwei Menschen, wie wir es sind?«

»Frauen sind oft kleinlich im Großen und groß im Kleinen – auch die besten. Aber Eva ist ein vernünftiger Mensch, sie besinnt sich schon, mein Junge, verlasse dich darauf. Und laß den Kopf nicht hängen, in vier Wochen feiern wir fröhliche Verlobung – mein Wort darauf. Schau dir meine Maria an! Die macht mir ein bitterbös' Gesicht, weil ich sie in ihrem Geschlecht beleidigt habe. Aber sie ist eine gar kluge und prächtige Frau, die schnell mit solchen Torheiten fertig ist. Gib acht – gleich fällt sie mir um den Hals und ist wieder gut.«

Maria mußte lächelnd seine Prophezeiung erfüllen.

»Nun sei nur getrost, Bernhard. Was Onkel sagt, ist schon recht. Und er weiß, was er spricht. Ich müßte doch meinen Tyrannen nicht kennen, wenn ich nicht wüßte, daß er sich schon ganz heimlich vorgenommen hat, ein wirksames Wort mit Eva zu sprechen. Und so überzeugend wie er kann es keiner.«

Fritz lachte. »Was für ein kluges Weib du bist, Maria! Man muß sich hüten vor dir.«

»Wenigstens du, mein Alter – für meine Augen bist du von Glas. Du willst es nur deshalb nicht leiden, daß ich mit Eva spreche, weil du selbst ein Kraftwort kennst, das sie zur Vernunft bringt«, sagte Maria zärtlich.

Er küßte sie andächtig auf die Augen. »Du Hellseherin. – Aber nun holla – mein Junge, in einer halben Stunde geht dein Zug – ich kann dich jetzt hier gar nicht brauchen. Schleich dich durch die Büsche, daß dich die Gören nicht erwischen. Wenn sie dich auf ihrem Kriegspfad wittern, gibt es Kampf und Geschrei. Und danach ist es dir jetzt schwerlich zumute. Also ade und guten Mut, es wird alles gut.« Bernhard schüttelte ihm die Hand.

»Onkel Fritz – aus mancherlei Nöten hast du mich schon herausgehauen, ob es dir aber diesmal glücken wird?«

»Es wird.«

Sie schüttelten sich die Hände.

Als Fritz kurze Zeit darauf durch den Garten nach der Fabrik ging, blieb er stehen und sah lächelnd einem Käfer zu, der wieder und wieder an einem Grashalm emporkletterte, um immer wieder damit umzufallen.

Warum tut er das wohl, dachte er, will der Wicht von der erhabenen Höhe eines Grashalms Ausschau halten über seine kleine Welt? Warum klettert er dann nicht lieber an einem Baum empor?

Warum? Da richtete er sich empor und sah mit sinnendem Ernst ins Weite.

Diese Frage will ich mir doch in Zukunft abgewöhnen. Habe ich in jener grauenvollen Nacht nicht auch gefragt: Warum ließ Gott zu, daß so finstere Gedanken in Bettinas Herz erwachten? Da war ich auch so ein dummer Käfer, der sich mühte, auf den Grashalm zu kommen. Nun hab' ich den Baum erwischt und schaue von oben herab. Wie weit ist nun mein Gesichtskreis geworden? Ich weiß nun, »warum«. Und Bettina wird denn doch durch diese finstere Stunde das Glück ihres Sohnes gerettet haben.

Man ließ Eva in den nächsten Tagen gewähren; nur doppelt lieb und gut waren Herbigs zu ihr.

Das junge Mädchen kämpfte einen schweren Kampf. Gewaltig zog es sie zu dem Geliebten – wie gerne hätte sie sich ihm zu eigen gegeben. Und doch fürchtete sie sich, ihm anzugehören. Die Mutter stand zwischen ihr und ihrem Glück. Nie kam sie darüber hinweg, das fühlte sie. Und doch bat ihr eigenes heißes Herz immer dringender für den Geliebten. Sie fürchtete, ihm gegenüber machtlos zu werden. War sie aber schwach und gab nach – nie würde sie ein volles reines Glück an seiner Seite finden. Und diese Gewißheit quälte sie unsagbar, weil sie wußte, daß sie nur voll und ganz beglücken konnte, wenn sie selbst glücklich war. Fritz und Maria erwähnten Bernhard mit keinem Wort.

Einige Tage nach dessen Besuch sagte Fritz zu seiner Frau, als sie allein waren: »Morgen früh reise ich, um Bettina zu besuchen. Entweder bringe ich sie gleich mit, oder sie besucht uns in den nächsten Tagen.«

Maria sah überrascht auf, gerade in ihres Mannes ernste, entschlossene Augen hinein.

»Es ist gut, Fritz«, erwiderte sie leise.

Er zog sie an sich.

»Und du fragst nichts weiter?«

Sie lächelte. »Ich hab' meinen Stolz, Fritz, und ich will nicht, daß du klein von mir denkst. Über Bettina hab' ich mir das Fragen abgewöhnt. Ich weiß, zu einem winzigen Schrein in deinem Herzen ist mir der Zutritt verboten. Dazu gehört der goldene Schlüssel des Ritters Blaubart. Ich habe schon als Kind immer gedacht, daß es sehr töricht von den neugierigen Frauen war, diesen goldenen Schlüssel nicht zu achten und dem bösen Blaubart eine bessere Meinung von den Frauen beizubringen.«

»Liebe, kluge Seele! Aber ein Blaubart bin ich ja gottlob nicht. Und ich will dir offen sagen, daß ich Bettina holen will, damit sie mit Eva spricht. Ihre Mutterliebe wird einzig und allein die rechten Worte finden, um Eva nicht nur umzustimmen, sondern auch um ihr die eigene Ruhe und Glückssicherheit ins Herz zu legen. Nur wenn Eva an ihr Glück glaubt, wird sie Bernhard ganz beglücken.«

Schwester Bettina war nach dem Tode ihrer Schwiegertochter wieder in ihr Amt eingetreten. Die Oberin hatte sie mit Freuden begrüßt, da sie Schwester Bettinas Opferfreudigkeit schon schmerzlich während ihrer Abwesenheit vermißt hatte.

Bernhard wollte seine Mutter gern bei sich in Villa Anna behalten und bat sie wieder und wieder, ihr Amt niederzulegen, aber sie ließ sich nicht halten.

»Ich habe es verlernt, in und mit der Welt zu leben. Laß mich in meine liebgewonnene Tätigkeit zurückkehren, ich kann sie nicht mehr entbehren«, sagte sie.

Und Bernhard mußte sie ziehen lassen.

Nun kam sie wieder wie sonst ihren schweren Pflichten nach. Bernhard besuchte sie jeden Sonntag, und auch Fritz kam zuweilen. Das war ihr jedesmal eine große, innige Freude.

Auch heute eilte sie mit beschwingten Schritten in das Sprechzimmer, als man ihr Fritz Herbig meldete. Sie begrüßte den Bruder in der demütig innigen Art, mit der sie ihm jetzt immer begegnete.

»So bald schon besuchst du mich wieder und so überraschend. Ich denke, Bernhard ist bei euch?«

Er zog sie neben sich auf das Sofa.

»Wohl war er bei uns, er ist aber sofort wieder abgereist, obwohl er einen längeren Aufenthalt geplant hatte.«

»Wie kam das, Fritz? Es ist ihm doch nichts Unangenehmes widerfahren?«

»Diese Frage kann ich dir nicht kurz und bündig beantworten. Da muß ich ein bißchen weit ausholen. Du hast doch Zeit?«

»Gewiß, ich bin bis zum Abend frei. Aber nun bitte, sag mir schnell, was geschehen ist, ich fühle, es ist etwas Schlimmes für meinen Bernhard.«

Sie sah ihn ängstlich forschend dabei an.

»Du sollst alles hören, Bettina.«

Sie seufzte.

»Mir ist, als ob meinem Sohn neues Unheil drohe.«

»Vielleicht, Bettina. Aber in deine Hand ist es gegeben, dieses Unheil abzuwenden und für ihn in Glück und Segen zu verwandeln.«

Sie faßte seine Hand.

»Sprich schnell, was muß ich tun?«

Er legte den Arm um sie und nickte.

»Gleich sollst du alles hören. Du kennst doch Eva Grabow?«

»Gewiß. Ihr alle sprecht soviel von ihr, und ich lernte sie ja auch an Gabrieles Krankenbett kennen.«

»Und wie gefällt sie dir?«

»Sehr gut. Aber was soll das?«

Er lächelte.

»Geduld ist noch immer nicht deine Stärke, Bettina. Also höre. Eva ist Bernhards erste und einzige Liebe, und er möchte sie nun zur Frau haben.«

Sie sah ihn erstaunt und betroffen an.

»Das ist doch nicht möglich. Bernhard liebte seine Frau.«

Er schüttelte den Kopf und erzählte der unruhig Lauschenden, wie es gekommen war, daß Gabriele Bernhards Frau wurde und daß dieser nun endlich gekommen sei, um sich Evas Jawort zu holen.

»Nun und?« fragte sie zum Schluß seiner Erzählung atemlos.

»Eva wies ihn ab.«

»Sie liebt ihn nicht mehr?«

»Doch, mehr denn je.«

»Aber warum, warum?«

»Du kennst ja durch uns Evas Geschichte, hast von uns gehört, daß ihre Mutter ein ehr- und pflichtvergessenes Weib ist und sogar im Gefängnis gesessen hat.«

Bettina wurde bleich bis in die Lippen.

»Alles das weiß ich«, sagte sie heiser vor Erregung.

Fritz nickte.

»Also nun weiter. Eva weigert sich, Bernhards Gattin zu werden, weil sie fürchtet, die Unehre, die ihre Mutter ihrem Namen gemacht, könne ihm Schaden bringen. Sie kann den Mut zum Glück nicht finden, weil sie dieses Glück durch die Schuld der Mutter bedroht sieht. Lieber verdammt sie sich und Bernhard von neuem zur Entsagung. Der Junge ist außer sich; er liebt Eva mit der heißesten, innigsten Liebe und will nicht von ihr lassen. Er hat ihr vier Wochen Bedenkzeit gegeben und will sie dann noch einmal fragen. Nun kämpft sie still für sich einen schweren Kampf. Ihr Herz zieht sie zu ihm, aber sie fürchtet, ihm Unglück und Schande ins Haus zu bringen. Schließlich wird sie nicht widerstehen können und wird ihm ihr Jawort geben. Aber glücklich wird sie nicht sein und in ihrer inneren Unfreiheit und Zerrissenheit auch nicht beglücken können. So wird das Glück dieser beiden uns so teuren Menschen immer von Schatten bedroht sein. – So, Bettina – nun weißt du alles.«

Sie sah mit fieberhaft geröteten Wangen und erloschenem Blick zu ihm auf.

»Und du kommst nun zu mir, weil ich die einzige bin, die hier helfen kann?« fragte sie tonlos.

Er sah sie ernst und gütig an.

»Ja, Bettina – jetzt ist deine Stunde gekommen, jetzt kannst du durch eine große Tat deines Sohnes Glück begründen.«

Sie lehnte sich mit geschlossenen Augen in ihren Stuhl zurück. »So soll ich Bernhard meine Schuld beichten? Tue du es für mich, Fritz, ich könnte es nicht ertragen, das Grauen und Entsetzen in meines Kindes Augen zu sehen.«

Er faßte ihre Hand.

»Nein, Bettina – so meine ich es nicht. Das wäre zu grausam und nicht halb so wirksam, als ich es mir ausgedacht.«

Sie richtete sich auf und sah mit erwachender Hoffnung in sein Gesicht. »Sprich – alles andere wird mir leichter sein als dies. Was soll ich tun?«

»Du sollst einem dritten Menschen beichten, was in jener Nacht geschah. Ich bürge für diesen Menschen, der lieber sterben wird, als dich verraten.«

Bettina fuhr auf. Ihre Augen glänzten.

»Ja – jetzt verstehe ich dich. Eva – Eva soll es wissen. Ach mein Gott, jetzt weiß ich doch, warum ich schuldig werden mußte! Ja, Fritz, ja – o wie dank' ich dir, daß du mir diesen Weg zeigst, etwas zum Glücke meines Sohnes beizutragen. Ja – tausendmal ja. Das muß ja all ihre Bedenken zerstreuen, wenn ich ihr sage: Was deine Mutter auch getan – ich habe mich eines größeren Verbrechens schuldig gemacht, wenn auch ein gütiges Geschick die Folgen meiner Tat von uns abwendete. Du kannst ohne Bedenken meines Sohnes Weib werden. Nicht wahr, Fritz – so meinst du es?«

Er drückte ihre Hand fest zwischen den seinen.

»Ja, Schwester – so meine ich's. Und noch wirksamer wird dein Bekenntnis sein, wenn du ihr sagst: Gibt dir auch das noch nicht den Mut zum Glück, dann gehe ich zu Bernhard und bekenne ihm alles. Er wird sehr unglücklich sein, die Mutter schuldig zu finden, aber nicht so unglücklich, als wenn du ihm nicht angehören willst. – Glaub mir, Eva wird lieber sterben, als es zulassen, daß Bernhard deine Beichte hört. Sie wird stolz und glücklich sein, daß sie ihm etwas ersparen kann. Das hebt sie hinaus über ihre kleinlichen Bedenken.«

Bettina war aufgestanden und sah mit verklärtem Gesicht vor sich hin. Fritz trat zu ihr und umfaßte sie.

»Das Schicksal führt uns sonderbare Wege, Schwester. Nun weißt du, warum du straucheln mußtest. Du wolltest deines Sohnes Glück vom Schicksal ertrotzen, um jeden Preis. Nun hast du es erreicht – anders und besser, als du es glaubtest.«

Sie legte ihren Kopf an seine Brust.

»Mein Fritz – mein teurer, lieber Bruder, du vergiltst Böses mit Gutem. Deine Worte machen mich frei. Ich danke dir – danke dir! Aber nun entschuldige mich einige Minuten. Ich will zur Oberin und sie um Urlaub bitten – ich begleite dich sofort, wenn ich freikommen kann.«

Maria stand an der Pforte, als die Geschwister vorfuhren. Fritz hatte telegraphisch seine und Bettinas Ankunft gemeldet. Nun eilte sie der Schwägerin entgegen, und ergriffen umarmten sich beide.

»Bettina!«

»Maria!«

Fest umschlungen von Marias Armen, betrat Bettina zum ersten Male wieder das Haus ihres Bruders. Ein Zittern flog über sie hin, als sie die Schwelle überschritt, über die sie damals als Verbannte hatte gehen müssen. Wußte auch Maria nicht, was damals vorgefallen war – sie verstand fast unbewußt, welche Gefühle Bettina jetzt beherrschen mußten. Liebevoll führte sie die wankende Gestalt ins Haus. Drinnen stürmten die Kinder herbei und erneuerten mit viel Lärm die Bekanntschaft mit Tante Bettina. Eva saß stumm abseits und sah nach Bernhards Mutter hinüber. Die löste sich schließlich aus der Gruppe und trat auf Eva zu, um ihr die Hand zu reichen.

»Liebe Eva – wollen Sie mich nicht begrüßen?« fragte sie weich.

Das junge Mädchen küßte ihr die Hand.

»Ich wollte nicht stören. Grüß Gott, Schwester Bettina.«

Ihre heißen jungen Lippen brannten auf Bettinas Hand. Lächelnd strich diese über Evas Wangen.

»Sie sehen bleich aus, mein liebes Kind. Am Ende komme ich gerade recht, um Ihnen rote Wangen zurückzuzaubern. Das schlägt in mein Fach«, sagte sie leise.

Und da schoß auch schon die Röte in Evas Wangen.

In den ersten Stunden gab es keine Gelegenheit für Bettina, mit Eva zu sprechen. Erst nach Tisch schob sie ihren Arm in den des jungen Mädchens.

»Sie begleiten mich ein Stündchen in den Garten, liebe Eva. Es hat sich da soviel geändert in all den Jahren – da muß ich Umschau halten«, sagte sie lächelnd und zog Eva mit sich fort. Fritz sah zu Maria hinüber und nickte ihr bedeutungsvoll zu. »Jetzt setze ich eine Drahtnachricht an den Jungen auf, damit er schnell kommt«, sagte er, als die beiden Frauengestalten im Garten verschwunden waren.

Maria sah ihn an.

»So sicher bist du, daß Bettina überzeugende Worte findet?«

Er nickte.

»Eine Mutter kann alles für ihr Kind – ich glaube, sie lenkt Sterne aus ihrer Bahn. Warum soll sie nicht einem verzagten Mädchenherzen Mut einflößen!«

Maria lächelte fein.

»Wußt' ich doch, daß mein Fritz Rat schaffen würde, auch in dieser verzwickten Angelegenheit.«

»Ich nicht – Bettina soll's tun.«

Maria nickte.

»Du bist der Arzt – Bettina die Arznei, die du verschrieben hast.« Er lachte und küßte sie auf die blühende Wange.

Bettina saß neben Eva unter den schattigen Kastanien. Mit inniger Freude blickte sie in das schöne, ernste Mädchengesicht. Das war doch ein anderes Geschöpf als die zarte, schwächliche Gabriele – an der war alles gesund und stark. Gottlob – sie würde ihrem Sohne eine aufrechte Begleiterin auf dem Lebensweg sein.

Eine Weile saßen die Frauen stumm nebeneinander und sahen in die leuchtende Frühsommerpracht ringsum. Endlich wandte sich Bettina zu Eva. »Liebes Kind – ich habe Sie mit besonderer Absicht hierhergeführt. Hier sind wir ungestört, und ich habe Ernstes und Wichtiges mit Ihnen zu besprechen. Ganz offen – mein Besuch hier gilt zuerst Ihnen.«

Eva sah errötend und mit Herzklopfen zu ihr auf. Sie ahnte, daß sie von Bernhard mit ihr sprechen wolle. Vielleicht hatte dieser seine Mutter darum gebeten.

»Sie wollen mit mir von Ihrem Sohn sprechen, Schwester Bettina?«

»Ja, Eva. Ich weiß alles.«

Eva sah traurig zu ihr hinüber.

»Ach, dann wissen Sie auch, in welch verzweifelter Lage ich bin. Mein Herz zieht mich zu ihm und bittet für ihn und mich, aber die Pflicht verbietet mir, ihm anzugehören. Ich würde ihn hinabziehen.«

Bettina faßte ihre Hand.

»Kind, Sie sind doch nicht dafür verantwortlich, was Ihre Mutter getan hat. Ich habe es immer als grausam und der Güte Gottes so unwert gefunden, daß er gesagt haben soll: Ich will die Sünde der Väter heimsuchen an den Kindern.

Nein, so ungerecht und kleinlich kann ein allgütiger, allbarmherziger, allweiser Gott nicht sein. Vielleicht kann er die Eltern verantwortlich machen für die Fehler und Sünden der Kinder, aber doch nicht umgekehrt. Wie klein machen wir unsern Gott durch solchen Glauben. Er weiß in seiner Güte, daß wir alle arme, irrende Geschöpfe sind und straucheln, sobald er seine Hand von uns läßt. Sie dürfen auch Ihre Mutter nicht verdammen.«

»Nein, das tue ich nicht. Es tut mir leid, daß sie nie Ruhe und Genügen finden wird. Und sie ist doch trotz allem meine Mutter. Aber daß sie es ist, bindet mich an sie, ihr Vergehen haftet auch an mir. Und mit diesem Bewußtsein soll ich meine Hand in die eines Mannes legen, dessen ganzes Leben rein und makellos ist, der nie mit Schmutz und Niedrigkeit in Berührung kam? Ich käme nie los von dem Gedanken, daß ich ihn zu mir herabgezogen habe.«

Bettina seufzte schwer.

»Kind, wenn alle Vergehen und Verbrechen vor den Richter kämen, es blieben wenig Menschen rein und makellos.«

»Dieses Bewußtsein hilft mir nur leider nicht.«

Bettina richtete sich entschlossen auf.

»Nein – aber ich will Ihnen helfen, Eva. Diese Hilfe wird mir nicht leicht, aber mit Ihnen helfe ich meinem Sohne.« Sie strich mit der Hand an den Falten ihres Kleides herab und sah ernst in Evas fragende Augen.

»Dieses Kleid trage ich nun viele Jahre, liebes Kind. Es ist mir lieb und teuer geworden, und ich werde es bis zu meinem Ende nicht mehr ablegen. Aber, als ich es zuerst anzog, da sah es furchtbar in meinem Herzen aus. Denn es war mein Bußkleid. Früher hatte ich nie daran gedacht, es zu tragen, denn ich liebte das heitere Leben und hatte bei meinem Bruder hier im Hause ein schönes, sorgloses Heim. Aber ich wollte mehr. Für meinen Sohn trachtete ich nach dem Erbe meines Bruders. Er blieb lange unvermählt, und ich hoffte bestimmt, Bernhard würde einst sein Erbe werden. Aber ganz plötzlich verlobte sich Fritz und heiratete, obwohl ich dagegen arbeitete. Da gewannen finstere Mächte über mich Gewalt. Ich will es kurz machen. Um meinem Sohn das Erbe zu erhalten –«

Sie machte eine Pause und strich mit zitternden Händen über die Augen. Und dann beichtete sie noch einmal alles, was sie einst gefrevelt und was sie unsagbar gebüßt.

Als sie endlich erschöpft schwieg, saß Eva totenblaß und erschüttert neben ihr. In ihren Augen standen große Tränen. Sie fühlte, was dieser Frau die Beichte gekostet hatte, und trotz des Grauens füllte ein tiefes Mitleid ihre Seele. Aus allzu großer Liebe für den Sohn hatte sie gesündigt, nicht aus Eigennutz wie ihre eigene Mutter.

Bettina sah die Tränen in Evas Augen. »Sie weinen, Kind. Ach, wenn Tränen fähig sind, im Schuldbuch eines Menschen Vergehen auszulöschen – meine Tränen hätten es gern getan, ich vergoß unzählige in der Not meines Herzens. – Und nun – Eva – nun wissen Sie, daß Bernhards Mutter schuldiger ist als die Ihre. Nun werden Sie den Mut finden, sich an seine Seite zu stellen, ohne Furcht, ihn herabzuziehen. Nun hat er nichts vor Ihnen voraus. Oder zögern Sie noch immer? Muß ich den Kelch bis zur Neige leeren und mich selbst bei meinem Sohne anklagen?«

Eva fuhr herum und streckte abwehrend die Hände aus.

»Nein – o nein – er darf es nie – niemals erfahren. Es tut so weh, verurteilen zu müssen, wo man lieben möchte.«

»Nicht wahr, mein Kind, das haben Sie an sich selbst erfahren. Sehen Sie, mein Bruder Fritz – er ist ein so herrlicher Mensch –, der hat gleich erkannt, wie Ihnen und Bernhard zu helfen ist. Deshalb holte er mich herbei. Sie wissen nun, daß nur ein Zufall Bernhards Mutter daran hinderte, zur Mörderin zu werden. Jetzt steigen Sie herab, wenn Sie sein Weib werden, so klar und rein auch sein Leben ist. Ich lege nun mein Geheimnis in Ihre jungen Hände und weiß, Sie werden es hüten. Nicht wahr, meine Beichte war nicht vergebens, jetzt finden Sie den Mut zum Glück?« Evas Augen entströmten heiße Tränen. Sie warf sich in die Arme der alten Frau.

»Mutter, liebe Mutter – wie soll ich dir danken?«

»Mache meinen Sohn glücklich, liebes Kind, du kannst es, wenn du frei und froh dein Haupt hebst und dich aufrecht neben ihn stellst. Gott ist allgütig, er hat dir gezeigt, daß die Schuld der Mütter auch zum Segen werden kann für die Kinder. Glaube daran und sei glücklich und voll Vertrauen zur Güte Gottes.« Sie zog das junge Mädchen fest an sich.

»Jetzt fürchte ich mich nicht mehr, liebe, teure Mutter, du hast mir den Mut zum Glück gegeben; dank dir, daß du dich selbst überwunden.«

Bettina sah strahlend zum Himmel empor.

»Es galt meines Sohnes Glück«, sagte sie nach einem tiefen, erlösenden Atemzug.

Bald darauf gingen sie innig umschlungen ins Haus zurück.

Maria sah sie kommen. Sie wandte sich zu Fritz, der hinter ihr im Zimmer bei seiner Zeitung saß.

»Jetzt schicke dein Telegramm ab, Fritz. Schau dir Evas Gesicht an! Es leuchtet vor Glück. Was doch eine Mutter vermag!«

»Komme sofort – Eva erwartet dich sehnsüchtig.«

Wieder und wieder las Bernhard diese Worte, als er im Nachtzug nicht Ruhe finden konnte. So hoffnungsvoll und sicher klangen sie; er wußte, wenn Onkel Fritz so drahtete, war alles gut.

Und endlich war er am Ziel. Niemand als Eva empfing ihn am Eingang. Und da öffnete er jauchzend die Arme, denn ihre Augen leuchteten ihm entgegen wie goldige Sonnen. Sie warf sich hinein in die starken Arme und ließ sich von ihnen bergen an dem treuen, warmen Herzen.

»Endlich mein, ganz mein?« sagte er leise, und sie fühlte, wie ein Zittern durch seinen Körper rann. Daran erkannte sie, wie sehr er sich nach ihr gesehnt.

Sie sah zu ihm auf. »Mein Bernhard!«

Er lachte glücklich und küßte sie auf den roten Mund – wieder und wieder, bis sie atemlos war.

»Und keine törichten Grillen mehr, mein Lieb?«

»Die sind alle fort – nie mehr sollen sie dich und mich plagen. Ich lege mein Geschick ruhevoll in deine Hände; du wirst es leiten, wie es gut ist.«

Wieder küßte er sie innig und heiß.

»Wie ein holdes Wunder ist's, Liebste. Ich fürchtete, du würdest vor lauter Gewissenhaftigkeit dich und mich unglücklich machen. Und nun bist du so lieb und verständig – ach Evi – süße törichte Evi – warum quältest du mich so? Mein Mädchen, ich hätte es nicht ertragen, wenn du auf deinem Eigensinn beharrt hättest; du Süße, mit deinen goldigen Sonnenaugen, wie ich dich liebe! Wer hat denn das Wunder vollbracht und diesen holden, törichten Kopf zurechtgerückt? Onkel Fritz?«

»Nein, er wußte besseren Rat – deine Mutter.«

»Meine Mutter? War sie denn hier?«

»Sie ist es noch. Drinnen warten sie alle im Frühstückszimmer, heimlich, wie Verschwörer. Sie wollen unsere Verlobung feiern, und bis das geschehen, bleibt deine Mutter bei uns. Dann will sie jedoch in ihr Amt zurück. Nun laß uns zu ihnen gehen!«

Er hielt sie fest.

»Am liebsten trüg' ich dich jetzt hier hinaus in den lachenden Sommermorgen hinein, weit weg von allen Menschen. Ich hab' so viel nachzuholen, hab' so viel Durst nach deinen roten Lippen. Liebste – jetzt begreif' ich es nicht mehr, wie ich es all die Jahre ertragen habe, ohne dich zu leben. Jetzt mußt du ganz schnell meine Frau werden – am liebsten nähme ich dich gleich mit nach Hattenfelde.«

Sie sah ihn glückstrahlend und übermütig an.

So hatte er sie noch nie gesehen, so hinreißend schön und hold. Alles Leid war weggewischt – es waren klare, freie Augen, die sich tief in die seinen senkten.

Es dauerte doch noch eine Weile, ehe sich Bernhard entschloß, Eva aus den Armen zu lassen und mit ihr in das Zimmer zu treten, wo sie von Bettina, Maria und Fritz lächelnd empfangen wurden.

Schon acht Wochen später wurde Eva Bernhards Frau und zog mit ihm in Villa Anna ein.

Sie wurden sehr glücklich miteinander, und Wendenburg sonnte sich neidlos an ihrem Glück.

Bettina blieb allen Bitten zum Trotz in ihrem Amte. Aber jedes Jahr kam sie auf einen kurzen Urlaub nach Hattenfelde.

Fritz und Maria waren dort auch oft und gern zu Gaste, und Walter und Klein-Hella tobten mit Wonne in dem großen Hattenfelder Park herum.

Charlotte Grabow bezog von Horst Wendenburg in Zukunft eine größere Rente als zuvor. Da er ihr sehr nachdrücklich versichert hatte, daß diese Rente sofort und unweigerlich zurückgezogen würde, falls sie ein einziges Mal mehr als diese verbrauchte, so gab sie sich Mühe, damit annähernd auszukommen.

Die Gräber von Tante Anna und Gabriele sind Sommer und Winter mit Blumen bedeckt. Eva pflegt sie in treuem Gedenken. Sie vergißt sie nie in ihrem Glück.

Bernhard hat nie erfahren, welchem Umstande er sein Glück zu danken hat. Eva hütet Bettinas Geheimnis.

Auch Frauen können schweigen.

H. Courths-Mahler

Und es werden noch
viele Romane der Courths-Mahler
gedruckt werden – und gelesen.
Menschen lesen gerne,
was sie träumen, und sie haben es gerne,
wenn Träume gut ausgehen.

Curt Riess, 1974

Doris Maurer

Die Faszination der Hedwig Courths-Mahler

Wenn Sie Happy-Ends mögen, kommen Sie bei Hedwig Courths-Mahler auf Ihre Kosten.

»Warte noch, nur ein Weilchen noch, du hast noch etwas vergessen«, sagte er.

»Was denn?«

»Du hast mir noch keinen einzigen Kuß gegeben.«

(...) Da zog sie seinen Kopf zu sich herab und sah ihm tief in die Augen, so daß sein Blick aufstrahlte in Seligkeit.

»Lieber, lieber Nikita!« sagte sie leise und innig. Und dann drückte sie ihre Lippen zart und scheu und doch voll unendlicher Innigkeit auf die seinen. (Ich lasse dich nicht)

Er küßte sie heiß und innig. (...) »Ich bin glücklich, daß ich heimkehren darf – heim, nur wirklich ganz heim, zu meiner geliebten Frau, die mir ein so reiches, stolzes Glück beschert hat.«

»Hab' ich das, mein Norman?« fragte sie leise.

Er preßte seine Lippen auf ihre Hände, auf ihr Haar und ihre Augen.

»Du weißt es – frage nicht!« sagte er innig.

Und sie sahen sich, trunken vor Glück, in die Augen und hielten sich fest an den Händen. (Unschuldig-schuldig)

Graf Harro und seine junge, schöne Frau lebten so glücklich miteinander, daß Griseldis zu ihrem Gatten sagte: »Mir könnte bange werden vor der Größe meines Glückes, mein Harro!«

Da zog er sie fest an sich und sah ihr tief in die Augen.

(Griseldis)

Dreimal ein Happy-End à la Courths-Mahler – etwa ein Siebzigstel aller möglichen glücklichen Romanschlüsse, denn Hedwig Courths-Mahler hinterließ 208 zu Herzen gehende Werke, selbstverständlich alle mit Happy-End: Sie »kriegen« sich immer.

Zwischen 1905 und 1939 entstanden die Courths-Mahlerschen Liebesromane und machten ihre Verfasserin zur damals auflagenstärksten deutschen Autorin, man schätzt die zu ihren Lebzeiten verbreiteten Bücher auf 36 Millionen. Nun könnte man die Erfolgsschriftstellerin Courths-Mahler allenfalls als interessantes literaturwissenschaftliches, besonderes literatursoziologisches Forschungsproblem des frühen 20. Jahrhunderts ansehen – so wie die Marlitt, Ganghofer oder Karl May –, wenn wir nicht auch heute einen neuen »Courths-Mahler-Boom« zu verzeichnen hätten.

1974 sagte der Verleger Helmut Kindler in einem Interview: »Natürlich ist die Bibel das erfolgreichste Buch, das je gedruckt wurde. Dann kommen, rein auflagenmäßig, Lenin, Dostojewski, Tolstoi, Jules Vernes, Georges Simenon und Mao. Und dann die Courths-Mahler. (...) Wenn man bedenkt, daß sowohl die Bibel als auch Lenin und Mao schließlich nicht gerade Unterhaltungslektüre sind und daß zumindest die letzten beiden nicht immer freiwillig gekauft wurden oder werden, dann ist der Erfolg der verachteten Courths-Mahler doch schon phänomenal.«

»Verachtete Courths-Mahler« – es ist erstaunlich, daß dieser Begriff im Zusammenhang mit dem geradezu überwältigenden Erfolg der Schriftstellerin fällt. Ihr Publikum hat Hedwig Courths-Mahler geliebt, sie verehrt – verachtet oder mit Nichtbeachtung gestraft haben sie lange Zeit die sogenannten Gebildeten und die Literaturkritiker. Heute steht man der Heile-Welt-Literatur im allgemeinen weniger verkrampft gegenüber, und im Zuge der Nostalgiewelle lesen auch Intellektuelle und ganz junge Menschen wieder Courths-Mahler, ohne sich über ihren literarischen Wert oder Unwert zu erregen, den sie selbst sehr nüchtern betrachtete: »Ich habe nichts anderes getan als später der Film: ich habe schwer arbeitenden Menschen jenes Leben gezeigt, nach dem immer ihre Sehnsucht ging, das sie jedoch nie kennenlernen würden. Ich habe Märchen für große Kinder erdacht.«

Es ist bezeichnend, daß gerade in unserer so medienhörigen und -abhängigen Zeit die Fernsehverfilmungen von fünf Courths-Mahler-Romanen (Die Bettelprinzeß, Griseldis, Der Scheingemahl, Die Kriegsbraut, Eine ungeliebte Frau) in den siebziger Jahren noch einmal erheblich zu ihrem Ruhm beigetragen und die Nachfrage nach ihren Geschichten gesteigert hat.

Aber haben wir denn nicht unsere Danella, Cordes, Marie-Louise Fischer, unseren Simmel und Konsalik – ganz zu schweigen von der englischen und amerikanischen Unterhaltungsliteratur –, um unser Bedürfnis nach einer schönen, besseren Welt ohne große geistige Anstrengung zu befriedigen? Muß es denn unbedingt eine Autorin sein, die bereits 1950 starb und deren Romane schon in den zwanziger Jahren als veraltet gelten konnten, denn die heile Welt der Adligen, Offiziere, Großgrundbesitzer und der – zumindest von der Gesinnung her – edlen Fabrikanten gab es schon damals nicht mehr. Aber so wie die Romane der Hedwig Courths-Mahler einst verschlungen wurden, wie sich ganze Zeitungen durch Vorabdrucke ihrer Werke sanieren konnten, so hat sie auch heute wieder ihre nicht eben kleine Gemeinde. Und bedenkt man, daß Courths-Mahler-Romane ins Französische, Englische, Italienische, Holländische, Tschechische, Finnische, Schwedische, Ungarische, Spanische, Norwegische übersetzt wurden und sich zu ihren Lebzeiten wie auch heute in diesen Ländern gut verkaufen, obwohl sie größtenteils deutsche Zustände vor dem Ersten Weltkrieg beschreiben – so muß der Erfolg der Hedwig Courths-Mahler ein einmaliges Phänomen sein, dem man mit bloßen Schlagworten wie Nostalgiewelle, Evasionsliteratur,

Schundhefte für die Massen, Kitsch, niedere Unterhaltungsliteratur, Trivialliteratur, sentimentaler Frauenroman nicht beikommen kann. Wie lassen sich ihre bis heute ungebrochene Faszination für den Leser, ihre »Unsterblichkeit« als Autorin wohl erklären?

Sehen wir uns doch die Märchen für Erwachsene einmal etwas genauer an, z.B. den überaus erfolgreichen Roman »Der Scheingemahl«, 1919 erschienen, Auflage 766.596 Exemplare, bei Bastei-Lübbe 1990 in der 10. Auflage.

Auf 137 Seiten kann der Leser viel Schicksal erleben – mit zahlenmäßig geringem Personal, ein Prinzip der Courths-Mahler, um ihre Leser nicht zu überfordern und auch die komplizierteste Geschichte überschaubar zu halten. Uns begegnen der Millionär Karl Hartmann, seine Tochter Margot, Baron Horst Oldenau und seine alte Mutter, der österreichische Fürst Nordheim und ein Herr von Goltzin. Horst Oldenau muß nach dem Tod seines Vaters erleben, daß er ihm einen völlig verschuldeten Besitz hinterlassen hat. Der junge Baron verkauft das väterliche Gut, begleicht alle Verpflichtungen, nimmt seinen Abschied als Offizier und steht vor der Aufgabe, sein Brot verdienen zu müssen, denn von der kleinen Rente seiner Mutter können nicht beide leben. Nun hat der Baron aber nichts gelernt – denn er sollte ja einmal reich erben: Reiten kann er, ein Gut bewirtschaften, charmant parlieren, ausgezeichnet tanzen. Selbst seine in ihn vernarrte Mutter muß feststellen: »Aber es ist doch überall gleich schwer, mit nichts als gutem Willen und eigener Kraft eine Existenz zu gründen.« Doch wir dürfen hoffen, denn: »Er bot einen prachtvollen Anblick in seiner kraftvollen, zielbewußten Männlichkeit. Seine charakteristischen Züge hatten sich in den letzten Monaten voll schwerer Sorge vertieft und gehärtet, und die klugen Augen verrieten, daß in diesem, im Anfang der Dreißig stehenden Mann noch der ganze ungebrochene Jugendmut pulsierte. Die erste große Enttäuschung seines Lebens, die ihn plötzlich zum armen Mann gemacht hatte und ihn vor eine schwierige Aufgabe stellte, hatte ihn wohl gereift, aber nicht gebrochen. Die Baronin kann mit Recht stolz sein auf ihren Sohn.«

Baron Oldenau erhält dann auch eine gut dotierte, ziemlich merkwürdige Stellung bei Karl Hartmann, der als mehrfacher Millionär aus Amerika heimgekehrt ist und sich in Berlin niedergelassen hat. Er macht den jungen Adligen offiziell zu seinem Sekretär, stellt ihn aber in Wahrheit an, um sich von ihm gesellschaftlichen Schliff beibringen zu lassen.

Hartmann, der Sohn eines Tagelöhners, hat sein Leben lang nur hart gearbeitet und enorm viel Geld verdient, nun will er es genießen, ist aber nicht gesellschaftsfähig – denn für gute Manieren hatte er nie Zeit.

Beeindruckt von der Persönlichkeit des Millionärs, willigt der Baron ein, als sein Erzieher zu fungieren, und er erledigt seine Aufgabe diskret und perfekt. Allerdings gelingt es Horst Oldenau nicht, seinen Arbeitgeber von der fixen Idee abzubringen, seine schöne und liebenswürdige Tochter Margot, seine einzige Erbin, in die Hocharistokratie zu verheiraten. Dieser Tick wirkt bei dem sonst sympathisch und äußerst vernünftig gezeichneten Hartmann recht aufgesetzt – aber wir benötigen ja dringend den *Konflikt,* ohne den kein Roman mit Happy-End zu schreiben ist. Die reiche Margot zieht natürlich magisch alle Mitgiftjäger an, u. a. den hoch verschuldeten österreichischen Fürsten Nordheim, den Hartmann favorisiert.

Obwohl Margot entschlossen ist, den windigen Fürsten, der durch den ebenso windigen, als Heiratsvermittler fungierenden Herrn von Goltzin ins Haus gekommen ist, niemals zu heiraten, zeigt sie ihrem Vater keinen offenen Widerstand, da sie ihn nicht verletzen will und auch hofft, er werde schon wieder vernünftig. – Unterdessen haben sich Horst Oldenau und Margot Hartmann ineinander verliebt, wagen aber nicht, sich ihre Zuneigung zu gestehen. Er glaubt, sie wolle den Fürsten heiraten; sie zögert aus weiblicher Sittsamkeit.

Der Fürst hält um Margots Hand an, die ihm der glückstrahlende Vater gewährt – Margot sagt immer noch nichts –, doch die Mutter des Fürsten besteht – trotz aller Schulden, die Margot leicht bezahlen könnte – auf einer adligen Schwiegertochter. Herr von Goltzin hat eine rettende Idee: Margot soll zum Schein einen Adligen heiraten, sich nach kurzer Zeit von ihm scheiden lassen und dann den Fürsten ehelichen. Warum nicht Baron Horst Oldenau, den Sekretär, der ja ohnehin im Haus ist, als Scheingemahl benutzen?

Margot stimmt zu, denn sie hofft, ihrem Mann am Tag der Heirat endlich ihre Liebe gestehen zu dürfen. Oldenau ist nach langen Kämpfen einverstanden; seine Frau will er vor dem Fürsten, den er als üblen Don Juan kennt, warnen – bei der Tochter seines Vorgesetzten hätte er eine solche Einmischung nie gewagt. Der Leser, der wegen der permanenten, gefährlichen Rücksichtnahme der Hauptpersonen schon ganz nervös geworden ist, fiebert der Trauung entgegen.

Und dann – endlich – sind die beiden allein!

»Ein Zittern flog über ihre Gestalt, sie sank in sich zusammen und stand nun in rührend hilfloser Mädchenhaftigkeit vor ihm. ›Das soll heißen, daß ich niemals die Absicht gehabt habe, Fürstin Nordheim zu werden. Ich liebe den Fürsten nicht, achte ihn nicht einmal. (...) Ich liebe Sie mit der ganzen Innigkeit meines Herzens und bin sehr glücklich, von Ihnen geliebt zu werden.‹ Mit zitternder Erregung hatte er zugehört. Nun beugte er sich vor und sah ihr fassungslos ins Gesicht. ›Margot, Margot, ist das Ihr Ernst, oder spielen Sie nur grausam mit mir?‹

Ihre Augen wurden feucht, und sie sagte mit versagender Stimme: ›Ich wollte nicht tatenlos zusehen, wie mein Glück in Trümmer ging. Nur deshalb willigte ich in diese Verbindung mit Ihnen ein. Nun müssen Sie bestimmen, ob ich Baronin Oldenau bleiben soll ... für alle Zeit!‹

Da brauste es über ihn dahin wie eine Woge rauschenden

Glückes. Mit einer raschen Bewegung nahm er sie in die Arme.

›Margot ..., meine Margot! Nun mag kommen, was will. Ich gebe dich nicht wieder frei!‹ rief er außer sich vor Glückseligkeit und preßte seine Lippen fest auf die ihren. Sie hielten einander innig umschlungen, als wollten sie nie wieder voneinander lassen. Und das hohe Lied des Lebens umbrauste sie wie Orgelton und Glockenschlag.«

Und als Baron Oldenau seinen Schwiegervater in ein übel beleumdetes Etablissement führt, wo er den Fürsten Nordheim mit einigen kessen Ballettratten erlebt und auch noch hören muß, wie er – Karl Hartmann – verspottet wird, ist auch der Millionär von seiner Faszination durch die Hocharistokratie geheilt und bescheidet sich mit einem bloßen Baron als Schwiegersohn. Gut Oldenau wird zurückgekauft, und die alte Baronin erklärt sich bereit, Herrn Hartmann in allen Etikettefragen zur Seite zu stehen.

»›Aber jetzt wollen wir erst einmal anstoßen auf das Glück des Herrn und der Herrin von Oldenau. Möge das alte schöne Herrenhaus von Oldenau nur glückliche Menschen in seinen Mauern beherbergen für die Zukunft.‹ ›Das walte Gott!‹ sagte die Baronin feierlich. Baron Horst und seine junge schöne Frau sahen sich tief in die Augen und faßten sich fest bei den Händen.«

Wie bei allen Romanen der Hedwig Courths-Mahler hat man auch hier das Gefühl, daß zum Schluß nur der Satz fehlt: »Und wenn sie nicht gestorben sind, so leben sie noch heute.«

Das wunderbare Märchen von der schönen, reichen Margot und dem stolzen, armen Baron enthält im wesentlichen das Grundmuster aller Erzählungen der Hedwig Courths-Mahler.

Es gibt immer ein Liebespaar, das sich vor Sehnsucht nacheinander verzehrt, aber durch äußere Umstände, Mißverständnisse, Schicksalsschläge daran – scheinbar – gehindert wird, zueinander zu kommen. Manchmal ist der Heldin und dem Helden noch ein zweites Paar zugesellt – meist Freunde oder entfernte Verwandte. Auch das Nebenpaar muß Schwierigkeiten überwinden, gerät aber nie an den Rand der Tragik, erfüllt eher eine Art Buffo-Funktion – mal ist er ein versponnener Wissenschaftler, den man zum Glück zwingen muß, mal gibt sie sich als kratzbürstiger Trotzkopf, weil sie Angst hat vor der Liebe, mal sind beide in dem Wahn befangen, sie seien lediglich gute Freunde – aber zum Schluß liegen auch sie sich selig lächelnd in den Armen.

Die Probleme der Hauptpersonen sind da schon gravierender: Der Vormund liebt sein achtzehn Jahre jüngeres Mündel, schämt sich dieser Zuneigung und sieht erst klar, als die junge Frau aus Liebe zu ihm einen Selbstmordversuch unternimmt (»Da sah er eine blonde Frau«), ein reicher Deutschamerikaner verliebt sich in seine bildschöne Gutsnachbarin, diese entzieht sich ihm, weil sie von einem schurkischen Ehemann geschieden wurde und dies als Makel und Schande empfindet (»Unschuldig-schuldig«); der reiche Cousin kommt in das Haus einer entfernten Cousine, um dort deren Tochter zu freien, verliebt sich aber in eine arme Verwandte, die von allen schlecht behandelt wird, dann plötzlich zu Reichtum kommt – und ehe er sich erklären kann, nach Java auswandert (»Brittas Weg ins Glück«); in mehreren Romanen heiraten sanftmütige Töchter den vom Vater ausgesuchten Mann, den sie aber von Herzen lieben, dem sie sich jedoch entziehen, als sie erfahren, daß die Ehe vom Vater geplant war – da gilt es dann, die eigene Frau zu erobern: »O Menschenkind, was ist dein Glück«, »Hexengold«, »Sanna Rutlands Ehe«, »Eine ungeliebte Frau«. Meist sind diese Ehen aus finanziellen Gründen arrangiert worden, wie denn auch Besitz und Geld in der überwiegenden Zahl aller Romane der Courths-Mahler eine herausragende Rolle spielen. Zwar wird immer wieder – gefühlsbetont – behauptet, Geld mache nicht glücklich, aber solange die Romanfiguren kein Geld haben, sind sie furchtbar unglücklich, plagen sich, wirken verhärmt und alt und erblühen erst so recht, wenn es ihnen wirtschaftlich wieder hervorragend geht. Das Thema des verarmten Adeligen, der unbedingt reich heiraten muß, um seine Besitzungen zu retten, der aber zu edel ist, um sich zu verkaufen, und gerade deshalb das Millionärstöchterlein bekommt, taucht immer wieder auf: »Die Bettelprinzeß«, »Der Scheingemahl«, »Das Glück steht am Wege«, »Was tat ich dir«, »Die Flucht vor der Ehe«, »Sein Kind«.

Obwohl der Adel bei den Geschichten der Hedwig Courths-Mahler noch eine große Rolle spielt, dem ganzen Geschehen den notwendigen Glanz verleiht, stehen die Gestalten aus dem Fabrikantenmilieu fast gleichberechtigt daneben. Auch die Industriellen sind selbstverständlich edle Menschen, wie denn der schon seit der Aufklärung verbreitete Gedanke: »Wahrer Adel liegt allein in der Gesinnung« immer wieder Ausdruck findet.

Besonders stolze, auf ihre Herkunft pochende Adelige sind stets als Negativfiguren gezeichnet, die von edlen Standesgenossen getadelt werden; am Ende stehen sie dann beschämt oder geläutert da, oder sie verschwinden, wenn sie für die Erzählung nicht mehr gebraucht werden, von der Bildfläche. Weitere unsympathische Personen sind strenge, harte Väter, herrsch- oder putzsüchtige Mütter, meist die zweite Frau des kindisch verliebten Vaters, verschwenderische, oberflächliche Töchter, emanzipierte, mannstolle Ausländerinnen, Erbschleicher, Heiratsschwindler, schwache, ehemalige Offiziere, intrigante Dienerinnen und lüsterne alte Herren.

Unangenehme Nebenpersonen werden in den seltensten Fällen zum Guten bekehrt, wenn sie den edlen Hauptfiguren genug zugesetzt haben, damit Spannung entsteht, verschwinden oder sterben sie meist: Autounfall, Jagdunglück, Selbstmord sind beliebte Todesarten. Die negativen Gestalten tragen auch nicht selten ein kriminelles Element in das Romangeschehen, sie unterschlagen, versuchen sich als Erpresser, fälschen Wechsel und Unterschriften, leben als Hochstapler oder Betrüger – aber neben den vielen unwahrscheinlich geduldigen und edelmütigen Hauptpersonen geben sie dem Ganzen oft erst die Würze.

Zusätzliche Aktion entsteht in vielen Romanen der Courths-Mahler auch durch häufigen Ortswechsel: Sie führt ihre Leser nach Italien, Spanien, Rußland, nach Indien, Ceylon, Südafrika und Amerika, und ihre Beschreibungen sind immer so genau, daß man sich ein Bild machen kann, und wieder so vage, daß die Beschreibung der fremden Landschaft und der Menschen nicht ablenkt von der eigentlichen Liebes-Handlung.

208 Romane voller Liebe, Abenteuer, Gefühl, Spannung, alle ähnlich, keine zwei aber gleich, niemals langweilig, häufig aufregend, fast immer rührend – und stets mit Happy-End!!! Es scheint so, als habe Hedwig Courths-Mahler das von der Literatursoziologie herausgefilterte Standardrezept der Unterhaltungsliteratur internalisiert: »sex, crime, sentiment, tension« – Liebe, Verbrechen bzw. Intrige, Gefühl, Spannung –, wobei wir beim Stichwort »sex« ruhig mit scheuer oder gar keuscher Liebe übersetzen sollten. Denn, so schreibt der Literaturwissenschaftler Walter Nutz: »Das Sexualleben findet nicht statt. Nach dem ›Küßchen in Ehren‹ wird sich verlobt. Es gibt keine Zweideutigkeiten. Die Erotik ist steril wie ein Päckchen Verbandwatte. Die Liebe in ihren Romanen brüllt vor Langeweile. Der Gipfel der Verworfenheit sind drei Punkte nach einem Satz.«

Nun, da muß man allerdings einwenden: Erstens kann man nicht alles verlangen, zweitens können gerade Zweideutigkeiten und Pornographie zum Gähnen sein, drei Auslassungspunkte dagegen schon sehr phantasieanregend, und etwas mehr als ›Küßchen in Ehren‹ gönnt uns die Courths-Mahler allemal – wie häufig werden da nicht Lippen heiß und glühend aufeinandergepreßt. Freilich knistern die Courths-Mahlerschen, meist blondgelockten und blauäugigen Frauengestalten nicht gerade vor Erotik, aber immerhin bringen sie so manchen gestandenen Mann aus der Fassung: diese sanften, anschmiegsamen, nur zeitweise trotzigen oder schmollenden Weibchen von 16 bis 23. Diese Zeitspanne scheint die Courths-Mahler als ideal zum Verlieben und Heiraten anzusehen, die passenden Männer sind im Schnitt alle Ende 20 bis Ende 30. Damit entsprach Hedwig Courths-Mahler der Auffassung ihrer Zeit – auch sie selbst verlobte sich knapp siebzehnjährig mit einem etliche Jahre älteren Mann, geheiratet werden konnte allerdings erst sechs Jahre später – aus Geldmangel. Solche Probleme haben ihre Heldinnen nicht. Lange Verlobungszeiten sind in den Romanen geradezu verpönt. Und die glücklichen Bräute sind, haben sie erst einmal mehr oder weniger verschämt ihre Liebe gestanden, mit einer schnellen Hochzeit, wie mit allem anderen, einverstanden. Aber so sehr die meisten Courths-Mahlerschen Frauengestalten dem Klischee des problemlosen, leicht kindischen, anschmiegsamen Weibchens entsprechen, so gibt es doch immer wieder in den Romanen Stellen, die Widerhaken haben, die man gegen den Strich lesen muß.

Zunächst einmal finden wir bei Hedwig Courths-Mahler erstaunlich viele berufstätige Frauen, eine Tatsache, der die Literatur zwischen 1905 und 1939 nicht immer in angemessenem Rahmen Rechnung getragen hat: Wir erleben Gutsverwalterinnen, Erzieherinnen, Übersetzerinnen, Frauen, die eine Fabrik oder ein größeres Geschäft leiten, und Schriftstellerinnen. Und bezeichnenderweise sind es gerade diese, die bei der Eheschließung darauf bestehen, weiter arbeiten zu können, obwohl sie – im Gegensatz zu Hedwig Courths-Mahler, die jahrelang ihre Familie mit ihrem Schreiben ›über Wasser gehalten hat‹ – einen reichen Mann heiraten. Wir wundern uns über scheinbar passive, gefügige Töchter, die sich, wenn es um ihre Liebe geht, gegen ihre Väter stellen; wir erleben Mütter, die für ihre Kinder kämpfen, Frauen, die sich von ihrem ungeliebten Mann lossagen oder aber über alle gesellschaftlichen Konventionen hinweg das uneheliche Kind ihres Mannes akzeptieren, und immer wieder arme, schöne Mädchen, die ihr Schicksal tapfer meistern, hart arbeiten – um dann am Ende, wie sich das im Märchen gehört, belohnt zu werden.

All diese Frauengestalten bewegen sich selbstverständlich in einem züchtigen Rahmen und erfreuen auch am Schreibtisch sitzend das Auge des liebenden Mannes. Letztlich ist für alle die Ehe das höchste Ziel des Lebens – darin war Hedwig Courths-Mahler Kind ihrer Zeit –, aber viele weibliche Romanfiguren zeigen, oft nur angedeutet, Eigenschaften, die sich bei den großen Vorbildern der Courths-Mahler, bei der Heimburg und der Marlitt, noch nicht finden lassen.

Im großen und ganzen sind ihre straffen, aufrechten, stolzen, männlichen Mitdreißiger wesentlich klischeehafter gezeichnet als so manche süße Siebzehnjährige.

Hedwig Courths-Mahler schrieb nur über Dinge, über die sie sich kundig gemacht hatte oder die sie kannte, sie schrieb sie, wie sie immer wieder betonte, »mit Herz« und völlig naiv. Deshalb ist sie auch nicht zu kopieren. Man kann nicht – bewußt – einen Roman à la Hedwig Courths-Mahler schreiben, selbst wenn man über ihre Fabulierkunst und ihre Phantasie verfügte. Hedwig Courths-Mahler, die in vierunddreißig Jahren 208 Romane verfaßte, manchmal sechs bis acht pro Jahr, die oft vierzehn Stunden am Schreibtisch saß, die umfangreiche Akten angelegt hatte mit Zeitungsausschnitten und interessanten Meldungen und Begebenheiten und die bei ihrem Tode noch eine Stoffsammlung mit den Handlungsabläufen für weitere 200 Romane hinterließ, schrieb leicht und mit Lust, schrieb einfach, wie sie dachte und fühlte, deshalb ist sie nicht wiederholbar. Und weil sie so dachte und fühlte wie der größte Teil ihres Publikums, deshalb war und ist sie so erfolgreich.

Das Vergnügen, das sie beim Schreiben empfand, teilte

sich dann auch ihren Lesern mit und gewährte ihr das Vergnügen, eine berühmte und reiche Frau zu werden.

Die Lebensgeschichte der Hedwig Courths-Mahler könnte aus einem ihrer Romane stammen: Sie ist ein wahrgewordenes Märchen, die Geschichte vom Aschenputtel, das zwar nicht den Prinzen heiratet, aber aus eigener Kraft eine Königin wird. Über diesem Leben steht als Motto der Titel des verhüllt autobiographischen Romans, den Hedwig Courths-Mahler 1914 schrieb, »Unser Weg ging hinauf«.

Am 18. Februar 1867 wird Ernestine Friederike Elisabeth Mahler in Nebra a.d. Unstrut in Sachsen unehelich geboren. Sie wächst bei verschiedenen Pflegeeltern auf, muß bereits als Zwölfjährige die Schule verlassen, weil die Mutter, die inzwischen in Leipzig Zimmer vermietet, ihre Hilfe braucht.

Mit vierzehn Jahren tritt das Mädchen, das sich selbst nach einer Zirkusreiterin, die sie einmal erlebt hat, Hedwig nennt, ihre erste Stelle als Dienstmädchen an. Doch bald schon darf sie, angeblich, weil sie aufgeweckt ist, der alten Mutter ihres Dienstherrn als Vorleserin von Nutzen sein. Das ist sicherlich eine der vielen Hedwig-Courths-Mahler-Legenden – aber gut erfunden! Ihre Tochter Friede Birkner hat später deutlich erklärt, daß ihre Mutter als junges Mädchen nicht gebildet genug war, um eine Stelle als Vorleserin auszufüllen. Auf jeden Fall aber kommt Hedwig damals mit der »Gartenlaube«, der beliebtesten und verbreitetsten Familienzeitschrift, mit deren Autorinnen Eugenie Marlitt und Wilhelmine Heimburg in Berührung und träumt bald davon, selbst zu schreiben.

Als sie dann als Verkäuferin arbeitet, wird sie fleißige Benutzerin der Leihbibliothek und verfaßt nachts eigene Geschichten, die allerdings alle tragisch enden; eine Erzählung der Siebzehnjährigen wird sogar in der »Leipziger Tageszeitung« gedruckt – aber bis zum Erfolg ist es noch ein langer Weg.

1889 heiratet Hedwig den Zeichenlehrer und Dekorationsmaler Fritz Courths, man zieht nach Chemnitz, zwei Töchter kommen zur Welt – die später beide Schriftstellerinnen werden und als Margarete Elzner und Friede Birkner recht erfolgreich waren.

Der Chefredakteur der »Chemnitzer Zeitung«, Hermann Hartwig, verkehrt im Hause Courths, ihm vertraut die junge Frau ein Manuskript an, und er ist begeistert: »Was sie schreibt über Liebe, Treue und Träume, das wollen Tausende lesen. Wie sie schreibt – mit Seele, Herz und Gemüt –, das ist einmalig, unnachahmlich.« Er fördert sie, ermuntert sie, von ihm stammt der zum Markenbegriff gewordene Name: Hedwig Courths-Mahler.

Etliche Geschichten werden in der »Chemnitzer Zeitung« gedruckt, Hedwig wird eine Lokalberühmtheit, Schauspieler, Kritiker, die Honoratioren der Stadt verkehren in ihrem Hause. Der erste Roman bringt 250 Mark, der zweite und dritte je 400 Mark, für den vierten erhält sie bereits 2400 Mark, mehr, als ihr Ehemann in einem Jahr verdient.

Doch als die Familie 1905 nach Berlin zieht, weil Fritz Courths von seiner Firma dorthin versetzt wird, kennt niemand die Chemnitzer Schriftstellerin Hedwig Courths-Mahler. Der Ehemann wird bald arbeitslos, und Hedwig ist gezwungen, mit ihrem Schreiben die Familie zu ernähren. Zunächst fällt sie auf einen skrupellosen Verleger herein, der sie auf zehn Jahre verpflichtet: drei Romane jährlich à 100 Mark. Während Hedwig Courths-Mahler mühsam das bißchen Geld zusammenhält und unermüdlich schreibt, verkauft der schurkische Verleger ihre Texte mit hohem Profit an andere Verlage und Zeitschriften.

Doch die Hilfe ist nicht mehr fern: Wie im Roman stirbt der Bösewicht, Hedwig Courths-Mahler ist frei, kauft auch die Rechte an ihren alten Texten zurück, lernt den Leipziger Verleger Friedrich Rothbarth kennen, der ihr einen anständigen Vertrag macht, ihr sogar die Abdruckrechte für Zeitschriften und Zeitungen läßt.

Ab 1912 verdient Hedwig Courths-Mahler Geld, viel Geld, um 1920 ist sie Millionärin. Man zieht nach Charlottenburg in eine Belle Etage in die Knesebeckstraße, man gibt Empfänge und große Essen. Fritz Courths arbeitet nur noch zu seinem Vergnügen; Hedwig Courths-Mahler ist eine Berliner Persönlichkeit. Und weil sie bescheiden und herzlich geblieben ist, niemals ihre Herkunft verleugnet, die einfache Frau aus dem Volke bleibt, auch nicht behauptet, literarisch wertvolle Werke zu verfassen, ist sie beliebt.

Ihr Traum hat sich erfüllt: Man kann mit dem Schreiben von Büchern reich werden, allein von den Abdruckhonoraren in Zeitschriften und von den Filmrechten könnte sie herrlich leben.

Durch die Inflation verliert sie ihr gesamtes Vermögen, aber bereits 1924 sind wieder zwölf neue Romane von ihr auf dem Markt, und es geht erneut bergauf. Ihre Fangemeinde wächst, nicht zuletzt durch das Blatt »Die Hausfrau«, das über vierzig Lokalausgaben hatte: »Die Braunschweiger Hausfrau«, »Die Kasseler Hausfrau«, »Die Berliner Hausfrau« etc. und im Feuilleton ausschließlich Courths-Mahler-Romane brachte. Doch ihr Ruhm und vor allem ihr Geld rufen auch die Neider auf den Plan; in Literaturzeitschriften und Kabaretts wird Hedwig Courths-Mahler verspottet oder bissig analysiert.

Nur ein einziges Mal hat die Autorin reagiert; 1922 erschien von dem Schriftsteller und Kabarettisten Hans Reimann ein schmaler Band unter dem Titel »Hedwig Courths-Mahler. Schlichte Geschichten fürs deutsche Heim«. Reimann, von dem auch die Bezeichnungen »Kotz-Mahler« und »Kurz-Malheur« stammen, druckte einen Brief der Courths-Mahler, mit dem diese auf seine Parodien im Kabarett antwortete, als Vorwort mit ab. Er schien nicht zu ahnen, daß er sich damit einen schlechten Dienst erwies.

Hedwig Courths-Mahler hatte geschrieben: »Sehr geehrter Herr Reimann, was hat Sie eigentlich so furchtbar gegen mich erbost, daß Sie immer Reklame für mich machen? Sie haben sich schon einmal bemüht, mich (...) abzuschlachten, noch dazu in der sehr honetten Gesellschaft von Rudolf Herzog (...) und Walter Bloem. Sie nannten diese Herren in Ihrer ungeheuren Geistreichigkeit ›männliche Hedwigs‹ und nannten unsere Literatur ›Schundliteratur‹. Auf den literarischen Höhen, auf denen Sie voltigieren, können und wollen wir uns nicht tummeln. Dazu sind wir nicht schwindelfrei genug. Ich habe nämlich Ihr schönes Buch ›Die Dame mit den schönen Beinen‹ gekauft und fühle mich vollständig zerschmettert von der Fülle von Geist, die mir daraus entgegenleuchtet. Da kann ich freilich nicht mit. Auch kann ich Ihrem paradiesischen Ideal ›Essen, Schlafen und unartig sein‹ nicht nachstreben, weil ich noch viel anderes zu tun habe. Aber ich würde mich brennend gern auch einmal mit einer Groteske nach Ihren berühmten Mustern versuchen. Da sind der Phantasie keine Grenzen gesteckt. Zum Beispiel würde ich dann schreiben: Es war einmal ein riesengroßer Geist, der sich über alle anderen erhaben dünkte und allen Menschen seine Meinung aufzwingen wollte, so sehr sie sich auch wehrten. Es war ein Kopf ohne Körper und Beine. Er pendelte wochenlang in den gelben Feldern des Neides und fraß sich toll und voll an den erbarmungslos hingeschlachteten kleinen Geistern, bis er platzte und ein gelbes Buch von sich gab. Auf der ersten Seite dieses Buches stand in leuchtenden Lettern ›Ich‹. Und das genügte. Andere Bücher brauchte die Welt nicht mehr.

Wie gefällt Ihnen das? Sie hoffen wohl darauf, daß ich Ihnen den Scharfrichterdienst vergelte und auch meinerseits eine Antwort auf Sie loslasse? Ich bin ungeheuer rachgierig und tue Ihnen diesen Gefallen nicht, denn ich würde dann nur Reklame für Sie machen, wie Sie es kostenlos für mich tun. Seit Sie mir die Ehre erweisen, mich in verschiedenen Intervallen wegen meiner harmlosen Märchen, mit denen ich meinem Publikum einige sorglose Stunden zu schaffen suche, anzupöbeln, werden diese noch mehr verkauft als bisher. Jedenfalls fühle ich mich veranlaßt, Ihnen meinen tiefgefühlten Dank zu stammeln und Ihnen im Geiste tiefergriffen die Hand zu drücken. In gebührender Demut und Verehrung, großer Meister, Ihre noch nicht ganz zerschmetterte Hedwig Courths-Mahler.«

Hans Reimann ist heute weitgehend vergessen, die Romane der Courths-Mahler dagegen scheinen unsterblich zu sein.

Ernstzunehmendere Schwierigkeiten als die Sticheleien eines neidischen Kabarettisten bereiten Hedwig Courths-Mahler die Nationalsozialisten.

Man legt ihr nahe, das Personal ihrer Romane abzuändern: aus den Adligen und Großgrundbesitzern SA-Leute und Parteifunktionäre zu machen und den Negativgestalten in ihren Geschichten eindeutig jüdische Züge zu verleihen. Sie weigert sich.

Von Berlin hat sie sich schon 1932 zurückgezogen, die Atmosphäre gefällt ihr nicht mehr, sie kauft sich am Tegernsee einen Bauernhof und lebt dort mit ihrer Familie. Bis 1939 schreibt sie noch, obwohl ihre Werke nicht mehr erscheinen können, die Nationalsozialisten verweigern ihrem Verlag die Papierzuteilung.

1940 erhält Friede Birkner, die Tochter, Schreibverbot und kommt 1942 aufgrund einer Denunziation in Gestapo-Haft. Nach einigen Monaten wird sie wieder entlassen – mit schweren körperlichen Schäden, unter denen sie bis an ihr Lebensende zu leiden haben wird.

Nach so viel Leid und Sorgen um die Tochter kann und will die alte Hedwig Courths-Mahler nicht mehr schreiben, obwohl sie von vielen Seiten dazu aufgefordert wird, obwohl ihr achtzigster Geburtstag 1947 in Presse und Rundfunk ausführlich gewürdigt wird. Man reißt sich darum, sie interviewen zu dürfen.

Denn 1950 gibt es bereits wieder viele Neuauflagen ihrer

Romane, und die ersten Zeitschriften drucken Hedwig Courths-Mahler in Fortsetzungen.

Am 26.11.1950 ist Hedwig Courths-Mahler gestorben – in ihrem Sessel sitzend, ein Buch von der Marlitt im Schoß, so wurde von den Töchtern berichtet.

Ihre »harmlosen Märchen« für »sorglose Stunden« mit ihrem stets eingelösten Glücksversprechen haben immer noch ihr Publikum, haben an Faszination, so scheint es, nichts eingebüßt.

Ohne ihr Schreibtalent, ihre Fabulierlust und -kunst, ihr Eingehen auf unsere elementaren Bedürfnisse nach Gefühl, Spannung, Glück und Liebe gäbe es nicht *die Erfolgsschriftstellerin* Hedwig Courths-Mahler, die man zwar analysieren, interpretieren, kritisieren kann, die man aber letztlich doch nie ganz erklären kann.

Man muß sie lesen, um – auch wenn man noch so literarisch verbildet ist – wenigstens zu ahnen, was das »Phänomen« Hedwig Courths-Mahler ausmacht.

Nur, Vorsicht – es besteht Suchtgefahr!

Hedwig Courths-Mahler

Bilder und Dokumente aus ihrem Leben

Blick auf den kleinen Ort Nebra an der Unstrut, in dem Hedwig Courths-Mahler 1867 geboren wurde.

Hedwig Courths-Mahler mit ihrem Mann Fritz 1898.

Hedwig Courths-Mahler als junge Frau in Chemnitz mit ihren Töchtern Margarete (links) und Friederike, genannt Friede (rechts).

Ferienfreuden im Ostseebad Zinnowitz um 1905
(links außen: Fritz Courths, ganz rechts: Hedwig Courths-Mahler).

Atelierfoto Hedwig Courths-Mahlers (um 1908).
Mit steigender Berühmtheit wuchs auch die Nachfrage (durch Zeitungen und begeisterte Leser) nach einem Bild der beliebten Schriftstellerin.

Hedwig Courths-Mahler und ihre Töchter (Friede: links, Margarete: rechts) in großer Balltoilette (um 1912). Der finanzielle Erfolg erlaubte der Autorin recht bald, am gesellschaftlichen Leben Berlins teilzunehmen.

Hedwig Courths-Mahler (um 1920) im eleganten Samtträgerrock mit Seidenbluse. Dieses Foto wurde von der Schriftstellerin auch als Autogrammkarte verschickt.

Hedwig Courths-Mahler in Gesellschaft des Komikers Wilhelm Bendow (links) und des Schauspielers Paul Morgan auf dem Presseball 1926 in Berlin. Schon in Chemnitz hatten die Mitglieder des Stadttheaters zu ihren liebsten Gästen gehört, in Berlin nun öffnete die Schriftstellerin den von ihr oft schwärmerisch verehrten Schauspielern gerne ihr Haus.

Die »Auflagenmillionärin« an ihrem Schreibtisch.
Erst um 1922 hatte sich Hedwig Courths-Mahler eine Schreibmaschine zugelegt, auf der sie aber mit zwei Fingern bald rasend schnell geschrieben haben soll.

Auf diesem Foto ist eine ältere, müde Hedwig Courths-Mahler abgebildet. Wenn man bedenkt, daß die Autorin oft mehr als zehn Stunden am Schreibtisch verbrachte und immer wieder betonte, daß ihre Arbeit anstrengend sei, hat sie auch ein Recht auf ein solch »ungeschöntes« Bild.

Die alte Hedwig Courths-Mahler im Garten ihres »Mutterhofs« am Tegernsee. Dorthin hatte sie sich 1932 zurückgezogen, als es ihr nicht mehr behagte, in Berlin zu leben.

Hedwig Courths-Mahler (gegen Ende der dreißiger Jahre) bei der Lektüre ihres Erfolgstitels »Nur wer die Sehnsucht kennt«. Die Schriftstellerin las nach eigenem Bekunden immer mal wieder gern in ihren Romanen.

Hedwig Courths-Mahler kocht Pflaumenmus. Familienmitglieder und Gäste des Hauses berichten immer wieder übereinstimmend, daß die Schriftstellerin eine leidenschaftliche und hervorragende Köchin war.

Die alte Hedwig Courths-Mahler vor ihren »Gesammelten Werken«. Sie besaß jede Übersetzung ihrer Romane und zeigte diese Beweise ihres Erfolgs gern und voller Stolz.

Beim Interview: – Spätestens seit ihrem 80. Geburtstag im Jahre 1947 wurde Hedwig Courths-Mahler von vielen Journalisten aufgesucht, die alle begierig waren, das »Phänomen Hedwig Courths-Mahler« kennenzulernen und vielleicht sogar zu entschlüsseln.

Hedwig Courths-Mahler in ihren letzten Lebensjahren auf dem Mutterhof.

Statt Karten

geb. 18. Februar 1867 gestorben: 26. November 1950

Elisabeth H. Courths-Mahler

für Alle

Friede Stein-Birkner Margarete Elzer

als Töchter

Rottach Tegernsee

Einäscherung hat stattgefunden

Die befremdlich nüchterne Todesanzeige Hedwig Courths-Mahlers, die aber sicherlich im Sinne der Schriftstellerin gewesen sein dürfte. Sogar ihren Töchtern hatte sie untersagt, an ihrer Beerdigung teilzunehmen, weil sie auf jeden Fall eine pompöse Feier verhindern wollte. Jede Form von Personenkult lehnte die Schriftstellerin strikt ab.

Alphons Silbermann

Von der Kunst, unterhaltsam zu schreiben

Schon zu ihren Lebzeiten wurde die Schriftstellerin Hedwig Courths-Mahler mitsamt ihrer aus zweihundertacht Titeln bestehenden Romanfolge mit abfälligen Bemerkungen bedacht. Was sie schreibe, das sei Schund, Schmutz, Kitsch, Kolportage- und Asphaltliteratur, und wer es lese, diese Millionen von Lesern, der bewege sich auf dem Niveau von Dienstmädchen, woher die abwertende Ungleichheitsbezeichnung »Dienstmädchenlektüre« rührte. Nun aber, es war nach dem Zweiten Weltkrieg, als die Literaturwissenschaft eine neuen Anlauf nahm und sich mit den Erkenntnissen der Psychologie und Soziologie vertraut machte, um sich so »sozialpsychologisch« gebärden zu können, fand man es doch ein wenig bedrückend, ein Literaturgenre und damit verbunden seine Leser einem Misthaufen gleichzusetzen. Als weitaus dienlicher und weniger offensiv erschien die Begriffskonstellation »Trivialliteratur«, abgeleitet von dem Wörtchen »trivial« in seiner Bedeutung als platt oder abgedroschen, roh, gewöhnlich oder ungeschliffen, unpassend, anstößig, billig oder banal, sowie noch so manches andere mehr.

Aber auch damit stand der Herabsetzung des Romangenres wie seiner Leser Tür und Tor offen. Denn jetzt handelte es sich nicht nur um eine Wertbestimmung, sondern überdies um die Bezeichnung eines ganzen Systems. Und zwar, weil sich dann das in diesem oder jenem Roman der Courths-Mahler oder ihrer Vorgänger und Nachfahren enthaltene »Triviale« auf einen Gesellschaftstypus zurückführen läßt, der in der Lage ist, Werte abzusondern, die nur ihm zu eigen sind.

Angeführt von elitären Kulturkritikern, die um der Erhaltung ihrer Exklusivstellung willen sich politideologisch geben, wird in die Literaturware je nach Wunsch und Stellung etwas vom Schriftsteller möglicherweise gar nicht Beabsichtigtes hineingelesen. Kommen diese Hellsehertätigkeiten von links, dann sind die Romane der Courths-Mahler wie es heißt »Spiegelbilder bestimmter Bedingungen«; kommt die Abneigung von rechts, dann wird, wie ein Gelehrter von sich selbst zu sagen wußte, eine kleine Schicht geltungssicherer Maßgeblicher zum Schiedsrichter über Gut und Schlecht erhoben. Gleichermaßen jedoch wird einerseits jener Sozialpsychologismus betrieben, der in der strammen Haltung vieler männlicher Helden in Courths-Mahlers Romanen das »Faschistoid-Autoritäre« sehen will, andererseits das verwerfliche Produkt einer Pseudokunst, nur weil es als Massenprodukt auf den Markt kommt.

Trivial, so lautet im Endeffekt das Argument der selbsternannten Wertebestimmer, ist eben alles, was so anspruchslos ist, daß es sich zwischen Schönheit, Sentimentalität, Fabulieren und mangelndem Intellektualismus betten kann. Ja, würde sich der Angriff auf das Triviale gegen das »Ding an sich« oder das »Ding für sich« richten, womit über dieses Hegelsche Konstrukt »Unterhaltung« angesprochen werden soll – wem wäre dies zu verwehren? Aber weit gefehlt, der Angriff wendet sich im Grunde genommen gegen die Benutzer, die Verbraucher, oder wie immer man die Leserschar des Courths-Mahler-Genres nennen mag: gegen ihre Attitüde gegenüber dem Ding »Unterhaltung« und somit (immer noch bei Hegel verbleibend) gegen den »Geist an und für sich«.

Dies erkennend und um den mit potenter Bildungssucht verbundenen Kampf wider die Trivialliteratur und das Einstehen für den Geist an sich und für sich erfolgreich aufzunehmen, ohne den Leser herabzuwürdigen oder gar zu beschimpfen, erscheint jetzt auf der Bildfläche der Ausdruck »Unterhaltungsliteratur« und gleichzeitig die Aufwertung dieses Genres zu einem Kulturitem, wenn auch mit einem negativen Beigeschmack. Der nun wiederum rührt von einer Sicht her, die mit Vorliebe quantitativ konstatiert und im gleichen Atem qualitativ kritisiert. Was an Literatur in großen Mengen produziert und vertrieben wird und von großen Mengen des Publikums gekauft und gelesen wird, fällt jetzt – wie das Schrifttum unserer Courths-Mahler – unter den mit Negativismen angefüllten Blickpunkt der Massenkultur. Dabei geht es unter arbiträrer Verwendung solcher Begriffe wie »Masse«, »Vermassung« oder »Verplanung« einerseits darum, die soziokulturelle Tatsache »Unterhaltung« in den Augen der Gesellschaft herabzusetzen. Auf der anderen Seite wird durch einen Begriff wie »Vermassung« auf die Gesellschaft Minderwertigkeit projiziert, in dem einfältigen Glauben, durch diese oder ähnliche Beschimpfungen aus dem kollektivierten Individuum ein individualisiertes Kollektiv machen zu können.

Eng damit verbunden, jedoch nicht damit zu vermengen, steht vor uns der Begriff der »Populärkultur« – ein Ausdruck, der dort ungern gehört wird, wo das Wort Kultur den Gedanken an Exklusivität enthält. Bezogen auf gleich welche künstlerische Betriebsamkeit – auf die literarische, musikalische, malerische oder radio- und fernsehtechnische –, werden unter der Prämisse »Populärkultur« diese Erscheinungen, ihr Gehalt, ihre Verwertung und ihre Funktionen (darunter auch Unterhaltung) im Rahmen der Gesellschaft gesehen, das heißt nach dem Wissen um die strukturelle Aufteilung unserer Gesellschaft in Klassen, Schichten, Groß- und Kleingruppen.

Da der Erkenntnisfaktor für Populärkultur sich in dem Total von Vorstellungen, Haltungen und Werten abzeichnet, die der Entfaltung der Persönlichkeit durch Teilnahme am kulturellen und sozialen Leben dienen, schaffen wir einen gewissen denkerischen Unrat aus dem Wege. Einmal den Glauben, Literatur sei das Privileg einer Elite, und zum anderen, hiermit in Verbindung stehend, die Masse sei kulturell unterentwickelt. Blickt man ohne Vorurteile nunmehr auf das Wirkeverhältnis von Schriftsteller beziehungsweise Literatur gleich welchen Genres und Gesellschaft, das heißt vom Standpunkt des gleichen Rechtes eines jeden Mitglieds der Gesellschaft auf ein Kulturgenre und auf den beispielsweise durch das Medium Taschenbuch hergestellten Zugang zu demselben, dann dienen Inhalt und Begriff von »Populärkultur« dazu, Ungleichheiten und Unterschiede zwischen den diversen sozialen Schichten zumindest zu verringern.

Von dem von uns hier vertretenen soziologischen Standpunkt aus gesehen ist gleich welches Literaturgenre – das hoch, mittelmäßig, ephemer oder dauerhaft bewertete – durch seine Wirkekreise ein Mittel für weite Schichten, Klassen und Gruppen der Gesellschaft, sich auf die Verarbeitung einer allen gemeinsamen Kulturform, der Literatur, einzulassen. Populärkultur dient überdies dazu, innerhalb unterschiedlicher Gruppen der Gesellschaft den Austausch zwischen dem sozialen Status und dem kulturellen Niveau zu fördern. Und nicht zuletzt ist in der Populärkultur und ihren Auswirkungen eines der Mittel zu sehen, ersichtlich aussterbende traditionell-folkloristische Elemente durch populärkulturelle aufzuarbeiten und zu ersetzen. Die Wirkekreise bewegen sich also auf drei Richtungen hin: auf die Einschränkung soziokultureller Exklusivität, auf die Minderung kultureller Festsetzungen und auf den Fortbestand der Kultur. Es vereinen sich über die Literatur mit Hilfe von Schriftstellern jedweden Genres Statik und Dynamik in der Totalität eines populärkulturellen Systems. In dieses System haben wir die Courths-Mahler, ihr Schrifttum und dessen Auswirkungen einzubauen, wollen wir nicht Opfer unentgeltlicher Lobhudelei oder ebenso unentgeltlicher Herabwürdigung werden.

Als Hedwig Courths-Mahler berühmt-berüchtigt wurde, von der einen Seite gelobt und bewundert, von der anderen verachtet und beneidet, und man von ihr als der »First Lady des deutschen Unterhaltungsschrifttums« zu sprechen begann, suchte man sie auf oder schrieb sie an, um herauszufinden, was sie sich beim Abfassen ihrer Romane denke, wie sie das mache und für wen sie eigentlich ihre Sachen schreibe. Kurzum, man wollte hinter das »Geheimnis« ihres Erfolges kommen.

Die Dame Courths-Mahler gab stets bereitwillig Auskunft, ohne sich dabei etwas zu vergeben. Bei dem, was von diesen Auskünften überliefert worden ist, tritt der Begriff »Unterhaltung« so gut wie nie auf. Dafür aber kommt aus ihrem Munde öfter das Wort »Märchen« in mannigfachen Variationen. Sie hält ihre Romane für »harmlose Märchen, mit denen ich meinem Publikum einige sorglose Stunden zu schaffen suche«. Dieser Rückzug auf den Begriff »Märchen« ist bedenkenswert, zumal wir uns bei dessen Anrufung eher kürzere Prosaerzählungen mit phantastisch-wunderbaren Begebenheiten, Menschengestalt annehmenden Tieren und verwunschenen Menschen vorstellen. Immerhin, wenn beim Märchen Unwahrscheinlichkeiten gedanklich wahrscheinlich gemacht werden und damit Belohnung des Guten, Bestrafung des Bösen und je nach dem Grad an Sympathie für die Hauptgestalten Wendungen zum Guten oder Schlechten nach vorne gebracht werden, dann kann zur Not auch bei der Nutzung von derlei aus einer denkbar einfachen Weltordnung stammenden Konstellationen von Märchen gesprochen werden, allerdings von *profanen* Märchen.

Nur mit dieser Einschränkung sehen wir uns in der Lage, der Aussage der Schriftstellerin zu folgen. Alles andere läßt sich nach meinem Erachten nur als eine bewußte Naivität von seiten der Courths-Mahler ansehen, mit der sie einerseits ihr Schrifttum aufzuwerten versucht, indem sie sich, sagen wir, an die Seite der hochverehrten Brüder Grimm oder an die der Verfasser von Kunstmärchen (Tieck, Brentano, Hauff etc.) stellt, oder aber und im gleichen Zuge versucht, der Abwertung ihres Schrifttums als pure sentimentale und kitschige Unterhaltungslektüre entgegenzuwirken. Schließlich hatte auch Massenproduzentin Courths-Mahler ihren Stolz!

Indes, sie griff in der Tat aus dem Märchen das konstruktive Prinzip des Widerspruchs und dessen Ausgleich von Gut und Böse auf, indem in jedem ihrer Romane in dem einen oder anderen Gewand jeweils eine Person oder Gruppe von Personen auftritt, die das Gute und eine andere, die das Böse verkörpert. Dabei versäumt sie es nie, sie durch den Gegensatz von Hell und Dunkel in der Haarfarbe, in den Gesichtszügen und auch in der Bekleidung zu charakterisieren. Weitab von der Märchenkonstruktion liegt allerdings der von der Courths-Mahler beständig verwertete Gegensatz zwischen den schichtspezifischen Zugehörigkeitsgruppen der handelnden Personen. Auf der einen Seite des Guten oder Bösen kennt sie nur den gehobenen Stand, den der Aristokraten – es wimmelt bei ihr nur so von Baronen, Baronessen, Grafen und anderen Ehren- und Adelstiteln –, auf der anderen Seite des Guten oder Bösen nur die mit wenig Gütern und Vornehmheit bekleidete Schicht, meist aus dem Handwerker- oder Dienstleistungsbereich. Nicht, daß sie damit etwa an Klassenideologien zu appellieren sucht oder gar an schichtspezifischen Moral- und Ethikvorstellungen. Ihr ist es einfach nur darum getan, ein Spannungsverhältnis aufzutun, in das sie das ihr am nächsten liegende und, wie wir noch aufzuzeigen haben, den Großteil ihrer Romane durchziehende zentrale Thema einbauen kann.

Diese Grundstuktur, weltweit in Hunderten von Romanen mal intellektuell, primitiv, naiv, stilvoll, gepflegt oder unausgegoren, gestiefelt oder unausgestattet verarbeitet, zeichnet sich im Grunde genommen durch ihre Anspruchslosigkeit aus. Sie kann deshalb nicht sonderlich unterhaltend, im Sinne eines Eindringens in die Erlebniswelt, sein. Eine irdische Wirklichkeit muß herbei, nenne man sie Innerlichkeit, Glaubwürdigkeit, Schicksalsfügung, Spannung, Herz oder was sonst noch, um die auf der angedeuteten Grundstruktur aufbauende Unterhaltung nicht in Langeweile versinken zu lassen. Um dieser Gefahr zu entgehen oder, anders gesagt, um die Geduld des Lesers nicht zu strapazieren, haben sich die Großen wie die Kleinen des Unterhaltungsschrifttums stets darum bemüht, weniger unterhaltend als vielmehr unterhaltsam zu sein, was nicht nur ein Unterschied ist, sondern überdies eine Kunst. Die Courths-Mahler hat sie beherrscht, ob bewußt oder intuitiv, muß dahingestellt bleiben. Uns interessiert in diesem Essay vordringlich, wie und mit welchen Mitteln sie es erreicht hat, ihre Unterhaltungsromane zu einer unterhaltsamen und daher mit andauerndem Erfolg gekrönten Lektüre zu machen.

Aus der Soziologie kennen wir ein Forschungsinstrumentarium, das sich »Systematische Inhaltsanalyse« nennt. Es wird unter anderem eingesetzt, um in Schriftwerken an bestimmten Merkmalen dort ausgebreitete positive, religiöse, ökonomische etc. Kategorien quantitativ und qualitativ zu erkennen. Platt gesagt handelt es sich um ein Aufschlüsselungsverfahren, das sich an Worten, Begriffen, Begriffskonstellationen, deren direkter oder indirekter Bedeutung sowie deren Zusammenhängen festmacht. Nicht zu verwechseln sind hiermit »Stilanalysen«, also zum Beispiel, ob es sich im Schrifttum der Courths-Mahler um einen guten, schlechten, gestelzten, simplen, populären, zeitgemäßen, altmodischen, literarischen oder, wie oft abwertend gesagt wurde, einen wilhelminischen Gartenlauben-Stil handelt, was uns im übrigen bei unserer Analyse wenig interessiert.

Wir sind einen einfachen Weg gegangen, den jeder Leser eines Romans der Courths-Mahler mit Leichtigkeit verfolgen kann, wenn er ein wenig Augen und Ohren öffnet. Dann nämlich wird ihm auffallen, daß sich die Courths-Mahler einer Anhäufung des Eigenschaftswortes »lieb« in all seinen inhaltlichen Varianten bedient. Nie würde bei ihr ein Kind sagen: »Ich bin müde, Mutter«, sondern »Ich bin müde, liebe Mutter«, nicht »Mein Vater müßte doch hier sein«, sondern »Mein lieber Vater müßte doch hier sein«. Selbst Verdoppelungen werden nicht vermieden, so, wenn es heißt: »›Liebes, kleines Mädchen, da nimm meine schönen Blumen, ich schenke sie dir‹, rief sie mit ihrem lieben, weichen Stimmchen.« Väter und Mütter werden selbst im Gespräch mit »Lieber, guter Vater« oder »Liebe, gütige Mutter« angesprochen, und Abschied vollzieht sich stets »zärtlich und innig«. Auf anderthalb Druckseiten in dem Roman *Die Bettelprinzeß* bringt uns die Autorin gleich fünfmal ihr Lieblingswort »lieb« bzw. »Liebe« zu Gesicht: »Mitleid vertiefte ihre Liebe«; »Wie nötig hatte die arme kleine Liselotte jetzt ein wenig Liebe«; »Der ganze Liebesreichtum ... gehörte dem Junker«; »Aber ich habe dich lieb«; »Da wurde das Kind ... voll Liebe aufgenommen«. Und so geht es weiter, Seite für Seite, in kaum merkbaren Variationen, die von Zeit zu Zeit das Eigenschaftswort »lieb« in »glückselig«, »sehnsüchtig«, »gerührt«, »glücklich«, »reumütig«, »liebevoll«, »herzlich«, »innig«, »herzensgut« und natürlich auch in »lieblos« oder »ungeliebt« verwandeln.

Auch in ihren Buchtiteln kommt Hedwig Courths-Mahler nicht umhin, den Begriff »Liebe« nach vorne zu bringen: In 24 aus 208 Titeln kommen wir ihm entgegen. Zum erstenmal im Jahre 1915 mit dem Roman *Durch Liebe erlöst*, dann über *Opfer der Liebe* (1921), *Betrogene Liebe* (1924), *Liebe ist der Liebe Preis* (1930) bis hin zu einem ihrer letzten Romane *Nur aus Liebe, Marlies* aus dem Jahre 1939.

Nach diesen beiden Feststellungen und, so darf ich versichern, nach der Lektüre einer Großzahl der Courths-Mahlerschen Romane wurde mir klar, daß es sich bei ihnen eindeutig um *Liebesromane* handelt. Das ist der Unterstreichung wert, um sie nicht – wie es öfter geschieht, wodurch man einen falschen Beurteilungsansatz findet – in das Genre »Frauenromane« einzureihen, welchselbes angesichts der beständigen Entwicklung der Frauenemanzipation gerade über die letzten Jahre eine Blüte zu verzeichnen hat. Das heißt kurz und bündig gesagt, alles, was in den Romanen der Courths-Mahler geschieht, ob in Schwarzweiß gezeichnet oder mit Verzierungen ornamentiert, handelt von einer der ewigen Wahrheiten: *der Liebe.* Sie steht im Mittelpunkt des Geschehens, um sie dreht es sich und so auch immer um ein *Liebespaar,* ein glückliches oder ein unglückliches.

Nun, der Liebesromane gibt es unzählbar viele. Die Weltliteratur ist voll davon, und die Courths-Mahler ist gewiß nicht eine der Erfinder. Auch die Populärliteratur ist voll davon und strickt ihre Geschichten rund um die Liebe und Liebespaare. Indes nicht immer mit dem gleichen Erfolg, den Hedwig Courths-Mahler zu verzeichnen hatte und stets noch hat. Ursache scheint uns zu sein, daß bei gar manchen Autoren die Liebe geradezu vor Langeweile brüllt, selbst wenn sie mit Erotik bis über den Rand angefüllt ist. Um was es bei dem Erfolg geht, ist das Geschehen »Liebe« – wir wiederholen, diese ewige Wahrheit – so unterhaltsam darzutun, daß ihre dramaturgischen Kräfte, ihre Funktionen, ihre Empfindungen und ihre Wertzuschreibungen dem Leser sich verdeutlichen, er von ihnen gefesselt und nicht nur unterhalten wird. Diese Blickpunkte wollen wir uns jetzt im einzelnen ansehen, ohne etwa zu behaupten, der Courths-Mahler seien sie so bewußt gewesen, wie wir sie aus literatursoziologischer Sicht analysieren werden. Im übrigen sei noch vermerkt, daß uns beim folgenden das Werk von Hedwig Courths-Mahler als Anregung diente, um über den Liebesroman mitsamt der Kunst, ihn unterhaltsam zu gestalten, nachzudenken.

Gleich zu welchen Zeiten sich ein Schriftsteller dem Thema »Liebe« zuwandte, ob im Roman, in der Novelle, im

Drama oder im Lustspiel, und ihn dabei vordringlich die Beziehungen zwischen zwei Menschen interessierten, benutzte er mit Vorliebe jene Konstellation, die schlechthin als »das Liebespaar« angesprochen wird. Er stellt sich damit in die Mitte einer condition humaine, begibt sich auf die Suche nach dem Schlüssel zur Türe eines Universums, in dem die Liebe eingebettet ist. Doch wenn er ihn gefunden hat, steht er jedesmal vor einem Zwinger ohne Tore, aus dem die an die Weltordnung gefesselte Liebe nicht entfliehen kann. Nur ihr Gesang, der Gesang des der Liebe verpflichteten Paares, durchdringt das Gemäuer. Nur an ihn kann sich der Schriftsteller halten, will er die Liebe offenbaren, die seine Gedanken bewegt.

Jede Annäherung an eine geschlossene menschliche Beschaffenheit stellt wie die an die Liebe das Erfassen eines Mikrokosmos der menschlichen Existenz dar, in der sich diese in der einen oder anderen Form verfestigt. Dieses Erfassen setzt zum einen die Erkenntnis der *Verselbständigung* der Beschaffenheit voraus, durch die sowohl Antriebe wie Seinsweisen in der Sache selbst dahingehend aufgegangen sind, daß sie sich in ihr erhöhend oder erniedrigend vergeistigen. Zum anderen ist bei der Annäherung zu erkennen, daß der Mikrokosmos, wird er anhand eines Liebespaares diskutiert, insofern die *Vergesellschaftung* der Liebe in sich schließt, als damit eines der Fundamente des menschlichen Soziallebens berührt wird. Liebe im freischwebenden, luftleeren Raum ist kein darstellbares, sondern höchstenfalls ein zum Nachsinnen geeignetes Thema. Es hieße diese beiden in Spannung zueinander stehenden Vorgänge – Verselbständigung und Vergesellschaftung – verkennen, wenn, wie beispielsweise von Sigmund Freud, darauf bestanden wird, das Soziale der Liebe entspringe dem Sexuellen, während die Wirklichkeit des Alltags zeigt, daß sich das Sexuelle der Liebe des Sozialen bedient. Wir sehen dies in aller Deutlichkeit in den Romanen, die in ihrer Dramaturgie von der Prämisse der sogenannten »Liebe auf den ersten Blick« ausgehen – und gezwungenermaßen es dabei zu belassen haben. Es kann sich nämlich dann der Mikrokosmos der Liebe im Liebespaar ebensowenig verkörpern wie bei einer Dramaturgie, die von der Gleichung von Liebe und Tod ausgeht. Es entsteht dann ein Kurzschluß zwischen Ende und Anfang, bei dem irreparabel zugleich beide Sicherungen durchbrennen.

Die das Thema Liebe anhand eines Liebespaares abhandelnde beziehungsweise aufzeigende Courths-Mahler war sich wie manch andere Romanschriftsteller dieser verzwickten Situation offenbar bewußt. Sie entzog sich ihr, indem sie die Liebe der von ihr geschaffenen Liebespaare meist unter das Zeichen grober Umrisse stellte, sei es, um die Tragödie, die Freuden, die Komik der Liebe aufzuzeigen, oder den Wahn, das Leiden, die Hingabe der Liebe oder Liebe als Statussymbol, als Haß, als Leidenschaft, als Rechtfertigung usw. Wir hingegen, die wir dem auf den gedruckten Seiten des Romans sich vollziehenden Spiel der Liebenden zusehen, empfangen Handlungen und Aussagen in Form von expressiven Eigenschaften, die wir – je nach Bildungsgrad und Wortschatz – mit uns zur Verfügung stehenden Eigenschaftsworten versehen, ohne damit notwendigerweise das Essentielle der im Liebespaar dargestellten Liebe zu treffen. Dadurch kommen bestimmte Richtungsanzeiger zustande, wie beispielsweise strafende, ideale, wahre, dämonische, zerstörende, verführerische, emanzipierte, heroische, extrovertierte, bürgerliche, anmaßende, instinktive, erotische, leichtfüßige, tugendhafte etc. Liebe. Beide Male wird an Affekte, an mehr oder minder geradlinig verlaufende Gefühlsregungen appelliert, die ihre Rechfertigung dort finden, wo von der Liebe des Menschen, um die wir uns hier apropos des Liebespaares im Roman bemühen, schlechthin und schlicht als von einem *Gefühl* gesprochen wird. Dieser Sinneswahrnehmung hat sich die dichterische Freiheit ebenso bemächtigt wie die Aktivitäten seelenlesender Experten, wodurch in das im Roman sich vollziehende, durch das Liebespaar dargestellte Liebesgeschehen Gefühlszüge und Elemente hineingelesen oder aus ihm deduziert werden, die über das real Erfaßbare der Zurschaustellung hinausgehen. Das indes entspricht ebenso wenig der rationalen Illusion, auf der das Geschehen im Roman beruht, wie die Unterlegungen oder Aufdeckungen sexualwissenschaftlicher Facetten der Kunstfiguren, die als Liebespaar im Roman Liebe veranschaulichen.

Der Roman ist eine Kunstform, und die Liebespaare in den Romanen, übrigens wie die auf der Bühne, sind daher notabene Kunstfiguren. Indes, da weder vom Leben noch von der Liebe als Konstruktion gesprochen werden kann, muß der Schriftsteller sie in *Situationen* versetzen. Er muß die sich vor unseren Augen abspielende Liebe mit *Kräften* versehen, die aus ihr ein romanhaftes, wenn nicht gar theatralisches Geschehen machen. Würden doch ohne sie – manches Mal auch bei der Courths-Mahler – aus dem Roman ein hohler Diskurs und aus dem Liebespaar Marionetten werden. Nicht alle diese Kräfte können hier aufgezeigt werden, und so werden wir uns, stichwortartig systematisiert, auf die Anführung der wesentlichen beschränken, nicht ohne anzumerken, daß sie sich überschneiden, vielfach auch ineinander übergehen.

1. An erster Stelle steht die *thematische Kraft.* Jede Romansituation zeigt eine erste dynamische Stoßkraft an, die in einer Person beziehungsweise in dem uns interessierenden Fall in zwei Personen Gestalt annimmt. Man könnte diese entwicklungsgeschichtliche Kraft – wie beispielsweise bei den klassischen Liebespaaren Romeo und Julia oder Tristan und Isolde – als eine elementare bezeichnen, denn sie ist dazu angetan, den Verlauf der aus der Ausgangssituation entstehenden Verwirrungen zu lenken. Sie kann ebensogut auf Verkennung, Verwechslung, Furcht, Ehrgeiz, oder wie bei der Courths-Mahler so oft, auf Klassenunterschieden und auf

Liebe beruhen. Sie führt in unterschiedliche Folgebereiche – bei den selbsterfüllenden »profanen Märchen« der Courths-Mahler allerdings zu voraussehbaren unterhaltsamen Happy-End-Lösungen.

2. Damit die thematische Kraft Konturen erhält, bedarf sie eines Hindernisses oder eines Widerstands: der *gegnerischen Kraft.* Aufgegangen in der einen oder anderen Figur des Liebespaar-Mikrokosmos drängt sie sich durch eine am Abstrakten gebundene Notwendigkeit auf, die, wenn unterhaltsam gehandhabt, über die ungetrübte Persönlichkeit eines Rivalen, einer Eifersüchtigen oder des Opponenten hinausgeht. Diese Kraft stellt die eigentliche Sperrung gegenüber der Situation dar, das heißt, es handelt sich dabei nicht um ein personenbezogenes Rivalitätsgefüge, sondern um einen der Partner im Liebespaar. Dessen Gegenwart allein hindert die thematische Kraft schon daran, sich im Mikrokosmos der Liebe zu entfalten, was in den Romanen der Courths-Mahler entweder durch die Betonung der Unterschiede in Herkunft, Stand, Vermögen, Erziehung, Vornehmheit oder durch Biederkeit geschieht.

3. Bei der Entstehung eines Liebespaares spielt der Wert der Person, die gewünscht ist, eine Rolle, wodurch die Vorstellung von diesem Wert, die *wertende Kraft,* der thematischen hinzugefügt wird. Meist findet sich diese Kraft durch die Darbietung eines herbeigesehnten Glücks gestaltet, wobei dieses auch ein über den Mikrokosmos hinausgehendes, neben ihm liegendes sein kann. Das heißt, wo immer die in der geliebten Person versinnbildlichte, wertende Kraft in Erscheinung tritt, wird je nach der Situation bei der Courths-Mahler meist das Glück im Heil, in der Aufopferung, in der Erleuchtung, im Wohlstand oder in der Erfüllung eines Dranges gesucht.

4. Die Dynamik der Situation »Liebespaar« verlangt wie jede zwischenmenschliche Sachlage nach einer Balance, vor allem, wenn sie von Unentschlossenheit, Ungewißheit, da-

zwischentretenden oder vermittelnden Umständen umgeben ist. Der *ausgleichenden Kraft* kommt es zu, eine Gleichgewichtslage herzustellen, der Situation das Gute oder das Schlechte zuzuweisen, Ersehntes zu fördern oder Unheil zu verhindern, und zwar nicht nur, um Schiedsrichter in eigener Sache, sondern auch der des Partners zu sein. Durch die ausgleichende Kraft werden alle anderen Kräfte wieder aufgenommen und ihrem Ziel entgegengeführt.

Nun glaube man nicht, es handele sich bei den angeführten, das Liebespaar und die Liebe betreffenden Vorgängen um eine abstrakte Analyse der dramaturgischen Kräfte, die einen Roman und dessen Aktion animieren oder gar den Mikrokosmos der Liebenden innerlich entfachen. Nein, aufzuzeigen war in erster Linie, daß für uns, die Betrachter des Liebespaares im Roman, bestimmte Kräfte mit Situationen in Verbindung gebracht werden, um erkennen zu lassen, daß diesen Kräften nicht ausschließlich *romanhafter* Charakter zu eigen ist, daß sie durchdringende dramaturgische Kräfte sind, die in realen, menschlichen Situationen auftreten. Immer wieder wird der sich in einer von Liebe angeführten oder getragenen Konstellation befindende Mensch von den die Situation bestimmenden Kräften übertroffen: Die Situation wird mächtiger als der Mensch. Genügt doch schon ein der ausgleichenden Kraft entströmendes Wort oder eine sie unterstreichende Geste, um brüsk den Gleichgewichtszustand zwischen den Liebenden bis hin zu einem glücklichen oder unglücklichen Ende zu führen. Es bedarf keiner tiefschürfenden Theorien über von Autoren vollzogene Schaffensprozesse mit Bezug auf das Fassungsvermögen von Liebespaaren, wenn wir zu bedenken geben, daß sich ein jeder von uns in Situationen befinden kann, in denen der eine oder andere Teilnehmer plötzlich gegnerische oder ausgleichende Kräfte aufbringt, die unser Schicksal nicht nur lenken, sondern auch dramatisieren. Von dieser wirklichkeitsnahen Erfahrung geht der die Liebe diskutierende Schöpfer von Liebespaaren aus. Er bringt in das dramatische Erleben der Liebe die gleichen Lösungen ein, die sich auch uns jedesmal dann anbieten, wenn wir ein Drama durchleben. Entweder unterlassen wir es zu handeln, versuchen das menschliche Drama zu zerstieben, indem wir die Aktion zerstreuen, oder wir werden uns jener treibenden dramaturgischen Kräfte bewußt, die uns der Schriftsteller in der ihm eigenen Form vorführt.

Würde man sich der Mühe unterziehen, die gesamte Romanliteratur bis in unsere Tage daraufhin durchzugehen, wie viele Romane in der Haupt- oder Nebenhandlung *ohne* die Figuren eines Liebespaares auskommen, würde dies proportional zur Gesamtzahl der geschriebenen Werke gewiß eine quantité négligeable ausmachen. Die Liebe der Menschen, gleich unter welchen Prämissen, gehört nun einmal zur Kategorie der *ewigen Wahrheiten,* und um sie vor des Lesers Augen zu führen, liegt nichts näher als das Aufzeigen eines Liebespaares als *ewigen Typ* dieser ewigen Wahrheit. Wer immer als Schriftsteller Liebe als eine zwischenmenschliche Beziehung lobend, kritisierend, verteidigend oder parodierend zu verdeutlichen wünscht, um seine Auffassungen von der Liebe, ihrem Entstehen, ihrer Wirksamkeit, ihrer Dauerhaftigkeit oder ihrem Vergehen Ausdruck zu verleihen, kommt um die Kreation eines Liebespaares nicht umhin. An ihm kann er jene situationsbedingten Kräfte festmachen, von denen oben die Rede war; überdies aber auch seine Absichten angesichts der *Funktionen des Romans,* der Kunstform, die er sich zur Vermittlung und Demonstration seiner Gedankengänge über die durch das Liebespaar verkörperte Liebe auserwählt hat.

Soweit sich Schriftsteller darüber ausgelassen haben, begründeten sie ihre Ansichten meist durch auf der Hand der Ichbezogenheit gelegene Leerformeln ähnliche Deutungen wie beispielsweise Funktion der Bildung, der Unterhaltung, der Information, des Schönen, des Künstlerischen, des Moralischen und ähnliches mehr. Es sind dies Willens- oder Absichtserklärungen, die in keiner Weise den »Gegenspieler« des Schriftstellers, den Leser, dort erreichen, wo ihm durch und über das Schriftwerk ein *Erlebnis* mit Bezug auf die im Liebespaar inkarnierte Liebe als einem sozialen Mikrokosmos vermittelt werden soll. Von ihm ist indessen auszugehen, um eine funktionale Perspektive erfassen zu können.

Wie wir aufgezeigt haben, hat sich Hedwig Courths-Mahler nur spärlich über das Funktionale ihrer Romane geäußert. Dem Sinne nach hat sie eigentlich nur darauf bestanden, »ihrem Publikum einige sorglose Stunden zu verschaffen«. Angefeindet und gescheit wie sie war, hat sie es stets vermieden, sich großzutun und ihre Populärkunst mit einer greifbaren funktionalen Aura zu umgeben. Hier sind die Literaturwissenschaftler und vor allen Dingen wir Literatursoziologen eingesprungen und haben Thesen entwickelt, die nicht speziell die Romane der Courths-Mahler betreffen, sondern den Liebesroman im allgemeinen. Knapp zusammengefaßt werden im Rahmen der auf das Leseerlebnis bezogenen Funktionalität des Liebesromans allgemein und der des Liebespaares im speziellen folgende Thesen vorgetragen.

1. *Die Spiegelbild-These.* Ausgegangen wird hierbei von der Auffassung, daß der Liebesroman als Kunstwerk und das darin vorkommende Liebespaar als Kunstfiguren eher sozialen und kulturellen Bestimmungen unterliegen als individueller Inspiration. Es wird angenommen, daß die Autoren die Themen und Charakteristika der Personen der unterschiedlichen Zusammensetzung der (theoretischen) Leserschaft anpassen. Danach stellt der Roman nichts anderes dar als den Reflex der Aspekte der Umwelt und des soziokulturellen Lebens, darunter ökonomische, familiäre, moralische und auch amouröse Beziehungen. Außerdem wird öfter vorgetragen, der Roman und das darin agierende, das Leseerlebnis hervorrufende Liebespaar reflektiere eine Art Kollektivbewußtsein und sei dementsprechend als die Spiegelung

fundamentaler Realitäten einer Kultur innerhalb ihrer verschiedenen Entwicklungsstufen anzusehen.

2. Im engen Zusammenhang mit der Spiegelbild-These steht die Auffassung von der Funktionalität des Liebesromans und dem durch das es bevölkernde Liebespaar hervorgerufenen Erlebnis in der *sozialen Kontrolle-These.* Hier trifft sich die Idee, der Roman mitsamt seinem von uns vordringlich interessierenden Liebespaar sei eher in seinen soziokulturellen und historischen als in seinen individuellen Ausdrucksweisen zu verstehen, mit der Idee der Bedeutung des Einflusses des Romans und der von ihm kreierten Figuren auf die Gesellschaft. Das heißt, es wird davon ausgegangen, der Roman sei zusammen mit den das Erlebnis herstellenden Kräften zu gleicher Zeit ein soziokulturelles Produkt wie auch ein wohletabliertes Mittel der sozialen Kontrolle, daß es durch Diskussion und Zurschaustellung von Normen, Werten und Haltungen in bezug auf die im Liebespaar verkörperte Liebe eine soziale Kontrollfunktion ausübe. Fundamentale Gegebenheiten, so heißt es, werden dahingehend verstärkt und stabilisiert, daß sich angesichts ihrer Darstellung antisoziale Impulse, Beängstigungen und Frustrationen verlieren, um Zustände der Sicherheit und Bedeutung herbeizuführen.

3. Gänzlich anders als die beiden vorhergehenden Thesen zeigt sich die *Beeinflussungs-These.* Sie sieht im Roman und seinen die Thematik darstellenden Charakteren ein gestaltendes Element. Dabei bleibt zu unterscheiden, ob sich die Gestaltung auf die Bewertung soziokultureller Gegebenheiten, wie zum Beispiel Liebe, beschränkt, die zu beschreiben oder zu suggerieren gewünscht wird, oder ob der Gestaltung soziokultureller Gegebenheiten bestimmte Formen verliehen werden, um sie der Leserschaft als exemplarisch und wünschenswert vorzuführen. Die meisten Autoren, die die Gestaltung in erzieherische, propagandistische oder aufreizende Formen kleiden, ziehen es vor, *Lösungen* für vorgetra-

gene Liebesproblematiken zu vermeiden. Sie beschränken sich eher auf die Darstellung einer gewissen Epoche als auf die analytische Synthese der Probleme: Sie werden zu Exponenten von Problemen.

Nicht so die Courths-Mahler, denn sie wußte, daß Probleme nie unterhaltsam dargestellt werden können. Außerdem war sie nicht selbstgefällig genug, um an eine ausgedehnte Breitenwirkung ihrer Liebesromane zu glauben. Im übrigen, so möchten wir aus soziologischer Sicht hinzufügen, da Tendenzen, Trends und Verhaltensmuster *gesamtgesellschaftliche* Faktoren sind, halten wir es für geradezu überheblich, wenn Autoren ihre Romane mitsamt dem Leseerlebnis als ein *singulär* wirkendes Beeinflussungselement ansehen und herausstellen. Noch eine Anzahl anderer Elemente wirkt mit, wenn die funktionale Fertigkeit des Liebesromans – über Spiegelbild, Kontrolle und Beeinflusssung hinaus – die miteinander verbundenen Gegebenheiten Liebe und Liebespaar in Erscheinungsform und Wirkung zur Geltung zu bringen sucht.

Das Vorangegangene läßt uns erkennen, daß ein wie immer gestalteter Liebesroman, auch der in das Populäre eingereihte, mit Bezug auf Liebe und Liebespaar sowohl *wahre Werte* als auch *Nennwerte* präsentiert. Es kann auch gar nicht anders sein, wenn wir bedenken, daß die Beschäftigung mit dem, was wir anerkanntermaßen als »ewige Wahrheit« und »ewigen Typ« angesprochen haben, die Beschäftigung mit *zwingenden Kräften* besagt. Sie vereinen sich im Schriftwerk dank dramaturgischer Handhabung und Funktion zu einer sich über die gesamte Literaturgeschichte hinziehenden Schöpfung unvorhergesehener Neuerungen und treffen beim Publikum dank des Wahrnehmungsprozesses auf eine Linie, die bei der Empfindung als verpflichtendem Ausgangspunkt beginnt und bei der Intellektualisierung als möglichen Endpunkt endet. Zwischen diesen beiden Polen bewegt sich die im Liebespaar verkörperte Repräsentation der Liebe als *ästhetische Emotion,* die jedoch kein Sentiment sui generis ist: Sie ist weder alleinig noch direkt, noch konstant. Vielmehr steht in ihrer Verkörperung eine Pluralität von spezifischen Sentiments vor uns, von denen ein jedes im Rahmen der Wahrnehmung ästhetisch werden kann – falls sich seine Repräsentation unter gewissen Bedingungen demgemäß erprobt. Fragt sich, welches denn diese »gewissen Bedingungen« sind, unter denen eine Empfindung ästhetisch und damit soziokulturell bestimmend für die Identität der Erscheinung wird. Sie finden sich in einem alle angeführten Handhabungen zusammenführenden Kreuzungspunkt. An ihm treffen sich die sozialen Aspekte der im Liebespaar inkarnierten Liebe mit den ästhetischen, wodurch sie durch kulturelle Erwerbung hervorgerufene Werte und Spannungen einander zuwiderlaufende Verhältnisse hervorrufen, die sich sowohl von seiten des Autors als auch von seiten der Leser in *Empfindungsäußerungen* gegenüber dem dargestellten Liebespaar verdeutlichen. Sie lassen sich wie folgt gruppieren:

– *Vergnügen* und *Mißvergnügen* stehen in einem Wechselwirkung erzeugenden Verhältnis, zum Beispiel Wohlbefinden mit Besorgnis, Freude und Entsetzen.

– Das *Reale* und das *Unreale* stehen sich gegenüber, wobei unter dem Unrealen das Nachgeahmte, das Unaufrichtige oder das Gekünstelte zu verstehen ist.

– *Persönliches* und *Unpersönliches* stehen in einem Wechselwirkung erzeugenden Verhältnis, zum Beispiel völlige Identifikation mit dem Romangeschehen mit Verweigerung, an der Romanaktion teilzunehmen.

– *Interesse* und *Interesselosigkeit* treten nach vorne, je nachdem, ob gewisse Dimensionen des Romangeschehens passionieren oder ob sich der Leser davon fernhält, um sich nicht von der Pragmatik der ihn umgebenden Welt zu entfernen.

– *Wahrheit* und *Täuschung* stehen miteinander in einem

gegensätzlichen Verhältnis, da dem Romangeschehen keine absolute Bedeutung zugesprochen werden kann.

– *Gegenwärtigkeit* und *Abwesenheit* stehen in einem Wechselwirkung erzeugenden Verhältnis, wenn das Romangeschehen auf Selbstverständlichkeiten beruht, die in der Realität bereits der Ungegenwärtigkeit verfallen sind.

Über all diesen Sachlagen schwebt zwingend eine Doppelbödigkeit dessen, was sich daher »Roman« benennt, nämlich die Gegenüberstellung von *Echt* und *Unecht.* Sie macht, was die Darstellung der durch das Liebespaar verkörperten Liebe betrifft, den unverkennbaren Gegensatz zwischen dem Roman – dem Erfundenen und dem Gespielten – und der sozialen Wirklichkeit – dem Erlebten und dem Gelebten – aus.

Jeder Romanschriftsteller sucht diesen Gegensatz zu überwinden, und sei es nur durch den Einsatz von im Augenblick des Geschehens nicht nachvollziehbarer, gefühlsbetonter Elemente. Im allgemeinen jedoch, so auch die Schriftstellerin Hedwig Courths-Mahler, klammern sich die Autoren an den ihrer Epoche und ihrem Milieu eigenen Zeitgeist, den sie wie ein Stempel dem auf Liebe sich gründenden Liebespaar aufdrücken. Sie übernehmen aus ihrer Zeit ästhetische, soziale oder ideologische Leitbilder, von denen sie unterstellen können, daß sie den Maßstäben ihres Publikums entsprechen. Hierdurch wird nicht etwa versucht, die Echtheit einer ewigen Wahrheit mitsamt ihrem ewigen Typ anzugehen, sondern dem Eindruck des Unechten durch die Schaffung eines gegenwärtigen (ästhetischen, sozialen oder ideologischen) Hintergrunds, auf dem die Wahrnehmung beruht, entgegenzuwirken.

Es gilt, die Richtung der aus den Maßstäben hervorgehenden sinnlich-geschmacklichen, künstlerisch-ästhetischen oder sittlichen Werturteile so zu lenken, daß die Gefühlsverhältnisse der Leser zum Gegenstand Liebespaar in die Eigenschaften dieses Gegenstands verlegt, mit anderen Worten, objektiviert werden. Das Liebespaar *ist* nicht schön oder häßlich, ihr Verhältnis zueinander, ihre Handlungen *sind* nicht gut oder böse, sondern werden vor dem Hintergrund der die Gesamtgesellschaft durchziehenden ästhetischen, sozialen oder ideologischen Primärbewertungen mit Gefallen oder Mißfallen, Billigung oder Mißbilligung angegangen und so entgegengenommen. Wenn zum Beispiel in einem der Courths-Mahler-Romane ein verschmähter Nebenbuhler aus Eifersucht eine Person umbringt, wobei es sich auch noch um die falsche Person handelt, und die Tötung von der Autorin nicht als sonderlich verwerflich, sondern eher als unabweislich dargestellt wird, heißt das nicht, die Vernichtung von Menschenleben sei erlaubt oder gar löblich. Das Nicht-Objektive, hier die Eifersucht als Bestandteil der Liebe, wird objektiviert, ist logisch gesprochen also weder wahr noch falsch – denn wir wohnen ja nicht etwas Wirklichem bei, sondern der Illusion, dem Unechten einer Wirklichkeit.

Dieses Dilemma – wenn man so sagen darf – wird von Autoren, die es verstehen, unterhaltsam zu schreiben, unterstützt, indem sie es sich angelegen sein lassen, die Hintergründe bei der Darstellung der Liebe beim Liebespaar so in einer Weise zu lenken und zu verdeutlichen, daß die Diskrepanz zwischen dem Romanhaften und der sozialen Wirklichkeit soweit wie möglich überbrückt wird. Am offensichtlichsten geschieht dies durch das Einbringen von Gesellschaftstypologien aus Vergangenheit und Gegenwart (Feudalismus, Absolutismus, Liberalismus, Kapitalismus etc.) in Schicksal und Handlung von Liebespaaren, auf daß sie zumindest zu einer *Kopie* der sozialen Wirklichkeit werden.

Dieser Vorgang verdeutlicht sich besonders dann, wenn Liebespaare in die Mitte eines vom Autor als Gesellschaftskritik konzipierten Romans gestellt werden und an die beobachtete Wirklichkeit angelehnte Kopie zum naturalistischen, historischen, symbolischen oder politischen Dokument wird, wovor die Courths-Mahler angesichts ihrer Beherrschung des Unterhaltsamen bewahrt blieb. »Modernisierungen« oder »Verfremdungen«, wie sie sich zu ihrer Zeit breitzumachen begannen, waren ihr nicht gegeben: weder wollte sie auf ein épater le bourgeois hinaus noch den unergiebigen und vergeblichen Versuch unternehmen, die Pyramide einer ewigen Wahrheit und eines ewigen Typs, ja den gesamten Mikrokosmos auf die Spitze zu stellen und damit zu verfälschen und unkenntlich zu machen.

Wenn auch beim Roman (wie übrigens bei jeder Kunstform) die Erkenntnis von Objekt und Subjekt auf der Ebene der unmittelbarsten Verwirklichung stattfindet, wodurch Gegebenheiten wie Liebe und das sie repräsentierende Liebespaar als in sich ruhende Wahrheiten erscheinen, so sind sie doch nicht frei von Bewertungen. Sie werden im Zuge der vom Schriftsteller wie vom Leser zu durchlaufenden Wahrnehmungsprozesse mit sich dauernd verändernden *Werten* bzw. *Wertzuschreibungen* umgeben. Ihrer Durchdringung haben sich von jeher vor allem Moralisten zugewandt. Indes läßt sich nicht sagen, daß es diese Zuschreibungen sind, die an Erkenntnis und Wirkung des Existentiellen und Essentiellen der im Roman dargestellten, sich im ewigen Typ verkörpernden ewigen Wahrheit heranführen. Eher und vordringlich dürften es charakteristische, vor keinem Wandel zurückweichende Elemente sein, die das Leben, präziser gesagt, die soziale Wirklichkeit durchmessen und an die *Ähnlichkeiten* zwischen Romangeschehen und Leben der Gesellschaft appellieren. Da der Wahrnehmungsprozeß diesen Ähnlichkeiten verpflichtet bleibt, unterstreicht er die unwiderlegbare Existenz ewiger Wahrheiten sowie ewiger Typen.

Dies gesagt gilt es, unsere Analyse durch eine Erläuterung jener charakteristischen Elemente abzurunden, die den Betrachter der Liebe und des Liebespaars im Roman in ihrer Ewigkeit berühren. Das erste Charakteristikum, das die Verbindungslinie zwischen dem Geschehen und der sozialen

Wirklichkeit herstellt, möchte ich als *Vertrautheit* bezeichnen. Wird das Liebespaar nicht – wie in manchen zeitgenössischen Romanen – bewußt als zusammengesetzte, unwahrscheinliche und ungewöhnliche Kreation vorgestellt, sondern trägt es vertraute Züge, dann besteht für den Leser die Möglichkeit, sich selbst darin wiederzufinden. Gelingt es der Kunstfertigkeit des Autors, die Eigenart der Liebe des Paares durch Handhabungen, die der Realität entnommen sind, zum Leben zu bringen, kurz, sie bis zum Typ abzuändern und zu stilisieren, kommt es zu einer Vertrautheit zwischen der sich in einem allgemeingültigen Mikrokosmos bewegenden Liebespaarfigur und den Lesern. Sie beruht letztlich darauf, daß der einzelne wie das Gesamt der Leser – gleich, welchem Milieu sie entstammen und welcher historischen Epoche sie angehören – in den Romanfiguren sowohl gültig Menschliches als auch die Gegenwart eines kreativen Geistes erkennen, die zusammen sich direkt an sie wenden. Selbst dort, wo Liebespaare sich durch das Hin und Her zwischen dem Realen und dem Imaginären, dem Persönlichen und Unpersönlichen der unmittelbar erkennbaren menschlichen Stufenleiter entziehen, um in die Sphären der Übermenschlichkeit vorzudringen (ein bei der Courths-Mahler nur selten anzutreffendes, weil nicht unterhaltsames Moment), bringen sie durch eine Reihe von Reflexen und Entgegnungen die auf dem Boden der Menschheit gelegenen und darum dem Leser vertrauten Saitenstränge einer ewigen Wahrheit zum Erklingen.

Das nächste charakteristische Element sei als *Einheit symbolischer Aspekte* bezeichnet. So introvertiert, stürmisch, sentimental, melancholisch, blutleer, tölpelhaft, spontan, wohlerzogen oder vulgär auch das Liebespaar die Liebe repräsentieren mag, es bedarf hierzu stets erkennbarer Handlungen. Sie dienen nicht nur dazu, die Wechselbeziehung zwischen den Liebespartnern herzustellen, sondern auch die zwischen dem Kreator des Paares und dem Publikum. Um dies zu erreichen, werden Handlungen mit symbolischen Aspekten versehen, solchen, die der uns umgebenden gesellschaftlichen Symbolwelt entnommen sind. Zwischen dieser und der romantischen Symbolwelt wird eine Ähnlichkeit hergestellt, eine Erkenntnis, die allerdings nicht unbestritten geblieben ist. Kurz angedeutet, verlaufen dabei gewisse Überlegungen in eine unsere Thematik betreffende Richtung, bei der symbolische Kommunikation nicht als grundlegende Kategorie sowohl für Aktionen von Liebespaaren als auch für die Erkennbarmachung der wie immer gearteten Liebe durch das Publikum angesehen wird.

Um bei Courths-Mahler zu verbleiben: Der in ihren Romanen mit besonderer Betonung unentwegt gepflegte Handkuß steht im Gegensatz zum endlich erreichten Kuß auf den Mund, der als Symbol für das Sich-gefunden-Haben nebst Verlobung gilt. Derlei symbolische Kommunikationen werden von manchen Seiten als eine Bedingung, als eine Voraussetzung angesehen, unter der Aktionen stattfinden können. Eine solche Auffassung verkennt jedoch, daß symbolische Interaktion zwischen zwei oder mehreren zusammen agierenden Wesen *fundamentale* menschliche Elemente sozialen Verhaltens sind, das heißt, daß sie – wohlgemerkt gemeinsam mit den oben angeführten thematischen, gegnerischen, wertenden und ausgleichenden Kräften – vom Roman zum Leser und umgekehrt vom Leser zum Roman eine Einheit ausmachen.

Durch die Einheit symbolischer Aspekte mit Bezug auf die im Liebespaar sich verkörpernde Liebe wird ein Vielfaches erzielt: die Verbindung zwischen Gedanken und Tat; Hintergrund und Situation; Ausdruck der Handlungsführung; Mittel der Nachdrücklichkeit; Zweck. Überdies verdeutlichen sich über symbolischen Aspekten Vergangenheit und Zukunft eines Liebespaares. Der Leser nimmt Kindheit und Jugend des Paares wahr, und selbst wenn am Ende des Romans der Tod eines oder beider Partner stehen sollte, lebten die Einheit der symbolischen Aspekte und in ihrer Folge der oder die Partner als Romanfiguren nach wie vor weiter. Angesichts einer ebenso in der inneren Organisation der Gesellschaft wie im Rahmen eines Schriftwerks gelegenen Symbolwelt, deren Aspekte an Liebe und Liebespaar herangebracht oder ihnen unterlegt werden, werden die unwandelbaren Ewigkeitswerte der Wahrheit »Liebe« wie des Typs »Liebespaar« auf die soziale Wirklichkeit hingeführt, auf Vereinigung und Trennung, Sein und Nichts, Geist und Körper, Handlung und Leidenschaft und nicht zuletzt auf die Transzendenz ihrer Bedingtheiten.

Als letztes charakteristisches Element, denen die ewigen Gegebenheiten, von denen wir hier handeln, ihr Entstehen und ihre Erscheinungsformen verdanken und dialektisch Roman und Wirklichkeit miteinander verbinden, ist der soziale Bereich, präziser gesagt, das Moment der *sozialen Bedeutung* hervorzuheben. Wie alle Künste ist auch die Populärkunst in der Lage, ihren Kreationen, darunter Liebespaaren, eine soziale Existenz zu verleihen, selbst wenn sie einer solchen in der Wirklichkeit entbehren sollten: die künstlerische Existenz übersteigt die reale. Unter wessen Autorschaft und in welcher Form die Liebespaare auch dargestellt werden, existieren sie im Roman unabhängig von ihrer historischen Existenz. Während sie als »wirkliche« Wesen jedoch jedes für sich allein eine ungebundene Persönlichkeitsstruktur offenlegen, sind sie als Liebespaarfiguren fest in einen Mikrokosmos eingebunden. Sie sind sich angesichts der Liebe nicht nur gegenseitig verpflichtet, sondern spiegeln sich und ihre Liebe auch gegenseitig wider. Diese dem Liebespaar verliehenen Wechselbeziehungen versetzen es nicht nur in den es umgebenden sozialen Bereich, sondern lassen es existentiell auch in ihm aufgehen. Ein Liebender allein auf den Seiten eines Romans ohne die Angebetete ließe sich in seiner sozialen Bedeutung nicht erfassen. Äußerungen der Liebe wären nicht mehr als übersinnliche Erscheinungen und würden sich – selbst wenn sie mit schriftstellerischem Können vorgetragen werden – der Wahrnehmung und damit der erlebten Nähe entziehen, würden sich abseits von Roman und Wirklichkeit ins Diskursive verflüchtigen. Allerdings reichen Kommunikation und Wechselbeziehungen zwischen den Partnern *allein* nicht aus, um der sie umfangenden Liebe eine Bedeutung als ewige Wahrheit zu verleihen, die gleichermaßen die soziale Bedeutung des Liebespaares als ewiger Typ unterstreicht. Eine der sozialen Wirklichkeit entnommene »Umgebung« muß geschaffen werden, die aus Personen und Situationen, vor allem aber aus Ereignissen zu bestehen hat, um das Liebespaar mit dem sozialen Bereich in einer Weise in Verbindung zu bringen, daß sich die wie immer geartete Liebe in der Ewigkeit ihrer Wahrheit erkennen läßt – und nicht als vergängliches Objekt absoluter oder spezieller Gefühle.

Aus dem Munde der Hedwig Courths-Mahler liegen keine Äußerungen vor, die erkennen lassen, daß sie je irgendwelche analytischen Überlegungen der Art angestellt hat, wie wir sie vorgetragen haben. Und doch kommen wir ihnen, mal einzeln, mal kombiniert, in ihren Romanen stets wieder entgegen. Will das heißen, die Schriftstellerin Courths-Mahler war ein Naturtalent, die den Gesang der Liebe ohne die notwendigen Voraussetzungen einer Gesangstechnik angestimmt hat? Ich glaube nicht. Denn betrachtet man einen ihrer Liebesromane nach dem anderen (nicht ihre frühen Erzählungen), wird auffällig, daß deren sich um die Liebe und das Liebespaar bewegende Struktur über das Gute und das Böse sowie über den Schichtunterschied zwischen dem Oben und dem Unten als Erlebnisbereich stets die gleiche geblieben ist. Sie klammert sich daran, zu gefallen, nicht aufzurütteln; sie beschreibt selbst die krassesten Gegensätze und die schwierigsten Zusammenführungen in einer ebenso milden wie unterhaltsamen Form, daß sich der Leser darin ohne Schwierigkeiten wiederzufinden vermag. Dieses strukturelle Prinzip ist das Merkmal der Populärliteratur und beruht letztlich darauf, daß der Leser am Schluß einen jeden Roman der Courths-Mahler beiseite legen kann, ohne ein Unbehagen in seinen Gefühlen zu empfinden. Hedwig Courths-Mahler hat es verstanden, über das Liebespaar als Mittelpunkt ihrer Geschichten, will sagen durch deren Gegenwärtigkeit, das Univers der ewigen Wahrheit »Liebe« so einzurichten, daß ihm bei aller Unterhaltsamkeit eine Seele verblieben ist.

Zeittafel

18.2.1867	Ernestine Friederike Elisabeth Mahler in Nebra a.d. Unstrut
um 1880	Umzug zur Mutter nach Leipzig
5.1.1889	Heirat mit Fritz Courths und Umzug nach Halle
19.10.1889	Geburt der Tochter Anna Elisabeth Margarete
24.4.1891	Geburt der Tochter Hedwig Gertrud Frieda
1895	Umzug nach Chemnitz
1905	Umzug nach Berlin
1912	Erster großer Erfolg mit dem Roman »Die wilde Ursula«
1914	Erscheinen des 20. Romans: »Unser Weg ging hinauf«
1923	Verlust des Vermögens durch die Inflation
1932	Umzug auf den »Mutterhof« am Tegernsee
12.4.1936	Tod von Fritz Courths
1948	Erscheinen des letzten Romans »Flucht in den Frieden«
26.11.1950	Hedwig Courths-Mahler gestorben